KB270923

THE NEW ANNOTATED
SHERLOCK HOLMES

VOLUME 2

주석 달린
셜록 홈즈

셜록 홈즈 회고록

아서 코난 도일 원작

존 르카레 추천 | 레슬리 S. 클링거 주석 · 편집
퍼트리샤 J. 추이 추가 연구 | 승영조 옮김

현대문학

셜록 홈즈.
시드니 패짓의 미발표 그림, 콘스탄틴 로사키스, BSI, 소더비 소장

일러두기

1. 번역 판본으로 사용한 W.W. Norton & Company의 『*The New Annotated Sherlock Holmes*』의 홈즈 이야기는 당초 《스트랜드 매거진》에 발표된 것과 런던 조지 뉸스 출판사에서 발행한 단행본, 기타 미국과 영국의 여러 출판사에서 발행한 단행본 등 기존의 텍스트를 철저히 비교 검증해서 편집과 인쇄상의 심각한 오류를 최초로 바로잡고, 각각 56편의 단편과 4편의 장편 전부를 발표 순서대로 편집한 완벽한 '정전'이다.
2. 한국어판 『주석 달린 셜록 홈즈』는 읽는 이의 편의를 위해 여섯 권으로 나누어 발행하였다.
3. 옮긴이 주는 옮긴이라 표시하였다.

"강철처럼 진실하고, 칼날처럼 곧은"[1]

아서 코난 도일 경에게 바칩니다.

1. "Steel-true, blade-straight." 로버트 루이스 스티븐슨의 시 「나의 아내」에 나오는 이 구절은 코난 도일의 묘비명으로 쓰였다―옮긴이.

차 례

셜록 홈즈 회고록

셜록 홈즈 회고록[1]

The Memoirs of Sherlock Holmes

1. 『셜록 홈즈 회고록』 영국 초판은 조지 뉴스가 '스트랜드 라이브러리' 시리즈 세 권으로 1893년 12월 13일에 발행했다. 1만 부가 발행된 이 영국판에서는 「소포 상자」를 뺐고, 시드니 패짓의 삽화 90점이 포함되었다. 미국에서는 1894년 2월 2일 '하퍼 앤드 브러더스' 출판사가 「소포 상자」를 포함해서 초판을 발행했다.

경주마 은점박이[1]

이것은 『회고록』 시리즈 첫 사건으로, 『모험』 시리즈가 막을 내린 지 5개월 만에 새로 연재가 시작되었다. 이번 이야기는 역대 스포츠 미스터리 가운데 가장 유명한 작품으로 손꼽힌다. 탐정과 독자 모두에게 공평하게 정보를 공개한다는 점에서 이 작품은 「입술이 뒤틀린 남자」에 이어 또 하나의 '페어플레이' 미스터리다. "밤중에 개한테 일어난 이상한 일"이라는 홈즈의 유명한 말은 많은 상황에서 널리 인용되면서 '부정추리'[2]의 표어가 되었다. 말과 경마에 대한 세부 이야기가 정확하지 않다고 꼬집는 사람이 많지만, 이 무렵 홈즈의 능력이 절정에 이르렀다는 것에 딴죽을 거는 사람은 거의 없다. 여기서 홈즈는 순식간에 기차 속도를 계산하는데, 그것이 정확한 계산이었다는 게 널리 증명되었다. 홈즈는 양들에 대한 예리한 관찰로 뜻밖의 살인자를 밝혀낸다. 이번 이야기에 딱 한 가지 흠이 있다면, 그건 홈즈가 비윤리적인 방법으로 경마에 돈을 건 듯하다는 것이다.

"왓슨, 내가 가봐야 할 것 같아." 어느 날 아침, 같이 식사를 하려고 식탁에 앉았을 때 홈즈가 말했다.

"가다니? 어디로?"

"다트무어[3] 킹스 파일랜드 말이야."

나는 놀라지 않았다. 실은, 잉글랜드 전역을 떠들썩하게 만든 그 희한한 사건에 그가 진작 뛰어들지 않았다는 게 오히려 놀라웠다. 하루 종일 내 친구는 방 안을 오락가락하면서, 고개를 푹 숙이고 이맛살을 찌푸린 채, 가장 독한 검은 담배를 파이프에 채우고 또 채우며, 내 말이나 질문은 들은 척도 하지 않았다. 그는 우리의 신문 배달인이 재깍재깍 갖다 주는 모든 신문을 쓱 훑어보기만 하고 구석에 내던졌다. 하지만 그가 무슨 생각을 그리 골똘히 하는지는 말하지 않아도 빤했다. 신문에 난 것 가운데 그의 분석 능력에 도전장을 던질 만한 사건은 하나

1. 「경주마 은점박이」는 1892년 12월 《스트랜드 매거진》 영국판에, 1893년 1월 《스트랜드 매거진》 미국 뉴욕판에 발표되었다.

2. 30번 주석 참고—옮긴이.

3. 다트무어 황야 지대는 잉글랜드 남서부 데번 주에 자리 잡고 있다(다트무어는 '다트' 강에 '무어 moor(황야)'라는 말이 결합한 것이다). 이곳은 험한 바위산으로 유명하다. 거대한 화강암 바윗덩이가 곳곳에 기기묘묘하게 치솟아 있고, 청동기와 철기 시대 유적지가 여럿 있다. 이 지방에서 색슨 시대에 왕실 숲이었던 곳은 1951년 국립공원이 되었고, 유서 깊은 다트무어 교도소는 그대로 남아 있다. 1806-1809년에 지은 악명 높은 이 감옥에는 나폴레옹 전쟁 때 프랑스 죄수가 갇혔고, 1812년 전쟁 때에는 프랑스인과 미국인 죄수 1,500명이 이곳에

서 사망해 감옥 담벼락 바깥의 들판에 묻혔다. 그 후 30년 동안 폐쇄되었다가 1850년에 다시 문을 열고 민간인 중죄인을 수용했다.

다트무어는 또 다트무어 조랑말로도 유명하다. 체구는 작아도 힘이 좋은 데다 부드럽고 긴 털이 나는 이 조랑말은 한때 멸종 위기에 처했다. 병사와 군사 무기를 나르기에는 체구가 작다고 구박을 당한 것이다. 다시 부활한 것은 에드워드 7세(빅토리아 여왕의 맏아들)가 폴로 경기에 이 말을 내보내면서부터다.

『베데커의 그레이트브리튼』 1894년판에서는 이렇게 경고했다. "걸어서 여행하면 용맹을 떨칠 기회가 매우 많을 것이다. 그러나 수렁과 안개만큼은 조심해야 한다. 다져진 길로만 다니는 것이 상책이고, 가이드를 따라가는 게 좋다."

4. 시드니 패짓은 홈즈 삽화에 '사냥 모자'를 씌워서 그걸 홈즈의 트레이드마크로 만들었는데, '사냥 모자'와 관련된 언급은 이번 대목과 「보스콤밸리 사건」에서 "머리에 꼭 맞는 천 모자"라고 말한 것밖에 없다. 『바스커빌 씨네 사냥개』(12장 「황무지에서의 죽음」)에서도 천 모자를 언급하지만, 그 모자는 패짓이 홈브루크 모자(챙이 좁은 펠트 중절모)로 그렸다.

5. 당시 기차가 그렇게 빨리 달릴 수 있었을까? D. 마커스 혹은 『철도 여행에 관한 더 많은 것』에서 그런 속도는 "가능할 뿐만 아니라 필요한 것"이라고 지적했다. 그는 패딩턴에서 스윈던까지 운행한 열차인 플라잉 더치맨호와 줄루호가 87분 안에 주파했기 때문에 평균 시속이 53.25마일(85.7킬로미터)은 되었어야 한다는 사실을 제시했다. 물론 최고 속도는 그보다 훨씬 더 빨랐을 것이다. 여기서 열차는 레딩을 지난 후이기 때문에 이 무렵 최고 속도에 이르렀을 것이다. 홈즈가 추산한 시속 53.5마일(86.1킬로미터)은 충분히 타당할 뿐만 아니라, 실은 좀 낮춰 잡은 편이다.

밖에 없었기 때문이다. 웨식스 컵 경마의 우승 예상마가 유례없이 실종되고, 조련사가 살해된 사건이 바로 그것이다. 그래서 홈즈가 드라마의 현장으로 가보겠다고 느닷없이 선언했을 때, 그것은 내가 이미 예상하고 바라 마지않던 일이었다.

"방해가 되지 않는다면 나도 같이 갔으면 좋겠어." 내가 말했다.

"이봐, 왓슨, 자네가 같이 가준다면야 나한테는 큰 도움이 되지. 이건 시간을 허비하는 일도 아닐 거야. 이 사건은 전혀 유례가 없는 독특한 사건만이 갖는 특징들을 지니고 있거든. 슬슬 패딩턴발 기차를 타러 갈 시간이 됐군. 이 사건에 대해선 기차를 타고 가면서 더 얘기하도록 하지. 성능 좋은 자네 망원경을 좀 챙겨줘."

한 시간쯤 후 나는 열차 1등석 구석 자리에 앉아 데번 주 엑서터로 날아가고 있었다. 귀덮개가 달린 여행 모자[4]를 쓴 셜록 홈즈는 날카롭고 열띤 얼굴로, 패딩턴 역에서 구한 새 신문 한 뭉치를 재빨리 훑어보았다. 우리가 레딩을 지난 뒤에야 그는 마지막 신문을 좌석 아래로 내던지고 내게 담뱃갑을 내밀었다.

"잘 달리고 있군." 그가 창밖을 내다보다가 자기 시계를 힐끗 쳐다보고 말했다. "현재 속도는 시속 53.5마일이야."[5]

"400미터 푯말을 못 봤는데?" 내가 말했다.

"나도 못 봤어. 하지만 전봇대가 60야드 간격으로 세워져 있으니 계산은 간단해.[6] 조교사[7] 존 스트레이커가 살해되고 경주마 은점박이가 실종된 이 사건에 대해서는 자네도 이미 잘 알고 있지?"

"《텔레그래프》와 《크로니클》에 나온 기사를 봤어."

"이 사건은 말이지, 새로운 증거를 확보하기보다는 기존 증거 가운데 쭉정이를 버리고 알짜를 골라내는 데 예술적인 추리력을 발휘해야 하는 사건이야. 이런 범죄는 너무나 드문데, 너무나 완벽했고, 너무나 많은 사람들과 직접적인 관계가 있어. 그러니 지레짐작과 추측과 가정이 난무한다는 게 문제야. 이럴 때에는 온갖 화려한 가설과 보고 내용 가운데 사실의 골자만을, 그러니까 부정할 수 없는 절대적인 사실만을 쏙쏙 추려내기가 어려운 일이지. 그래서 그처럼 든든하게 마련한 토대 위에서 어떤 추리를 이끌어낼 수 있는가, 전체 미스터리가 특히 어떤 특징을 지녔는가를 간파하는 게 우리가 할 일이야. 내가 그 경주마 주인인 로스 대령과 사건 담당자인 그레고리 경위에게 전보를 받은 것은 화요일 저녁이었어. 나더러 도와달라더군."

"화요일 저녁!" 내가 외쳤다. "지금은 목요일 오전이잖아. 아니 왜 어제 내려가지 않은 거야?"

"그건 내 실수였어. 자네가 쓴 회고록으로만 나를 아는 사람들이 생각하는 것보다 나는 훨씬 더 자주 실수를 해. 실은, 잉글랜드에서 가장 눈길을 끄는 그 말을 그렇게 오래도록 눈에 안 띄게 숨겨놓을 수 있을 줄은 몰랐어. 더구나 다트무어 북부와 같이 인구도 드문 곳에서 말이야.[8] 어제 줄곧 그 말이 발견되었다는 소식이 들려오기만 기다렸어. 말을 훔쳐 간 자가 존 스트레이커 살해자였다는 게 밝혀지길 기다린 거야. 그런데 오늘 아침이 되어서도 피츠로이 심슨이라는 젊은이를 체포했다는 것 말고는 달라진 게 아무것도 없는 거야. 그래서 내가 나서야 할 때라는 생각이 들었어. 하지만 어느 면에서 보면 어제 하루를 낭비한 건 아냐."

"그럼 벌써 가설을 세운 거야?"

"적어도 이 사건의 핵심 사실들은 파악했지. 그걸 하나씩 들려줄게. 사건에 대한 생각을 정리하는 데는 다른 사람에게 얘기하는 것보다 더 좋은 방법도 없거든. 게다가 자네에게 협조를 받으려면 우리가 어디서 시작하는지 미리 일러줄 필요도 있고 말이야."

6. 이 이야기 끝에 첨부한 글 「"……계산은 간단해"」 참고.(1야드는 0.9144미터로 60야드는 약 55미터—옮긴이)

7. 조교사調敎師. 승마나 경마용의 말을 조교(말 훈련)하는 사람—옮긴이.

8. 인구가 많지 않은 곳(보는 눈이 적은 곳)에 숨기가 쉬울 것 같지만 실은 그 반대다. 사람이 가장 붐비는 장터(대도시)가 숨기에는 가장 좋은 곳이다. 진정한 은둔자는 장터에 숨는다〔大隱, 隱於市〕는 말도 있듯이—옮긴이.

9. 'Isonomy.' (경주마는 잘 기억할 수 있는 의미 있
는 말로 이름을 짓는 게 보통이어서, 그 의미를 살려 번
역했다. 이 이름은 당시의 시대적 쟁점을 은연중 보여
준다. 인터넷으로 잠깐 검색해본 한국 경주마 이름으로
는 '무패질주', '선봉제일', '영광의빛', '싱그러운',
'칠전팔기' 등이 눈에 띈다—옮긴이) 대부분의 미국
판본에는 이 경주마 이름이 'Somomy'라고 되어 있
는데, 그 까닭은 알 수가 없다.('Somomy'는 아무 의
미가 없는 말이어서, 경주마 작명 전통으로 볼 때 오식
일 가능성이 매우 높다. 아니면 '권리평등'이라는 말을
편집자나 발행인이 두려워했거나—옮긴이) 제이 핀리
크라이스트는 '은점박이'의 혈통을 탐구한 끝에 '권
리평등'이 세 살 때인 1878년 케임브리지셔 배(뉴마
켓 경마장)에서 우승한 사실을 알아냈다. 이듬해에
는 맨체스터 배를 거머쥐었고, 1874년과 1880년 애
스콧 황금배에서 두 번이나 우승했는데, 그런 대기
록을 세운 경주마는 몇 되지 않는다.(이어서 '은점박
이Silver Blaze'의 실명이 무엇인가에 대한 진지한 연구
결과를 제시하고 있는데 번역 생략—옮긴이)

나는 쿠션에 기대앉아 담배를 피웠고, 홈즈는 몸을 앞으로
숙인 채 길고 여윈 오른손 집게손가락으로 왼손바닥 위에 요점
들을 체크해가며, 우리를 여행길로 이끈 사건을 내게 스케치해
주었다.

"'은점박이'는 유명한 경주마인 '권리평등'[9]의 후예인데, 선
조인 그 말만큼이나 찬란한 우승 기록을 갖고 있지. 이제 다섯
살인데, 운 좋은 마주 로스 대령에게 경마장의 각종 우승배를
싹쓸이해줬어. 이번 사건이 일어나기 전까지 웨식스 컵의 단독
우승 예상마였지. 배당률은 세 배야. 최고의 인기마답게 경마
팬들에게 아직 실망을 안겨준 적이 없어서, 배당률이 적긴 해
도 사람들은 엄청난 금액을 녀석한테 걸었어. 그러니 다음 화
요일 경마에 은점박이가 출주하지 않기를 강력히 바라는 사람
도 아주 많다고 봐야 해.

홈즈는 사건을 내게 스케치해주었다.
시드니 패짓 그림, 《스트랜드 매거진》(1892)

물론 이런 사실이야 대령의 마방이 있는 킹스 파일랜드에서도 사전에 잘 알고 있었지. 그래서 우승 예상마를 보호하는 데 만전을 기했어. 조교사인 존 스트레이커는 기수 출신이야. 로스 대령의 말을 탔다가 체중이 너무 불어서 은퇴를 했지. 로스 대령 밑에서 기수 생활 5년, 조교사 생활은 이제까지 7년을 했는데, 항상 열성적이고 정직한 하인의 모습을 보여줬어. 그는 청년 세 명을 데리고 있는데, 마방에 말이 모두 네 마리뿐이라서 시설도 작았기 때문이야. 세 명 가운데 한 명이 마구간에서 하룻밤씩 불침번을 섰고, 두 명은 마구간 다락에서 잤어. 세 명 모두 믿음직한 청년들이야.

존 스트레이커는 결혼을 해서, 마구간에서 200미터쯤 떨어진 곳에 있는 작은 전원주택에 살지. 자녀는 없고, 하녀 한 명을 두고 안락하게 살아가고 있어. 주변 지역은 아주 호젓하지만, 북쪽으로 800미터만 가면 전원주택들이 올망졸망 모여 있어. 그건 다트무어의 맑은 대기를 즐기려는 사람이나 요양 환자들을 위해 태비스톡의 어느 업체가 지은 거야. 태비스톡은 거기서 서쪽으로 3킬로미터 남짓 떨어진 곳이지. 황야를 가로질러 역시 3킬로미터 남짓 떨어진 곳에는 좀 더 큰 케이플턴[10]이라는 마방이 있어. 그 마방은 백워터 경[11]의 소유인데, 사일러스 브라운이 관리하고 있지. 그 밖의 다른 모든 방향으로는 순전히 황야만 펼쳐져 있고, 떠돌이 집시들 몇 명만 살고 있어. 이번 변괴가 일어난 지난 월요일 밤의 대체적인 상황이 그러했어.

그날 저녁, 평소처럼 말을 운동시키고, 물을 먹이고, 9시에 마구간 문을 잠갔지. 청년 두 명은 조교사의 집까지 걸어가, 거기서 평소처럼 부엌에서 저녁 식사를 했어. 다른 한 명인 네드 헌터는 마구간을 지켰지. 9시 몇 분 후 에디스 백스터라는 하녀가 그의 저녁 식사를 마구간으로 갖다 주었어. 그건 양고기

10. 영국 판본에 "케이플턴"으로 되어 있는데, 미국 판본에는 뚜렷한 이유 없이 "메이플턴"으로 되어 있다.

11. 피터스필드에 장원이 있는 그는 「독신 귀족」에 등장하는 로버트 세인트사이먼 경의 결혼식 손님이었고, 로버트 경에게 홈즈를 소개해준 사람이기도 하다.

카레였지. 마실 것은 갖다 주지 않았어. 마구간에 수도꼭지가 있었고, 마구간을 지킬 때는 그 물 말고 다른 것은 마시지 못하게 돼 있었거든. 하녀는 랜턴을 가져갔는데, 날이 너무 어두운 데다가 툭 터진 황야에 길이 나 있었기 때문이야.

마구간까지 30미터쯤 남았을 때, 어둠 속에서 한 남자가 나타났어. 그리고 그녀에게 멈추라고 말했지. 랜턴 등불이 밝힌 노란 원 안으로 들어선 그 남자는 행동거지가 신사다워 보였어. 회색 트위드 정장 차림에 천 모자를 썼고, 각반을 찼고, 둥근 꼭지가 달린 묵직한 단장을 들고 있었지. 하지만 그녀가 무

"하녀가 그의 저녁 식사를 마구간으로 갖다 주었어."
W. H. 하이드 그림, 《하퍼스 위클리》(1893)

"어둠 속에서 한 남자가 나타났어."
시드니 패짓 그림, 《스트랜드 매거진》(1892)

엇보다 강한 인상을 받은 것은 그의 얼굴이 너무 창백하고, 뭔가 불안한 듯했다는 거야. 나이는 서른 살이 넘었을 거라고 그녀는 생각했어.

'대체 여기가 어디쯤이죠?' 그가 물었어. '황야에서 잘 각오를 막 하던 참에 당신의 랜턴 불빛을 보았습니다.'

'여긴 킹스 파일랜드 마방 근처예요.' 그녀가 말했지.

'아니, 그래요? 이런 행운이 있나!' 그가 외쳤어. '마구간지기가 거기서 날마다 혼자 잔다고 들었습니다. 이건 그에게 가져다주는 저녁 식사인 모양이군요. 제가 댁한테 드레스 한 벌 값을 드릴까 하는데 혹시 너무 자존심이 센 건 아니죠?' 그러면서 그는 차곡차곡 접힌 흰 종이 한 장을 조끼 주머니에서 꺼냈어. '그 친구에게 오늘 밤 이걸 전해주십시오. 그러면 가장

12. 'Bayard.' 마법의 힘을 지닌 말로, 중세 유럽의 여러 기사 이야기에 나오는 말 이름이다. 특히 어떤 거인이 올라타도 그에 맞게 덩치가 커지는 능력을 지녔다. 프랑스어로 읽으면 '바야르'—옮긴이.

13. 1펄롱은 8분의 1마일(201.17미터)이고 100야드는 91.44미터. 중량경주란 말의 나이와 성별, 경주 거리에 따라 부담중량(기수 체중과 안장의 무게를 합한 것)이 정해져 있는 것을 말한다. 이때 능력은 따지지 않는다. 능력을 따져서 과거 기록이 특히 우수한 마필에게 별도의 부담중량을 더 주어 경주 조건을 되도록 동등하게 하려는 것은 핸디캡 경주라고 한다. 유럽은 주로 중량경주를 한다—옮긴이.

14. 'tout.' 장차 경마에 출주할 마필의 상태와 우승 예상 정보를 수집하고 파는 사람.(특히 훈련 상태를 염탐하는 데 중점을 둔다—옮긴이)

예쁜 드레스를 한 벌 살 수 있을 겁니다.'

그녀는 그가 막무가내로 접근하는 것에 겁을 먹고 재빨리 마구간으로 달려갔어. 평소에 음식을 넣어주는 작은 창이 난 곳이었지. 창은 이미 열려 있었고, 헌터는 안에 놓인 작은 탁자에 앉아 있었어. 그녀가 방금 무슨 일을 겪었는지 얘기를 하기 시작한 순간 그 사람이 다시 다가왔지.

'안녕하시오.' 그가 창문 안을 들여다보며 말했어. '우리 얘기 좀 합시다.' 그가 그런 말을 할 때 조끼에서 꺼낸 쪽지 모서리가 그의 주먹 밖으로 비어져 나온 것을 보았다고 하녀가 나중에 증언했어.

'여긴 무슨 용건으로 오셨나요?' 청년이 물었어.

'자네 주머니가 두둑해질 수 있는 용건이지.' 그 남자가 말했어. '이곳엔 웨식스 컵에 나갈 말이 두 필 있어. 은점박이와 베이어드[12]. 자네가 한 가지만 귀띔해주면 한몫 떼어주지. 중량경주를 하게 되면 베이어드가 은점박이를 5펄롱에 100야드는 앞설 테니까,[13] 이 마방에서는 베이어드에 돈을 걸었다는 게 사실인가?'

'당신이 바로 그 빌어먹을 예상꾼[14]이로군!' 청년이 외쳤어. '킹스 파일랜드에서는 염탐하는 자를 어떻게 대접하는지 본때를 보여주지.' 그가 벌떡 일어나서 개를 풀어놓으려고 마구간을 가로질러 갔어. 하녀는 집으로 달아났는데, 달아나면서 뒤를 돌아보니 낯선 남자가 창문 쪽으로 몸을 숙이고 있었다더군. 하지만 잠시 후 헌터가 사냥개와 함께 달려나가보니 그 남자는 사라지고 없었어. 헌터가 마구간 둘레를 다 돌아봤지만 그 남자는 흔적도 없이 사라진 뒤였지."

"잠깐! 그 마구간 청년이 개와 함께 달려나왔을 때, 혹시 문을 열어놓은 거 아냐?" 내가 물었다.

"훌륭해, 왓슨. 훌륭해!" 내 친구가 중얼거렸다. "나도 그 대

목이 아주 중요하다는 생각이 들어서, 그 문제를 분명히 짚어
달라고 어제 다트무어에 특별 전보를 쳤어. 청년은 문을 잘 잠
갔다더군. 덧붙여 말하면, 그 창문은 성인이 드나들 수 있을 만
큼 크지 않아.

　헌터는 동료 마부들이 돌아오기를 기다리다가, 조교사에게
전갈을 보내 무슨 일이 일어났는지 알렸지. 스트레이커는 그
얘기를 듣고 발끈했는데, 그 일의 진짜 의미를 깨닫지는 못한
것 같아. 하지만 막연히 불안한 생각이 들었지. 스트레이커 부
인은 새벽 1시에 깨어나서, 그가 옷을 입고 있는 걸 보았어. 왜
그러느냐고 그녀가 묻자, 스트레이커는 말들이 걱정돼 잠을 이
룰 수가 없다고 대답했지. 그래서 마구간에 가서 살펴보겠다는
것이었어. 창문을 두드리는 빗소리를 들은 그녀가 걱정 말고
잠이나 자자고 했지만, 그는 들은 척도 하지 않고 헐렁한 방수

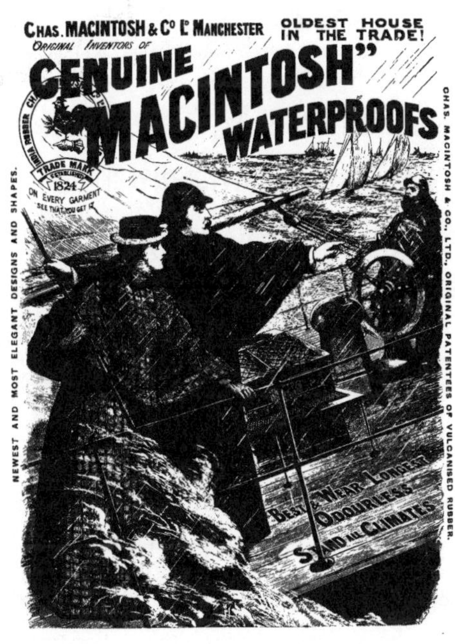

당시의 방수 외투 광고.
『빅토리아 시대의 광고』

외투를 걸치고 집을 나섰어.

스트레이커 부인이 아침 7시에 깨어보니, 남편은 아직 돌아오지 않았어. 그녀는 서둘러 옷을 차려입고, 하녀를 데리고 마구간으로 향했지. 마구간 문이 열려 있었는데, 안에는 헌터가 혼수상태로 의자에 나동그라져 있었어. 우승 예상마가 있던 칸은 텅 비고 조교사도 보이지 않았지.

마구실 위 건초를 보관하는 다락에서 자던 두 청년을 다급히 깨웠어. 하지만 두 청년은 밤중에 아무 소리도 듣지 못했다는 거야. 둘 다 잠이 깊어서였지. 헌터는 뭔가 강력한 약에 취해 쓰러진 게 분명했어. 그가 정신을 차리지 못했기 때문에 그대로 자라고 내버려두고, 두 청년과 두 여자가 실종자를 찾아 달려나갔지. 그들은 조교사가 무슨 까닭에서든 일찌감치 말을 운동시키려고 데려갔을 거라는 희망을 아직 버리지 못했어. 황야가 한눈에 내려다보이는 집 근처의 작은 언덕배기에 올라가보았지만 우승 예상마는 흔적도 없었지. 그들은 뭔가 흉한 일이 일어났다는 것을 직감했어.

마구간에서 400미터쯤 떨어진 곳에서 존 스트레이커의 외투가 골담초 덤불에 걸려 나풀거리고 있었지. 바로 그 너머의 황야에는 움푹 파인 구덩이가 있었는데, 거기서 불행한 조교사의 시신을 발견했어. 뭔가 육중한 무기에 강하게 맞아 두개골이 부서졌고 허벅지에도 상처가 났는데, 분명 뭔가 아주 날카로운 무기에 길게 베인 자국이었지. 스트레이커는 격렬하게 저항한 게 분명했어. 오른손에 작은 칼을 들고 있었는데, 손잡이까지 피가 엉겨붙어 있었거든. 왼손에는 빨강과 검정색 비단 넥타이를 거머쥐고 있었는데, 그건 하녀가 본 적이 있는 넥타이였어. 바로 간밤에 마구간에 찾아온 낯선 남자가 매고 있던 것이었지. 혼수상태에서 깨어난 헌터 역시 그 넥타이의 주인이 그 남자가 맞는다고 증언했어. 헌터는 또 그 남자가 창가에 서 있을

"불행한 조교사의 시신을 발견했어."
시드니 패짓 그림, 《스트랜드 매거진》(1892)

때 양고기 카레에 약을 타서 의식을 잃게 한 게 확실하다고 생각했지.

실종된 말 애기를 하자면, 그 죽음의 구덩이 바닥에 깔린 진흙에 많은 발자국이 나 있었어. 난투가 벌어질 때 거기 있었던 거야. 하지만 그날 아침부터 행방이 묘연했지. 거액의 현상금이 걸렸고, 다트무어의 모든 집시들이 촉각을 곤두세웠지만, 어떤 소식도 들려오지 않았어. 마지막으로, 헌터가 남긴 저녁 식사를 분석해보니 상당량의 분말 아편이 섞여 있었는데, 그날 밤 같은 요리를 먹은 그 집 사람들은 아무 탈이 없었어.

15. 영국 단행본에는 이 문장이 "내가 앞서 말한 전원주택에 사는 사람이었으니까"라고 되어 있다. 그러나 그건 적절치 않고, 미국판에 나오는 이 문장이 더 적절해 보인다.

"강하게 맞아 두개골이 부서졌어."
W. H. 하이드 그림, 《하퍼스 위클리》(1893)

이제까지 얘기한 게 이 사건의 주요 사실들이야. 추측은 다 빼고, 최대한 있는 그대로 말한 거야. 이제 경찰이 뭘 했는가를 요약해줄게.

사건 담당자인 그레고리 경위는 대단히 유능한 경찰이야. 상상력만 있으면 최고의 형사가 될 수도 있는 인물이지. 그는 도착하자마자 당연히 혐의가 가는 인물을 발견하고 즉각 체포했어. 그를 찾아내는 건 어려울 게 없었지. 그는 인근에 잘 알려진 사람이었으니까.[15] 체포했다는 피츠로이 심슨이 바로 그 사람일 거야. 그는 출생 배경도 교육 수준도 훌륭한 사람인데, 경마장에서 한 재산 날리고, 이때까지 런던의 도박 클럽에서 다소 조용히 점잖게 사설 마권업을 하며 살았지. 그의 베팅 장부를 조사해보니 그가 우승 예상마의 상대 마필에 5,000파운드나 걸었다는 사실이 밝혀졌어.

그는 체포되자마자 바로 자백했지. 킹스 파일랜드 마방의 말들에 대한 정보뿐만 아니라, 사일러스 브라운이 맡고 있는 케이플턴 마방의 2위 입상 예상마인 데즈버러[16]에 대한 정보를 얻으려고 다트무어에 간 적이 있다는 거야. 앞서 말한 그날 저녁 일에 대해선 고분고분 시인을 했어. 하지만 나쁜 의도가 있었던 것은 아니고, 단지 직접적인 정보를 얻으려고 그런 것뿐이라고 주장했지. 넥타이를 들이대자 그는 안색이 아주 창백해지면서, 그게 어떻게 살해된 사람의 손에 쥐어져 있었는지 설명을 하지 못했어. 폭우가 내린 그날 그가 밖에 있었다는 것을 증명하는 젖은 옷가지도 있었고. 묵직한 납을 넣은 그의 페낭 로이어[17] 단장은, 여러 차례 가격해서 조교사를 죽음에 이르게 한 끔찍한 상처를 낸 것으로 보이는 바로 그 무기였어. 그런데 스트레이커의 칼 상태로 보면 공격자들 가운데 적어도 한 명은 틀림없이 상처를 입었다는 걸 보여주는데, 심슨에게는 아무런 상처도 없었어. 왓슨, 이만하면 간단하게나마 자네는 애기를 다 들었어. 이제 뭐든 도움이 될 만한 걸 일러주면 정말 고맙겠어."

홈즈가 특유의 명료한 말솜씨로 들려준 이야기를 여태 나는 더없이 흥미진진하게 귀담아들었다. 대부분 이미 알고 있는 사실들이었지만, 어느 게 더 중요한 사실인지, 사실들이 서로 어떤 관련이 있는지를 이제야 좀 감을 잡을 수 있었다.

"스트레이커의 허벅지 상처는 두뇌 부상으로 발작을 일으켜 자해를 한 것일 가능성은 없을까?"

"가능한 것 이상이지. 충분히 가능해." 홈즈가 말했다. "그럴 경우 피고에게 유리한 중요 증거 하나가 사라지는 셈이야."

"하지만 경찰의 가설은 여전히 수긍이 안 돼."

"우리가 어떤 가설을 내세우든 경찰의 가설과는 전혀 다를 거야. 경찰은 피츠로이 심슨이 헌터에게 아편을 먹였고, 어떻게인지는 몰라도 열쇠를 구해서 마구간 문을 열고, 명백히 훔칠 목적으로 말을 데리고 나갔다고 상상하는 모양이야. 재갈과

16. 'Desborough.' 이 말 이름은 지명이나 사람 성씨를 딴 것으로 보인다. 유명인으로 올리버 크롬웰의 매제인 잉글랜드 군인 존 데즈버러가 있다―옮긴이.

17. 'Penang lawyer.' 둥글고 큼직한 머리가 있는 보행용 단장(짧은 지팡이)으로 말레이 반도의 서쪽에 있는 섬 페낭(올바른 명칭은 피낭)에서 수입한 것이다. 헨리 율 경의 『홉슨-좁슨』 사전에 따르면, 이 지팡이 이름은 말레이 반도의 피낭 리야르(야생 빈랑나무, 곧 야생 피낭), 아니면 피낭 라요르(불에 말린 피낭)의 발음이 와전된 것으로 보인다. 혹은 피낭 섬에서 법적인 문제를 지팡이 매질로 해결한 것을 두고 '페낭 법률가'라는 뜻의 이런 이름이 붙었을 수도 있다. 존 캠던 하튼의 『비속어 사전』(1865)에서는 이를 이렇게 풀이했다. "전에는 신사들이 썼지만 지금은 하인들이 들고 다니는 것."

18. 존 웨버의 지적에 따르면, 태비스톡은 홈즈의 말처럼 다트무어 북서쪽에 있지도 않고, 왓슨의 말처럼 한복판에 있는 것도 아니다. 태비스톡은 다트무어 서쪽 끝에 있다. 웨버가 '킹스 파일랜드'라는 마방 후보지로 꼽은 곳은 오클리 농장(태비스톡에서 동쪽으로 3킬로미터 지점)이다. 케이플턴(혹은 메이플턴) 후보지로는 콜래턴 마을을 꼽았다. 또한 그는 경마장이 윈체스터가 아니라, 다트무어 동쪽 경계에 자리 잡은 뉴턴 애벗에 있다고 주장했다.

고삐도 없어졌는데, 경찰의 가설에 따르면 심슨은 말에 굴레를 씌워, 문을 열어둔 채 황야로 말을 몰고 가다가, 조교사와 마주쳤거나 따라잡혔어. 당연히 격투가 벌어졌고, 심슨이 육중한 단장으로 조교사의 머리를 가격했는데, 스트레이커가 자기방어용으로 휘두른 작은 칼에 아무런 상처도 입지 않았어. 그 후 이 도둑이 어딘가 비밀 은신처로 말을 끌고 간 게 아니라면, 말이 격투 도중 달아나서 지금 황야를 헤매고 있다는 거지. 이게 경찰이 생각하는 사건 진상이야. 이건 전혀 있음 직하지 않은 일인데, 지금으로선 다른 가설도 마찬가지야. 하지만 내가 일단 현장에 도착하기만 하면 아주 신속하게 사건을 파헤칠 거야. 그때까지는, 지금보다 더 멀리 내다볼 길이 없어."

저녁이 되고 나서야 우리는 태비스톡[18]이라는 작은 읍내에 도착했다. 태비스톡은 다트무어라는 거대한 원의 한복판에서 방패의 중앙처럼 볼록 도드라진 곳이었다. 기차역에는 두 신사가 마중 나와 있었다. 한 명은 키가 크고, 흰 얼굴에 머리칼과 수염이 사자 갈기 같은데, 연푸른 두 눈이 묘하게 사람을 꿰뚫어 보는 듯했다. 다른 한 명은 키가 작고 민첩하게 생긴 사람으로, 프록코트를 걸치고 각반을 찬 아주 말쑥한 차림에, 귀 옆의 구레나룻을 단정하게 다듬었고, 외눈 안경을 쓰고 있었다. 후자는 그 유명한 경주마의 마주인 로스 대령이었고, 다른 사람은 영국 수사계에서 두각을 나타내고 있는 그레고리 경위였다.

"와주셔서 감사합니다, 홈즈 씨." 대령이 말했다. "여기 경위께서 이미 생각 가능한 모든 일을 다 하셨지만, 불쌍한 스트레이커의 복수를 하고 내 말을 되찾기 위해서라면 모든 가능성을 타진해보고 싶습니다."

"새로운 진전이라도 있습니까?" 홈즈가 물었다.

"지지부진해서 유감이오." 경위가 말했다. "밖에 마차를 준비해두었습니다. 당신이라면 분명 날이 어두워지기 전에 현장을 둘러보고 싶을 테니, 마차를 타고 가면서 얘기를 합시다."

　잠시 후 우리는 편안한 랜도 마차[19]를 타고, 데번셔의 고풍
스러운 옛 읍내를 통과했다. 그레고리 경위는 자기 사건에 푹
빠져서 줄기차게 얘기를 쏟아놓았다. 그러는 동안 홈즈는 이
따금 질문을 던지거나 맞장구를 쳐주었다. 로스 대령은 자리
에 기대앉아 팔짱을 낀 채 모자로 눈을 가리고 있었다. 나는
두 사람이 나누는 대화를 흥미롭게 들었다. 그레고리는 자기
가설을 늘어놓았는데, 그건 홈즈가 기차에서 말해준 것과 거
의 똑같았다.

　"수사망이 피츠로이 심슨을 더욱 압박해가고 있습니다." 그
가 말했다. "나는 그가 범인이라고 믿습니다만 순전히 정황증

19. 지붕이 두 부분으로 나뉜 사륜마차로, 반만 열
수도 있고, 완전히 열 수도 있고, 물론 완전히 닫을
수도 있다.(「보헤미아 왕실 스캔들」에도 나온다―옮
긴이)

"와주셔서 감사합니다, 홈즈 씨."
시드니 패짓 그림, 《스트랜드 매거진》(1892)

거뿐이라서, 새로운 진전이 이루어지면 뒤집힐 수도 있다고 봅
니다."

"스트레이커의 작은 칼은 어떻게 보십니까?"

"그가 쓰러지면서 제 손에 다쳤다는 결론에 이르렀습니다."

"우리가 오는 도중 내 친구 왓슨 박사도 그런 제안을 했습니
다. 그게 정말 그렇다면 심슨에게 불리하겠지요."

"그야 두말할 나위가 없죠. 심슨에게는 칼도 없고, 상처 하
나 없어요. 스트레이커가 자기 칼에 다쳤다면 심슨에게 아주
불리한 증거가 됩니다. 심슨은 우승 예상마 실종에 큰 이해관
계가 걸려 있었습니다. 마구간 청년의 음식에 약을 탄 혐의가
짙고, 분명 폭우가 내린 날 밖에 있었고, 육중한 단장으로 무장
을 했고, 그의 넥타이가 피살자의 손에서 발견되었습니다. 이
만하면 배심원 앞으로 데려가기엔 충분하다고 봐요."

홈즈는 고개를 내둘렀다.

"현명한 변호사라면 그 정도 증거는 무용지물로 만들 겁니
다." 홈즈가 말했다. "그가 마구간 밖으로 말을 빼돌릴 이유가
뭐가 있습니까? 그 말이 다치길 바란다면, 마구간 안에서도
얼마든지 그럴 수 있었어요. 그에게서 마구간 열쇠가 발견되
었나요? 분말 아편을 그에게 팔았다는 약제사는 찾았나요?
무엇보다도, 그 지역을 잘 모르는 그가 말을 어디에 숨길 수
있었을까요? 게다가 그렇게 유명한 말을. 그가 하녀를 통해
마구간 청년에게 전하려고 한 쪽지에 대해 본인은 뭐라고 해
명하던가요?"

"10파운드짜리 어음이었다고 합니다. 그건 그의 지갑에 있
었습니다. 하지만 당신이 제기한 다른 문제점은 보기보다 심각
한 게 아닙니다. 그는 그 지역을 잘 모르지 않습니다. 이태 여
름을 태비스톡에서 묵은 적이 있습니다. 아편은 런던에서 구해
왔을 겁니다. 열쇠는 쓰고 나서 버렸겠지요. 그 말은 황야의 어

느 구덩이나 폐광에 쓰러져 있을 겁니다."

"넥타이에 대해서는 뭐라던가요?"

"그게 자기 것이라는 사실은 인정하면서도, 잃어버렸다고 주장하고 있습니다. 그런데 말을 마구간에서 빼돌린 것을 설명할 수 있는 새로운 사실이 드러났어요."

홈즈가 귀를 세웠다.

"문제의 월요일 밤에 집시 일행이 살인 현장에서 1.6킬로미터 안짝의 황야에서 야영을 한 흔적을 찾아냈습니다. 그들은 화요일에 사라졌지요. 자, 심슨과 그 집시들 사이에 모종의 합의가 이뤄졌다고 가정해봅시다. 그러면 그가 스트레이커에게 따라잡혔을 때 그 말을 집시들에게 넘겨주러 가는 중이었을 겁니다. 그렇다면 집시들이 지금 그 말을 갖고 있지 않을까요?"

"분명 가능한 일입니다."

"그 집시들을 찾기 위해 황야를 수색하고 있습니다. 태비스톡을 중심으로 반경 16킬로미터 안의 모든 마구간과 헛간까지 다 뒤졌지요."

"다른 마방이 꽤 가까이 있는 것으로 알고 있습니다만."

"그렇습니다. 그건 우리가 결코 소홀히 다룰 수 없는 중요한 사실이죠. 그들의 말 데즈버러는 2위 입상 예상마니까, 그들도 우승 예상마가 실종되면 득을 보지요. 조교사인 사일러스 브라운은 이번 경마에 거액을 걸었다고 합니다. 그는 스트레이커와 친한 사이도 아니었어요. 하지만 그 마방을 조사한 결과, 그가 연루되었다는 증거를 찾아내지 못했습니다."

"심슨이라는 사람이 케이플턴 마방과 관계가 있다는 증거는 없었나요?"

"네, 전혀."

홈즈는 마차 좌석에 등을 기대고 대화를 중단했다. 몇 분 후 우리의 마차는 추녀가 축 늘어진 아담한 빨간 벽돌집 앞에 멈

20. 「입술이 뒤틀린 남자」 24번 주석 참고─옮긴이.

추었다. 이 전원주택은 길가에 지어져 있었다. 거기서 말 훈련장 너머, 좀 떨어진 곳에 회색의 타일 지붕을 올린 긴 마구간 건물이 있었다. 다른 모든 방향으로는 나지막이 물결치는 황야가, 시들어가는 양치류 때문에 황동 빛을 띠고 지평선까지 뻗어 있었다. 이 지평선을 끊어놓고 있는 것은 태비스톡의 첨탑 건물들과 서쪽에 옹기종기 모인 집들뿐이었다. 그 집들을 보니 그곳이 케이플턴 마방임을 알 수 있었다. 우리는 벌떡 일어나 마차에서 내렸다. 그런데 홈즈는 여전히 좌석에 기대앉은 채 눈앞의 하늘을 물끄러미 바라보며 생각에 몰입해 있었다. 내가 그의 팔을 툭 치자 그는 비로소 벌떡 일어나 마차에서 내렸다.

"죄송합니다." 다소 어리둥절한 눈으로 바라보는 로스 대령을 향해 그가 말했다. "몽상을 좀 했습니다." 그의 두 눈이 반짝이며 흥분을 억누르고 있는 기색이 역력한 걸 보니, 실마리를 잡은 게 분명했다. 그건 내가 전에도 익히 보아온 모습이었다. 하지만 그가 어디서 실마리를 잡았는지는 짐작이 가지 않았다.

"범죄 현장으로 곧장 가보고 싶으시겠죠, 홈즈 씨?" 그레고리가 말했다.

"좀 더 이곳에 남아서 한두 가지 상세한 질문을 하고 싶습니다. 스트레이커는 이곳으로 옮겨놓았겠지요?"

"네, 그는 2층에 있습니다. 검시는 내일 합니다."

"로스 대령, 그는 여러 해 동안 당신 밑에 있었죠?"

"그는 언제나 훌륭한 하인이었습니다."

"그레고리 경위, 사망 당시의 소지품 목록을 만들었겠죠?"

"보고 싶어 할 것 같아서 소지품을 거실에 놓아두었습니다."

"잘됐군요." 우리는 줄지어 거실로 들어가서 중앙 탁자에 둘러앉았다. 경위는 네모난 양철통 자물쇠를 열고, 우리 앞에 작은 물건들을 꺼내놓았다. 밀랍 성냥[20] 한 갑, 5센티미터의 우지

양초 토막, A. D. P. 브라이어 파이프,[21] 길고 가늘게 썬 14그램의 캐번디시[22]가 든 물개 가죽 쌈지, 금줄이 달린 은시계, 금화 5소버린, 알루미늄 필통, 종이 몇 장, 상아 손잡이가 달린 작은 칼. 아주 예리하고 단단한 이 칼날에는 '바이스 & Co. 런던'[23]이라고 새겨져 있었다.

"아주 독특한 칼이군요." 홈즈가 집어 들고 꼼꼼히 살펴보며 말했다. "핏자국이 묻어 있는 걸로 보아서, 이게 피살자가 쥐고 있던 그 칼인가 보군요. 왓슨, 이 칼은 분명 자네 계열의 물건이로군."

"백내장 나이프라고 부르는 거지." 내가 말했다.

"그럴 줄 알았어. 아주 섬세한 작업을 하기 위해 만든 아주 예리한 날이야. 이런 칼은 궂은일을 하러 가는 사람이 가지고 가기엔 어울리지 않아. 더구나 주머니에 넣을 수도 없잖아."

"시신 곁에서 칼날에 씌운 코르크 원반을 발견했습니다." 경위가 말했다. "그의 아내 말에 따르면 이 나이프는 며칠 동안[24] 화장대 위에 놓여 있었는데, 그가 그날 집을 나서면서 챙겨 간 겁니다. 무기로선 변변치 않지만, 그 순간 집어 들 무기로는 이만한 게 없었을 겁니다."

"그럴 수도 있겠군요. 이 종이는 뭔가요."

"세 장은 건초업자에게 받은 영수증이고, 한 장은 로스 대령의 지시가 담긴 편지입니다. 다른 하나는, 본드 스트리트[25]의 의상실 '마담 르쉬리에'에서 윌리엄 더비셔에게 보낸 37파운드 15실링짜리 계산서입니다. 스트레이커 부인 말로는 더비셔가 남편의 친구인데, 이따금 그의 편지가 여기로 배달된다고 합니다."

"더비셔 부인은 취향이 좀 호사스럽군요." 홈즈가 계산서를 굽어보며 말했다. "여성복 한 벌에 22기니[26]라면 상당한 고가로군요. 하지만 여기서는 더 이상 얻을 게 없는 것 같습니다.

21. 'A. D. P.'가 유명한 파이프 제조업자이자 담배 판매상인 앨프리드 던힐 파이프의 머리글자라고 생각하기 쉽지만, 도니골 경은 이것이 이탈리아 안코나 교외에서 만든 작은 브라이어 파이프의 이름이라고 결론지었다. 즉, A. D. P.는 '안코나 델라 피콜라Ancona Della Piccola'다. 앨프리드 던힐이 담배 회사 (앨프리드 던힐 주식회사)를 차린 것은 1907년이고, 파이프를 만든 것 역시 1910년 이후라는 사실이 도니골 경의 주장을 뒷받침한다. 좀 더 그럴듯한 후보로는 영국의 파이프 제조업자 A. 포즈너 앤드 선이 시판한 'A. D. 피어슨' 파이프가 있다.

22. 씹는담배의 일종으로 제조 회사 이름이다. 흡연용 담배를 부드럽게 하고 압축해서 단단한 케이크처럼 만든 것.

23. 옥스퍼드 스트리트와 맨체스터의 '존 바이스와 아들들'이라는 회사에서 외과용 의료 기구를 만들었다.

24. "며칠 동안"이라는 말이 일부 미국 판본에는 나오지 않는다.

25. 본드 스트리트에는 구도로와 신도로가 있다. 신도로에는 수많은 의상실과 여러 화랑이 자리 잡고 있었다.

26. 22기니는 요즘 구매력으로 약 270만 원. 37파운드 15실링은 약 440만 원. 기니에 대해서는 「보헤미아 왕실 스캔들」 34번 주석 참고—옮긴이.

이제 범죄 현장으로 가봅시다.”

　우리가 거실에서 나왔을 때, 통로에서 기다리던 한 여성이 성큼 다가오더니 경위의 소매 위에 손을 얹었다. 초췌하고 여위고 열띤 그녀의 얼굴에는 최근에 겪은 비극의 흔적이 역력히 드러나 있었다.

　“그들을 잡았나요? 잡았어요?” 그녀가 숨차게 물었다.

　“아니요, 스트레이커 부인. 하지만 여기 홈즈 씨가 우리를 도우려고 런던에서 찾아왔어요. 우리는 최선을 다할 겁니다.”

　“스트레이커 부인, 우리가 얼마 전 플리머스의 가든파티에

“그들을 잡았나요?” 그녀가 숨차게 물었다.
시드니 패짓 그림, 《스트랜드 매거진》(1892)

서 만나지 않았던가요?" 홈즈가 말했다.

"아니요, 잘못 아셨어요."

"아니, 이런, 나는 장담할 수 있어요. 부인은 타조 깃털 장식이 달린 비둘기색 비단 의상을 입었죠."

"저한테는 그런 옷이 없어요." 부인이 대답했다.

"아, 그럼 아니로군요." 홈즈는 사과하고 경위를 따라 밖으로 나갔다. 황야를 잠깐 걷자 시신이 발견된 구덩이에 이르렀다. 구덩이 가장자리에는 외투가 걸려 있던 골담초 덤불이 있었다.

"그날 밤에는 바람이 불지 않은 걸로 알고 있습니다만." 홈즈가 말했다.

"그래요. 하지만 폭우가 내렸죠."

"그렇다면 외투가 바람에 날려가서 골담초 덤불에 걸린 게 아니라, 거기 놓아둔 거겠죠."

"네. 덤불 위에 걸쳐 있었죠."

"흥미로운 얘깁니다. 땅에 발자국이 아주 많군요. 월요일 밤 이후 이곳에 많은 사람이 다녀간 게 분명하군요."

"이곳 한쪽에 매트를 깔아놓고, 우리는 모두 그곳만 밟았습니다."

"잘하셨습니다."

"이 가방에 스트레이커가 신은 부츠 한 짝과 피츠로이 심슨의 신발 한 짝, 그리고 은점박이의 편자 하나가 들어 있습니다."

"아니, 그레고리 경위, 뜻밖에 정말 대단하시군요!" 홈즈가 가방을 들고 구덩이로 내려가면서 매트를 좀 더 가운데 쪽으로 밀어놓았다. 그런 다음 땅에 바투 엎드려서 두 손에 볼을 얹고 눈앞의 발자국을 자세히 살폈다.

"아하!" 그가 갑자기 말했다. "이게 뭐죠?"

그건 반쯤 탄 밀랍 성냥이었다. 진흙이 잔뜩 묻어서 처음에

밀랍 성냥.

는 작은 나무 부스러기처럼 보였다.

"내가 어쩌다 그걸 못 봤나 모르겠군요." 경위가 부루퉁하니 볼멘소리로 말했다.

"눈에 띄지 않게 흙 속에 파묻혀 있었습니다. 이게 내 눈에 띈 것은 내가 이걸 찾고 있었기 때문이죠."

"헛! 그걸 찾고 있었다고요?"

"이게 있을 거라고 생각한 거죠."

홈즈는 가방에서 신발을 꺼내 땅바닥의 발자국에 대보았다. 그러다가 구덩이 가장자리로 올라와 양치류와 골담초 덤불 사이로 기어다녔다.

"더 이상의 발자국은 없을 겁니다." 경위가 말했다. "사방 100야드의 땅을 이미 샅샅이 살펴보았습니다."

"과연 그렇군요!" 홈즈가 몸을 일으키며 말했다. "그런 말을 듣고도 다시 살펴볼 필요는 없겠지요. 하지만 어두워지기 전에 황야를 좀 산책하며 내일 할 일을 생각해보고 싶군요. 이 편자는 행운을 가져올 것 같으니 내가 좀 갖고 있겠습니다."

로스 대령은 내 친구가 말없이 체계적으로 일하는 모습을 보며 아까부터 심드렁한 표정을 짓고 있다가, 시계를 힐끗 쳐다보았다. "경위, 나와 같이 돌아갑시다." 그가 말했다. "몇 가지 조언을 듣고 싶은 게 있습니다. 특히 웨식스 컵 출주마 명단에서 우리 말 이름을 빼야 하는 게 아닌가에 대해서 말입니다."

"뺄 필요 없습니다." 홈즈가 단호하게 외쳤다. "명단에 살려두세요."

대령이 고개를 숙여 보였다. "그런 말씀을 들으니 정말 기쁩니다. 우리는 스트레이커의 집에 가 있겠습니다. 산책을 마치고 나서 같이 마차 편으로 태비스톡에 갑시다."

그는 경위와 함께 돌아갔고, 홈즈와 나는 황야를 천천히 거닐었다. 케이플턴 마방 너머로 해가 지고 있었다. 우리 앞에 멀리 펼쳐진 경사진 평원은 황금빛으로 물들었고, 시든 양치류와 나무딸기는 저물어가는 햇빛을 받아 점점 짙은 적갈색으로 물들었다. 그러나 더없이 깊은 생각에 잠긴 내 친구에게는 이런 찬란한 풍경이 눈에 들어오지도 않았다.

"이런 방법이 좋겠어, 왓슨." 마침내 그가 말했다. "존 스트레이커를 누가 살해했는가는 일단 접어두고, 그 경주마가 어떻게 되었는지를 알아내는 데 집중하는 거야. 그 비극의 시간에, 아니면 그 후에 말이 달아났다고 가정해보자구. 그럼 어디로 갈 수 있었을까? 말이라는 동물은 무리를 짓는 습성이 있어. 혼자 남았다면 본능적으로 킹스 파일랜드로 돌아가거나 케이플턴으로 갔겠지. 말이 뭐하러 황야에서 날뛰겠어? 말은 지금쯤 눈에 띄었어야 마땅해. 집시들은 하등 그 말을 가지려고 할 이유가 없어. 그들은 경찰한테 시달리는 걸 원치 않기 때문에, 문제가 생겼다는 말만 들어도 부리나케 야영지를 옮겨버리지. 그들은 그런 말을 팔 생각도 할 수 없어. 말을 가지고 있어봐야 아주 위험하기만 하고 득이 될 게 없는 거야. 그건 아주 명백해."

"그럼 어디에 있을까?"

"틀림없이 킹스 파일랜드나 케이플턴으로 갔을 거라고 이미 말했잖아. 지금 킹스 파일랜드에는 없어. 그러니 케이플턴에 있겠지. 그걸 유효한 가설로 받아들이고, 그 가설을 따라가보자구. 경위가 말한 대로 이쪽 황야는 아주 단단하고 건조해. 하지만 케이플턴 쪽으로 지대가 낮아져서, 여기서도 저 너머에 긴 저지대가 있는 게 보이잖아? 월요일 밤에 그곳은 땅이 질퍽했겠지. 우리 가정이 옳다면, 그 경주마는 틀림없이 그곳으로 갔을 거야. 우리가 그 말의 흔적을 찾아야 할 곳이 바로 거기야."

우리는 이런 대화를 나누며 성큼성큼 걸어서, 몇 분 후 문제

27. 홈즈는 탐정에게 상상력이 필요하다는 말을 여러 번 했다. "경위, 자네는 항상 입장을 바꿔서, 나라면 어떻게 했을까 하는 생각을 해보면 좋은 결과를 얻게 될 거야. 상상이 좀 필요하지만, 그만한 보상이 따르지."(「은퇴한 물감 제조업자」) "왓슨, 이런 경우 내가 어떤 방법을 구사하는지 자네도 알 거야. 나는 그 사람의 입장에 서서 먼저 그의 지능 수준을 헤아린 다음, 그런 상황에서 내가 그 사람이라면 어떻게 할 것인가 상상해보지."(「머스그레이브 씨네 의식문」)

그런데 이와는 엇갈리는 듯이 들리는 말도 자주 한다. 예를 들어 『주홍색 연구』에서 이렇게 말한다. "아직 정보가 없어. 모든 증거를 확보하기 전에 가설을 세우는 것은 크게 실수하는 거야. 판단력이 한쪽으로 치우치게 되거든."[「보헤미아 왕실 스캔들」(24번 주석 참고)에서도 거의 같은 말을 한다. "나한테는 아직 정보가 없어. 정보를 얻기 전에 가설을 세우는 것은 크게 실수하는 거야. 은연중 가설에 맞추어 사실을 곡해하게 되거든." —옮긴이] 이런 식으로 홈즈는 "가설에 따라 행동"하는 것을 힐난했는데, 여기서는 오히려 찬미하고 있다. 어쩌란 말인가?(이것은 정말 딜레마이자 모순이다. 이 모순을 종합하는 능력 혹은 중용의 능력이 바로 위대한 탐정의 능력일 것이다 —옮긴이)

의 저지대에 도착했다. 홈즈의 요청대로 나는 오른쪽 언덕배기로 갔고, 그는 왼쪽으로 갔다. 그러나 내가 쉰 걸음도 가기 전에 홈즈가 외치는 소리를 들었다. 그가 나를 손짓해 부르는 모습이 보였다. 홈즈의 눈앞에 펼쳐진 무른 땅에 말 발자국이 뚜렷이 나 있었다. 그가 주머니에 담아 온 편자가 그 발자국에 딱 들어맞았다.

"역시 상상력이 중요해." 홈즈가 말했다. "그레고리에게 결여된 게 바로 이런 상상력이야. 우리는 무슨 일이 일어났을지 상상을 하고 가설에 따라 행동함으로써 우리가 옳다는 것을 알게 되었지.[27] 자, 더 나아가보자구."

우리는 질퍽거리는 저지대를 가로지른 후, 건조하고 딱딱한 풀밭을 400미터쯤 걸었다. 다시 지대가 아래로 기울자 다시 발자국이 눈에 띄었다. 그 후 800미터쯤 종적이 사라졌지만, 케이플턴에 아주 가까이 가자 다시 발자국이 나타났다. 발자국을 처음 발견한 것은 홈즈였다. 그는 득의양양한 표정을 짓고 서서 땅을 가리켰다. 말 발자국 곁에 사람 발자국이 보였다.

"그 말은 이제까지 혼자였어." 내가 외쳤다.

"맞아. 여기까지 혼자 왔지. 아하, 이게 뭘까?"

두 가닥의 발자국이 갑자기 방향을 홱 틀더니 킹스 파일랜드 쪽으로 향했다. 홈즈가 휘파람을 불었다. 우리는 발자국을 따라갔다. 그의 두 눈은 발자국을 쫓고 있었다. 그러나 나는 한눈을 팔다가 놀랍게도 같은 발자국이 맞은편에서 다시 돌아오고 있는 것을 우연히 발견했다.

"왓슨, 자네도 한 건 했군." 내가 그것을 지적하자 홈즈가 말했다. "다시 되짚어 와야 할 길을 자네가 크게 단축시켰어. 돌아온 발자국을 따라가보자."

우리는 멀리 갈 필요가 없었다. 케이플턴 마방 정문으로 이어진 아스팔트 길에서 발자국은 사라졌다. 우리가 다가가자 마부가 마방에서 뛰어나왔다.

"여기서 얼씬거리면 안 됩니다." 그가 말했다.

"뭐 하나만 물어봅시다." 홈즈가 조끼 주머니에 엄지와 검지를 찔러 넣고 말했다. "내가 내일 아침 5시에 이곳에 들른다면, 당신의 고용주인 사일러스 브라운 씨를 만나기에 너무 이른 시간인가요?"

"고맙기도 하시지. 그때쯤이라면 계실 겁니다. 그분이 항상 제일 먼저 일어나시니까요. 하지만 저기 오시는 걸 보니, 선생의 질문에 직접 답하실 수 있겠군요. 아니요, 아닙니다, 제가 선생의 돈에 손을 대는 걸 그분께서 보시면 제 목이 성치 못할 겁니다. 정 주시겠다면, 나중에."

셜록 홈즈가 주머니에서 꺼낸 반 크라운을 도로 집어넣었을 때, 사납게 생긴 노인이 수렵용 채찍을 흔들며 정문에서 성큼

"노인장, 10분만 얘기할 시간을 주세요." 홈즈가 최대한 부드럽게 말했다.
H. R. 에디 그림, 보스턴 일요신문 《아메리칸》(1912. 2. 11.)

걸어 나왔다.

"뭐 하는 짓이야, 도슨!" 그가 외쳤다. "잡담은 안 돼! 가서 일이나 봐! 그리고 당신들, 대체 여기서 뭐 하는 거요?"

"노인장, 10분만 얘기할 시간을 주세요." 홈즈가 최대한 부드럽게 말했다.

"한량들과 노닥거릴 시간 없소. 여긴 외부인 사절이오. 물러가시오. 안 그러면 개를 풀어놓겠소."

홈즈가 상체를 숙이며 그 조교사의 귀에 뭐라고 소곤거렸다. 조교사가 화들짝 놀라며 안색이 관자놀이까지 붉어졌다.

"물러가시오."

시드니 패짓 그림, 《스트랜드 매거진》(1892)

"말도 안 돼!" 그가 외쳤다. "말도 안 되는 거짓말이야!"

"좋아요! 그럼 여기서 터놓고 논쟁을 해볼까요, 아니면 노인장의 응접실에서 조용히 얘기를 나눌까요?"

"음, 정 그렇다면 들어오시오."

홈즈가 빙그레 웃었다. "오래 기다리지 않아도 될 거야, 왓슨." 그가 말했다. "자, 이제 노인장의 처분에 맡기겠습니다."

홈즈와 조교사가 다시 나타난 것은 거의 20분이 지나, 붉은 노을이 다 사라진 뒤였다. 그 짧은 시간에 사일러스 브라운처럼 그렇게 느닷없이 딴판으로 달라진 사람을 보기는 생전 처음이었다. 얼굴은 잿빛처럼 창백하고, 이마에는 구슬땀이 번들거리고, 두 손은 덜덜 떨려서 수렵용 채찍이 바람에 건들거리는 나뭇가지 같았다. 약자에게 으름장을 놓는 고압적인 태도 역시 언제 그랬냐 싶게, 내 친구 곁에서 마치 주인을 따르는 충견처럼 알랑거렸다.

"지시하신 대로 하겠습니다. 꼭 그렇게 하겠어요." 그가 말했다.

"실수하면 안 됩니다." 홈즈가 주위를 둘러보며 말했다. 조교사는 홈즈의 눈빛이 험악한 것을 보고 몸을 움찔했다.

"아, 그럼요. 한 치의 실수도 없을 겁니다. 꼭 거기 있을 거요. 그것을 원래대로 바꿀까요 말까요?"

홈즈는 잠시 생각하다가 웃음을 터트렸다. "아니, 그대로 두세요." 그가 말했다. "그건 나중에 전갈을 보내겠습니다. 다시는 속임수를 쓰지 마세요, 안 그러면……."

"아, 저를 믿어주세요. 정말 믿으셔도 됩니다!"

"그날 꼭 그게 노인장의 것인 양 해야 합니다."

"저를 믿으시라니까요."[28]

"네, 믿겠습니다. 그럼 내일 연락을 드리죠." 홈즈는 조교사가 덜덜 떨며 내민 손을 못 본 척하고 돌아섰다. 그리고 우리는

29. 이번 이야기의 원제이자 우승 예상마의 이름인 "Silver Blaze"는 언뜻 '은빛 섬광'으로 이해되지만, 홈즈의 이런 말이나 뒤에 나오는 마주 로스 대령의 말에 따르면 '은점박이'라고 이해하는 게 옳다. "이마와 오른쪽 앞다리의 흰 반점을 보면 어린애라도 은점박이를 알아볼 거요." 'blaze'에는 '섬광'이나 '불꽃'이라는 뜻도 있지만 '(소나 말의 얼굴에 난) 흰 점'이라는 뜻도 있다. 말이 빠르다는 의미에서 '은빛섬광'이라는 이름이 멋들어져 보이기는 하지만, 반점을 빼면 이 말은 밤색이다─옮긴이.

킹스 파일랜드로 떠났다.

"고압적인 자세와 소심함과 비열함이 사일러스 브라운 씨보다 더 완벽하게 뒤섞인 사람은 만나본 적이 없어." 우리가 터벅터벅 걸어갈 때 홈즈가 말했다.

"말은 그 사람이 갖고 있는 거야?"

"펄쩍 뛰면서 잡아떼려고 하더군. 하지만 그날 아침 그가 뭘 어쨌는지를 아주 콕 집어 말했더니, 내가 다 지켜본 줄 알더라구. 자네도 앞부분이 특이하게 각진 발자국을 보았잖아? 그건 그의 부츠와 정확히 일치했어. 또 물론, 아랫사람이라면 감히 그런 짓을 할 엄두도 내지 못했을 거야. 나는 조목조목 얘기를 해줬지. 그는 평소 버릇대로 맨 처음 일어나 마방에 나왔다가, 낯선 말이 황야를 어슬렁거리는 걸 본 거야. 그래서 밖으로 나가 다가갔지. 이마의 흰 점을 보고 그것 때문에 그 우승 예상마가 갖게 된 이름[29]을 떠올리고는 화들짝 놀랐어. 그가 돈을 건, 자기 말을 이길 수 있는 유일한 말이 우연히 그의 수중에 들어온 거야. 또 내가 조목조목 얘기했지. 처음에 무슨 심정으로 그 말을 킹스 파일랜드로 데려다 주려고 했는가, 어쩌다 경마가 끝날 때까지 말을 숨겨놓자는 악마의 속삭임이 들려왔는가, 그래서 다시 발길을 돌린 후 케이플턴에 말을 어떻게 숨겨놓았는가 따위를 넌지시 얘기했지. 그러자 그는 마침내 무릎을 꿇고 오로지 책임을 면할 궁리만 하게 된 거야."

"하지만 그의 마방도 수색을 했잖아."

"아, 그 노인 같은 노련한 경마 사기꾼이라면 방법은 많지."

"하지만 지금 그 말을 그의 수중에 두는 게 걱정되지 않아? 그는 그 말을 없애려고 안달하는 사람이잖아."

"걱정 마, 그는 둘도 없는 보물처럼 그 말을 지킬 거야. 그가 용서를 구하려면 그 말을 안전하게 지키는 길밖에 없다는 걸 잘 알거든."

"로스 대령은 결코 용서할 사람으로 보이지 않던데?"

"그 문제는 로스 대령 맘대로 할 일이 아냐. 나는 내 방법대로 할 거야. 진실을 다 가르쳐주고 말고는 내 마음이지. 그게 바로 내가 경찰이 아니라서 갖게 되는 이점 아니겠어? 왓슨, 자네가 눈치챘는지 모르겠지만, 내가 보기에 그 대령의 태도에는 기사다운 데가 별로 없었어. 이제 나는 그를 좀 놀려먹을 생각이야. 그에게는 말에 대해 아무 얘기도 하지 마."

"그러지. 자네가 허락하지 않는다면."

"그리고 물론 이건 존 스트레이커를 누가 살해했는가 하는 문제에 비하면 대수로운 일도 아냐."

"그럼 이제 그 문제에 몰두할 거야?"

"그 반대야. 우린 야간열차를 타고 런던으로 돌아가자."

나는 친구의 말을 듣고 어안이 벙벙했다. 우리가 데번셔에 온 지 몇 시간 되지도 않았는데, 멋지게 시작한 조사를 금세 포기한다는 것은 도무지 납득이 되지 않았다. 우리가 조교사의 집으로 돌아갈 때까지 나는 그에게서 더 이상 한 마디 말도 듣지 못했다. 대령과 경위는 응접실에서 기다리고 있었다.

"내 친구와 나는 자정 특급을 타고 런던으로 돌아갑니다." 홈즈가 말했다. "아름다운 다트무어의 공기를 잠시나마 그윽하게 들이켤 수 있어서 좋았어요."

경위는 눈을 동그랗고 떴고, 대령은 입술 꼬리를 당겨 올리며 냉소를 머금었다.

"그럼 스트레이커 살해범을 체포하는 일에는 두 손 든 거로군." 그가 말했다.

홈즈는 어깨를 으쓱해 보였다. "그 문제에는 분명 심각한 난점들이 있습니다. 그러나 당신의 경주마가 화요일 경주에 출주할 거라고 낙관합니다. 그러니 기수를 준비해주시기 바랍니다. 그런데 존 스트레이커 씨의 사진을 한 장 얻을 수 있을까요?"

경위가 봉투에서 사진을 꺼내 홈즈에게 건네주었다.

"오 이런, 그레고리, 당신은 내가 뭘 원할지 다 알고 있군요. 잠시 여기서 기다려주세요. 하녀에게 물어보고 싶은 게 한 가지 있습니다."

"우리의 런던 탐정이 좀 실망스럽군." 내 친구가 응접실을 떠나자 로스 대령이 퉁명스럽게 말했다. "그가 오기 전보다 더 진전된 게 없지 않은가."

"적어도 당신의 말이 경주에 나갈 거라는 보장은 얻지 않았습니까." 내가 말했다.

"그래요, 그가 보장은 했지요." 대령이 어깨를 으쓱하며 말했다. "그보다 나는 그 말을 되찾고 싶소."

내가 친구를 옹호하는 말을 한마디 하려는 참에 홈즈가 다시 응접실로 들어왔다.

"자, 신사 여러분." 그가 말했다. "이제 태비스톡으로 떠날 준비가 되었습니다."

우리가 마차에 올라탈 때 마구간 청년 한 명이 마차 문을 잡아주었다. 그때 홈즈에게 문득 무슨 생각이 떠오른 듯했다. 그는 몸을 앞으로 기울이고 청년의 소매를 툭 쳤다.

"말 훈련장에 양이 몇 마리 있던데, 그건 누가 돌보나?" 홈즈가 물었다.

"제가요."

"최근 그 양들한테 무슨 문제가 생기지 않았나?"

"글쎄요, 별일은 아니지만, 세 마리가 발을 좀 절더군요."

나직이 웃으며 두 손을 마주 비비는 것을 보니 홈즈는 매우 흡족한 듯했다.

"천행이야, 왓슨. 정말 천행이야!" 그가 내 팔을 꼬집으며 말했다. "그레고리, 당신이 주목해야 할 일이 하나 있어요. 양들한테 묘한 돌림병이 돌고 있다는 것 말입니다. 마부 양반, 갑시다!"

로스 대령은 여전히 내 친구의 능력에 코웃음 치는 표정을 짓고 있었다. 그러나 경위의 얼굴을 보니 그는 사뭇 촉각을 곤두세웠다는 것을 알 수 있었다.

"그게 중요하다고 보십니까?" 그가 물었다.

"매우 중요하지요."

"내가 주목해야 할 것이 있으면 또 말씀해주시죠."

"밤중에 개한테 일어난 이상한 일."[30]

"그 개는 밤중에 아무런 짓도 하지 않았습니다."

"그게 바로 이상한 일입니다."[31] 셜록 홈즈가 말했다.

나흘 후 홈즈와 나는 다시 기차를 타고 윈체스터로 향했다. 웨식스 컵 경마를 보기 위해서였다. 약속한 대로 기차역 바깥에 로스 대령이 마중을 나와 있었다. 우리는 그의 드래그 마차[32]를

홈즈는 매우 흡족한 듯했다.
시드니 패짓 그림, 《스트랜드 매거진》(1892)

30. "The curious incident of the dog in the night-time." '부정추리negative inference'의 캐치프레이즈가 되었다는 바로 그 말. '부정추리'란 일정한 가정 아래 어떤 사실이 참이면, 그것을 뒤집은 것(그 부정)도 참이라고 보는 것이다. 예를 들어, '그 개는 모르는 사람을 보면 짖는다'가 참이면, 그것을 뒤집은 것, 곧 '그 개는 아는 사람을 보면 짖지 않는다' 혹은 '그 개는 모르는 사람을 보지 않으면 짖지 않는다'도 참이라고 '가정'한다. 물론 이 가정은 참일 수도 있고 아닐 수도 있다. 다시 말해 아는 사람을 보고도 짖을 수 있다. 하지만 이는 유용한 추리 기법인데, '부정추리'를 한마디로 '뒤집어 생각하기'쯤으로 이해하면 좋을 듯하다—옮긴이.

31. "That was the curious incident." 로널드 녹스 신부는, 아주 유명한 그의 풍자 에세이 「셜록 홈즈 문헌 연구」에서 꽤나 거창하게 들리는 '셜로키스머스Sherlockismus'라는 신조어를 만들어냈다. 이 신조어는 홈즈의 신랄한 어법을 뜻하는데, 그 예가 바로 이 대화다. 녹스 신부가 좋아하는 또 다른 셜로키스머스는 다음 말이다. "이건 반갑지 않은 사교계의 초대장 같군. 와서 하품을 해대거나, 아니면 거짓말이나 늘어놓아달라는 거지."(「독신 귀족」) 〔ismus는 독일어 접미사로, 영어의 ism에 해당하는 말이다. 영어에서는 냉소적으로 말할 때 ism 대신 ismus를 사용한다. 예컨대 historismus(역사주의), mysticismus(신비주의)라는 말에는 코웃음이 묻어 있다. 'Sherlockismus(셜록주의)'는 '셜록의 냉소주의' 혹은 '셜록의 코웃음'이라고도 이해할 수 있겠다—옮긴이〕

32. 미국 서부극에 나오는 역마차와 비슷한 것으로, 안에 좌석이 있고 지붕 위에도 좌석이 있는 사륜마차.

33. 한국의 경우 경마 배당은, 전체 베팅액 가운데 30퍼센트를 한국마사회에서 가져가고, 우승마를 맞힌 사람에게 나머지를 나누어준다. 3배당이라면 100원을 걸었을 때 300원을 돌려받게 된다. 영국도 우리와 별 차이 없을 것이다—옮긴이.

34. 앞에서는 웨식스 "컵Cup"이라고 했다가 여기서는 "배Plate"로 바꾼 것에 주목하라. '배盃'는 내기나 도박을 하기보다는 고정된 상금을 놓고 능력을 겨루는 경마다.

35. 웨인 스위프트는 'h ft'가 'half forfeit(반액 몰수)'를 의미한다고 해석했다. "그 의미는 마주가 참가비를 낸 후, 경주마가 출주하지 않으면 참가비 반액을 몰수당한다는 뜻이다."

36. 세인트사이먼 가문의 이 공작은 한때 외무장관을 지냈다. 「독신 귀족」에 기록된 대로 이 가문은 다소 가난한데, 그것은 도박 때문이었을 것이다. 「빈집」에서 왓슨은 로널드가 "밸모럴 경"에게 카드 게임으로 거액을 땄다고 보고하는데, 아마 동일 인물일 것이다.

37. 경마 프로그램이라고 여기 제시된 것은 미심쩍고 미흡하다. 아마도 경주가 끝난 후 경마의 색깔에 대해 잘 모르는 사람이 막연한 기억을 되살려 작성한 듯하다. 개빈 브렌드는 다음과 같이 밝혔다. "'권투선수Pugilist'의 '파랑과 검정 재킷'은 부적절하다. '파랑과 검정 줄무늬'라면 좀 더 적절할 것이다. '아이리스Iris(그리스 신화의 무지개 신 혹은 붓꽃—옮긴이)'의 기수가 모자를 쓰지 않은 것처럼 나온 것도 문제다. '데즈버러'와 '래스퍼Rasper'는 소매만 나와 있는데, 재킷 언급을 빠뜨렸다고 봐야 한다. 제대로 언급된 것은 '은점박이'와 '검둥이Nigro'밖에 없다."[1마일 5펄롱은 약 2,600미터. 경주마로 '래스퍼'라는 영국의 유명 혈통이 있는데, 이름의 유래는 분명하지 않다. 스코틀랜드 사투리로 'rasp'에 '투

타고 교외의 경마장으로 향했다. 대령의 얼굴은 심각했고, 태도도 매우 싸늘했다.

"내 말은 코빼기도 못 봤소." 그가 말했다.

"말을 보면 알아볼 수 있겠습니까?" 홈즈가 물었다.

대령은 버럭 화를 냈다. "내가 경마장에서 굴러먹은 지 20년이나 됐는데, 여태 그따위 질문은 받아본 적이 없소. 이마와 오른쪽 앞다리의 흰 반점을 보면 어린애라도 은점박이를 알아볼 거요."

"배당률은 어떻습니까?"

"음, 그게 아주 이상합니다. 어제만 해도 15배당이었는데, 배당률이 점점 떨어지더니 지금은 3배당도 안 됩니다."[33]

"흥!" 홈즈가 말했다. "누군가는 진상을 알고 있어요. 분명."

드래그 마차가 특별 관람석 가까이 경마장 구내에 멈추자, 나는 출주마 명단을 보기 위해 경마 프로그램을 훑어보았다.

웨식스 배[34], 4세와 5세 경주, h ft[35] 각 50파운드, 1착 1,000파운드, 2착 300파운드, 3착 200파운드. 새 주로(1마일 5펄롱).
1번 마. 히스 뉴턴 씨의 검둥이(빨강 모자, 진노랑 재킷).
2번 마. 워들로 대령의 권투선수(분홍 모자, 파랑과 검정 재킷).
3번 마. 백워터 경의 데즈버러(노랑 모자, 노랑 소매).
4번 마. 로스 대령의 은점박이(검정 모자, 빨강 재킷).
5번 마. 밸모럴 공작[36]의 아이리스(노랑과 검정 줄무늬).
6번 마. 싱글퍼드 경의 래스퍼(자줏빛 모자, 검정 소매).[37]

"우리는 당신이 한 말에 모든 희망을 걸고 다른 경주마를 출주시키지 않았소." 대령이 말했다. "아니, 저게 뭐지? 우승 예상마 은점박이?"

"은점박이 1.2배당!" 도박사들이 법석을 떨었다. "은점박이

가 1.2배당이야! 데즈버러는 3배당! 필드에 걸면 1.2배당이야!"[38]

"마필이 출장하고 있습니다." 내가 외쳤다. "모두 여섯 필이군요."

"모두 여섯! 그럼 내 말도 나오는 거잖아." 대령이 자못 흥분해서 외쳤다. "하지만 내 말이 안 보여. 내 색깔은 지나가지 않았어."

"다섯 필만 지나갔습니다. 저 말이 은점박이인 게 분명해요."

내가 말할 때 힘 좋은 밤색 말이 검량소[39]에서 의젓하게 나와 보통 구보로 우리 앞을 지나갔다. 등에는 대령의 유명한 고유색인 검정과 빨강 기수가 타고 있었다.

"저건 내 말이 아니오." 마주가 외쳤다. "저놈은 몸에 흰 반점이 없어요. 홈즈 씨, 이게 어찌 된 일입니까?"

"자, 자, 얼마나 잘 뛰는지나 봅시다." 내 친구가 천연덕스레 말했다. 잠시 그는 내 망원경으로 경주를 바라보았다. "최고야! 멋진 출발이었어!" 그가 갑자기 외쳤다. "저기 있군, 곡선 주로를 돌고 있어!"

마필들이 직선 주로에 나타나자 우리의 드래그 마차에서도 아주 잘 보였다. 여섯 필이 워낙 접전을 벌여서 양탄자 한 장으로 모두 덮을 수 있을 만큼 붙었지만, 직선 주로를 절반쯤 지났을 때 케이플턴 마방의 노란색이 선두로 나섰다. 그러나 우리 앞에 이르렀을 때, 데즈버러의 힘이 달리는 듯하더니 대령의 말이 추입해서, 라이벌을 족히 6마신[40] 차이로 따돌리고 결승선을 통과했다. 데즈버러에 이어 밸모럴 공작의 아이리스가 큰 차이로 3착을 했다.

"아무튼 내가 이겼어." 대령이 손으로 눈에 차양을 치고 바라보며 숨넘어가는 소리로 말했다. "정말이지 무슨 영문인지 종잡을 수가 없습니다. 홈즈 씨, 이제 수수께끼의 답을 가르쳐

레질(하다)'이라는 뜻이 있었던 것 같다. 두 입술을 떨며 투루루(푸르릉)거리는 게 투레질이다. 놀리는 시늉으로 애들이 투레질을 하기도 하지만, 말도 투레질을 곧잘 한다. 그렇다면 'rasper'는 울보나 느림보처럼 '투레질보' 정도로 이해할 수도 있겠다―옮긴이]

38. "필드field"는 우승 예상마를 제외한 나머지 출주마를 뜻한다. 그래서 '필드에 건다'는 것은, 우승 예상마가 우승하지 못할 거라는 데 건다는 뜻이다. 한국에는 그런 베팅 종목이 없다―옮긴이.

39. 'weighing enclosure.' 기수의 체중과 안장 등 장구의 무게를 측정하는 장소―옮긴이.

40. 1마신馬身은 말의 코끝에서 궁둥이 끝까지의 길이로 240센티미터. 경마에서 말 사이의 거리를 나타내는 말로는 이 밖에도 4분의 3마신 차(172-218센티미터), 2분의 1마신 차(100-172센티미터), 목 차(52-100센티미터), 머리 차(24-52센티미터), 코 차(24센티미터 이내)가 있다. 추입追入은 뒤따라 가다가 결승선 가까이에서 앞지르는 것을 뜻하는 경마 용어다―옮긴이.

41. "순純 주정spirits of wine"은 곧 브랜디.(순 주정이란 물을 타지 않았다는 뜻이다. 술을 증류한 것을 주정spirits이라 하고, 과실주를 증류해 얻은 알코올 성분이 높은 술을 총칭해서 브랜디라고 한다. 좁은 의미의 브랜디는 포도주를 증류한 것이고, 다른 과실을 증류했을 경우에는 '체리 브랜디'처럼 과일 이름을 앞에 붙인다―옮긴이)

42. 경마협회의 기준이나 경마의 권위에 비춰볼 때, 마주가 아닌 사람이 익명으로 말을 출주시키는 일은 당시에도 가능하지 않음을 알레 카치아는 알아냈다. 그래서 그는 왓슨이 홈즈의 능력을 과시하기 위해 사건 전체를 새롭게 구성했다고 결론지었다.

43. "서러브레드thoroughbred"가 영어사전에 '순종純種'이라는 뜻으로 나와 있는 것은 잘못이다. 이 이름은 1750년경에 만든 혈통대장에 등록된 특정 품종의 말을 가리킨다. 단거리 경주를 제외한 모든 평지경마에는 서러브레드종 말이 출전한다. 서러브레드는 아라비아 말, 바바리 말, 터키 말을 영국 토종말과 교배해서 품종을 개량한 경주마다. 머리가 우아하고, 몸매는 날씬하고, 가슴이 넓고, 등은 짧은데 다 자랐을 때의 평균 어깨 높이가 약 163센티미터, 몸무게가 450킬로그램가량으로, 색깔은 보통 밤색, 검은색, 회색을 띤다. 달리는 속도가 빠르고 경쾌하여 다른 품종과 교배하여 그 품종의 질을 높이는 데에도 많이 사용된다―옮긴이.

줄 때가 되지 않았습니까?"

"물론 말씀드려야죠. 이제 곧 모든 것을 아시게 될 겁니다. 우리 모두 말을 좀 보러 갑시다. 저기 있군요." 마주와 친구들만 입장이 허가된 검량소로 같이 들어가면서 그가 계속 말했다. "얼굴과 다리를 순 주정[41]으로 씻어주기만 하면, 전과 다름없는 은점박이를 보게 될 겁니다."

"당신은 사람 간 떨어지게 하는군요!"

"경마 사기꾼의 수중에서 찾아냈습니다. 그래서 말을 넘겨받자마자 바로 내가 임의로 출주시키라고 했습니다."[42]

"홈즈 씨, 정말 놀라운 일을 해내셨군요. 말이 아주 건강해 보입니다. 여느 때보다 좋아 보여요. 홈즈 씨의 이런 능력을 의심했다니 정말 깊이 사과드립니다. 내 말을 찾아주시다니 정말 큰일을 해주셨습니다. 존 스트레이커의 살해범도 잡아주시면 더욱 고마울 텐데요."

"이미 잡았습니다." 홈즈가 조용히 말했다.

대령과 나는 그의 말에 아연 놀랐다. "잡았다고! 그럼 어디 있습니까?"

"여기 있습니다."

"여기! 어디?"

"지금 우리와 함께 있습니다."

대령은 화가 나서 얼굴이 벌게졌다. "홈즈 씨, 당신에게 내가 감사해야 한다는 건 인정합니다. 하지만 지금 고약한 농담을 하는 겁니까, 아니면 나를 모욕하는 겁니까?"

셜록 홈즈가 웃음을 터트렸다. "로스 대령, 나는 당신이 범죄에 관련되었다고는 결코 생각지 않습니다. 진짜 살인자는 바로 대령의 뒤에 서 있습니다." 대령 곁을 지나 그는 윤기가 자르르 흐르는 서러브레드종[43] 말의 목덜미에 손을 얹었다.

"이 말이!" 대령과 내가 동시에 외쳤다.

"네, 이 말이. 정당방위였다면 죄가 좀 가벼워지겠지요. 존 스트레이커는 당신의 신뢰를 받을 만한 자격이 전혀 없는 인간이었습니다. 그런데 종이 울리는군요. 다음 경주[44]에서 내가 좀 딸 것 같으니, 긴 설명은 이따가 적당한 시간에 하도록 합시다."

우리는 그날 저녁 풀먼 침대차[45] 구석 자리에 앉아 런던으로 쏜살같이 돌아왔다. 로스 대령과 마찬가지로 나도 이 여행은 시간 가는 줄 몰랐다. 열차 안에서 우리는 월요일 밤에 다트무어의 마방에서 일어난 사건에 대한 친구의 얘기에 귀를 기울였다. 물론 홈즈는 사건을 어떻게 해결했는가에 대해서도 얘기했다.

"실은 내가 신문을 읽고 생각한 가설은 모두 틀렸습니다. 하

그는 윤기가 자르르 흐르는 서러브레드종 말의 목덜미에 손을 얹었다.
시드니 패짓 그림, 《스트랜드 매거진》(1892)

44. 홈즈가 은점박이에 베팅을 했는가에 관해 많은 학자들이 관심을 가졌는데, 이 문장이 바로 그 단서다.(이번 이야기 말미의 에세이 「"다음 경주에서 내가 좀 딸 것……"」 참고) 「은점박이에 관한 관찰」에서 어니스트 블룸필드 자이슬러는 홈즈가 드래그 마차에서 줄곧 경주를 지켜봤고, 그곳을 떠나지 않은 게 분명하다는 점을 지적한다. 그것은 그가 당일 베팅을 할 수는 없었다는 뜻이다. 하지만 "다음 경주에서 내가 좀 딸 것" 같다고 한 것은 윈체스터에 오기 전에 미리 은점박이 이후 경주에 베팅을 했다는 뜻이다. 그렇다면 상식적으로 은점박이 경주에도 베팅을 했을 가능성이 높다.

45. 풀먼 침대차는 발명자인 미국인 조지 모티머 풀먼(1831-1897)의 이름을 딴 것이다. 캐비닛 제작자였던 풀먼이 '파이어니어'라는 이름의 침대차를 처음 만들었을 때에는 거의 팔리지 않았다. 폭이 너무 넓어서 대부분의 열차 궤도에 맞지 않았기 때문이다. 그러나 이틀에 걸친 에이브러햄 링컨의 장례 행렬이 끝난 후인 1865년 5월 들어 상황이 일변했다. 승강장과 교량이 침대차 크기에 맞게 전부 개량된 것이다. 철도 여행이 얼마나 편안한가를 알게 된 사람들은 새로운 침대차에 갈채를 보내기 시작했고, 풀먼은 1867년에 '풀먼 팰리스카'(궁전객차) 회사를 차렸다. 이어서 1880년에는 종업원들을 위한 풀먼 공동체를 세웠다(이 마을은 1889년 시카고의 일부가 되었다). 풀먼사는 미국 역사에서 가장 유명하고 가장 과격한 노동분쟁이 일어난 곳 가운데 하나다.

지만 신문에도 뭔가는 있었어요. 다른 사소한 내용들에 가려서 진짜 중요한 게 안 보였을 뿐이죠. 내가 데번셔에 갔을 때는 피츠로이 심슨이 진범이라고 확신했습니다. 물론 증거가 완벽하지 않다는 건 알고 있었지요. 우리가 막 조교사의 집에 도착해서 마차에 앉아 있었을 때였습니다. 양고기 카레가 대단히 중요하다는 생각이 퍼뜩 들더군요. 그때 여러분이 모두 마차에서 내린 뒤에도 내가 넋 놓고 앉아 있었던 걸 기억하실 겁니다. 그렇게 명백한 단서를 내가 어떻게 간과할 수 있었는지, 스스로도 어이가 없더군요."

"그런 단서가 무슨 도움이 됐는지 지금도 통 모르겠군요." 대령이 말했다.

"그건 내 추리의 첫 연결 고리였습니다. 분말 아편은 아무런 맛이 없는 게 아닙니다. 맛이 역겹지는 않지만 상당히 강한 편이죠. 그래서 보통의 요리에 섞어 넣으면 맛이 이상해서 아마 사람들은 한 입 먹어보고 더 이상 먹으려 들지 않을 겁니다. 카레는 그런 강한 맛을 숨기기에 안성맞춤인 요리죠. 그런데 그 어떤 가정을 하더라도, 피츠로이 심슨이 그날 밤 조교사의 집에서 카레를 먹도록 무슨 수작을 부릴 수는 없었습니다. 그런데 공교롭게도 그날 밤 마약 맛을 감추는 데 제격인 카레 요리가 나올 줄 알았다는 듯이 심슨이 마약을 챙겨 갔다고 보는 건 너무나 터무니없는 가정이죠. 그건 생각할 수도 없는 일입니다. 따라서 심슨은 이 사건에서 제외됩니다. 이제 우리는 스트레이커와 그의 아내에게 관심의 초점을 돌려야 합니다. 그날 저녁 식사로 양고기 카레 요리를 선택할 수 있는 사람은 그 둘밖에 없으니까요. 아편은 마구간 청년에게 줄 요리를 따로 챙긴 후에 넣었습니다. 다른 두 청년은 똑같은 요리를 먹고도 아무런 탈이 없었으니까요. 그럼 부부 가운데 누가 하녀 몰래 그 요리에 접근했을까요?

이 질문에 답하기 전에 나는 개가 짖지 않았다는 사실이 중요하다는 것을 알아차렸습니다. 하나의 추리를 제대로 하면 언제나 올바른 다른 추리가 꼬리를 물고 이어지거든요. 심슨이 등장했을 때 개는 마구간 안에 있었습니다. 그런데 누군가 안에 들어가서 말을 데리고 나갔는데도 그 개는 시끄럽게 짖지 않았어요. 짖어댔다면 다락에서 잠든 두 청년이 깼겠지요. 분명 한밤의 방문자는 그 개가 잘 아는 자였습니다.

나는 존 스트레이커가 한밤중에 마구간으로 가서 은점박이를 빼냈다는 것을 이미 확신했습니다. 아니 거의 확신했죠. 그런데 무슨 목적으로? 물론 불순한 목적으로죠. 아니면 왜 자기 마구간 청년에게 약을 먹였겠어요? 하지만 그 이유는 알 수가 없었습니다. 예전에 조교사들이 대리인을 통해 자기 말이 우승하지 못한다는 데 거액을 건 다음, 부정한 방법으로 우승을 못하게 한 사건이 더러 있었죠. 때로 고삐를 당기는 기수[46]가 그 예입니다. 때로는 좀 더 확실하면서도 알아차리기 힘든 방법을 썼죠. 그렇다면 스트레이커는? 나는 그의 소지품이 답을 말해주길 기대했습니다.

그런데 정말 기대한 대로였죠. 죽은 남자가 독특한 칼을 쥐고 있었다는 것은 참 인상적입니다. 제정신인 사람이라면 무기로 선택할 리가 없는 칼을 들고 있었다니. 그건 왓슨 박사가 말했듯이, 아주 섬세한 외과 수술을 할 때나 쓰는 칼입니다. 그런데 그날 밤 바로 뭔가 섬세한 수술을 하는 데 그 칼을 쓸 작정이었습니다. 로스 대령께서는 경마장 사건들을 두루 겪어봐서 잘 아시겠지만, 전혀 흔적이 남지 않게 말 오금의 힘줄에 살짝 상처를 내는 것이 가능합니다.[47] 피하 근육을 살짝 베는 거죠. 그런 말은 다리를 좀 절게 됩니다. 그러면 운동을 하다 다리를 접질려서 관절염이 좀 있는가 보다 하지, 부정행위를 했다고는 아무도 생각지 않아요."

46. 'a pulling jockey.' 이 영문은 의미가 아리송해서 '경주에 지기 위해 고의로 고삐를 당기는 기수를 뜻한다'는 영문 주석이 달려 있다. 실제로 경마장에서는 "기수가 〔고삐를〕 당긴 거 아냐?" 하고 분개하는 사람을 볼 수 있다. 지금은 몰라도 과거에는 그런 일이 얼마든지 있었음직하다—옮긴이.

47. 의학박사 롤런드 해먼드의 연구에 따르면, 백내장 나이프로는 그런 상처를 낼 수가 없다. 말의 힘줄은 워낙 질겨서 그렇게 작은 나이프로는 충분한 상처를 낼 수 없다는 것이다. 해먼드는 이렇게 결론지었다. "이 사건은 매우 극적인 재미가 있지만, 〔이 「경주마 은점박이」에서〕 스릴 넘치는 그 장면은 냉철한 이성과 경험의 비판을 견딜 만큼 사실적이지 못하다."

은점박이.
시드니 패짓 그림, 《스트랜드 매거진》(1892)

"그런 나쁜 놈이 있나! 못된 놈!" 대령이 외쳤다.

"존 스트레이커가 말을 황야로 끌고 간 것도 그래서입니다. 말이 따끔하게 칼에 베인 걸 느끼고 펄펄 뛰면 아무리 곤하게 자던 사람이라도 잠이 깰 겁니다. 그러니 그런 짓을 하려면 밖으로 나가지 않을 도리가 없었지요."

"내가 그걸 몰랐다니! 그놈이 양초를 챙기고 성냥에 불을 붙인 이유도 물론 그것 때문이었군." 대령이 외쳤다.

"그렇습니다. 하지만 그의 소지품을 살펴보면서 정말 운 좋게도 범죄 방법만이 아니라 동기까지 알아낼 수 있었습니다. 대령도 세상 물정을 잘 아실 테니, 누구든 자기 주머니에 남의 청구서를 넣고 다니지 않는다는 것쯤은 아실 겁니다. 자기 청구서나 챙기는 게 고작이죠. 나는 바로 결론을 내렸습니다. 스

트레이커가 딴살림을 차리고 이중생활을 했다고 말입니다. 청구서를 보면 그에게 여자가 있다는 것을 알 수 있지요. 그것도 아주 사치스러운 여자가. 하인이 아무리 후한 보수를 받는다 해도, 자기 여자한테 20기니가 넘는 외출복을 사준다는 건 생각하기 어렵죠. 스트레이커 부인에게 그 드레스에 대해 은근슬쩍 물어봤지만 그런 옷을 알지도 못하는 눈치였죠. 그녀가 그런 옷을 받아보지 못했다는 것을 확인한 나는, 의상실 주소를 적어두었다가 스트레이커의 사진을 들고 찾아갔습니다. 그래서 더비셔가 가공의 인물임을 간단히 알아냈지요.

그 이후에는 모든 게 빤했습니다. 스트레이커는 촛불이 눈에 안 띄는 구덩이로 말을 끌고 갔습니다. 달아나던 심슨이 넥타이[48]를 떨어뜨렸는데, 스트레이커가 그걸 주웠죠. 아마도 말 다리를 묶는 데 쓸모가 있을 거라고 생각했을 겁니다. 일단 구덩이로 내려간 후, 그는 말 뒤에 자리를 잡고 성냥불을 켰습니다.[49] 그런데 갑작스러운 불빛에 놀란 이 짐승이, 기묘한 동물적인 본능으로 자기에게 불길한 일이 생기려고 한다는 것을 눈치채고 발길질을 한 겁니다. 그래서 강철 편자가 스트레이커의 이마에 정통으로 맞은 거죠. 비가 오고 있었는데도 외투는 섬세한 작업을 하기 위해 이미 벗어둔 상태였습니다. 그는 나동그라지면서 자기 칼로 자기 허벅지를 베었죠. 제가 알아듣기 쉽게 얘기했나 모르겠군요."

"대단합니다! 대단해요! 마치 현장에 있었던 것 같습니다." 대령이 외쳤다.

"마지막 추리를 해낸 것은 사실 그야말로 천행이 아닐 수 없었어요. 스트레이커처럼 빈틈없는 남자가 연습도 해보지 않고 섬세한 힘줄 자르기를 시도할 리 없다는 생각이 퍼뜩 들었죠. 그럼 무엇으로 연습을 했을까? 순간 몇 마리 양이 눈에 들어왔습니다. 그래서 질문을 했더니, 내 추측이 옳아서 나 스스로도

48. 'cravat.' '스카프'라는 뜻도 있지만 영국에서는 일반적으로 '넥타이'라는 뜻으로 사용한다. 심슨이 구덩이에 쓰러져 있는 그림을 보라. 왼손에 분명 기다란 넥타이를 쥐고 있다. 심슨이 넥타이를 떨어뜨린 것은 물론 목에 두르고 있지 않았기 때문일 것이다―옮긴이.

49. 이건 정말 납득이 안 간다. 노련한 조교사가 묶어놓지도 않은 말 뒤에서 접근하다니 말이다. 게다가 성냥까지 켰다. 알렉산더 무어 호브의 말에 따르면, 스트레이커가 꼬리를 잡아당겼으면 발길질을 못 하게 할 수 있었다. 하지만 손에 칼을 쥐고 있었고, 성냥불까지 켜느라 남는 손이 없었다. "그런데 비가 내렸다. 어떻게 성냥이 켜질 수 있었는지 신기하다."

50. 홈즈의 설명에는 분명 일리가 있지만, 그건 실수일 수도 있다. 하랄 쿠리엘은 『'경주마 은점박이' 사건에 관한 몇 가지 생각』에서 이렇게 주장했다. 즉, 양은 관절이 접질리거나 세균 감염으로 발에 통증을 느끼기 쉽다. 따라서 양이 발을 저는 것은 스트레이커 탓이 아니라 병일 가능성도 얼마든지 있다. 나아가서 쿠리엘은 또 이렇게 주장했다. 양을 꼼짝 못 하게 해놓지 않는 한 그런 외과 수술을 하기는 매우 어려워서, 그랬다가는 쉽게 남의 눈에 띄었을 것이다.

51. 『베데커』에 따르면, 윈체스터발 빅토리아행 열차는 없다. 아마 이들은 워털루 역에서 내렸을 것이다.

52. 아서 코난 도일 경은 자서전 『회고와 모험』에서, 이 이야기를 자기가 썼다고 주장하면서 경마에 대해 모르는 게 많다고 솔직히 시인했다. 그는 "결코 경마 팬이 아니었다. 하지만 과감히 「경주마 은점박이」를 썼다. 말 조교와 경마에 대한 얘기가 많이 나오는데도 말이다. 이야기는 괜찮았고, 홈즈는 절정의 기량을 과시할 수 있었다. 하지만 내 무지가 하늘을 찔렀다. 어느 스포츠 신문에서 아주 혹평을 한 훌륭한 비평을 읽은 적이 있다. 경마를 아주 잘 아는 사람이 명료하게 쓴 글인데, 그 글에서 그는 등장인물들이 내가 묘사한 대로 행동했을 경우 어떤 벌을 받게 되는가를 정확히 설명해주었다. 반은 감옥에 갔을 테고, 나머지 반은 경마장에서 영원히 추방되었을 거라고 한다. 그러나 나는 세부 사항에 신경을 쓰지 않았다. 자가는 때로 멋대로 호기를 부릴 필요가 있다."

좀 놀랐지요."[50]

"홈즈 씨, 정말 완벽하게 밝혀내셨군요."

"런던에 돌아온 뒤에는 의상실에 들러서, 스트레이커가 더비셔라는 이름을 쓰는 우수 고객이라는 사실을 확인했습니다. 더비셔에겐 값비싼 드레스를 유달리 좋아하는 아내가 있더군요. 이 여자가 그를 인정사정없이 빚더미에 앉혀서 이런 몹쓸 범행을 저지르게 한 셈입니다."

"딱 한 가지 설명을 빠뜨리셨습니다." 대령이 외쳤다. "그 말은 대체 어디 있었습니까?"

"아, 말은 달아났죠. 그걸 대령의 어느 이웃이 보살펴주었습니다. 그 점에 대해서는 우리가 너그럽게 봐줘야 한다고 봅니다. 아, 클래펌 역인가? 10분 안에 빅토리아 역[51]에 도착하겠군요. 대령, 우리 집에 가서 담배 한 대 하지 않으시렵니까? 그러면 다른 여러 가지 흥미로운 얘기를 들려드리죠."[52]

"……계산은 간단해"

셜록 학자들은 홈즈와 왓슨이 엑서터로 "날아가고" 있는 열차의 속도를 계산한 홈즈의 귀신같은 셈 솜씨에 혀를 내둘렀다.

A. S. 갤브레이스는 『진짜 모리아티』에서, "계산은 간단"하다는 홈즈의 단언은 그의 정확하고 합리적인 성격에 걸맞지 않은 말이라고 지적했다. 홈즈가 정확히 답을 얘기했지만, 그런 계산은 그렇게 정확한 답을 구할 수 있는 게 아니기 때문이다. 기차의 속도가 일정하지는 않았겠지만 한 2분 동안은 일정했다고 치자. 그래도 하나의 전봇대에서 다음 전봇대까지 가는 데 걸리는 시간을 홈즈가 보통의 시계로 대강 측정할 경우, 최소한 1-2초는 잘못 헤아릴 수밖에 없다. 2분에서 1초를 잘못 헤아렸다면, 기차가 움직인 그 속도대로라면 시속으로는 반 마일의 오차가 난다. 갤브레이스는 이렇게 결론지었다. "따라서 그토록 정확한 것을 따지는 홈즈 같은 사람이라면, 거의 슈퍼맨처럼 정확히 측정했다고 자신하더라도, '시속 53마일에서 54마일 사이'라고 말해야 마땅하다. 더 합리적인 사람이라면 '52마일에서 55마일 사이'라고 말할 것이다. 홈즈가 왓슨으로 하여금 탄복케 하려고 그런 것일까, 아니면 왓슨이 독자들로 하여금 탄복케 하려고 그런 것일까?"

제이 핀리 크라이스트는 『셜록의 거짓부렁』에서 그 계산이 결코 간단한 게 아니라고 결론지었다. 가이 워랙은 『셜록 홈즈와 음악』에서 이렇게 밝혔다. 시속 53.5마일이라는 속도를 측정하려면 전봇대 하나를 지나가는 시간인 2.2439초를 홈즈가 헤아려서 머릿속으로 복잡한 우수리 계산을 해야 한다. "그렇다면 결론은 하나다. 홈즈의 정확한 계산이란 그 순간의 왓슨을, 그리고 나중의 독자들을 현혹하려고 뻥을 친 것이다."

S. C. 로버츠는 『베이커 스트리트의 음악』에서 워랙의 책을 평하며 이렇게 말했다. "워랙 씨는, 이렇게 표현해도 된다면, 전봇대를 만년필로 만들었다고 생각한 모양이다. 그게 실은 이렇게 된 일이다. 즉, 홈즈는 왓슨에게 말하기 전에 시계 초침을 보고, 약 30초 동안 15개의 전봇대를 지난 것을 보고 나서 말을 한 것이다." 로버츠의 말에 따르면, 전봇대가 60야드 간격임을 알고 있던 홈즈는 이렇게 약 30초 동안

미리 관찰을 한 결과, 그 열차가 시속 60마일로 달리는 열차보다 10퍼센트 남짓 느리다는 계산을 간단히 해냈다는 것이다.[53]

"간단"한 다른 계산 방법이 적어도 네 가지는 더 제시되었다. 그러나 일반 독자에게는 이런 계산 문제가 모리아티의『소행성 역학』이라는 저서만큼이나 골치 아파 보일 것이다.『공포의 계곡』에 나오듯 "순수 수학에서 너무나 높은 경지에 올라서, 과학계에서도 그를 비판할 사람이 없을 정도"라는 바로 그 책만큼.

53. 1마일은 1,760야드다. 홈즈의 기차가 1분에 전봇대 30개, 곧 1,800야드를 지났다면, 이는 분속 1마일의 속도가 넘는다. 그렇다면 시속 60마일이 넘는다는 소리가 되니까, 로버츠가 말한 전봇대 수치는 부정확하다. 홈즈의 기차는 1분 동안 26개의 전봇대를 지났어야 한다. 그러면 분속 1,560야드이고, 이는 분속 1마일보다 10퍼센트 남짓 느리다. 시속 60마일에서 10퍼센트 남짓을 빼면, 정확하지는 않지만 시속 53.5마일이라는 계산이 비교적 쉽게 나온다—옮긴이.

"다음 경주에서 내가 좀 딸 것……"

셜록 홈즈는 은점박이에 베팅을 했을까? 웨식스 배 다음 경주에서 좀 딸 것 같다는 말은 곧 미리 베팅을 해두었다는 뜻이다. 그 말에 따르면 그가 내부 정보를 이용해서 은점박이한테도 베팅을 했을 수 있다는 얘기라고 생각하는 이들이 많다. "웨식스 배에서 홈즈가 사실상 은점박이가 승리하도록 지원한 증거는 없다. 그러나 홈즈를 알고, 홈즈가 은점박이에 대한 비밀을 알고 있었다는 것을 아는 우리로서는, 그가 그런 절호의 기회를 그냥 흘려버렸다면 오히려 자못 놀랄 일이다." 개빈 브렌드가 한 말이다. 로버트 키스 레빗 역시 같은 결론에 이르렀다. 레빗은 사일러스 브라운과 백워터 경(데즈버러를 소유한 사람이자 「독신 귀족」에서 로버트 세인트사이먼 경에게 홈즈를 소개한 사람)이 홈즈와 결탁해서 경마를 속였다고 지적했다.

찰스 B. 스티븐스는 가능한 음모 하나를 제시했다. 즉, 은점박이를 감추고 있던 사일러스 브라운은 홈즈가 런던으로 돌아간 사이에, 잃어버린 것으로 알려진 말에 거액의 돈을 걸었다. 그런 다음 데즈버러의 기수한테 초기에 선두로 나서라고 지시했다. 기수는 그것이 경주에 지게 하는 전략인 줄을 모르고 시키는 대로 했다. 스티븐스는 이렇게 결론지었다. "증거는 아주 명백해 보인다. 홈즈는 조사를 해달라고 고용한 사람에 대한 의무를 저버리고, 자기 이익을 위해 베팅 승산을 조작했다."

스포츠 칼럼니스트 레드 스미스도 역시 같은 견해를 밝혔다. 그는 「사악한 홈즈」라는 에세이에서 스포츠가 홈즈의 "윤리적 맹점"이라고 비난했다. 그는 또 1891년에 발생한 사건인 「마지막 문제」에서 최근 사건으로 충분한 소득을 올려 원하는 대로 자유롭게 살 수 있다고 말하지만, 1901년(「프라이어리 스쿨」) 무렵 "저는 가난한 사람"이라고 고백한다. 홈즈는 자신의 서비스에 막대한 요금을 청구했는데도 사실상 늘 파산 상태였다. 그건 "분명 그가 분말 마약을 살 수도 없을 만큼 사설 마권업자한테 몽땅 털렸기 때문"이라고 스미스는 주장했다. 나아가서 홈즈는 "경마를 바로잡을 생각을 하지 않는 타락한 경마광"이라고 비난했다. "그리고 코카인의 용도와 효과에 대한 그의 직접 체험에 의한 지식을 염두에 둘 때, 그는 아마 서러브레드 종 말 한 마리보다 많은 마약을 정맥에 주입했을 것이다."

에드워드 T. 벅스턴은 「그는 사건을 해결하고 경마에서 땄다」에서 홈즈가 말을 숨긴 동기가 결코 사악한 것은 아니라는 주장을 펼쳤다. 매우 유능한 조교사인 사일러스 브라운을 감옥에 보내 파멸시키기보다는 웨식스 배에 나갈 은점박이를 훈련시키는 쪽을 택했다는 것이다. 이런 계획은 로스 대령에게도 도움이 되는 일이지만, 로스 대령에게 말했다면 받아들여지지 않았을 것이다. 그래서 홈즈가 모든 계획을 비밀에 부쳤다는 것이다. 그러면서도 벅스턴은 이 탐정이 경마에 베팅했다는 것을 부인하지는 않았다.

「은점박이 : 명예를 회복한 주인」에서 S. 터퍼 비글로 역시 홈즈를 옹호한다. 사일러스 브라운이 그 말을 "영원히" 로스 대령에게서 가로챌 의도는 없었기 때문에 홈즈는 절도죄와 무관하다고 그는 주장했다. 나아가서 은점박이를 교체한 말이 아니라 실제 은점박이를 경주에 내보냈기 때문에 사기를 친 것은 아무것도 없다. 그는 이렇게 결론지었다. "전체 이야기에서 그 어떤 불법적이고, 부당하고, 비윤리적인 행위를 했다는 증거는 없다."

말이 난 김에 한마디 하자면, 「쇼스콤 고택」의 시기에 연금의 반을 경마 투기로 날리고 있던 왓슨 박사가 이번 경마에는 전혀 베팅을 하지 않았다고 믿어야 할까?

소포 상자[1]

이것은 왓슨의 최고 걸작 이야기 가운데 하나다. 눈부신 추리와 인간적인 강력한 드라마가 결합된 작품인데, 아마 전체 정전에서 가장 흥흥한 이야기일 것이다. 여기서 홈즈와 왓슨이 조사하는 사건은 섬뜩한 소포 상자가 배달되는 것으로 시작해서 간통과 살인을 밝히는 것으로 끝난다. 런던 경찰국의 레스트레이드 경위가 포착하지 못한 실낱같은 단서를 잡아 추적한 홈즈는 심각한 범죄를 발견하는데, 경찰은 이것을 짓궂은 장난쯤으로 본다. 범죄를 조사할 때에는 강심장인 홈즈조차도 자신이 알아낸 것을 두고 고민에 잠긴다. "왓슨, 이것은 무슨 의미일까? 불행과 폭력과 공포가 이렇게 되풀이되는 데에는 무슨 목적이 있는 걸까?" 사실 이 사건은 인간의 감정을 너무나 적나라하게 그려서, 아서 코난 도일은 이것이 청소년 독자에게 부적절하다고 보고 『회고록』 초판에서 이 이야기를 빼버렸을 정도다. 그러면서 편집을 멋대로 해서 이 이야기의 앞부분을 잘라 「입주 환자」 앞머리에 잔뜩 덧붙여놓았다. 이 책에서는 왓슨이 의도한 대로 《스트랜드 매거진》의 원래 판본을 제대로 복원해서 실었다.

내 친구 셜록 홈즈의 괄목할 만한 정신 능력을 잘 보여주는 몇 가지 전형적인 사건을 고르면서, 나는 가능한 한 선정적인 이야기는 빼고, 그가 재능을 유감없이 발휘한 이야기를 제시하려고 꽤나 애를 썼다. 그러나 안타깝게도 범죄에서 선정적인 대목을 완전히 숨아낸다는 것은 불가능하다. 그래서 기록자는 딜레마에 빠지게 된다. 이야기를 전개하는 데 꼭 필요한 대목인데도 선정적이라는 이유로 삭제를 해서, 사건에 대한 그릇된 인상을 심어줄 것인가? 아니면 기록자가 선택한 게 아니라 어쩔 수 없이 주어진 소재일 뿐이니 그대로 제시할 것인가? 이것이 고민이다. 군소리는 그만 접고, 유난히 끔찍하면서도 기묘했던 일련의 이야기보따리를 풀어보겠다.

푹푹 찌는 8월의 어느 날이었다. 베이커 스트리트는 찜통 같았고, 길 건너편 집의 노란 벽돌에 반사된 햇살에 눈이 다 아릴

1. 「소포 상자」는 《스트랜드 매거진》 1893년 1월호, 뉴욕판 《하퍼스 위클리》에는 1893년 1월 14일 자에 실렸다. 런던의 조지 뉴스 출판사에서 1894년에 발행한 『셜록 홈즈 회고록』 초판에는 이 이야기를 빼고, 《스트랜드 매거진》에 시리즈로 실린 12편 가운데 11편만 포함시켰다. 같은 해 하퍼 앤드 브러더스 출판사에서 발행한 『셜록 홈즈 회고록』 미국 초판본에는 12편이 모두 포함되었다. 그러나 그 직후 발행된 새로운 개정판에서는 영국판과 마찬가지로 「소포 상자」를 빼버렸다.

이 이야기를 왜 그런 식으로 홀대했는가에 대해서는 막연한 추측만 분분하다. 아서 바틀릿 모리스는 1908년 8월 15일 자 《콜리어스 위클리》에 실린 「셜록 홈즈와 그의 창조자」라는 기고문에서 이렇게 추리했다. 신중한 도일이 그 이야기를 작품집에서 뺀 것은 "부도덕한 정사"에 대해 자세히 늘어놓고 있기 때문이라고. 유명한 서적상 데이비드 랜들은 저

서 『원고 등의 목록』에서 뒤이어 이렇게 결론을 내렸다. "《스트랜드 매거진》에서 그 이야기를 읽은 미국 발행인 하퍼는 12편의 이야기 전부를 책에 포함시키는 것에 도일이 반대할 거라고는 상상도 못 했다. 그런데 책이 발행되자마자 도일이 항의를 한 게 분명하다. 그래서 부랴부랴 『회고록』 개정판을 냈다. 미국 초판본은 오늘날 아주 희귀하다. 이상하게도, 아서 코난 도일의 전기를 쓴 수많은 작가들 가운데 그 누구도 이런 자기 검열에 대해 한 마디도 언급하지 않았다. 심지어 『회고와 모험』에서 도일 자신이 짧게 언급하고 있는 것조차 무시해버린 것은 이해가 안 된다."

2. 「소포 상자」를 빼고 단행본을 발행하면서, 이후 문장부터 10번 주석이 붙은 데까지를 뭉텅 잘라서 「입주 환자」 앞부분에 덧붙여놓는 해괴한 편집을 했다.

3. 햄프셔 주의 옛 왕실 사냥터였던 뉴포리스트는 1079년 정복자 윌리엄이 왕실 소유로 삼았는데, 삼림지와 히스 군락지로 가치가 높은 곳이다. 1877년부터는 이 지역이 공립 공원으로 관리되었다. 아서 코난 도일은 뉴포리스트에 별장이 있었다.(「다섯 개의 오렌지 씨앗」 24번 주석 참고)

4. 포츠머스 동쪽 교외로, 아서 코난 도일이 한때 의원 개업을 했던 곳이다.

5. 1898년 사건으로 추정되는 「춤추는 사람들」에서 홈즈가 왓슨에게 환기시킨다. "자네 수표책은 잠긴 내 서랍 안에" 있다고. 왓슨의 돈이 바닥난 것과 홈즈가 왓슨의 지출을 관리한 것 사이에는 인과관계가 있을 것이다.

정도였다. 이것이 겨울 안개 사이로 침침하게 어룽거리던 바로 그 벽이라고는 믿기가 어려웠다.[2] 커튼은 반만 쳐져 있었다. 홈즈는 소파에 웅크리고 누워 아침 우편으로 받은 편지를 읽고 또 읽었다. 나로서는 인도에서 군 복무를 하던 시절, 추위보다는 더위를 더 잘 참도록 훈련이 된 덕분에 섭씨 32도 정도의 더위는 대수롭지 않았다. 그런데 아침 신문이 통 볼 게 없었다. 의회도 휴회를 했다. 모두 런던을 빠져나가서, 나는 뉴포리스트[3]의 숲 속 빈터와 사우스시[4]의 자갈 깔린 해변이 그리웠다. 하지만 은행 잔고가 바닥[5]이 나는 바람에 휴가를 뒤로 미루지 않을 수 없었다. 내 친구로 말하면, 전원도 바다도 그에게는 전혀 구미가 당기지 않았다. 500만 명의 인구 한복판에 떡하니 누워서, 촉수를 쭉 뻗어 사람들 사이를 주야장천 더듬거리며, 미제 범죄 사건에 관한 시시콜콜한 뜬소문이나 의혹에 일일이 반응하는 일이라면 홈즈의 입맛에 딱 맞았다. 그에게는 재능이 많았지만 자연을 음미하는 재능은 약에 쓰려 해도 없었다. 유

나는 갈색 연구에 빠져들었다.
시드니 패짓 그림, 《스트랜드 매거진》(1893)

일하게 기분 전환을 할 때가 있다면 그건 도시 악당들에 대한 관심을 접고 시골 악당을 추적할 때뿐이었다.

홈즈가 편지에 너무 열중해 대화를 나눌 수도 없는 것 같아서, 나는 쭉정이 같은 신문을 내던지고 의자에 등을 기댔다. 나는 갈색 연구[6]에 빠져들었다. 불현듯 친구의 목소리가 내 몽상 속으로 파고들었다.

"자네 생각이 옳아, 왓슨." 그가 말했다. "그건 분쟁을 해결하는 가장 불합리한 방법일 거야."

"암, 불합리하고말고!" 내가 맞장구를 쳤다. 그러고는 문득 그것이 내 영혼의 은밀한 사고에 그가 대꾸한 말이라는 것을 깨닫고, 자세를 바로잡고 앉아서 휘둥그레진 눈으로 그를 바라보았다.

"홈즈, 어떻게 내 생각을 읽은 거야?" 내가 외쳤다. "어떻게 그럴 수가 있지?"

내가 아연실색한 것을 보고 그가 껄껄 웃었다.

"돌이켜 생각해봐." 그가 말했다. "얼마 전에 내가 자네에게 에드거 앨런 포의 스케치 작품[7] 속의 한 구절을 읽어주었잖아. 그러니까 치밀한 추리가는 친구가 말로 표현하지 않은 생각을 읽는다는 구절 말이야. 그것을 자네는 그저 저자의 교묘한 솜씨 정도로 치부했어. 내가 줄곧 버릇처럼 자네 생각을 읽는다고 말해도 자네는 못 믿겠다고 했잖아."

"아냐, 난 그런 말 한 적 없어!"

"이봐, 왓슨, 입으로는 말하지 않았지만, 눈썹으로 분명히 말했어. 그런 식으로 자네가 신문을 내던지고 생각의 열차에 뛰어드는 것을 본 나는, 자네 생각을 읽고 그 속으로 파고들 기회를 잡았지. 난 아주 흐뭇했어. 그건 자네와 내가 마음이 통한다는 증거니까."

하지만 나는 여전히 어리벙벙했다. "자네가 내게 읽어준 예

6. 'a brown study.'("갈색 연구"라고 축어역을 했는데, 'study'는 아래 주석과 같은 어법 때문에 '방심 상태'나 '몽상'이라는 뜻을 갖게 되었다—옮긴이) 1898년의 『독특한 표현과 지어낸 말 사전』에서는 이 "갈색 연구"를 "멍하거나 우울한 마음 상태"라고 정의하면서, 윌리엄 콩그리브(1670-1729)의 극작품 『불가능한 것』에 나오는 다음 두 행을 인용했다. "발명이 시들해지고, 그의 머리가 흐리멍덩해지자, / 검은 절망이 갈색 연구의 뒤를 잇는다."

7. 『주홍색 연구』에서 왓슨이 말한다. "자네는 에드거 앨런 포의 뒤팽을 연상시켜." 여기서 말한 '스케치 작품'이란 「모르그 가의 살인」을 가리킨다. 포가 편집자로 있던 《그레이엄스 매거진》에서 1841년에 발행된 그 이야기, 곧 파리의 민완 경찰들을 곤혹스럽게 한 모녀 살인 사건에서 오귀스트 뒤팽이 탐정으로 데뷔한다. 이 작품은 최초의 현대 탐정소설로 간주된다.

8. 찰스 조지 고든(1833-1885)은 여러 작전에서 용맹을 떨쳐 국가적인 영웅이 된 인물이다. 크림 전쟁(1853-1856) 후 중국으로 파견된 고든은 이홍장을 도와 태평천국(1851-1864)의 난을 진압해서, 청나라로부터 제독의 관직을 받았다. 1865년 1월에 귀국했을 때, 열광한 영국인은 그를 '차이니스 고든'이라고 불렀다. 귀국 후 5년 동안은 비교적 운이 따르지 않았다.

1873년 수단의 에콰토리아 주지사로 임명되었고, 1877년부터 1879년까지 수단의 총독이라는 까다로운 직책을 성공적으로 수행했다. 이때 노예무역을 억제하고 여러 반란을 진압한 것이 그의 마지막이자 가장 유명한 작전이었다. 그 후 건강 악화로 잉글랜드에 돌아왔다가 인도와 중국, 모리셔스, 남아프리카의 식민지에서 근무했다. 1884년에는 수단으로 다시 돌아가 총독으로서 수도인 하르툼을 방어했다. 이슬람교도 신비주의자 무하마드 아마드 알 마디가 이끄는 수단 반란군과 맞서 싸운 것이다. 하르툼은 10개월이나 포위되어 있었다. 영국 국민은 물론이고 빅토리아 여왕까지도 그를 구하라고 탄원했지만, 당시 총리인 윌리엄 글래드스턴은 지원군 파견을 미루었다. 죽기 직전에 용맹한 고든은 일기에 이렇게 썼다. "그 어떤 밀사나 명령서가 날아와서 나로 하여금 철수하라고 해도, 나는 복종하지 않고 여기 남아 도시와 함께 무너지겠다. 그 어떤 위험이라도 무릅쓰겠다." 1885년 1월 26일, 영국의 지원군이 도착하기 이틀 전, 알마디의 반란군은 하르툼을 정복했고, 고든 장군은 전사했다. 전기 작가 리턴 스트레이치의 말에 따르면, 그의 머리는 전리품으로 반란군이 가져갔다. 영국 국민은 고든을 순교한 군인 성자로 떠받들었다.

G. W. 조이는 〈고든 장군의 마지막 저항〉이라는 그림으로 고든의 죽음을 기렸다. 고든의 최후 며칠 동안의 극적인 활약상은 1966년에 〈하르툼〉이라는 영화로 제작되었다. 찰턴 헤스턴이 고든 역을 맡고 알마디 역은 로렌스 올리비에가 맡았다. 이 영화에는 장기 방영된 BBC 라디오 시리즈에서 왓슨 역을 한

문에서는, 추리가가 상대의 행동을 관찰해서 결론을 끌어냈어. 내 기억이 맞는다면, 그 상대는 돌무더기에 걸려 넘어졌거나, 하늘을 쳐다보며 걷는 등등의 행동을 했지. 하지만 나는 의자에 조용히 앉아 있기만 했어. 대체 내가 자네한테 어떤 단서를 준 거야?"

"자신을 제대로 모르는군. 인간의 이목구비란 감정을 표현하는 수단이야. 자네의 이목구비는 충실한 하인 같지."

"내 이목구비를 보고 생각을 읽었단 말이야?"

"응. 특히 눈을 보고. 아마도 자네는 자기 몽상이 어떻게 시작되었는지 기억이 안 날 거야."

"그래."

"그럼 내가 말해주지. 자네는 신문을 내던졌어. 그건 내 주의를 끄는 행동이었지. 그 후 자네는 한 30초 동안 멍한 표정으로 앉아 있었어. 그러다가 고든 장군[8]의 새 액자 사진에 눈길이 멎더군. 나는 자네의 표정이 바뀌는 것을 보고 무슨 생각인가 하기 시작했다는 것을 알았어. 하지만 그건 그리 오래가지 않았어. 액자에 넣지 않고 자네의 책 위에 올려놓은 헨리 워드 비처[9]의 초상화로 옮겨 간 눈이 빛을 발했거든. 그러다 벽을 쳐다보더군. 물론 그 의미는 뻔했어. 초상화를 액자에 넣으면, 저 빈 벽도 좀 가리고 고든 장군의 액자와도 잘 어울릴 거라는 생각을 한 거야."

"내 생각을 정말 기막히게 읽었군!" 내가 탄복했다.

"여기까지는 내 말이 거의 틀림없을 거야. 그런데 자네의 생각이 다시 비처에게 돌아가더니, 그의 이목구비로 성격이라도 연구하려는 듯이 뚫어지게 바라보더군. 그러다 눈에서 힘은 뺐지만, 눈길을 돌리진 않고, 깊이 생각에 잠긴 얼굴이었지. 그건 비처의 생애를 회상한 거겠지. 나는 자네가 비처 생각만 하면 그가 남북전쟁 당시 북부를 위해 떠맡은 임무를 떠올린다는 것

〈고든 장군의 마지막 저항〉.
G. W. 조이 그림(1885)

을 알고 있었어. 그가 영국의 과격파에게 당한 수모에 대해 자네가 격렬히 분개한 것을 기억하고 있으니까 말이야. 자네의 분노가 워낙 강렬해서, 비처 생각만 하면 언제나 예외 없이 분개한다는 것도 나는 알고 있었지. 잠시 후 자네가 사진에서 눈을 뗐을 때에는 이제 남북전쟁을 생각하는 듯했지. 입을 굳게 다물고, 눈을 반짝이면서 두 손을 부르쥐었거든. 그것을 본 나는 남북 두 진영에서 필사적으로 싸운 무용을 생각하고 있을

랠프 리처드슨도 등장했고, 나중에 라디오와 텔레비전 작품에서 홈즈 역을 한 더글러스도 등장했다.

9. 헨리 워드 비처(1813-1887)는 미국인 목사이자 편집자, 작가이고, 당시 가장 영향력 있는 개신교 대변인이었다. 뉴욕 브루클린에 있는 플리머스 회중교회에는 일요일만 되면 2,500명에 이르는 신도가 몰려들었다. 강력한 이 연사가 신에 대해서만이 아니라, 노예제 반대와 여성 투표권, 진화론과 자유무역을 부르짖는 것을 듣기 위해서였다.『톰 아저씨의 오두막』을 쓴 해리엇 비처 스토 여사의 동생인 비처는《인디펜던트》(1870-1881),《크리스천 유니언》(1870-1881)의 편집자로도 두각을 나타냈다. 1863년에는 잉글랜드로 휴가를 와 각 도시에서 미국 남북전쟁에 대해 잇따른 강연을 해서 영국 대중에게 큰 영향을 미쳤다. 미국 북부의 견해에 적대감을 품었던 사람들의 마음을 돌려놓은 것이다. 비처는 카리스마가 있고 격정적인 인물이었다. 싱클레어 루이스는 1927년에 이렇게 말했다. "그는 성자 아우구스티누스, 흥행사 P. T. 바넘, 연극배우 존 배리모어를 합친 사람이었다." 그러나 1874년 옛 친구이자 문학 후배인 시어도어 틸턴이, 비처가 자기 아내와 간통을 했다고 고소함으로써 그의 명성은 빛이 바랬다(간통이 이것만이 아니라는 소문이 돌았다). 1875년에 끝난 민사소송에서는 배심원들이 의견 일치를 보지 못했으나, 교회 법정은 무죄를 선고했고, 비처는 남은 평생 유명 인물로 많은 영향력을 행사했다. 저술로는『젊은이들을 위한 일곱 가지 강좌』(1844),『눈과 귀』(1862),『예수 그리스도의 생애』(1871),『진화와 종교』(1885) 외 다수가 있다.

10. 「입주 환자」에 덧붙인 문장이 여기까지다.

11. H. W. 벨은『셜록 홈즈와 왓슨 박사 : 그들의 모험 연대기』에서 이 유명한 '생각 읽기' 일화가 『셜록 홈즈 회고록』에 나오는 「입주 환자」에 동일하게 고스란히 덧붙여진 데 대해 처음으로 주석을 달았다(물론 《스트랜드 매거진》의 「입주 환자」에는 이 일화가 포함되어 있지 않다). 「소포 상자」가『회고록』에서 제외되었지만, 여기 묘사된 장면은 홈즈의 추리 능력을 너무나 완벽하게 예시하고 있어서 왓슨이 이것을 모두 빼기는 아까웠을 거라고 벨은 추측했다. 그래서 그는 이 대목을 덧붙일 다른 이야기를 찾았다. 벨은 이렇게 합리화했다. "왓슨의 관점은 이해할 만하다. 『회고록』이 나왔을 무렵 왓슨은 홈즈가 죽었고, 기록자로서 자기 활동도 막을 내렸다고 생각했다. ……더 이상 셜록 홈즈 이야기는 나오지 않을 것이다. ……그런데 이 대목은 홈즈의 천재성을 너무나 잘 조명하고 있어서, 정기간행물 더미 속에 묵혀두기가 너무 아까웠다."
트레버 홀은 「사건 서류」에서 아서 코난 도일이 단행본에서 「소포 상자」를 빼는 데 한몫한 것에 대해 이렇게 주장했다. 즉, 이 이야기에서 추리 솜씨를 선보이는 데 그치지 않고 신비주의 악습을 적나라하게 폭로하는 데까지 나아갔다는 것이 고민되어 왓슨에게 전체 이야기를 빼버리자고 요구하기에 이르렀다고.

12. 런던 남동부의 주택 지구. 크로이던에는 1920년 런던 최초의 공식 공항이 들어섰다. 크로이던 공항은 군용기 이착륙장이자 시험비행장이었다. 그러다 1959년 히스로 공항이 건설되면서 폐쇄되었다.

13. 오늘날 크로이던에는 크로스 '스트리트'가 없지만 크로스 '로드'는 오래전부터 있었다. 데이비드 L. 해머는 쿠싱의 집이 크로스 로드 57번지의 집이라고 밝혔다.

가능성이 높다고 생각했지. 하지만 그 후 자네는 슬픈 얼굴로 바뀌면서 고개를 내둘렀어. 그건 인생의 슬픔과 공포와 덧없음을 생각한 거겠지. 그러다가 옛날에 부상당한 자리를 슬그머니 만지더군. 세계적인 문제를 해결하기 위해 전쟁을 한다는 것이 얼마나 어리석은가를 생각하지 않을 수 없다는 몸짓이었지. 그 시점에서 나는 그런 방법이 불합리하다는 자네의 생각에 동의했고, 그때까지의 내 추리가 맞아떨어졌다는 것을 알게 되자 기분이 좋더군."

"완벽해!" 내가 말했다. "자네의 설명을 듣고 보니, 정말 예전처럼 놀랍기 그지없다는 걸 인정하지 않을 수 없어."

"왓슨, 사실 이런 건 별것 아냐. 자네가 일전에 내 말을 못 믿겠다고 하지만 않았으면 이런 얘기를 불쑥 꺼내지도 않았을 거야.[10] 그런데 지금 나는 남의 생각 읽기[11]보다 훨씬 더 어려울지 모르는 문제를 하나 안고 있어. 크로이던[12]의 크로스 스트리트[13]에 사는 쿠싱이라는 여성이 우편으로 받은 이상한 소포 내용물에 대한 짧은 신문 기사가 났는데, 그거 봤지?"

"아니, 나는 못 봤는데?"

"아, 그걸 못 보고 넘어갔군. 신문 좀 이리 던져봐. 여기 있군. 금융 칼럼 아래 말이야. 이걸 좀 소리 내서 읽어봐."

나는 그가 다시 던져준 신문을 집어 들고, 그가 가리킨 대목을 읽었다. 제목은 「섬뜩한 소포」였다.

크로이던의 크로스 스트리트에 사는 수잔 쿠싱이라는 여성은 뭔가 불길한 의미가 깃든 게 아니라면 유달리 혐오스러운 장난이라고 할 수밖에 없는 일을 당했다. 어제 오후 2시에 갈색 종이로 싼 작은 소포를 집배원이 가져왔다. 안에 마분지 상자가 있었고, 그 안에는 굵은 소금이 가득 들어 있었다. 소금을 쏟아낸 쿠싱은 인간의 귀 두 개를 발견하고 경악했다. 분명

베어낸 지 얼마 안 된 귀였다. 소포는 전날 아침 북아일랜드의 주도 벨파스트에서 발송한 것이었다. 발송인에 대한 기록은 없었다. 쉰 살인 미스 쿠싱[14]은 누구보다도 비사교적인 삶을 살아온 터라 이 사건은 더욱 불가해하다. 아는 사람이나 서신을 교환하는 사람도 거의 없어서 그녀가 우편으로 뭔가를 받는 일은 너무나 드물다. 그러나 몇 년 전 그녀가 펜지에 살 때, 의대생 세 명을 하숙인으로 받았는데, 그들이 워낙 시끄럽고 습관이 불규칙해서 마지못해 내보낸 적이 있었다. 앙심을 품은 그 청년들이 해부실에 있던 신체 일부를 그녀에게 보내서 놀라게 할 목적으로 이런 무례한 짓을 저질렀을 것으로 경찰은 보고 있다. 청년들 가운데 한 명이 북아일랜드 벨파스트 출신이라고 그녀가 기억하고 있다는 사실로 미뤄볼 때, 이 가설이 맞을 가능성이 있어 보인다. 한편 이 사건은 형사들 가운데 가장 뛰어난 레스트레이드 씨가 맡아서 적극 수사하고 있다.

"《데일리 크로니클》이라는 게 고작 그 정도지." 내가 읽기를 마치자 홈즈가 말했다. "이제 우리의 친구 레스트레이드 얘기를 해볼까? 오늘 아침 그가 이런 편지를 보냈어. 뭐라고 썼느냐 하면,

이 사건이야말로 귀하에게 제격이라고 봅니다. 우리는 사건을 기필코 해결하고자 하지만 실마리를 잡는 데 좀 어려움을 겪고 있습니다. 물론 우리는 벨파스트 우체국에 전보를 쳤는데, 그날 취급한 소포가 너무 많아서 특정 소포를 확인할 길이 없다고 합니다. 발송인을 기억할 수 없다는 거죠. 소포 상자는 반 파운드짜리 감로 담배[15] 상자인데, 거기에는 도움이 될 게 아무것도 없습니다. 내가 보기에는 그래도 의대생 가설

14. '미스Miss'는 물론 한 번도 결혼한 적이 없는 여성의 이름 앞에(그러니까 처녀 성씨 앞에) 붙이는 존칭으로, 미혼인 학교 여선생도 학생들이 '미스 ○○○'라고 부른다. 그런데 표준국어대사전을 보면 우리말 '양孃'은 (나이나 직위가) 아랫사람인 미혼 여성을 높여 부르는 말로, 성씨 뒤에 붙일 때에는 낮잡는 느낌을 줄 수 있는 말이라고 나와 있다. 그러니 쉰 살의 'Miss Cusshing'을 '쿠싱 양'이라고 옮겨서는 곤란하다. 그렇다고 '쿠싱 씨'라고 옮기면 남자로 느껴지기 십상이어서 여기서는 그냥 '미스 쿠싱'으로 옮겼다—옮긴이.

15. 당밀 따위의 감미료를 가미한 담배.

16. 'boots.' 당시 구두닦이는 잔심부름도 하고 호텔에서 짐도 날랐다―옮긴이.

이 가장 가능성이 높은 듯한데, 귀하가 시간을 좀 낼 수 있다면 여기서 꼭 좀 만나 뵙고 싶습니다. 나는 종일 그 집이 아니면 경찰서에 있습니다.

왓슨, 어때? 자네가 기록할 만한 사건일지 모르니 이 무더위쯤 아랑곳하지 않고 크로이던으로 달려가보지 않겠어?"

"안 그래도 뭐든 하고 싶었어."

"그렇다면 당연히 가야지. 벨을 울려서 우리 구두닦이[16]를 부르고, 그들에게 마차도 좀 부르라고 해줘. 나는 실내복을 갈아입고 시가 케이스도 가득 채워서 곧 돌아올게."

기차를 타고 갈 때 소나기가 내렸다. 그래서인지 크로이던은 런던보다 열기가 한풀 꺾여 있었다. 홈즈가 미리 전보를 쳐서, 레스트레이드가 역에서 우리를 기다리고 있었다. 그는 날씬하면서도 다부지고, 언제나처럼 흰족제비 같아 보였다. 5분쯤 걷자 미스 쿠싱이 사는 크로스 스트리트가 나왔다.

그곳은 2층 벽돌집이 아주 길게 늘어선 거리였다. 단정하고 깔끔한 거리의 돌계단은 깨끗하게 씻겨 있었고, 몇 군데 문간에는 앞치마를 두른 아낙네들이 모여 수다를 떨고 있었다. 거

당시 유행한 머릿기름 광고.
『빅토리아 시대의 광고』

미스 쿠싱.
시드니 패짓 그림, 《스트랜드 매거진》(1893)

17. 'antimacassar.' 당시 유행한 머릿기름인 머캐서(마카사르) 오일이 묻지 않도록 소파나 의자 등받이에 씌우는 장식 덮개. 인도네시아의 한 도시인 마카사르(지금의 우중판당)에서 이름을 따온 이 기름은 열대 아시아의 나무 '카낭가 오도라타'에서 추출한 향유인 일랑일랑으로 만든 것이다.('일랑일랑'은 '꽃 중의 꽃'이라는 뜻의 교목 혹은 그 꽃 이름이기도 하다. 학명이 카낭가 오도라타Cananga odorata인 이 아시아 남부산 교목은 목련목目 포포나뭇과科에 속한다. 앤티머캐서는 레이스처럼 뜨개질해서 만든다—옮긴이)

리를 반쯤 내려간 레스트레이드가 걸음을 멈추고 어느 집 문을 똑똑 두드리자 어린 하녀가 문을 열어주었다. 하녀를 따라 거실로 가니 미스 쿠싱이 앉아 있었다. 그녀는 크고 부드러운 눈에 차분한 얼굴의 여자였다. 어느덧 희끗거리는 머리카락이 양쪽 관자놀이를 둥그렇게 감싸며 흘러내렸다. 뜨개질하던 앤티머캐서[17]가 무릎에 놓여 있었고, 옆의 걸상에는 여러 색깔의 비단실이 담긴 바구니가 얹혀 있었다.

"그건 헛간에 있어요, 그 끔찍한 거 말예요." 레스트레이드가 들어서자 그녀가 말했다. "그걸 아예 몽땅 가져가세요."

"그러죠, 미스 쿠싱. 저는 우리 친구 홈즈 씨가 당신이 있는 곳에서 그걸 보라고 잠시 여기 놓아둔 겁니다."

"왜 그걸 내가 있는 곳에서 봐요?"

"묻고 싶은 게 있지 않겠어요?"

"그것에 대해선 아무것도 모른다고 다 말씀드렸는데 내게 또 물어봐야 무슨 소용이 있담?"

18. J자 표시가 있는 폭이 넓은 펜―옮긴이.

"그건 그렇습니다." 홈즈가 특유의 나긋한 어투로 말했다. "그러잖아도 이번 일로 많이 언짢으셨죠?"

"그래요. 저는 조용히 칩거 생활을 하는 여자예요. 신문에 내 이름이 나고 우리 집에 경찰이 들락거리는 게 나로선 여간 머쓱하지 않아요. 레스트레이드 씨, 난 그딴 물건을 이리 들여 놓지 않을 거예요. 그걸 보고 싶으면 헛간으로 가서 보세요."

좁다란 뒤뜰에 작은 헛간이 있었다. 레스트레이드가 들어가서 누르스름한 마분지 상자를 가져왔다. 그는 갈색 포장지와 약간의 끈도 같이 들고 왔다. 뒤뜰의 보도 끝에 벤치가 하나 놓여 있어서, 우리는 거기에 앉았다. 홈즈는 레스트레이드가 건네준 물건을 하나씩 꼼꼼히 살펴보았다.

"끈이 매우 흥미롭군요." 그는 끈을 쳐들어 빛에 비춰 보고 냄새까지 맡았다. "레스트레이드, 이 끈을 어떻게 생각해요?"

"그건 타르를 칠한 거죠."

"맞아요. 타르를 칠한 노끈이죠. 미스 쿠싱이 가위로 끈을 잘랐다는 거야 당신도 알겠죠? 그래서 양 끝의 올이 좀 풀려 있죠. 이건 아주 중요해요."

"난 뭐가 중요한지 모르겠는데요?" 레스트레이드가 말했다.

"매듭을 건드리지 않았다는 사실이 중요하다는 겁니다. 이 매듭에는 남다른 특징이 있어요."

"아주 깔끔하게 매듭을 지었죠. 그건 이미 잘 기록해두었습니다." 레스트레이드가 우쭐하며 말했다.

"그럼 끈은 됐고." 홈즈가 씨익 웃으며 말했다. "이제 포장지를 좀 볼까요? 갈색 종이라. 분명 커피 냄새가 나는군. 아니, 몰랐어요? 아주 진동을 하는 것 같은데. 주소를 쓴 필체가 다소 괴발개발이로군. '크로이던, 크로스 스트리트, 미스 S. 쿠싱.' 굵은 펜촉으로 썼는데, 아마도 J펜[18]을 썼겠지. 잉크는 꽤나 불량품이군. '크로이던Croydon'이라는 낱말의 'y'자를 처음에는 'i'라고 썼다가 고쳤어. 이건 남자가 쓴 거로군. 분명 남성적인 필체야. 교육 수준이 좀 떨어지고, 크로이던을 잘 모르는 남자. 여기까지는 아주 좋았어! 상자는 누런색이고, 반 파운드짜리 감로 담배 상자인데, 밑바닥 왼쪽 구석에 엄지 자국이 두 개 나 있는 것만 빼고는 볼 게 없군. 여기에 채운 소금은 짐승 가죽을 보존하거나 상업용으로 험하게 사용하는 막소금이야. 안에는 아주 독특한 내용물이 재워져 있다 이거지."

그렇게 말하며 귀 두 개를 꺼내 무릎 위의 판때기에 얹어놓은 그는 그것을 세심하게 살펴보았다. 레스트레이드와 나는 그의 양쪽에 앉아 살짝 몸을 기울이고, 그 끔찍한 신체 일부와 골똘히 생각에 잠긴 친구의 열띤 얼굴을 번갈아 바라보았다. 그는 마침내 그것을 다시 상자에 담고 한동안 묵묵히 앉아서 깊은 사색에 잠겼다.

"물론 당신도 알아차렸겠죠?" 마침내 그가 말했다. "이 귀가 한 쌍이 아니라는 것을?"

그는 그것을 세심하게 살펴보았다.
시드니 패짓 그림, 《스트랜드 매거진》(1893)

19. 1800년대 무렵에는 의대에서 해부술 교육을 위해 해부실을 사용하는 것이 꽤 일반화되었다. 하지만 영국에서는 19세기 초까지 시체 해부에 대한 대중의 혐오나 우려가 워낙 강해서 최근 처형된 죄인의 시체만 합법적으로 해부할 수 있었다. 그 결과 이용할 수 있는 시체가 달려서 암시장이 형성되었고, 무덤에서 파낸 시체가 그 출처를 알고 싶어 하지 않는 외과 의사나 그 조수들에게 전달되었다. 영국에서 가장 악명 높은 시체 도굴범은 윌리엄 헤어와 윌리엄 버크였다. 에든버러의 하숙집 주인과 세입자였던 두 사람은 너무나 '싱싱한' 시체를 제공하는 것으로 유명했다. 그건 시체 도굴을 하다가 아예 시체 만들기에 나섰기에 가능한 일이었다. 그들은 최소한 15명을 살해해서, 그것을 에든버러 대학의 유명 해부학자인 로버트 녹스 같은 의사에게 팔았다. 그가 강의에 활용한 시체가 그렇게 획득한 것이라는 사실이 알려지자 녹스의 명성에 금이 갔다. 그는 몰랐다고 주장했지만, 헤어와 버크는 1828년에 유죄판결을 받았다(헤어는 버크의 죄를 털어놓아 석방되고, 버크는 교수형에 처해졌다. 버크는 녹스가 몰랐다고 증언했다). 그 후 1832년 의회는 해부법을 통과시켜, 의대에서 노숙자 등 무연고자의 시신을 해부할 수 있게 했다.
헤어와 버크의 이야기는 많은 작가에게 영감을 주었다. 제임스 브라이디의 극작품 〈해부학자〉가 1931년 처음 상연되었고, 에든버러 태생의 로버트 루이스 스티븐슨의 1884년 소설 『시체 도굴범』은 1945년에 영화로도 제작되었다.

"네. 나도 알아차렸습니다. 하지만 그게 해부실[19] 학생들의 짓궂은 장난이라면, 짝이 안 맞는 귀를 두 개 보내는 게 어려웠겠어요?"

"하긴 그래요. 그런데 이게 장난이 아니라면?"

"확신하십니까?"

"장난이 아닐 가능성이 매우 높습니다. 해부실의 시체에는 방부제를 주입합니다. 이 귀에는 그런 흔적이 없어요. 게다가 이건 갓 베어낸 겁니다. 날이 무딘 도구로 베어냈어요. 의대생이라면 그럴 리가 없을 겁니다. 게다가 의대생쯤 된다면 방부제로 막소금이 아니라 석탄산이나 정제한 주정을 썼겠지요.

거듭 말씀드리는데, 이건 짓궂은 장난이 아닙니다. 우리가 조사할 것은 심각한 범죄입니다."

내 친구의 말에 귀를 기울이다 그가 매우 굳은 표정을 짓는 것을 보고, 나는 알 수 없는 전율이 등골을 타고 흘렀다. 이 잔인한 예비행위는 그 배후의 설명할 수 없는 공포가 곧 도래하리라는 예고인 것 같았다. 그러나 레스트레이드는 반신반의하는 사람처럼 고개를 내둘렀다.

"물론 이게 장난이라는 가설에 반대하는 사람이 있습니다." 그가 말했다. "하지만 그 반대를 꺾을 만한 더욱 강력한 근거가 있습니다. 우리는 이 여성이 지난 20년 동안 펜지와 이곳에서 누구보다 조용하고 품행이 방정한 삶을 살아왔다는 것을 알고 있습니다. 이제껏 하루라도 집을 멀리 떠나본 적이 없습니다. 그런데 도대체 어떤 범죄자가 자기 범죄의 증거를 그녀에게 보낸단 말입니까? 게다가 그녀가 절정의 연기자라도 된다면 모를까, 우리만큼이나 이 일을 도통 이해하지 못하는 여자에게 보내다니요."

"그건 우리가 풀어야 할 숙제입니다." 홈즈가 답했다. "그리고 나로서는 내 추리가 옳다는 가정 아래, 그러니까 두 건의 살인이 일어났다는 가정 아래 조사에 들어가겠습니다. 두 귀 가운데 하나는 여성의 것입니다. 작고, 생김새가 섬세하고, 귀고리 구멍이 뚫려 있으니까요. 다른 하나는 남자의 것입니다. 볕에 그을렸고, 색이 좀 지저분한데, 이것 역시 귀고리를 한 구멍이 나 있습니다. 두 사람은 아마 사망했을 겁니다. 살아 있다면 우리가 이미 무슨 얘기를 들었겠지요. 오늘이 금요일인데, 소포는 목요일 아침에 부쳤어요. 그렇다면 비극이 일어난 것은 수요일이나 화요일 혹은 그 이전입니다. 두 사람이 살해됐다면, 미스 쿠싱에게 이런 범행 흔적을 보낸 건 분명 살해자 본인일 겁니다. 우리가 찾고자 하는 사람은 당연히 소포를 부친 사람이죠. 그런데 미스 쿠싱에게 소포를 보낸 데에는 분명 그럴 만한 까닭이 있을 겁니다. 그렇다면 그게 뭘까요? 살해가 이루어졌다는 것을 그녀에게 알리기 위해서가 아니라면, 그녀를 괴롭히기 위해서겠지요. 하지만 그럴 경우 그녀는 발송자가 누군지 안다고 봐야 하죠. 정말 그녀가 알까요? 난 아니라고 봐요. 그녀가 안다면 왜 경찰을 끌어들였겠어요? 그냥 귀를 묻어버리면 아무도 몰랐을 텐데. 그녀가 범인을 보호해주려고 했다면 그렇게 했겠지요. 하지만 그녀가 보호하려고 하지 않았다면 이름을 알려주었을 겁니다. 바로 이 점에서 엉켜 있는 실타래를 풀어야 해요."

홈즈는 뒤뜰 울타리 너머를 막연히 바라보며 빠르고 높은 음성으로 말했다. 그러다 벌떡 일어나더니 집을 향해 걸어가기 시작했다.

"미스 쿠싱에게 몇 가지 물어볼 게 있습니다." 그가 말했다.

"그렇다면 우리는 여기서 작별합시다." 레스트레이드가 말했다. "볼일이 좀 있어서요. 나는 미스 쿠싱에게 더 이상 알아낼 게 없다고 봅니다. 나를 만나려거든 경찰서로 오시면 됩니다."

"기차역으로 가는 길에 들르겠습니다." 홈즈가 대답했다. 잠시 후 그와 나는 다시 거실에 들어섰다. 거실에는 무표정한 여인이 여전히 조용히 앉아 앤티머캐서를 뜨고 있었다. 우리가 들어서자 일감을 무릎에 내려놓고, 대놓고 탐색하는 듯한 푸른 눈으로 우리를 바라보았다.

"그건 착오인 게 분명해요." 그녀가 말했다. "나한테 보내려던 게 아니었다고요. 런던 경찰국의 그 신사한테도 여러 차례 그렇게 말했는데, 코웃음만 치더군요. 내 생각으로는 나한테 앙심을 품은 사람 따윈 없어요. 그러니 누가 나한테 그런 장난을 치겠어요?"

"미스 쿠싱, 물론 저도 그렇게 생각합니다." 홈즈가 곁에 앉으며 말했다. "미스 쿠싱의 생각이 거의 틀림없다고 봐요……." 그가 말을 멈추고, 특유의 강렬한 시선으로 여인의 옆모습을 빤히 응시하는 것을 보고 나는 허를 찔린 기분이 들었다. 열띤 그의 얼굴에 놀라움과 만족의 표정이 동시에 언뜻 스쳐 지나가는 게 보였다. 하지만 그가 왜 말이 없나 하고 그녀가 고개를 돌려 바라보았을 때에는 이미 전처럼 천연덕스러운 표정으로 돌아간 뒤였다. 나도 한번 그녀를 골똘히 바라보았다. 숱이 적고 점점 하얘지는 머리카락, 깔끔한 모자, 자그마한 금도금 귀고리, 차분한 이목구비. 나로서는 그런 모습에서 내 친구가 흥분한 이유를 찾을 수 없었다.

"한두 가지 여쭤볼 게 있습니다만……."

"아, 질문이라면 신물 나요!" 미스 쿠싱이 발끈하며 외쳤다.

"자매가 두 분 계신 것으로 알고 있습니다."

"그걸 어떻게 알았죠?"

"실내에 들어올 때 바로 눈에 띄더군요. 벽난로 위에 놓인 세 여인의 인물 사진 말입니다. 그중 한 명이 바로 미스 쿠싱이고, 모두 무척이나 닮았으니 자매라고 볼 수밖에요."

"그래요, 아주 잘 맞히셨군요. 내 동생 새라와 메리예요."

"그리고 여기 내 옆에 또 다른 사진이 있는데, 여동생 되시는 분이 리버풀에서 찍은 사진이군요. 함께 있는 남자는 제복을 보니 증기선 승무원 같습니다. 보아하니 이때는 아직 결혼 전이군요."

"관찰력이 대단하시네요."

"그게 직업인걸요."

"아무튼 그쪽 말이 맞아요. 메리는 그 며칠 후 브라우너 씨와 결혼했죠. 그는 이 사진을 찍을 때 남아메리카 항로에서 일했지만, 메리를 너무 좋아해 한시라도 떨어져 있기 싫다면서 리버풀과 런던을 오가는 배를 탔지요."

"아, 그게 혹시 '콩커러호' 아닌가요?"

"아뇨, 지난번에 '메이데이호'[20]라고 들었어요. 제부는 나를 보러 이곳에 한 번 온 적이 있어요. 그건 금주 맹세를 깨기 전이었죠. 하지만 나중에는 뭍에만 내리면 늘 술을 마셨어요. 술을 조금만 마셔도 아주 돌아버린답니다. 아! 그가 다시 술에 입을 댔다 하면 그날은 일진이 사나운 날이죠. 먼저 나랑 절교를 했고, 다음에는 새라하고도 다툰 후 사이가 틀어졌답니다. 메리가 편지를 보내지 않아서 요즘은 둘이 어떻게 지내는지 우린 알 수가 없어요."

그건 그녀의 마음에 사무치는 얘기인 게 분명했다. 외롭게 사는 사람들이 대개 그렇듯, 그녀도 처음에는 낯을 가렸지만 결국에는 무척 수다스러워졌다. 그녀는 증기선 승무원인 제부에 대해 시시콜콜 많은 얘기를 들려주었다. 그러다 예전의 하숙인 의대생들 얘기로 넘어가서 그들의 이름과 병원 이름, 그들이 저지른 비행을 장황하게 늘어놓았다. 홈즈는 어느 하나도 소홀히 듣지 않고 이따금 질문을 던졌다.

"바로 밑의 여동생 새라 말인데요." 홈즈가 말했다. "두 분 다 결혼을 하지 않으셨는데, 왜 함께 살지 않나요?"

20. '콩커러Conqueror(정복자)'와 '메이데이May Day(오월제, 노동절)'는 더블린 리버풀 항과 런던 스팀 패킷 주식회사에 실제로 등록되어 있던 배다. 왜 왓슨은 실명을 감추지 않았을까?

"아, 그건 새라의 성질머리를 몰라서 하는 소리예요. 개 성질을 알면 이해가 될 거예요. 내가 크로이던에 온 것도 같이 살려고 온 겁니다. 그래서 잘 지냈는데 두 달 전에 갈라서고 말았어요. 내 여동생을 헐뜯는 소리는 하고 싶지 않지만, 남의 잔치에 감 놓아라 배 놓아라 간섭하길 좋아하고 도무지 비위를 맞춰주기가 어려워요, 새라는."

"그분이 리버풀의 제부와 사이가 틀어졌다고 하셨죠?"

"네. 두 사람이 한때는 더없이 친한 친구처럼 지냈어요. 그들과 가까이 지내기 위해 아예 그들 집에 들어가서 살 정도였죠. 그런데 이젠 짐 브라우너를 좋게 말하는 법이 없어요. 그 애가 나랑 같이 지낸 지난 6개월 동안, 그의 음주와 술버릇 얘기밖에는 하지 않았답니다. 제부는 새라가 간섭하길 좋아한다는 것을 알고 눈치를 좀 준 모양이에요. 그게 불화의 시작이었죠."

"월링턴까지 먼가요?"
시드니 패짓 그림, 《스트랜드 매거진》(1893)

"감사합니다, 미스 쿠싱." 홈즈가 일어서서 고개를 숙여 보이며 말했다. "동생인 새라가 사는 데가, 그러니까 월링턴의 뉴스트리트라고 하셨죠? 안녕히 계십시오. 이번 일로 마음이 상하신 것을 유감으로 생각합니다. 말씀하셨듯이, 스스로 어떻게 손을 써볼 수가 없는 이런 일로 말이죠."

우리가 밖으로 나가자 마침 마차가 지나갔다. 홈즈가 소리쳐 불렀다.

"월링턴까지 먼가요?" 그가 물었다.

"고작 1마일 거리죠."

"잘됐군. 타고 가자, 왓슨. 쇠뿔도 단김에 빼랬다고. 간단한 사건이지만, 그래도 잘 배워둘 만한 게 한두 가지 있어. 마부 양반, 가는 길에 전보 좀 칩시다."

홈즈는 간단한 전보를 치고 다시 마차에 오른 뒤로는, 모자로 코를 푹 덮어 얼굴에 비치는 햇살을 가린 채 의자에 등을 기대고 앉아 있었다. 마부는 우리가 떠난 그 집과 다를 게 없는 어느 집 앞에 마차를 세웠다. 내 동행은 마부에게 기다리라 지시하고 문 두드리는 쇠고리에 손을 얹었다. 그 순간, 문이 열리더니 검은 옷을 입은 젊은 신사가 문간에 모습을 드러냈다. 빛나는 모자를 쓴 그의 얼굴이 어두워 보였다.

"미스 쿠싱이 댁에 계신가요?" 홈즈가 물었다.

"미스 새라 쿠싱은 중병에 걸렸어요." 그가 말했다. "어제부터 머리가 몹시 아프답니다. 담당 의사로서, 누구든 그녀와 만나는 것을 허락할 수 없습니다. 열흘 후에 다시 들러주세요." 그는 장갑을 끼고 문을 닫더니 거리를 성큼성큼 걸어갔다.

"안 된다면 할 수 없지." 홈즈가 쾌활하게 말했다.

"만나봐야 아마 무슨 말을 할 수도 없고, 하려고 하지도 않을 거야."

"난 무슨 얘기를 듣고 싶은 게 아냐. 그저 보고 싶을 뿐이지.

21. 안토니오 스트라디바리(1644-1737)는 이탈리아의 자기 공방에서 첼로와 하프, 기타, 만돌린, 비올라 등을 만들었다. 그러나 무엇보다 유명한 것은 그가 디자인한 바이올린이다. (존 미드 포크너가 쓴 1895년의 괴담소설 『잃어버린 스트라디바리우스』를 보면, 옛 찬장에서 발견된 스트라디바리우스가 이런 속성을 지닌 것으로 묘사된다. "특이한 광채와 부드러움을 지닌 도료를 바른 연붉은색. 목은 보통의 바이올린보다 살짝 길고, 스크롤 머리 장식은 괄목할 만큼 대담하고 자유분방하다.") 스트라디바리가 만든 악기 1,100대 가운데 약 650대가 지금까지 남아 있다. 스미스소니언 협회의 보고에 따르면 그의 사후 19세기에 스트라디바리를 기념하기 위해 그가 만든 것과 같은 방식으로 수천 대의 바이올린이 만들어졌고, 상표도 같은 것이 붙었다. 당시에는 그런 일이 흔했다. 모조품 바이올린이 진품보다 훨씬 싸면서도 품질은 좋았기 때문에 일부러 사기를 치려고 만든 것은 아니었다. 그러나 결국에는 오늘날 스트라디바리우스 바이올린 상표가 붙어 있어도 그게 진짜일 가능성은 희박하다. 그래도 홈즈의 바이올린은 진짜였을 것이다. 아니면 홈즈가 바보가 되고 마니까.

22. 이탈리아의 바이올린 대연주자이자 작곡가 니콜로 파가니니(1782-1840)는 어릴 때부터 신동으로, 열한 살에 데뷔해 아버지와 함께 연주 여행을 다니며 인기를 한 몸에 받는 우상이 되었다. 특히 그가 리스트에게 끼친 영향은 막대했다. 그가 작곡한 주요 작품, 곧 무반주 바이올린을 위한 24곡의 카프리치오(활달하며 느슨한 구조의 악곡) 주제는 프란츠 리스트와 로베르트 슈만에게 막대한 영향을 미쳤고, 요하네스 브람스와 세르게이 라흐마니노프는 그의 〈A단조 카프리치오〉에 토대를 둔 작곡을 하기도 했다(파가니니는 기타와 비올라도 연주했다). 1835년 은퇴한 직후에는 후두암으로 말을 못하게 됐다. (게다가 그가 투자한 '카지노 파가니니'라는 카지노가 실패해 대부분의 재산을 날렸다.) 주로

하지만 이만하면 원하는 건 이미 얻은 셈이야. 마부 양반, 점심을 먹을 만한 깨끗한 호텔로 좀 갑시다. 그다음에는 경찰서에 가서 레스트레이드 그 친구를 좀 만나야겠어."

우리는 같이 즐겁게 점심을 먹었다. 그동안 홈즈는 바이올린 외에 다른 얘기는 하려고 하지 않았다. 그는 스트라디바리우스[21]를 어떻게 샀는지 신 나게 떠들어댔다. 줄잡아 500기니는 나가는 바이올린을 토트넘 코트 로드의 유대인 전당포에서 고작 55실링을 주고 손에 넣었다는 것이었다. 그러다 파가니니[22] 얘기로 넘어갔다. 우리가 클라레 한 병을 놓고 한 시간쯤 앉아 있는 동안, 그는 그 비상한 천재 이야기를 하염없이 늘어놓았다. 오후가 한참 지나, 작열하던 열기가 부드러운 온기로 바뀌었을 때, 우리는 경찰서에 도착했다. 레스트레이드가 입구에서 우리를 기다리고 있었다.

"당신에게 전보가 왔습니다, 홈즈 씨." 그가 말했다.

"하! 답장이 왔군!" 그는 겉봉을 뜯고 내용을 쓰윽 읽어보고는 주머니에 구겨 넣었다. "됐군." 그가 말했다.

"뭔가 알아내셨습니까?"

"모두 알아냈습니다!"

"넷?" 레스트레이드가 놀라서 휘둥그레진 눈으로 그를 바라보았다. "농담하지 마세요."

"더없이 진지하게 말한 겁니다. 충격적인 범죄가 일어났는데, 그 진상을 이미 다 알아낸 듯합니다."

"그럼 범인은?"

홈즈는 명함 뒤에 몇 글자 휘갈겨 써서 그것을 레스트레이드에게 던져주었다.

"이게 범인의 이름입니다." 그가 말했다. "내일 밤에는 체포할 수 있을 겁니다. 이 사건에 내가 관여했다는 것은 언급하지 말아주세요. 나는 해결하기 어려운 사건에만 이름을 내밀고 싶

으니까요. 가자, 왓슨."

우리는 큰 걸음으로 역까지 걸어갔다. 레스트레이드는 홈즈가 던져준 명함을 환한 얼굴로 계속 바라보고 있었다.

그날 밤 베이커 스트리트의 우리 방에서 담배를 태우며 잡담을 나눌 때 셜록 홈즈가 말했다. "이 사건 역시 결과에서 원인을 역추리[23]해야 하는 사건이야. 『주홍색 연구』와 『네 사람의 서명』이라는 제목으로 자네가 기록한 사건들과 마찬가지로 말이지. 나는 레스트레이드에게 지금으로서는 알 수 없는 사실이 드러나면 전해달라고 했어. 그건 범인을 잡은 후에만 알 수 있는 것이거든. 그 친구는 머리가 통 안 돌아가는 사람이지만, 일단 뭘 해야 할지 알게 되면 불도그처럼 아주 끈질긴 사람이야. 그러니 범인을 잡아들이는 일쯤은 믿고 맡길 만하지. 사실 런던 경찰국 최고의 형사가 된 것도 그렇게 끈질긴 덕분이야."

"그럼 자네도 이 사건을 완전히 알지는 못하는 거야?" 내가 물었다.

"핵심은 완전히 파악했어. 그 역겨운 짓을 벌인 자가 누군지는 알아. 희생자 가운데 한 명이 누군지는 아직 모르지만. 물론 자네도 나름대로 결론을 내렸겠지."

"자네는 리버풀 증기선의 승무원 짐 브라우너를 의심하고 있는 거지?"

"아, 의심하는 것 이상이야."

"하지만 나는 아주 막연히 의심스럽다는 것밖에는 모르겠어."

"내가 보기엔 그 반대로, 이보다 더 분명할 수 없어. 중요한 단계를 한번 훑어볼까? 자네도 알다시피 우리는 백지 상태에서 사건에 접근했어. 그게 항상 득이 되거든. 우리는 아무런 가설도 세우지 않았지. 현장에 가서 다만 관찰을 하고, 그 관찰을 통해 추리를 하려고 했어. 우리가 맨 처음 본 게 뭐지? 아주 차분

카프리치오, 바이올린 협주곡, 일련의 변주곡 등에 바탕을 둔 그의 운지법과 조율은 물론이고, 새로운 피치카토 효과 등 놀라운 바이올린 기술 혁신은 전설적으로 유명하다. 그는 한두 개의 바이올린 현을 끊어버리고 나머지 현만으로 작품을 계속 연주하는 재주를 부린 멋쟁이 연예인이기도 했다. 그런데 『펭귄 음악사전』의 소견에 따르면 오늘의 기준으로 볼 때 "그의 업적은 더 이상 놀라울 만큼 난해하다고 여겨지지 않는다."

23. 이 같은 논리적 사고에 대해 열정적으로 연구한 책이 있다. 윌리엄 네블릿의 『셜록의 논리』가 그것인데, 제8장 「동기에 대한 추리」를 참고하라. 이 매력적인 책에서는 홈즈의 손자가 등장해서 저자의 관점을 설명하고 예를 들어 보인다.

짐 브라우너.
시드니 패짓 그림, 《스트랜드 매거진》(1893)

하고 품행이 방정한 여인이었지. 그녀는 어떤 비밀도 모르는 것 같았어. 그런데 그녀에겐 두 여동생이 있다는 것을 보여주는 인물 사진이 있었어. 문득 소포 상자가 그들 가운데 한 명과 관련이 있을지 모른다는 생각이 들었지. 나는 그게 확인되든 부인되든 나중에 한가할 때 알아보기로 했어. 그리고 우리는 뒤뜰로 가서 누런 상자 안의 아주 독특한 내용물을 보았지.

소포 끈은 배에서 돛을 꿰맬 때 쓰는 것이었어. 거기서 바로 바다 냄새가 나더군. 뱃사람들이 잘 아는 매듭으로 묶였고, 항구에서 소포를 부쳤는데, 남자의 귀에 귀고리 구멍이 뚫렸어. 뭍사람보다는 뱃사람들이 그런 귀고리를 많이 하지. 그걸 알고 나니 이 비극의 연출자는 뱃사람들 속에서 찾아야 한다는 결론이 나왔지.

소포 수신인이 미스 S. 쿠싱으로 되어 있었어. 물론 맏언니가 미스 쿠싱이고, 이름 머리글자도 'S'이지만, 그건 다른 사람의 머리글자일 수도 있었어. 그럴 경우 우리는 완전히 새로 조사를 시작해야 하지. 그래서 나는 그걸 알아보려고 집 안으로 들어갔어. 내가 미스 쿠싱에게 뭔가 착오가 있었던 게 분명하다고 막 말하려는 순간, 자네도 기억하다시피 난 갑자기 말문이 턱 막혔지. 난 깜짝 놀랄 만한 것을 보았고, 그 순간 우리의 조사 범위가 확 좁혀졌어.

의사로서 자네도 잘 알겠지만, 신체 일부 가운데 인간의 귀만큼 사람마다 가지각색인 것도 없어. 대체로 인간의 귀는 저마다 특색이 있어서 서로 전혀 다르게 생겼지. 그 주제에 관해 나는 지난해 《인류학 저널》에 두 편의 짧은 논문[24]을 실었어. 그러니까 나는 전문가의 눈으로 상자 속의 귀를 검사했고, 해부학적 특징을 세밀히 살핀 거야. 그런데 놀랍게도, 미스 쿠싱을 보니, 그녀의 귀가 바로 내가 검사한 여성의 귀와 정확히 일치했어. 그걸 보고 내가 얼마나 놀랐을지 상상해봐. 그건 결코 우연의 일치가 아니었어. 짧은 귓바퀴, 넓은 귓불, 내부 연골이 돌아간 모양이 모두 일치했지. 어느 모로 보나 본질적으로는 동일한 귀였어.

물론 나는 그런 관찰의 중요성을 즉시 알아차렸지. 희생자는 그녀와 혈연관계인 게 분명했어. 그것도 필시 아주 가까운 관계 말이야. 나는 그녀의 가족 얘기를 하기 시작했지. 자네도 기억하다시피, 그녀는 즉시 우리에게 아주 중요한 사실들을 알려주었어.

24. 이 저널 몇 호에 홈즈의 두 논문이 실렸는지 알아낸 사람은 없지만, 두 논문은 《스트랜드 매거진》에 다시 수록되었을 가능성이 있다. 《스트랜드 매거진》 1893년 10월호와 같은 해 11월호에 「귀에 관한 장」이라는 제목으로 익명의 논문 두 편이 실렸다.

우선 그녀의 여동생 이름이 새라였고, 얼마 전까지 같이 살았으니, 착오가 어떻게 일어났는지, 소포가 누구에게 보내진 건지 아주 명백했지. 그 후 우리는 막내 여동생과 결혼한 증기선 승무원 얘기를 들었어. 그가 한때 미스 새라와 매우 가까워서, 그녀가 브라우너 부부와 같이 살기 위해 리버풀로 이사까지 했지만, 그 후 둘이 다투어 사이가 틀어졌다는 것도 알게 되었지. 그 다툼 때문에 몇 달 동안 완전히 연락이 두절되어, 브라우너가 미스 새라에게 소포를 보낼 일이 있었다면 보나 마나 옛 주소로 보냈을 거야.

이제 문제는 놀랍게도 저절로 술술 풀려가기 시작했어. 우리는 승무원의 존재를 알게 되었는데, 그는 성격이 충동적이고 격렬했지. 자네도 알다시피 그는 아내와 좀 더 가까이 지내기 위해 아주 좋은 선원 일자리를 팽개칠 정도였고, 때로 과음을 하면 난동을 부렸어. 이만하면 그의 아내와 아마 선원인 어떤 남자가 동시에 살해되었다고 볼 만하지. 물론 범행 동기로는 질투를 먼저 꼽을 수 있을 거야. 그런데 그런 범행의 증거를 왜 미스 새라 쿠싱에게 보냈을까? 아마도 리버풀에 살 때, 그녀가 그런 비극으로 이어진 사건들을 초래할 무슨 빌미를 주었겠지. 그 선박 노선은 벨파스트와 더블린, 워터퍼드 항을 거치니까, 브라우너가 그런 짓을 한 후 곧바로 증기선 메이데이호를 탔다고 가정하면, 그 끔찍한 소포를 부칠 수 있는 첫 번째 장소는 벨파스트가 되겠지.

이 단계에서 분명 다른 가정도 가능해. 그건 거의 가능성이 희박하다고 보았지만, 그래도 더 나아가기 전에 확인을 해보기로 했지. 그러니까 브라우너 부인을 짝사랑한 남자가 브라우너 부부를 살해했을 수도 있다는 가정 말이야. 그러면 남자의 귀는 남편의 것이겠지. 이 가설에는 심각한 문제가 있지만, 그래도 가능성이 없진 않아. 그래서 리버풀 경찰대의 친구 앨가에게 전보를 쳤어. 브라우너 부인이 집에 있는지, 브라우너가 메이데이호를 타고 떠났는지 알아봐달라고 한 거야. 그 후 우리는 미스 새라를 만나러 월링턴으로 갔지.

우선 나는 그 집안의 귀가 그녀에게도 얼마나 비슷하게 재현되었는지 알아보고 싶었어. 물론 그녀가 아주 중요한 정보를 줄지도 몰랐지. 하지만 그건 별로 기대하지 않았어. 그녀는 전날 소포 얘기를 분명 들었을 거야. 크로이던에 짜하게 얘기가 퍼졌으니까 말이야. 그런데 그녀만은 그 소포가 누구를 노린 건지 알았을 거야. 그녀가 정의의 심판을 도울 의지가 있었다면, 경찰에 이미 신고를 했겠지. 하지만 그녀를 만나러 가는 것은 분명 우리의 의무니까, 우리가 찾아간 거야. 발병했다는 날짜로 볼 때, 소포에 대한 뉴스 때문에 그녀가 뇌열병[25] 같은 것에 걸렸다는 걸 알 수 있었어. 그걸로 미뤄볼 때 그녀는 사건의 의미를 충분히 이해한 게 분명했고, 그와 동시에 우리가 그녀에게 어떤 도움을 받으려면 좀 뜸을 들일 필요가 있다는 것도 분명했어.

하지만 우리는 그녀에게 도움을 받을 필요가 없었어. 내가 앨가에게 전보를 보내라고 한 경찰서에 이미 대답이 도착해 있었으니까. 전보 내용은 아주 결정적이었지. 브라우너 부인의 집은 사흘 이상 잠겨 있었어. 그런데 이웃 사람들은 그녀가 친척을 만나러 남쪽으로 갔다고 생각한다는 거야. 브라우너가 메이데이호를 타고 떠난 것은 선박 회사를 통해 확인되었지. 계산을 해보니 메이데이호는 내일 밤 템스 항에 도착하겠더군. 그가 도착하면 좀 미련하긴 해도 당찬 레스트레이드의 마중을 받겠지. 그러면 자세한 얘기를 곧 듣게 될 거야."

셜록 홈즈의 기대는 어긋나지 않았다. 이틀 후 도착한 두툼한 봉투에는 그 형사가 보낸 간단한 메모와 여러 쪽의 풀스캡지[26]에 타이핑한 서류가 들어 있었다.

25. 뇌막염(수막염). 「너도밤나무 저택」 37번 주석 참고―옮긴이.

26. 「빨강머리연맹」 29번 주석 참고―옮긴이.

27. 정확히는 '빅토리아앤드앨버트 부두'다.

28. "제임스James"의 약칭 혹은 애칭이 앞에 나온 "짐Jim"이다—옮긴이.

"레스트레이드가 확실히 잡았군." 홈즈가 나를 쳐다보며 말했다. "그가 뭐라고 했는지 궁금할 거야."

친애하는 홈즈 씨

우리의 가설을 검증하기 위해 세운 계획대로 ("왓슨, '우리'라는 말이 꽤나 멋지군, 그렇지?") 나는 어제 오후 6시에 앨버트 부두[27]로 내려가서 리버풀과 더블린, 런던을 왕복하는 스팀 패킷사의 증기선 메이데이호에 승선했습니다. 탐문 결과 즉시 제임스[28] 브라우너라는 이름의 승무원이 있다는 것을 알아냈지요. 그의 행동거지가 워낙 이상해서 항해 도중 선장이 어쩔 수 없이 그를 근무 면제시켰다는 것도 알아냈습니다. 그의 선실로 내려가보았더니 무슨 상자 위에 걸터앉아 머리를 두 손에 파묻고는 몸을 앞뒤로 건들거리고 있더군요. 덩치가 크고 힘 좋게 생긴 놈인데, 깨끗이 면도를 했고 피부는 아주 가무잡잡했습니다. 가짜 세탁물 사건 때 우리를 도운 올드리지처럼 말입니다. 내가 용건을 말했더니 그가 벌떡 일어났습니다. 나는 근처의 수상경찰을 부르려고 호루라기를 입에 물었지만, 그는 진이 다 빠진 사람인 양, 수갑을 채울 수 있도록 고분고분 두 손을 내밀었습니다. 그를 유치장으로 데려오면서 그의 상자도 가져왔습니다. 뭔가 증거가 될 만한 게 들어 있을 거라고 보았기 때문인데, 선원들이 다들 갖고 있는 날카로운 큰 칼 하나만 달랑 들어 있고, 사건에 도움이 될 만한 건 아무것도 없더군요. 하지만 우리는 더 이상 증거가 필요없다는 것을 알게 되었습니다. 그가 경찰서에 가서 경위 앞에서 진술을 하게 해달라고 요청했고, 물론 우리는 속기사를 시켜 그가 말하는 대로 받아 적었지요. 우리는 세 부를 타이핑했는데, 그중 한 부를 동봉합니다. 그럴 거라고 내가 처음부터 생각한 대로, 이 사건은 극히 간단한 것으로 밝혀졌습니다만,

당신이 내 조사를 도와준 데 대해 감사의 말씀을 드립니다.
그럼 안녕히 계십시오.

— G. 레스트레이드 올림

"흥! 정말 이번 조사는 아주 간단했어." 홈즈가 말했다. "하지만 레스트레이드가 처음 우리를 찾았을 때, 그는 이렇게 간단할 줄 전혀 몰랐을걸. 그건 그렇고 짐 브라우너가 무슨 애길 털어놓았나 좀 볼까? 이게 그의 진술서야. 섀드웰 경찰서의 몽고메리 경위 앞에서 진술한 거로군. 이런 진술서의 좋은 점은 말을 있는 그대로 받아 적었다는 거야."

"할 말이 있느냐고요? 물론이죠. 아주 많수다. 모든 걸 죄다

"그는 고분고분 두 손을 내밀었습니다."
시드니 패짓 그림, 《스트랜드 매거진》(1893)

29. 두레박이나 깃발, 돛 따위의 물건을 높은 곳으로 올렸다 내렸다 하는 줄(고팻줄)을 걸치는 도르래나 고리를 "고패block"라고 한다―옮긴이.

털어놓아야 나도 속이 시원하겠소. 나를 목매달아도 좋고, 넵둬도 좋고, 뭘 어쩌든 난 콧방귀도 안 뀔 거요. 정말이지 내가 그 짓을 한 다음에는 눈 한 번 붙여본 적이 없어요. 난 줄곧 깨어 있으면서 죽을 때까지 다시는 눈을 붙이지 못할 겁니다. 가끔 놈의 얼굴이 어른거리지만 대개는 아내의 얼굴이 어른거려요. 둘 중 하나는 눈앞에서 사라지질 않는다고요. 놈은 흉악하게 오만상을 찌푸리고 있는데, 그녀는 좀 놀란 표정을 짓고 있죠. 아무렴, 전에는 그녀 앞에서 사랑 아닌 표정을 보인 적이 없는 내 얼굴에서 살의를 느꼈으니 놀라는 것도 무리가 아니지.

하지만 그건 새라의 잘못이었소. 억장이 무너지는 남자의 저주로 인해 그녀가 말라 죽고, 피가 썩어 들어갈 그런 잘못 말입니다. 이건 내가 결백하다고 말하려는 게 아닙니다. 나는 다시 술을 처먹었고, 예전의 짐승 같은 인간으로 돌아갔다는 걸 나도 알아요. 그러나 그녀라면 나를 용서했을 겁니다. 새라라는 그 여자가 우리 집 문전을 더럽히지만 않았다면, 메리는 고패에 걸친 고팻줄[29]처럼 내게 붙어 있었을 거라고요. 새라 쿠싱은 나를 사랑했는데, 그게 화근이었어요. 그러다 그녀의 사랑은 독기를 품은 증오로 바뀌었죠. 그녀의 전체 육신과 영혼보다 차라리 진흙탕에 찍힌 아내의 발자국을 내가 더 생각한다는 것을 안 뒤부터 그랬어요.

세 자매가 있었습니다. 큰언니는 마냥 좋은 여자였고, 둘째는 악마였고, 셋째는 천사였어요. 내가 결혼했을 때 아내 메리는 스물아홉 살이고 처형 새라는 서른세 살이었습니다. 살림을 차린 우리는 정말 행복했지요. 리버풀에는 메리만 한 여자가 없었어요. 그러다 우리는 새라에게 일주일쯤 와서 묵으라고 했습니다. 일주일이 한 달이 되고, 어쩌고 저쩌고 하다 보니 그녀는 아예 한 가족이 되어버렸지요.

나는 당시 푸른 리본[30]이었어요. 우리는 조금이나마 저축도 해나갔고, 모든 게 새 달러처럼 반짝거렸죠. 그런데 맙소사, 이렇게 될 줄 누가 알았겠습니까? 누가 이런 걸 짐작이나 했겠느냐고요.

나는 주말에는 주로 집에 있었습니다. 가끔 화물을 싣느라고 출항이 연기되면 일주일 내리 집에 있기도 했지요. 그래서 처형 새라를 자주 보았어요. 그녀는 꽤 큰 키에, 성격이 엉큼하고 머리가 잘 도는 사나운 여자였습니다. 늘 오만하게 고개를 쳐들고 다녔는데, 눈에서 부싯돌 불꽃 같은 게 튀었지요. 하지만 우리 메리가 곁에 있으면 난 그녀를 거들떠보지도 않았어요. 그건 맹세라도 할 수 있습니다.

그녀는 가끔 나랑 단둘이 있고 싶어 하는 눈치였어요. 둘이 산책을 나가자고 치근덕거리기도 했지만, 나는 무슨 딴생각을 해본 적이 없어요. 하지만 어느 날 저녁 눈을 번쩍 뜰 일이 생겼죠. 하선을 해서 집에 가보니 아내는 외출을 하고 새라만 집에 있었습니다.

'메리는 어디 갔죠?' 내가 물었어요.

'아, 걔는 뭐 좀 갚을 게 있다고 나갔어요.'

나는 참을성 없이 방 안을 오락가락했죠.

그녀가 말하더군요. '제부는 메리가 없으면 잠시도 행복하지 않아요? 아주 잠깐이라도 나랑 같이 있는 게 싫다면 난 정말 속상해요.'

'그건 아니에요, 처형.' 내가 말했죠. 그러면서 자연스레 손을 뻗었는데, 그녀가 내 손을 덥석 잡지 뭡니까. 그녀의 두 손이 열 오른 것처럼 후끈후끈하더군요. 두 눈을 바라봤더니 거기 모든 게 쓰여 있었어요. 그녀는 무슨 말을 할 필요가 없었고, 나도 그랬어요. 나는 인상을 팍 쓰면서 손을 빼냈죠. 그러자 그녀가 내 곁에 잠시 말없이 서 있다가 한 손을 들어 내 어

30. "푸른 리본 blue ribbon"이었다는 건 술을 끊었다는 뜻이다. 아마도 당시에 존재한 여러 금주 모임 가운데 하나에 가입했을 것이다. 최초의 현대적인 금주 모임은 뉴욕 그린필드에서 B. J. 클라크 박사가 1808년에 만들었다. 1820년대에는 아일랜드와 글래스고 지역에 많은 금주 모임이 생겨났고, 1830년대에는 브래드퍼드에도 생겨났다. 몇십 년 사이에 무수한 금주 모임이 도처에 생겨났는데, 종교적 믿음을 토대로 한 모임도 있었고 이성적인 생각을 토대로 한 모임도 있었다. 보험회사는 당연히 금주 모임을 지원하고 나섰다. 사회 전체에 걸친 금주운동의 여파로 술을 팔지 않는 호텔이나 카페, 찻집도 우후죽순처럼 생겨났다.

1870년대에는 프랜시스 머피가 '푸른리본군Blue Ribbon Army'이라고 불린 금주 모임을 만들었다. 머피는 아일랜드계 미국인으로 미국 메인 주에서 술을 팔았던 사람이다('푸른리본군'은 '여성그리스도교인 금주연맹'이나 '앤티살롱 리그' 같은 미국 금주 모임과 더불어 1919년부터 1933년까지 시행된 미국 금주법을 통과시키는 데 단단히 한몫했다). 머피의 금주운동 명칭은 복음서의 다음 구절에서 영감을 받았다. "너는 이스라엘 백성에게 일러 대대손손 옷자락에 술을 달고 그 옷자락 술에 자줏빛(푸른빛) 끈을 달게 하여라. 이렇게 술을 만들어 달고 그것을 볼 때마다…… 색욕에 빠지는 일이 없을 것이다"(『민수기』15:38-39) 금주운동 지도자로서는 좀 독특하게, 머피는 주류 판매자들을 악인으로 보지 않고 그들과 음주자 모두에게 설교를 했다. 머피를 따르는 사람들은 금주 맹세의 상징으로 푸른 리본을 다는 것 외에, 다음 서약에 서명을 했다. "그 누구에게도 악의를 품지 않고, 모두에게 자비를 베풀고, 서명자인 나는 주류처럼 사람을 취하게 하는 어떤 음료도 마시지 않을 것이며, 품위 있는 모든 수단을 다 써서 다른 사람도 마시지 않도록 격려할 것을 굳게 맹세합니다. (신이여 저를 도우소서.)" 머피를 찬미하는 윌리엄 노블이 런던에서 비슷한 모임을 만들었고, 머피는 1882년 영국에 와 던디에서 대집회를 열어 4만 명이 서명케

했다.(던디에 대해서는 「다섯 개의 오렌지 씨앗」 22번 주석 참고) 거기서 그는 던디의 계관시인 윌리엄 맥고너걸을 회원으로 끌어들였다. 최악의 영시를 쓴 사람으로 두루 인정받은 이 시인은 「머피 씨와 푸른 리본군 송시」에 이렇게 썼다. "머피 씨 만세, 그는 용감한 영웅으로서 / 험난한 대서양 파도를 헤치고 왔나니, / 나로 하여금 쉬면서 생각게 하려고 왔나니, / 나는 답하리, 사람들이 독주에 맛들이지 않도록 경고하겠다고."

"'그건 아니에요, 처형.' 내가 말했죠."
시드니 패짓 그림, 《스트랜드 매거진》(1893)

깨를 토닥거리더군요.

'어디 잘해보셔!' 그녀가 말했어요. 그리고 콧방귀를 뀌면서 방을 뛰쳐나가더라고요.

그때부터 새라는 온 마음 온 영혼을 다해 나를 증오했습니다. 능히 그러고도 남을 여자예요. 그런데도 그녀를 우리랑 같이 살게 놓아두었다니 내가 바보였지. 그것도 술 처먹은 바보였어. 하지만 메리에게는 입도 뻥긋하지 않았습니다. 그런 말을 들으면 마음이 아플 게 뻔하니까요. 아무 일 없었던 것처럼 하루하루가 지나갔습니다. 하지만 얼마 후 나는 메리가 좀 달라졌다는 것을 알게 되었어요. 그녀는 늘 나를 철석같이 믿어주었고, 그렇게 순수했는데, 이제는 이상하게 의심이 많아진 거예요. 내가 어디를 다녀왔는지, 무엇을 했는지, 편지가 오면 누가 보낸 편지인지, 내 주머니에 뭐가 들었는지, 그런 걸 시시콜콜 알고 싶어 하면서 바보 같은 의심을 해대는 거예요. 날이 갈수록 그녀는 점점 더 이상해지고 예민해져서 별것도 아닌 일로 늘 티격태격했는데, 도대체 그녀가 왜 그러는지 모르겠더라고요. 새라는 이제 나를 피했어요. 하지만 그녀와 메리는 찰떡같이 붙어 다녔죠. 지금이야 그녀가 어떤 음모를 꾸며서 아내와 나를 어떻게 이간질했는지 환히 알게 되었지만, 그때는 눈 먼 딱정벌레처럼 난 도통 이해가 안 되더라고요. 그러다 푸른 리본을 패대기치고 다시 술을 입에 대기 시작했어요. 메리가 그렇게 변하지만 않았다면 그러지 않았을 거예요. 그런데 메리는 이제 나를 혐오할 이유를 갖게 되었죠. 우리 사이는 점점 크게 벌어지기 시작했어요. 그러다 저 알렉 페어베언이라는 인간이 껴들면서 일이 천 배는 더 꼬이고 말았죠.

그 인간이 처음 우리 집에 온 것은 새라를 만나기 위해서였습니다. 하지만 곧 우리 모두를 만나러 왔죠. 그는 붙임성이 있어서 어딜 가든 친구를 잘 사귀었거든요. 그는 꽤 당차고 허풍도 센 인간인데, 곱슬머리에 옷차림이 말쑥했어요. 세상의 반은 구경했다면서 자기가 본 것에 대한 얘기도 잘했죠. 같이 있으면 즐거운 인간이라는 건 부정하지 않겠어요. 뱃사람치고 그렇게 점잖은 인간도 없어서, 한때는 앞 갑판 밑 선원실보다는 선미루에서 놀던 인간인 게 틀림없어요.[31] 한 달쯤 우리 집을 들락거리는 동안 설마 무슨 해가 될 줄은 짐작도 못했습니다. 그가 워낙 나긋나긋하고 간사했거든요. 그 후 마침내 무슨 일 때문에 의심이 들기 시작했고, 그날부터 내 평화는 완전히 결딴이 나고 말았습니다.

그건 아주 사소한 일이었어요. 어느 날 불시에 집에 들어간 일이 있었죠. 응접실에 들어서면서 나는 엄청 반가워하는 아내의 얼굴을 보았어요. 아 그런데 집에 온 사람이 나라는 것을 안

31. 페어베언이 하급 선원실이 아니라 고급 선원실에서 한때 놀았다는 이 말은 그가 전에 고급 선원이었다가 하급 선원으로 '강등'되었다는 것을 함축하고 있다.(선미루船尾樓는 배 뒤쪽의 상갑판 건물—옮긴이)

순간 그녀가 실망하는 표정으로 싹 바뀌지 뭡니까. 그만하면 알조가 아니겠어요? 그녀는 알렉 페어베언이 온 줄 알았던 겁니다. 그때 그 인간이 눈앞에 있었으면 아주 죽여버렸을 거예요. 난 한번 성질이 났다 하면 아예 돌아버리거든요. 메리는 내 눈에 독기가 어린 것을 보았죠. 그래서 얼른 달려오더니 내 소매를 붙잡더라고요.

'안 돼요, 짐, 안 돼요!' 그녀가 말하더군요.

'새라는 어딨소?' 내가 물었죠.

'부엌에요.' 그녀가 말했어요.

'처형, 그 페어베언이라는 인간에게 다시는 우리 집에 얼씬도 하지 말라고 하세요.'

'왜요?' 그녀가 말하더군요.

'그건 내 맘이오.'

'흥, 내 친구들이 이 집에 와선 안 된다면, 나도 여기 있어선 안 되겠네?'

'여기 있든 말든 처형 좋을 대로 하시오. 하지만 페어베언이 또 이곳에 낯짝을 내밀었다가는 귀를 하나 잘라서 기념품으로 처형한테 보내드리겠소.' 그녀는 내 얼굴을 보고 겁을 집어먹었는지 찍소리도 못하더군요. 그날 저녁 그녀는 짐을 싸서 떠났습니다.

글쎄요, 그게 그 여자가 순 악마여서 그랬는지, 아내의 불륜을 부추기면 나한테서 아내를 떼어놓을 수 있다고 생각해서 그랬는지 지금도 모르겠어요. 아무튼 그녀는 두 블록 떨어진 곳에 집을 얻어서 선원들을 받는 하숙집을 차렸습니다. 페어베언도 곧잘 그곳에 묵었는데, 아내는 언니와 그 인간과 함께 차를 마시러 그곳에 들르곤 했어요. 얼마나 자주 들렀는지는 모르겠지만, 아무튼 어느 날 한번 뒤를 밟았습니다. 내가 문으로 쳐들어가자 페어베언이 뒤뜰 담을 넘어 달아났어요. 겁먹은 스컹크처럼 말이죠. 난 아내에게 단단히 일렀어요. 다시 그 인간과 같이 있는 걸 보면 죽여버리겠다고요. 그리고 나는 백지장처럼 창백해져 벌벌 떨면서 질질 짜는 그녀를 끌고 집으로 갔습니다. 우리 사이에 더 이상 사랑은 흔적도 없었어요. 나는 그녀가 나를 증오하고 두려워한다는 걸 알 수 있었습니다. 그런 생각이 들어서 술을 퍼먹으면 그녀는 나를 더욱 경멸했지요.

새라는 리버풀에서 생계를 꾸려갈 수가 없었던 것 같습니다. 그래서 크로이던으로 돌아가 언니와 함께 살았지요. 우리 집은 전처럼 그럭저럭 잘 돌아갔어요. 그러다 바로 지난주에 불행이 덮쳐와서 결딴이 나고 만 겁니다.

그건 이런 식이었어요. 우린 메이데이호를 타고 7일 동안 왕복 항해에 나섰습니다. 그런데 큰 통 하나가 줄이 풀려서 선재船材 강판 하나가 휘는 바람에, 다시 항구로 돌아가 열두 시간 동안 정박하게 되었습니다. 나는 배에서 내려 집으로 갔죠. 아내가 깜짝 놀랄 거라고 생각하며, 나를 그렇게 빨리 보게 된 것을 기왕이면 기뻐해주었으면 했죠. 그런 생각을 하며 우리가 사는 거리로 막 접어들었을 때였어요. 그 순간 마차 한 대가 내 앞을 지나갔는데, 거기 아내가 타고 있었습니다. 페어베언 옆자리에 말입니다. 두 연놈이 조잘거리며 웃어대고 있더군요. 내가 보도에서 지켜보며 서 있는 줄은 꿈에도 모르고 말입니다.

정말이지, 내 장담컨대, 그 순간부터 나는 제정신이 아니었습니다. 지금 돌아보니 모든 게 한바탕의 어스레한 꿈만 같군요. 나는 최근 술깨나 마셨고, 그런 두 가지 일로 머리가 돌아버린 겁니다. 지금 내 머릿속에선 마치 부두 노동자의 망치처럼 뭐가 쾅쾅거리는데, 그날 아침에는 내 귓속에 나이아가라 폭포라도 들어 있는 것 같았어요.

나는 죽어라 뛰었습니다. 달음박질로 마차를 쫓아간 겁니다. 내 손에는 묵직한 떡갈나무 단장이 들려 있었어요. 정말이지난 두 연놈을 보는 순간부터 눈이 뒤집혔습니다. 하지만 달음박질을 하면서도 머리를 좀 굴렸어요. 그래서 그들의 눈에 띄지 않게 거리를 유지했지요. 그들은 곧 기차역에 멈추었습니다. 매표소 주위에는 사람이 많아서, 나는 바짝 뒤를 따르면서도 들키지 않았죠. 그들이 뉴브라이턴행 표를 샀습니다. 나도 그걸 샀지만, 그들보다 세 칸 뒤의 객차에 올라탔지요. 목적지에 도착한 그들은 해안 산책로를 걷더군요. 나는 100미터 정도 거리를 두고 따라갔습니다. 이윽고 그들이 보트를 빌려 노를 젓기 시작하는 것을 보았어요. 날이 무척 더워서 바다로 나가면 더 시원할 거라고 생각했겠지요.

그때 그들은 내 수중에 들어온 거나 마찬가지였습니다. 안개가 좀 끼어서, 200-300미터 이상은 보이지 않았죠. 나도 보트를 빌려서 뒤쫓아갔습니다. 그들의 보트가 흐릿하게 보였는데, 그들은 거의 나만큼이나 빠르게 노를 젓고 있더군요. 내가 그들을 따라잡은 것은 분명 해안에서 1마일은 족히 나가서였을 겁니다. 안개가 우리 둘레를 장막처럼 두르고 있었어요. 장막 한가운데 우리 셋이 있었죠. 오 하느님, 가까이 다가온 보트에 누가 탔는가를 본 그들의 얼굴을 난 결코 잊지 못할 겁니다. 그녀가 비명을 질렀어요. 그 인간은 미친놈처럼 욕을 내뱉으면서 노로 나를 찔러댔습니다. 틀림없이 내 눈에 어린 살기를 보았을 테니까요. 나는 노를 피해서 단장을 들고 그 보트에 올라타 그의 머리를 달걀처럼 으깨놓았습니다. 내가 돌아버리긴 했지만, 그래도 아내는 용서해줄 수 있었는데, 그녀가 그 녀석을 껴안고 울부짖으며 '알렉'을 외쳐 부르지 뭡니까. 나는 다시 후려쳤습니다. 그녀가 녀석의 옆에 뻗어버렸죠. 그때 나는 피 맛을 본 야수 같았어요. 새라가 거기 있었다면 그들과 같은 운명이었을 겁니다. 나는 칼을 꺼내서, 아니 그만! 그 얘긴 됐어요. 새라가 끼어드는 바람에 일이 어떻게 되었는지를 보여주는 그

증표를 받으면 새라가 어떤 기분이 들지 생각하니 야만적인 쾌감이 들더군요. 그 후 두 시체를 배에 묶고, 보트 밑바닥에 구멍을 냈습니다. 가라앉을 때까지 곁에 서 있었죠. 보트 주인이 그들이 안개 속에서 방향을 잃고 먼바다로 떠내려갔다고 생각하리라는 것쯤이야 잘 알고 있었습니다. 나는 몸을 닦아내고 뭍으로 돌아와 메이데이호에 올랐는데, 의심하는 사람 하나 없었죠. 그날 밤, 새라 쿠싱에게 보낼 소포를 포장했고, 이튿날 벨파스트에서 그걸 부쳤습니다.

자, 모든 사실을 다 말씀드렸습니다. 나를 목매달든 어쩌든 좋을 대로 하세요. 하지만 더 이상 나를 벌할 수는 없을 겁니다. 나는 이미 벌을 받았으니까요. 눈만 감으면 나를 노려보는 두 연놈의 얼굴이 아른거려요. 내 보트가 안개를 가르고 다가갔을 때 나를 보던 것처럼 그렇게 나를 노려본다고요. 나는 그들을 단숨에 쳐 죽였지만, 그들은 나를 천천히 말려 죽이고 있어요. 이렇게 하룻밤만 더 보내면 난 날이 밝기 전에 돌아버리거나 죽

"그의 머리를 달걀처럼……"
시드니 패짓 그림, 《스트랜드 매거진》(1893)

어버릴 겁니다. 경위님, 설마 나를 독방에 집어넣을 건 아니죠? 제발 그러지 말아주세요. 경위님이 언제든 고난을 겪게 되면 지금 내게 베푸시는 자비를 그대로 돌려받으실 겁니다."

"왓슨, 이것은 무슨 의미일까?" 홈즈가 서류를 내려놓으며 숙연하게 말했다. "불행과 폭력과 공포가 이렇게 되풀이되는 데에는 무슨 목적이 있는 걸까? 이런 일에는 분명 어떤 목적이 있을 거야. 아니면 우리의 세상은 우연이 지배한다는 뜻인데, 그건 생각하기도 싫어. 하지만 그 목적이 뭐지? 그건 언제나처럼 우리 인간의 이성으로는 답하기가 너무나 어려운 거창한 항구적인 문제야."

노란 얼굴[1]

왓슨이 「노란 얼굴」을 왜 『회고록』에 포함시켰는지 고개를 갸웃하는 연구자들이 종종 있다. 홈즈는 그랜트 먼로 씨의 문제에 헷갈려서, 아무런 증거도 없이 이상한 가설만 제시한다. 홈즈가 먼로의 아내에게 완전히 속았다고 주장하는 사람도 많다. 뼈저린 실패를 잊지 못한 홈즈는 자기가 잘난 척할 때마다 "노버리"라고 귓전에 속삭여달라고 왓슨에게 간곡히 부탁한다. 왓슨이 이번 사건을 기록한 것도 홈즈─완벽하지 못한 추리가─의 이런 생각을 선보이기 위해서가 아닐까? 오늘날의 독자들은 이 사건에 명백히 나타나는 인종차별 세태에 개탄한다. 이 사건으로 미뤄볼 때 당시 영국 사회는 국제결혼을 뜯어말린 것이 분명하다. 그러나 왓슨은 인종 평등을 실천한 먼로 씨에게 갈채를 보내고 있다. 장난기 어린 주석에 의하면, 그랜트 먼로의 아내가 남편을 "잭"이라고 부르는 것을 보고 갈채를 보낸다. 존 왓슨이 아내에게 "제임스"라고 불린 것도 역시 그럴 만했다는 증거를 잡았으니까!

내 친구의 남다른 재능 때문에 내가[2] 귀를 기울이지 않을 수 없었고, 결국에는 몇몇 기묘한 드라마에 배우로 나서기까지 한 많은 사건들을 토대로 해서 이런 짧은 스케치를 발표하는 데 있어, 내가 홈즈의 실패보다는 성공에 역점을 두는 것은 당연한 노릇이다. 그건 그의 이름을 드높이기 위해서만이 아니다. 실은 넘치는 그의 힘과 다재다능함이 가장 빛을 발한 것은 오히려 그가 벽에 부닥쳤을 때였다. 그러나 그가 실패하면 다른 사람 역시 실패하기 십상이어서, 사건이 영영 미궁에 빠져버렸기 때문에 기록할 수가 없었다. 그러나 때로 그가 무참히 실패했는데도 우연히 진실이 밝혀진 경우가 있다. 나는 그런 사건 대여섯 가지를 기록해두었는데, 제2의 얼룩 사건[3]과 지금 내가 막 이야기보따리를 풀려고 하는 사건이 가장 흥미진진한 볼거리를 선사한다.

1. 「노란 얼굴」은 《스트랜드 매거진》 1893년 2월 호, 《하퍼스 위클리》(뉴욕) 1893년 2월 11일 자에 실렸다.

2. 여러 미국 판본에서는 어안이 벙벙하게도 이것을 "우리"로 바꾸고, "배우"도 복수형으로 바꿔놓았다.(왓슨이 "드라마에 배우로" 나섰다는 것은 극적인 사건을 해결하는 데 동참했다는 뜻이다. 그런데 "우리"가 드라마의 "배우들"이 되었다고 바꾼 미국 판본은 도무지 말이 안 된다─옮긴이)

3. 미국 판본은 이것을 "머스그레이브 씨네 의식문 사건"이라고 바꿔놓았는데, 그것도 영 어울리지 않는다. 홈즈가 머스그레이브 씨네 의식문을 실패한 사건으로 볼 리 없다.(「머스그레이브 씨네 의식문」 마지막 주석 참고) 그런데 왓슨이 "제2의 얼룩 사건"을 들먹인 것도 다소 석연치 않다. 「제2의 얼

룩」이라는 제목의 이야기가 발표된 것은 이때부터 10년이 넘게 지난 1904년 12월이다. 1893년 10월과 11월에 나누어 발표한 「해군 조약문」에서도 "제2의 얼룩 사건"을 언급하고 있다. 이렇게 두 번 언급한 사건은 서로 관련이 있는 사건일 텐데, 「해군 조약문」에서 이야기하는 "제2의 얼룩 사건"과 실제 정전에 나오는 「제2의 얼룩」 사건은 사뭇 다른 점이 있다.(「해군 조약문」 3번 주석 참고)

4. 에드워드 J. 밴 리어는 「셜록 홈즈와 왓슨 박사, 영원한 운동선수」라는 글에서 이것이 "진정한 찬사"라고 평했다. "왜냐하면 왓슨은 훌륭한 스포츠맨이었기 때문이다. 어쩌면 왓슨은 실제로 권투 경기에 왕왕 출전했을지도 모른다." 밴 리어는 홈즈의 팔이 길고 민첩한 데다가, 지능이 우수해서 "링에서는 위험한 사람"이었을 거라고 평했다. 『네 사람의 서명』에서 홈즈가 직업 권투 선수인 맥머도에게 지난날 두 사람이 세 라운드를 겨루었다는 사실을 환기시키자 맥머도가 외친다. "권투 애호가들 모임에 가입했다면 크게 성공했을 겁니다."
현대 권투가 사실상 시작된 것은 1867년 잉글랜드에서 퀸즈버리 규칙이 공포되면서부터다. 제8대 퀸즈버리 후작(오스카 와일드의 각별한 친구인 앨프리드 더글러스의 아버지)인 존 숄토 더글러스의 지지 아래 존 그레이엄 체임버스가 작성한 이 규칙에는, 글러브를 사용할 것, 1라운드를 3분으로 할 것, 10초 안에 일어서지 못하면 KO로 진다 등 오늘날의 권투 팬들이 잘 아는 규칙들이 포함되어 있다. 퀸즈버리 규칙이 정해지기 전의 권투는 어떤 식으로 싸워도 좋은 맨주먹의 혈투였다. 18세기에 권투는 명예를 지키는 방법이었던 칼싸움이나 총싸움을 대신한 것으로 아주 잔인한 볼거리였다. 근로 계층에 뿌리를 둔 권투는 귀족에게도 인기를 끌게 되어, 선수를 훈련시키고 경기를 여는 수많은 클럽이 생겨났다. 왓슨이 묘사한 홈즈의 솜씨를 감안하면, 홈즈는 이 클럽 가운데 한 곳의 회원이었던 게 분명하다. 아서 코난 도일은 권투의 역사를 열렬히 연구한 사람

셜록 홈즈는 운동을 위한 운동은 좀처럼 하지 않는 사람이다. 근력을 쓰는 일이라면 홈즈를 따라갈 사람이 별로 없었고, 자기 체급에서는 가장 뛰어난 권투 선수[4]라고 할 수도 있었는데, 별다른 목적 없이 그저 운동을 하려고 몸을 굴리는 것을 그는 에너지 낭비라고 생각했다. 그래서 직업상 필요한 일이 아니면 손가락 하나 까딱하지 않아서, 전혀 피로라는 것을 모르고 지치는 법도 없었다. 그러면서도 늘 좋은 컨디션을 유지했다는 것은 참 괄목할 만한 일이지만, 식사는 대체로 너무나 검소했고 생활 습관은 금욕적일 만큼 단순했다. 이따금 코카인을 한다는 것만 빼면 나쁜 습관이 없었는데, 그것도 사건 의뢰가 뜸하고 신문도 영 재미가 없을 때 존재의 단조로움에 못 이겨 한 것뿐이었다.

어느 이른 봄날, 그는 평소답지 않게 아주 느긋해져서 나와 함께 공원[5]에 산책을 다 나갔다. 공원의 느릅나무는 가냘픈 초록 잎이 이제 갓 돋아나기 시작했고, 밤나무의 끈적한 눈에서도 다섯 장의 잎사귀가 갓 터져 나오고 있었다. 우리는 서로 잘 아는 사이답게 별로 말이 없이 두 시간 동안 함께 이리저리 거닐었다. 우리가 다시 베이커 스트리트로 돌아온 것은 5시가 다 되어서였다.

"실례합니다." 우리 집 문을 열고 사환 소년이 말했다. "신사 한 분이 찾아오셨더랬어요."

홈즈가 나를 째려보았다. "오후 산책은 이걸로 끝이야!" 그가 말했다. "그럼 그 신사분은 돌아가셨나?"

"네."

"집 안으로 들어오시라고 했어?"

"네. 들어오셨어요."

"얼마나 기다리셨지?"

"한 30분이요. 그분은 안절부절못하셨어요. 여기 계시는 동

안 내내 오락가락하면서 발을 동동 구르시더라고요. 저는 문 밖에서 기다렸는데, 그런 발소리가 다 들렸어요. 결국 통로로 나오시더니 이렇게 외쳤어요. '그 사람이 집에 오긴 오는 거야?' 똑 그렇게 말씀하셨죠. '조금만 더 기다리시면 될 거예요.' 제가 말했어요. '그럼 밖에서 기다리겠다. 원 숨이 막혀서 말이야. 잠시 후 다시 오마.' 그런 말씀과 함께 휑하니 나가시지 뭡니까. 제가 뭔 말을 해도 그분을 붙잡아둘 수는 없었을 거예요."

"그래그래, 잘했어." 2층으로 올라가며 홈즈가 말했다. "하지만 왓슨, 이거 영 떨떠름하군. 난 절실히 사건이 필요해. 그 사람이 초조해한 것으로 미뤄볼 때, 제법 중요한 사건인 모양인데. 어라! 탁자 위에 있는 건 자네 파이프가 아니잖아. 그가 놓고 간 게 분명하군. 애연가들이 호박이라고 부르는 긴 빨부리[6]가 달린 멋진 골동품 브라이어 파이프야. 진짜 호박 빨부리는 런던에 그리 많지 않을걸? 안에 파리가 들어 있는 것을 기적이라고 생각하는 사람들도 있지. 아니, 그런데 이건 일종의 수공품이잖아. 인조 호박에 인조 파리를 넣은 것 말이야.[7] 음, 어쨌거나 그가 애지중지하는 물건을 놓고 가다니 정신이 없긴 없었던 모양이군."

"그가 애지중지한다는 걸 어떻게 알았어?" 내가 물었다.

"음, 원래 이 물건은 7실링 6펜스쯤 나가는데, 두 번 수리를 했어. 한 번은 나무 설대[8]를, 한 번은 호박 물부리를 수리했지. 보다시피, 매번 수리를 하면서 은테를 둘렀는데, 은테가 원래의 물건보다 더 비싸. 파이프를 새로 사고도 남을 돈으로 수리를 했으니 애지중지하는 게 아니고 뭐겠어."

"또 다른 건?" 내가 물었다. 홈즈가 빨부리를 손바닥에 올려놓고 돌려 보며, 그 특유의 사색적인 눈길로 응시하고 있었기 때문이다.

이었다. 그의 장편소설 『로드니 스톤』(1896)은 섭정기의 권투 여건을 잘 그려낸 역작이다.

5. 가장 가까이 있는 것은 리전트 공원(리전츠파크)이었다.(「보헤미아 왕실 스캔들」 68번 주석 참고)

6. 호박琥珀은 나뭇진 따위가 수천만 년 땅에 묻혀, 화학 성분이 바뀌면서 돌처럼 굳어진 광물이다. 호박은 장식용 조각, 구슬, 염주, 담배 파이프 물부리를 만드는 데 쓰인다. 물부리나 빨부리는 물론 담배 파이프를 뜻하는데, 입에 무는(빠는) 부분만을 뜻하기도 한다—옮긴이.

7. 화석이 된 나뭇진인 호박 안에 곤충이나 나뭇잎, 꽃 같은 것이 파묻혀서 수천 년 동안 고스란히 보존되어 있는 경우가 많다. 그래서 가짜 호박 안에 파리 화석처럼 보이는 것을 집어넣기만 하면 진품으로 유통될 수 있었다. 미국 판본에서는 "아니" 이하의 이 문장을 빼버렸다. 그것을 두고 D. 마틴 데이킨은 이렇게 평했다. "영국인 가운데 그런 짓을 다 하는 인간이 있다는 것에 미국인 편집자가 충격을 받아서 뺀 게 아닐까 싶다."

8. (담배)설대는 물부리와 담배통 사이에 맞춰 끼우는 것. 담배 파이프든 곰방대든 모두 세 부분(물부리, 담배설대, 담배통)으로 이루어져 있다—옮긴이.

그는 그것을 쳐들었다. 그리고 뼈다귀에 관해 강의하는 교수처럼 그의 길고 여윈 집게손가락으로 그것을 톡톡 두드리며 말했다.

"담배 파이프는 때로 자못 흥미로워. 시계나 신발 끈을 빼고는 파이프만큼 개성적인 것도 없거든. 하지만 이 물건이 지닌 개성은 그리 표 나는 것도, 중요한 것도 아냐. 주인은 분명 남성이고, 왼손잡이에다, 이가 튼튼하고, 조심성은 별로 없고, 돈을 아끼며 살 필요가 없는 사람이지."

내 친구는 되는 대로 주워섬기는 듯하면서도 내가 자기 추리를 잘 따라오는지 슬쩍 눈치를 살폈다.

"7실링이나 되는 파이프를 쓰니까 살림이 넉넉하다고 생각한 거지?" 내가 말했다.

"이건 1온스에 8펜스나 하는 그로브너 혼합담배야." 홈즈가 손바닥에 담뱃가루를 조금 털며 대답했다. "그 반값으로도 좋은 담배를 얼마든지 살 수 있으니, 그는 돈을 아낄 필요가 없는

그는 그것을 쳐들었다.
시드니 패짓 그림, 《스트랜드 매거진》(1893)

"담배 파이프는 때로 자못 흥미로워."
W. H. 하이드 그림, 《하퍼스 위클리》(1893)

사람인 거지."

"또 다른 점은?"

"그는 램프와 가스등 불로 파이프에 불을 댕기는 버릇이 있어. 한쪽 아래가 꽤 탄 게 보이지? 물론 성냥으로는 이렇게 태워먹을 수 없어. 파이프 이쪽에 성냥불을 들이댈 이유는 없거든. 하지만 램프로 불을 붙이려면 담배통이 타게 되지. 그런데 파이프의 오른쪽만 탔어. 그걸 보고 왼손잡이라고 추리한 거야. 파이프를 램프에 갖다 델 때, 오른손잡이라면 파이프 왼쪽을 불에 갖다 대게 되잖아. 물론 어쩌다 한 번 반대쪽에 갖다 댈 수야 있겠지만, 늘 그럴 수는 없지. 그런데 이 사람은 늘 오른쪽만 태웠어. 그리고 그는 호박 물부리를 늘 물어뜯었어. 이가 튼튼하고 힘이 넘치는 남성이어야 그럴 수 있지. 그런데 내가 잘못 들은 게 아니라면, 지금 계단을 올라오고 있는 게 바로 그 사람일 거야. 그럼 이제 파이프를 연구하는 것보다 더 흥미로운 얘기를 듣게 되겠군."

잠시 후 문이 열리더니 키가 늘씬한 젊은 남자가 들어왔다. 고급 옷이지만 수수한 짙은 회색의 양복 차림에, 손에는 챙이 넓은 갈색 중절모를 들고 있었다. 나이가 서른 살쯤 되어 보였지만, 나중에 알고 보니 실은 그보다 몇 살 더 많았다.

"죄송합니다." 그가 다소 당황한 표정으로 말했다. "노크를 하지 못했군요. 네, 물론 노크를 먼저 해야 했지만, 실은 제가 좀 경황이 없어서요. 그래서 그러려니 이해해주시기 바랍니다." 그는 머리가 띵하다는 듯이 이마를 쓰다듬더니 의자에 털썩, 앉았다기보다는 쓰러졌다.

"보아하니 하루나 이틀은 잠을 이루지 못했군요." 홈즈가 특유의 편안하고 나긋한 어조로 말했다. "그래서는 일을 하는 것보다, 심지어는 진탕 노는 것보다 더 피곤한 법이죠. 내가 뭘 도와드리면 될까요?"

"조언을 듣고 싶습니다. 어째야 좋을지 모르겠어요. 인생이 온통 박살 나고 만 것만 같아요."

"자문탐정이 필요하신 건가요?"

"그것뿐만이 아닙니다. 탐정으로서만이 아니라 사려 깊은 분으로서, 세상일에 달통하신 분으로서 좋은 말씀을 해주세요. 저는 이제 어쩌면 좋을까요? 부디 꼭 좀 가르침을 내려주세요."

고음으로 툭툭 내뱉듯 말하는 그는 말하는 것 자체가 몹시 괴로운 듯했다. 결코 입에 담고 싶지 않은 말을 안간힘으로 내

뱉는 듯이 보이기도 했다.

"이건 아주 민감한 문제입니다." 그가 말했다. "사람들은 안 좋은 집안일을 남에게 말하길 꺼리죠. 제가 전에 뵌 적이 없는 두 분 앞에서 아내가 한 일을 털어놓으려니 여간 쑥스럽지 않습니다. 그런데도 털어놓지 않을 수 없다는 게 정말 뜨악해요. 하지만 저는 지푸라기라도 잡아야 할 처지입니다. 꼭 조언을 들어야 해요."

"그렇다면 그랜트 먼로 씨……." 홈즈가 입을 열었다.

우리의 방문객이 벌떡 일어났다. "아니!" 그가 외쳤다. "제 이름을 아십니까?"

"신분을 숨기고 싶으시면," 하고 홈즈가 빙그레 웃으며 말했다. "모자 안감에 이름을 써놓지 말거나, 얘기 상대에게 안감을 보이지 마세요. 아무튼 내가 하고 싶은 말은, 내 친구와 내가 이 방에서 낯선 사람에게 수많은 비밀 이야기를 들었다는 것입니다. 그리고 다행히 우리는 괴로워하는 수많은 분들의 고민을 덜어주었지요. 당신에게도 그럴 수 있을 거라고 봅니다. 그쪽 사건이 시간을 다투는 일일지도 모르니, 더는 뜸을 들이지 말고 어서 사연을 말씀해주세요."

방문객은 말문을 여는 게 여간 뜨악하지 않다는 듯이 다시 이마를 쓰다듬었다. 그 모든 몸짓과 표정으로 미뤄볼 때 그는 내성적이고 과묵한데, 천성적으로 제법 자존심이 강해서 상처를 드러내기보다 감추는 쪽을 선호하는 사람임을 알 수 있었다. 그러다 그는 갑자기 주먹을 부르쥐고, 더 이상 체면에 연연하지 않겠다는 듯이 말문을 열었다.

"사연은 이러합니다, 홈즈 씨. 저는 결혼한 지 3년 되었어요. 그동안 아내와 저는 어느 부부 못지않게 서로 사랑하며 행복하게 살았습니다. 생각이든 말이든 행동이든 우리는 뭐 하나 서로 엇갈리지 않았죠. 그런데 지난 월요일 이후 우리 사이에

우리의 방문객이 벌떡 일어났다.
시드니 패짓 그림, 《스트랜드 매거진》(1893)

느닷없이 벽이 생겼어요. 마치 길을 가다 우연히 스쳐 지나간 여자라도 되는 것처럼, 아내의 삶이나 생각 가운데 제가 전혀 모르는 부분이 있다는 걸 알게 된 겁니다. 우리는 그만 서먹서먹해지고 말았는데, 그 까닭을 알고 싶어요.

그 얘기를 계속하기 전에 먼저 꼭 말씀드려두고 싶은 게 하나 있습니다, 홈즈 씨. 그건 에피가 저를 정말 사랑한다는 겁니다. 그 점은 결코 오해하지 말아주세요. 아내는 온 마음을 다해 저를 사랑해요. 지금은 그 어느 때보다 더 사랑하죠. 저는 그걸 압니다. 느낄 수도 있어요. 그 점을 문제 삼고 싶지는 않아요. 여자가 진심으로 사랑하는 것을 몰라볼 남자는 없을 겁니다. 그런데 우리 사이에는 뭔가 비밀이 있어요. 그 비밀이 밝혀지기 전에는 결코 예전 같을 수가 없을 거예요."

"어서 사연을 들려주세요, 먼로 씨." 홈즈가 좀 속이 달아서 말했다.

"에피의 과거를 아는 대로 말씀드리겠습니다. 아내는 내가 처음 만났을 때 과부였어요. 퍽 젊었는데, 그러니까 스물다섯 살밖에 안 됐는데 남편과 사별을 했답니다. 그때는 헤브론 부인이라고 불렸죠. 아내는 젊은 나이에 미국으로 가서 애틀랜타에서 살다가 헤브론이라는 남자와 결혼했죠. 그는 실력 있는 변호사였어요. 그들은 자식을 한 명 두었는데, 그 지역에 심하게 황열병이 돌아서 남편과 자식이 죽고 말았답니다.[9] 저는 사망확인서[10]도 보았어요. 그 일로 미국이 싫어진 아내는 잉글랜드로 돌아와 미혼인 고모와 함께 미들섹스 주 피너에서 살았습니다. 남편의 유산으로 편히 지낼 수 있었죠. 4,500파운드쯤 되는 자본이 있었는데, 작고한 남편이 투자를 잘해서 평균 7퍼센트의 이자[11]를 받았답니다. 내가 그녀를 만난 것은 피너에 온 지 6개월밖에 안 되었을 때였어요. 우리는 서로 사랑하게 되어 몇 주 후 결혼을 했지요.

저는 홉을 취급하는 상인입니다. 연 수입이 700-800 되니까, 우리는 넉넉하게 살 수 있었죠. 노버리에 집세가 80파운드인 멋진 집도 얻었어요.[12] 도심에서 아주 가까우면서도 시골 분위기가 물씬 나는 곳이랍니다. 우리 집 위에는 객점 하나와 주택 두 채가 있고, 우리 집 맞은편의 경작지 한쪽에는 아담한 시골집이 한 채 있죠. 그 밖에는 집이 없어서, 기차역까지 반쯤 가야 집이 나온답니다. 저는 일 때문에 철 따라 도시에서 볼일

9. 19세기에는 거의 여름마다 미국 동남부 도시에 황열병이 돌았다. 특히 치명적인 이 전염병으로 1853년 뉴올리언스에서만 9,000명이 사망했다(애틀랜타에서는 1860년부터 1900년까지 사실상 황열병이 돌지 않았다고 맨리 웨이드 웰먼이 지적했다). 1900년에는 이 전염병을 어느 정도 진압할 수 있었다. 미국-스페인 전쟁(1898) 후 쿠바를 점령한 미군이 황열병으로 처참하게 쓰러졌는데, 이때 미국 내과 군의관들이 외과 군의관 월터 리드의 지휘 아래 쿠바의 아바나로 가서 연구한 결과, 감염된 열대숲모기가 황열 바이러스를 매개해서 전염병을 퍼트린다는 것을 알아냈다. 그 후 모기 박멸 노력을 한 끝에 극적인 결과를 거둠으로써 파나마 운하를 성공적으로 건설할 수 있는 길을 열었다. 황열병은 1905년 뉴올리언스에서 마지막으로 발병했고, 1937년에 백신이 개발되었다.

10. 스튜어트 C. 랜드의 지적에 따르면, 조지아 주에서든 애틀랜타 주에서든 사망확인서가 발급되기 시작한 것은 해당 법률이 만들어진 1914년 이후부터다.

11. 오늘날의 구매력으로 30만 파운드(5억 4,000만 원—옮긴이)에 해당하는 금액이다. 그러나 이만한 금액에 "7퍼센트의 이자"를 받으려면 안전한 투자가 아니라 매우 위험이 따르는 투자라고, R. M. 매클래런은 지적했다.(7퍼센트 이자는 요즘 구매력으로 2만여 파운드, 곧 4,000만 원 가까이 된다—옮긴이)

12. 연 수입 700파운드는 요즘 구매력으로 약 4만 5,000파운드(8,000만 원 남짓—옮긴이)에 해당.(80파운드는 약 940만 원. 노버리는 런던 시티에서 템스 강 건너 바로 아래에 있다—옮긴이)

13. "잭"은 또 누구일까? 「입술이 뒤틀린 남자」에서 존 왓슨의 아내가 "존"을 "제임스"라고 일컬은 것과 같은 현상일까? 아니면 홈즈가 먼로의 모자에 적힌 이름을 잘못 읽었는데, 먼로가 그것을 바로잡지 않고 그냥 넘어간 것일까? 이 정전에서 사실 먼로를 '그랜트'로 부르는 사람은 아무도 없다. 왓슨이 계속 그를 '그랜트 먼로'라고 일컫기는 하지만, 그건 홈즈가 말한 이름을 그대로 쓰는 것일 뿐이다. D. 마틴 데이킨은 이렇게 주장했다. "사랑하는 아내가 그를 '그랜트'라고 부르기엔 좀 딱딱하게 들린다. 그래서 애칭으로 '잭'이라고 부른 것이 분명하다." 패트릭 드레이즌은 에피가 첫 남편의 이름 '존'의 애칭인 '잭'을 계속 쓰고 있는 거라고 주장했다.

이 있지만, 여름에는 할 일이 없어요. 우리 시골집에서 아내와 저는 정말 더 바랄 나위 없이 행복했죠. 장담컨대 이런 저주받을 일이 터지기 전까지 우리 사이엔 한 점 그늘도 없었어요.

이 얘기를 계속하기 전에 먼저 말씀드리고 싶은 게 한 가지 있습니다. 우리가 결혼했을 때, 아내는 전 재산을 저에게 넘겼어요. 저는 한사코 반대를 했는데, 제 사업이 잘못될 경우 얼마나 난처할지 알고 있었거든요. 하지만 아내가 고집을 해서 결국 그렇게 되었죠. 그러다 6주쯤 전에 아내가 저에게 왔어요.

'잭.'[13] 아내가 말했죠. '당신이 제 돈을 받으면서, 제가 원하면 얼마든 요구해도 좋다고 말씀하셨죠?'

'물론이오.' 내가 말했어요. '그건 모두 당신 것이니까.'

'그렇다면 100파운드만 주세요.' 아내가 말했어요.

그 말을 듣고 저는 좀 곤혹스러웠습니다. 그저 새 옷이나 좀 사고 싶어 하는 줄 알았는데 그러기엔 너무 큰돈이었으니까요.

'대체 어디에 쓰려고?' 하고 제가 물었죠.

'아, 당신은 그저 제 돈을 보관해주는 은행가라고 하셨잖아요.' 아내가 특유의 장난기 어린 말투로 말했어요. '은행가는 그런 질문을 하지 않는다는 걸 아시죠?'

'진담이라면 물론 주고말고.' 내가 말했죠.

'아, 그래요. 전 진담이에요.'

'그럼 어디에 쓸 건지 말해주지 않을 거요?'

'나중에 말씀드릴게요. 하지만 지금 당장은 안 돼요, 잭.'

우리 사이에 비밀이 생긴 것은 이게 처음이었는데, 이 정도의 대답으로 만족할 수밖에 없었죠. 나는 아내에게 수표를 끊어주고, 더 이상 그 문제는 생각지 않았습니다. 이건 나중에 일어난 일과 아무런 관계가 없을지도 몰라요. 하지만 아무래도 미리 얘기를 해두는 게 나을 것 같아서 드린 말씀입니다.

그건 그렇고, 우리 집에서 그리 멀지 않은 곳에 시골집이 있다고 말씀드렸죠? 그 사이에는 경작지가 좀 있지만, 큰 도로를 따라가다가 작은 길로 빠지면 바로 그곳이 나옵니다. 그 시골집 바로 뒤에는 작지만 멋진 스코틀랜드 전나무 숲이 있어서, 나는 곧잘 그곳으로 산책 나가길 좋아했어요. 숲은 언제나 이웃처럼 정겹거든요. 시골집은 최근 8개월 동안 비어 있어서 참 아까웠어요. 고풍의 현관이 있고, 그걸 인동덩굴이 감싸고 있는 참 예쁜 2층집이었으니까요. 저는 여러 차례 그 집 앞에 서서 농가로 쓰면 참 멋지겠다는 생각을 하곤 했지요.

아무튼 지난 월요일 저녁에 그곳으로 산책을 나갔을 때였어요. 나는 시골집에서 내려오는 빈 짐마차와 마주쳤죠. 현관 옆의 풀밭을 보니 양탄자 따위의 물건이 쌓여 있더군요. 마침내 그 집에 누군가 세를 드는 게 분명했죠. 나는 그 물건 더미를 지나 걸음을 멈추고, 한가한 사람이 다 그렇듯, 이곳저곳을 두리번거렸죠. 어떤 사람들이 우리 이웃이 되나 궁금했던 겁니다. 그렇게 두리번거리다가 갑자기 2층 창문에서 누군가 나를 지켜보고 있다는 것을 알게 되었어요.

홈즈 씨, 나를 지켜본 사람의 얼굴을 쳐다보니 왠지 모르게 소름이 쭉 끼쳤어요. 내가 좀 떨어져 있어서 이목구비가 또렷이 보이진 않았어요. 하지만 그 얼굴에는 뭔가 부자연스럽고 비인간적 데가 있었어요. 아무튼 인상이 그랬죠. 나를 지켜보고 있는 사람을 좀 더 가까이 보려고 나는 얼른 앞으로 다가갔어요. 하지만 그사이에 그 사람은 갑자기 사라져버렸죠. 어찌나 홀연히 사라져버렸던지, 마치 실내의 어둠 속으로 누가 낚아채 간 것 같더라고요. 저는 그걸 생각하며 한 5분쯤 우두커니 서서 내가 받은 인상을 헤아려보았죠. 그게 남자인지 여자인지도 분간할 수 없었어요. 그럴 정도로 너무 멀었거든요. 하지만 안색만큼은 여간 인상 깊지 않았습니다. 시체처럼 창백한 노란 얼굴이었죠.[14] 얼굴이 딱딱하게 굳어 있는 것 같아서 무척

14. 미국 판본에서는 "시체처럼 창백한 노란 얼굴"을 "백악처럼 창백한 흰 얼굴"로 바꿔놓았다. 이건 아마 아시아 인구가 점점 늘어가고 있는 것을 의식한 것일 텐데, 이번 이야기 제목이 「노란 얼굴」이니 이렇게 바꾼 것은 터무니없다.(얼굴이 창백하다면서 노랗다는 건 창백한 황인종의 얼굴이라는 뜻이다. 하지만 제목이 「노란 얼굴」이고, 그 얼굴의 주인이 사실상 황인종이 아니어서 그냥 "창백한 노란 얼굴"로 옮겼다—옮긴이)

"왜유?"
시드니 패짓 그림, 《스트랜드 매거진》(1893)

이나 부자연스러웠어요. 나는 너무나 이상해서, 시골집에 새로 들어온 사람이 누군지 좀 더 알아보기로 마음먹었죠. 나는 집으로 다가가서 문을 두드렸습니다. 즉각 문이 열리더니 키가 늘씬하고 호리호리한 여자가 쌀쌀맞고 험상궂은 얼굴을 내밀더군요.

'왜유?' 그녀가 남부 억양[15]으로 물었어요.

'나는 저쪽에 사는 이웃 사람입니다.' 이렇게 말하며 나는 우리 집을 고개로 가리켰지요. '방금 이사 오신 것 같아서, 뭐 좀 도와드릴 게 있을까 해서요.'

'네네, 댁이 필요하면 꼭 부르겠슈.' 그녀가 말하더니 면전에서 문을 쾅 닫았어요. 상스럽게 거절하는 것에 발끈한 나는 획 돌아서서 집으로 향했죠. 저녁내 다른 생각을 하려고 했지만 창문에 비친 유령 같은 존재와 그 여편네의 무례한 행동이 줄곧 뇌리에서 떠나질 않더군요. 아내한테는 그 얘기를 하지 않기로 결심했어요. 아내는 신경이 매우 예민하고 소심한 여자거든요. 나한테 생긴 불쾌한 일을 공연히 늘어놓고 싶지는 않았던 거죠. 하지만 잠들기 전에, 그 시골집에 누가 들어왔다는 얘기는 했어요. 그녀는 아무 대꾸가 없더군요.

나는 평소에 잠이 아주 깊은 사람이랍니다. 밤에 잠이 들면 누가 업어 가도 모른다고 집안사람들이 늘 놀릴 정도였어요. 하지만 그날 밤에는 어쩐 일인지, 낮의 일 때문에 좀 흥분해서 그랬는지 평소와 달리 선잠을 잤죠. 잠결에 방 안에서 무슨 일인가 일어나고 있다는 어렴풋한 생각이 들었어요. 그러다 차츰 알게 되었죠. 아내가 옷을 차려입고 망토를 걸치고 보닛 모자를 쓰고 있다는 것을요. 때아닌 시간에 나들이 준비를 하는 것이 의아해서든, 나무라기 위해서든, 잠결에 한마디 하려고 입을 떼려는 순간, 게슴츠레한 눈으로 촛불에 비친 아내의 얼굴을 보고 그만 입이 얼어붙고 말았습니다. 아내는 내가 전에 본 적이 없는 표정을 하고 있었어요. 아내가 그런 표정을 지을 수 있다고는 생각도 못 해봤죠. 아내는 시체처럼 창백한 얼굴로, 가쁜 숨을 쉬면서, 내가 누운 침대 쪽을 몰래 훔쳐보더군요. 망토를 졸라매면서, 내가 혹시 잠이 깬 게 아닌가 하고 살펴본 것이었죠. 그러다 내가 여전히 잠들어 있다고 생각한 아내는 슬

15. 먼로의 이 말은 아마도 잉글랜드의 남부를 뜻할 것이다. 그랜트나 먼로는 스코틀랜드에 특히 많은 이름이자 성씨다. 그러니 스코틀랜드 혈통인 것으로 보이는 그랜트 먼로가, "스코틀랜드 여성"이라고 아내가 말한 이 여자의 억양을 제대로 알아듣지 못했다는 것은 참 이상한 노릇이다.

그머니 방을 빠져나갔어요. 잠시 후 삐걱거리는 소리가 들렸죠. 그건 현관문 경첩에서나 날 수 있는 소리였어요. 나는 침대에 일어나 앉아 지금 꿈을 꾸는 게 아닌가 하고 침대 난간을 주먹으로 쿵쿵 쳐봤죠. 그러고는 베개 밑에 둔 시계를 꺼내 봤어요. 새벽 3시더군요. 도대체 새벽 3시에 뭘 하려고 시골길로 나간 걸까요?

나는 20분쯤 우두커니 앉은 채 그 일을 곱씹으며 이런저런 가능한 답을 생각해보았죠. 생각하면 할수록 참 별일이다 싶고, 도무지 납득이 안 가는 거예요. 내가 여전히 그런 생각에 잠겨 있을 때였어요. 문이 다시 살그머니 닫히는 소리가 들리고, 2층으로 올라오는 아내의 발걸음 소리가 들렸어요.

'에피, 도대체 어디 갔다 온 거요?' 아내가 들어오자 내가 물었어요.

내 말소리에 아내가 화들짝 놀라며 숨넘어가는 비명을 지르더군요. 무엇보다도 그 비명과 놀라는 모습에 나는 가슴이 아팠어요. 거기엔 뭔가 형언할 수 없는 죄책감이 배어 있었거든요. 아내는 언제나 솔직하고 개방적인 성격의 여자였어요. 그런데 침실로 살금살금 들어왔다가, 남편이 건네는 말소리에 비명을 지르고 인상을 쓰는 것을 본 제 마음이 오죽하겠어요?

'깼어요, 잭?' 그녀가 어색한 웃음을 흘리며 외치더군요. '잠들면 당신은 누가 업어 가도 모르는 줄만 알았죠.'

'어디 갔다 온 거지?' 내가 좀 더 엄하게 물었습니다.

'당신이 놀라는 것도 무리가 아니에요.' 아내가 말했어요. 망토를 끄르면서 손을 떠는 게 보이더군요. '전에는 평생 이런 적이 한 번도 없었는데, 실은 숨이 막히는 것만 같지 뭐예요. 맑은 공기를 들이켜고 싶은 마음이 굴뚝같더라고요. 밖에 나가지 않았으면 정말 기절했을 거예요. 몇 분 동안 문간에 서 있었더니, 이제 다시 정신이 들어요.'

이런 얘기를 하면서 내게 한 번도 눈길을 주지 않더군요. 목소리도 평소와는 사뭇 달랐어요. 내가 보기에 그건 거짓말을 하고 있다는 증거였죠. 나는 아무런 대꾸도 하지 않았어요. 그저 얼굴을 벽으로 돌린 채 가슴이 미어지고, 오만 가지 삿된 의심이 들끓었죠. 아내가 나한테 숨기려는 게 뭐였을까요? 이상한 밤나들이를 하면서까지 대체 어디 다녀온 것일까요? 그걸 알 때까지는 마음이 편할 수가 없을 것 같더군요. 그렇지만 한 번 거짓말을 한 아내에게 다시 묻기는 싫었어요. 나는 날이 새도록 엎치락뒤치락하며 이런저런 생각을 했는데, 그럴수록 전보다 더 얄궂은 생각만 들더군요.

저는 그날 런던 시에 다녀올 일이 있었는데, 그 일에 너무 마음이 쓰여서 일이 손에 잡힐 것 같지 않았어요. 아내도 나만큼이나 불안해하는 것 같더군요. 내게 탐색하는 듯한 눈길을 던지는 걸 보고 알 수 있었죠. 아내는 내가 자기 말을 믿지 않는다는 것을 알아차리고, 어째야 좋을지 몰라 전전긍긍하는 듯했어요. 아침 식사를 하는 동안 우리는 거의 아무런 말도 하지 않았죠. 식사 직후에 나는 산책을 나갔어요. 맑은 아침 공기를 마시며 그 문제를 좀 생각해보려고 한 거죠.

저는 크리스털 팰리스[16]까지 걸었어요. 거기 구내에서 한 시간쯤 보내고, 1시에 노버리로 돌아갔죠. 돌아가는 길에 우연히 시골집 앞을 지나가다가, 잠시 걸음을 멈추고 창문을 쳐다보았어요. 전날 나를 바라보던 이상한 얼굴을 다시 볼 수 있을까 싶어서였죠. 그렇게 서 있을 때, 제가 얼마나 놀랐을지 상상을 해보세요, 홈즈 씨. 그때 갑자기 문이 열리면서 아내가 걸어 나왔거든요!

나는 아내를 보고 놀라서 얼어붙고 말았죠. 하지만 우리가 눈길이 마주쳤을 때 아내의 얼굴에 떠오른 놀라움에 비하면 내 놀라움은 별것도 아니었어요. 아내는 순간 다시 집 안으로 숨

16. 크리스털 팰리스는 원래 1851년 최초의 만국 박람회용으로 하이드 파크에 세워진 건물이다. 영국의 산업 역량과 군사력, 과학 성취도를 과시하려고 앨버트 공이 기획한 것이다. 조지프 팩스턴 (1801-1865)이 설계를 한 이 거대 구조물은 2,300개의 철제 기둥과 들보를 조립하고 90만 제곱피트 (약 8만 3,600제곱미터)의 유리를 끼우는 데만도 약 2,000명이 동원되었다. 건물이 하얗게 빛나는 것을 보고 《펀치》 편집자 더글러스 제럴드는 이것에 '크리스털 팰리스(수정궁)'라는 애칭을 붙여주었다. 이 건물은 돌이나 벽돌 등 전통적인 재료를 사용하지 않고, 주로 유리와 철을 써서 투명하게 지었다. 윌리엄 새커리는 이런 시를 썼다. "마법의 지팡이로 만든 것인 양 / 타오르듯 빛나는 유리 아치가 / 잔디밭의 분수처럼 도약해서 / 태양을 마중하네!" 역사가 A. N. 윌슨은 크리스털 팰리스를 당대의 다른 건물들과 비교하며 이렇게 묘사했다. "장엄한 공기 같은 구조물……, 현대적이고, 건축학적으로 혁신적이며, 빅토리아 시대의 거의 모든 다른 훌륭한 건물들의 특징을 이루는 진부한 모방 요소도 없다." 유럽 도처에서 600만 명의 관람객이 박람회를 보러 몰려와서 목화 실(면사) 잣는 기계부터 현미경, 카메라, 종교 예술품, 인도의 박제 코끼리에 이르기까지, 크리스털 팰리스에 진열된 온갖 전시품을 구경했다. 박람회가 끝난 후 이 구조물은 해체되어, 1854년 런던 근교의 시드넘 힐에 재건되어 다시 문을 열었다(먼로가 언급한 곳이 바로 이 시드넘 힐일 것이다). 그곳에서 이 건물은 콘서트를 열고, 자동차 쇼, 에어쇼, 스포츠 경기 등을 개최하고, 1936년에는 서커스까지 했는데, 바로 그해에 화재로 잿더미가 되었다.

크리스털 팰리스.
『퀸스 런던』(1897)

고 싶어 하는 것 같더군요. 그러다 숨어서는 아무 소용이 없다
는 것을 깨달았는지, 입에 억지웃음을 머금고 내게 다가왔죠.
얼굴은 하얗게 질리고 두 눈에 두려움이 어려 있었어요.

'아, 잭.' 그녀가 말했어요. '새 이웃한테 도와줄 일이 있을
까 싶어서 방금 들어가봤어요. 왜 그런 눈으로 나를 바라보는
거예요, 잭? 나한테 화난 거 아니죠?'

'그러니까, 당신이 밤중에 다녀온 곳이 바로 여기였군.' 내
가 말했습니다.

'그게 무슨 말씀이세요?' 그녀가 외쳤어요.

'당신은 여기 왔어. 그거야 뻔하지. 당신이 그런 꼭두새벽에
찾아간 사람들이 대체 누구요?'

'전에는 여기 와본 적 없어요.'

'빤히 거짓말인 줄 알면서 어떻게 나한테 그런 말을 할 수
있지?' 내가 외쳤습니다. '거짓말을 할 때에는 당신 목소리부
터가 달라. 내가 언제 당신에게 뭘 숨긴 적이 있소? 저 집 안에

들어가서 이 일을 철저히 따져보겠어.'

'안 돼요, 잭, 제발 안 돼요!' 그녀가 감정을 걷잡지 못하고 숨넘어가는 소리로 말했습니다. 그러다 내가 현관으로 다가가니까, 그녀가 내 소매를 붙잡고 사력을 다해 나를 잡아당기더군요.

'제발 그러지 마세요, 잭.' 그녀가 외쳤습니다. '언젠가는 다 얘기하겠다고 맹세할게요. 하지만 지금 당신이 저 집에 들어가서 얻을 것은 불행밖에 없어요.' 그래도 내가 아내를 떨쳐내려고 하자, 아내가 미친 듯이 애원하며 매달렸습니다.

"그녀가 내 소매를 붙잡고 사력을 다해 나를 잡아당기더군요."
W. H. 하이드 그림, 《하퍼스 위클리》(1893)

'나를 믿어줘요, 잭. 이번 한 번만 나를 믿어줘요. 결코 그걸 후회하지 않을 거예요. 당신을 위한 일이 아니라면 내가 뭘 숨기는 법이 없다는 걸 아시잖아요. 우리의 한평생이 여기에 달려 있어요. 당신이 저랑 같이 집에 가면 모든 게 잘될 거예요. 그런데 당신이 기어이 저 집 안에 들어가면 우리 사이는 끝장이 나고 말 거예요.'

"나를 믿어줘요, 잭."
시드니 패짓 그림, 《스트랜드 매거진》(1893)

아내의 태도가 워낙 열렬하고, 워낙 필사적이어서, 아내의 말에 나는 발이 묶이고 말았죠. 나는 망설이며 현관 앞에 서 있었어요.

'한 가지 조건만 들어주면 당신 말을 믿겠소. 딱 한 가지만.' 내가 마침내 말했습니다. '그건 도무지 알 수 없는 이런 일이 다시는 있어선 안 된다는 거요. 비밀을 지키고 싶다면 그렇게 해요. 하지만 다시는 밤중에 나들이를 하지 않고, 다시는 내가 모르는 일을 하지 않겠다고 약속해야 해. 당신이 약속만 하면 지난 일은 다 잊겠소.'

'믿어줄 줄 알았어요.' 아내가 마음을 푹 놓으며 외쳤어요. '당신이 바라는 대로 하겠어요. 이제 가요, 아, 어서 집에 가요!'

아내는 계속 내 소매를 당기면서 나를 데리고 그 집을 떠났습니다. 가면서 힐끗 돌아보았더니, 창백하고 노란 얼굴이 2층 창문에서 우리를 지켜보고 있더군요. 그 인간과 아내는 무슨 연관이 있는 걸까요? 전날 내가 본 그 험상궂은 여편네와는 또 무슨 관계일까요? 그건 정말 묘한 수수께끼였지만, 그걸 알아내기 전에는 내 마음이 결코 편치 않을 게 분명했습니다.

그 후 이틀 동안 나는 집에 있었고, 아내는 약속을 잘 지키는 것 같았죠. 내가 아는 한, 아내는 집 밖에 나간 적이 없으니까요. 하지만 셋째 날, 아내로서의 의무를 저버리고 남편에게서 멀어지게 하는 그 비밀스러운 힘으로부터 아내를 지키기에는 엄숙한 약속만으로 충분치 않다는 확실한 증거를 잡고야 말았습니다.

그날 나는 시내에 나갔습니다. 하지만 평소에 타는 3시 36분 열차 대신 2시 40분 열차를 타고 귀가했죠. 내가 집에 들어서자 하녀가 깜짝 놀라서 달려나왔어요.

'안주인은 어디 계시지?' 내가 물었습니다.

'산책을 나가신 것으로 알고 있어요.' 그녀가 대답했습니다.

나는 더럭 의심이 들었죠. 그래서 2층으로 달려가 일단 아내가 집에 없다는 것부터 확인했습니다. 그러다 우연히 2층 창밖을 내다보았는데, 아까 얘기를 나눈 하녀가 시골집 쪽으로 달려가는 게 눈에 띄었어요. 물론 나는 그게 무슨 뜻인지 정확히 알아차렸죠. 아내가 그 집에 갔고, 내가 돌아오면 알려달라고 하녀에게 일러두었던 겁니다. 울화통이 치민 나는 아래층으로 달려 내려가서 성큼성큼 경작지를 가로질러 가며, 이 문제를 이번에 완전히 끝장을 보고야 말겠다고 작심했습니다. 아내와 하녀가 작은 길을 따라 헐레벌떡 돌아오는 게 보이더군요. 하지만 발길을 멈추고 무슨 얘기를 나누고 싶은 마음이 없었습니다. 그 시골집에는 내 인생에 어두운 그늘을 던지는 무슨 비밀이 도사리고 있었어요. 나는 다짐했죠. 무슨 일이 있더라도 더 이상 비밀을 덮어둘 수는 없다고. 그 집에 도착한 나는 문을 두드리지도 않고, 와락 문을 열고 안으로 뛰어 들어갔습니다.

1층은 아주 조용하더군요. 부엌에는 불 위에 얹어놓은 주전자가 끓고 있었고, 커다란 검은 고양이가 바구니 안에 몸을 사리고 앉아 있었습니다. 하지만 전에 내가 본 여편네는 없었어요. 다른 방으로 달려가봤지만 역시 아무도 없더군요. 그 후 2층으로 뛰어 올라갔습니다. 하지만 위의 두 방도 텅 비어 있었어요. 집 안에 아무도 없었던 겁니다. 가장 흔한 가구에 저속한 그림뿐이었어요. 다만 내가 기묘한 얼굴을 본 창문이 난 방 하나는 예외였습니다. 그 방은 안락하고 우아했어요. 벽난로 위에 아내의 전신사진이 세워져 있는 것을 보자 쓰라린 의심의 불길이 격렬하게 타오르더군요. 그건 불과 석 달 전에 내가 요청해서 찍은 사진이었죠.

집이 비어 있다는 것이 확실할 때까지 나는 한참 동안 집 안에 있었습니다. 그러다 결국 그 집을 떠나면서, 마음이 납덩이처럼 무거웠어요. 그런 기분은 생전 처음이었죠. 우리 집에 들어서자 아내가 맞이하더군요. 하지만 나는 마음이 아프고 화가 나서 아내와 얘기할 기분이 아니었죠. 나는 아내를 밀치고 지나쳐서 내 서재로 들어갔습니다. 하지만 문을 닫기 전에 아내가 따라왔어요.

'약속을 어겨서 미안해요, 잭.' 아내가 말했어요. '하지만 어떻게 된 일인지 안다면 분명 날 용서해줄 거예요.'

'그럼 죄다 말해보시오.' 내가 말했습니다.

'안 돼요, 잭, 그럴 수가 없어요.' 아내가 외쳤어요.

'그 집에 살던 사람이 누군지, 당신이 그 사진을 준 사람이 누군지 말하지 않으면, 우리 사이에는 어떤 믿음도 있을 수 없어.' 내가 말했습니다. 그리고 아내를 뿌리치고 집을 나섰죠. 그게 바로 어제의 일이었습니다, 홈즈 씨. 그 후 아내를 만나지 않았어요. 그 이상한 일에 대해서는 더 이상 아는 게 없습니다. 그런데 오늘 아침 갑자기 홈즈 씨에게 조언을 들어야겠다는 생각이 문득 떠오르더군요. 그래서 이렇게 달려온 것입니다. 이

"'그럼 죄다 말해보시오.' 내가 말했습니다."
시드니 패짓 그림, 《스트랜드 매거진》(1893)

17. 맨리 웨이드 웰먼은 이 시기의 애틀랜타 역사를 연구한 결과, 1864년 윌리엄 테컴서 셔먼의 악명 높은 방화 이후 그곳에서 "큰불"이 난 적은 없다는 것을 알아냈다.

제 홈즈 씨에게 모든 걸 맡기겠어요. 제가 제대로 말씀드리지 못한 게 있다면 질문을 해주세요. 무엇보다도 제가 어째야 좋을지 말씀 좀 해주세요. 이 비참한 일을 당장 견딜 수가 없으니까요."

홈즈와 나는 이런 유별난 이야기에 빨려들듯이 귀를 기울였다. 먼로 씨는 격한 감정을 추스르지 못하고 내뱉듯이 떠듬떠듬 이야기를 들려주었다. 내 친구는 이제 한 손에 턱을 얹고 한동안 묵묵히 앉아 생각에 잠겼다.

"그러니까, 그 창문으로 본 것이 남자의 얼굴이었다고 맹세할 수 있나요?" 홈즈가 마침내 말했다.

"매번 멀리서만 보았기 때문에 그건 확실치가 않아요."

"하지만 그걸 보고 기분이 나빴던 거 아닌가요?"

"안색이 부자연스러워 보였고, 이목구비가 이상하게 딱딱해 보였습니다. 내가 다가가니까 홀연히 사라졌고요."

"부인께서 100파운드를 달라고 한 게 언제인가요?"

"두 달 가까이 됩니다."

"부인의 첫 남편 사진을 본 적이 있나요?"

"아니요. 그가 사망한 직후 애틀랜타에 큰불[17]이 나서, 그녀의 모든 문서가 다 타버렸습니다."

"하지만 사망증명서를 갖고 있었다면서요? 그걸 보았다고 하셨죠?"

"네. 그건 화재 후 재발급받은 거예요."

"미국에서 그녀와 알고 지낸 사람을 만난 적이 있나요?"

"아니요."

"부인께서 그곳에 다시 방문했다는 얘기를 한 적이 있나요?"

"아니요."

"아니면 그곳에서 온 편지를 받은 적은?"

"제가 알기론 없어요."

"고맙습니다. 그럼 이제 잠시 이 문제에 대해 생각 좀 해볼까요? 그 시골집이 줄곧 비어 있었다면 문제가 까다로울 겁니다. 그와 달리, 그 집 거주자가 당신이 오는 걸 꺼려서, 어제 당신이 들이닥치기 전에 집을 떠났을 가능성이 높아 보입니다. 그렇다면 지금쯤 돌아와 있을 테고, 문제는 쉽게 해결될 겁니다. 그럼 조언을 해드리죠. 노버리로 돌아가서, 그 시골집 창문을 다시 살펴보세요. 누군가 산다고 믿을 만한 근거가 있으면, 안으로 들이닥치지 말고 나와 내 친구에게 전보를 치세요. 전보를 받으면 우리가 한 시간 안에 달려가겠습니다. 그러면 이 일은 바로 해결할 수 있을 겁니다."

"집이 여전히 비어 있다면요?"

"그렇다면 내가 내일 찾아갈 테니, 그건 그때 얘기합시다. 안녕히 가십시오. 그리고 무엇보다도 실제로 고민할 만한 근거가 없는 한 너무 속을 태우진 마세요."

"왓슨, 이 일은 심상치 않은 것 같아." 그랜트 먼로 씨를 문까지 배웅해주고 돌아온 내 친구가 말했다. "자네는 어떻게 생각해?"

"추한 사건 같아 보여." 내가 대답했다.

"그래. 내가 크게 착각하지 않았다면 배후에 협박범이 있어."

"그럼 그게 누굴까?"

"음, 그건 그 집에서 안락하다는 방에 사는 그 사람인 게 분명해. 벽난로 위에 그녀의 사진을 세워둔 사람 말이야.[18] 왓슨, 정말이지 그 창가의 창백한 얼굴에는 뭔가 끌리는 데가 있어. 내 이 사건은 기필코 놓치지 않을 거야."

"벌써 가설을 세운 거야?"

"응, 임시로. 하지만 이 가설은 빗나갈 리가 없을 거야. 그 시골집에는 그 여자의 첫 남편이 있어."

"왜 그렇게 생각해?"

18. "협박범이 집 안의 신성한 공간인 벽난로 위에 협박 피해자의 사진을 올려놓는다는 게 있을 법한 일인가?" 비벌리 베어 포터가 「'노란 얼굴'에 관한 생각」에서 던진 질문이다.

"그게 아니라면 두 번째 남편이 들어가지 못하게 필사적으로 막는 걸 달리 설명할 길이 없잖아? 내 생각대로라면 사실은 이래. 그 여자는 미국에서 결혼을 했는데, 어쩌다 보니 남편이 죽도록 싫어졌어. 아니면 뭔가 혐오스러운 질병에 걸려서 문둥이가 됐다거나 바보 천치가 됐어. 결국 그 여자는 신발을 거꾸로 신고 잉글랜드로 돌아왔지. 이름을 바꾸고 이제 새로운 인생을 시작했다고 생각했어. 3년 후에는 결혼을 하고 안전하게 자리를 잡았다고 믿었지. 남편에게는 자기가 가명으로 빌려 온 성씨를 가진 남자의 사망증명서를 보여주었어. 그런데 느닷없이 그 여자의 소재가 첫 남편에게 들통 난 거야. 아니면 약자를 등쳐먹고 사는 사악한 여편네한테 붙들렸다고 볼 수도 있지. 그들은 편지를 보내 위협했어. 찾아가서 사실을 폭로하겠다고 위협했겠지. 그 여자는 남편에게 100파운드를 받아서 입막음을 하려고 했지. 그런데도 그들은 찾아왔어. 시골집에 새로 들어온 사람이 있다고 남편이 넌지시 말했을 때, 그 여자는 그들이 자기 뒤를 쫓아온 사람들이라는 것을 알아차렸지. 그래서 남편이 잠들기를 기다렸다가, 그들에게 달려가 자기를 고이 좀 살게 해달라고 하소연하려 했어. 하지만 뜻을 이루지 못하고 이튿날 아침 다시 찾아갔는데, 집에서 나오다가 남편과 마주쳤어. 그가 말한 대로 말이야. 그 여자는 그곳에 다시는 가지 않겠다고 약속했지만, 이틀 후 그 끔찍한 이웃을 떨쳐버리겠다는 일념으로 또다시 그들을 찾아갔어. 그들이 그녀에게 요구했음직한 자기 사진을 아마 이때 들고 갔겠지. 그래서 그들과 입씨름을 하고 있는데 하녀가 달려와서 주인이 집에 돌아왔다고 알려주었어. 그 말을 듣고 아내는 그가 바로 들이닥칠 것을 알고, 거주자들을 뒷문으로 급히 내보냈지. 아마 집 뒤에 있다는 그 전나무 숲으로 말이야. 그래서 그는 텅 빈 집만 보게 되었지. 하지만 오늘 저녁에 그가 그 집을 둘러보면 비어 있을 리가 없어. 내 가설 어때?"

"죄다 추측이잖아."

"그래도 모든 사실과 잘 맞아떨어져. 사실과 맞아떨어지지 않는 새로운 사실이 드러나면, 그때 고쳐 생각해도 늦지 않을 거야. 지금으로서는 노버리에서 그 친구가 새로운 소식을 보낼 때까지 딱히 할 일이 없어."

하지만 우리는 오래 기다릴 필요가 없었다. 우리가 차를 다 마신 직후 소식이 날아왔다.

시골집에는 여전히 인기척 있음. 창가의 얼굴을 다시 목격. 역에서 7시 열차를 기다리겠음. 오실 때까지 아무 조치도 취하지 않겠음.

우리가 열차에서 내리니 그가 기다리고 있었다. 아주 창백한 얼굴에 흥분으로 몸을 떨고 있는 모습이 역사의 불빛에 비쳐 보였다.

"그들이 여전히 거기 있어요, 홈즈 씨." 그가 내 친구의 소매에 손을 얹고 말했다. "가봤더니 집 안에 불이 켜져 있더군요. 이번에는 기필코 끝장을 봐야겠어요."

"그럼 무슨 계획이라도 있나요?" 나무가 줄지어 선 어두운 길을 걸으며 홈즈가 물었다.

"안으로 쳐들어가서 누가 있는지 두 눈으로 똑똑히 볼 겁니다. 두 분께서는 증인이 되어주세요."

"아주 작심을 했군요. 그 수수께끼는 풀지 않는 게 낫다고 아내가 신신당부를 했는데도 꼭 그럴 건가요?"

"예, 작심을 했습니다."

"음, 내가 보기에도 그러는 게 마땅합니다. 어떤 진실이든 막연한 의심보다는 낫지요. 당장 가보는 게 좋겠습니다. 물론

법적으로는 이게 영락없는 불법행위지만, 그럴 만한 가치가 있다고 봅니다."

칠흑같이 어두운 밤이었다. 대로에서 작은 길로 접어들자 이슬비가 내리기 시작했다. 작은 길 양쪽에는 산울타리가 자랐고, 마차 바큇자국이 깊이 패어 있었다. 그런데도 그랜트 먼로 씨는 발길을 서둘렀고, 우리는 비틀거리면서도 열심히 그를 따라갔다.

"저기 우리 집 불빛이 보이는군요." 그가 나무 사이로 반짝이는 불빛을 가리키며 중얼거렸다. "내가 들어가보려고 하는 그 집은 이쪽에 있습니다."

그가 말하는 동안 우리가 작은 길모퉁이를 돌자, 가까운 곳에 집 한 채가 있었다. 현관문이 빠끔히 열려 있어서 한 줄기 노란 불빛이 새어 나와 어두운 앞마당을 비추었고, 2층 창문 하나에 환하게 불이 밝혀져 있었다. 우리가 쳐다보는 동안, 창문 차양을 가로질러 가는 어렴풋한 그림자가 보였다.

"그 인간이 있어요!" 그랜트 먼로가 외쳤다. "저기 누가 있는 걸 여러분도 보셨죠? 이제 저만 따라오세요. 곧 모든 걸 알게 되겠죠."

우리가 현관으로 다가가자, 어떤 여자가 그늘 속에서 불쑥 나타나 실내에서 새어 나오는 한 줄기 금빛 조명을 막아섰다. 어두워서 그 여자의 얼굴은 보이지 않고, 애원하는 자세로 두 팔을 뻗은 것만 보였다.

"제발, 그러지 마요, 잭!" 그 여자가 외쳤다. "오늘 밤 당신이 이리 올 줄 알았어요. 제발 좋게 생각해줘요, 여보! 다시 나를 믿어줘요. 그러면 절대 후회하는 일은 없을 거예요."

"더는 믿을 수 없어, 에피!" 그가 단호하게 외쳤다. "이 손 놔! 난 들어가봐야겠어. 내 친구들과 내가 이 문제를 완전히 결판낼 거야." 그가 그녀를 밀쳤고, 우리는 바투 그의 뒤를 따라갔다. 그가 문을 활짝 열어젖히자 나이 든 여자가 앞으로 달려나와 그를 가로막으려고 했다. 그러나 그가 그녀를 뒤로 밀쳤고, 곧이어 우리는 2층으로 올라갔다. 그랜트 먼로가 불이 켜진 2층 방으로 먼저 들이닥쳤고, 우리가 뒤따라 들어갔다.

그곳은 가구를 제대로 갖춘 아늑한 방이었다. 탁자 위와 벽난로 위에 촛불이 두 개씩 켜져 있었다. 구석에는 소녀처럼 보이는 어린아이가 책상에 앉아 상체를 숙이고 있었다. 우리가 들어갈 때 그 애는 우리를 외면했지만, 빨강 아동복을 입고 목이 긴 흰 장갑을 낀 것을 볼 수 있었다. 그 애가 우리에게 고개를 휙 돌렸을 때, 나는 놀라고 겁에 질려서 외마디 비명을 질렀다. 우리를 향한 얼굴이 정말 기묘하게 창백한 빛을 띠고 있었고, 이목구비에 표정이 전혀 없었다. 이 수수께끼는 곧바로 풀렸다. 홈즈가 한바탕 웃더니 그 애의 귀 뒤로 손을 뻗어, 얼굴을 가린 가면을 벗겨낸 것이다. 알고 보니 새카만 얼굴의 흑인 여자아이였다. 여자아이는 우리의 놀란 얼굴을 보고 새하얀 이를 드러내며 환하게 웃었다. 나는 그 아이가 즐거워하는 것에 죽이 맞아 웃음을 터트렸지만, 그랜트 먼로는 한 손으로 자기 목을 잡고 멍하니 바라보며 서 있었다.

"이런 세상에!" 그가 외쳤다. "이게 대체 무슨 영문이지?"

"무슨 영문인지 말씀드릴게요." 당차고 단호한 얼굴로 방으로 들어온 여자가 외쳤다. "밝히고 싶지 않았는데 이제 말하지 않을 수가 없군요. 이젠 체념할 수밖에요. 제 남편은 애틀랜타에서 죽었지만 아이는 죽지 않았어요."

"당신의 아이라고!"

그녀는 가슴에서 큼직한 은제 로켓을 꺼냈다. "당신은 이걸 열어본 적이 없죠."

"열리지 않는 것인 줄 알았는데."

그녀가 용수철 장치를 건드리자 뚜껑이 열렸다. 안에는 어떤

19. 이런 말에도 불구하고 셜로키언들은 존 헤브론의 구체적인 배경에 의심의 눈길을 던졌다. 앞에서 헤브론이 변호사였다는 말이 나온다. 하지만 스튜어트 C. 랜드의 연구에 의하면, 1885년 애틀랜타 전화번호부에는 흑인 변호사가 나오지 않는다. 랜드는 당시의 인종차별에 비춰 볼 때, 좀 더 뒤에 개업을 한 변호사라도 그랜트 먼로가 말한 4,500파운드나 되는 재산을 모을 흑인은 있을 수 없다고 주장했다. 로베르트 H. 슈츠는 1850년대 뉴욕에 흑인 변호사가 매우 많았다고 반박했다. 물론 당시 뉴욕과 애틀랜타는 많이 달랐다. 하지만 슈츠는 교묘한 주장을 했다. 에피 먼로가 말한 애틀랜타는 조지아 주가 아니라 뉴욕에 있는 작은 마을이라고. D. 마틴 데이킨은 그 애틀랜타가 미시간 주에 있다고 비슷한 주장을 했다.

데이비드 R. 매칼리스터는 「베이커 스트리트를 쩔쩔매게 한 흑인 변호사」에서 존 헤브론을 평범한 변호사로 보지 않고, 실명이 에런 앨피오리아 브래들리라고 주장했다. 이 사람은 보스턴 출신의 노예였다가 변호사로 입신출세해 조지아 주에서 남북전쟁(1861-1865) 후 복구 정책에 참여했다. 브래들리는 수천 명의 사바나 흑인들에게 1달러씩 걷어서 한 재산을 모았다. 그 명분은 정부에 청원해서 투표권을 얻어주겠다는 것이었다. 1868년에는 주 의원이 되었다. 조지아 주 최초의 흑인 의원 네 명에 포함된 것이다. 그러나 불명예스러운 과거가 드러나 의원직을 박탈당했다. 그 후 북부로 갔고, 매칼리스터의 추측에 따르면 거기서 에피를 만났다. 세인트루이스로 옮겨 간 브래들리는 서부에 흑인만의 영토를 건설하자는 운동을 벌이기도 했다. 그는 1882년 세인트루이스에서 무일푼으로 객사했다.

20. H. W. 벨의 지적에 따르면, 조지아 주의 법은 그런 결혼을 금지했다. "그런 결합이 허용되는 다른 주에서 두 사람이 결혼을 했다고 해도, 애틀랜타로 돌아오자마자 그 결혼은 가차없이 무효가 되었을 것이다."

새카만 얼굴의 흑인 여자아이였다.
시드니 패짓 그림, 《스트랜드 매거진》(1893)

남자의 인물 사진이 들어 있었다. 매우 잘생겼고, 지적인데, 누가 봐도 아프리카의 후예였다.

"이 사람이 애틀랜타의 존 헤브론이에요." 여자가 말했다. "이 세상의 그 누구보다 고귀한 분이었죠.[19] 그이와 결혼하기 위해 저는 제 인종과 인연을 끊었어요.[20] 하지만 그이가 살아 있는 동안 한순간도 그걸 후회한 적은 없답니다. 우리 외동딸이 나보다는 그이를 닮았다는 게 불운이었죠.[21] 그런 부부 사이에 흔히 있는 일이지만, 우리 루시는 아버지보다 더 검어요. 하지만 검든 희든, 루시는 내 눈에 넣어도 아프지 않은 내 자식이에요."[22] 어린 소녀가 그 말을 듣고 쪼르르 달려가서 여인의 치맛자락에 파묻혔다.

"이 아이를 미국에 남겨둔 것은 아이의 건강이 안 좋아서, 환경을 바꾸면 해로울까 봐 그랬던 거예요." 그녀가 이어서 말했다. "아이는 전에 우리 집 하녀였던 충실한 스코틀랜드 여자한테 돌보게 했답니다. 저는 한시도 내 아이와 인연을 끊는다는 생각은 해본 적이 없어요. 하지만 어쩌다 보니 당신을 만나 사랑을 하게 되었어요, 잭. 저는 아이에 대해 당신에게 말하기가 두려웠어요. 두 사람 중에서 하나를 선택해야 했는데, 저는 마음이 약해져서 그만 아이에게 등을 돌리고 말았지요.[23] 3년 동안 아이의 존재에 대해 당신에게 비밀에 부쳐왔다가, 보모에게 소식을 듣고 아이가 건강해졌다는 것을 알게 되었어요. 그러자 아이를 다시 보고 싶은 마음이 굴뚝같지 뭐예요. 그런 마음을 떨쳐버리려고 했지만 헛일이었어요. 저는 위험하다는 것을 알면서도 아이를 데려오기로 결심했죠. 다만 몇 주 동안만이라도요. 저는 보모에게 100파운드를 보내고, 이 시골집에 대해 알려주었어요. 어떻게든 내가 아이와 관련이 없는 것처럼 하고 이웃집에 들어오게 한 거죠. 저는 각별히 조심을 했어요. 낮에는 아이가 집 안에만 있게 하고, 얼굴과 손도 가려서, 아이가 창가에 서 있는 것을 누가 보더라도 이웃에 흑인이 산다는 소문이 나지 않도록 했죠. 오히려 조심하지 않는 편이 나았을지도 모르겠지만, 저로서는 당신이 사실을 알게 되는 것이 너무나 두려웠어요.

시골집에 사람이 들어왔다고 저에게 처음 말한 게 바로 당신이었죠. 저는 아침까지 기다려야 했지만, 흥분해서 잠을 이룰 수가 없었어요. 그래서 결국 몰래 빠져나갔죠. 당신이 잠을 잘 깨지 않는다는 것을 알고 있었으니까요. 하지만 제가 나가는 것을 당신이 보고 말았어요. 그래서 고민이 시작된 거죠. 이튿날 당신은 제 비밀을 알아낼 수도 있었지만, 그러지 않고 품위 있게 참아주셨어요. 사흘 후 당신이 앞문으로 들이닥쳤을 때에는 유모와 아이가 가까스로 뒷문으로 빠져나갔죠. 그리고 오늘 밤 당신은 마침내 모든 것을 알고 말았으니, 저와 아이는 이제 어떻게 되는 건지 여쭙고 싶어요.”[24] 그녀는 두 손을 모아 그러

21. 헤브론도 그렇게 생각했을까?

22. 아무리 사랑스러웠다 해도, 루시가 “새카만” 피부를 가졌다면 에피 먼로의 친딸일 수가 없다고 에드워드 퀘일이 주장했다. “인종 간의 결혼으로 태어난 아이는 피부 색소가 부모 양쪽 피부의 거의 중간색을 띠게 된다.” 영국령 서인도 제도의 이종족 간 결혼을 다룬 찰스 B. 대븐포트의 연구 논문(1913)을 검토한 아일린 스나이더도 비슷한 주장을 했다. 부부 둘 다 까만 피부의 흑인이 아닌 한 “새카만” 자녀를 낳기란 불가능하다는 것이다.
패트릭 E. 드레이즌은 스나이더의 결론을 공박했다. 대븐포트의 연구는 우성–열성 유전자 이론을 무시했고, 스나이더의 두루뭉술한 진술은 유전학이 필연의 과학이 아니라 확률의 과학임을 망각했다는 것이다. “새카만” 후예가 생길 것 같지는 않지만, 그게 불가능하지는 않다. 나아가서 드레이즌은 또 이렇게 주장했다. 에피 먼로도 실은 흑백 혼혈일지 모른다고.

23. 스나이더는 동정적인 이런 주장을 했다. 루시는 헤브론과 ‘첫’ 아내 사이에 낳은 딸이고, 에피 먼로는 계모라고.

24. H. W. 벨은 앞서와 같은 주장 끝에 이렇게 결론을 내렸다. 즉, 에피의 이야기에는 명백히 말이 안 되는 데가 너무 많기 때문에, 아이의 아버지는 분명 헤브론 씨가 아닌 다른 누군가다(헤브론 씨는 백인이다). 헤브론이 죽자 에피는 잉글랜드로 달아나서 새로운 인생을 시작했다. 그리고 먼로를 만나 모든 이야기를 꾸며냈다. 벨은 이렇게 경탄했다. “그녀는 어느 면에서 유능한 배우였고, 능수능란한 거짓말쟁이였다. 물론 그녀가 누구보다 뛰어난 점은 셜록 홈즈까지 속여 넘겼다는 데 있다.”

25. 미국 판본에는 "10분"으로 되어 있다. 크리스토퍼 로든의 주장에 따르면, 미국에서 이렇게 수정한 것은 먼로가 무척이나 망설였다는 점을 강조함으로써 인종 간의 결혼을 용인하는 이 이야기에 대한 거부감을 줄이기 위해서였다.

쥐고 처분만 기다렸다.

그랜트 먼로가 침묵을 깨기까지는 2분[25]이 걸렸다. 그의 대답은 내가 즐겨 생각하는 것 가운데 하나다. 그는 아이를 번쩍 안아 들었다. 그러고는 여전히 아이를 안은 채 한 손을 아내에게 내밀고 문 쪽으로 돌아서서 말했다.

"이 문제는 집에서 좀 더 편안히 얘기를 나눕시다. 나는 아주 좋은 놈은 아니오, 에피. 하지만 당신이 생각하고 있는 것보다는 더 좋은 놈인 것 같소."

홈즈와 나는 작은 길까지 그들을 따라갔다. 우리가 집을 나섰을 때 홈즈는 내 소매를 당기고 말했다.

"내가 보기에, 우린 노버리보다는 런던에서 더 쓸모가 있는

그는 아이를 번쩍 안아 들었다.
시드니 패짓 그림, 《스트랜드 매거진》(1893)

존재인 것 같아."

홈즈는 이 사건에 대해 더 이상 한 마디도 하지 않다가, 그날 밤 불을 붙인 촛불을 들고 침실로 향하며 말했다.

"왓슨, 만일 내가 능력을 과신한다거나, 최선을 다해야 마땅한 사건을 건성으로 다루려고 한다는 생각이 문득 들면, 부디 내 귓전에 '노버리'라고 속삭여줘. 그래 주면 정말 고맙겠어."

증권회사 직원[1]

지난 100년 사이에 돈의 세계는 거의 변하지 않았다. 「증권회사 직원」에서는 오늘날 왕왕 문제로 불거지는 '명의 도용'에 대한 섬뜩한 이야기를 들려준다. 여기서 홈즈와 왓슨은 대담무쌍한 강도 행각이 벌어지는 생소한 금융가와 증권회사 분야를 경험하게 된다. 왓슨은 젊은 홀 파이크로프트가 겪은 미스터리를 기록하며 런던 토박이의 속어를 적잖이 듣게 된다. 묘하게도 「증권회사 직원」의 음모는 독자에게 어쩐지 낯익어 보인다. 「빨강머리연맹」의 음모를 연상시키기 때문이다. 학자들은 이 사건이 1888년이나 1889년에 발생한 것으로 추정한다. 따라서 범인들은 「빨강머리연맹」을 읽어봤을 리가 없다. 그러나 두 경우 모두 모리아티 교수와 끈이 닿아 있다면 그 유사성도 우연의 일치만은 아닐 것이다. 또 이번 이야기에서는 결혼한 후 의원을 꾸려가는 왓슨의 사생활을 살짝 엿볼 수 있다.

1. 「증권회사 직원」은 1893년 3월호 《스트랜드 매거진》에, 1893년 3월 11일 자 《하퍼스 위클리》(뉴욕)에 발표되었다.

2. 존 왓슨이 결혼을 여섯 번은 했다고 생각하는 학자도 있지만, 이번에 말하는 결혼 상대자는 분명 메리 모스턴이다. 나중에 홈즈가 이렇게 말하기 때문이다. "왓슨 부인께서는 우리의 '네 사람의 서명' 사건에 연루된 흥분 상태에서 이제 완전히 벗어나셨겠지?"

3. 메리 모스턴과 결혼하기 전에 왓슨은 개업할 생각을 드러낸 적이 없다. 그는 대학을 마치자마자 수련의 신분으로 입대를 했다. 군대를 제대하고 런던에 돌아와서는 사실상 의술을 포기했다. 「그리스인 통역사」에서 일산화탄소에 중독된 멜라스 씨를 구하기도 했고, 의학 서적을 계속 읽기도 했지만,

나는 결혼[2]한 직후 패딩턴 지역의 의원을 인수[3]했다. 의원을 넘겨준 파커 씨는 종합 진료 의사로 한때 명성을 날렸지만, 이제는 너무 늙고 무도병[4]까지 앓는 바람에 환자가 아주 뜸했다. 남을 치료하는 의사라면 자기부터 건강해야 한다는 통념에 따라, 일반인들이 자기 병을 고치지 못하는 의사의 치료 능력을 의심하는 것은 어찌 보면 당연한 일이다. 그래서 파커 씨가 쇠약해질수록 의원 운영도 시들해져서, 내가 인수했을 때에는 지난날 1,200파운드였던 연 수입이 300파운드쯤으로 뚝 떨어져 있었다. 그러나 나는 내 젊음과 활력[5]을 믿었다. 몇 년 안 돼서 예전처럼 의원이 번창할 거라고 굳게 믿은 것이다.

나는 의원을 인수한 후 석 달 동안 워낙 일에 치여, 내 친구 셜록 홈즈를 통 만나지 못했다. 워낙 바빠서 베이커 스트리트에 들를 겨를이 없었고, 홈즈 역시 직업적인 볼일이 아니면 스

스로 어딜 나서는 법이 없었기 때문이다. 그래서 6월 어느 날 내가 아침 식사를 마치고《영국 의료 저널》[6]을 읽으며 앉아 있을 때, 초인종 소리에 이어 옛 친구의 귀에 거슬리는 고음의 목소리가 들려와 나는 자못 놀라지 않을 수 없었다.

"어이, 왓슨." 그가 성큼 실내로 들어서며 말했다. "자네를 보니 썩 반갑군. 왓슨 부인께서는 우리의 '네 사람의 서명' 사건에 연루된 흥분 상태에서 이제 완전히 벗어나셨겠지?"

"덕분에 우리 부부는 잘 지내고 있어." 내가 반갑게 그의 손을 잡고 흔들며 말했다.

"또 바라건대," 하고 그는 흔들의자에 앉은 뒤 말했다. "의원 일에 마음을 쓰느라고 지난날 우리의 추리 문제에 기울였던 관심을 모두 잃어버린 건 아니겠지?"

"그럴 리가 있나." 내가 대답했다. "엊저녁만 해도 옛 기록을 뒤적이며 과거의 성과를 조금 분류해놓았는걸."

"기록을 그만둘 작정은 아니겠지?"

"아무렴. 내가 가장 하고 싶은 게 바로 그런 모험을 더욱 많이 하는 거야."

"그렇다면 오늘도?"

"물론, 오늘도. 자네만 좋다면."

"버밍엄까지 가야 하는데도?"

"물론이지, 자네가 바란다면."

"환자는 어떡하고?"

"이웃 의사가 자리를 비우면 내가 환자를 대신 봐줬어. 그는 언제든 빚을 갚을 준비가 돼 있지."[7]

"아하! 그보다 좋을 수 없군!" 홈즈가 말했다. 그는 의자에 기대어 게슴츠레한 눈으로 나를 예리하게 바라보았다. "최근에 몸이 안 좋았나 보군. 여름 감기가 늘 골치지."

"지난주에 사흘 동안 심한 감기로 집에만 박혀 있었어. 하지

그는 의술을 업으로 삼지 않았다. 작가로서는 아직 신인이어서 『주홍색 연구』와 『네 사람의 서명』을 이제 막 책으로 펴낸 상황이었다. 그런데 어느 책도 돈벌이가 되지 않았다. 그러니 아내까지 둔 상황에서 밥벌이를 고민하지 않을 수 없었을 것이다. 아마도 친구 코난 도일을 보고, 스스로 개업을 하는 것은 시간도 많이 걸리고 소득도 신통치 않음을 알았을 것이다. 그래서 보다 빠른 길을 택해 다른 의사의 의원을 인수하게 된 것 같다.

하지만 돈이 궁한 왓슨이 어떻게 인수 자금을 마련했을까? 홈즈와 왓슨의 전기를 쓴 준 톰슨의 말에 따르면, 당시 의원을 인수하려면 그 의원의 1년 수입액 혹은 그 1.5배까지 주어야 했다. 『네 사람의 서명』에서 왓슨은 메리에게 구혼할 생각을 하면서 자기가 가난하다는 것을 탄식했다. 이언 매퀸은 왓슨의 형편이 그 이후에도 나아지지 않았다면서 이렇게 말했다. "은행에서 대출을 해주었거나 메리가 대주었을 것이다."

4. 무도병舞蹈病(춤병. 영어로는 '세인트바이터스의 춤 St. Vitus's dance')은 얼굴, 손, 발, 혀 등의 근육이 제 멋대로 꼬이는 병이다. (세인트바이터스는 춤추는 이들의 수호 성자다. 중세에는 이 병에 걸린 사람들이 이 성자의 성소에 찾아가 기도했다.) 시드넘 무도병小舞蹈病은 어린이 병으로, 흔히 류머티즘열(관절염 등 발작성 고열)의 합병증으로 발병하는데 치유는 쉽게 된다. 하지만 파커 씨의 무도병은 아마 그보다 훨씬 심각한 헌팅턴 무도병으로 보인다. 이 무도병은 유전성이고 정신장애가 따르는 것으로 중년에 발병한다.

5. 의학박사 새뮤얼 R. 미커는 이렇게 썼다. "젊음이란 오지랖이 넓은 용어다. 하지만 이 무렵 왓슨은 어느덧 서른여섯 살이었는데, 홈즈와 처음 만났을 때 그는 솔직하게, 자기가 말도 못하게 게으르다고 고백한 적이 있다. 일시적이라면 몰라도, 그런 성격이 이제 완연히 개선되었다고 볼 만한 증거

는 없다."

6. 영국의료협회의 회보로 1832년에 창간되었다. 이 기구는 로비를 통해 1858년과 1886년 의료법을 통과시켜 의료 개혁에 중요한 진전을 이루는 데 큰 몫을 했다. 1858년의 의료법은 의사 자격을 등록케 한 것이고, 1886년의 의료법은 의사가 한 분야만 전공하기보다 약학과 외과, 산부인과를 두루 공부하게 했다.

7. 편리한 이 이웃은 「마지막 문제」에서도 언급된다. 그러나 이 이웃이 「보스콤밸리 사건」에 나오는 '앤스트루서'일까? 아니면 「등이 굽은 남자」에 나오는 '잭슨'일까? D. 마틴 데이킨은 후자를 꼽으며 이렇게 평했다. "왓슨이 진료를 시작한 것은 석 달밖에 되지 않았다. 그런데도 이때 왓슨과 잭슨이 벌써 자리를 잡고 서로 편의를 봐줄 정도가 되었다는 것은 참 놀라운 일이다. 환자들은 담당 의사가 정신없이 바뀌는 것을 어떻게 생각했을까?"

"그보다 좋을 수 없군!" 홈즈가 말했다.
시드니 패짓 그림, 《스트랜드 매거진》(1893)

만 이젠 완전히 감기를 떨쳐낸 줄 알았는데?"

"물론 그랬지. 이젠 아주 원기 왕성해 보여."

"그럼 어떻게 그걸 알아낸 거야?"

"내 방법을 잘 알면서 그래."

"그럼 추리한 거라고?"

"물론이지."

"대체 뭘 보고?"

"슬리퍼를 보고."

나는 신고 있던 새 에나멜 가죽 슬리퍼를 힐끔 내려다보았다. "도대체 어떻게……."

내가 채 묻기도 전에 홈즈가 대답했다. "그 슬리퍼는 새 거야. 신은 지 몇 주 되지 않았겠지. 그런데 지금 자네가 보여주고 있는 슬리퍼 밑바닥이 살짝 불에 그슬렸어. 젖은 걸 불에 말리다가 태웠나 하고 잠깐 생각했지만, 발등을 보니 가게 상표가 그려진 작고 동그란 종이 딱지가 붙어 있잖아. 젖었다면 그걸 떼어냈겠지. 그렇다면 자네가 발을 쭉 뻗고 불가에 앉아 있다가 태웠다는 뜻인데, 아무리 젖었어도 건강에 문제가 없다면 6월에 그러는 사람은 없을 거야."

홈즈의 여느 추리처럼 이번 추리도 설명을 듣고 보니 별것도 아닌 것 같았다. 그는 내 얼굴을 보고 그런 생각을 읽었는지 떨떠름한 웃음을 머금었다.

"설명을 해줄 때면 어째 좀 밑지는 기분이 든단 말야." 그가 말했다. "근거는 밝히지 않고 추리 결과만 들이대면 퍽이나 인상적일 텐데. 아무튼 그럼 버밍엄에 갈 준비는 됐나?"

"아무렴. 대체 무슨 사건이지?"

"기차에서 들려주지. 내 의뢰인이 사륜마차를 타고 밖에서 기다리고 있어. 바로 떠나도 돼?"

"잠깐만." 나는 이웃 의사에게 몇 자 써서, 2층으로 올라가 아내에게 얘기한 다음, 문간에 있는 홈즈와 합류했다.

"자네 이웃이 의사로군?"[8] 그가 황동 문패를 고개로 가리키며 말했다.

"응. 그는 나처럼 의원을 인수했어."

"오래전에 개업한 의원을?"

"우리 의원과 같아. 둘 다 건물을 세운 후 바로 개업했지."

"아, 그런데 자네가 둘 중 더 나은 의원을 잡았군."

"내 생각도 그래. 그걸 어떻게 알았지?"

"그야 계단을 보고 알았지. 자네 쪽 나무 계단이 7-8센티미터는 더 닳았잖아. 그건 그렇고 마차의 저 신사가 내 의뢰인 홀 파이크로프트 씨야. 인사해."

"마부 양반, 어서 갑시다. 기차 시간이 빠듯하니까."

나와 마주 앉은 남자는 듬직한 체구에 건강한 안색의 젊은이였다. 솔직하고 정직해 보이는 얼굴에 곱슬곱슬하고 노란 수염을 조금 기르고 있었다. 무척이나 번들거리는 중산모를 썼고, 칙칙한 검정색의 말쑥한 정장 차림이어서, 어느 계층의 사람인

8. 왓슨이 좀 전에 말했건만.

9. "런던 토박이Cockney"란 동런던 치프사이드에서 세인트메리르보 성당의 종소리를 들을 수 있는 거리에 사는 사람을 뜻한다. 빅토리아 시대에 지독하게 인구가 과밀했던 이 지역 거주자는 그곳에서 태어나 자랐을 경우 스스로 "진짜" 런던 사람이라고 자부했다.

런던 토박이는 좋게든 나쁘게든 억양만으로도 구별이 되었다. E. 카범 브루어는 『관용구와 속담 사전』(1894)에서 런던 토박이를 이렇게 묘사했다. "말투를 비롯한 여러 런던 특성을 지닌 자. 야외 활동, 시골 생활, 농장 동물, 식물 등등을 전혀 모르는 자." 조지 버나드 쇼의 1913년 희곡 『피그말리온』에서 쇼는 일라이자 둘리틀의 런던 토박이 어투를 과감히 구사했는데, 웬만한 영어권 사람도 끝까지 읽을 엄두를 못 낸다.

왓슨이 옮겨 적은 홀 파이크로프트 씨의 말에는 런던 토박이 어투가 썩 많지는 않다. 왓슨이 런던 토박이 어투를 재현할 능력이 없어서인지, "영리한 런던 젊은이"로서 수준이 높아 다른 사람이 알아듣기 쉽게 말을 해서인지는 알 수 없다.

10. "볼런티어 연대Volunteer regiments"('volunteer'는 자발적인 군인, 곧 '의용군'이라는 뜻을 지니고 있다—옮긴이)는 시간제 군복무를 하는 영국의 긴 전통을 이어받은 군대로, 외세의 침략 위협을 받아 모집한 더 큰 규모의 시민군을 돕기 위해 1863년에 공식 조직화되었다(프랑스 혁명과 나폴레옹 전쟁 때에도 의용군이 활약했다). 1890년 무렵에는 의용군의 수가 25만 명에 이르렀다. 그러나 1907년 국방군이 창설됨에 따라 의용군과 시민군이 합쳐져서 과거의 의용군은 잊히고 말았다. 제1차 세계대전이 일어난 직후 아서 코난 도일은 입대 신청을 거절당하자 스스로 의용군을 조직했다(나이 쉰다섯 살 때의 일이다).

11. 'soft Johnny.' 당시의 최신 속어인 이 말은 경험이 없는 젊은이나 풋내기, 초보자 따위를 뜻한다.('여물통crib'은 물론 '일자리'를 뜻한다. 여물통을

지 한눈에 알아볼 수 있었다. 영리한 런던 젊은이, 즉 런던 토박이[9]라고 불리는 계층의 젊은이였던 것이다. 그러나 멋진 볼런티어 연대[10] 군인 같은 인상을 풍겼고, 이 섬나라의 그 누구보다 더 훌륭한 운동선수가 될 수도 있을 법해 보였다. 혈색 좋은 둥근 얼굴은 당연히 생기가 넘쳤지만, 입꼬리가 살짝 처진 걸 보니 좀 얄궂은 고민이 있는 듯했다. 그러나 그가 무슨 문제로 셜록 홈즈를 찾게 되었는지는 1등석 열차에 몸을 싣고 버밍엄으로 출발한 뒤에야 알게 되었다.

"여기서 족히 70분은 가야 해." 홈즈가 말했다. "홀 파이크로프트 씨, 아주 흥미진진한 당신의 경험담을 내게 얘기해준 것과 똑같이 내 친구에게도 좀 들려주세요. 자세할수록 좋습니다. 한 번 더 얘기를 들으면 나한테도 도움이 될 겁니다. 왓슨, 이것은 대단한 사건일 수도 있고 별것 아닐 수도 있어. 하지만 이 사건에는 나만큼이나 자네도 좋아하는 아주 이색적이고 기묘한 특징이 있지. 자, 파이크로프트 씨, 이제 말을 가로막지 않겠습니다."

우리의 젊은 동행이 눈을 반짝이며 나를 바라보았다.

"무엇보다도 곤혹스러운 것은," 하고 그가 말문을 열었다. "제가 너무나 한심한 짓을 했다는 것입니다. 물론 이 일이 잘 해결될지도 모르겠습니다. 달리 어째야 좋았을지도 모르겠고요. 하지만 그나마 수중에 있던 여물통을 잃고 그 대가로 얻는 게 아무것도 없다면, 난 정말 얼빵한 조니[11]가 되고 만 셈이죠. 왓슨 박사님, 저는 이야기를 잘하는 재주가 없지만, 아무튼 사연은 이렇습니다.

저는 드레이퍼스 가든스의 '콕슨 앤드 우드하우스'라는 회사에서 밥벌이를 했습니다. 그런데 아시겠지만 회사가 올 이른 봄에 베네수엘라 공채[12]를 샀다가 피를 보고[13], 폭삭 망해버렸죠. 저는 거기서 5년 동안 일했는데, 회사가 파산하자 콕슨 영

우리의 젊은 동행이 눈을 반짝이며 나를 바라보았다.
밀턴 워슈컬 그림, 미국 오리건 주 포틀랜드의 일요신문 《오리고니언》(1911. 9. 24.)

뜻하는 동의어 'trough'는 '손쉬운 밥벌이 일자리'를
뜻하는 말로 지금도 왕왕 쓰인다—옮긴이)

12. 1800년대에 베네수엘라는 거의 줄곧 경제적·
정치적으로 큰 어려움을 겪었다. 내란과 정책 실패,
부채, 철도 건설과 각종 공공사업으로 인한 사회 분
규 때문이었다. 이 시기에 베네수엘라의 주요 수출
품은 커피였는데, 1840년대에 커피 가격이 폭락하
면서 정권 암투가 일어나 군사 독재자가 잇달아 바
뀌었다. 가장 오래 끈 군사 독재자는 안토니오 구스
만 블랑코(대통령 재임 1870-1888)로, 그는 평화를
회복하고 여러 가지 업적도 이루었지만, 그 과정에
서 자기 주머니를 채웠다가 1888년에 쿠데타로 쫓
겨났다. 뒤를 이은 군사 대통령은 그의 동맹자였던
호아킨 크레스포(재임 1892-1897)였다. 말썽 많은
크레스포 재임 당시, 영국과 관계가 크게 악화되었
다. 베네수엘라는 영토 분쟁으로 1887년 영국과 사
실상 외교 관계를 끊었다. 1899년에 미국이 중재에
나서서 영국이 유리한 쪽으로 협정이 체결되었다.
이후 베네수엘라 경제는 더욱 악화되었다. 그래서
외국으로부터 빌린 돈이 막대하게 누적되어 1902년
에 영국과 독일, 이탈리아는 베네수엘라의 무역을
봉쇄했고, 미국의 중재로 1903년 부채 분쟁이 무마
되었다.

13. 'were let in.' 손해를 보거나 곤경에 빠졌다는
뜻.(앞의 주석에서 편집자는 당시의 방대한 속어 사전
을 뒤져서 속어 뜻풀이를 찾았다는 말을 하고 있는데,
이후 단순 속어 뜻풀이를 한 다수의 주석은 번역 생
략—옮긴이)

감이 내게 아주 **빵빵한** 추천서를 써주었습니다. 물론 우리 사
원들 스물일곱 명은 모두 백수가 되었죠. 저는 여기저기 쑤셔
보았지만, 저와 처지가 같은 녀석들이 수두룩하더군요. 그래서
오랫동안 완전 헛걸음만 했어요. 콕슨사에서 주급을 3파운드
받아 그동안 70파운드쯤 저축을 했는데, 그걸로 근근이 살다
가 그나마도 바닥이 나고 말았습니다. 저는 마침내 막다른 골
목에 이르렀죠. 채용 광고를 보고 지원서를 보낼 우표 값도, 우
표 붙일 봉투도 없는 형편이었어요. 정말 신발이 닳도록 빨빨
거리며 사무실 계단을 오르내렸지만, 일자리를 얻기는 영 틀린
것만 같더군요.

롬바드 스트리트에 있는 대형 증권회사인 '모슨 앤드 윌리

14. 'E.C.', 곧 런던 중동부 우편 지구에는 런던의 증권회사가 사실상 모두 모여 있었다. 유나이티드 전화사가 1885년에 발행한 전화번호부의 업종별 분류를 보면, '증권회사' 항목에 나오는 200개의 회사가 모두 중동부 우편 지구에 자리 잡고 있다.

15. 번 고즐린은 모슨 앤드 윌리엄스의 인사부장이 알지 못하는 사람을 어떻게 제대로 면접도 보지 않고 겉모습만 슬쩍 보고 뽑는다는 것인지 어안이 벙벙하다고 지적했다.

엄스'에 마침내 자리가 났습니다. 외람된 말씀이지만 E.C.[14]는 두 분이 잘 모르는 세계일 텐데, 그 회사는 런던에서 가장 돈이 많은 증권회사라고 장담할 수 있습니다. 직원 모집은 우편으로만 지원서를 받더군요. 저는 추천서와 지원서를 발송하긴 했지만, 설마 채용될 거라고는 꿈에도 생각지 않았죠. 그런데 답장이 날아왔지 뭡니까. 다음 월요일에 회사로 나오라면서, 내 용모만 괜찮다면 바로 새 일자리를 주겠다는 것이었어요.[15] 세상에 참 별일도 다 있죠. 인사부장이 지원서 더미에 손을 푹 찔러 넣어서 처음 손에 잡힌 사람을 채용한다는 말도 있더군요. 아무튼 이번엔 저한테 차례가 돌아왔고, 그보다 더 즐거울 수 없었죠. 주급도 1파운드가 올랐는데, 제가 할 일은 콕슨사에서랑 비슷했어요.

이제 묘한 대목에 이르렀습니다. 저는 햄스테드 웨이, 그러니까 포터스 테라스 17번지에서 하숙하고 있었는데, 취직 통

"중키에 검은 머리, 검은 눈, 검은 수염의 남자였어요."
W. H. 하이드 그림, 《하퍼스 위클리》(1893)

"'홀 파이크로프트 씨죠?' 그가 말했습니다."
시드니 패짓 그림, 《스트랜드 매거진》(1893)

보름 받은 바로 그날 저녁, 담배를 피우고 있을 때였어요. 주인 아주머니가 명함 한 장을 가지고 올라왔는데, 거기엔 '금융관리인, 아서 피너'라고 쓰여 있었습니다. 들어본 적도 없는 이름이어서, 그가 왜 찾아왔는지 짐작도 안 되더군요. 하지만 물론 주인아주머니에게 그를 만나겠다고 했죠. 그가 들어왔습니다. 중키에 검은 머리, 검은 눈, 검은 수염의 남자였어요. 코를 보니 유대인 냄새가 나더군요. 말투가 사무적이고 예리한 게, 시간의 가치를 아는 사람인 듯했어요.

'홀 파이크로프트 씨죠?' 그가 말했습니다.

'네, 그렇습니다.' 대답을 하고 얼른 의자를 밀어주었죠.

16. 런던 증권거래소는 1773년에 생겼다. 체인지 앨리에 있는 '조너선의 커피하우스'에서 비공식적으로 증권 거래를 해온 이들이 모여 만든 것이다(찻집에서 사무적인 볼일을 보는 것은 드문 일이 아니었다. 배 주인들과 해상보험업자들은 '에드워드 로이드의 커피하우스'에서 곧잘 만나 일을 처리했는데, 그곳이 훗날 '런던 로이즈'라는 국제보험업자협회가 되었다). 1801년 거래소 회원들은 건물을 짓기 위한 기금을 모았고 증권 거래 규정도 만들었다. 이 규정은 이후 일곱 차례 수정되었다. 1973년에는 그레이트브리튼의 여러 증권거래소가 런던 증권거래소로 합병되었다.

'최근 콕슨 앤드 우드하우스에서 일했죠?'

'네, 그렇습니다.'

'이제는 모슨사의 직원이고?'

'그렇습니다.'

'음, 실은 당신의 금융 관리 능력에 대해 귀가 솔깃한 얘기를 들었습니다. 콕슨사의 파커 부장 알죠? 그가 입이 닳도록 칭찬을 하더군요.'

물론 저는 그런 말을 듣고 기뻤죠. 직장 일은 언제나 똑 부러지게 하는 편이었지만, 시내에서 그런 찬사가 나돌 줄은 꿈에도 생각지 않았습니다.

'기억력이 좋으신가요?' 그가 물었습니다.

'꽤 좋은 편입니다.' 제가 겸손하게 대답했죠.

'쉬고 있는 동안에도 증권시장은 지켜봤겠죠?' 그가 물었습니다.

'네, 매일 아침 《증권거래소[16] 종목》을 읽습니다.'

'정말 열성적이시군!' 그가 외쳤어요. '암, 출세하려면 그래

런던 증권거래소.
『빅토리아 시대와 에드워드 시대의 런던』(1893)

"이런, 이런, 모슨사의 사원으로 썩기엔 너무 아깝군요."
댄 스미스 그림, 미국 오리건 주 포틀랜드의 일요신문 《오리고니언》(1905. 10. 22.)

17. R. M. 매클래런은 '에어셔스'가 아마도 과거의 '글래스고 앤드 사우스웨스턴 철도 회사'일 거라고 주장했다. 다른 한 회사와 공채는 20세기가 되기 전에 없어졌다.

18. 여기서 피너는 파이크로프트에게 증권거래소에 상장된 주식회사 주식의 현재가를 묻고 있다.(생략된 단위는 물론 파운드—옮긴이) 증권회사 직원이라면 그 정도는 외우고 있어야 한다. 앞의 금액은 매수호가(사겠다는 금액)이고 뒤의 금액은 매도호가(팔겠다는 금액)다.《스트랜드 매거진》과 일부 미국 판본에서는 매수호가와 매도호가가 "106과 4분의 1에서 106과 8분의 7"이라고 되어 있다.(거래 가격은 매수호가와 매도호가의 치열한 줄다리기로 형성된다. 주식의 가격이 상승할 때에는 매수호가가 현재 거래가다. 그래서 매수호가가 올라가면서 거래가도 올라간다. 주가가 하락하고 있을 때에는 매도호가가 현재가다. 현재가에 팔겠다고 해도 안 팔리면 매도호가가 또 내려가면서 주가가 하락한다—옮긴이)

야죠! 내가 시험을 좀 해봐도 될까요? 어디 보자, 에어셔스사[17]는 어떻습니까?'[18]

'105에서 105와 4분의 1.'

'그럼 뉴질랜드 정리 공채는?'

'104.'

'브리티시 브로큰힐스는?'

'7파운드에서 7파운드 6실링.'

'훌륭해요!' 그가 두 손을 번쩍 들며 외쳤습니다. '과연 듣던 대로야. 이런, 이런, 모슨사의 사원으로 썩기엔 너무 아깝군요.'

짐작하시겠지만, 그런 느닷없는 소리에 저는 좀 어리둥절했습니다. '글쎄요, 피너 씨. 다른 분들은 당신만큼 그렇게 저를 높이 사주지 않습니다. 이번 밥그릇도 아주 고생고생해서 얻었습니다. 그래서 여간 기쁘지 않아요.'

'에휴, 젊은이, 고작 거기서 주저앉으면 안 되지. 거긴 자네가 꿈을 펼칠 만한 곳이 아닐세. 자, 나와 같이 일을 해보는 게 어떻겠나? 자네의 능력에 견주면 내가 제안할 수 있는 조건이 충분치는 않지만, 그래도 모슨사에 비하면 반딧불과 보름달의 차이지. 그런데, 모슨사에는 언제 나가나?'

'월요일에요.'

'하! 하! 자네가 거기 나가면 내 손에 장을 지질 걸세.'

'내가 모슨사에 안 나간다고요?'

'물론이지. 바로 그날 자네는 프랑코-미들랜드 철물 주식회사의 영업부장이 될 걸세. 프랑스 각지에 지점이 무려 134개나 있는 회사라네. 브뤼셀과 산레모에도 지점이 하나씩 있지.'

그 말을 듣고 저는 기가 턱 막혔죠. '그런 회사는 들어보지도 못했는데요?' 제가 말했습니다.

'그럴 테지. 개인이 모든 자본을 출자해서 아주 조용히 운영해온 회사거든. 워낙 실한 회사라서 주식을 공개하지 않았지. 우리 형 해리 피너가 창립자인데 투자를 가장 많이 해서 사장이 되었다네. 내가 이 바닥에 정통하다는 것을 알고 형이 좋은 사람을 좀 뽑아달라더군. 진취적이고 아주 똑 부러지는 젊은이로 말이지. 파커가 자네 얘길 하기에 내가 오늘 밤 여길 찾아온 걸세. 연봉은 우선 약소하게 500파운드밖에 줄 수 없지만……'

'연봉 500!' 나는 입이 딱 벌어졌죠.

'처음이라 좀 약소하지만, 일체의 영업 실적에 1퍼센트의 수수료를 자네가 덤으로 갖게 되지. 내 장담컨대 수수료가 연봉보다 많을 걸세.'

'하지만 저는 철물에 대해 아는 게 없는데요.'

'쯧쯧, 자네는 숫자에 밝잖아.'

저는 머리가 어지러워서 의자에 앉아 있을 수도 없었습니다.

하지만 갑자기 더럭 의심이 치솟더군요.

'솔직히 말씀드리죠.' 제가 말했습니다. '모슨은 연봉이 200밖에 안 되지만 그 대신 안전합니다. 그런데 사실 당신네 회사에 대해서는 아는 게 없어서……'

'하, 역시 영리해!' 그가 기쁨의 탄성을 터트렸어요. '자네야 말로 바로 우리가 찾던 사람이야! 자네라면 더 얘기할 건더기 도 없이 아주 딱이야. 자, 여기 100파운드짜리 어음이 있네. 같 이 일할 생각이라면 선불이라 생각하고 주머니에 챙기게.'

'정말 대우가 후하군요.' 제가 말했습니다. '그럼 일은 언제 시작하나요?'

'내일 1시까지 버밍엄으로 오게. 내가 편지를 써 왔으니, 이 걸 우리 형에게 건네주고. 코퍼레이션 스트리트 126B번지에 가면 형을 만날 수 있을 걸세. 그곳에 임시 사무실이 있지. 물 론 형이 자네의 채용을 승인해줘야 하지만, 사실상 우리가 결 정하면 다 된 걸세.'

'정말이지 어떻게 감사드려야 할지 모르겠군요, 피너 씨.' 제가 말했습니다.

'고맙긴. 자네는 받아 마땅한 것을 받는 것뿐이야. 그저 형 식상 한두 가지 사소하게 자네가 해줘야 할 일이 있긴 해. 자네 옆에 종이가 한 장 있군. 거기에 이렇게 써주게. "나는 프랑코- 미들랜드 철물 주식회사의 영업부장으로서 최소 연봉 500파운 드를 받고 기꺼이 일하고자 합니다."'

제가 그대로 써주었더니 주머니에 챙기더군요.

'한 가지가 더 있네.' 그가 말했습니다. '모슨사는 어떻게 할 셈인가?'

저는 너무 기쁜 나머지 모슨사는 이미 말끔히 잊어버렸습니 다. '사직서를 쓰겠습니다.' 제가 말했죠.

'그건 전혀 내가 바라는 게 아닐세. 실은 자네를 두고 모슨사의 부장과 티격태격했다네. 자네에 대해 뭐 좀 물어보려고 갔는데, 그가 버럭 화를 내더군. 내가 자네를 꼬드겨서 빼 가려고 한다나 뭐라나 하면서 나를 비난하는 거야. 결국은 나도 참을 수 없더군. "좋은 직원을 원하면 마땅한 대우를 해줘야지" 하고 내가 쏘아붙였다네. 그러자 그가 말하더군. "연봉은 적어도 그는 우리 회사를 선택할 거야." "5파운드 걸지. 그가 내 제안을 받아들이면 자네는 그에게 어떤 연락도 받지 못할 거야." 내가 말했지. "그래 좋아! 우린 그를 빈민굴에서 구해줬어. 그렇게 쉽게 우릴 떠날 리가 없다구." 이게 그가 한 말일세.'

'아니 그런 몰상식한 인간 같으니!' 제가 외쳤습니다. '그를 생전 만나본 적도 없는데 그딴 소릴 하다니. 아무튼 그딴 사람은 내가 아랑곳할 것도 없지. 제가 그러길 원하신다면 어떤 연락도 하지 않겠습니다.'

'좋아! 그렇게 하기로 하지!' 그가 의자에서 일어서며 말했습니다. '형을 도와줄 훌륭한 인재를 얻게 되어 기쁘군. 연봉 선불 100파운드 여기 있네. 이건 그 편지일세. 코퍼레이션 스트리트 126B번지라는 주소 적어두고, 내일 1시까지 가는 것 잊지 말게. 그럼 잘 자게나. 자네 몫의 행운을 꼭 거머쥐길 바라네!'

기억나는 대로 우리 두 사람 사이에 있었던 일을 모두 말씀드렸습니다. 왓슨 박사님도 짐작하시겠지만, 그런 엄청난 행운을 거머쥐고 제가 얼마나 가슴 벅찼겠습니까? 저는 그날 밤 너무 기뻐서 잠을 설쳤습니다. 이튿날 약속을 지키기 위해 일찌감치 기차 편으로 버밍엄에 갔죠. 호텔을 잡아서 짐을 부려놓고 적어둔 주소로 찾아갔습니다.

약속 시간보다 15분 일찍 갔는데, 그거야 상관없을 거라고 생각했죠. 126B번지는 두 대형 상점 사이에 출입구가 있었어요. 여러 층이 나선계단으로 이어져 있었는데, 회사나 전문직

종사자들에게 사무실로 임대되었더군요.[19] 입주자 이름이 1층 벽에 적혀 있었지만, 프랑코-미들랜드 철물 주식회사라는 이름은 없었어요. 저는 가슴이 철렁 내려앉아서 몇 분 동안 우두커니 서 있었죠. 이 모든 게 치밀한 사기 아닌가 하는 의심이 스멀거릴 무렵, 어떤 남자가 다가오더니 말을 걸더군요. 그는 전날 밤에 만난 사람과 몹시 닮았어요. 용모도 목소리도 같은데, 깨끗하게 면도를 했고 머리칼이 한결 밝은색이라는 것만 달랐죠.

19. 필립 웰러는 지도뿐 아니라 안내서까지 총동원해서, 현재 버밍엄에 있는 방대한 건물들을 샅샅이 조사한 결과, 이 건물이 코퍼레이션 스트리트 3번지의 5층 건물이라는 것을 알아냈다.

"어떤 남자가 다가오더니 말을 걸더군요."
시드니 패짓 그림, 《스트랜드 매거진》(1893)

'홀 파이크로프트 씨인가요?' 그가 물었습니다.

'네.' 제가 말했죠.

'아! 올 줄은 알았지만, 약속 시간보다 좀 일찍 오셨군. 오늘 아침 동생이 보낸 편지를 받았는데, 당신을 격찬하더군요.'

'오시기 전에 사무실을 찾고 있었습니다.'

'아직 우리 회사 이름은 걸리지 않았어요. 임시로 이곳을 빌린 게 지난주라서 말이지. 같이 올라가서 얘기를 나눕시다.'

나는 그를 따라 계단 꼭대기까지 올라갔습니다. 지붕 바로 아래에 먼지 낀 작은 방 두 개가 비어 있더군요. 그는 양탄자도 커튼도 없는 그곳으로 나를 데려갔습니다. 나는 탁자가 번들거리고 사원들이 줄지어 앉아 있는 커다란 사무실만 생각하고 있었죠. 전에도 그랬으니까요. 그런데 가구라고는 전나무 의자 두 개와 작은 탁자 하나뿐이었고, 휴지통과 장부 한 권이 놓여 있더군요. 아마 내가 그걸 빤히 바라본 모양입니다.

'실망하지 마시오, 파이크로프트 씨.' 새로 알게 된 사람이 시무룩한 내 표정을 보며 말했습니다. '로마도 하루아침에 이뤄진 게 아니라지 않소. 아직 사무실을 화려하게 꾸미지 않았지만, 우리는 든든한 자본을 갖고 있습니다. 그럼 앉아서 편지 좀 볼까요?'

내가 그걸 건네주자, 그가 아주 꼼꼼히 읽어보더군요.

'내 동생 아서에게 썩 좋은 인상을 준 모양이군요.' 그가 말했습니다. '동생은 사람 보는 눈이 여간 아니지. 그는 런던 사람을 철석같이 믿고, 나는 버밍엄 사람을 믿지만, 이번에는 그의 조언을 따르겠소. 당신을 채용하기로 확정하겠습니다.'

'제가 할 일은 뭐죠?' 내가 물었습니다.

'때가 되면 파리에 있는 거대 지점의 지점장이 될 겁니다. 그 지점에서는 영국제 도자기를 프랑스의 134개 대리점에 대량 공급할 예정이지요. 일주일 안에 구매가 완료될 텐데, 그동

안 당신은 버밍엄에 남아서 돕도록 하십시오.'

'어떻게요?'

대답 대신 그는 서랍에서 두툼한 빨간 책을 꺼냈습니다.

'이건 파리의 전화번호부입니다.' 그가 말했어요. '인명 뒤에 업종이 나오지요. 이걸 집에 가져가세요. 그래서 철물 판매업자를 모두 찾아내 이름과 주소를 적어주세요. 그것이 내게는 더없이 큰 도움이 될 겁니다.'

'그렇지만 업종별 전화번호부도 있잖아요?' 제가 제안했습니다.

'그건 믿을 만한 게 못 돼요. 그들의 분류 체계와 우리 체계가 다르거든요. 열심히 해서, 월요일 12시에 명단을 갖다 주세요. 그럼 안녕히 가십시오, 파이크로프트 씨. 계속 열정과 총기를 보여주시면 우리 회사가 얼마나 좋은 회사인지 알게 될 겁니다.'

저는 두툼한 책을 옆구리에 끼고 호텔로 돌아가면서 내심 아주 갈팡질팡했습니다. 확실히 채용이 되어 주머니에 100파운드가 들어 있긴 했지만, 고용주가 영 탐탁지 않았거든요. 그 사무실의 꼬락서니라든가, 벽에 회사 이름도 없는 것하며, 이 업계 사람이라면 누구나 떠올림 직한 몇 가지 사항 때문에 말입니다. 어찌 됐든 저는 돈을 받았으니 맡은 일을 하기 시작했습니다. 일요일 내내 아주 열심히 일을 했지만, 월요일에 보니 H까지밖에 못 했더군요. 나는 고용주를 찾아가 여전히 썰렁한 사무실에서 그를 만났죠. 수요일까지 열심히 해서 다시 가져오라더군요. 수요일에도 끝내지 못해서 금요일까지 아등바등 일을 했죠. 바로 어제까지 말입니다. 그래서 그걸 가지고 해리 피너 씨에게 찾아갔습니다.

'정말 수고했습니다.' 그가 말했어요. '이번 일이 생각보다 어려웠군요. 이 명단은 내게 아주 실질적인 도움이 될 겁니다.'

20. 1894년판 『베데커의 그레이트브리튼』에 데이즈 뮤직홀이 나온다. 버밍엄의 스몰브룩 스트리트에 있던 이 음악당은 당시 인기가 높았다. 이 뮤직홀은 반주에 맞추어 단골손님들에게 노래를 하게 한 런던 선술집에 뿌리를 둔 것이다. 이런 오락이 워낙 널리 퍼지는 바람에, 1843년에는 선술집에 극장용 특별실을 만들어도 좋다는 법이 통과되었다. 특히 런던 이스트엔드에 중산층을 상대로 한 음악당이 집중적으로 생겨나서 댄 리노, 마리 로이드 같은 재능 있는 공연자를 배출했다. 댄 리노는 희극 공연과 '팬터마임의 귀부인'(숄을 두르고, 가발을 쓰고, 단추 달린 부츠를 신고 '엄마 거위' 팬터마임을 하는 남자) 공연에 뛰어난 재능을 보였다. A. N. 윌슨의 말에 따르면, 마리 로이드는 거지에서 부자가 되는 이야기를 아주 대담무쌍하게 노래했는데, "삐드렁니에 머리숱이 적은 별난 모습의 이 아가씨가 자리에서 일어나 〈내가 사랑한 남자가 객석에서 있네〉를 부르는 순간 여태 야유나 퍼붓던 술꾼 관객들은 짜릿한 전율을 느꼈다."

'시간이 좀 걸렸습니다.' 내가 말했어요.

'그럼 이제, 가구점 명단을 만들어주세요. 거기서도 도자기를 파니까 말입니다.'

'알겠습니다.'

'그럼 내일 저녁 7시에 다시 와서 얼마나 진척되었는지 알려주십시오. 과로하진 마세요. 일이 끝난 후 저녁에 두어 시간 데이즈 뮤직홀[20]에서 보내는 것도 좋을 겁니다.' 그렇게 말하며 그가 웃음을 터트렸는데, 왼쪽 두 번째 어금니를 금으로 아주 꼴사납게 때운 것을 보고 저는 가슴이 오싹했습니다."

셜록 홈즈가 환한 얼굴로 두 손을 비볐다. 나는 어리둥절해서 의뢰인을 멍하니 바라보았다.

"왓슨 박사님께서 의아하신 모양인데, 그건 이렇게 된 일입니다. 런던에서 나를 찾아온 그 작자 말입니다. 내가 모슨사에 나가지 않을 거라며 웃음을 터트리던 바로 그때, 그의 이빨이 똑같이 때워져 있는 것을 우연히 보았지 뭡니까. 금빛이 번쩍이는 게 눈길을 끈 거죠. 형제라는 사람이 목소리와 생김새가 똑같다고 앞서 말씀드렸죠? 면도를 하고 가발을 써서 바꿀 수 있는 정도만 다른 거였죠. 나는 두 사람이 실은 한 사람이라고 확신했어요. 물론 두 형제가 쏙 빼닮았다고 볼 수도 있겠지만, 똑같은 이빨을 똑같이 때울 수는 없지 않겠어요? 그는 저를 점잖게 돌려보냈습니다. 거리에 나선 저는 얼떨떨해서 정신을 차릴 수가 없더라고요. 호텔로 돌아가서 찬물에 머리를 처박고 생각 좀 해보려고 했죠. 그가 나를 런던에서 버밍엄으로 보낸 이유가 대체 뭘까? 나보다 먼저 버밍엄에 와 있었던 이유는 뭘까? 자기가 자기한테 편지를 보낸 이유는 뭐지? 도무지 이해가 안 되고 황당하기만 했어요. 그러다 문득 셜록 홈즈 씨라면 환히 꿰뚫어 볼 수 있을 거라는 생각이 들더군요. 그래서 오늘 아침 야간열차를 타고 런던으로 올라왔고, 결국 두 분이 이렇게 저랑 같이 버밍엄에 가게 된 겁니다."

증권회사 직원이 겪은 놀라운 일을 다 얘기한 후 잠시 침묵이 흘렀다. 그러다 셜록 홈즈가 혜성 포도주[21]를 처음 음미하는 술 감정가처럼, 비판적이면서도 구미가 당긴다는 표정으로 의자에 등을 기대며 내게 눈짓을 했다.

"꽤 멋진 이야기야, 왓슨, 안 그래?" 그가 말했다. "여기엔 정말 재미난 데가 있어. 우리도 프랑코-미들랜드 철물 주식회사의 임시 사무실에서 아서 해리[22] 피너 씨와 면담을 한번 해보면 썩 즐거울 거라고 보는데 자네도 동의하겠지?"

"하지만 우리가 어떻게 그런 면담을 할 수 있지?" 내가 물었다.

"아, 그거야 쉽죠." 홀 파이크로프트가 싱글벙글하며 말했다. "두 분은 일자리를 찾는 제 친구인 겁니다. 그러면 사장한테 두 분을 데려가도 이상할 것 없잖아요?"

"아무렴! 바로 그거야!!" 홈즈가 말했다. "그 신사를 한번 만나보고 싶어. 그가 무슨 짓을 하고 있는지 꼬투리를 잡을 거야. 그런데 자네한테는 무슨 장기가 있다고 할까? 가능하다면⋯⋯." 그는 멍하니 창밖을 바라보며 손톱을 물어뜯기 시작했다. 우리는 뉴스트리트에 도착할 때까지 그에게 어떤 말도 들을 수 없었다.

⋆⋇⋆

그날 저녁 7시에 우리 셋은 그 회사 사무실을 향해 코퍼레이션 스트리트를 걸어가고 있었다.

"정해진 시간 전에 가봐야 소용이 없어요." 우리 의뢰인이 말했다. "그는 나를 만날 때만 거기 오는 게 분명해요. 그가 만나자고 한 시간 전에는 사무실이 비어 있으니까요."

"그것 참 의미심장하군요." 홈즈가 말했다.

21. 21. 'comet vintage.' 특히 풍년에 수확한 포도로 빚은 술. 고대에는 혜성이 포도의 질과 와인의 품질에 영향을 미친다는 미신이 있었다.

22. 영국 판본에서는 이것을 "헨리"라고 썼다. '해리Harry'는 '헨리Henry'의 애칭이나 축약형으로 곧잘 쓰이는 말이다. 「등이 굽은 남자」에서도 헨리 우드가 자신을 "해리 우드"라고 말한다.(아서 해리 피너는 물론 아서 피너와 해리 피너라는 이름을 합친 것이다. '헨리'의 애칭으로는 '해리' 외에도 '핼Hal', '행크Hank', '헤니Henny'가 있다―옮긴이)

23. 미국 판본에는 해리 피너가 "금발"이 아니라 "검은" 머리라고 나온다. 그건 파이크로프트가 앞서 아서 피너에 대해 말한 것과 일치한다. 하지만 파이크로프트가 "가발" 이야기를 한 것으로 미뤄볼 때, 피녀의 본래 머리는 "금발"이 맞을 것이다.

"저것 봐요! 제가 그랬죠!" 직원이 외쳤다. "그가 저기 우리 앞에 걸어가고 있어요."

그가 가리킨 남자는 키가 좀 작고, 금발[23]에 옷을 잘 차려입고 있었다. 그 남자는 건너편 길을 바삐 걸어갔다. 우리가 지켜보고 있는 동안 그는, 신문팔이 소년이 마차 사이로 바삐 오락가락하며 방금 나온 석간신문을 소리쳐 팔고 있는 것을 보고 신문을 샀다. 그러고는 신문을 그러쥐더니 어느 문으로 사라졌다.

"저리 갔어요!" 홀 파이크로프트가 외쳤다. "그가 들어간 저곳에 바로 회사 사무실이 있어요. 같이 가봅시다. 제가 잘 주선을 해볼게요."

그를 뒤따라 다섯 층을 올라가자 반쯤 열린 문이 보였다. 우리 의뢰인이 문을 두드렸다. 안에서 "들어오세요" 하는 소리가 들리자, 우리는 안으로 들어섰다. 홀 파이크로프트가 말한 대로 실내는 썰렁했다. 거리에서 본 남자가 딱 하나뿐인 탁자에

그가 우리를 쳐다보았다.
시드니 패짓 그림, 《스트랜드 매거진》(1893)

나는 그렇게 비통한 표정을 본 적이 없었다.
W. H. 하이드 그림, 『셜록 홈즈 회고록』, 하퍼 앤드 브러더스 출판사(1893)

앉아 석간신문을 앞에 펼쳐놓고 있었다. 그가 우리를 쳐다보았다. 나는 그렇게 비통한 표정을 본 적이 없었다. 아니 그것은 비통한 것 이상으로, 평생 겪어보기 힘든 공포의 표정이었다. 그는 식은땀으로 이마가 번들거리고, 죽은 물고기의 생기 없는 흰 배처럼 두 볼이 창백해진 채, 험악한 눈으로 우리를 바라보았다. 그는 자기 직원을 바라보면서도 누군지 알아보지 못하는 것 같았다. 나는 의뢰인이 놀라는 모습을 보고 이것이 사장의 평소 얼굴이 결코 아니라는 것을 알 수 있었다.

"어디 편찮으세요, 사장님?" 그가 외쳤다.

"그래요, 아주 안 좋군요." 상대가 대답했다. 정신을 차리려고 기를 쓰는 모습이 역력했다. 그는 입술에 침을 바르더니 말했다. "같이 온 이 신사분들은 누구신가?"

"이쪽은 버밍지에 사는 해리스 씨, 이쪽은 이 도시에 사는 프라이스 씨입니다." 직원이 천연덕스레 말했다. "이들은 제 친구인데, 경력이 만만찮은 신사들이죠. 그런데 얼마 전에 실직을 해서, 우리 회사에 빈자리가 있으면 취직하고 싶어 찾아온 겁니다."

"물론 있지! 빈자리가 있고말고!" 피너 씨가 외치며 섬뜩한 미소를 지었다. "그래요, 우리가 두 분에게 뭔가 해줄 수 있다고 확신합니다. 해리스 씨는 전공이 뭔가요?"

"회계입니다." 홈즈가 말했다.

"아, 그래요. 우리한테는 그것도 필요하지. 그럼 프라이스 씨는?"

"일반 사무입니다." 내가 말했다.

"회사에서 두 분에게 일자리를 줄 수 있을 거라고 봅니다. 우리가 뭐든 결정을 내리면 바로 연락을 드리겠소. 그럼 이제부디 그만 가보시오. 제발 나 좀 혼자 있게 해달란 말이오!"

마지막 말은 불쑥 튀어나왔다. 가까스로 참고 있던 게 분명한 그가 아주 느닷없이 폭발을 해버린 듯했다. 홈즈와 나는 눈길을 주고받았다. 홀 파이크로프트가 탁자로 한 걸음 다가갔다.

"잊으셨나 보군요, 사장님. 저는 약속한 대로 업무 지시를 받기 위해 여기 왔습니다." 그가 말했다.

"그래요, 파이크로프트 씨, 그래요." 상대가 다시 마음을 좀 가라앉힌 목소리로 말했다. "잠시 여기서 기다리시오. 친구 되시는 분들과 같이 기다려도 되겠지. 미안하지만 3분만 참고 기다려주시오. 그때 깍듯이 잘 모시리다." 그가 아주 공손하게 일어서서 우리에게 고개를 숙여 보이더니, 실내의 한쪽 끝에 있는 문으로 들어가 문을 닫았다.

"아니, 뭐 하려는 거지?" 홈즈가 소곤거렸다. "슬그머니 빠져나가려는 건가?"

"그럴 순 없어요." 파이크로프트가 말했다.

"아니 왜요?"

"저건 내실로 들어가는 문이거든요."

"출구는 없나요?"

"없어요."

"가구는 있나요?"

"어제는 비어 있었어요."

"그렇다면 도대체 뭘 하려는 거지? 여기엔 무엇인가 내가 이해하지 못하는 게 있어. 십중팔구 저 사람은 공포로 미쳐버린 게 분명해. 무엇 때문에 저렇게 겁을 집어먹은 거지?"

"우리가 탐정이라는 걸 눈치챈 거 아닐까?" 내가 넌지시 말했다.

"바로 그거예요." 파이크로프트가 외쳤다.

홈즈는 고개를 내둘렀다. "그는 우리가 실내에 들어선 후 창백해진 게 아냐. 이미 창백해져 있었어. 그게 그렇다면……"

내실 쪽에서 사납게 쿵쾅거리는 소리가 나서 그의 말이 끊겼다.

"도대체 자기 방문은 왜 또 두드리는 거죠?" 직원이 외쳤다.

다시 좀 더 크게 쿵쾅거리는 소리가 들렸다. 우리는 닫힌 문에 잔뜩 관심이 쏠렸다. 홈즈를 힐끔 쳐다보니 굳은 표정으로 상체를 앞으로 기우뚱하고는 촉각을 곤두세웠다. 곧이어 난데없이 꼬르륵꼬르륵하는 나지막한 소리가 나더니 나무 판때기를 한 차례 힘껏 걷어차는 소리가 났다. 홈즈가 미친 듯이 달려가서 문을 밀쳤다. 문은 안에서 잠겨 있었다. 우리는 그가 하는 대로 체중을 잔뜩 실어 문을 들이받았다. 경첩 하나에 이어 또

우리는 내실로 들어섰다.
시드니 패짓 그림, 《스트랜드 매거진》(1893)

하나가 빠져나가면서 문짝이 콰당 나동그라졌다. 다급히 문짝
을 밟고 우리는 내실로 들어섰다.

내실은 텅 비어 있었다.

그러나 곧바로 그렇지 않다는 것을 알아차렸다. 내실 한쪽
구석, 그러니까 우리가 들어선 곳에서 가장 가까운 구석에 또
다른 문이 있었다. 홈즈가 달려가서 문을 열어젖혔다. 외투와
조끼가 바닥에 떨어져 있었고, 문짝 뒷면 옷 고리에 프랑코-미
들랜드 철물 주식회사의 사장이 자기 멜빵을 목에 감고 매달려
있었다. 그는 두 무릎을 오그린 채 섬뜩한 각도로 머리가 꺾여

있었다. 우리가 이야기를 주고받는 동안 들려온 시끄러운 소리는 그가 뒤꿈치로 문짝을 걷어찬 소리였다. 내가 곧바로 그의 허리를 붙들고 들어 올리자, 홈즈와 파이크로프트가 납빛 피부의 주름 속으로 파고든 멜빵을 풀었다. 그리고 우리는 그를 다른 방으로 옮겨 눕혀놓았다. 그의 얼굴은 슬레이트처럼 창백했고, 숨을 쉴 때마다 자줏빛 입술이 달싹거렸다. 바로 5분 전만 해도 말짱하던 그는 처참하게 망가져 있었다.

"왓슨, 이 사람 어때?" 홈즈가 물었다.

나는 그에게 몸을 숙이고 자세히 살펴보았다. 맥박이 여리고 때로 끊어지곤 했지만, 숨은 점점 길어지고 있었다. 눈꺼풀이 잘게 경련을 일으켰고, 그 아래 안구의 흰자위가 살짝 드러나 보였다.

"아슬아슬했지만 고비는 넘겼어." 내가 말했다. "저 창문 좀 열어주고, 물병 좀 건네줘." 나는 그의 칼라를 풀고, 얼굴에 찬물을 끼얹었다. 그리고 그가 자연스럽게 긴 호흡을 할 때까지 그의 팔을 들었다 놓았다 했다.[24]

"이제 회복되는 건 시간문제야." 내가 그에게서 물러나며 말했다.

홈즈는 바지 주머니에 두 손을 푹 찔러 넣은 채 턱을 가슴에 붙이고 탁자 옆에 서 있었다.

"이제 경찰을 불러야겠어." 그가 말했다. "하지만 경찰이 왔을 때 완벽하게 설명을 해주는 게 좋을 텐데."

"저로서는 어안이 벙벙할 따름이에요." 파이크로프트가 머리를 긁적거리며 외쳤다. "얻을 게 뭐가 있다고, 나를 여기까지 끌어들여놓고 이제 와서……."

"흥! 그거야 뻔해요." 홈즈가 참지 못하고 말했다. "이런 느닷없는 짓은 마지막 수단이지."

"그럼 다른 것들도 다 이해하시나요?"

24. 정상 호흡을 되찾기 위한 이런 방법을 고안한 사람은 헨리 로버트 실베스터 박사(1829-1908)다. 1858년 《영국 의료 저널》에 「숨을 쉬지 않는 신생아를 소생시키고, 명백한 익사자나 사망자를 되살리는 새로운 방법」이라는 제목으로 발표한 그의 기고문에 이런 내용이 나온다. 환자의 두 팔을 머리 위로 쳐들어 흉곽을 팽창시킨 다음, 두 팔을 낮추어 가슴에 대서 숨을 내뱉게 하는 방법이다. 영국 투신자구조회와 국립구명선단은 실베스터의 이 방법을 채택했다. 1877년 8월 11일 자 《랜싯》에는 미국의 B. 하워드 박사가 주창한 새로운 방법이 소개되었다. 환자를 눕혀놓고 가슴을 누르는 방법이 그것이다. 하워드 박사는 영국의료협회의 1877년 맨체스터 모임에서 이 방법을 선보였다(얼굴에 찬물을 끼얹는 방법은 쓰지 않았다). 1904년에 발표된 셰이퍼 방법은 환자를 엎드리게 하고 등을 누르는 것이었는데, 이 방법은 등을 누르는 방법과 두 팔을 들어 올리는 방법을 조합한 홀게르 닐센 방법(1932)으로 교체되었다. 구강 대 구강 호흡법이 표준 인공호흡법으로 자리 잡은 것은 1950년대. 빅토리아 시대의 사람들은 아무리 인명 구조라 해도 낯선 사람과 입을 맞추는 것을 불쾌하게 여겼기 때문에 정착이 늦어진 듯하다.

"그건 아주 명백해요. 왓슨, 자네는 어때?"

나는 어깨를 으쓱했다. "솔직히 난 이해가 안 돼."

"처음의 일들을 헤아려보면 결론은 분명 하나뿐이야."

"그게 뭔데?"

"음, 이 모든 일의 핵심은 두 가지야. 첫째는 파이크로프트 씨에게 이 엉터리 회사에서 기꺼이 일하겠다는 글을 쓰게 했다는 거야. 그게 무슨 뜻인지 알겠어?"

"모르겠는걸."

"왜 그런 것을 써달라고 했을까? 그건 업무적인 게 아니야. 그런 약속이야 말로만 해도 되는 거니까. 업무적인 이유는 전혀 없는데, 이번 일이라고 해서 예외일 수는 없지. 이봐요, 젊은 친구, 그들이 당신의 필적 견본을 얻으려고 고심해서 짜낸 게 바로 그 방법이었다는 것을 알겠어요?"

"하지만 왜죠?"

"바로 그겁니다. 왜 그랬을까? 그 답을 찾을 때 이 문제의 실마리가 풀리게 됩니다. 왜 그랬을까? 그럴 만한 이유는 한 가지밖에 없어요. 누군가 당신의 필적을 흉내 내고 싶었던 겁니다. 그러자면 먼저 견본을 손에 넣어야죠. 두 번째 핵심으로 넘어가면, 두 가지가 서로 맞물려 있다는 것을 알게 됩니다. 그 핵심은 당신이 사직서를 쓰지 않도록 했다는 겁니다. 인사부장은 한 번도 본 적이 없는 홀 파이크로프트 씨라는 사람이 월요일 아침에 출근할 거라 믿고 있는데, 그걸 계속 믿도록 해둔 거죠."

"세상에! 난 그것도 모르고!" 우리 의뢰인이 외쳤다.

"이제 필적이 왜 중요한지 알 겁니다. 당신 대신 나타난 사람의 필적이 지원서에 쓴 필적과 전혀 다르다면, 게임은 바로 끝나고 말겠죠. 하지만 그 악당이 당신의 필적을 익혔다면 상황은 전혀 달라집니다. 그 사무실에 당신 얼굴을 아는 사람이 아무도 없다면 말입니다."

"없어요." 홀 파이크로프트가 신음을 자아냈다.

"좋아요. 물론 당신이 눈치채지 못하게 하는 것이 아주 중요했어요. 또한 당신의 대역이 모슨사에서 일하고 있다는 사실을 일러줄지도 모르는 사람과 접촉하지 못하게 해야 했습니다. 그래서 거액의 보수를 선불로 주고, 미들랜드사로 달려오게 해서, 런던에 갈 시간이 없게끔 일거리를 잔뜩 안겨준 겁니다. 런던에 갔다가는 게임이 결딴날 수도 있으니까요. 이 모든 건 아주 명백해요."

"하지만 이 사람은 왜 두 형제인 척한 거죠?"

"음, 그것도 아주 명백합니다. 여기에 연루된 자는 분명 두 명뿐입니다. 다른 한 사람은 사무실에서 당신 행세를 하고 있지요. 이 사람은 인사 담당자 역할을 맡았는데, 그러고 보니 당신을 사장에게 보내려면 사장 역을 할 제삼자를 끌어들여야 했습니다. 그러긴 싫었죠. 그래서 그는 최대한 모습을 바꾸었습니다. 닮은 것에 대해서는, 당신이 눈치채지 못하도록 형제라 그런 것처럼 믿게 했지요. 우연히 금니를 보지 못했다면, 당신은 아마 의심하지 않았을 겁니다."

홀 파이크로프트는 허공에 대고 부르쥔 두 주먹을 휘둘렀다. "어떻게 이럴 수가!" 그가 외쳤다. "내가 이렇게 깜빡 속아 넘어간 사이에, 가짜 홀 파이크로프트는 모슨사에서 대체 무슨 짓을 한 겁니까? 홈즈 씨, 우린 어째야 하죠? 제가 어쩌면 좋을지 말씀 좀 해주세요."

"우린 모슨사에 전보를 쳐야 합니다."

"토요일이라서 거긴 12시에 문을 닫아요."

"걱정할 것 없어요. 수위나 안내원이라도 있을 테니……."

"아, 그래요. 항상 경비원이 있어요. 귀중한 증권을 보관하고 있으니까요. 시내에서 그런 얘기를 들은 기억이 납니다."

파이크로프트는 허공에 대고 부르쥔 두 주먹을 휘둘렀다.
시드니 패짓 그림, 《스트랜드 매거진》(1893)

"좋아요. 그럼 경비원에게 전보를 쳐서 별일이 없는지, 당신 이름을 가진 직원이 일하고 있는지 알아봅시다. 그거야 분명하지만, 그 악당들 가운데 하나가 왜 우리를 보고 바로 이 방을 나가서 목을 맸는지는 도통 석연치가 않군요."

"신문!" 우리 뒤에서 음산한 소리가 들렸다. 일어나 앉은 그 남자는 송장처럼 창백했지만 두 눈에는 이제 생기가 돌았다. 그는 아직도 널따랗고 빨갛게 멜빵 자국이 나 있는 목둘레를 두 손으로 뜨악하게 문지르고 있었다.

"신문! 맞아!" 홈즈가 돌연 흥분해서 외쳤다. "이렇게 멍청할 수가 있나! 우리가 여기 온 것만 생각하느라고 신문은 까맣게 잊었어. 틀림없이 거기에 비밀이 있어." 그는 탁자에 신문을 펼치더니 환호성을 올렸다. "이것 좀 봐, 왓슨! 이건 런던 신문인데,《이브닝 스탠더드》 초판이야. 우리가 찾는 게 여기 있어. 이 제목 좀 봐.「런던 시의 범죄. 모슨 앤드 윌리엄스사의 살인 사건. 대형 강도 미수. 범인 검거」자, 왓슨, 우리 모두 듣고 싶어 했던 바로 그거니까, 자네가 큰 소리로 좀 읽어줘."

기사가 실린 지면을 보니 시내에서 일어난 중요 사건인 듯했다. 내용은 이러했다.

오늘 오후 런던 시에서 목숨을 건 강도 사건이 일어나 한 사람이 죽고 범인이 검거되는 것으로 막을 내렸다. 유명 증권회사인 모슨 앤드 윌리엄스사는 얼마 전부터 총액 100만 파운드가 넘는 막대한 액수의 유가증권을 보관해왔다. 대형 증권사들이 위기에 몰린 결과인데, 이 회사의 사장은 새롭게 떠맡은 책임이 막중한 것을 의식해서 가장 최신의 금고를 들여놓고, 건물 내에 하루 24시간 무장 경비를 세웠다. 홀 파이크로프트라는 이름의 새 직원은 지난주 이 회사에 채용되었는데,[25] 그는 유명한 서류 위조범이자 금고털이[26]인 베딩턴이었다. 그는 형과 함께 5년 형기를 마치고 최근 출소했다. 방법은 아직 밝혀지지 않았지만, 그는 가명으로 이 회사의 정식 직원이 되는 데 성공했고, 가짜 신분을 이용해서 온갖 열쇠를 복제했으며, 귀중품 보관실과 금고의 위치도 철저히 파악했다.

모슨사 직원은 토요일이면 정오에 퇴근하는 것이 관례다. 그래서 런던 경찰 터슨 경사는 어떤 신사가 1시 20분에 융단 손가방을 들고 모슨사 계단을 내려오는 것을 보고 의아할 수밖에 없었다. 수상쩍게 생각한 경사는 그 남자를 뒤따라가서 폴

25. 번 고즐린은 이렇게 주장했다. "새 직원이 회사에 나왔을 때, 인사부장이라면 그가 20대의 '영리한 런던 젊은이'가 아니라 중년에 외국에서 태어난 흔적이 있는 남자인 것을 보고 당황깨나 했을 것이다."

26. 아서 코난 도일의 매제인 E. W. 호닝은 시리즈 단편소설을 써서 큰 성공을 거두었는데, 첫 번째 작품집이『아마추어 금고털이』(1899)다. 이 작품에는 신사이자 도둑인 A. J. 래플스와 공범 버니가 등장한다.

록 순경의 도움을 받아 치열한 격투 끝에 체포하는 데 성공했다. 대담무쌍한 대형 강도 범죄가 일어났다는 사실이 곧 밝혀졌다. 줄잡아 10만 파운드에 이르는 미국 철도 채권을 비롯해서 각종 광산업과 기업의 거액 유가증권이 가방 속에서 쏟아져 나온 것이다.

모슨사 구내를 수색하자 가장 큰 금고 안에 버려진 경비원의 시신이 발견되었다. 터슨 경사가 즉각 조치를 취하지 않았다면 시신은 월요일까지 발견되지 않았을 것이다. 시신은 뒤에서 부지깽이로 가격당해 두개골이 부서져 있었다. 베딩턴은

치열한 격투 끝에 체포하는 데 성공했다.
밀턴 워슈컬 그림, 미국 오리건 주 포틀랜드의 일요신문 《오리고니언》(1911. 9. 24.)

사무실에 뭔가 남겨두고 나온 것처럼 속여서 다시 건물로 들어간 뒤, 경비원을 살해하고 신속하게 대형 금고를 털어 달아난 것으로 보인다. 대개 같이 활동을 해온 그의 형이 이번 일에 연루되었는지는 아직 확인되지 않았지만, 경찰은 그의 소재를 적극 탐문하고 있다.

"음, 우리가 경찰의 수고를 좀 덜어줄 수 있겠군." 홈즈가 창가에 웅크리고 있는 초췌한 인물을 힐끔 쳐다보고 말했다. "왓슨, 인간의 본성은 참 묘한 혼합물 같아. 아무리 흉악한 악당에 살인자라 해도, 형이 자살을 할 정도의 사랑을 불러일으킬 수 있으니 말이야. 살인자 동생의 목이 달아나게 되었다는 것을 알고 형이 비통해서 자살을 시도하다니. 어쨌든 우리가 할 일[27]은 하나밖에 없어. 파이크로프트 씨가 경찰을 좀 불러주세요. 그사이에 의사 선생과 나는 이곳을 지키고 있겠습니다."[28]

초췌한 인물을 힐끔 쳐다보고.
시드니 패짓 그림, 《스트랜드 매거진》(1893)

27. 번 고즐린은 홈즈가 이 사건을 무능하게 처리한 것을 다음과 같이 가차 없이 꼬집었다. 홈즈가 아침에 부랴부랴 버밍엄으로 간 것은 순전히 시간 낭비였다는 것이다. 초저녁이 되어서야 피너 씨를 만날 수 있는 상황이었으니 말이다. 그러지 말고 모슨사의 사장과 면담을 하고 경찰에 주의를 주어야 했다. 그러면 베딩턴을 일찌감치 체포해서 경비의 목숨을 구할 수 있었다. 그리고 나서도 저녁 7시 전에 버밍엄으로 가서 피너 씨를 처리할 수 있었다.

28. 1889년이나 그 이전에 일어난 것으로 보이는 이 사건의 범죄 음모가 「빨강머리연맹」(1890)과 「세 명의 개리뎁 씨」(1902)의 음모와 닮았다는 점을 지적한 학자가 여럿 있다. 「베딩턴의 음모」라는 글에서 로버트 E. 로빈슨은 이렇게 풀이했다. "「빨강머리연맹」에 기록된 사건이 일어났을 때 「증권회사 직원」을 발표하진 않았지만, 범인 존 클레이는 신문에 난 기사만으로도 베딩턴의 음모를 간파할 수 있었다. 「세 명의 개리뎁 씨」에 나오는 악당 살인자 에번즈는 왓슨이 이미 발표한 「증권회사 직원」을 읽고, 베딩턴의 아이디어를 도용할 수 있었을 것이다. 홈즈 또한 이런 사건들을 통해 발전했다. 「증권회사 직원」에서 홈즈는 사건이 일어난 현장에서 멀리 떨어져 있었지만, 「빨강머리연맹」과 「세 명의 개리뎁 씨」 때에는 즉각 베딩턴의 음모를 알아차리고 범죄에 대비했다." 그러나 로빈슨은 이런 주석을 달았다. "홈즈는 베딩턴의 음모를 체험하고 얻은 게 있지만, 왓슨은 배운 게 아무것도 없다. 파이크로프트 문제에 동참했으면서도 「빨강머리연맹」과 「세 명의 개리뎁 씨」의 사건에 대해 그는 계속 어안이 벙벙한 반응만 보였으니 말이다."

글로리아스콧호[1]

홈즈와 왓슨이 처음 운명적으로 만난 것은 1881년이다. 그 이전의 홈즈에 대해 우리가 알고 있는 것은 바로 이 「글로리아스콧호」와 다음의 「머스그레이브 씨네 의식문」에 나오는 약간의 정보가 전부다. 「글로리아스콧호」는 홈즈가 왓슨에게 들려준 자신의 '최초의 사건' 이야기다. 이 사건은 홈즈가 친구라고 인정한 세 사람 가운데 한 명인 빅터 트레버의 아버지와 관련된 것인데, 그 아버지에 대해 홈즈는 몇 가지 놀라운 추리를 해낸다. 바로 그 아버지가 홈즈를 자문탐정의 길로 이끈 사람이다. 홈즈는 빅터를 도와, 느닷없이 사망한 그의 아버지에 대한 진실을 밝히지만 홈즈의 솜씨는 아직 무르익지 않았다. 홈즈는 간단한 암호를 해독해 비밀 전갈을 읽게 된다. 이번 이야기에서 왓슨은 주로 듣기만 한다. 그래서 이번 이야기는 왓슨이 아닌 홈즈가 화자로 나선 첫 사례라고 할 수 있다. 초기 경력에 대한 홈즈의 이야기에는 빈 구멍이 많다. 무엇보다 아리송한 것은 그가 어느 대학을 나왔는가다. 이번 이야기와 다른 몇 가지 이야기 속의 단서는 수 세대에 걸쳐 수많은 추측을 불러일으켰다.

1. 「글로리아스콧호」는 1893년 4월 《스트랜드 매거진》에, 1893년 4월 15일 자 《하퍼스 위클리》(뉴욕)에 실렸다.

2. 「서식스의 뱀파이어」에서 홈즈는 자신의 색인집 'V'항목에서 이런 내용을 읽는다. "'글로리아스콧호' 항해. 그건 몹쓸 사건이었어. 자네가 이 사건을 기록한 것에 대해 몇 가지 생각이 나는군. 그 결과를 축하해줄 수는 없었지만 말이야." 이 사건을 왜 '항해Voyage'의 'V'항목에 넣었는지는 이번 이야기를 통해서도 알 수가 없다.

3. 이것은 암호문인데 영문 그대로 번역하면 암호가 성립되지 않아서 내용을 바꾸었다(영문처럼 일부러 좀 엉성하게). 영문을 그대로 번역하면 이렇다. "런던으로의 사냥감 공급은 꾸준히 늘어나고 있다. 대장 사냥터지기 허드슨은 파리잡이-끈끈이를 준

어느 겨울밤, 우리가 벽난로 양쪽에 앉아 있을 때 내 친구 셜록 홈즈가 말했다.

"왓슨, 자네가 정말 훑어볼 가치가 있음 직한 몇 가지 문서가 여기 있어. 이건 진기한 '글로리아스콧호'[2] 사건 문서고, 이것은 편지인데, 치안판사 트레버 씨가 이걸 읽고 사망에 이를 만큼 공포에 사로잡혔지."

그는 서랍에서 빛바랜 작은 두루마리를 꺼내 끈을 풀고, 슬레이트 같은 회색 종이 반 상에 휘갈겨 쓴 짧은 편시를 건네주었다.

사냥감 몰이 게임은 이제 다 끝났다. 대장-사냥터지기 허드슨이 기르던 암꿩을 죄다 사냥터에 방생하며 말했다. 파리잡이-끈끈이에 죽어라고 매달리지 말고 달아나라.[3]

수수께끼 같은 이런 편지를 읽고 고개를 들자 홈즈가 내 표정을 보며 낄낄거리고 있었다.

"어리둥절하지?" 그가 말했다.

"이런 편지가 어떻게 공포를 자아낼 수 있다는 거야? 내가 보기에 무섭기는커녕 우스꽝스럽기만 한걸."

"그렇지? 하지만 건장하고 멀쩡한 노인네가 그걸 읽고 총 맞은 것처럼 쓰러진 건 사실이야."

"호기심이 동하는군." 내가 말했다. "하지만 내가 이 사건을 연구해야 할 아주 특별한 까닭이라도 있는 것처럼 말하는 이유가 뭐지?"

"이건 내가 맡은 최초의 사건이거든."

나는 친구가 범죄 연구에 마음을 두게 된 계기가 무엇인가를 알아내려고 종종 옆구리를 찔러보았지만, 그가 넉살 좋게 얼버무리는 바람에 여태 알아낼 수가 없었다. 이제 그는 안락의자에 똑바로 앉아 무릎 위에 문서를 펼쳐놓고 파이프에 불을 댕기더니, 한동안 뻐끔거리며 문서를 들춰보았다.

"내가 빅터 트레버 얘기를 한 적 없지?" 그가 물었다. "내가 대학[4]에 다니던 2년 동안 그는 유일한 친구였어. 나는 영 사교성이 없었거든. 차라리 방에서 뭉그적거리며 생각하는 방법이나 연구하길 좋아하는 바람에 동급생들과는 통 어울리질 못했어. 펜싱과 권투[5] 말고는 좋아하는 스포츠도 없었고, 내가 공부하고자 하는 것도 동급생들과는 딴판이어서, 우리는 전혀 공통점을 찾을 수가 없었지. 내가 아는 학생은 트레버뿐이었는데, 그와 사귀게 된 것도 어느 날 아침 내가 교회에 갈 때 그의 불테리어[6]가 내 발목을 물고 늘어진 우연한 사고 때문이었어.

그건 우정을 쌓는 방법치고는 따분한 편이었지만 그래도 효과는 좋았어. 열흘 동안 나는 무력해지고 말았지.[7] 트레버가 줄곧 문병을 왔어. 처음에는 얘기가 1분 만에 끝나버렸지만 곧

비하고 자네 암핑의 목숨을 보존하라는 모든 지시를 받으라는 말을 지금쯤 들었으리라고 우리는 믿는다." —옮긴이.

4. 홈즈가 어느 대학에서 공부했는가에 대해서는 그야말로 논란이 치열했다. 수많은 학자들이 고려한 주요 쟁점은 다음과 같다.

- 홈즈의 발목을 문 불테리어와 개를 기르는 것을 허용한 대학.
- 「세 학생」 사건의 배경과 홈즈가 그 배경을 잘 안다는 것.
- 「실종된 스리쿼터백」 사건의 배경과 홈즈가 그 배경을 잘 모른다는 것.
- 「머스그레이브 씨네 의식문」의 레지널드 머스그레이브가 명문가의 자식이라는 것과 그가 다녔음 직한 대학.

홈즈가 옥스퍼드 대학 아니면 케임브리지 대학을 다녔다는 것에 대해서는 대다수가 동의한다. 하지만 두 군데 다 다녔다는 주장도 있고, 런던 대학을 꼽는 학자도 꽤 있다. 각 대학의 문화를 세심하게 고찰하고 있는 복잡다단한 주장들을 이 자리에서 살펴볼 수는 없다. 하지만 런던 셜록홈즈협회에서 발행하는 《셜록 홈즈 저널》을 오래 편집해온 니컬러스 유테친은 비록 옥스퍼드 대학을 편애한 게 흠이기는 했지만, 『옥스퍼드의 셜록 홈즈』라는 제목의 훌륭한 저술을 펴냈는데, 그 책에 각종 뛰어난 주장들을 잘 요약해놓았다.

5. 홈즈가 옥스퍼드 대학에 다녔다고 주장하는 사람들은 그 대학에 훌륭한 권투부가 있다는 점을 증거에 포함시킨다.

6. 니컬러스 유테친은 『옥스퍼드의 셜록 홈즈』에서 이렇게 썼다. 트레버의 불테리어는 "셜로키언의 세계에서 다른 어떤 동물이나 식물 혹은 광물보다

도 더욱 치열한 논란을 불러일으킨 주제였다." 로 널드 녹스는 옥스퍼드 대학이나 케임브리지 대학 어디서도 개가 대학 정문을 통과할 수 없었을 거라 고 단언했다. 도러시 L. 세이어스는 홈즈가 케임브 리지 대학에 다녔다는 것을 '증명'하는데 그 근거 는, 옥스퍼드 대학생들의 경우 첫 2년 동안 캠퍼스 밖에서 생활하는 것이 허용되지 않는다는 점이다. 그러나 유테친은 세이어스의 주장을 일축하며, 옥 스퍼드 대학에서 개가 '허용되었다'는 것을 증명했 다. 루이스 캐럴이라는 필명으로 유명한 찰스 L. 도 지슨(1832–1898)의 편지에 그런 내용이 나오는 것 이다.

7. "I was laid by the heels." 'lay by the heels'는 무 력하게 만든다는 뜻이다. E. 카범 브루어의 설명에 따르면, 이것은 차꼬(족쇄)를 암시하는 말로, 옛날 대부분의 마을에 부랑자나 사소한 범법자를 붙잡아 발목에 차꼬를 채워 가두는 곳이 있었다.

8. 잉글랜드에서 주 지역의 치안을 유지하기 위해 임명된 하급 판사. 빅토리아 시대에 치안판사는 무 보수였다. "그러나 주 지역의 소수 신사 계층에서 선발되었기 때문에, 법을 집행할 때 자기 계층 사 람에게 특혜를 준다는 의심을 사곤 했다. 게다가 대체로 법에 대한 전문 지식도 없어서, 그들의 결 정은 때로 경솔하고 부적절했다." 『브리태니커 백 과사전』 9판에 실린 말이다. 그래서 런던 등 인구 가 많은 지역에서는 유급 판사를 임명했다. '일반 시민 판사' 제도를 폐지하라는 목소리도 높았다. 대 중은 상인과 비국교도 목사, 근로자를 판사로 임명 하라고 부르짖었다. 오늘날 잉글랜드에서는 치안 판사의 책임이 미미하고, 특별한 경우가 아닌 한 6 개월 수감형 이상의 형을 선고할 수가 없다.

9. '브로즈Broads.' 잉글랜드의 호소湖沼(호수와 늪) 지대는 대체로 강폭이 넓어져서 형성된 민물 지역 이거나 물길이 많은 늪지다. 여기서 말하는 호소

방문 시간이 길어졌고, 열흘이 다 가기 전에 우리는 친한 친구 가 되었지. 그는 열정적이고 혈기 왕성해서 늘 활력이 넘치는 친구라 많은 점에서 나와는 영 딴판이었지만, 몇 가지는 공통 점이 있었어. 그게 우리를 하나로 묶어주었는데, 더구나 알고 보니 나처럼 친구가 없더군. 마침내 그는 나를 자기 아버지 집 으로 초대했어. 노퍽 주 도니소프에 있는 집인데, 방학 때 한 달이나 환대를 받았지.

치안판사[8]에 지주인 트레버 씨는 분명 부유하고 사회적 지 위도 있는 인물이었어. 도니소프는 호소 지대[9]인 랭미어[10] 바 로 북쪽에 있는 작은 마을이야. 고풍스러운 그의 집은 널따랗 고, 떡갈나무 들보를 올린 벽돌 건물이었는데, 그 집으로 가는 길에 라임나무가 멋들어지게 늘어서 있었지. 호소 지대에는 훌 륭한 야생 오리 사냥터와 썩 좋은 낚시터[11]가 있었어. 예전 주 인에게 넘겨받았다는 작지만 알찬 서재도 있었고 괜찮은 요리 사도 있어서, 웬만큼 까다로운 사람이라도 한 달쯤은 흥겹게 지낼 수 있는 곳이었지.

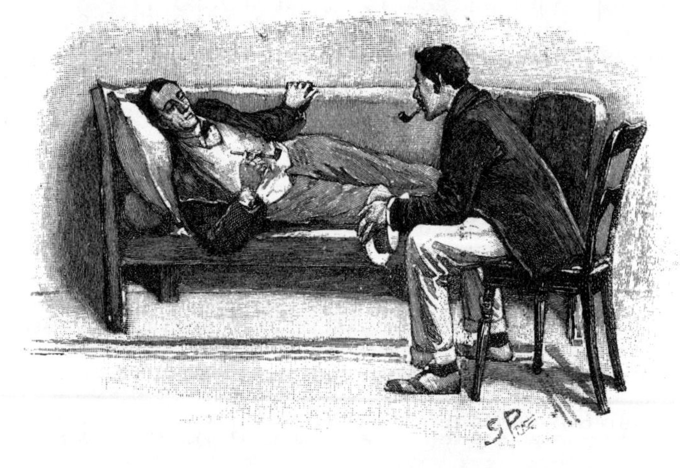

"트레버가 줄곧 문병을 왔어."
시드니 패짓 그림, 《스트랜드 매거진》(1893)

트레버 씨는 홀아비였고, 내 친구는 그의 외아들이었어.

딸도 하나 있었는데, 버밍엄에 갔다가 디프테리아[12]로 사망했다더군. 트레버 씨는 대단히 흥미로운 인물이었어. 교양은 별로 없었지만 육체적으로나 정신적으로 강인한 힘이 있었지. 책에 대해선 아는 게 없었지만, 두루 여행을 해서 세상 구경도 많이 했고, 한번 배운 것은 잊지 않았어. 겉모습은 땅딸막하고 다부진 체격에 흰머리가 부스스했고, 비바람에 시달려 그을린 얼굴에다 두 눈은 격렬할 정도로 예리했지. 하지만 그 고장에서는 친절하고 자비로운 것으로 소문이 자자했고, 형량도 아주 관대하게 선고하는 것으로 유명했어.

내가 그곳에 간 첫날 저녁, 함께 식사를 하고 포트와인[13]을 마시고 있을 때였어. 친구 트레버가 이미 틀이 잡힌 내 관찰과 추리 습관에 대한 얘기를 꺼냈지. 난 아직 그런 습관이 내 인생에서 어떤 구실을 할지 몰랐댔어. 노인은 내가 이룬 한두 가지 자그마한 업적을 아들이 과장하고 있다고 생각하는 게 분명한 눈치더군.

'이보게, 홈즈 군.' 그가 호탕하게 웃으며 말했어. '나에 대해서도 추리할 게 많을 거야. 자네가 할 수만 있다면 말일세.'

'그리 많지는 않은 것 같군요.' 내가 응수했지. '보아하니 최근 1년 동안 누군가에게 폭행을 당할까 봐 두려워하셨군요.'

그의 입술에서 웃음이 싹 가시더니, 깜짝 놀란 표정으로 나를 바라보더군.

'음, 그건 정말 사실이야. 빅터, 너도 알지?' 그가 아들을 돌아보며 말했어. '우리가 밀렵꾼[14]들을 결딴냈을 때, 놈들이 우리를 찔러 죽이겠다고 으름장을 놓은 것 말이다. 에드워드 호비 경[15]은 실제로 공격을 당했어. 그때부터 난 항상 조심을 해 왔지. 그런데 자네가 그걸 어떻게 알았나 모르겠군.'

'아주 멋진 지팡이를 갖고 계시잖아요.' 내가 대답했지. '거

지대는 '노퍽 브로즈'를 가리킨다. 유명한 이 호소 지대는 5,000에이커에 이르는 늪지대다.(여의도보다 좀 더 넓다—옮긴이) 빅토리아 시대에 이 브로즈 호소 지대는 중산층과 상류층이 낚시나 배 타기를 즐긴 인기 휴양지였다. 오늘날에도 유흥지면서 동시에 생태계 보호구역이다.

10. "도니소프"도 "랭미어"도 지도에는 나오지 않는다.(그곳이 실제로 어디인가에 대한 여러 연구 결과는 번역 생략—옮긴이)

11. 「쇼스콤 고택」에도 나오듯 홈즈는 낚시를 좋아한 게 분명하다.

12. 디프테리아는 전염성이 높은 박테리아 감염증으로 대개 어린이가 걸린다. 목 점막이 부어서 심하면 질식사하고, 심장 근육이 파괴되어 사망할 수도 있다. 1800년대 후반에 만연한 이 전염병은 흔히 물을 탄 우유 때문에 퍼졌는데, 치사율이 매우 높았다. 전염병을 억제하기 위해서는 우유의 생산과 판매를 규제할 필요가 있었다. 독일 내과 의사 에밀 폰 베링은 디프테리아와 파상풍을 치료하는 항독성 혈청주사를 개발해 1901년에 제1회 노벨 의학상을 받았다. 헝가리 출신의 미국 소아과 의사 벨라 시크는 1913년 디프테리아에 대한 피부 반응, 곧 '시크 반응'을 발견해 감염 여부를 확인할 수 있게 되었다. 오늘날에는 디프테리아를 페니실린으로 치료할 수 있다. 스코틀랜드 미생물학자 알렉산더 플레밍이 페니실린을 발견한 것은 1928년이다.

13. 홈즈가 포트와인을 마시는 것은 정전에서 세 번 언급된다. 이곳과 「기어다니는 남자」, 『네 사람의 서명』에서다. 알코올을 타서 독하게 만든 이 포르투갈 와인은 19세기부터 1920년대까지 잉글랜드 전역에서 인기가 높았다. 이 품종은 유럽의 포도나무를 휩쓴 포도나무뿌리진디에 강한 편이었

다. 그 재앙 이후 빅토리아 여왕 재위 50년을 기린 1887년에는 포트와인이 최고의 품질을 회복한 것으로 여겨진다. 「글로리아스콧호」 사건이 일어난 것은 1870년대 전반이니까, 트레버는 포도나무뿌리진디가 퍼지기 직전의 포트와인인 품질 좋은 1870년산 와인을 마셨을 것이다. 마이클 브로드벤트는 1985년 3월에 1870년산 포트와인을 마시고 "매우 좋다"고 평했다.(『뉴그레이트 빈티지 와인 북』에서)

14. 법적으로 밀렵이란 사유지나 사냥이 금지된 곳에서 덫이나 총 등으로 동물을 잡는 것이다. 20세기에 접어들 때까지 밀렵은 대부분 생계형 밀렵이었다. 즉 가난한 농부들이 먹고살기 위해 몰래 동물을 잡았다. 17세기에 사냥터를 지키는 각종 수단이 궁리되고, 사냥터지기까지 생기자 밀렵은 좀 더 전문화되었다. 18세기와 19세기에는 밀렵꾼들이 조직화되어 사냥터지기들과 격렬한 싸움을 벌이기 일쑤였고, 사냥터지기들은 침입자들을 막기 위해 사람 잡는 덫을 놓았다. 치안판사로서 트레버는 당연히 자기 지역의 밀렵을 근절하려고 했을 것이다.

15. 아마 이 사람은 에드워드 호비 경(1560-1617)의 후예일 것이다. 호비 경은 제임스 1세 시대(1603-1625)의 재판관으로 후일 의회 의원과 치안판사가 되었다. 그는 페러그린이라는 사생아 외동아들을 두었다. 미국 판본에는 호비 경이 아니라 "홀리 경"이라고 나온다.

16. 홈즈는 나중에 『네 사람의 서명』에 나오는 '별난 저술'을 했다. 직업이 손 모양에 미치는 영향에 대한 저술로, "선원, 슬레이트공, 코르크 절단공, 식자공, 직조공, 다이아몬드 연마공 등 다양한 직업인의 손 모양이 그려진 도판"이 실려 있는 책이다. 홈즈는 이렇게 말했다. "그건 과학수사에 큰 도움이 되는 굉장한 연구라고 할 수 있어. 특히 시체

기 새겨진 날짜를 보고 구입한 지 1년이 되지 않았다는 것을 알았습니다. 그런데 상단에 구멍을 뚫고 녹인 납을 부어 넣어서 험악한 무기로 만드셨군요. 아주 공을 들여서 말입니다. 뭔가 위험한 일을 걱정하지 않았다면 그런 사전 대비를 하지 않으셨을 겁니다.'

'또 다른 건 없나?' 그가 빙그레 웃으며 묻더군.

'젊어서 권투깨나 하셨군요.'

'맞았네. 어떻게 알았지? 내 코가 비뚤어지기라고 했나?'

'아니요. 귀가 그렇습니다. 권투를 한 사람이 그렇듯 귀가 유난히 납작하고 두툼해졌어요.'

'또 다른 것은?'

'굳은살이 박인 것을 보니 광산 일을 많이 하셨군요.' [16]

'내가 가진 돈은 다 금광에서 번 거지.'

'뉴질랜드에서 지내신 적이 있군요.'

'역시 맞았어.'

'일본에 다녀오신 적도 있고요.'

'맞았어.'

'이름 머리글자가 J. A.인 사람과 아주 가까웠는데, 나중에는 까맣게 잊어버리려고 애를 쓰셨군요.'

트레버 씨는 천천히 자리에서 일어나더니, 기묘하게 부릅뜬 커다란 푸른 눈으로 나를 물끄러미 바라보았어. 그러다 앞으로 푹 고꾸라져서 식탁보 위에 흩어져 있는 견과류 껍질 사이에 얼굴을 박고 기절해버렸지.

그의 아들과 내가 얼마나 놀랐을지 짐작이 가지? 하지만 오래 기절해 있진 않았어. 우리가 옷깃을 풀어주고 손가락 씻는 그릇의 물을 얼굴에 뿌려주자 숨을 몰아쉬면서 깨어났거든.

'아, 이런!' 그가 억지로 미소를 짓고 말했지. '놀랄 것 없어. 내가 겉으로는 강해 보여도 심장이 좀 약해서 걸핏하면 쓰러지

"기묘하게 부릅뜬 커다란 푸른 눈으로 나를 물끄러미 바라보았어."
시드니 패짓 그림, 《스트랜드 매거진》(1893)

의 신원을 밝힐 때나 범죄자의 전과를 확인하는 데 큰 도움이 될 거야." 「너도밤나무 저택」에서 다음과 같이 말했듯이 홈즈는 이와 같은 관찰 기술을 높이 평가하는 것이 분명하다. "흥, 이봐, 천 짜는 사람 이를 보고도, 식자공 왼손 엄지를 보고도, 그 임자가 뭐 하는 사람인 줄 모르는 대중, 말도 못하게 부주의한 대중이, 분석과 연역의 섬세한 뉘앙스에 아랑곳이나 하겠어?" 아치볼드 하트는 길버트 포브스라는 자가 1946년에 홈즈의 논문을 훔쳐서 「직업 흔적에 관한 몇 가지 고찰」이라는 글을 발표했다고 주장했다.

곤 해. 홈즈 군, 그걸 어떻게 알았는지 모르지만, 사실과 거짓을 간파하는 게 자네에겐 식은 죽 먹기인 듯하군. 그게 바로 자네가 갈 길일세. 산전수전 다 겪은 이 노인네의 말을 믿게.'

그런 권고는 내 능력을 과대평가해서 한 말이지만, 아무튼 왓슨, 자네가 내 말을 믿을지 모르겠는데, 그런 권고 덕분에 나는 그때까지 취미에 지나지 않았던 것을 직업으로 삼을 수도 있겠다는 생각을 처음으로 하게 됐어. 하지만 그때는 갑작스레 노인이 아픈 것이 너무 걱정돼서 딴생각을 할 겨를은 없었지.

'제가 공연히 마음 아픈 얘기를 한 게 아닌가 모르겠습니다.' 내가 말했어.

'음, 자네가 좀 아픈 데를 건드린 건 분명해. 어떻게 알아냈는지, 그리고 얼마나 아는지 물어봐도 될까?' 그가 이제 반쯤은 농담 투로 말했지만, 두 눈에는 여전히 공포의 그림자가 어른거렸어.

'그건 간단합니다. 낚시를 하면서 팔을 걷어붙이고 물고기를 배 안으로 당길 때, 팔꿈치 안쪽에 J. A.라는 문신이 있는 것

17. "Of all ghosts, the ghosts of our old loves are the worst." 홈즈 이야기 속의 명언으로 곧잘 인용되는 말이다. 귀신이든 유령이든 그게 못됐다면 악의나 원한 때문이라는 게 우리의 통념이다. 그런데 최악의 유령은 옛사랑의 유령이라니! 통념을 뒤집는 역설이 오묘하다—옮긴이.

을 보았습니다. 그걸 읽을 수는 있었지만, 글자가 흐릿해진 데다 주변 피부에 흉터가 난 것으로 볼 때, 그것을 지우려고 애를 쓴 게 분명했습니다. 그렇다면 그 머리글자는 전에 아주 친했던 사람의 이름인데, 나중에는 잊고 싶어 한 게 분명하지요.'

'눈썰미가 대단하군!' 그가 안도의 한숨을 내쉬며 외쳤어. '자네가 말한 그대로일세. 하지만 그 얘긴 그만두지. 세상의 유령 중에 가장 고약한 건 옛사랑의 유령이야.[17] 이제 당구실로 가서 조용히 시가나 좀 태울까?'

트레버 씨는 여전히 나를 환대해주었지만, 그때부터 언제나 나를 은연중 수상쩍게 바라보더군. 친구도 그걸 눈치채고 이렇게 말했어. '우리 영감이 자네한테 엄청 놀란 모양이야. 이젠 자네가 무엇을 알고 무엇을 모르는지 완전히 헷갈리실 거야.' 분명 트레버 씨는 일부러 그런 속내를 내비친 게 아냐. 그런 생각이 워낙 강렬하다 보니 저절로 속내가 드러난 거지. 나 때문에 영 불안해한다는 것을 마침내 확신한 나는 이제 그만 떠나기로 작정했어. 하지만 내가 떠나기 바로 전날 사건이 하나 터졌는데, 나중에 알고 보니 아주 중요한 사건이었어.

우리 셋이 정원 잔디밭의 의자에 앉아 있을 때였지. 햇볕을 쪼이며 호소 지대의 경관에 감탄하고 있는데, 하녀가 와서 말하는 거야. 트레버 씨를 만나고 싶어 하는 사람이 현관에 와 있다고.

'이름이 뭐라던가?' 트레버 씨가 물었어.

'가르쳐주지 않으세요.'

'원하는 게 뭐라는데?'

'주인님께서 자기를 잘 아신다더군요. 잠깐 얘기를 나누고 싶을 뿐이라고 했어요.'

'그럼 모셔 와봐.' 잠시 후 얼굴이 주름투성이에 굽실거리는 태도를 지닌 남자가 비틀비틀 걸어왔어. 앞섶이 터진 재킷을 입었는데 소매에는 타르 얼룩이 묻어 있었고, 빨강과 검정 체크무늬 셔츠와 덩거리[18] 바지 차림에 너덜거리는 묵직한 부츠를 신고 있었지. 여위고 검게 탄 얼굴은 교활해 보였는데, 들쭉날쭉한 누런 이를 드러내며 줄곧 헤프게 웃었어. 쪼글쪼글한 손도 뱃사람 특유의 모습대로 반쯤 오그리고 있었지. 그가 구부정하게 잔디밭을 가로질러 올 때였어. 트레버 씨가 딸꾹질 소리를 내더니 벌떡 일어나 집 안으로 달려가는 거야. 잠시 후 다시 나온 그가 내 곁을 지나갈 때 독한 브랜디 냄새가 확 풍기더군.

'어이, 이봐, 원하는 게 뭐지?' 그가 말했어.

뱃사람은 눈살을 찌푸린 채 잠시 물끄러미 그를 바라보고 서 있었어. 예의 헤픈 웃음을 머금고 말이야.

'나를 모르슈?' 그가 물었어.

'아니, 이런! 이제 보니 허드슨[19] 아냐!' 트레버 씨가 놀라워하며 말했지.

'허드슨 맞구먼요.' 뱃사람이 말했어. '마지막으로 만난 지 30년도 더 흘렀구먼. 댁은 이런 저택에 사시는데, 나는 아직도 염장 통[20] 속의 절인 고기나 꺼내 먹고 있수다.'

'쯧, 그렇다고 내가 어찌 옛일을 잊었겠나.' 트레버 씨가 외쳤어. 그리고 뱃사람에게 다가가더니, 나지막이 뭐라 말하고 곧이어 큰 소리로 외쳤어. '부엌에 가서, 마음대로 먹고 마시게. 틀림없이 자네에게 일자리를 찾아주겠네.'

'고맙기도 하셔라.' 뱃사람이 굽실거리며 말했어. '난 8노트의 똑딱선[21]에서 이태를 썩다가 방금 내렸수다. 거기선 늘 일에 허덕였지. 이제는 좀 쉬어야겠수. 베도스 씨나 댁한테 오면 쉴 수 있을 줄 알았지.'

'아!' 트레버 씨가 외쳤어. '베도스 씨가 어디 있는지 아나?'

'암, 알고말고요. 댁의 옛 친구들이 다 어디 있는지 알죠.'

18. 인도의 '덩그리'라는 지명에서 유래한 말로, 주로 뱃사람들이 입던 거친 무명천이다. 덩거리는 오늘날의 청바지 천인 데님denim과 비슷하다. '데님'이란 말은 프랑스 남부 마을 '데 님de Nîmes'에서 유래한 것으로 여겨지며, 마찬가지로 이탈리아의 제노바라는 지명에서 유래한 '진jean'도 비슷한 무명천으로, 이것 역시 뱃사람들이 즐겨 입었다.

19. "허드슨"이라는 이름은 정전에 여러 번 나온다. 「여섯 개의 나폴레옹 석고상」에서는 케닝턴 로드의 화상畵商 '모스' 허드슨이 나오고, 「다섯 개의 오렌지 씨앗」에서는 1869년 3월 미국에 있었던 것이 분명한 '허드슨' 이야기가 나오고, 정전에는 허드슨 '부인' 이야기도 나온다. 이런 허드슨들의 관계를 파헤치려고 도전한 이들이 많았지만 뚜렷한 성과를 얻지는 못했다.

20. 'harness cask.' 소금에 절인(염장한) 고기를 담아 배에 싣고 다니기 위해 만든 것으로 (재갈 따위의 마구harness 같은) 쇠테를 두른 뚜껑이 있는 큼직한 통.

21. "똑딱선"으로 번역한 "tramp"는 부정기 화물선을 가리키는 말로, 주석이 달린 것을 보니 영어권 사람에게도 그 뜻이 낯선 모양이다. 이 배는 일반적으로 정해놓은 항구도 항로도 없이 일감을 찾아다닌다. 최고 속도 8노트는 시속 약 15킬로미터에 해당한다―옮긴이.

22. 윌리엄 S. 베어링굴드는 "런던 집"이라는 게 「머스그레이브 씨네 의식문」에서 홈즈가 말한 몬터규 스트리트의 집과는 다른 집이라고 주장했다.

23. 홈즈가 생각하는 잉글랜드 지리는 좀 얄궂다. 그의 사고방식은 시내를 벗어난 모든 곳을 '서부'라고 보는 뉴욕 사람과 비슷하다. "보통의 영국 사람은 노퍽(런던에서 북동쪽으로 190여 킬로미터 지점)을 '북부'라고 말하지 않는다." 폴 H. 고어부스가 「셜록 홈즈의 여행」에 쓴 말이다. 또한 이 글에서 고어부스는, 홈즈가 런던에서 북서쪽으로 약 210킬로미터 거리에 있는 더비셔 주 매클턴도 '잉글랜드 북부'라고 말한 것을 지적하고 있다.(「프라이어리 스쿨」에서)

"'허드슨 맞구먼요.' 뱃사람이 말했어."
시드니 패짓 그림, 《스트랜드 매거진》(1893)

음침한 미소를 흘리며 그 사람이 말했어. 그러고는 하녀를 따라 부엌으로 구부정하니 걸어가더군. 트레버 씨는 광산 일을 하러 갈 때 그 사람과 한배를 탔다는 얘기를 우리에게 주섬주섬 들려주더니, 잔디밭에 우리를 남겨두고 집 안으로 들어갔어. 한 시간 후, 우리가 집 안에 들어가보니 그가 대취해서 거실 소파에 쓰러져 있더군. 그 모든 일이 내게는 영 꺼림칙해 보여서, 이튿날 도니소프를 떠나는 게 서운하지도 않더라구. 내가 더 있어봐야 친구가 멋쩍어할 게 분명했거든.

그 모든 일은 긴 방학 중 첫 달에 일어난 일이었어. 나는 런던 집[22]으로 올라와서, 몇 가지 유기화학 실험을 하며 7주를 보냈지. 그런데 어느덧 가을이 성큼 다가와서 방학이 다 끝나가던 어느 날이었어. 난 도니소프로 돌아와달라고 간청하는 친구의 전보를 받았어. 내 조언과 도움이 꼭 필요하다는 거야. 물론 나는 만사를 제쳐두고 다시 북부[23]로 떠났지.

그는 도그카트를 끌고 역으로 마중을 나왔어. 척 보는 순간 지난 두 달 동안 꽤나 시련을 겪었다는 것을 알겠더군. 핼쑥해진 데다가, 그토록 눈에 띄게 당차고 명랑하던 태도를 찾아볼 수가 없었어.

'영감이 돌아가실 것 같아.' 그게 그의 첫마디였어.

'말도 안 돼!' 내가 외쳤지. '어디가 편찮으신데?'

'중풍[24]이야. 정신적 충격을 받으셨어. 종일 사경을 헤매셨지. 지금쯤 돌아가셨을지도 몰라.'

이런 뜻밖의 소식에 내가 얼마나 놀랐을지 자네도 짐작이 갈 거야, 왓슨.

'대체 무엇 때문이지?' 내가 물었어.

'아, 그게 중요해. 어서 올라타. 가면서 얘기해줄게. 자네가 떠나기 전날 저녁에 찾아온 그 사람 기억하지?'

'물론이지.'

'그날 우리가 집 안에 받아들인 그 사람이 누군지 아나?'

'나야 모르지.'

'그자는 악마였어, 홈즈.' 그가 외쳤어.

나는 놀라서 그를 빤히 바라보았지.

'그래. 정말 악마였어. 우리는 그 후 한시도 마음이 편치 못했어. 우리 집 영감은 그날 저녁부터 완전히 기가 죽어 사시더니, 이제는 목숨까지 날아가게 생겼어. 완전히 낙담을 하셨는데, 그게 모두 그 저주받을 허드슨이라는 작자 때문이야.'

'그자가 무슨 힘을 가졌기에?'

'아, 나도 바로 그걸 알고 싶어. 친절하고, 자상하고, 맘씨 좋던 영감이! 어쩌다 그런 악당에게 쥐여살게 되셨나 몰라! 아무튼 홈즈, 자네가 와줘서 정말 기뻐. 자네의 판단과 분별력을 난 굳게 믿어. 자네라면 최선의 충고를 해줄 수 있을 거야.'

우리는 잘 닦인 하얀 시골길을 질주했어. 저물어가는 태양

24. 뇌혈관의 사고.〔좀 더 전문적으로는 뇌졸중이라고 한다. 뇌의 혈액순환 장애로 인한 급격한 의식장애와 운동마비를 수반하는 증후군인데, 졸중이라는 말은 무엇에 얻어맞아서 나가떨어진 상태라는 뜻으로 졸중풍卒中風(갑자기 풍을 맞음)의 준말이다—옮긴이〕

브로즈 호소 지대.

의 붉은 노을 속에서 눈앞에 반짝이는 기다란 호소 지대를 따라 말이야. 우리 왼쪽의 작은 숲 사이로 어느덧 트레버 지주의 저택임을 나타내는 높다란 굴뚝과 깃발이 눈에 들어왔지.

'아버지는 그 작자를 정원사로 삼았어.' 내 동행이 말했어. '하지만 그 작자가 그걸로 만족하지 못하자, 집사로 승진시켜 주었지. 그가 우리 집을 좌지우지하는 것만 같았어. 종일 빈둥거리다가 뭐든 하고 싶은 짓을 했지. 하녀들은 그의 술버릇과 욕지거리에 혀를 내둘렀어. 아버지는 그들의 고충을 보상해주기 위해 품삯을 올려주기까지 했지. 그 작자는 아버지가 가장 아끼는 총을 가지고 배를 끌고 나가서 제멋대로 사냥 판을 벌이곤 했어. 그러면서도 늘 냉소적이고, 눈초리는 상스럽고, 상판대기는 거만하기 짝이 없어서, 그자가 내 나이 또래만 되었다면 사정없이 두들겨 패고 싶은 때가 얼마나 많았나 몰라. 정말이지 매번 그걸 참느라고 속이 다 탔는데, 돌이켜보니 차라리 참지 않는 편이 더 현명하지 않았나 싶어.

아무튼 문제는 점점 악화되기만 했어. 그 짐승 같은 허드슨은 점점 더 주제넘게 굴더니, 급기야 어느 날은 내가 보는 앞에서 아버지한테 아주 무례하게 대하는 거야. 그래서 그자의 어깨를 턱 잡고 밖으로 끌고 나갔지. 그자는 창백하게 질려서 꽁무니를 내리더군. 그런데 입은 뻥긋도 못하면서 독사 같은 두 눈으로 흉흉한 빛을 내뿜지 뭐야. 그 후 가련한 아버지와 그 작자 사이에 무슨 말이 오갔는지 몰라도, 아버지가 이튿날 내게 오시더니 그자한테 사과를 하라는 거야. 자네도 짐작하겠지만 난 거절했지. 그리고 아버지에게 물었어. 어떻게 그런 악당한테 휘둘려서 아버지는 물론이고 가족의 자유까지 다 빼앗길 수가 있느냐고 말이야.

"아, 얘야." 아버지가 말씀하시더군. "네가 그렇게 말할 만하다만, 지금 내 처지가 어떤지 네가 몰라서 그래. 너도 곧 알게 될 거야. 무슨 일이 있더라도 나중에 반드시 말해주마! 얘야, 그렇다고 가련한 늙은 아비를 나쁘게 보진 않을 거지?" 아버지는 무척 상심하셨는지 종일 서재에만 계시더군. 창문으로 보니 뭔가를 열심히 쓰고 계셨어.

그날 저녁 마침내 고대하던 해방이 찾아온 듯했어. 허드슨이 떠나겠다고 한 거야. 아버지와 함께 저녁 식사를 하고 식당에 앉아 있는데 그자가 들어오더니 얼큰히 취해서 컬컬한 목소리로 말하더군.

"이제 노퍽은 질렸수다. 햄프셔의 베도스 씨한테나 달려가 봐야겠어. 그 양반도 나를 보면 댁만큼이나 반가워하겠지."

"허드슨, 정말 이렇게 야박하게 떠날 텐가?" 아버지가 굽실거리듯 말하기에 난 또 울화가 치밀었지.

"난 사과를 받지 못했수다." 그가 볼멘소리를 했어. 내 쪽을 힐끔 쳐다보면서 말이야.

"빅터, 이분한테 무례하게 군 것을 인정하지?" 아버지가 나를 돌아보며 말했어.

"천만에요. 저는 오히려 우리가 각별한 인내심을 보여주었다고 생각해요." 내가 대꾸했어.

"오, 그러셔? 정말?" 그가 딱딱거리더군. "좋았어, 친구. 그럼 어디 두고 보자구!" 그는 구부정하니 식당을 나가더니 30분 후에 우리 집을 떠났어. 아버지는 딱하게도 안절부절못하시더군. 그 후 밤이면 밤마다 아버지가 방에서 서성이는 소리가 들렸어. 그러다 아버지가 다시 배짱이 두둑해지나 싶었을 때 기어이 일이 터지고 만 거야.'

'어떤 일이?' 내가 다급히 물었어.

'그 방식도 여간 기묘하지 않아. 엊저녁에 아버지 앞으로 편지가 왔는데, 포딩브리지 소인이 찍혀 있었어. 그걸 읽던 아버지는 양손으로 머리를 움켜잡고, 넋 나간 사람처럼 방 안을 뱅

"'난 사과를 받지 못했수다.' 그가 볼멘소리를 했어."
시드니 패짓 그림, 《스트랜드 매거진》(1893)

뱅 도시더군. 마지못해 소파에 끌어다 앉혔을 때는 이미 입과 눈이 돌아간 뒤였어. 풍을 맞으신 거야. 포덤 박사가 바로 달려와 아버지를 침대에 눕혔지만, 이미 마비가 심해져서 의식을 회복할 기미가 보이지 않았어. 다시 살아나시기는 틀린 것 같아.'

'트레버, 그런 끔찍한 소리 하지 마!' 내가 외쳤어. '그런데 대체 그 편지에 뭐라고 쓰였기에 그런 일이 다 벌어진 거지?'

'별것 아냐. 정말 납득이 안 돼. 사소하고 황당한 얘기가 쓰여 있을 뿐이야. 아, 세상에, 설마 했는데 이런 일이 생길 줄이야!'

그가 그런 얘기를 하는 동안 마차가 굽은 길을 돌아가자 희미한 불빛이 새어 나오는 집이 나타났는데, 집 안의 커튼을 죄다 내렸더군. 우리는 현관으로 달려갔지. 이미 내 친구의 얼굴은 슬픔으로 일그러져 있었어. 그때 검은 옷을 입은 신사가 안에서 나왔지.

'언제였나요, 박사님?' 트레버가 물었어.

'자네가 떠난 직후였네.'

'의식이 돌아온 적은 있나요?'

'돌아가시기 직전에 잠깐.'

'저한테 남긴 유언은 없나요?'

'일본 장식장 안쪽 서랍에 편지가 있다는 말씀뿐이었네.'

친구가 의사와 함께 임종의 방으로 올라갔고, 나는 서재에 남아서 그동안의 모든 일을 곱씹어봤지. 여간 울적하지 않았는데, 그런 기분은 난생처음이었어. 권투 선수에 여행가, 금광 채굴업자였다던 고인은 과거에 정작 뭘 하던 사람이었을까? 그 고약한 상판의 뱃사람에게 어쩌다 쥐여살게 되었을까? 또 왜, 반쯤 지워진 문신 얘기를 듣고 그만 실신을 하고 만 것일까? 포딩브리지에서 온 편지를 받고 놀라서 사망한 것은 또 왜일까? 그러다 나는 포딩브리지가 햄프셔에 있다는 것을 떠올렸어. 그 뱃사람이 찾아가서 협박을 했을 게 분명한 베도스 씨라는 사람이 햄프셔에 산다는 말을 들은 기억이 떠오른 거야. 그렇다면 그 편지는 뱃사람 허드슨 아니면 베도스가 보냈겠지. 그러니까 무슨 죄를 진 게 있는데, 그 비밀을 다 까발렸다는 허드슨의 편지일 가능성이 있어. 아니면 그런 폭로가 임박했다고 베도스가 옛 공모자 친구에게 경고하는 편지일 수도 있고. 여기까지는 분명해 보였어. 하지만 그게 사실이라면, 친구는 어째서 그 편지 내용이 사소하고 황당하다고 말했을까? 아마 잘못 읽었겠지. 그렇다면, 그건 틀림없이 겉보기와는 다른 뜻의 말을 전하는 교묘한 암호문일 거야. 나는 그 편지를 봐야만 했

25. 빅터 트레버는 왜 편지 원본을 주었을까? '아버지'를 떠올리게 하는 마지막 유물이니, 자기가 보관하면서 다시 읽고 싶을 수도 있었을 텐데 말이다. 하지만 빅터는 아마 다시 읽을 가치가 없다고 봤을 것이다.

26. 홈즈는 나중에 「춤추는 사람들」에서 160가지 암호를 분석한 "작은 논문"을 썼다고 밝히는데, 이 편지 암호는 워낙 유치해서 160가지에 포함되지 않았을 것이다.

어. 뭔가 감춰진 말이 있다면 그 정도야 간파할 자신이 있었지. 한 시간쯤 어두운 서재에서 생각을 곱씹고 있을 때, 마침내 하녀가 훌쩍거리며 램프를 들고 왔어. 친구 트레버가 창백하면서도 침착한 얼굴로 하녀 뒤를 바짝 따라왔지. 지금 내 무릎에 놓인 바로 이 편지[25]를 부르쥐고서 말이야. 그는 내 앞에 앉아서 램프를 탁자 위로 가까이 끌어당겨놓고, 휘갈겨 쓴 짧은 이 편지를 내게 건네줬어. 거긴 이렇게 쓰여 있었지.

> 사냥감 몰이 게임은 이제 다 끝났다. 대장-사냥터지기 허드슨이 기르던 암꿩을 죄다 사냥터에 방생하며 말했다. 파리잡이-끈끈이에 죽어라고 매달리지 말고 달아나라.

처음 이 편지를 읽었을 때 내 표정은 분명 아까 자네만큼이나 어리둥절한 표정이었을 거야. 다시 아주 꼼꼼히 정독해보니, 그건 분명 내가 생각한 대로였어. 이렇게 이상한 말 속에는 또 다른 의미가 숨겨져 있는 게 분명했지. 아니면 '암꿩'이나 '파리잡이-끈끈이' 같은 말에 미리 정해둔 뜻이 있는지도 몰랐어. 그랬다면 무슨 수를 써도 의미를 추리해낼 수는 없었지. 그렇지만 그렇게 믿고 싶진 않았어. 게다가 '허드슨'이라는 말이 쓰여 있는 것으로 보아 편지 내용은 내가 짐작한 대로인 것 같았지. 뱃사람보다는 베도스가 보낸 것 같았어. 그걸 거꾸로 읽어보았지만, 그건 전혀 말이 안 되더군. 그래서 낱말을 하나씩 건너뛰며 읽어보았는데, 역시 말이 안 되는 거야.

그러다 문득 수수께끼의 열쇠를 찾아냈지. 세 번째 낱말만 읽으니까 트레버 영감을 절망에 빠뜨렸음 직한 내용의 말이 떡하니 나타난 거야.[26]

그건 짧고 간결한 경고였어. 그걸 친구에게 이렇게 읊어주었지.

"문득 수수께끼의 열쇠를 찾아냈지."
시드니 패짓 그림, 《스트랜드 매거진》(1893)

게임은 끝났다. 허드슨이 죄다 말했다. 죽어라고 달아나라.

빅터 트레버는 부들부들 떨리는 두 손에 얼굴을 파묻었어. '그게 분명 맞을 거야.' 그가 말했지. '그 말대로 치욕을 당한다면 차라리 죽는 편이 낫겠지. 그런데 "대장-사냥터지기"나 "암꿩"은 무슨 뜻일까?[27]'

'그건 아무런 뜻도 없어. 하지만 발신자의 신원을 파악할 만한 다른 단서가 없을 경우엔 그것도 쓸모가 있긴 해. 그러니까 이 편지는 먼저 "게임은 끝났다. 허드슨이 죄다……"라고 전할 말을 먼저 생각한 후, 약속한 암호문으로 만들기 위해 각 낱말 앞에 두 낱말씩 덧붙였어. 덧붙일 때는 가장 먼저 떠오른 말을 자연스레 쓰게 되지. 그런 말 가운데 사냥과 관련된 말이 아주 많다면, 그 사람은 사냥을 열렬히 좋아하는 사람이라고 봐야 할 거야. 혹시 베도스라는 사람에 대해 아는 거 없어?'

'아, 그러고 보니 아버지가 가을이면 그분에게 초대를 받으

28. 이 "범선barque(현대 영어로는 bark)"은 주요 돛대가 세 개 있고, 각 돛대마다 여러 개의 작은 활대(가로돛대)가 딸린 배다. 리처드 W. 클라크는 「왓슨의 배 이름 명명법에 관하여」에서 이런 이론을 제시했다. 즉, 이 범선의 이름은 왓슨이 지어낸 것인데, 배 이름으로 쓰인 '글로리아 스콧', '노라 크레이나'(「입주 환자」에 나오는 증기선), '소피 앤더슨'(「다섯 개의 오렌지 씨앗」) 등은 모두 왓슨이 과거에 사랑한 여성들의 이름이라는 것이다.

셨던 기억이 나는데, 그분의 사냥터에서 사냥을 하자는 초대였어.'

'그렇다면 분명 이건 그분이 보낸 거로군. 이제 우리는 뱃사람 허드슨이 남들에게 신망을 받는 부유한 두 사람을 협박한 그 비밀이 무엇인가를 알아내기만 하면 돼.'

'아, 홈즈, 그 비밀이란 건 치욕스러운 죄와 관련이 있겠지.' 내 친구가 외쳤어. '하지만 자네에게는 아무것도 감추고 싶지 않아. 이것 좀 봐. 허드슨 때문에 곧 위험이 닥쳐올 것을 아시고 아버지가 쓰신 글이야. 아버지가 의사에게 말한 대로, 일본 장식장 안에서 찾아냈어. 이걸 자네가 좀 읽어줘. 난 직접 읽어볼 용기도 기운도 없어.'

왓슨, 이게 바로 그가 내게 건네준 문서야. 내가 그날 밤 서재에서 그에게 읽어주었듯이 자네에게도 읽어주지. 보다시피, 겉봉에는 이렇게 쓰여 있어. '범선 글로리아스콧호[28]의 항해(1855년 10월 8일 팰머스 항을 떠나 11월 6일 북위 15도 20분, 서경 25도 14분 해역에서 침몰)에 얽힌 자초지종.' 아들한테 보내는 편지 형식인데 이런 내용이야.

'사랑하고 또 사랑한 아들아, 내 인생의 말년을 암담하게 뒤덮을 치욕의 날이 다가오기 시작하니, 비로소 이렇게 진실하고 정직하게 털어놓게 되는구나. 지금 내 가슴이 미어지는 것은 법이 무서워서도 아니고, 이 고장에서 내 지위를 잃게 되어서도 아니고, 나를 아는 모든 이들의 눈앞에서 내가 몰락하게 되어서도 아니다. 나를 사랑하는 네가 나 때문에 수모를 당할 일이 걱정되어서다. 애오라지 나를 존경할 뿐 나를 흠잡을 이유가 없었던(그랬겠지?) 네가 나 때문에 말이다. 그러나 평생 내 머리 위에 드리워져 있던 불행이 마침내 나를 덮치면, 네가 이 글을 읽어주기를 바라며 쓴다. 내가 얼마나 비난받아 마땅한 인간인지를 내게 직접 들을 수 있도록 말이다. 그렇지만 모든 일이 무사히 해결된다면(전능하고 자애로운 주여, 부디 그리 되게 하소서!), 우연히 이 문서가 파괴되지 않은 채 네 수중에 들어간다 해도, 간절히 부탁건대 당장 이것을 불길 속에 내던지고 다시는 생각지도 말기 바란다. 네가 지닌 성스러운 모든 것에 맹세코, 사랑하는 네 어머니의 추억에 맹세코, 우리 부자지간의 사랑에 맹세코 말이다.

그런데도 지금 네가 이 글을 계속 읽고 있다면, 그건 내 과거가 이미 폭로되어 내가 집에서 끌려나갔거나, 아니면 너도 알다시피 내 심장이 약하니 내가 제 풀에 쓰러져 죽음으로 영원히 입을 봉했을 가능성이 높겠구나. 어찌 됐든 과거를 덮어둘 시간은 지났다. 다만 용서를 빌며 맹세컨대, 이제 내가 들려줄 모든 이야기는 있는 그대로 사실이다.

사랑하는 아들아, 내 성씨는 트레버가 아니다. 젊은 시절 나는 제임스 아미티지[29]였다. 몇 주 전에 네 대학 친구가 내 비밀을 알아차린 듯한 말을 했을 때 내가 얼마나 충격을 받았을지 너도 이제 이해할 수 있을 거다. 아미티지였던 나는 런던의 어느 은행에 취직했는데, 법을 어겨서 유형 선고를 받았단다. 그렇다고 나를 너무 나쁘게 생각하진 말아다오, 아들아. 나는 도박 빚을 져서 그걸 갚느라고 공금을 꺼내 썼지만, 그 사실이 밝혀지기 전에 꺼내 쓴 돈을 채워 넣을 수 있을 거라고 굳게 믿었단다. 하지만 끔찍한 불운이 나를 덮치고 말았지. 내가 기대했던 돈은 수중에 들어오지 않고, 예상보다 빨리 회계감사를 받는 바람에 그만 탄로가 나고 만 거야. 지금이라면 관대한 처분을 받을 수도 있을 텐데, 30년 전에는 법 집행이 한결 더 가혹해서, 나는 스물세 번째 생일에 중죄인이 되어 서른일곱 명의 다른 죄수와 함께 오스트레일리아[30]행 범선 글로리아스콧호 중갑판에 몸을 싣게 되었다.

29. 「얼룩 띠」에 나오는 퍼시 아미티지와는 뚜렷한 연관이 없다.

30. 로버트 휴스가 『운명의 해안』에 쓴 글에 따르면, 17세기에는 작은 범죄를 저지른 죄수라도 '버지니아 회사'를 키우기 위해 아메리카로 7년 유형 선고를 내렸다. 그러나 아메리카가 독립한 후에는 더 이상 그곳으로 유형을 보낼 수 없었다. 1788년에 오스트레일리아의 초대 총독 아서 필립이 배 11척을 이끌고 보터니 만에 상륙했는데, 그중 일곱 척에 700명이 넘는 남녀 죄수가 타고 있었다. 그들은 정부나 개인 고용주를 위해 노동을 했다. 이후 수십 년 동안 죄수들이 오스트레일리아 동부 식민지(태즈메이니아 섬 등)에 대대적으로 투입되었다. 휴스의 보고에 따르면, 1850년에 유형수 폐지 노력이 결실을 거둬가고 있었지만, "갓 점령한 서부 식민지는 유형수를 원한다고…… 선언했다." 1868년 유형 정책이 완전히 폐지될 때까지 오스트레일리아로 보내진 유형수는 동부가 약 15만 명, 서부가 1만 명에 이르렀다. (「보스콤밸리 사건」 13번 주석 참고)
오스트레일리아에서 죄수들의 노동 조건은 어느 모로 보나 부당할 만큼 가혹하지는 않았다. 하지만 유형 정책에 반대한 이들이 보기에, 시민 개인을 위해 무료로 노동력을 제공한다는 것은 노예제도나 다름없었다. 젊은 제임스 아미티지가 보기에, 미지의 땅으로 추방당해 중노동을 해야 할지도 모른다는 것은 정말 가혹한 처벌로 여겨졌을 것이다.

31. 크림 전쟁(1853-1856)은 크림 반도를 둘러싸고 러시아가 오스만 튀르크 제국과 영국, 프랑스, 프로이센, 사르디니아 공국 연합군과 벌인 전쟁이다. 러시아가 튀르크 제국 내 정교회 교도들에 대한 보호권을 주장한 것이 전쟁의 직접적인 계기다. 또한 러시아 정교회와 로마 가톨릭이 팔레스타인 성지에 대한 권한을 놓고 다툼으로써 러시아와 프랑스 사이에 분쟁이 일어난 것도 큰 요인이다. 이 전쟁에서는 교전국이 모두 제대로 준비를 갖추지 않은 데다 지휘 체계가 형편없었다. 질병으로 사망한 병사만 해도 25만 명에 이르렀다. 크림 전쟁은 동유럽 열강들의 이해관계를 해결하지 못했지만, 훗날 이탈리아와 독일이 각각 통일을 이룩하는 계기가 되었고, 러시아 국내에서는 패전을 계기로 근대화 운동이 일어나 1861년의 농노해방을 비롯하여 일련의 개혁이 추진되었다.

32. 「글로리아스콧호」 사건 시점이 언제인가에 대해서는 이론이 분분하다. 1855년이 "30년 전"이라면, 사건 시점은 1885년이 된다. 그러나 『주홍색 연구』에 따르면 홈즈와 왓슨이 처음 만난 것은 1881년 무렵이고, 이 사건은 홈즈가 왓슨을 만나기 오래전인 대학생 시절에 일어난 것으로 되어 있다. 따라서 그 시점이 "크림 전쟁이 한창"이던 "1855년"이 아니었거나 "30년 전"이 아니었다. 좀 더 따져보자.

1. 허드슨이 트레버를 "마지막으로 만난 지 30년도 더 흘렀"다고 말한 것은 그 일이 "30년 전"이라고 트레버가 회상하고 있는 것과 일치한다.
2. 트레버가 팰머스에서 글로리아스콧호를 탄 것은 스물세 살 생일 때였고, 홈즈와 만났을 때에는 흰머리가 나고 "건장하고 멀쩡한 노인네"였다. 그렇다면 역시 그사이에 줄잡아 30년은 흘렀다고 보는 게 옳다.
3. 홈즈는 1854년경에 태어났다(「그의 마지막 인사」에서 사건 시점인 1914년에 홈즈가 "예순 살"

때는 1855년, 크림 전쟁[31]이 한창이어서,[32] 옛 유형수 호송선은 흑해에서 화물 운송에 쓰이고 있었다. 그래서 정부는 어쩔 수 없이 크기도 작고 부실한 배로 죄수를 실어 나를 수밖에 없었지. 글로리아스콧호는 원래 중국의 홍차를 운송하던 무역선이었는데, 뱃머리가 무겁고 선폭이 넓은 구닥다리 소형 선박이라서 새로운 쾌속 범선[33]에 밀려난 배였다. 500톤 급의 배로 서른여덟 명의 죄수 외에 선원 스물여섯 명, 병사 열여덟 명, 항해사 세 명, 선장, 의사, 목사, 그리고 간수도 네 명이 탔지. 팰머스에서 출항할 때 거의 100명 가까운 사람이 탄 거야.

호송선의 감방 칸막이는 보통의 호송선과 달리 두꺼운 떡갈나무가 아니라 얇고 연약한 판자로 되어 있었다. 고물 쪽에 있던 내 감방 바로 옆에는 우리가 부두에서 끌려갈 때 유난히 눈길을 끌던 사람이 갇혀 있었지. 그 청년은 수염도 없이 맑은 얼굴에 코는 가늘고 긴데, 턱은 호두 까개처럼 생겼어. 고개를 바짝 쳐들고 아주 거들먹거리듯 걸었는데, 키가 늘씬하다는 게 무엇보다 눈에 띄더구나. 우리 중에서 그의 어깨 높이만큼 키가 큰 사람도 없었을 거다. 줄잡아 키가 2미터는 되었을 거야. 처량하고 지친 얼굴만 눈에 띄는 배 안에서 당차고 활력이 넘치는 사람을 만나자 나는 기분이 참 묘했다. 마치 눈보라 속에서 모닥불을 본 심정이랄까. 그가 내 옆방에 있다는 것을 알고 난 반가웠다. 그런데 더욱 반가운 것은, 한밤중에 그가 칸막이 판자의 틈새에 대고 내게 속삭이는 소리를 들었다는 거야. 그 틈새는 그가 일부러 깎아낸 것이었지.

"어이, 친구!" 그가 말했다. "이름이 뭐야? 이 배에는 왜 탔어?"

내가 대답하고 같은 질문을 했지.

"나는 잭 프렌더개스트야."[34] 그가 말했어. "그런데 맹세코, 자네는 장차 나한테 고마워하게 될 거야."

이라는 말이 나온다). 젊은 빅터 트레버가 홈즈와 또래라고 보면, 빅터도 1854년쯤에 태어났을 것이다. 나중에 트레버 씨는 잉글랜드에 돌아온 지 "20년 이상" 되었다고 말한다. 잉글랜드에 와서 결혼하고 아들 빅터도 낳았을 것이다. 『주홍색 연구』의 연대가 옳다면 「글로리아스콧호」 시점은 적어도 홈즈가 왓슨을 만나기 전인 1880년이나 1881년 이전이어야 한다. 그리고 그때로부터 "20년 이상" 전이라면 1860년 이전, 곧 1850년대라고 할 수 있다. 그렇다면 이것은 홈즈가 태어난 1854년과 얼추 일치한다. 따라서 「글로리아스콧호」의 사건 시점은 일단 그로부터 약 20년 후인 1874년으로 볼 수 있다.

4. 트레버 씨는 "광산 일"을 했고 "금광"에서 돈을 벌었다고 했는데, 그것이 오스트레일리아에서 금을 캤다는 의미라면, 그것은 "30년 전"일 수가 없다. 1874년의 30년 전은 1844년인데, 오스트레일리아의 금광이 개발되기 시작한 것은 1851년 2월부터이기 때문이다. (45번 주석 참고)

5. 오스트레일리아로의 유형수 호송이 1846년에 끝났다는 잘못된 정보 때문에 '글로리아스콧호'의 항해 시점이 1855년 무렵일 수 없다고 잘못 생각한 연대기 연구자들이 많았다. (30번 주석 참고)

이렇게 모순된 정보 중 어느 것이 옳을까? 이 문제는 풀 길이 없는 듯하다. (위 논증 가운데 1번과 2번은 "30년 전"이 옳다는 것이고, 3번과 4번은 "1855년"이 옳다는 것이다. 편집자는 일단 1855년이 옳다는 쪽에 손을 들어주고 있다. 트레버 씨가 "스물세 살"이 아닌 서른세 살에, 그리고 "30년 전"이 아닌 20년 전에 유형수 호송선을 탔다면 모순이 사라진다. 번역에서도 당시 서른세 살이었다고 보고 어투를 번역했다—옮긴이)

33. "쾌속 범선clipper(클리퍼)"의 선구는 볼티모어 클리퍼. 이 배는 미국 해군이 1812년 전쟁 때 영국 상선의 접근을 막기 위해 사용한 것으로, 가볍고 빠르게 연안을 질주한 스쿠너 범선이다. 이것이 진화해서 진짜 쾌속 범선(양키 클리퍼)이 되었다. 클리퍼는 세 개의 수직 돛대에 돛을 펼치고 빠르게 나아간 배로, 선체의 폭이 좁고 길이는 길고 뱃머리가 뾰족하다. 가장 빠른 클리퍼가 건조된 것은 1850-1856년으로, 이때는 빠른 속도에 대한 요구가 강했던 시기다. 황금을 찾아 캘리포니아로 몰려가는 사람들에게는 빠른 것이 최고였다(1851년에 처음 돛을 올린 '날아가는 구름Flying Cloud'호는 뉴욕 시티에서 샌프란시스코까지 89일 만에 항해해서 신기록을 세웠다). 영국에서도 중국 홍차와 아편 수입 경쟁이 치열해 무엇보다 빠른 클리퍼를 선호했다. 새순 홍차 제품을 수입할 때는 더욱 그랬다. 영국에서 가장 유명한 클리퍼는 '말괄량이Cutty Sark'호였다. 1869년에 처음 돛을 올린 아름다운 범선인데, 당시 증기선이 대대적으로 개량됨에 따라 클리퍼 전성시대는 이후 곧 막을 내렸다.

34. 「다섯 개의 오렌지 씨앗」에서 홈즈가 "탱커빌 클럽 스캔들 사건 때" "프렌더개스트 소령"을 구해 주었다는 말이 나온다. 그러나 그 소령이 여기 나오는 범죄자와 어떤 관계인지는 알 수 없다.

35. 요즘 구매력으로 약 2,200만 달러(200여 억 원—옮긴이)에 달하는 거액이다.

나는 그가 저지른 사건을 기억하고 있었지. 내가 체포되기 얼마 전에 온 나라를 들썩이게 한 사건이었거든. 그는 좋은 가문에서 태어났고 능력도 대단했는데, 구제 불능인 나쁜 버릇이 몸에 배어, 기발한 사기술로 런던에서 내로라하는 상인들에게 거액을 가로챈 사람이었다.

"아하! 내 사건을 잘 알고 있군?" 그가 자랑스럽게 말했어.

"물론 잘 알지."

"그럼 거기에 뭔가 이상한 점이 있다는 것도 알겠어?"

"이상하긴 뭐가?"

"나는 25만 파운드[35]쯤 챙겼지, 알고 있나?"

"그랬다고 들었어."

"그런데 돈을 돌려받았다는 사람이 없어. 안 그래?"

"맞아."

"그럼 그게 어디로 갔을까?"

"내가 어떻게 알겠어?"

"바로 내 수중에 있지." 그가 외쳤어. "맹세코, 나한테는 자네 머리털보다 많은 파운드가 있어. 이봐, 돈이 있는데 그 돈을 굴릴 줄도 뿌릴 줄도 안다면, 세상에 못 할 게 없지. 그래, 뭐든지 할 수 있는 사람이 말이야, 쥐가 들끓고 바퀴벌레가 득실거리는 중국 무역선의 곰팡이 핀 널 같은 냄새나는 화물칸에 바지 궁둥이나 비비며 앉아 있을 거라고는 자네도 생각지 않겠지? 그럴 수야 없지. 그런 사람은 제 한 몸 돌볼 줄 알고, 친구도 돌볼 줄 알지. 아무렴! 그런 사람을 붙들고 늘어지라고. 장담컨대 그런 사람이라면 자네를 끝까지 책임질 거야."

그의 말은 언제나 그런 식이었다. 처음에는 그게 순 허풍인 줄만 알았지. 하지만 얼마 후 그가 나를 시험해보고 엄숙하게 온갖 맹세를 하게 하더니, 배를 탈취할 계획을 털어놓더구나. 열두 명의 죄수들이 승선을 하기 전에 이미 계획을 짜두었다는

잭 프렌더개스트.
시드니 패짓 그림, 《스트랜드 매거진》(1893)

거야. 프렌더개스트가 두목이었는데, 그게 다 그의 돈 때문이
었지.

"나한테 동지가 있는데, 보기 드물게 좋은 친구야." 그가 말
했어. "총신에 붙은 개머리판만큼이나 믿음직하지. 돈은 그가
갖고 있는데, 지금 그가 어디 있을 것 같나? 하, 그는 바로 이
배의 목사야, 목사! 그는 목사답게 검정 외투를 걸치고 제대로

36. 폴 리비어 이야기 「빨간 군인이 온다! 빨간 군인이 온다!」를 들어본 미국 어린이라면 누구나 아는 사실인데, 전 시대를 통틀어 영국 육군의 군복은 주된 색이 빨강이었다. 〔폴 리비어(1735-1818)는 미국 독립전쟁 때의 국민적 영웅으로, 1775년 4월 18일 밤 보스턴 주민들에게 빨간 군복을 입은 사람들Redcoats, 곧 영국군이 쳐들어오고 있다는 것을 알리기 위해 필사적으로 말을 몰았다. 유명한 그 모습은 H. W. 롱펠로의 시에도 나온다―옮긴이〕『연붉은 부대 : 1751년에서 1914년까지의 영국 육군의 군복』을 보면, 당시 병사들은 빨간 상의의 군복 외에 솔기가 노란 줄무늬로 된 검정 바지에 턱 끈이 있는 검정 모자를 썼다.

37. 오스트레일리아로 항해하려면 영국해협을 건너야 했을 것이다. 그래서 비스케이 만의 북쪽 끝에 있는 브레스트 항을 지나, 스페인을 돌아서, 지중해 어귀를 지나, 아프리카와 케이프 혼을 돌아가게 된다. 잉글랜드와 오스트레일리아를 오가는 무역선은 대부분 리버풀 항과 멜버른 항을 이용했다. '세상에서 가장 빠른 배'로 소문난 '마르코폴로호'는 보통 72일 정도 걸렸다. 자매 클리퍼인 '번개호'는 7일 동안 날마다 약 500킬로미터를 항해하는 기록을 세웠다.(평균 시속 약 21킬로미터―옮긴이) 팰머스에서 비스케이 만 남쪽 끝(스페인의 라코루냐 만)까지의 직선거리는 약 1,000킬로미터. 따라서 트레버가 말한 이 시점은 항해한 지 사나흘쯤 되었을 때라고 볼 수 있다.

된 신분증까지 갖고 이 배에 탔지. 그가 가져온 궤짝에는 용골부터 고패까지 이 배를 통째로 사고도 남을 돈이 들어 있다구. 선원들은 영혼에 몸뚱이까지 다 그의 거야. 아주 대량으로 현금 할인을 해서 사버렸다구. 그들이 계약서에 서명을 하기도 전에 말이야. 간수 둘과 이등 항해사 머리어도 손에 넣었지. 필요하다고 생각했다면 선장도 구워삶았을 거야."

"그럼 우리가 할 일은 뭐지?" 내가 물었다.

"그야 두말하면 잔소리지." 그가 말했어. "군복을 양복쟁이가 물들여준 것보다 더욱 빨갛게 만들어줄 작정이야."[36]

"하지만 그들은 무장하고 있잖아."

"이봐, 그건 우리도 마찬가지야. 모든 사나이들한테 나눠줄 쌍권총을 준비해뒀어. 그러니 우리가 선원들을 등에 업고도 이 배를 손에 넣지 못하면 우린 엄마 젖이나 더 빨아야겠지. 자네는 오늘 밤 왼쪽에 있는 친구를 넌지시 떠봐. 믿을 만한지 말이야."

나는 시키는 대로 했다. 알고 보니 왼쪽 감방에는 나랑 처지가 비슷한 젊은이가 있었어. 위조범이었지. 성씨는 에번즈였는데, 나처럼 이름을 바꾸고, 지금은 잉글랜드 남부에서 부유하게 잘 살고 있단다. 그 역시 음모에 동참할 준비가 되어 있었어. 달리 뾰족한 수도 없었으니까 말이다. 그래서 만灣[37]을 다 가로지르기 전에 죄수들 가운데 이 비밀을 모르는 자는 두 명뿐이었지. 그중 한 명은 워낙 소심해서 믿을 수가 없었고, 다른 한 명은 황달을 앓아서 쓸모가 없었어.

사실상 처음부터 우리가 배를 손에 넣는 데 거치적거리는 건 아무것도 없었다. 선원은 이번 음모를 위해 특별히 뽑은 건달들이었지. 가짜 목사는 전도용 전단이 가득 든 검정 가방을 들고 우리를 교화한답시고 감방을 누비고 다녔어. 워낙 열심히 오락가락한 덕분에 사흘째가 되자 누구나 침대 발치에 쇠

자르는 줄과 권총, 화약 1파운드, 납 총알 20발씩을 감춰두게 되었지. 간수 둘은 프렌더개스트의 앞잡이였고, 이등 항해사는 그의 오른팔이었어. 우리 편이 아닌 것은 선장과 항해사 둘, 간수 둘, 마틴 대위와 병사 열여덟 명, 그리고 의사뿐이었지. 거사가 아무리 식은 죽 먹기라 해도 각별히 조심해서, 밤중에 기습을 하기로 했어. 하지만 거사가 예상보다 앞당겨졌는데, 사연은 이러했다.

그러니까 출항한 지 3주쯤 지난 어느 날 저녁이었지. 의사가 병든 죄수를 살펴보러 내려왔는데, 침대에 손을 짚었다가 그만 권총을 만지게 된 거야. 그가 시치미를 뗐다면 거사는 물 건너가고 말았을 거다. 그런데 그는 무척이나 소심한 인물이어서, 화들짝 놀라 소리를 지르며 안색이 창백해지는 바람에, 죄수가 바로 상황을 파악하고 그를 붙들었지. 그리고 외쳐대기 전에 입에 재갈을 물리고, 침대에 묶어놓았어. 죄수는 갑판으로 이어진 문을 땄고, 우리는 한꺼번에 몰려 나갔지. 보초 두 명을 총으로 쏘아 쓰러뜨리고, 무슨 일이 일어났는지 알아보러 달려온 상병도 처치했어. 특등실 문 앞에도 병사 두 명이 더 있었는데, 그들의 머스킷 총[38]은 장전이 되어 있지 않은 모양이었어. 우리를 향해 발사하지 않고 총검을 꽂으려고 하다가 우리 총에 맞았거든. 그 후 우리는 선장실로 들이닥쳤는데, 문을 열어젖히는 순간 안에서 총성이 울렸어. 선장은 탁자에 펼쳐놓은 대서양 해도에 머리를[39] 박고 쓰러져 있었고, 그 옆에는 연기가 피어오르는 권총을 든 목사가 서 있었어. 항해사 두 명은 선원들이 붙잡았지. 이걸로 일은 다 끝난 듯했어.

특등실은 선장실 옆에 있었지. 우리는 그곳으로 몰려가서 긴 등받이 의자에 털썩 주저앉아, 다시 자유를 얻었다는 생각에 거의 광분해서 왁자지껄 떠들어댔어. 특등실은 사방에 벽장이 있었는데, 가짜 목사 윌슨이 벽장 하나를 열어서 갈색 셰리주

38. 머스킷 총은 이때 이미 고물이 된 지 오래였다. 15세기 중엽 스페인에서 개머리판을 어깨에 대고 쏘는 화승총을 처음 만들었고, 이것을 16세기에 좀 더 개량한 것이 머스킷 총이다. 화승(화약심지)에 불을 붙여 발사하는 총으로, 총알은 총구로 집어넣어 장전했다(18세기까지 대부분의 총이 이렇게 장전을 했다). 이어 17세기 중반에 부싯돌식 점화장치가 발명되었고(왓슨이 바로 이 수발총에 부상을 당했다), 19세기 초에는 뇌관식 점화장치가 발명되어 크림전쟁 때 대대적으로 사용되었다. 알렉상드르 뒤마의 1844년 소설 『삼총사』의 원제가 바로 '세 명의 머스킷 총병'인데, 소설의 무대는 17세기 초다—옮긴이.

39. 미국 판본에는 "피 묻은 머리를"로 되어 있다.

를 한 다스 꺼냈지. 우리가 병을 따서 큰 잔에 따라 막 건배를 하고 있을 때였어. 느닷없이 머스킷 총을 일제사격 하는 소리가 우리 귀청을 찢었다. 특등실 선실은 화약 연기로 가득 차서 탁자 건너편이 보이지 않을 정도였어. 연기가 걷히자 실내는 도살장으로 변해 있더구나. 윌슨을 비롯한 아홉 명이 바닥에 포개져서 꿈틀거렸고 탁자 위에는 피와 갈색 셰리주가 흥건했는데 지금도 그것만 생각하면 속이 다 뒤집힌다. 우리는 그걸 보고 어찌나 겁을 먹었는지, 프렌더개스트만 없었다면 다들 포기하고 말았을 거다. 프렌더개스트가 황소처럼 울부짖으며 문밖으로 뛰쳐나갔고, 살아남은 사람들 모두 뒤를 따랐지. 밖에 나가보니 고물 쪽에 대위와 병사 열 명이 모여 있었어. 특등실 탁자 위의 천창이 살짝 열려 있어서, 그들이 그 틈으로 우리를 쏘았던 거야. 그들이 다시 장전을 하기 전에 우리가 덮쳤고, 그

연기가 피어오르는 권총을 든 목사가 서 있었다.
시드니 패짓 그림, 《스트랜드 매거진》(1893)

들은 남자답게 저항했지만 우리가 우세해서 5분 만에 결판이
났지. 그런데 세상에! 그런 도살장 같은 배가 또 있을까? 프렌
더개스트는 격분한 마귀 같았다. 살았든 죽었든 가리지 않고
병사들을 어린애처럼 번쩍 들어서 뱃전 너머로 내던진 거야.
심하게 부상당한 병장 한 명이 있었는데, 놀랍도록 오래 떠 있
었지만 누군가 자비를 베풀어 그의 머리를 날려버렸지. 전투가
끝났을 때 살아남은 적은 간수 둘과 항해사 둘, 그리고 의사뿐
이었다.

　그들을 두고 엄청난 말다툼이 벌어졌지. 나를 비롯한 여러
명은 자유를 찾은 것만으로도 기뻐서 더 이상 살인은 원치 않
았어. 머스킷 총을 든 병사와 싸운 것은 그렇다고 쳐도, 사람들
이 살해당하는 것을 멀쩡한 정신으로 구경하는 것은 다른 문제
였지. 죄수 다섯 명과 선원 셋은 그걸 원치 않았어. 하지만 프
렌더개스트와 그를 따르는 이들은 단호했지. 뒤탈이 나지 않으
려면 깨끗이 처리하는 길밖에 없다는 것이었어. 프렌더개스트
는 나중에 증언대에서 막강한 혀를 나불댈 인간을 남겨두지 않
으려고 한 거야. 우리도 포로들과 운명을 같이할 뻔했지만, 마
침내 그가 말했지. 정 원한다면 보트를 타고 떠나라고. 우리는
그 제안을 얼른 받아들였어. 피에 굶주린 행동에 이미 진저리
를 친 데다 문제가 더 악화될 거라고 봤기 때문이지. 우리는 각
자 선원 복장을 한 벌씩 걸치고 물 한 통과 소금에 절인 쇠고기
한 통, 비스킷 한 통, 나침반 하나를 받았다. 프렌더개스트는
해도를 던져주며 말하더구나. 우리가 위도 15도, 서경 25도[40]
에서 난파한 선박의 선원인 걸로 하라고 말이야. 그러더니 보
트를 맨 밧줄을 끊고 우리를 떠나보냈지.

　자 이제, 아들아, 가장 놀라운 얘기를 해야 할 대목에 이르렀
구나. 폭동이 진행 중일 때, 선원들은 앞 돛대의 맨 아래 활대
를 당겨서 역풍을 받게 해두었지만, 우리가 떠나자 다시 원래

40. "위도"는 트레버가 앞서 쓴 제목에 따르면 북
위를 뜻한다. 그렇다면 이 위치는 아프리카 서해안
의 카보베르데 군도의 한복판이 된다.(다음 주석 참
고)

41. 트레버가 지금 말한 위치는 배가 가라앉았다는 곳과 너무 동떨어진 곳이다. 어니스트 블룸필드 자이슬러가 『베이커 스트리트 연대기』라는 저술에서 계산한 것에 따르면, 앞서 배가 난파했다는 위치가 옳다고 가정할 때, 카보베르데 군도까지는 북쪽으로 200여 킬로미터, 아프리카 해안까지는 동쪽으로 약 240킬로미터에 불과하다. 그런데 트레버 일행이 그 군도에서 남쪽 800킬로미터, 아프리카 해안 서쪽 1,120킬로미터 지점에 있는 게 사실이라면, 그들의 현재 위치는 북위 10도, 서경 24도가 된다. 그러나 프렌더개스트가 트레버 일행을 보트에 태워 보낸 곳이 실제로 북위 15도 서경 25도라고 말한 건 아니다. 그곳에서 난파했다고 '주장'하라고 한 것일 뿐이다. 프렌더개스트의 그런 말은 사실 너무 어수룩하다. 실제로 그곳에서 난파했다면, 선원들은 해도를 살짝만 보면 아주 쉽게 카보베르데 군도로 갈 수 있기 때문이다.

42. 트레버가 말한 현 위치가 옳다면 시에라리온은 적절한 목적지다. 시에라리온은 아프리카 서해안의 기니 공화국 바로 남쪽에 있는 나라다.

대로 돌려놓았다. 때마침 가벼운 북동풍이 불어서, 범선은 서서히 우리에게서 멀어졌어. 우리 보트는 큰 너울에 오르락내리락했지. 그 무리 중에서 가장 교육 수준이 높았던 에번즈와 나는 뱃머리에 앉아 우리의 현재 위치를 가늠하고 장차 어디로 향할지 궁리했다. 그건 머리를 좀 굴려야 할 문제였거든. 카보베르데 군도까지는 북쪽으로 800킬로미터, 아프리카 해안까지는 동쪽으로 1,120킬로미터나 되었으니까.[41] 바람은 대체로 북쪽으로 불어가고 있어서 우리는 시에라리온으로 가는 게 가장 나을 거라 보고 그쪽으로 뱃머리를 돌렸지.[42] 그때 범선은 우리의 우현에 있었는데, 이제 돛대와 돛만 보이고 선체는 보이지 않았어. 우리가 범선을 바라보고 있을 때, 느닷없이 범선에서 시커먼 연기가 뭉클 피어오르더구나. 연기는 수평선 위로 괴물 나무처럼 벌떡 일어섰지. 몇 초 후 벽력같은 폭음이 울렸고, 연기가 걷히자 글로리아스콧호는 자취도 없이 사라지고 말았어. 우리는 당장 뱃머리를 그쪽으로 돌리고 전력을 다해 노를 저어 갔지. 재앙의 현장이라는 것을 나타내는 연기만 수면에 흐릿한 그곳으로 말이다.

그곳에 이르기까지는 한 시간 족히 걸렸다. 처음에는 우리가 너무 늦어서 아무도 구할 수 없는 줄 알았어. 박살 난 선박 잔해와 수많은 궤짝들, 돛대 파편들이 파도에 오르락내리락하는 것을 보니 범선이 침몰한 게 분명했는데, 생존자는 눈을 씻고 찾아봐도 없었지. 그래서 낙담을 하고 막 떠나려는데 살려달라고 외치는 소리가 들렸어. 다소 멀리 떨어진 곳에 한 남자가 난파선 잔해에 몸을 걸치고 있더구나. 우리는 그를 보트로 끌어올렸다. 알고 보니 그는 허드슨이라는 이름의 젊은 선원이었어. 심한 화상을 입고 탈진까지 해서 이튿날 아침이 되어서야 범선에서 무슨 일이 일어났는지 우리에게 말해줄 수 있었지.

우리가 떠난 후 프렌더개스트와 그의 일당은 나머지 다섯 명

"우리는 그를 보트로 끌어 올렸다."
시드니 패짓 그림, 《스트랜드 매거진》(1893)

43. 허드슨은 왜 그렇게 생각했을까? 그는 "젊은 선원"이 아니라 "여남은 명의 죄수" 가운데 한 명이었을까? 아마도 허드슨을 비롯한 몇 명은 배가 폭파될 때 바다로 뛰어들었을 텐데, 그런 사람들이 무슨 일이 일어났는가를 과연 사실대로 알 수 있을까?

의 포로를 처형하기 시작했어. 간수 둘을 사살해서 바다로 던져버리고, 삼등 항해사도 그렇게 했지. 그런 다음 프렌더개스트는 중갑판으로 내려가 직접 외과 의사의 목을 찔렀어. 남은 것은 일등 항해사뿐이었지. 그는 대담하고 적극적인 남자였어. 죄수가 피 묻은 칼을 손에 들고 다가오는 것을 본 그는 여태 용을 써서 느슨하게 만든 결박을 풀어헤치고 갑판 아래로 달려 내려가 화물칸으로 뛰어들었지.

여남은 명의 죄수가 권총을 들고 그를 뒤쫓아 내려갔어. 그는 화약통 뚜껑을 열어둔 채 성냥을 들고 있었지. 그곳에는 화약이 100통이나 실려 있었어. 그는 자기를 건드리면 배를 날려버리겠다고 으름장을 놓았지. 잠시 후 폭발이 일어났는데, 허드슨은 그게 항해사의 성냥불 때문이 아니라 죄수의 총알이 빗나가서 그랬다고 생각하더구나.[43] 그 이유야 어쨌든, 글로리아스콧호와 그 범선을 탈취한 폭도들은 그렇게 최후를 맞고 말았다.

44. 트레버의 얘기가 꾸며낸 말이라고 결론지은 H. W. 벨은 핫스퍼호 선장이 아홉 명의 난파 선원을 심문하지 않았다는 것은 믿기 힘든 일이라며 다음과 같이 주장했다. "그들이 실제로 프렌더개스트가 제안한 대로 난파 위치를 댔다면, 손쉽게 조사가 이루어져 폭동 사실이 드러나 폭도들은 체포되었을 것이다." 그러지 않았다는 것이 이 이야기의 신빙성을 떨어뜨린다는 게 벨의 주장이다.(아래 47번 주석 참고)

45. "광산"이란 두말할 것 없이 밸러래트를 중심으로 한 금광 지역을 말한다.(오스트레일리아의 황금 광산에 대해서는 「보스콤밸리 사건」 주석 참고) 오스트레일리아의 이 금광이 개발되기 시작한 것은 1851년 2월부터다. 1854년 무렵에는 이미 '개발 붐'이 끝나서 멜버른 등의 도시는 심각한 경기 침체를 겪게 되었다. 트레버가 제시한 시기는 이런 사실과 맞아떨어지지 않기 때문에, 트레버와 에번즈가 "부자"가 된 것이 금광 덕분이라고 보기 어렵다. 그렇다 해도 "광산"을 언급했다는 것은 트레버가 오스트레일리아에 간 것이 1851년 2월 이후라는 확실한 증거다.(32번 주석 참고)

46. 그가 선원이 맞다면 프렌더개스트에게 매수되어 폭동에 가담한 죄인인데, 어떻게 그런 사실을 폭로하겠다고 위협할 수 있었을까? 잃을 것도 별로 없고 이판사판이라서 막간 것일까?

47. 홈즈는 트레버 씨의 이야기를 그대로 믿었을까? H. W. 벨을 비롯한 많은 이들은 트레버의 이야기에 나오는 시간과 장소의 불일치를 고려할 때, 이야기를 그대로 믿기 어렵다고 주장했다. 하지만 "교양은 별로 없었"던 트레버가 지어낸 이야기는 그래도 사실에 매우 가까울 거라고 벨은 주장했다. 공금 횡령과 죄수 호송, 폭동 등이 거짓이라면 아들에게 왜 그런 이야기를 하겠는가? 그래서 벨은 트레버와 베도스, 허드슨이 해적질과 승무원 살해,

사랑하는 아들아, 이것이 바로 내가 연루된 그 끔찍한 사건의 전말이란다. 다음 날 우리는 오스트레일리아로 가던 쌍돛범선 핫스퍼호를 만나 구조되었다. 그 배의 선장은 우리가 난파한 여객선의 생존자라는 말을 선뜻 믿더구나.[44] 해군 본부에서는 죄수 호송선 글로리아스콧호가 해상에서 실종되었다고 결론지었고, 그 후 이 사건의 진실은 그대로 묻히고 말았다. 핫스퍼호는 순조롭게 항해해서 우리를 시드니에 내려주었지. 거기서 에번즈와 나는 이름을 바꾸고 광산[45]으로 향했단다. 그곳엔 온갖 나라 사람들이 몰려들었기 때문에 과거를 쉽게 묻어버릴 수 있었다.

나머지는 말할 필요가 없을 것 같다. 우리는 부자가 되어 두루 여행을 하다가, 부유한 식민지 개척자로 잉글랜드로 돌아와 이 고장의 땅을 샀다. 그 후 20년 이상 평온하고 보람찬 인생을 살았고, 우리의 과거는 영영 묻혀버리기만 바랐지. 그런데 상상해보렴. 우리를 찾아온 선원을 보자마자 그가 난파선에서 구해낸 사람이라는 것을 알아보았을 때의 내 심정을 말이다. 기어이 우리를 찾아낸 그는 우리에게 빌붙어 살려고 했지. 이제 너는 내가 어째서 그와 사이좋게 지내려고 했는지 이해할 것이다. 다른 먹잇감을 찾아 나를 떠나며 그가 으름장을 놓았을 때[46] 내가 얼마나 두려움에 떨었는지도 어느 정도 공감하겠지.'

이 아래 쓴 글은 너무 손을 떨면서 쓰는 바람에 알아볼 수가 없군. '베도스가 암호 편지를 보내왔구나. H가 죄다 말했다고. 오 주여, 우리를 불쌍히 여기소서!'

이것이 내가 그날 밤 친구 트레버에게 읽어준 거야.[47] 왓슨, 그런 상황에서 이 얘기는 친구에게 정말 충격이었겠지. 선량한 그 친구는 상심을 해서, 인도의 타라이[48] 차 농장으로 떠났어. 하지만 지금은 잘 살고 있다더군. 그 선원과 베도스는 경고 편

지가 온 그날 이후 둘 다 사라졌어. 아주 감쪽같이 종적을 감추고 말았지. 경찰에는 아무런 고발도 접수되지 않았는데 베도스는 착각을 한 거야. 허드슨이 그저 협박만 했는데 정말 고발한 줄 안 거지. 허드슨이 숨어 다니는 것을 목격한 사람이 있어서, 경찰은 허드슨이 베도스를 해치우고 달아났다고 믿었어. 하지만 내 생각은 그 반대야. 허드슨이 이미 폭로한 것으로 믿고 절망에 빠진 베도스가 허드슨에게 복수를 하고 수중에 있는 돈을 챙겨 해외로 도피했을 가능성이 가장 크다고 봐. 의사 선생, 이것이 바로 사건의 진상이야. 이 얘기가 쓸 만하다면 자네 마음대로 해도 좋아."[49]

글로리아스콧호의 침몰과 연루된 범죄자일 거라고 주장했다. 앞의 두 명은 허드슨을 배신하고 약탈한 것을 나눠 가졌는데, 죽은 줄 알았던 허드슨이 나타나서 복수를 하려고 했다는 것이다.

48. 인도 북부와 네팔 남부 지역으로, 히말라야 산맥 저지대와 나란히 뻗어 있는 지역. 타라이는 '축축한 땅'이라는 뜻이다. 이 지역은 아열대 늪지라서 숲과 들로 이루어진 네팔의 다른 산악 지대와는 사뭇 대조를 이룬다. 『브리태니커 백과사전』 11판에 따르면, "이곳은 어디나 건강에 매우 좋지 않고, 말라리아 항체를 지닌 듯한 부족만 살고 있다." 지금은 농경지로 개간되어 늪지대는 거의 남아 있지 않다.

49. 시기의 불일치와 「보스콤밸리 사건」과의 유사성 때문에, 「글로리아스콧호」 사건은 실제 사건이 아니라고 주장하는 학자들이 많다. 홈즈가 '사망'한 후 슬픔을 달래기 위해 혹은 금전적인 목적으로 왓슨이 꾸며낸 이야기라는 것이다.

머스그레이브 씨네 의식문[1]

이번 이야기는 시대를 통틀어 가장 유명한 '보물 지도' 사건 가운데 하나다. T. S. 엘리엇은 『대성당의 살인』이라는 걸작 시극詩劇에서 이 이야기를 인용한다. '베이커 스트리트 이레귤러스'는 해마다 모임을 가질 때 바로 이 의식문을 낭송하는 의식을 치른다. 「글로리아스콧호」의 경우처럼 이 사건도 홈즈가 왓슨을 만나기 전에 일어난 것인데, 여기서도 홈즈는 다소 어수룩한 모습을 보인다. 한편 이번 이야기에서도 왓슨은 발표되지 않은 여러 사건을 들먹여서 우리를 감질나게 한다. 또 홈즈가 집 안에서 벽에 대고 총을 쏘아대곤 한다는 얄궂은 버릇을 폭로한다.

1. 「머스그레이브 씨네 의식문」은 1893년 5월 《스트랜드 매거진》에, 1893년 5월 13일 자 《하퍼스 위클리》(뉴욕)에 실렸다.

내 친구 셜록 홈즈의 성격에는 종종 비정상인 데가 있지 않나 하는 생각이 든다. 제 딴에는 누구보다 가지런하게 정돈을 잘하는 사람인 줄 알고, 옷차림도 제법 단정하고 깔끔한 척했지만, 사사로운 버릇을 알고 보면 어수선하기 짝이 없는 사람이어서 한집에 사는 사람의 혀를 내두르게 만들었다. 그렇다고 해서 내가 그런 점에서 조금이라도 고리타분한 건 아니다. 아프가니스탄에서 험하게 뒹굴어본 탓에, 타고난 보헤미안 기질이 한껏 도져서 의사답지 않게 좀 털털해진 탓이다. 나한테도 지저분한 구석은 있다. 그러나 그가 늘 석탄 통 속에 시가를, 페르시아 슬리퍼 코 속에 파이프 담배를 넣어놓고, 답장을 보내지 않은 편지를 벽난로 선반 중앙에 잭나이프로 꽂아둔 것을 보면, 나 정도만 되어도 고결한 축에 낀다는 생각이 절로 든다. 또한 권총 사격 연습은 두말할 나위 없이 언제나 야외에서 심심풀이

182

로 해야 한다는 게 내 지론인데, 홈즈는 기분이 언짢을 때면 방 아쇠가 민감한 권총과 100발의 복서 탄약통[2]을 갖고 안락의자에 앉아 맞은편 벽에 총알—곰보 자국을 내서 애국적인 V.R.자를[3] 새기곤 했다. 그럴 때면 나는 집 안 꼴도 공기도 개선되긴 영 글렀다는 생각이 들었다.

집 안은 항상 화학약품과 범죄 사건 기념물로 넘쳐나서, 그것들이 엉뚱한 곳으로 굴러가 버터 접시나 그보다 더 뜨악한 곳에서 불쑥 나타나곤 했다. 그러나 무엇보다 큰 골칫거리는 그의 문서였다. 문서를 버리려고 하면 그는 질겁을 했다. 그가 맡았던 사건과 관련된 문서는 더욱 그랬다. 크게 마음먹고 문서 색인을 만들면서 정리하는 일은 1년에 한 번 있을까 말까 했다. 두서없는 이런 회고록 어디선가 언급했듯이, 그가 열정적으로 일에 몰두해서 괄목할 만한 성과를 거둔 다음에는 그 반작용으로 무기력증에 푹 빠져서, 바이올린과 책을 벗 삼아 빈둥거리며 식탁까지 오가는 것만 빼고는 소파에 누워 꼼짝도 하지 않으려고 했다.[4] 그래서 다달이 그의 문서는 쌓여만 가서, 이윽고 방구석마다 원고가 수북했는데, 그것을 태워버릴 수도 없고 주인이 아니면 치울 수도 없었다.

어느 겨울밤, 우리가 불가에 앉아 있을 때였다. 홈즈가 스크랩한 것을 비망록에 풀칠해 붙이기를 끝낸 걸 보고 내가 과감히 제안을 했다. 앞으로 두 시간 동안 정돈을 해서 집 안을 좀 더 살 만한 곳으로 만들지 않겠느냐고. 이런 제안의 정당성을 그가 부인할 도리는 없었다. 그래서 그는 청승맞은 얼굴을 하고 침실로 들어가더니, 곧이어 커다란 양철 상자를 끌고 나왔다. 그것을 거실 한가운데 놓아두고, 그 앞에 걸상을 놓고 떡하니 걸터앉더니 뚜껑을 열어젖혔다. 안에는 빨간 끈으로 한 묶음씩 묶어놓은 문서가 이미 3분의 1쯤 들어차 있었다.

"왓슨, 여기 아주 많은 사건이 있어." 그가 개구쟁이 같은 눈

2. "복서Boxer"는 잉글랜드에서 밑바닥 중앙에 뇌관이 있는 실탄을 두루 가리키는 말로 쓰였는데, 1867년에 복서 대령의 이름을 따서 지은 것이다. 그런데 권총용으로도 그런 실탄이 있었을까? 벽에 글자를 새길 수 있을 만큼 구경이 아주 작은 실탄이 있었을까? 그런 실탄을 써서는 벽이 통째로 날아가 버리지 않았을까? 이런 점에 관해 총기류 애호가들의 의견이 아주 분분하다.

3. '빅토리아 여왕Victoria Regina'의 약자다.

4. 『주홍색 연구』 2장에서 왓슨은 이렇게 썼다. "일하려는 마음만 내키면 누구보다도 정열적으로 일했다. 그러나 때로 반작용이 일어나면 거실 소파에 며칠이고 내리 드러누워서, 아침부터 밤까지 한 마디 말도 않고 손가락 하나 까딱하지 않으려고 했다."

5. 대부분의 연대기 작가들은 홈즈가 왓슨과 나란히 앉아 「머스그레이브 씨네 의식문」 사건 이야기를 들려준 때가 언제인가에 대한 문제에 별 관심을 두지 않는다. 이 대목 이야기와 나중에 홈즈가 하는 말("자네도 알다시피 나는 지금 널리 이름이 알려져 있고")로 미루어볼 때, 이 시점은 왓슨이 첫 작품 『주홍색 연구』를 출판한 1887년 이전일 수 없다. 그런데 1891년에 종적을 감춘 홈즈는 1894년이 되어서야 런던에 돌아왔다. 하지만 「머스그레이브 씨네 의식문」이 발표된 것은 1893년이다. 따라서 홈즈와 왓슨이 이 이야기를 나누고 있는 시점은 분명 1887년에서 1891년 사이이다.

6. 여러 학자가 연구한 결과 밤베리는 헝가리 부다페스트 대학의 동양언어학부의 교수이자 유명한 와인 수집가인 아르미니우스 밤베리, 곧 헤르만 밤베르거(1832-1913)인 것으로 확인되었다. 그는 20대의 나이에 토착인의 옷을 입고 수개월 동안 아르메니아와 페르시아 전역을 여행한 후 그 경험을 책으로 펴냈다. 『중앙아시아 스케치』(1868), 『아르미니우스 밤베리의 삶과 모험』(1884), 『나의 투쟁 이야기』(1904) 등이 그것이다. 데이비드 펠거의 말에 따르면, 밤베리는 1885년 런던에 와서 3주를 보내며, 러시아가 중앙아시아를 위협한다고 대중에게 강의했다. 그와 홈즈는 그때 만났을 것이다. 브램 스토커의 『드라큘라』(1897)에 나오는 반 헬싱 교수의 모델이 바로 밤베리라고 믿는 사람도 있다. 스토커가 루마니아와 흡혈귀 신앙에 관한 그의 논문을 참고했을 거라고 보는 것이다.

7. 의료용 알루미늄 목발은 「머스그레이브 씨네 의식문」의 시대에 매우 희귀한 것이었다. 1886년 전 세계 알루미늄 생산량은 15톤에 불과했다. 현대적인 알루미늄 생산기술이 개발된 것이 바로 이때다. 그 후 1888년에 상업적으로 용융할 수 있는 '베이어 공법'이 개발되기 전에는 알루미늄이 금이나 은보다 더 비쌌다. 1900년 무렵 생산량은 8,000톤으

길로 나를 바라보며 말했다. "이 상자 안에 뭐가 들어 있는지 안다면, 여기에 다른 것을 집어넣기는 고사하고 되레 꺼내달라고 매달릴걸?"

"그럼 그게 초기의 사건 기록들이야?" 내가 물었다. "사실 그런 게 있었으면 하고 바랄 때가 많았어."

"아무렴, 이건 모두 초기 기록들이지. 우리 전기 작가께서 영광스레 내 전기를 써주기 전 말이야."[5] 그가 부드럽게 쓰다듬듯이 문서 묶음을 하나씩 집어 들었다. "다 성공한 건 아니었어, 왓슨." 그가 말했다. "하지만 이 중에 아주 멋진 사건들이 있지. 탈레턴 살인 사건, 와인 거래상 밤베리 사건,[6] 러시아 여성의 모험, 알루미늄 목발[7]을 쓴 사람의 기묘한 사건, 그뿐만 아니라 만곡족彎曲足[8]을 앓은 리콜레티와 그의 끔찍한 아내에 관한 온갖 이야기가 여기 다 들어 있어.[9] 그리고 여기, 아 이거야! 이거야말로 그중 압권이지."

그는 상자 밑바닥으로 손을 푹 집어넣어, 장난감 같은 작은 나무 상자를 꺼냈다. 미닫이 뚜껑이 달린 상자 안에서 나온 것은 구겨진 종이 한 장과 구닥다리 황동 열쇠, 실이 감긴 나무못 하나, 동전 같은 녹슨 금속 세 개였다.

"음, 왓슨, 이걸 보니 뭐 생각나는 거 없어?" 내 표정을 보고 히죽 웃으며 그가 물었다.

"묘한 수집품이군."

"아주 묘하지. 여기에 얽힌 이야기를 들으면 더욱 묘하다는 생각이 들 거야."

"이 유물에 내력이 있다 이거지?"

"역사가 있다고 할 정도지."

"그게 무슨 뜻이야?"

셜록 홈즈는 그것들을 하나씩 집어 들어서 탁자 가장자리에 나란히 얹었다. 그러고는 다시 의자에 앉아 흡족한 눈길로 그

"묘한 수집품이군."
시드니 패짓 그림, 《스트랜드 매거진》(1893)

로 증가했고, 알루미늄은 산업용으로 많이 쓰이게
되었다.

8. "만곡족clubfoot"은 선천적으로 비뚤어지거나 위
치가 바르지 못한 기형의 발. 내반족 혹은 내번족
이라고도 한다─옮긴이.

9. '왓슨 이전' 시기의 사건은 많다. 모티머 매벌리
사건(「세 박공 집」), 파린토시 씨네 사건(「얼룩 띠」),
위조 사건(『주홍색 연구』) 등. 『셜록 홈즈의 사생활』
이라는 기념비적인 저술에서 빈센트 스태럿은 홈
즈가 왓슨을 상대로 "감질나게 언급"함으로써, 자
신의 "보즈웰"에게 아직도 모르는 게 많다는 인식
을 심어주며 약을 올리고 있는 것이라고 주장했다.

것들을 그윽이 바라보았다.

"이것들은 모두 머스그레이브 씨네 의식문 사건을 추억하기
위해 남겨둔 것들이야." 그가 말했다.

그 사건은 그가 전에 언급한 적이 있지만, 여태 자세한 이야
기를 듣지는 못했다. "그 얘기 좀 들려줘." 내가 말했다.

"아니 쓰레기는 이대로 두고?" 그가 짓궂게 외쳤다. "왓슨,
그토록 깔끔한 자네가 이대로 오래 견딜 수 있겠어? 하지만 이
사건을 자네의 연대기에 넣어준다면야 나도 기쁠 거야. 이런
범죄 기록은 이 나라만이 아니라 다른 나라에서도 찾아보기 힘
들거든. 이렇게 독특한 사건 이야기가 빠지면 자그마한 내 업
적 기록이 불완전한 것이 되고 말 게 분명해.

자네도 기억하겠지만, 글로리아스콧호 사건과 그 불운한 운
명의 노인과 나눈 대화 덕분에 나는 처음으로 탐정 일에 관심
을 갖게 되고 그걸 평생의 업으로 삼게 되었지. 자네도 알다시

10. 셜록 홈즈는 대학 시절 이후 몬터규 스트리트에 하숙하기 전까지 무엇을 하며 살았을까? 추측이 분분한 이 주제에 대해 홈즈가 미국에서 지냈다고 주장하는 학자들이 많다. 홈즈가 미국적인 것을 잘 알 뿐 아니라, 뉴욕의 윌슨 하그리브와 친하다는 것 때문이다.(「춤추는 사람들」) 다른 학자들은 「보헤미아 왕실 스캔들」에 나오는 왓슨의 말을 문자 그대로 받아들인다("그가 범죄 전문가가 됨으로써 과학계가 예리한 두뇌 하나를 잃었듯이, 연극계는 훌륭한 배우 하나를 잃은 셈이다."). 홈즈가 잠시 배우 생활을 했다고 믿는 것이다. 도러시 L. 세이어스는 홈즈가 한동안 독일 대학을 다니고, 프랑스와 이탈리아에서 휴가를 보냈다고 생각한다(그 나랏말을 잘 아는 것으로 미루어). 한편 홈즈가 잠시 자유 기고가(여러 번 글을 기고한 것으로 미루어), 마부(런던 거리를 잘 아는 것으로 미루어) 생활을 했다고 믿는 작가들도 여럿 있다.

11. 마이클 해리슨은『셜록 홈즈의 런던』에서 초창기 홈즈의 런던 거주지는 몬터규 스트리트 26번지의 4층짜리 집이었다고 주장했다. 그런 주장을 한 것은 1875년에 바로 이웃집인 몬터규 스트리트 24번지에 세 들어 살던 사람이 "홈즈 부인"이었기 때문이다. "같은 거리에 산 홈즈 부인이 젊은 홈즈와 아무 관계도 없는 사람이라고 보기에는 지나친 우연의 일치라고 할 수 있다. 그러니 우리는 대학을 나와 런던에서 탐정 일을 시작한 셜록에게 홈즈 부인이 몬터규 스트리트에 하숙집을 마련해주었다고 볼 수 있다."

12. 1753년 한스 슬론 경(1660-1753)이 소장하고 있던 방대한 예술품과 장서를 정부가 사들여 설립한 것이 대영박물관이다. 슬론 경은 사망하기 직전 소장품을 헐값으로 정부에 넘겼다. 귀중한 인쇄물, 그림, 원고뿐 아니라 화석, 보석, 식물 표본, 인간과 각종 동물의 뼈 등 슬론의 방대한 수집품과 로버트 할리 경이 수집한 법률 문서, 전에 몬터규 공

피 나는 지금 널리 이름이 알려져 있고, 일반인만이 아니라 경찰도 나를 의심스러운 사건에 대한 최종 심판자로 두루 인정하고 있어. 자네와 내가 만난 지 얼마 안 되었을 때, 그러니까 자네가『주홍색 연구』를 써서 기록으로 남긴 그 사건 때에도 나는 이미 상당한 고객을 확보하고 있었어. 그게 큰돈이 되지는 않았지만 말이야. 그때 자네는 내가 처음에 얼마나 어려움을 겪었는지 통 몰랐지.[10] 자리를 잡는 데 성공하기까지 얼마나 오래 걸렸는지도 몰랐어.

나는 처음 런던에 와서 몬터규 스트리트[11]에 하숙집을 얻었지. 대영박물관[12]에서 모퉁이를 돌면 바로 우리 하숙집이 있었어. 거기서 사건 의뢰를 기다리면서, 탐정 일에 도움이 될지 모르는 온갖 분야의 과학을 연구하며 남아도는 시간을 보냈지.[13] 가끔 사건이 들어왔는데, 그건 주로 대학 동창들이 소개해준 것이었어. 대학 시절 나 자신이나 내 방법이 굉장한 얘깃거리였거든. 그중 세 번째[14]로 맡게 된 사건이 바로 머스그레이브 씨네 의식문 사건이었지. 사건이 워낙 독특해서 세인들에게 크

대영박물관.
『퀸스 런던』(1897)

레지널드 머스그레이브.
시드니 패짓 그림, 《스트랜드 매거진》(1893)

나큰 관심을 불러일으켜 큰 얘깃거리가 되었어. 내가 올라선 지금 이 자리를 향해 처음으로 큰 걸음을 내디딘 사건이었달 수 있지.

레지널드 머스그레이브는 나와 같은 대학에 다녀서 안면이 있었지.[15] 그는 대학생들 사이에서 그리 인기가 없었어. 아주 오만하다는 평을 들었는데, 내 눈에는 그게 실은 워낙 낯을 가리는 성격을 감추려고 애쓰는 것으로 보이더군. 겉보기에 그는 영락없는 귀족이었어. 가늘고 높은 콧대, 커다란 눈, 냉담하면서도 품위 있는 예의범절 등이 두드러져 보였거든. 사실 영국에서 가장 유서 깊은 집안의 후손이었지. 16세기에 북부 머스

작의 소유였던 로버트 코튼 경의 장서가 박물관에 전시되어 1759년 대중에게 공개되었다. 역사가 로이 포터의 말에 따르면, 대영박물관은 초기에 "부실하게 관리되고 자료를 이용할 수도 없었다." 『브리태니커 백과사전』 7판을 보면 박물관 뒤의 들판은 한때 "워낙 인적이 뜸해서 결투 장소로 곧잘 이용되었다." 그러나 박물관은 19세기에 여러 차례 대대적인 확장을 해서 로제타석, 파르테논 신전의 조각품, 조지 3세의 서재 장서 등 중요한 수집품을 확보했다. 1883년 무렵에 자연사 전시관은 사우스켄징턴으로 옮겨 갔고, 결국 1963년에 별도의 자연사박물관이 되었다. 또 1973년에는 장서를 따로 모아 영국도서관이 설립되었다.

13. 홈즈가 말은 하지 않았지만, 대영박물관의 '독서실'에 틀어박혀 살았을지도 모른다. 독서실은 1857년에 문을 열었는데, 처음에는 '열람권'을 가진 방문객만 들어갈 수 있었다(2000년에 모든 일반인에게 개방되었다). 열람권을 가진 입장객에게는 의자와 접는 책상, 작은 책꽂이, 펜, 잉크, 압지, 모자걸이 등이 제공되었다. 편집자는 유명 방문객 이름이 적힌 독서실 홍보물을 얻을 수 있었는데, 1870년대 중반에 독서실을 이용한 유명인으로 카를 마르크스도 있었지만, 홈즈의 이름은 눈에 띄지 않았다. 나이가 아주 지긋한 경비원에게 홈즈를 빠뜨렸다고 말했더니, 그가 퉁명스레 말했다. "여기서 홈즈를 본 적 없다"고.

14. 안타깝게도 처음 두 사건은 무엇인지 알 수 없다. 「글로리아스콧호」 사건은 지금 홈즈가 말하고 있는 시기보다 훨씬 앞서 일어난 사건이다.

15. 이 말과 귀족 혈통을 가졌다는 말로 미루어 홈즈가 옥스퍼드 대학에 다녔다고 결론을 내린 학자들이 많다. 귀족들이 주로 옥스퍼드 대학에 다녔기 때문이다.(「글로리아스콧호」 4번 주석 참고)

16. 데이비드 L. 해머는『게임을 위해』에서 "헐스톤 저택"이 웨스트서식스 캠피언 가문의 '대니 저택'이라는 것을 알아냈다. 『켈리의 인명부』에 따르면 1867년경 웨스트서식스에서 가장 큰 지주는 윌리엄 존 캠피언과 존 고링 목사(33번 주석 참고)였다.

17. 서부 서식스 지역구를 대표하는 선출직 의회 의원은 두 명이었는데, 그중 한 명이었다는 뜻일 것이다.

18. 홈즈와 머스그레이브는 안면이 있는 정도 이상이 아니었다. 그래서 생계를 꾸리는 일에 허덕이는 젊은 탐정은 머스그레이브가 찾아왔을 때 일거리가 들어온 것으로 보았을 것이다. 준 톰슨은 홈즈가 머스그레이브에게 당연히 보수를 청구했을 거라고 주장했다. "그 재주로 밥벌이를" 한다는 것은 "탐정 일이 직업이 되어 보수를 받는다는 암시"라는 것이다.

그레이브 가문에서 갈라져 나와 서부 서식스에 따로 자리를 잡은 집안이긴 하지만 말이야. 그들의 헐스톤 저택은 그 지역에서 가장 오래된 건물일 거야.[16] 사람은 출생지의 기운이 몸에 배는 것 같아. 그의 창백하고 열띤 얼굴이나 침착한 자세를 보기만 하면, 회색 아치형의 통로와 세로 창살을 댄 고풍의 유리창, 봉건시대의 고색창연한 성채 잔해가 떠올랐거든. 어쩌다 얘기를 나눈 적이 있는데, 그는 내 관찰과 추리 방법에 강한 호기심을 드러내곤 했지.

그 후 4년 동안 그를 보지 못했는데, 어느 날 아침 그가 몬터규 스트리트의 내 하숙집으로 찾아왔어. 그는 변하지 않았더군. 여전히 옷을 잘 차려입었어. 그는 예전에도 언제나 멋쟁이였지. 지난날 퍽이나 남달랐던, 아주 조용하고 상냥한 예의범절도 그대로였어.

'그동안 어떻게 지냈나, 머스그레이브?' 다정하게 악수를 나눈 후 내가 물었지.

'우리 아버지가 돌아가신 얘기는 들었겠지?' 그가 말했어. '돌아가신 지 2년 됐어. 그 후 나는 물론 헐스톤의 가산을 관리해왔지. 나는 또 우리 지역구의 의원[17]이라서 바쁜 나날을 보냈어. 그런데 홈즈, 자네가 우리를 놀라게 하곤 했던 그 능력을 실용적인 데 쓰고 있다는 소식이 들리던걸.'

'그래.' 내가 말했어. '그 재주로 밥벌이를 하고 있지.'[18]

'그 말을 들으니 반갑군. 지금 자네의 조언이 내게 절실히 필요하니까 말이야. 헐스톤에서 아주 이상한 일이 벌어졌는데, 경찰이 두 손 들고 말았어. 정말 이상하고 납득이 안 가는 사건이야.'

내가 그의 말에 얼마나 골똘히 귀를 기울였을지는 자네도 짐작이 갈 거야. 내리 몇 달을 하는 일 없이 보내며 내가 그토록 열망했던 바로 그 기회가 찾아온 듯했으니 말이야. 나는 내심 다른 이들이 포기한 사건도 해결할 수 있다고 굳게 믿었는데, 이제 나 자신을 시험할 기회를 잡은 거야.

'자세히 들려주게.' 내가 외쳤지.

레지널드 머스그레이브가 내 맞은편에 앉아서, 내가 건네준 담배에 불을 붙였어.

'자네도 알 거야.' 그가 말했어. '나는 결혼도 하지 않은 처지에, 헐스톤의 많은 하인들을 거느려야 해. 그 저택은 사방으로 덩굴이 뻗어가듯 지어 올린 고택이라서 돌봐야 할 데가 많거든. 게다가 사냥터를 관리하고, 꿩 철[19]에는 대개 하우스파티[20]를 여는데, 일손이 달리면 곤란하지. 하녀가 모두 여덟 명이고 요리사, 집사, 제복을 입는 하인 두 명, 사환 한 명이 있다네. 물론 정원과 마구간의 하인도 따로 있지.

그중 가장 오래된 하인은 집사 브런턴이었어.[21] 교사였다가 젊은 나이에 일자리를 잃은 그를 우리 아버지가 집사로 받아들였지. 전직 교사치고는 활기가 넘치고 성격도 좋아서, 그는 곧 우리 집에서 없어서는 안 될 존재가 되었어. 체격도 좋고 이마가 훤칠한 미남이었지. 우리 집에 20년 동안 있었는데 아직 마흔이 넘지 않았을 거야. 생김새도 그렇지만 재주도 뛰어난 사람이 그토록 오랫동안 집사로 눌러앉아 있었다는 게 참 놀랍지. 여러 외국어를 구사하고, 다루지 못하는 악기가 없을 정도야. 하지만 집사가 워낙 편한 자리라서 굳이 변화는 내키지 않았던 모양이지. 우리 집을 찾은 사람들은 누구나 헐스톤의 집사를 못 잊는다네.

하지만 이 걸출한 인물에겐 결점이 하나 있어. 바람둥이 기질이 좀 있는 거야. 그런 남자가 한적한 시골에서 바람둥이가 되는 건 일도 아니지. 그가 결혼을 했을 때는 아무런 문제가 없었는데, 아내와 사별한 후 문제가 끊이질 않았어. 몇 달 전 우리는 그가 다시 정착할 거라고 잔뜩 기대했지. 우리 집의 하녀

19. 10월부터 이듬해 1월까지로, 영국에서 꿩 사냥이 허가된 철.

20. 'house party.' 하룻밤 이상 집에서 손님을 재우며 여는 파티―옮긴이.

21. 추리소설에서 '집사가 그랬다'는 설정은 인기 있는 장치다. 빅토리아 시대 잉글랜드에서 특히 중상류층 사람들은(머스그레이브처럼 시골 저택을 가진 경우에는 더욱) 집사에 대한 의존도가 매우 높고, 집사를 믿지 않을 도리가 없어서, 많은 고용주들이 집사가 배신을 할까 봐 은연중 걱정했다. 추리소설은 바로 이런 불안감을 이용한다. 『범죄와 추리소설 집필에 관한 옥스퍼드 지침서』에 따르면, 집사는 주인에게 순종하면서도 한 집안을 좌지우지할 수 있는 위치에 있어서 "이상적인 범인"으로 보인다. 「머스그레이브 씨네 의식문」은 집사가 범죄에 연루될 수 있음을 보여준 초기 사례로 인용되곤 한다. 하지만 그런 유형의 많은 소설에서, 혐의자로서의 집사라는 설정은 독자를 헷갈리게 하는 장치로 곧잘 쓰인다. 『범죄와 추리소설 집필에 관한 옥스퍼드 지침서』는 이렇게 주장한다. "사실 추리소설에서 집사가 실제로 범죄를 저지른 경우는 놀랍도록 적다." 딜리스 윈의 멋진 에세이 『집사』에서 은퇴한 집사 존 밀스 씨는 '집사가 그랬다'는 대중의 가정에 대해 이렇게 해명했다. "아, 내가 보기에 그건 우리가 그 이외의 모든 일을 도맡아 했기 때문이다."

레이첼 하웰스와 결혼을 약속했거든. 그런데 그녀를 차버리고, 대장 사냥터지기의 딸 재닛 트레절리스에게 빠졌어. 레이첼은 아주 착한 아가씨지만 쉽게 흥분하는 웨일스 기질을 지녀서, 그만 충격을 받아 뇌열병에 걸려서 퀭한 눈으로 유령처럼 집안을 돌아다녔지. 바로 어제까지도 그랬어. 그게 헐스톤의 첫 번째 사건이야. 하지만 두 번째 사건이 일어나자 그 일은 까맣게 잊히고 말았는데, 두 번째 사건은 브런턴이 불명예스럽게 해고되면서 불거졌어.

사연은 이렇다네. 앞서 집사가 꽤나 지적이라고 말했는데, 바로 그 지성이 그를 망쳤어. 자기와는 전혀 관계가 없는 일까지도 악착같이 물고 늘어지는 호기심을 가진 게 다 그 지성 때문 아니겠어? 정말 우연히 내 눈에 띄기 전까지 그가 얼마나 오래 그래 왔는지는 나도 모르겠어.

우리 집이 덩굴 뻗듯 지어 올린 고택이라고 말했지? 지난주 어느 날 밤이었어. 정확히 말하면 목요일 밤이었지. 어리석게도 블랙커피를 진하게 한잔했더니 통 잠이 오질 않았어. 그래도 잠을 청해보려고 끙끙거렸지만, 새벽 2시가 되자 잠들기는 틀렸다는 생각이 들더군. 그래서 잠자리에서 일어나 촛불을 밝히고 전에 읽던 소설을 계속 읽으려고 했지. 그런데 책을 당구장에 두어서 실내복을 걸치고 책을 가지러 갔어.

당구장에 가려면 계단을 내려가서, 서재와 총기실로 이어진 복도를 지나가야 해. 그 복도를 지나갈 때 열린 서재 문에서 불빛이 새어 나오는 것을 보고 내가 얼마나 놀랐을지 짐작이 갈 거야. 잠자리에 들기 전에 내가 직접 등불을 끄고 문을 닫아두기까지 했으니까 말이야. 당연히 도둑이 들었다는 생각이 대뜸 들더군. 헐스톤 저택의 복도는 벽마다 고대의 무기 전리품으로 장식되어 있지. 그 가운데 나는 전투용 도끼를 뽑아 들었어. 그리고 촛불을 바닥에 내려놓은 뒤 뒤꿈치를 들고 까치발로 살금

살금 다가가서 문틈으로 들여다보았지.

　서재에 있는 사람은 집사 브런턴이었어. 정장 차림으로 편안한 의자에 앉아 지도처럼 보이는 종이 한 장을 무릎에 올려놓고, 고개를 푹 숙이고 한 손으로 이마를 받친 채 깊은 생각에 잠겨 있더군. 나는 놀라서 말문을 잃고 어둠 속에 멍하니 서 있었지. 탁자 가장자리에 작은 초가 희미한 빛을 내뿜고 있었는데, 그것만으로도 그가 정장 차림이라는 것을 알아볼 수 있었어. 내가 바라보고 있을 때 그가 자리에서 벌떡 일어나더니, 곁에 있는 큰 책상으로 가서 서랍 자물쇠를 열고 무슨 문서를 꺼내더군. 자리로 돌아간 그는 탁자 위의 촛불 가까이에 그것을

"아주 꼼꼼히 살펴보기 시작했어."
W. H. 하이드 그림, 《하퍼스 위클리》(1893)

"그는 벌떡 일어났어."
시드니 패짓 그림, 《스트랜드 매거진》(1893)

펼쳐놓고 아주 꼼꼼히 살펴보기 시작했어. 그렇게 천연덕스레 우리 가문의 문서를 살펴보는 것에 발끈한 나는 앞으로 성큼 다가갔지. 고개를 들고 문가에 있는 나를 발견한 그는 벌떡 일어났어. 겁에 질려서 얼굴이 납빛으로 변하더니, 처음에 살펴보고 있던 지도 같은 종이를 얼른 가슴에 찔러 넣더군.

"이럴 수가!" 내가 말했어. "당신을 믿었건만 어떻게 이럴 수가 있지! 내일 당장 떠나시오."

그는 완전히 낙담한 표정으로 고개 숙여 절을 하고는 말없이 내 곁을 지나 슬그머니 사라졌어. 탁자에는 여전히 촛불이 켜져 있었지, 브런턴이 서랍에서 꺼낸 문서가 무엇인지 알아볼 수 있었어. 놀랍게도 그건 전혀 대수로운 게 아니더군. 머스그레이브 의식이라고 부른 옛 의식의 문답 글이 적힌 것에 지나지 않았어. 그건 우리 집안만의 별난 의식인데, 지난 수 세기 동안 머스그레이브 집안에서 아들이 열여덟 살이 되면 치렀던 성년 의식이야. 문답 글이 적힌 그 의식문은 우리 집안의 방패 문양이나 문장 도형[22]처럼 고고학자에게라면 조금은 의미가 있을지도 모르고, 개인적으로 관심을 가질 수도 있겠지만, 사실 아무 쓸모가 없는 것이었어.'[23]

'그 의식문에 대해서는 나중에 다시 얘기할 필요가 있겠어.' 내가 말했지.

'그럴 필요가 있다면 그러지 뭐.' 그가 좀 우물쭈물 대답했어. '아무튼 얘기를 계속하자면, 나는 브런턴이 놓고 간 열쇠로 다시 서랍을 잠그고, 발길을 돌렸어. 그때 난 화들짝 놀랐지. 집사가 돌아와 내 앞에 서 있었던 거야.

"머스그레이브 님. 이런 불명예는 참을 수 없습니다." 그가 외쳤어. 감정이 북받쳐서 목소리가 꺼칠하더군. "저는 집사가 천하다고 생각지 않고 이제껏 자부심을 느껴왔는데, 이런 불명예는 저를 죽이는 것과 마찬가지입니다. 정말이지, 저를 절망으로 내모신다면, 차라리 여기서 죽어버리겠습니다. 그런 일 때문에 저를 내치시겠다면, 부디 한 달만 말미를 주십시오. 제가 예고를 하고 자의로 떠나는 것처럼 해주세요. 그거라면 참을 수 있지만, 제가 잘 아는 사람들 앞에서 쫓겨나는 건 견딜 수 없습니다."

"브런턴, 당신은 그런 배려를 받을 자격이 없소." 내가 응수했지. "당신의 처신은 지극히 불명예스러운 것이었소. 하지만 이 집에 오랫동안 몸담아왔으니 공개적인 망신을 주고 싶지는 않습니다. 하지만 한 달은 너무 깁니다. 일주일 안에 떠나세요. 떠나는 이유는 알아서 둘러대십시오."

22. 이런 용어를 통해 머스그레이브는 자기 집안이 문장紋章을 가진 귀족 가문이라는 것을 은근히 들먹이고 있다.

23. 의식문이 정말 중요하지 않다고 생각한다면, 머스그레이브는 왜 그걸 홈즈에게 가져왔을까? 브런턴은 머스그레이브가 외출하고 없는 낮에 얼마든지 읽을 수도 있었는데, 왜 굳이 밤중에 몰래 그걸 읽어서 의심을 산 것일까?

"고작 일주일이요?" 그가 낭패한 목소리로 외쳤어. "보름, 그럼 보름만이라도 말미를 주세요!"

"일주일." 내가 되뇌었어. "그만하면 아주 너그럽게 봐준 것이오."

그는 낙심한 사람처럼 고개를 푹 숙인 채 슬그머니 물러갔어. 나는 촛불을 끄고 내 방으로 돌아갔지.

그 후 이틀 동안 브런턴은 전에 없이 착실히 일하더군. 나는 지난 일에 대해 한 마디도 입에 담지 않고 그저 묵묵히 기다렸지. 그가 불명예스러운 해고를 어떻게 둘러대고 떠날지 궁금했어. 그런데 사흘째 되는 날 아침 그의 모습이 보이지 않았어. 아침 식사 후 그날의 지시를 받기 위해 나를 찾아오는 게 관례였는데 말이야. 식당을 떠난 나는 우연히 하녀 레이첼 하웰스와 마주쳤어. 그녀가 뇌열병에서 회복된 게 얼마 전이었다는 말을 내가 했던가? 나는 그녀가 너무 창백하고 초췌해 보여서 아직 일을 하지 말라고 타일렀지.

"방에 가서 쉬렴." 내가 말했어. "좀 더 기운을 차리거든 일하도록 해."

레이첼이 아주 이상한 표정으로 나를 빤히 바라보기에 나는 그녀의 머리가 어떻게 된 게 아닌가 하는 생각까지 들더군.

"저는 충분히 기운을 차렸어요." 그녀가 말했어.

"의사에게 물어보면 알겠지." 내가 말했어. "이제 일은 그만하고, 아래층에 내려가거든 브런턴더러 내가 보잔다고 전해줘."

"집사는 떠났어요." 그녀가 말했어.

"떠났다고! 아니 어디로?"

"그는 떠났어요. 아무도 그를 보지 못했어요. 그의 방에도 없어요. 아, 그래요, 그는 떠났어요, 떠나고 말았다고요!" 그녀는 벽에 기대어 날카롭게 웃어대기 시작했어. 히스테리 발작을 일으키는 바람에 나는 겁이 나서 도움을 청하려고 급히 초인종을 울렸지. 여전히 소리를 질러대고 흐느끼는 그녀를 자기 방으로 돌려보낸 나는 브런턴에 대해 알아봤어. 그가 사라진 게 분명하더군. 그의 침대에는 잠을 잔 흔적이 없었어. 전날 밤에 자기 방으로 물러간 후 아무도 그를 본 사람이 없었지. 하지만 그가 어떻게 집 밖으로 나갔는지 알 수가 없었어. 아침에 출입구와 창문이 다 잠겨 있었거든. 그의 옷가지, 시계, 심지어 돈까지 그의 방 안에 있었는데, 그가 늘 입고 있던 검은색 정장은 눈에 띄지 않았어. 슬리퍼도 안 보였는데, 부츠는 남아 있었어. 그렇다면 브런턴 집사는 밤중에 어딜 간 걸까? 그가 어떻게 된 건 아닐까?

물론 우리는 저택과 별채들을[24] 다 뒤져봤지만 찾을 수가 없었어. 앞서 말했듯이, 우리 집은 미로 같은 고택이야. 특히 원래의 옛 건물이 그런데, 지금은 아무도 살지 않아. 그래도 모든 방과 천장을 샅샅이 뒤져봤는데, 실종된 사람의 흔적은 찾을 수 없었어. 그가 자기 재산을 고스란히 남겨두고 떠났다고는 도무지 믿을 수가 없어. 대체 그는 어디 간 걸까? 경찰도 불렀지만 소용이 없었어. 전날 밤 비가 와서, 저택 둘레의 잔디밭과 길에 난 발자국을 살펴보았지만 헛수고였지. 바로 그런 상황에서 새로운 사건이 터지는 바람에 이 일은 덮어두지 않을 수 없게 되었어.

이틀 동안 레이첼 하웰스가 때로 망상 증세를, 때로는 히스테리 증세를 보이며 몹시 앓는 바람에 간병인을 고용해서 밤새 곁을 지키게 했지. 브런턴이 실종된 지 사흘째 되는 날 저녁, 간병인은 환자가 곤히 자는 것을 보고 안락의자에서 잠깐 눈을 붙였어. 그런데 이른 아침에 깨어나보니 침대가 텅 비고 창문이 열린 채, 환자가 사라지고 없었어. 자고 있다가 곧바로 그 소식을 들은 나는 즉시 하인 두 명과 같이 실종된 하녀를 찾아 나섰지. 그녀가 어디로 갔는지 뒤쫓는 건 어렵지 않았어. 창문

24. 《스트랜드 매거진》과 미국판에는 "저택과 별채들을" 대신 "저택 지하실에서 다락방까지"라고 되어 있다. 아마도 왓슨은 나중에 그걸로는 수색이 부족하다고 생각한 모양이다.

25. 웨일스 사람의 기질에 대한 홈즈의 생각은 끊임없이 침략을 당해온 웨일스의 역사를 얼마간 의식한 것 같다. 로마인, 영국인(웨일스가 잉글랜드의 일부가 된 것은 1536년이다)의 침략을 끊임없이 받았고, 특정 언어와 법률, 종교, 산업 등을 강요당했다. 양을 치던 이 지방이 산업화되어 탄광 생산에 나서기까지는 오래 걸리지 않았다. 1843년 공공 도로 통행료를 징수한 것에 대한 반발로 레베카 폭동이 일어났는데, 가난한 농부들이 밤에는 여장女裝을 하고 말을 타고 다니며 통행료 징수소를 파괴했다. 이 폭동은 속국이 된 데 따른 갈등이 폭발한 것이었다.

종교적 갈등 역시 오래 지속되었는데, 웨일스인들은 영국 국교회에 소득의 10퍼센트(십일조)를 내야 한다는 데 분개했다. 그들은 대부분 감리교를 믿었기 때문이다. 웨일스인들은 고집스레 영국 국교회를 배척했는데, 1847년 교육위원회 보고서에서는 웨일스의 교육 체계를 혹평하면서, 웨일스인(특히 여성)이 게으르고 도덕적으로 타락한 데다 무식하고, 성적으로도 난잡하다고 평했다. 이런 것들로 미뤄볼 때, 레이첼 하웰스를 "격렬하고 열정적"이라고 묘사한 것은 칭찬이라고 보기 어렵다.

아래에서 시작해 잔디밭을 지나 연못가로 이어진 발자국을 따라 쉽게 추적할 수 있었거든. 한데 저택 구내 밖으로 이어진 연못가의 자갈길에서 그만 흔적을 놓쳐버렸어. 연못의 깊이는 2.4미터야. 그러니 넋 나간 여자의 흔적이 연못가에서 끊긴 것을 알게 된 우리 심정이 어땠을지 짐작이 갈 거야.

물론 우리는 즉시 큰 써레 여러 개로 시신을 건지려고 했지만 아무런 흔적도 찾을 수 없었어. 연못에서 건져 올린 것은 전혀 뜻밖의 물건이었지. 그건 리넨 천으로 만든 자루였어. 그 안에는 낡고 녹슬어 색이 변한 쇠붙이와 우중충한 구슬인지 조약돌인지가 들어 있더군. 연못에서는 그런 이상한 물건밖에는 건져 올리지 못했어. 어제 빠짐없이 수색을 하고 수소문을 해봤지만 레이첼 하웰스도, 리처드 브런턴도 행방이 오리무중이야. 지역 경찰도 두 손을 드는 바람에 최후의 방편으로 이렇게 자네를 찾아온 걸세.'

왓슨, 별난 이 사건 얘기에 내가 얼마나 골똘히 귀를 기울였을지 자네도 짐작이 갈 거야. 이야기를 종합해서, 그 모든 것을 꿰뚫고 흐르는 한 줄기 맥락을 포착하려고 꽤나 고심했지. 집사는 사라졌어. 하녀도 사라졌고. 하녀는 집사를 사랑했지만, 나중에는 그를 증오하게 되었어. 그녀에게는 웨일스 사람의 피가 흘러서, 격렬하고 열정적이지.²⁵ 그녀는 그가 사라진 직후 지독한 흥분 상태에 빠졌어. 그리고 이상한 내용물이 든 자루를 연못에 빠뜨렸어. 그런 사실들을 두루 고려해야 하지만, 그 중 어느 것도 문제의 핵심을 건드리고 있진 않아. 이 일련의 사건들은 그 기점이 어디일까? 뒤엉킨 사건의 실마리는 그 기점에 놓여 있겠지.

'머스그레이브, 그 의식문을 좀 봐야겠어.' 내가 말했지. '집사가 일자리를 잃을 위험을 무릅쓰고 볼 만한 가치가 있다고 생각한 그 문서 말이야.'

'우리 집안의 의식문은 꽤 황당해.' 그가 대답했어. '하지만 그것을 벌충할 만한 고풍의 우아한 품격은 지니고 있지. 이게 그 문답 글이야. 자네가 보고 싶어 할까 봐 가져왔어.'

그가 내게 건네준 문서가 바로 이거야, 왓슨. 이건 교리문답 같은 묘한 글인데, 머스그레이브 씨네 아들이라면 누구나 성년이 되었을 때 이 문답을 해야 했지. 여기 적힌 문답을 내가 읽어줄게.

'그것은 누구의 것이었는가?'

'가신 이의 것.'

'누가 그것을 가질 것인가?'

'새로 오실 이.'

'그달은 언제인가?'[26]

'첫 달부터 여섯 번째 달.'

'태양은 어디 있었는가?'

'떡갈나무 위에.'

'그림자는 어디 있었는가?'

'느릅나무 아래.'

'어떻게 걸었는가?'

'북으로 열 걸음 또 열 걸음, 동으로 다섯 걸음 또 다섯 걸음, 남으로 두 걸음 또 두 걸음, 서로 한 걸음 또 한 걸음, 그리고 아래로.'

'그에 대한 대가는 무엇인가?'

'우리가 가진 모든 것.'

'우리가 왜 그것을 바쳐야 하는가?'

'신뢰를 위해.'[27]

'문서에 날짜는 없지만, 17세기 중반의 철자법으로 기록되

26. 에드거 W. 스미스는 「머스그레이브 씨네 의식문」이 1893년 5월 《스트랜드 매거진》에 처음 발표되었을 때, 이 하나의 문답('그달은……')이 없었다고 지적했다. 영국 단행본에 처음 실렸는데, 미국판은 어찌 된 영문인지 《스트랜드 매거진》 내용대로 발행되었다.

27. T. S. 엘리엇의 『대성당의 살인』에 나오는 문답 글은 이렇게 되어 있다.

토마스 : 누가 그것을〔권력을〕잡을 것인가?
유혹자 : 새로 오실 이.
토마스 : 그달은 언제인가?
유혹자 : 첫 달부터 마지막 달까지.('언제든지'라는 뜻—옮긴이)
토마스 : 그에 대한 대가는 무엇인가?
유혹자 : 성직자의 허위의 권력.
토마스 : 우리가 왜 그것을 바쳐야 하는가?
유혹자 : 권력과 영광을 위해.

어 있어.' 머스그레이브가 말했지. '하지만 내가 보기에 이번 수수께끼를 푸는 데 이 의식문이 도움이 될 리가 없어.'

'그래도 이건 또 하나의 수수께끼야.' 내가 말했어. '앞서의 수수께끼보다 훨씬 더 흥미로운 수수께끼지. 수수께끼 하나를 풀면 다른 수수께끼도 풀 수 있을 거야. 머스그레이브, 자네가 듣기에 민망할지 모르지만, 내가 보기에 집사는 아주 영특한 인간이었어. 주인으로 모신 집안의 10대를 거슬러 올라가는 사람들보다 훨씬 더 뛰어난 통찰력을 지녔던 거야.'

'무슨 말인지 모르겠군.' 머스그레이브가 말했어. '내가 보기에 이 의식문은 실용적으로 아무런 가치도 없어.'

'하지만 내가 보기에는 무한히 실용적인 가치가 있어. 브런턴도 같은 생각이었을 거야. 그는 아마 자네에게 들키기 전에도 이것을 본 적이 있을걸?'

'그야 그렇겠지. 우리는 그걸 굳이 감추려고 하지 않았으니까.'

'아마도 그는 그저 마지막으로 기억을 되새기고 싶었던 걸 거야. 그가 무슨 지도를 가졌다고 했지? 그걸 의식문과 대조해 보다 자네가 나타나자 황급히 그걸 주머니에 찔러 넣었다고?'

'맞아. 하지만 그게 우리 집안의 해묵은 의식과 무슨 관계가 있지? 그 의식문의 황당한 문답에는 또 무슨 의미가 있다는 거야?'

'그 의미를 알아내는 것은 어렵지 않다고 봐. 자네만 좋다면, 서식스행 첫 기차를 타고 내려가서 이 문제를 현장에서 좀 더 깊이 조사하도록 하지.'

그날 오후 우리는 함께 헐스톤에 내려갔어. 아마 자네도 그 유명한 고택에 관한 글이나 사진을 봤을 거야. 그러니 대강만 말하자면 그 고택은 L자 모양으로 지어졌어. 길게 뻗은 부속 건물은 좀 더 최근에 지은 것이고, 짧은 것은 옛날에 지은 원래의 중추 건물이야. 이 건물에 붙여서 다른 건물을 새로 지었지. 옛 건물 중앙의 낮고 육중한 상인방을 얹은 문 위에 1607년이라는 숫자가 새겨져 있지만, 전문가들은 대들보나 석재를 보고 그보다 훨씬 더 오래된 건물이라는 데 의견의 일치를 보인다더군. 옛 건물의 벽이 엄청 두껍고 창문이 워낙 작아서, 지난 세기에 집안 사람들은 새 부속 건물로 옮겨 가고, 옛 건물이 지금은 창고나 지하 저장실로만 쓰이고 나머지는 비어 있어. 정원도 대단해서, 멋진 고목들이 집을 에워싸고, 내 의뢰인이 언급한 연못은 저택에서 200미터쯤 떨어진 큰길 가까이 있지.

왓슨, 나는 이미 확신하고 있었어. 세 가지 사건이 서로 별개가 아니라고 말이야. 머스그레이브 씨네 의식문을 제대로 해독할 수만 있다면, 브런턴 집사와 하녀 하웰스가 관련된 사건을 일거에 해결할 단서를 잡게 될 거라고 확신한 거지. 그래서 나는 의식문 해독에 전력을 기울였어. 왜 집사는 그 옛 문답을 해독하려고 고심했을까? 그건 분명 거기에 뭔가 있다는 것을 그가 알았기 때문이야. 그 저택의 지주들이 수 세대 동안 알아차리지 못한 것을 그가 알고 있었던 거지. 그리고 거기서 뭔가 얻을 게 있었던 거야. 대체 그게 뭘까? 어떻게 그것이 그의 운명에 영향을 미치게 된 것일까?

의식문을 읽어보자마자 거기 언급된 수치들이 분명 어떤 지점을 암시한다는 걸 알 수 있었어. 그 지점을 찾아낼 수 있다면, 머스그레이브 씨네 선조가 그토록 이상한 방식으로 방부 처리를 해둘 필요가 있다고 생각한 비밀에 바짝 다가서게 되겠지. 우리에게 길잡이로 주어진 것은 떡갈나무와 느티나무 두 가지야. 어느 떡갈나무인가는 고민할 필요도 없었어. 그 저택 바로 앞길 왼편에, 여러 떡갈나무 가운데 족장 같은 떡갈나무 한 그루가 서 있었거든. 정말 보기 드물게 장엄한 나무였어.

'자네 집안의 의식문이 쓰였을 때도 저 나무가 저기 있었겠

28. 노르망디 대공 윌리엄 1세(정복왕)의 잉글랜드 정복. 1066년 윌리엄 1세는 영국의 왕위 계승권을 주장하며 잉글랜드에 쳐들어가, 헤이스팅스 전투에서 앵글로색슨계 왕을 격파하고 잉글랜드의 왕으로 즉위하여 노르만 왕조를 열었다―옮긴이.

지?' 그 곁을 지나가며 내가 물었어.

'노르만 정복[28] 때에도 있었을 거야.' 그가 답했지. '나무 둘레가 7미터나 돼.'

이제 내가 찾던 지점 하나는 확보한 셈이었어.

'느티나무 고목도 있겠지?' 내가 물었어.

'저쪽에 아주 오래된 고목이 있었어. 그런데 10년 전에 번개를 맞는 바람에 베어버렸지.'

'그 자리가 어딘지 알고 있나?'

'물론이지.'

'다른 느티나무는 없고?'

"나무 둘레가 7미터나 돼."
시드니 패짓 그림, 《스트랜드 매거진》(1893)

'고목은 없어. 너도밤나무라면 많지만.'

'그 고목이 있던 자리를 좀 보여줘.'

우리는 도그카트를 타고 갔는데, 내 의뢰인은 집 안으로 들어가지 않고 곧바로 그곳으로 안내했어. 잔디밭에 느티나무 흔적이 있더군. 앞서의 떡갈나무와 저택의 중간 지점이었어. 내 조사가 순조롭게 진행되는 듯했지.

'느티나무의 키가 얼마나 되었는지 알 수 있을까?' 내가 물었어.

'그거야 당장 말해줄 수 있지. 19.2미터였어.'

'그런 걸 어떻게 알고 있지?' 내가 놀라서 물었어.

'오래전에 가정교사가 삼각법을 가르칠 때 항상 높이를 측정하는 문제를 냈거든. 그래서 어렸을 때 구내의 모든 나무와 건물 높이를 다 재봤지.'

그건 뜻밖의 행운이었어. 내가 기대한 것보다 훨씬 더 빨리 자료 수집이 이루어졌으니까 말이야.

'집사는 자네한테 그런 질문을 하지 않았나?' 내가 물었지.

레지널드 머스그레이브는 놀란 눈으로 나를 바라보았어. '그 말을 듣고 보니 생각나. 브런턴이 몇 달 전 마부와 그 높이를 두고 티격태격했다면서 높이를 물어본 적이 있어.'

왓슨, 그건 아주 좋은 정보였어. 내가 제대로 짚었다는 증거였으니까. 나는 태양을 쳐다보았지. 하늘에 낮게 떠 있었는데, 계산을 해보니 한 시간 안에 태양이 떡갈나무 고목 꼭대기에 걸리겠더군. 그렇게 되면 의식문에 언급된 한 가지 조건이 충족되는 거야. 그때 느릅나무 그늘이란 그림자의 맨 끝을 뜻하는 게 분명해. 그렇지 않다면 굳이 그늘을 언급하지 않았을 테니까 말이야. 그렇다면 태양이 떡갈나무에 걸리는 순간 그림자 끝이 어디에 놓이는지를 알아야 했지."[29]

"홈즈, 느릅나무가 없으니 그건 알 수 없잖아."

29. 제이 핀리 크라이스트가 「머스그레이브 수학」에서 지적한 바에 따르면, 이 문제는 관찰자가 서 있는 위치에 따라 답이 달라진다. 홈즈는 느릅나무가 벼락 맞기 전의 높이를 기준으로 했지만, 의식문을 썼을 당시에는 떡갈나무와 느릅나무의 높이가 지금과는 현저히 달랐을 테고, 성장률도 달랐을 것이다.

"그거야 브런턴이 알아냈다면 나도 알아낼 자신이 있었어. 게다가 사실 그건 어렵지 않았어. 나는 머스그레이브와 함께 그의 서재에 가서 나무를 깎아 바로 이 나무못을 만들었지. 여기에 긴 실을 묶고, 1미터마다 매듭을 지었어. 그리고 1.8미터짜리 낚싯대 두 개를 가지고, 내 의뢰인과 함께 느릅나무가 있던 곳으로 돌아갔지. 태양이 막 떡갈나무 위에 걸렸어. 나는 낚싯대를 세워서 그림자의 방향을 표시해두고, 그 길이를 쟀지. 낚싯대의 그림자 길이는 2.7미터였어.

물론 이제 계산은 간단해. 1.8미터의 낚싯대 그림자가 2.7미터라면, 19.2미터 높이의 느릅나무 그림자는 28.8미터가 되지. 물론 그림자의 방향이야 똑같을 테고 말이야. 거리를 재봤더니 저택의 벽 가까운 지점이었어. 나는 그 지점에 나무못을 꽂아두었어. 그런데 왓슨, 내가 꽂은 자리에서 5센티미터쯤 떨어진 곳에 동그란 구멍이 나 있는 것을 보고 내가 얼마나 의기양양했을지 짐작이 갈 거야. 그건 브런턴이 측량을 하면서 내놓은 구멍일 테니, 내가 제대로 그의 꼬리를 밟고 있다는 것을 알 수 있었지.

그곳을 출발점으로 삼아서, 먼저 휴대용 나침반으로 방위를 알아본 다음 걸음을 떼기 시작했지. 북으로 스무 걸음은 저택의 벽을 따라 걷게 되더군. 도착 지점에 다시 나무못으로 표시를 해두었어. 그리고 동으로 열 걸음, 남으로 여덟 걸음 걸었지. 그러자 고택의 해묵은 문 앞에 이르렀어. 서쪽으로 두 걸음을 걷는다는 것은 석판을 간 저택 통로로 들어선다는 뜻이었지. 의식문이 가리킨 지점이 바로 그곳이었어.

왓슨, 내 평생 그토록 허탈한 적은 없었어. 내 계산에 뭔가 근본적인 착오가 있었던 게 틀림없다는 생각이 잠시 들더군. 저물어가는 햇살이 통로 바닥을 환히 비추어서, 발길에 닳은 해묵은 회색 석판들이 서로 단단히 달라붙은 것을 알 수 있었

의식문이 가리킨 지점.
시드니 패짓 그림, 《스트랜드 매거진》(1893)

으니까 말이야. 석판은 수년 동안 움직인 적이 없는 게 분명했어. 브런턴의 손을 탄 흔적이 없었던 거야. 바닥을 두드려보았지만 소리가 일정했고, 부서진 곳도 갈라진 곳도 없었어. 그런데 다행히도, 내 행동의 의미를 이해한 머스그레이브가 이제 나만큼이나 흥분해서 의식문을 꺼내더니 내 계산을 확인했어.

'그리고 아래로.' 그가 외쳤어. '자네는 "그리고 아래로"를 빠뜨렸어.'

나는 그게 아래를 파야 한다는 뜻인 줄 알았는데, 그 순간 내 생각이 틀렸다는 것을 바로 알았지. '그럼 이 아래 지하실이

"우리는 나선 돌계단을 내려갔어."
신문사 미술부 '카그스'와 E. S. 모리스 그림, 시애틀, 《포스트인텔리전서》(1912. 1. 28.)

있단 말이야?' 내가 외쳤어.

'그래. 그건 저택만큼이나 오래됐어. 이리 내려가면 돼, 이 문으로.'

우리는 나선 돌계단을 내려갔어. 친구가 성냥불을 켜서 모퉁이의 통 위에 놓인 커다란 랜턴에 불을 붙였지. 우리가 마침내 제대로 찾아왔다는 것을 바로 알 수 있었어. 최근에 누군가 그곳에 온 흔적이 있었거든.

그곳은 장작을 쌓아두는 창고였는데, 바닥에 흩어져 있었던 게 분명한 장작들을 최근에 누가 옆으로 치워서 중앙에 빈 공간을 만들어두었어. 그 중앙의 커다랗고 육중한 판석에는 녹슨

쇠고리가 박혔고, 그 고리에 양치기의 두툼한 체크무늬 목도리가 묶여 있었지.[30]

'맹세코 이건 브런턴의 목도리야.' 내 의뢰인이 외쳤어. '브런턴이 이걸 맨 것을 확실히 본 적이 있어. 그 악당이 여기서 대체 뭘 한 거지?'

내 제안으로 지역 경찰 두 명을 현장으로 불렀어. 그 후 나는 쇠고리에 묶인 목도리를 당겨서 석판을 들어 올리려고 해봤지만, 조금 들썩거릴 뿐이었지. 그래서 순경 한 명의 도움을 받아 마침내 석판을 들어낼 수 있었어. 아래쪽에 시커먼 구멍이 입을 쩍 벌리고 있었지. 머스그레이브가 한쪽에 무릎을 꿇고 랜턴을 늘어뜨리고 있는 동안 우리는 그곳을 들여다보았어.

그건 높이가 일곱 자, 사방 넉 자의 작은 방이었지. 방 한쪽에는 황동 테를 두른 통통한 나무 상자가 뚜껑이 위로 젖혀져 있었는데, 자물쇠 구멍에 이상한 구닥다리 열쇠가 꽂혀 있었지. 상자에는 먼지가 수북이 앉아 있었고, 습기와 벌레가 나무를 파고 들어가서 상자 안에 검푸른 곰팡이가 잔뜩 껴 있었어. 내가 여기 가진 것과 같은 옛날 동전 여러 개가 상자 바닥에 흩어져 있을 뿐, 그 밖에는 상자에 들어 있는 게 아무것도 없었어.

그런데 그 순간 우리는 낡은 상자를 거들떠보지도 않았어. 그 옆에 웅크리고 있는 것에 우리의 눈길이 고정되었지. 그건 남자의 모습이었어. 검은 정장 차림으로 털썩 주저앉아, 상자 가장자리에 이마를 박고 두 팔은 옆으로 쭉 뻗고 있었지. 그런 자세 때문에 피가 얼굴로 쏠린 채 굳어서, 일그러진 다갈색 얼굴을 아무도 알아볼 수가 없었어. 하지만 그 시체를 위로 끌어 올려놓고 보니, 키와 옷차림과 머리칼만으로도 내 의뢰인은 그가 누군지 너끈히 알아볼 수 있었지. 그건 정말 실종된 집사였어. 죽은 지 며칠 됐지만, 몸에 외상이나 멍든 자국이 없어서

30. 앞서 머스그레이브는 이 저택을 (지하실부터 다락방까지) 샅샅이 찾아보았다고 말했다. 그는 분명 이곳을 알고 있었을 것이다. 그런데 왜 찾아보지 않았을까?

어쩌다 그렇게 죽었는지 알 수가 없었지. 그 지하실에서 시체를 끌어 올리긴 했지만, 여전히 우리는 처음 조사할 때와 거의 다를 게 없는 끔찍한 문제에 직면하게 된 셈이야.

"그건 남자의 모습이었어."
시드니 패짓 그림, 《스트랜드 매거진》(1893)

"그건 정말 실종된 집사였어."
신문사 미술부 '카그스'와 E. S. 모리스 그림, 시애틀, 《포스트인텔리전서》(1912. 1. 28.)

31. 천문학 용어인 "개인 오차personal equation"는 실제로 측량하거나 계산한 값이 사람마다 다를 수 있고, 이론적으로 정확히 계산해낸 값과도 다를 수 있다는 것을 뜻하는 말이다. 천문 관찰에서는 그 오차를 어느 정도까지 허용할 것인가를 정한다. 지능 수준이 일급이라서 개인 오차를 고려할 필요가 없다는 것은, 그의 계산이나 생각이 조금이라도 틀렸을 가능성을 고려할 필요가 없다는 뜻이다—옮긴이.

고백건대 왓슨, 나는 그때 내 조사 결과가 여간 실망스럽지 않았어. 의식문에 언급된 지점만 발견하면 일거에 문제를 해결할 줄 알았는데, 막상 그 지점에 가서도 도통 알 수가 없었거든. 그 집안에서 의식문까지 만들면서 그렇게 공들여 숨겨놓은 건 정작 무엇이었을까? 브런턴이 어떻게 되었는지 알아낸 건 사실이지만, 이제 어쩌다 그렇게 되었는지 알아내야 했어. 실종된 하녀는 또 이 사건에서 어떤 역할을 했을까? 나는 구석에 놓인 작은 통에 걸터앉아 전체 사건을 곰곰 생각해봤지.

왓슨, 이런 경우 내가 어떤 방법을 구사하는지 자네도 알 거야. 나는 그 사람의 입장에 서서 먼저 그의 지능 수준을 헤아린 다음, 그런 상황에서 내가 그 사람이라면 어떻게 할 것인가 상상해보지. 이 사건의 경우는 간단했어. 브런턴의 지능 수준은 일급이었으니까, 천문학자들이 '개인 오차'라고 부르는 것을 고려할 필요가 없었거든.[31] 그는 뭔가 귀중한 것이 감춰져 있다는 것을 알았어. 그는 그 장소를 찾아냈지. 그런데 알고 보니 그 장소를 덮고 있던 석판은 남자 혼자 들기에 너무 무거웠어.

다음에는 어떻게 했을까? 믿을 만한 사람이 있다 해도 외부의 도움을 받을 수는 없었어. 그러려면 잠긴 문을 열어야 하니까 발각될 위험이 컸거든. 가능하면 집 안에서 도와줄 사람을 찾는 게 나았지. 그렇다면 누구한테 부탁을 할까? 그 하녀는 그를 열렬히 사랑했댔어. 남자들은 여자가 이미 변심했을지도 모른다는 것을 좀처럼 눈치채지 못해. 아주 못되게 굴어놓고도 말이야. 그는 하웰스와 화해하려고 몇 차례 관심을 보인 다음, 공범으로 끌어들였을 거야. 그들은 밤중에 같이 지하실로 내려가서, 힘을 모아 석판을 들어 올렸겠지. 거기까지는 직접 본 것처럼 그들의 행동을 추리할 수 있었어.

하지만 그들 두 사람에게는 석판을 드는 일이 분명 여간 힘들지 않았을 거야. 한 명이 여자였으니까. 그건 서식스의 억센 경찰과 내가 함께 들기에도 벅찼어. 그러니 그들은 뭔가 도움이 될 만한 것을 찾지 않았을까? 나라면 그랬을 거야. 나는 일어서서 바닥에 흩어진 장작들을 꼼꼼히 살펴보았어. 거의 곧바로 원하던 것을 찾았지. 길이가 90센티미터쯤 되는 장작의 끄트머리가 이지러져 있었어. 그리고 아주 무거운 것에 짓눌린 것처럼 옆 부분이 납작해진 장작이 대여섯 개 있었지. 그들이 석판을 들어 올리면서 장작을 틈새에 끼워 넣은 게 분명해. 이윽고 사람이 기어 들어갈 수 있을 만큼 들어 올려서 장작을 수직으로 괴어놓았겠지. 그래서 석판의 전체 무게에 짓눌린 장작의 끄트머리가 이지러졌어. 여기까지는 확실한 증거에 입각한 거야.

이 한밤의 드라마는 이후 어떻게 전개되었을까? 이제 그것을 재구성해야 했어. 분명 한 사람만 틈새로 들어갈 수 있었고, 물론 브런턴이 들어갔지. 하녀는 틀림없이 위에서 기다렸을 거야. 그 후 브런턴이 상자를 열었고, 아마도 내용물을 위로 올려 보냈겠지. 상자 안에는 내용물이 남아 있지 않았으니까 말이

묵묵히 발굴한 보물을 움켜쥐고.
시드니 패짓 그림, 《스트랜드 매거진》(1893)

야. 그런 다음 어떻게 되었을까?

그녀에게 못되게 군 남자, 아마 우리가 생각하는 것보다 훨씬 더 못되게 굴었을지도 모르는 남자의 운명을 자기가 거머쥐고 있다는 것을 알게 된 열정적인 켈트족 여성의 영혼에 돌연 걷잡을 수 없는 복수의 불길이 피어오르지 않았을까? 아니면 우연히 장작이 미끄러져서 석판이 닫히는 바람에 지하실이 브런턴의 묘지가 되고 말았을까? 그녀는 그저 그의 운명에 대해 침묵한 죄밖에 없는 것일까? 아니면 받침대를 후려쳐서 석판

32. 찰스 1세(1600-1649)는 잉글랜드와 스코틀랜드, 아일랜드의 왕(재위 1625-1645)으로, 의회와 오래 대립하며 국민에게 무거운 세금을 매기는 등 독재를 해서 내란이 일어났고, '국민의 적'으로 처형당했다. 당시 발행된 주화에 새겨진 라틴어에는 군주로서 신성한 권리를 지녔다는 그의 믿음과 신하들과의 말썽 많은 관계가 고스란히 드러나 있다. "CHRISTO AUSPICE REGNO(예수님의 가호 아래 세상을 다스리노라)." "MEMO ME IMPUNE LACESSIT(나를 자극하는 자는 벌을 받으리라)." 또한 그 주화들 중에는 "RELIG PRO LEG ANG LIBER PAR"라고 새겨진 것이 있는데, 이는 일종의 라틴어 속기로 '프로테스탄트 종교, 영국 법, 의회의 자유'를 뜻하는 말이며, 의회가 찰스 1세에게 서명하도록 강요한 선언문을 요약한 것이다.

을 원래대로 닫아버린 건 아닐까? 충분히 그럴 수 있는 일이지. 묵묵히 발굴한 보물을 움켜쥐고 있다가, 나선계단을 허겁지겁 올라가는 그녀의 모습이 눈에 보이는 듯했어. 그때 아마도 미덥지 못한 연인이 자기 숨통을 조이고 있는 석판을 미친 듯이 두드리며 괴성을 질러대는 먹먹한 소리가 그녀의 귓전에 울려 퍼졌을 거야.

그녀가 이튿날 아침 창백한 얼굴로 웃어대며 히스테리 발작을 일으킨 이유도 그 때문이었어. 그런데 상자에는 뭐가 들어 있었을까? 그녀는 그걸 어떻게 했을까? 물론 내 의뢰인이 연못에서 건져 올렸다는 낡은 금속과 조약돌이 바로 그것이었겠지. 그녀는 범죄의 마지막 흔적을 없앨 기회가 오자 곧바로 그것을 연못에 내버린 거야.

나는 20분 동안 꼼짝 않고 앉아서 사건을 곰곰 생각했어. 머스그레이브는 아주 창백한 얼굴로 여전히 우두커니 서서, 랜턴을 드리운 지하 구덩이 쪽을 굽어보고 있었지.

'이건 찰스 1세[32]의 주화야.' 그가 상자 속에 있던 동전 몇 개를 내밀며 말했어. '의식문이 작성된 것으로 추정한 연대가 맞았어.'

'찰스 1세의 다른 물건을 발견할 수 있을지도 몰라.' 내가 외쳤어. 의식문의 첫 두 가지 질문이 문득 떠오른 거야. '자네가 연못에서 건져 올린 자루의 내용물 좀 보여줘.'

우리는 그의 서재로 올라갔어. 그가 내 앞에 부스러기 같은 물건들을 벌여놓았지. 그걸 보니 정말 그가 그걸 무가치한 물건으로 여길 만했어. 금속은 거의 까맣게 변했고, 보석은 광택이 전혀 없어서 조약돌 같았거든. 하지만 그 가운데 하나를 소매로 닦아내자, 내 손바닥 위에서 찬란하게 빛났어. 금속 공예품은 두 개의 고리 모양이었는데, 구부러지고 뒤틀려서 원래의 모양을 알아볼 수 없을 정도였지.

'이걸 생각해봐.' 내가 말했어. '잉글랜드에서 찰스 1세가 처형당한 후에도 왕당파는 한동안 건재했어. 그러다 결국 달아나면서 아마 상당한 양의 아주 값진 보물들을 남겨두었을 거야. 세상이 안정되면 돌아와서 챙기려고 했겠지.'

'우리 집안의 선조인 랠프 머스그레이브 경은 유명한 기사였어.[33] 도피 중이던 찰스 2세의 오른팔이셨지.' 내 친구가 말했어.

'아하, 그래.' 내가 말했어. '그러고 보니 우리가 찾던 마지막 연결 고리가 바로 그것이었어. 다소 비극적인 일을 겪었지만, 자네가 이 유물을 손에 넣은 것을 축하하지 않을 수 없군. 내재 가치도 엄청나지만 역사 유물로서 더욱 가치가 큰 골동품을 자네가 갖게 되었어.'

'아니, 이게 뭐기에?' 그가 놀라서 입을 딱 벌렸지.

'이건 바로 옛 잉글랜드의 왕관이야.'

'왕관이라고!'[34]

'그래. 의식문에 적혀 있던 것을 생각해봐. 뭐라고 되어 있지? "그것은 누구의 것이었는가?" "가신 이의 것." 그때는 찰스 1세를 처형한 이후였어. 그렇다면 "누가 그것을 가질 것인가?" "새로 오실 이." 그것은 찰스 2세였어.[35] 그때 그는 이미 다시 왕이 될 것으로 예견되고 있었지. 볼꼴 사납게 쭈그러진 이 왕관은 한때 스튜어트 왕가의 이마를 감쌌던 물건인 게 분명해.'

'이게 어쩌다 연못에 빠진 거지?'

'아, 그 질문에 답하자면 시간이 좀 걸리겠는걸.' 그리고 나는 일련의 기나긴 추리와 그 증거를 조목조목 설명해주었지. 노을이 지고 휘영청 달이 뜰 때까지 내 얘기는 계속되었어.

'그렇다면 찰스 2세가 다시 돌아와서 왕관을 찾아가지 않은 것은 왜지?' 머스그레이브가 유물을 자루 속에 넣으며 물었어.

33. 영국 내란(1642-1651)이라는 말은 찰스 1세의 지지자들이 붙인 명칭인데, 그들 왕당파는 올리버 크롬웰의 청교도들을 '둥근대가리Roundheads'라고 불렀다. 기사들이 멋을 낸 긴 가발을 쓴 데 반해 청교도는 머리를 짧게 깎았기 때문이다.(영국 내란은 청교도 혁명이라고도 불린다—옮긴이) 1660년에 찰스 2세가 왕이 되어 다시 왕정을 시작했을 때, 왕당파는 스스로 '기사'라고 일컬었다(1679년부터는 '토리당'으로 일컬어졌다).
데이비드 L. 해머는 랠프 머스그레이브의 본명이 조지 고링 장군(1608-1657)이라고 밝혔다. 찰스 1세의 편에 섰다가 배신하고 의회에 찰스 1세의 계획을 밀고했다가, 나중에는 다시 왕을 지지한다고 선언한 인물이다. 고링 가문은 웨스트서식스의 실질적인 대지주였다.(16번 주석 참고)

34. 이것이 어떤 왕관인가에 대해 논란이 많다. 가장 널리 인정된 견해는 이것이 세인트에드워드의 왕관이라는 것이다. 이 견해는 H. M. 주얼하우스 보석상 주인이나 런던탑 관계자의 견해에 못지않은 권위를 지닌 것으로 인정받고 있다. 그런데 이 왕관은 1649년 의회의 명령에 의해 폐기되었다고 되어 있다. 1661년 찰스 2세의 즉위식에서는 새로 만든 '세인트에드워드의 왕관'이 사용되었고, 이후 빅토리아 여왕을 제외한 모든 왕과 여왕이 이 왕관을 썼다.

35. 찰스 1세의 아들인 찰스 2세(1630-1685)는 아버지가 처형된 직후에 잠시 왕위에 있다가, 올리버 크롬웰의 의회군이 우스터에서 왕당파를 무찌른 1651년 국외로 탈출했다. 그는 프랑스, 독일, 스페인령 네덜란드 등지를 여러 해 동안 헤매며 궁핍한 망명 생활을 했다. 그 시기가 바로 머스그레이브 씨네 '의식문'이 작성된 시기일 것이다. 1658년 크롬웰이 죽고 그의 아들 리처드가 8개월을 통치한 후 군대를 장악하지 못해 사임하고 나서, 1660년에 찰스 2세가 즉위했다.

36. 그리 비밀스럽지 않은 장소—여전히 장작 곳간으로 사용되고 있는 지하실—에 숨긴 왕관이 브런턴(그리고 홈즈) 이전에 일찌감치 발견되지 않았다는 것은 좀 이상한 일이다. D. 마틴 데이킨이 지적했듯이, "지하실 바닥 중앙에 제발 당겨달라고 아우성치는 듯한 쇠고리가 달린 석판"이 있는데. 그걸 2세기 동안 아무도 열어보지 않았다니.

37. 네이선 벤지스는 이렇게 썼다. "전체 이야기에서 가장 놀라운 것은 그런 유물이 살아남았다는 것이 아니라. 그것을 레지널드 머스그레이브가 보관해도 좋다는 영국 정부의 허락을 받았다는 점이다." 그런 왕관이라면 소중한 역사 유물이자 국민의 재산으로서 당장 국보로 지정되어 런던탑에 보관하는 것이 순리였을 것이다.

38. 왓슨이 초기에 이 사건을 홈즈가 실패한 사건으로 평가한 데 동의하는 이들이 많다는 것도 그리 놀랄 일이 아니다.(「노란 얼굴」 3번 주석 참고) 홈즈가 전체 이야기를 꾸며냈다고 생각하는 사람도 한 명은 있었다. 레지널드 머스그레이브가 실은 질투나 탐욕으로 브런턴을 살해했다고 믿는 비평가도 더러 있다. 레이첼 하웰스가 침실에서 아편으로 브런턴을 살해하고. 머스그레이브가 시신 운반을 도왔다고 주장하는 이들도 있다.

'아, 거기엔 우리가 알아낼 수 없는 무슨 이유가 있었겠지. 그사이에 자네 조상이 비밀을 간직한 채 세상을 떴을 수도 있어. 후손에게 의식문을 남겼지만 의미를 풀이해주는 걸 깜빡 잊어버렸을지도 모르지. 오늘날까지 대대로 내려오던 의식문이 마침내 한 남자의 수중에 들어갔는데, 그는 비밀을 간파했지만 그걸 찾아 나섰다가 목숨을 잃고 만 거야.'[36]

왓슨, 이게 바로 머스그레이브 씨네 의식문에 얽힌 이야기야. 지금 그 왕관은 헐스톤에서 보관하고 있어. 법적 다툼이 좀 있었고, 왕관의 보유 허가를 받기까지 돈깨나 들었지.[37] 내 이름을 대면 그들이 기꺼이 그걸 자네에게 보여줄 거야. 하녀에 대해서는 어떤 소식도 들려오지 않았어. 아마도 범죄에 대한 기억을 간직한 채 잉글랜드를 떠나, 바다 건너 어딘가로 사라졌겠지."[38]

머스그레이브 씨네 의식문

의식문의 해석은 홈즈가 말한 것처럼 그렇게 간단치는 않은 것 같다.

"그달은 언제인가?"

"첫 달부터 여섯 번째 달."

가장 곤혹스러운 게 바로 이 문답이다. 이것은 몇 월을 가리키는 것일까? 그림자를 토대로 해서, H. W. 벨은 홈즈가 이 사건을 해결한 시점이 추분 안팎이라고 추정했다. 영국에서는 그레고리력을 채택한 1752년 이전 6세기 동안, 법적으로 새해가 3월 25일에 시작했다. 따라서 H. W. 벨은 여섯 번째 달이 9월이라고 결론지었다. 하지만 존 홀은 「그달은 언제인가?」라는 글에서, 상식적으로 그레고리력을 생각하는 게 옳다고 주장했다. 즉, 1월부터 여섯 번째 달인 7월로 보는 게 옳다는 것이다. 그는 자신의 주장을 뒷받침하기 위해, 브런턴이 보름만 말미를 달라고 필사적으로 애원한 것을 지적했다. 그 사건이 6월 중순에 일어났다 치고, 그는 7월이 된 후 해고되기를 원했다는 것이다.

역사적 사건들도 홀의 이론을 뒷받침한다. 의식문은 찰스 1세가 네이즈비 전투에서 패배한 1645년 6월 14일 직후에 작성되었음에 틀림없다. 영국에서는 1752년에 그레고리력을 채택하면서 열하루를 잃어버렸다.[39] 따라서 랠프 머스그레이브 경이 네이즈비 전투가 벌어진 지 몇 주일 후에 의식문을 썼다면, 오늘날의 달력으로 7월 중순에 쓴 셈이 된다.

---

39. 그레고리력은 현재 거의 모든 나라에서 사용하는 태양력으로, 1582년 교황 그레고리우스 13세가 율리우스력을 고쳐 선포한 것이다. 율리우스력으로 계산하면 1태양년은 365.25일이 된다(정확한 1태양년은 365일 5시간 48분 46초다). 이 달력은 4년마다 하루씩 '윤일閏日'을 넣어 달력과 계절이 일치하도록 했다. 하지만 약간의 오차로 인해 100년마다 하루씩 늦어진다.

이렇게 늦어진 날짜가 교황 그레고리우스 시대에 이르러 14일이나 되었고, 교황은 당시 3월 11일이었던 춘분을 325년 니케아 공의회 시대의 춘분 날짜인 3월 21일로 개정했다. 이 개정으로 1582년 10월 4일을 기점으로 달력의 날짜가 열흘씩 앞당겨져 10월 4일 다음 날이 10월 15일이 되었다. '열흘'을 잃어버린 것이다. 영국이 '열하루'를 잃어버린 것은, 1600년이 율리우스력으로 윤년이 아니었지만 그레고리력으로는 윤년이었기 때문이다—옮긴이.

"어떻게 걸었는가?"

"북으로 열 걸음 또 열 걸음, 동으로 다섯 걸음 또 다섯 걸음, 남으로 두 걸음 또 두 걸음, 서로 한 걸음 또 한 걸음, 그리고 아래로."

에드워드 메릴이 썼듯이, 이 걸음을 연구하기 위해서는 브런턴과 홈즈가 걸었던 저택의 모양(그리고 "해묵은 문"의 위치)과 방위를 먼저 따져보아야 한다.

"그 고택은 L자 모양으로 지어졌어. 길게 뻗은 부속 건물은 좀 더 최근에 지은 것이고, 짧은 것은 옛날에 지은 원래의 중추 건물이야. 이 건물에 붙여서 다른 건물을 새로 지었지."

먼저, "L자 모양"이라는 것을 폭넓게 해석해서 가능한 저택의 여러 가지 모양을 추정해볼 수 있다.

그중 세 가지는 홈즈의 설명과 일치하고, 하나는 방향을 약간 수정했다.

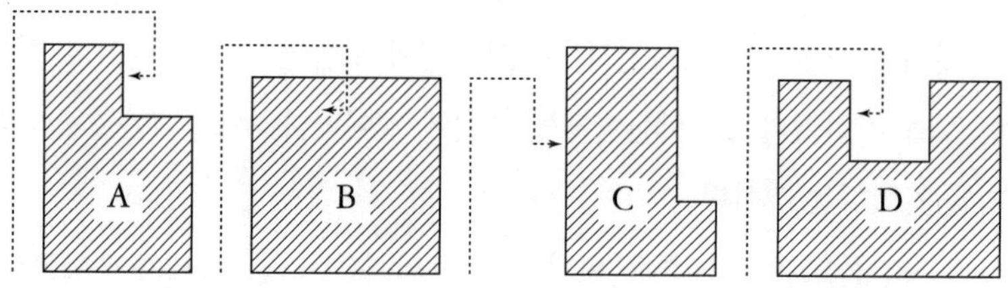

헐스톤 저택의 가능한 모양.

1. 도형 A는 "전통적인" 견해에 따른 것이다. 그런데 "저물어가는 햇살이 통로 바닥을 환히 비추고" 있었다는 홈즈의 말에 따르면 서쪽에 창문이 나 있어야 한다.

2. 도형 B는 L자 모양이랄 수도 없고, 마지막 두 걸음째에 집 안으로 들어서는 것도 아니지만, 아무튼 서쪽에 창을 낼 수 있다.

3. 도형 C는 마지막에 서쪽이 아닌 동쪽으로 걷는 것으로 수정한 것이다.

4. 마지막 도형 D는 메릴이 제시한 것이다.

이 네 가지 모두 서쪽으로 창이 나 있을 수 있다. 물론 네 가지 제안에 모두 문제가 있긴 하다. 메릴의 말에 따르면 "문제가 되는 것은 다음 사항을 인정해야 한다는 것이다. (1)도형 A의 경우 저택의 부속 건물이 길다랗고 매우 좁다는 것. (2)도형 B의 경우 집 모양이 L자도 아니지만 마지막 두 걸음째에 집 안에 들어선다는 말을 고쳐야 한다는 것. (3)도형 C의 경우 저택에서 7.5-9미터쯤 떨어져 걸어도 '저택의 벽을 따라' 걸었다고 봐줘야 한다는 것. (4)도형 D의 경우 저택이 L자 모양이라는 말을 더욱 폭넓게 받아들여야 한다는 것."

저택의 모양을 정했다면 그 배치는 다음 여덟 가지 중 하나일 것이다.

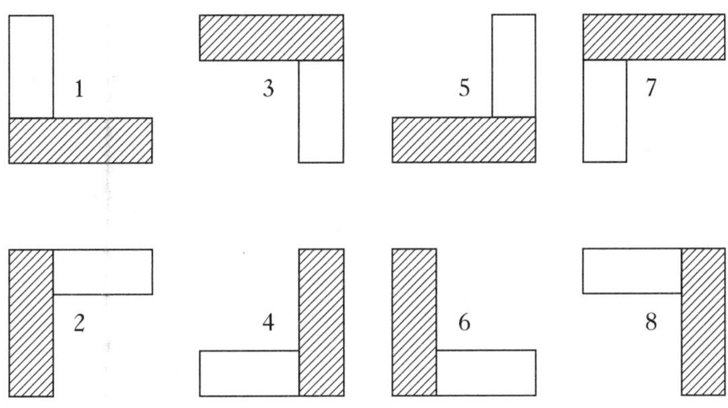

헐스톤 저택의 가능한 배치도.

빗금 친 부분이 원래의 옛 중추 건물, 곧 보물이 있던 곳이다. 니컬러스 유테친은 「헐스톤과 의식문」에서 의식문에 나온 방위와 홈즈의 말을 토대로 해서 각 배치도를 면밀히 검토했다. 그는 3, 5, 7번 배치도를 바로 제외했다. 걸음의 방향과 벽의 길이가 일치하지 않았기 때문이다. 8번은 "저택 바로 앞길 왼편에" 떡갈나무가 서 있을 수 없어서 제외되었다. 보물이 있던 곳은 빗금 친 부분이기 때문에 1번도 제외되었다. 2번 배치도는 "미학적으로…… 좋지 않다"는 이유로 제외되었다.(걸음 방향과도 일치하지 않는다─옮긴이) 남은 것은 4번과 6번이다. 유테친은 6번 배치도를 선호했는데, 에드워드 메릴은 개인적인 취향에 따라 4번을 선호했다. 그러나 두 사람 다 인정하듯이 "우리는 추리의 영역에 접어들었는데, 여기서는 가장 논리적인 사람이라도 실수를 할 수 있"다.(「빈집」)

레이게이트의 지주들[1]

홈즈는 우리가 잘 알지 못하는 "네덜란드-수마트라 회사" 사건을 성공적으로 해결한 후 과로로 쓰러진다. 왓슨은 그를 설득해서 같이 서리로 휴양을 떠난다. 왓슨이 군대 시절에 알게 된 헤이터 대령의 집에서 지냈는데, 이 대령은 정전에 나오는 대령들 가운데 유일하게 선한 인물이다. 홈즈의 휴양은 갑자기 막을 내리고, 강도 살인 사건에 뛰어들게 된다. 피해자인 커닝엄 부자는 묘하게도 마지못해 홈즈의 조사를 받아들이고, 홈즈는 일견 무기력해 보인다. 손으로 쓴 편지가 이 사건의 핵심 열쇠인데, 그 편지에서 23가지의 추리를 할 수 있다는 홈즈의 주장은 다소 허풍으로 들리지만, 당시 유럽 대륙에서는 홈즈가 아니라도 그 편지에서 중요한 정보를 끌어낼 수 있을 만큼 필적학이 발달했다. 하지만 아직 영국에서는 홈즈를 따를 사람이 없었다. 이번 이야기에 언급되는 애니 모리슨이 누구인가의 수수께끼를 해결한 셜록학자는 없다.

1. 「레이게이트의 지주들」은 1893년 6월 《스트랜드 매거진》에 복수형이 아닌 단수형으로 「레이게이트의 지주」라는 제목으로 발표되었다. 이것이 『셜록 홈즈 회고록』에서 「레이게이트의 지주들」로 바뀌었다. 1893년 6월 17일 자 《하퍼스 위클리》에서는 「레이게이트 퍼즐」로 제목을 바꾸었다.

2. 리옹의 플라스카모 19번지에 뒤보스 호텔이 있었는데, 딱히 그 호텔이라고 보기는 어렵다.

내 친구 셜록 홈즈가 건강을 되찾기 얼마 전이었다. 그러니까 1887년 봄, 홈즈는 네덜란드-수마트라 회사의 온갖 문제와 모페르튀 남작의 엄청난 음모 사건을 해결하느라 온 힘을 다 쏟아붓고 과로로 몸져눕고 만 것이다. 그 사건은 일반인들의 마음에 아직도 엊그제 일만 같은 데다가, 정치계나 금융계와도 너무 밀접하게 연관되어 있어서, 스케치하듯 연재하는 이런 글로 다루기에는 적절치 않다. 그러나 그 사건은 우회적으로 또 다른 특이하고 복잡한 사건을 불러왔고, 이 사건을 통해 내 친구는 평생 범죄와 맞서 싸우며 사용한 많은 무기 가운데 새로운 무기 한 가지의 가치를 증명할 기회를 갖게 되었다.

내가 메모한 것을 들춰보니, 홈즈가 뒬롱 호텔[2]에 몸져누웠다는 전보가 프랑스 리옹에서 날아온 것은 4월 14일이었다. 24시간도 지나기 전에 그의 병실에 도착한 나는 병세가 그리 심각하지 않다는 것을 알고 가슴을 쓸어내렸다. 아무튼 무쇠처럼 단단한 그의 몸도 두 달이 넘도록 이어진 조사의 후유증으로 끝내 무너지고 만 셈이다. 그동안 그가 일한 시간은 하루 열다섯 시간이 넘었고, 그가 분명히 말했듯이, 내리 닷새 동안 일에만 매달린 적도 몇 차례 있었다. 그래서 결국 성공을 거두기는 했지만, 그런 성공이 크게 무리를 한 데 따른 반작용까지 막아줄 수는 없었다. 그는 이제 유럽에서 쟁쟁하게 명성을 날렸고, 호텔 방 안에는 축하 전보가 말 그대로 발목이 잠길 정도로 쌓였지만,[3] 막상 홈즈 본인은 심한 우울증에 사로잡혀 있었다. 3개국의 경찰이 해결하지 못한 사건을 해결했고, 어느 모로 보나 유럽 최고의 지독한 사기꾼이었던 자를 제압했다는 뿌듯한 사실

3. 캐럴 P. 우즈의 계산에 따르면, 프랑스의 일반 호텔 방에 쌓인 전보가 "발목에 잠길 정도"가 되려면, 구겨서 내버린 전보가 최소한 1만 741통은 필요하다. 홈즈가 앓아누운 것은 네덜란드-수마트라 회사 사건을 해결하느라고 무리를 해서만이 아니라, 전보에 치인 탓이라고 우즈는 꼬집었다. 그 정도 분량의 전보를 개봉해 읽고 구겨서 내던지는 데에는 최소한 179시간이 필요하기 때문이다.

「레이게이트 퍼즐」.
E. S. 모리스 그림, 시애틀, 《포스트인텔리전서》(1912. 2. 4.)

4. 미국 판본에는 이상하게도 이 말이 "동양 무기"라고 되어 있다. 아무튼 과거에 왓슨을 부상시킨 제자일 소총도 여기 포함되어 있었을 것이다.

조차도 그의 정신적 피로를 풀어주기에는 역부족이었던 것이다.

사흘 후 우리는 베이커 스트리트로 돌아왔다. 내 친구가 기분 전환이라도 한다면 분명 한결 좋아질 것 같았고, 봄날 시골에서 한 주일을 보낸다는 것은 내게도 꽤나 구미가 당기는 일이었다. 아프가니스탄에서 내가 치료를 해준 적이 있는 헤이터 대령이 서리 주 레이게이트 근처에 살고 있었는데, 놀러 와달라고 여러 차례 채근한 적이 있었다. 마침 지난번에는 친구를 데려와도 대환영이라고 말했다. 내가 약간의 외교적인 수사를 동원하기는 했지만, 홈즈는 그 집주인이 독신이고 거기서 아무런 부담 없이 지낼 수 있다는 것을 알고 결국 내 계획을 받아들여서, 우리는 리옹에서 돌아온 지 일주일 만에 헤이터 대령의 집에 묵게 되었다. 헤이터는 세상을 두루 구경한 멋진 노병이었다. 내가 기대한 대로, 그는 홈즈와 통하는 데가 많다는 것을 곧 알게 되었다.

도착한 날 저녁, 우리가 저녁 식사를 마치고 대령의 총기실에 앉아 있을 때였다. 홈즈는 편안히 소파에 몸을 눕혔고, 헤이터 대령은 수집한 총기류[4]를 내게 구경시켜주었다.

"그런데," 하고 대령이 불쑥 말했다. "위험에 대비해서 권총 한 정을 2층에 가져가야겠어."

"위험이요?"

"그래. 최근 이 일대에 흉흉한 일이 벌어졌거든. 지난 월요일에 이 지역 유지인 액턴 노인의 집에 도둑이 들었지 뭐야. 크게 다친 사람은 없지만 범인이 잡히지 않았어."

"단서는 없나요?" 홈즈가 대령을 슬쩍 바라보며 물었다.

"아직은 없다네. 하지만 그거야 뭐 조그마한 우리 고장의 시시껄렁한 사건에 지나지 않으니, 국제적인 대형 사건을 해결한 자네 같은 사람이 관심을 가질 만한 건 못 될 걸세."

홈즈는 그런 찬사에 손사래를 쳤지만, 은근히 미소를 짓는 것으로 보아 찬사가 싫지는 않은 모양이었다.

"흥미로운 특징 같은 건 없었나요?"

"없었던 것 같네. 도둑들은 서재를 샅샅이 뒤졌는데, 고생한 것에 비하면 훔쳐 간 게 변변치 않아. 그래도 온갖 곳을 발칵 뒤집어놓았지. 서랍도 다 뽑아놓고, 찬장도 샅샅이 뒤졌건만, 없어진 것이라고는 고작 포프의 호메로스 번역서[5] 한 권, 도금한 촛대 두 개, 상아 서진書鎭[6], 작은 떡갈나무 청우계, 실 한 뭉치가 전부야."

"참 잡다하게도 훔쳐 갔군요." 내가 외쳤다.

"아, 손에 잡히는 대로 훔쳐 간 게 분명해."

"주 경찰이 제대로 수사를 하지 않았군요." 홈즈가 소파에서 툴툴거렸다. "이건 분명……."

그러나 내가 손가락을 세워 보이며 경고했다.

"이봐, 자네는 이곳에 쉬러 온 거야. 신경 과로로 쓰러진 주제에 새로운 사건에 뛰어들려고 하진 마."

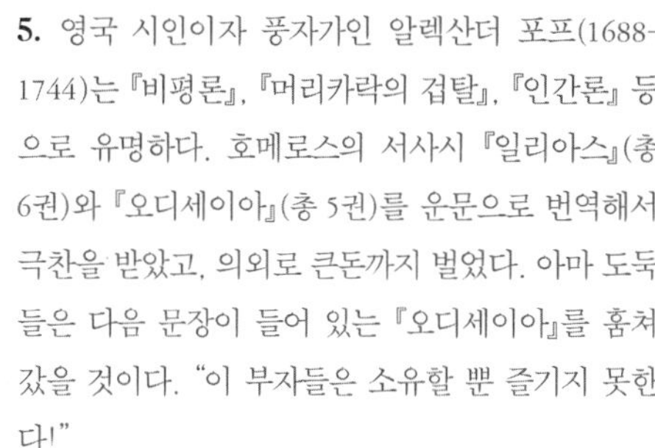

5. 영국 시인이자 풍자가인 알렉산더 포프(1688-1744)는 『비평론』, 『머리카락의 겁탈』, 『인간론』 등으로 유명하다. 호메로스의 서사시 『일리아스』(총 6권)와 『오디세이아』(총 5권)를 운문으로 번역해서 극찬을 받았고, 의외로 큰돈까지 벌었다. 아마 도둑들은 다음 문장이 들어 있는 『오디세이아』를 훔쳐 갔을 것이다. "이 부자들은 소유할 뿐 즐기지 못한다!"

6. "서진letterweight"은 펼쳐놓은 책이나 종이가 바람에 날리지 않도록 눌러놓는 물건. 문진文鎭이라고도 한다―옮긴이.

내가 손가락을 세워 보이며 경고했다.
시드니 패짓 그림, 《스트랜드 매거진》(1893)

7. 미국에서는 제목을 바꿀 정도로 '지주'라는 말을 싫어했다는 증거가 여기 또 나온다. 미국 판본은 이 "지주squire"란 말을 "사람man"으로 바꾸었다.('squire' 는 특히 시골의 대지주를 가리키는 말로, 대부분 신사 계급이었다. 귀족과 신사 계급 아래로는 공민 계급이 있었다. 윌리엄 셰익스피어의 아버지 존 셰익스피어는 한때 읍장까지 지낸 지역 유지였지만 신사 계급이 아닌 공민 계급이었다. 나중에 가문의 문장 사용 허가를 받음으로써 법적으로 신사 계급이 되었는데, 그러기 위해 아들 윌리엄 셰익스피어가 많은 돈을 들였다는 이야기가 있다. 「그리스인 통역사」에서 홈즈는 "우리 조상은 시골 지주"였다고 말한다—옮긴이)

홈즈는 대령에게 익살스러운 체념의 눈짓을 하고 어깨를 으쓱해 보였다. 대화는 표류하듯 위험하지 않은 분야 이야기로 흘러갔다.

그러나 의사로서의 내 경고는 물거품이 될 운명이었다. 이튿날 아침, 그 문제가 도저히 무시할 수 없는 양상을 띠고 다시 우리 앞에 툭 불거졌던 것이다. 시골 체류 목적이 이렇게 틀어질 줄 누가 알았겠는가. 대령의 집사가 채신머리없이 식당으로 들이닥친 것은 우리가 아침 식사를 하고 있을 때였다.

"소식 들으셨습니까?" 그가 숨넘어가는 소리로 말했다. "커닝엄 씨네 소식 말예요!"

"도둑이 들었나?" 대령이 커피 잔을 손에 든 채 외쳤다.

"살인이 났답니다!"

대령이 휘파람 소리를 냈다. "맙소사! 누가 죽었지? 치안판사 영감이? 아니면 그의 아들이?"

"둘 다 아닙니다. 마부 윌리엄이 죽었어요. 심장에 총을 맞고 바로 저세상으로 갔답니다."

"누가 쏜 거야?"

"도둑이요. 총을 쏘고 총알처럼 도망쳐서 감쪽같이 사라졌답니다. 식료품 저장실 창문으로 들어오는 도둑과 마주친 마부가 주인의 재산을 지키려다 그만 세상을 하직하고 만 거예요."

"그게 언제였지?"

"간밤이었어요. 자정 무렵이었답니다."

"아, 그래, 이따가 그 댁에 가봐야겠군." 그리고 대령은 냉정하게 다시 아침 식사를 하기 시작했다. "참 고약한 일이야." 집사가 나간 뒤 그가 덧붙여 말했다. "커닝엄 영감은 이 고장을 이끌어가는 지주[7]라네. 아주 점잖은 분이지. 이번 일로 상심이 크겠어. 그 마부는 참 훌륭한 하인인 데다가, 데리고 있은 지도 오래되었거든. 이건 분명 액턴 노인의 집을 턴 놈들

짓일 거야.”

“아주 별난 물건들을 훔쳐 간 도둑들 말이죠?” 홈즈가 진지하게 말했다.

“그래.”

“흠! 이것이 너무나 빤한 사건으로 보이기 쉽지만, 역으로 꽤나 묘한 사건이라는 것을 한눈에 알아볼 수 있어요. 이런 시골에서 날뛰는 도둑은 범죄 현장을 바꾸려고 하는 게 보통이죠. 며칠 사이에 같은 동네의 두 집을 털려고 하진 않아요. 엊저녁에 대령님이 위험에 대비해야 한다고 말씀하실 때, 잉글랜드에서 도둑질할 데도 많은데 무슨 얼빠진 도둑이 하필 이런 시골에 눈독을 들이나 하는 생각이 들었습니다. 그런데 제 생각이 짧았어요. 저는 아직도 배울 게 많다는 생각이 듭니다.”

“내가 보기엔 도둑이 이 고장 사람 같아.” 대령이 말했다. “그렇다면 물론 액턴 씨네나 커닝엄 씨네야말로 눈독을 들일 만한 집이지. 여기선 가장 크니까.”

“그리고 가장 부유하겠죠?”

“그야, 당연히 그렇겠지. 하지만 두 집안은 몇 년 동안 소송을 하느라 진이 다 빠졌을 거야. 커닝엄의 소유지 절반이 자기 거라고 액턴 영감이 주장하면서부터 두 집안 다 변호사를 고용해 맹렬히 싸우고 있지.”

“범인이 이 고장 사람이라면 쉽게 추적해서 잡을 수 있겠군요.” 홈즈가 하품을 하며 말했다. “그래, 왓슨, 난 끼어들지 않겠어.”

그때 집사가 문을 열어젖히고 말했다.

“포리스터 경위가 오셨습니다.”

영리하고 예리해 보이는 인상의 젊은 경찰이 실내로 들어섰다. “안녕하십니까, 대령님.” 그가 말했다. “폐를 끼치고 싶지 않습니다만, 베이커 스트리트의 홈즈 씨가 여기 와 계시다고

포리스터 경위.
시드니 패짓 그림, 《스트랜드 매거진》(1893)

들었습니다."

대령이 내 친구를 손으로 가리키자 경위가 고개 숙여 인사했다.

"홈즈 씨, 이번 사건을 좀 거들띠보지 않으시렵니까?"

"왓슨, 운명이 자네에게 등을 돌렸군그래." 그가 웃으며 말했다. "경위가 오기 전에 우리도 마침 그 얘기를 하고 있던 참이었습니다. 그럼 어디 얘기를 들어볼까요?" 그가 특유의 편안한 자세로 의자에 등을 기대는 모습을 보고 나는 더 이상 말리긴 틀렸다는 것을 알았다.

"액턴 씨네 사건은 단서가 전혀 없습니다. 하지만 이번에는 단서가 쏟아져 나왔어요. 두 번 다 동일범의 짓인 게 분명합니다. 목격자가 있어요."

"아!"

"그래요. 하지만 범인은 윌리엄 커원을 사살한 후 사슴처럼 내뺐죠. 커닝엄 씨는 침실 창문으로, 아들인 알렉 커닝엄 씨는 뒤쪽 통로에서 범인을 봤답니다. 비명이 들린 것은 저녁 12시 15분 전이었어요. 커닝엄 씨는 막 잠자리에 들었고, 알렉 씨는 실내복을 입고 파이프 담배를 피우고 있을 때였죠. 그때 마부 윌리엄이 살려달라고 외치는 소리가 들려왔답니다. 알렉 씨는 무슨 일인지 알아보려고 뛰어 내려갔습니다. 뒷문이 열려 있는 게 보였고, 계단 밑에 내려가보니 두 남자가 밖에서 몸싸움을 하고 있었죠. 그들 중 한 명이 총을 쏘았고, 한 사람이 쓰러졌습니다. 살인자는 정원을 가로지른 후 산울타리를 넘어 달아났죠. 침실 창가에서 내다보고 있던 커닝엄 씨는 큰길로 빠져나간 범인을 보았답니다. 하지만 범인은 바로 모습을 감춰버렸어요. 알렉 씨는 죽어가는 남자를 돌보기 위해 뒤쫓아가는 걸 그만두었다고 합니다. 그래서 악당은 감쪽같이 사라지고 만 거죠. 범인이 중키에 검은 옷을 입었다는 것을 빼고 다른 인상착의 단서는 없어요. 하지만 우린 활발하게 탐문 조사를 하고 있습니다. 놈이 외지인이라면 곧 찾아낼 겁니다."

"그 전에 윌리엄은 거기서 뭘 하고 있었나요? 죽기 전에 남긴 말은 없나요?"

"없습니다. 그는 어머니와 함께 문간채에 살았는데, 집 안에 무슨 일이 없는지 둘러보려고 했을 겁니다. 아주 성실한 사람이었으니까요. 물론 액턴 씨네 일로 다들 집단속을 잘하고 있었지요. 도둑이 자물쇠를 비틀어 열고 집 안으로 침입했을 때 마침 윌리엄이 둘러보러 와서 도둑과 맞닥뜨린 겁니다."

"윌리엄이 집을 나서기 전에 어머니한테 무슨 말을 하진 않았나요?"

"그의 어머니는 워낙 늙고 귀까지 먹어서 무슨 정보를 얻어낼 수 없어요. 게다가 충격으로 반쯤 넋이 나갔죠. 그렇지 않아도 정신이 온전치 않은 듯한데 말입니다. 하지만 아주 중요한 게 하나 있습니다. 이것 좀 보세요!"

경위가 작은 종잇조각을 꺼내 자기 무릎 위에 펴놓았다.

"피살자가 엄지와 검지로 쥐고 있던 것입니다. 더 큰 종이에서 찢어낸 것으로 보입니다. 여기 적힌 시간이 바로 피살자가 최후를 맞은 바로 그 시간입니다. 살인자가 나머지를 찢어 갔을 수도 있고, 피살자가 살인자에게서 찢어낸 것일 수도 있죠. 그걸 보면 무슨 약속이 있었던 것 같습니다."

홈즈가 종잇조각을 집어 들었다. 아래 그림은 그것을 복사한 것이다.

"이건 무슨 약속 같아 보입니다." 경위가 이어서 말했다. "윌리엄 커원은 물론 정직하다고 소문난 사람이긴 하지만, 그래도 도둑과 무슨 공모를 했다고 볼 수도 있을 겁니다. 거기서 만나기로 했고, 문을 따고 들어가는 것을 도왔는데, 나중에 사

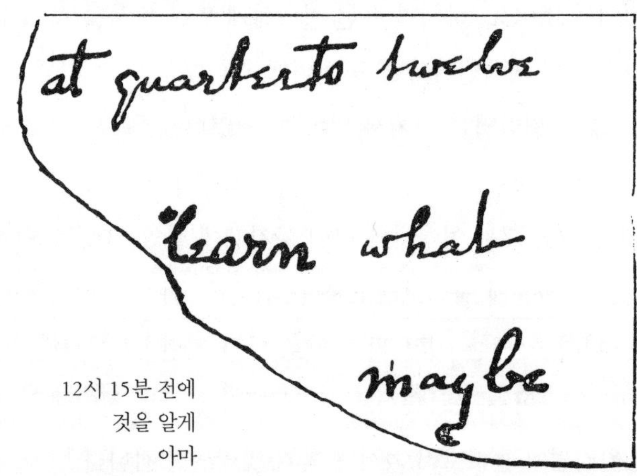

12시 15분 전에
것을 알게
아마

이가 틀어지고 말았다고 볼 수 있죠."

"이 종잇조각의 글이 참 흥미롭군요." 홈즈가 유심히 살펴보며 말했다. "이 사건은 처음 생각한 것보다 훨씬 더 난해하군요." 홈즈가 고개를 숙이고 두 손으로 머리를 감싸 쥐자, 경위는 자신의 사건이 유명한 런던의 전문가를 곤혹스럽게 했다는 게 아주 흐뭇한지 빙그레 미소를 지었다.

홈즈가 곧이어 말했다. "도둑과 마부가 결탁을 했고, 이 쪽지가 두 사람 사이의 약속일지 모른다는 경위의 설명은 꽤나 독창적이고 전혀 불가능한 일도 아닙니다. 그러나 이 쪽지의 글을 보면……." 그는 다시 두 손에 머리를 파묻고, 몇 분 동안 그 상태로 골똘히 생각에 잠겼다. 그가 다시 고개를 들었을 때 나는 깜짝 놀랐다. 아프기 전처럼 두 눈이 반짝반짝하고, 불그레해진 얼굴에는 화색이 돌았던 것이다. 그는 예전처럼 원기 왕성하게 벌떡 일어났다.

"이봐요, 경위!" 그가 말했다. "사건 현장을 조용히 둘러보고 싶습니다. 이 사건은 나를 매료시키는 데가 있어요. 대령님, 괜찮으시다면 제 친구 왓슨과 대령님은 여기 계시고, 저는 경위와 함께 다녀오겠습니다. 몇 가지 떠오르는 게 있는데 그걸 좀 확인해보려고요. 한 30분 후에 돌아오겠습니다."

그러나 한 시간 반이 지난 후 경위가 혼자 돌아왔다.

"홈즈 씨는 바깥 들판에서 거닐고 있습니다." 그가 말했다. "우리 넷이서 함께 그 저택에 가보자고 하는군요."

"커닝엄 씨네 집에?"

"네."

"아니 왜요?"

경위가 어깨를 으쓱해 보였다. "저도 잘 모르겠습니다. 우리끼리니까 드리는 말씀인데, 제가 보기에 홈즈 씨는 병이 낫지 않은 듯합니다. 행동이 영 이상해요. 몹시 흥분한 상태입니다."

8. "I have usually found that there was method in his madness." 왓슨이 셰익스피어의 문장을 인용하는 버릇은 홈즈 못지않다. 이것은 『햄릿』 2막 2장에서 재상이자 오필리어의 아버지인 폴로니어스가 한 다음 말을 차용한 것이다. "저것은 광기지만, 거기엔 조리가 있다Though this be madness, yet there is method in it." ['method'에는 '방법'이라는 뜻 외에 '(행동이나 생각의) 조리, 체계, 질서'라는 뜻이 있다. 홈즈의 광기는 생각과 마찬가지로 조리가 있고 체계와 질서가 잡혀 있다는 뜻이다. 경위의 다음 말도 흥미롭다. "Some folk might say there was madness in his method."—옮긴이]

"염려할 필요는 없을 겁니다." 내가 말했다. "내가 늘 겪어봐서 아는데 그의 광기에는 조리가 있어요."[8]

"어떤 사람들은 그의 조리에 광기가 있다고 할걸요." 경위가 중얼거렸다. "그런데 홈즈 씨가 어서 가자고 하시니, 준비되는 대로 얼른 나가는 게 좋겠습니다."

홈즈는 고개를 푹 숙이고 두 손을 바지 주머니에 찔러 넣은 채 들길을 서성이고 있었다.

"사건이 흥미로워지고 있어." 그가 말했다. "왓슨, 자네가 권한 시골 여행은 대성공이야. 이렇게 멋진 아침을 보내다니."

"범죄 현장을 둘러본다고 하더니 벌써 다녀온 건가?" 대령이 물었다.

"네. 경위와 함께 잠깐 둘러봤습니다."

"성과가 있었나?"

"음, 아주 흥미로운 것을 보았습니다. 걸어가면서 제가 본 것을 말씀드리죠. 무엇보다 먼저 불운한 마부의 시신부터 보았습니다. 그는 보고된 대로 리볼버 총상으로 사망한 것이 분명하더군요."

"아니, 그런 걸 다 의심했단 말인가?"

"아, 뭐든 확실히 알아보는 게 좋죠. 역시 알아본 보람이 있었습니다. 그 후 우리는 커닝엄 씨와 그의 아드님을 면담했지요. 두 분은 살인범이 도주하면서 산울타리를 뚫고 지나간 정확한 지점을 알고 계시더군요. 그건 매우 흥미로운 사실이었습니다."

"당연히 알고 있겠지."

"그 후 우리는 피살자의 어머니를 만났습니다. 하지만 워낙 노쇠해서 무슨 정보를 얻지는 못했지요."

"조사해서 얻은 성과는 대체 뭔가?"

"매우 특이한 범죄라는 것을 확신하게 되었습니다. 아마 이번에 다시 찾아가면 좀 더 뚜렷한 성과를 얻을 수 있을 겁니다. 경위, 피살자가 쥐고 있던 종잇조각 말입니다. 사망 시간이 적힌 그 종잇조각이 매우 중요하다는 것에 경위도 동의하죠?"

"네, 거기에 단서가 있을 겁니다, 홈즈 씨."

"그래요. 그 글을 쓴 사람이 바로 그 시간에 윌리엄 커원을 잠자리에서 끌어낸 사람입니다. 그런데 나머지 종잇조각은 어디 있을까요?"

"그걸 찾으려고 부근을 샅샅이 살펴봤습니다." 경위가 말했다.

"그건 피살자의 손에서 찢겨 나갔습니다. 왜 그걸 한사코 빼앗아 가려고 했을까요? 그걸 읽어보면 범인이 드러나기 때문이었겠지요. 범인은 그걸 어떻게 했을까요? 아마 곧바로 자기 주머니에 찔러 넣었겠죠. 그래서 찢어진 귀퉁이가 피살자의 손에 쥐어져 있는 줄도 몰랐을 겁니다. 나머지 조각만 찾아낼 수 있다면 사건 해결은 식은 죽 먹기일 텐데."

"그렇겠죠. 하지만 범인을 잡기도 전에 어떻게 범인의 주머니를 뒤질 수 있단 말입니까?"

"아, 그래요, 그건 이미 생각해둔 게 있습니다. 그럴 만한 가치가 있었죠. 그리고 또 한 가지 분명한 게 있습니다. 그 쪽지를 받은 사람은 윌리엄입니다. 그런데 그걸 쓴 사람이 그걸 갖다 주었을 리는 없습니다. 그럴 바에는 구두로 전하면 되니까요. 그렇다면 누가 갖다 주었을까? 우편으로 배달되었을까요?"

"그건 조사해봤습니다." 경위가 말했다. "윌리엄은 어제 오후에 편지를 한 통 받았어요. 봉투는 그가 없애버렸더군요."

"훌륭합니다." 홈즈가 외치며 경위의 등을 토닥거렸다. "벌써 집배원을 만나봤군요. 경위와 함께 일하게 되어 정말 기쁩니다. 자, 여기가 바로 그 문간채입니다. 대령께서 같이 가신다면, 제가 범죄 현장을 보여드리겠습니다."

9. 영국에서 앤 여왕 재위 기간(1702~1714)에 특히 유행한 장식미술 양식. 가구에 떡갈나무 대신 호두나무만 사용해서 '호두나무의 시대'라고도 했다. 이 양식의 가구만이 갖고 있는 특징은 다리가 이중 곡선 형태(한국의 개다리소반처럼 다리 윗부분이 볼록하고 아랫부분은 오목한 모양)이고, 밑바닥은 공을 쥐고 있는 동물의 발 모양으로 생겼다는 것이다. 여기서는 '붉은 벽돌 건축양식'을 뜻하는데, 1870년대에 영국과 미국에서 선보인 그런 건축양식도 퀸 앤 양식으로 알려져 있지만, 앤 여왕과는 아무런 관계가 없다―옮긴이.

10. 아마도 '1709년'을 가리키는 말일 것이다. 스페인 왕위 계승 전쟁(1701~1714) 때 대규모의 말플라케 전투(1709. 9. 11.)가 벌어졌다. 이 전투는 몽스에서 남쪽으로 약 16킬로미터 떨어진 말플라케 마을 근처(지금의 프랑스-벨기에 국경의 프랑스 쪽 지역)에서 벌어졌는데, 10만 명의 영국-네덜란드-오스트리아 연합군이 9만 명의 프랑스군과 격돌했다. 연합군이 이겼지만 막대한 희생을 치르는 바람에, 파리로 진격하고자 했던 당초의 뜻을 이루지는 못했다.

우리는 피살된 남자가 살던 아담한 문간채를 지나, 떡갈나무가 줄지어 선 길을 따라 퀸 앤 양식[9]의 멋진 저택에 이르렀다. 입구의 상인방 위에는 말플라케의 날[10]이 새겨져 있었다. 홈즈와 경위는 우리를 이끌고 길을 우회해서 부엌으로 통하는 옆문으로 갔다. 길을 따라 늘어선 산울타리와 그 부엌문 사이에 길쭉한 뜰이 있었고, 문 앞에는 순경이 한 명 서 있었다.

"문 좀 열어주세요." 홈즈가 순경에게 말했다. "자, 바로 저 계단에서 커닝엄 씨의 아드님이 두 사람의 몸싸움을 목격했습니다. 지금 우리가 있는 이곳에서요. 커닝엄 씨는 저기 2층의 왼쪽 두 번째 창가에 서서, 범인이 저 덤불 왼쪽으로 달아나는 것을 봤지요. 아들인 알렉 씨 역시 그걸 봤습니다. 두 분 모두 덤불 때문에 그걸 확실히 기억하고 있더군요. 그 후 알렉 씨가 달려나가서 총상을 입은 사람 곁에 무릎을 꿇고 앉았습니다. 보시다시피 땅이 아주 단단해서 단서가 될 만한 발자국은 없더군요."

홈즈가 말하는 동안 두 남자가 집 모퉁이를 돌아 뜰에 난 길로 다가왔다. 한 사람은 굵은 주름에 눈빛이 매서운 강인한 인상의 노인이었다. 다른 사람은 씩씩한 젊은이였다. 환하게 웃음 짓는 얼굴에 화사한 옷을 입고 있어서, 이곳으로 우리를 불러들인 사건과 묘한 대조를 이루었다.

"아니, 아직도 조사하고 있나요?" 젊은이가 홈즈에게 말했다. "난 런던 사람들이 다 영리한 줄 알았는데, 이제 보니 당신은 그렇지 않은가 보군요."

"아, 약간의 시간이 필요할 뿐이죠." 홈즈가 천연덕스레 받아넘겼다.

"어련하시려고." 젊은 알렉 커닝엄이 말했다. "단서 하나 없는 것 같으니 말이오."

"하나 있습니다." 경위가 응수했다. "우리가 보기에 찢겨 나

두 남자가 뜰에 난 길로 다가왔다.
W. H. 하이드 그림, 《하퍼스 위클리》(1893)

간 그, 아니 이런! 홈즈 씨, 왜 그러세요?"

내 친구의 얼굴이 돌연 끔찍하게 일그러졌다. 두 눈은 위로 휙 돌아갔고, 심한 통증으로 이목구비가 뒤틀리더니, 신음 소리를 삼키며 앞으로 푹 고꾸라졌다. 발작이 워낙 갑작스럽고 심각해서 깜짝 놀란 우리는 그를 부엌으로 옮겼다. 그는 커다란 의자에 기댄 채 몇 분 동안 숨을 헐떡였다. 이윽고 다시 일어선 그는 겸연쩍은 얼굴로 몸이 쇠약한 것을 사과했다.

"왓슨이 말씀드렸겠지만, 저는 심한 병에서 회복된 지 얼마 되지 않았습니다." 그가 해명을 했다. "그래서 걸핏하면 이렇게 신경 발작이 일어나는군요."

"마차로 댁까지 모셔다 드릴까요?" 커닝엄 노인이 말했다.

"아니 이런! 왜 그러세요?"
시드니 패짓 그림, 《스트랜드 매거진》(1893)

"아니요, 기왕 여기 온 김에 확인해보고 싶은 게 한 가지 있습니다. 간단히 확인할 수 있을 겁니다."

"그게 뭡니까?"

"음, 윌리엄이 여기 온 것은 도둑이 집 안에 들어오기 전이 아니라 후일 가능성이 있는 것 같습니다. 문을 부수고 들어온 흔적이 있는데도 여러분은 도둑이 안으로 들어왔을 리가 없다고 생각하는 듯하군요."

"그건 분명합니다." 커닝엄 씨가 진지하게 말했다. "우리 아들 알렉은 아직 잠자리에 들지 않았기 때문에, 누군가 집 안을 돌아다녔다면 분명 그 소리를 들었을 테니까요."

"아드님은 어디 앉아 있었나요?"

"내 옷방에서 담배를 피우고 있었소."

"옷방 창문은 어느 거죠?"

"왼쪽 마지막 창문이오. 아버지의 침실 옆."

"당연히 두 분 다 불을 켜놓으셨겠죠?"

"물론입니다."

"이 사건에는 아주 독특한 데가 있습니다." 홈즈가 씩 웃으며 말했다. "불을 켜놓은 걸 보면 가족 가운데 두 사람이 아직 잠들지 않았다는 것을 빤히 알 수 있는데, 도둑이, 그것도 경험이 있는 도둑이 그런 시간에 일부러 집 안에 침입한다는 건 참 이상하지 않습니까?"

"대담한 놈이었던 모양이지."

"그야, 이렇게 이상한 사건이 아니었다면 당신한테 자문을 구하러 달려가기나 했겠습니까?" 젊은 알렉이 말했다. "하지만 그쪽 말대로 윌리엄이 가로막기 전에 도둑이 이미 집을 털었다는 것은 말도 안 되는 소리라고 봅니다. 그랬다면 집 안이 잔뜩 어질러지고, 뭔가 잃은 게 있어야 하는 거 아닙니까?"

"그건 잃은 게 무엇이냐에 달려 있죠." 홈즈가 말했다. "지금 우리는 아주 별난 도둑을 상대하고 있다는 것을 잊지 말아야 합니다. 이 도둑은 자기 나름대로 무슨 방침을 가지고 도둑질을 하고 있는 듯합니다. 예를 들어 액턴 씨네서 훔쳐 간 물건을 생각해보세요. 그게 뭐였죠? 실뭉치, 서진, 그리고 다른 잡동사니는 생각도 안 나는군요."

"음, 홈즈 씨, 우리는 당신만 믿습니다." 커닝엄 노인이 말했다. "홈즈 씨나 경위가 요청하는 것은 뭐든 들어드리겠습니다."

"그렇다면 먼저 현상금을 내걸라고 제안하겠습니다." 홈즈가 말했다. "어르신께서 직접 말입니다. 경찰은 현상금 금액을 정하는 데 시간이 꽤 걸리는데, 이런 일은 신속히 처리할수록

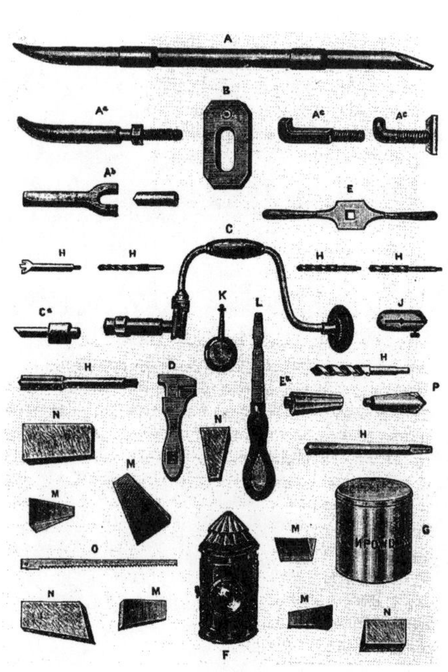

도둑질 도구.
금고털이용 도구(전부 손가방 안에 들어갔다.)

A 조립식 쇠지렛대
Aa-c 지렛대 조립 부품
B 지렛대 받침
C 드릴
Ca 드릴 날
D 멍키 스패너
E 렌치
Ea 렌치용 구멍 넓히는 도구
F 다크랜턴
G 화약

H 각종 드릴 날
J 드릴 날을 단단히 부착하
　는 조이개
K 윤활유
L 드라이버
M 강철 쐐기
N 나무 쐐기
O 쇠톱
P 구멍 넓히는 송곳 날

1889년에 그려진 금고털이 도구. 아직은 다이너마이트 대신
화약이 쓰이고 있었다.

좋으니까요. 제가 미리 써둔 게 여기 있으니까, 괜찮아 보이신
다면 사인만 하세요. 제가 보기에 50파운드면 충분합니다."

"500이라도 기꺼이 내겠소." 홈즈가 건네준 쪽지와 연필을
받아 들며 치안판사가 말했다. "그런데 이건 내용이 틀렸군
요." 그가 내용을 훑어보며 덧붙여 말했다.

"좀 서둘러 쓴 탓인가 보군요."

"글이 이렇게 시작합니다. '화요일 새벽 1시 15분 전쯤에 일어
난 강도 미수 사건으로.' 그런데 그게 실은 12시 15분 전이었소."

나는 그 실수에 가슴이 아팠다. 홈즈가 그런 실수에 얼마나
민감한지 잘 알고 있었기 때문이다. 사실을 정확히 파악하는
것이 그의 장기였는데, 최근 병으로 그는 무척이나 쇠약해지고
말았다. 이런 자그마한 일만 보아도 그가 전혀 회복하지 못했
다는 것을 여실히 알 수 있었다. 그는 잠시 당황한 게 분명했
다. 반면에 경위는 눈썹을 치켜세웠고, 알렉 커닝엄은 웃음을
터트렸다. 그러나 노신사는 실수를 바로잡은 후 다시 홈즈에게
쪽지를 돌려주고 말했다.

"어서 인쇄를 하세요. 아주 좋은 생각입니다."

홈즈는 쪽지를 수첩에 잘 갈무리했다.

"그럼 이제," 하고 그가 말했다. "다 같이 집 안으로 들어가
서 별난 그 도둑이 정말 아무것도 훔쳐 가지 않았는지 알아보
는 게 좋겠습니다."

들어가기 전에 홈즈는 부서진 문을 검사했다. 끌이나 견고한
칼을 쑤셔 넣어 잠금장치를 부순 게 분명했다. 나무 문짝에 쑤
셔 넣은 자국이 나 있는 게 보였다.

"빗장은 사용하지 않으시나요?" 그가 물었다.

"그럴 필요를 느끼지 못했습니다."

"개는 없나요?"

"네. 하지만 이 저택 반대쪽에 한 마리가 묶여 있습니다."

"하인들은 언제 잠자리에 드나요?"

"10시쯤."

"윌리엄도 대개 그 시간에 자러 가겠죠?"

"네."

"그런데 그날 밤 그가 여기 나타났다니 참 별일이군요. 자, 이제 집 안을 좀 보여주시면 감사하겠습니다, 커닝엄 씨."

돌을 깐 통로는 부엌에서 2층으로 올라가는 나무 계단으로 이어져 있었다. 층계참을 오르자 맞은편에 현관홀로 내려가는 좀 더 화려한 계단이 있었고, 위로는 응접실과 여러 침실로 이어져 있었다. 그중에 커닝엄 씨와 그의 아들 침실도 있었다. 홈즈는 천천히 걸어가며 집 안의 구조를 예리하게 주시했다. 그의 표정을 통해 나는 그가 뭔가 강렬한 냄새를 맡았다는 것을 알 수 있었지만, 그의 추리가 어디로 뻗어가고 있는지는 전혀 짐작도 할 수 없었다.

"이봐요, 홈즈 씨." 커닝엄 씨가 참지 못하고 입을 열었다. "이건 부질없는 일이오. 저기 계단이 끝나는 곳에 내 방이 있고, 아들 방은 그 너머에 있는데, 도둑이 우리에게 들키지 않고 여기까지 올라오는 게 가능하다고 보시오?"

"그래 실컷 둘러보고 새로운 단서를 잘 찾아보쇼." 아들이 비웃음을 머금고 말했다.

"아직은, 조금만 더 시간을 주세요. 예를 들어 침실 창문에서 얼마나 멀리 내다볼 수 있는지 알아보고 싶습니다. 이쪽이 그러니까 아드님의 방이로군요." 그가 문을 열며 말했다. "그리고 저 안쪽 방은 아드님이 비명을 들었을 때 담배를 피우고 앉아 있던 그 옷방인가 보군요. 옷방 창문으로는 어디까지 내다보이나?" 그는 침실을 가로질러 옷방 문을 열고 안을 들여다보았다.

"이제 됐습니까?" 커닝엄 씨가 톡 쏘듯 말했다.

“고맙습니다. 볼 건 다 본 듯합니다.”

“꼭 필요하다면 내 방에도 들어가봅시다.”

“네, 괜찮으시다면.”

치안판사는 어깨를 으쓱하고는 자신의 침실로 안내했다. 실내 가구는 조촐하고 평범했다. 우리가 창문 쪽으로 다가갈 때, 홈즈가 뒤로 처져서 그와 내가 가장 뒤에 서게 되었다. 침대 발치에는 네모난 작은 탁자에 오렌지 한 접시와 유리 물병이 놓여 있었다. 그 옆을 지나갈 때 홈즈가 내 앞으로 몸을 기우뚱하더니 일부러 탁자를 확 넘어뜨렸다. 나는 화들짝 놀랐다. 유리병이 산산조각 나고, 과일이 사방으로 굴러갔다.

홈즈가 일부러 탁자를 확 넘어뜨렸다.
시드니 패짓 그림, 《스트랜드 매거진》(1893)

“무슨 짓이야, 왓슨.” 그가 싸늘하게 말했다. “양탄자를 더럽혀놓았잖아.”

나는 허둥지둥 상체를 숙이고 오렌지를 줍기 시작했다. 내 친구는 무슨 이유인지 몰라도 내가 대신 누명을 뒤집어써주기를 바라는 게 분명했다. 다른 사람들도 과일을 주운 후, 다시 탁자를 세워놓았다.

“어라, 어디 갔지?” 경위가 외쳤다.

홈즈가 보이지 않았다.

“여기서 좀 기다리세요.” 젊은 알렉 커닝엄이 말했다. “보아하니 그 친구는 정신이 나간 것 같습니다. 아버지, 함께 가서 찾아봅시다!”

두 사람이 방을 뛰쳐나갔고, 경위와 대령과 나는 뻘쭘하니 서로 바라보았다.

“이것 참, 알렉 씨 말이 맞는 것 같습니다.” 경위가 말했다. “그 병 때문인지도 모르겠지만, 내가 보기에 이건……”

갑작스러운 비명에 그의 말이 중간에 끊겼다. “사람 살려! 사람 살려! 살인이다!” 나는 그것이 내 친구의 목소리라는 것을 알고 소름이 쭉 끼쳤다. 나는 미친 듯이 층계참으로 뛰쳐나갔다. 알아듣기 힘든 거친 소리로 잦아든 비명이 우리가 처음 들어가본 방에서 들려왔다. 나는 침실을 지나 옷방으로 달려들어갔다. 커닝엄 부자가 쓰러진 셜록 홈즈에게 달라붙어 있었다. 젊은 쪽은 두 손으로 그의 목을 틀어쥐고, 노인은 그의 팔목을 비틀고 있는 듯했다. 우리 세 사람은 즉시 그들을 떼어놓았다. 홈즈가 아주 창백한 얼굴로 비틀거리며 일어섰다. 분명 힘이 쭉 빠진 듯했다.

“두 사람을 체포하세요, 경위.” 그가 헐떡이며 말했다.

“아니 무슨 혐의로요?”

“마부 윌리엄 커원을 살해한 혐의로.”

커닝엄 부자가 쓰러진 셜록 홈즈에게 달라붙어 있었다.
시드니 패짓 그림, 《스트랜드 매거진》(1893)

경위가 당황해서 눈을 데구루루 굴렸다. "아, 이봐요, 홈즈 씨." 그가 마침내 말했다. "설마 진담은 아니……."

"쯧쯧, 경위, 저 사람들 얼굴 좀 보시오!" 홈즈가 타박하듯 외쳤다.

나는 그렇게 적나라하게 죄를 자백하는 인간의 얼굴을 본 적이 없었다. 노인은 넋이 나가 멍한 채로 강인한 인상의 얼굴에 무겁고 음울한 표정을 짓고 있었다. 한편 아들은 뻔뻔스럽고 위세 당당하던 표정이 씻은 듯 가시고, 잘생긴 얼굴을 잔뜩 찌푸린 채 검은 두 눈에서 위험한 야수처럼 사나운 눈빛을 내뿜고 있었다. 경위는 아무 말도 하지 않고 그저 방문까지 걸어가서 호루라기를 불었다. 호출을 받은 순경 두 명이 달려왔다.

"어쩔 수 없군요, 커닝엄 씨." 그가 말했다. "이게 말도 안 되는 실수일 수도 있다고 봅니다만, 아시다시피, 아니, 뭐 하는 거야? 내려놔!" 그가 손으로 후려치자, 알렉이 막 공이치기를 당기고 있던 권총이 바닥에 떨어졌다.

"이걸 잘 간수해두세요." 홈즈가 재빨리 권총을 발로 밟고 말했다. "재판 때 쓸모가 있을 겁니다. 그런데 진짜 필요한 것은 바로 이겁니다." 그가 구겨진 종잇조각을 쳐들었다.

"나머지 종잇조각!" 경위가 외쳤다.

"그렇습니다."

"그게 어디 있었나요?"

"내가 확신한 곳에 실제로 있더군요. 모든 자초지종을 곧 밝혀드리겠습니다. 대령님은 이제 왓슨과 같이 댁에 가 계십시오. 늦어도 한 시간 안에는 저도 돌아가겠습니다. 경위와 저는 범인들과 할 말이 좀 있습니다. 그럼 점심시간에 다시 뵙도록 하죠."

셜록 홈즈는 약속을 지켰다. 1시쯤 되었을 때 그가 대령의 흡연실로 우리를 찾아왔다. 그는 제법 나이가 지긋한 신사와 함께 왔다. 노신사는 처음 도둑맞은 집의 주인인 액턴 씨였다.

"이 사건을 설명드리는 자리에 액턴 씨도 참석하길 바랐습니다." 홈즈가 말했다. "당연히 이 사건에 큰 관심을 가지고 계실 테니까요. 그런데 대령님, 나처럼 바다제비[11] 같은 사람을 불러들인 걸 후회하지나 않으신지 모르겠습니다."

"당치 않아." 대령이 따뜻하게 답했다. "자네의 방법론을 한 수 배우게 된 것을 그지없는 영예로 여긴다네. 고백건대 자네의 방법론은 과연 내 기대 이상이야. 자네가 어떻게 사건을 해결했는지 통 모르겠어. 나는 전혀 감을 잡지도 못했는데."

"제 설명을 들으면 별것도 아니라고 생각하실 겁니다. 그래

11. 'stormy petrel.' 세찬 바닷바람과 함께 연상되는 작은 바닷새다. 「해군 조약문」에서 홈즈는 자기가 아니라 왓슨이 "범죄 사건을 물어 오는 바다제비"라고 말한다. (요즘에는 잘 안 쓰이지만 'stormy petrel'에는 '분란을 일으키는 사람'이라는 뜻이 있다―옮긴이)

바다제비.

도 언제나 그 방법을 낱낱이 털어놓는 게 제 버릇이죠. 내 친구 왓슨에게만이 아니라, 내 방법에 지적 관심을 가질 만한 모든 사람에게 말입니다. 그런데 그 옷방에서 한 방 먹은 것 때문에, 먼저 대령님의 브랜디를 한잔해야겠습니다. 요즘 들어 제가 좀 무리를 한 듯합니다.”

“설마 또 신경 발작을 일으키는 건 아니겠지?”

셜록 홈즈가 호탕하게 웃고 말했다. “때가 되면 그 일에 대해서도 말씀드리겠습니다. 사건을 순서대로 설명하면서, 무엇 때문에 무슨 판단을 내리게 되었는지 말씀드리죠. 제 추리에 이해가 안 되는 부분이 있으면 서슴없이 질문을 하세요.

수사 기법 가운데 가장 중요한 것은, 수많은 사실들 가운데 어느 것이 큰 줄기이고 어느 것이 잔가지인가를 간파할 수 있어야 한다는 것입니다. 그러지 못하면 힘과 주의가 집중되지 못하고 분산되니까요. 자, 이 사건에서 처음부터 제가 추호도 의심치 않은 게 하나 있습니다. 그건 피살자가 쥐고 있던 종잇조각에서 해결의 열쇠를 찾아야 한다는 것입니다.

그 얘기를 하기 전에, 먼저 여러분이 주목해야 할 사실이 있습니다. 알렉 커닝엄의 진술이 옳다면, 그러니까 살인범이 윌리엄 커원을 쏜 후 ‘즉시’ 달아난 게 사실이라면, 피살자의 손에 든 편지를 찢어간 사람이 살인범일 수가 없다는 것입니다. 그렇다면 그 사람은 알렉 커닝엄일 수밖에 없죠. 왜냐하면 그의 아버지가 내려왔을 무렵에는 여러 하인들이 현장에 와 있었으니까요. 요점은 아주 간단합니다. 그런데 경위가 그것을 알아차리지 못한 것은, 이 고장의 유지가 설마 혐의자일 거라고는 생각지 않았기 때문이죠. 나는 아무런 편견도 갖지 않고, 사실이 이끄는 대로 유유히 따라가는 것이 중요하다고 생각합니다. 그래서 처음부터 알렉 커닝엄이 한 역할에 의심의 눈길을 던졌습니다.

"요점은 간단합니다."
시드니 패짓 그림, 《스트랜드 매거진》(1893)

그리고 나는 경위가 우리에게 보여준 종잇조각을 유심히 살펴보았지요. 그것이 대단히 주목할 만한 문서의 일부라는 것을 첫눈에 알아볼 수 있었습니다. 이게 그겁니다. 이제 아주 의미심장한 것이 눈에 띄지 않습니까?"

"필체가 한결같지 않군요." 대령이 말했다.

"바로 그겁니다." 홈즈가 외쳤다. "두 사람이 번갈아가며 한 낱말씩 쓴 것이 분명합니다. 'at'과 'to'의 't'를 힘차게 쓴 것을 보세요. 그리고 'quarter'와 'twelve'에서는 't'를 맥없이 쓴 것과 비교해보세요.[12] 알 만하죠? 그 네 낱말을 잠깐 분석해보면 그다음의 'learn'과 'maybe'는 힘차게 썼고, 'what'은 맥없이 썼다는 것을 확실히 알 수 있을 겁니다."[13]

12. 참 묘한 것은, 여기 나온 필적이 「등이 굽은 남자」원고 필적과 정확히 일치한다고, L. S. 홀스타인이 「레이게이트의 수수께끼」에서 밝혔다. 홀스타인은 둘 다 왓슨이 썼을 거라고 결론지었다. 왓슨이 커닝엄/커원 일당에게 순진하게 이용당했다는 것이다. 왓슨의 필적을 즉각 알아본 홈즈는 선량한 친구의 행위가 폭로되는 것을 막기 위해 필적 풀이도 거짓으로 꾸며냈다는 게 홀스타인의 주장이다.

13. 홈즈의 이런 필적 감정은 시대의 소산이기도 하고, 동시에 시대를 앞선 것이기도 하다. 이때는 1887년이다. 유럽 대륙에서는 필적 감정이 널리 발전하고 있었다는 점에서 시대의 소산이고, 영국에는 아직 알려지지 않았다는 점에서 시대를 앞선 것이다. 필적이 성격을 드러낸다고 본 것은 고대 그리스 시대까지 거슬러 올라간다. 아리스토텔레스는 이렇게 쓴 적이 있다. "음성이 사람마다 다르듯이, 필적도 다 다르다." 19세기 초에 수많은 학자들이 재미 삼아 필적을 연구했지만, 대중이 관심을 갖게 된 것은 프랑스 대수도원장 장 히폴리트 미숑이 1870년대에 '필적학'이라는 말을 만들고 두 권의 인기 저서를 펴내면서부터다. 미숑의 방법론은 필적의 특정 요소와 특정 성격을 아주 엄격하게 결부시켰다(특정 요소가 없으면 특정 성격도 없다는 식이다). 그의 제자 쥘 크레피외자맹은 미숑이 발견한 것을 좀 더 전체론적이고 해석적으로 풀어냄으로써 프랑스 필적학의 아버지로 불리게 되었다. 크레피외자맹의 명저 『필적과 성격』이 출판된 것은 「레이게이트의 지주들」 사건이 일어난 이듬해인 1888년이다. 그의 이론은 1890년 독일 철학자 루트비히 클라게스와 심리학자 알프레드 비네(현대 지능검사의 아버지)의 검증을 받았다. 비네는 필적학을 심리학에 더욱 밀접하게 연관시키려고 했다. 그러나 영국에서는 필적학에 대해 아는 사람이 거의 없었는데, 홈즈만이 예외였다. 제2차 세계대전이 일어난 후 독일 필적학자들이 대거 잉글랜드로 피난을 함으로써 새 책이 잇달아 출판되면서 필적

학에 대한 대중의 관심도 높아졌다. 홈즈가 필적학을 범죄학에 이용하는 데 관심을 가졌다는 것은 다음 이야기들에 그 증거가 명백히 드러나 있다. 「입술이 뒤틀린 남자」, 「소포 상자」, 「제2의 얼룩」, 「애비 농장 저택」, 「글로리아스콧호」, 「노우드의 건축업자」 등이 그것이다. 위니프리드 크리스티는 「셜록 홈즈와 필적학」에서 홈즈가 1880년대에 프랑스에 들렀을 때 미숑이나 크레피외자맹과 의견 교환을 했을 거라고 추측했다.

"두 사람이 번갈아가며 한 낱말씩 쓴 것이 분명합니다."
W. H. 하이드 그림, 《하퍼스 위클리》(1893)

"아하, 정말 그렇네!" 대령이 외쳤다. "대체 두 사람이 이런 식으로 한 통의 편지를 쓴 이유가 뭐지?"

"분명 좋은 일을 위해서는 아니겠죠. 두 사람 가운데 상대를 믿지 못한 사람이 그렇게 한 겁니다. 일이 어떻게 되든 똑같이 책임을 지도록 말입니다. 두 사람 가운데 'at'과 'to'를 쓴 사람이 주모자인 게 분명합니다."

"그걸 어떻게 알 수 있지?"

"두 사람의 필적에 나타난 성격을 비교해보면 알 수 있지요. 하지만 추측이 아닌 확실한 근거도 있습니다. 찢어진 종잇조각을 유심히 살펴보면, 강한 필체를 가진 사람이 먼저 쓴 다음 약한 필체를 가진 사람이 빈자리를 채워 넣었다는 결론에 이르게 될 것입니다. 빈자리가 다 넉넉한 게 아니어서, 나중에 쓴 사람이 이미 써놓은 'at'과 'to' 사이에 'quarter'를 간신히 끼워 넣은 것을 알 수 있으니까요. 먼저 쓴 사람이 주모자라는 건 두말할 나위가 없죠."

"대단합니다!" 액턴 씨가 외쳤다.

"그러나 아직 멀었어요." 홈즈가 말했다. "이제 중요한 대목에 이르렀습니다. 전문가라면 필적을 보고 상당히 정확하게 나이를 추리해낼 수도 있다는 것을 여러분은 아마 모르실 겁니다. 정상적인 경우라면 10년 단위로는 나이를 꽤 자신 있게 맞출 수 있습니다. 정상적인 경우라고 말한 것은, 건강이 안 좋거나 몸이 허약하면 젊은 사람이라도 노인이 쓴 필적과 같을 수 있기 때문입니다. 이 종잇조각의 경우, 하나는 필적이 굵고 힘찬데 다른 하나는 다소 힘이 없습니다. 그래도 알아볼 수는 있지만 't'의 가로획을 제대로 긋지 않았지요. 그걸 보면 전자는 젊은이의 필적이고, 후자는 썩 노쇠하진 않았지만 그래도 꽤 나이가 든 사람의 필적임을 알 수 있습니다."

"대단합니다!" 액턴 씨가 다시 외쳤다.

"그런데 더욱 미묘하고 흥미로운 점이 또 있습니다. 두 필적에는 공통점이 있다는 거죠. 이건 혈연관계에 있는 사람들의 필적입니다. 'e'를 그리스어 'ε'로 쓴 것을 보면 여러분도 분명히 알아볼 수 있을 겁니다. 제 눈에는 그것 말고도 자잘한 많은 공통점이 보입니다. 이 두 종류의 필적에서 공통적으로 한집안 사람들의 독특한 버릇을 발견할 수 있는 거죠. 물론 저는 중요 검사 결과만을 여러분께 말씀드리고 있습니다. 저는 그 밖에도 다른 23가지 추리를 했는데, 그건 여러분보다 전문가들이나 관심을 가질 만한 내용들이죠.[14] 아무튼 그 모든 추리는 이 편지를 쓴 것이 커닝엄 부자라는 심증을 더욱 굳혀줍니다.

여기까지 추리를 했으니, 다음 단계에서 할 일은 물론 범죄 현장을 둘러보는 겁니다. 도움이 될 만한 게 얼마나 있는지 직접 가서 알아보는 거죠. 저는 경위와 함께 그 집에 들러, 봐야 할 모든 것을 둘러보았습니다. 피살자의 상처를 살펴보니 절대적으로 확신할 수 있는 것이 있더군요. 적어도 4미터는 거리를 두고 총에 맞았다는 것이 그겁니다. 옷에 화약 흔적이 없었거든

14. 추리소설 작가 존 볼 주니어는 그의 에세이 「23가지 추리」에서 홈즈의 이 말이 과장이 아니라는 것을 증명해 보였다. 그는 홈즈가 커닝엄 부자의 필적을 통해 끌어낼 수 있는 23가지 추리 내용을 나열했다. 명백한 추리(종이의 질, 잉크의 질, 종이의 출처, 필자가 왼손잡이인가 오른손잡이인가 등)부터 모호한 추리(두 필자가 같은 잉크를 썼는가, 냄새, 손톱 자국, 압지 사용 유무 등)에 이르기까지 존 볼은 다양한 항목을 제시한다. 그러나 홈즈가 필적에 대한 자신의 전문성을 입증해 보인 사건은 「레이게이트의 지주들」뿐이라고 데이비드 제임스 트랩은 주장했다. 「너도밤나무 저택」에서 제프로 러캐슬이 바이올렛 헌터 양에게 보낸 편지를 홈즈가 제대로 필적 감정 했다면, 헌터 양의 고민을 일찌감치 해결해줄 수 있었을 거라는 얘기다.

요. 따라서 알렉 커닝엄은 거짓말을 한 게 분명합니다. 두 사람이 몸싸움을 하다가 한 사람이 총에 맞았다고 말했지만 그건 사실이 아니었어요. 또 아버지와 아들은 범인이 달아난 곳에 대해 같은 말을 했는데, 공교롭게도 그곳에는 널따란 도랑이 있었고 바닥이 축축했습니다. 그런데 그 도랑에는 발자국이 없었기 때문에, 커닝엄 부자가 또 거짓말을 했을 뿐 아니라 범죄 현장에 제3의 인물이 없었다는 것을 확신할 수 있었습니다.

그럼 이제 이 독특한 범죄의 동기를 헤아려봐야 합니다. 그러기 위해 나는 무엇보다 먼저 액턴 씨네에 처음 도둑이 든 이유를 알아내려고 했습니다. 그런데 액턴 씨와 커닝엄 씨 사이에 소송이 붙었다는 것을 대령님이 말해주어서 알고 있었죠. 당연히 문득 떠오르는 게 있더군요. 커닝엄 부자가 그 소송에 중요한 무슨 서류를 훔쳐 갈 의도로 액턴 씨네 서재에 침입했다는 게 그거죠."

"과연 그렇군요." 액턴 씨가 말했다. "그들의 의도는 의심할

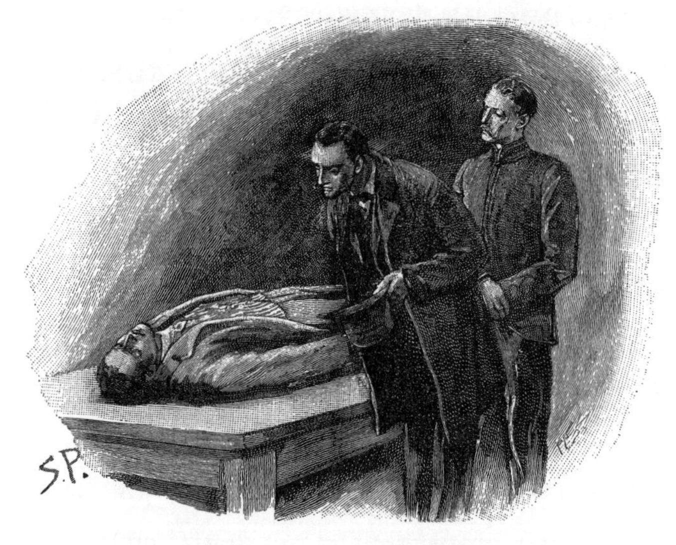

"옷에 화약 흔적이 없었거든요."
시드니 패짓 그림, 《스트랜드 매거진》(1893)

여지가 없습니다. 그들의 현 소유지 가운데 반은 명백히 내 것입니다. 그 서류는 다행히 내 변호사의 금고에 보관되어 있었지만, 그들이 그걸 훔쳐 갔다면 소송은 물거품이 되고 말았을 겁니다."

"제 말이 그겁니다!" 홈즈가 씩 웃으며 말했다. "그건 위험하고 무모한 짓이었죠. 아마 젊은 알렉이 밀어붙인 일일 겁니다. 그런데 아무것도 찾아내지 못한 그들은 의심을 사지 않도록 좀도둑이 든 것처럼 위장하기 위해 손에 닿는 대로 몇 가지를 훔쳐 갔습니다. 여기까지는 아주 명백한데, 아직 석연치 않은 데가 많습니다. 나는 무엇보다도 찢겨 나간 종잇조각을 손에 넣고 싶었습니다. 그건 피살자의 손에서 알렉이 채간 게 분명했죠. 그는 그것을 실내복 주머니에 찔러 넣었을 겁니다. 거기가 아니라면 달리 어디다 챙겨 넣었겠습니까? 문제가 있다면 그게 아직도 거기 있느냐는 거죠. 그건 알아볼 가치가 있는 일이었습니다. 그래서 그걸 찾기 위해 우리 모두 그 집으로 몰려간 겁니다.

다들 아시는 사실이지만, 커닝엄 부자는 부엌문 밖에서 우리와 합류했죠. 물론 두 사람은 다른 종잇조각이 있다는 것을 몰라야 한다는 게 무엇보다 중요했습니다. 그렇지 않으면 그걸 바로 없애버릴 테니까요. 찢겨 나간 그 종잇조각의 중요성을 경위가 그들에게 말하려는 순간, 참 용케도 내가 발작을 일으켜서 고꾸라지는 바람에 화제가 바뀌었지요."

"이런 세상에!" 대령이 껄껄 웃으며 외쳤다. "자네가 사기를 친 건데 우리가 쓸데없이 자네를 동정했단 말이지?"

"기가 막히게도 의사의 눈까지 속일 정도였어." 새로운 임기응변의 재주로 끝없이 나를 당혹케 하는 이 남자를 경이로운 눈길로 바라보며 내가 외쳤다.

"그건 종종 쓸모가 있는 재주지."[15] 그가 말했다. "아무튼 정

15. '꾀병'. 그러니까 아프거나 다친 척하는 것은 실제로 「죽어가는 탐정」에서 홈즈에게 매우 쓸모가 있는 재주였다. 거기서 그는 이렇게 말했다. "꾀병은 이따금 논문으로 쓰고 싶은 주제"라고.(이번 이야기 서두에서 "평생 범죄와 맞서 싸우며 사용한 많은 무기 가운데 새로운 무기 한 가지"라고 말한 것이 바로 꾀병일 것이다―옮긴이)

신을 차린 나는 제법 독창적이랄 수 있는 계략을 써서, 커닝엄 노인에게 'twelve'라는 낱말을 쓰게 만들었습니다. 종잇조각에 적힌 'twelve' 필적과 비교해볼 수 있게 말입니다."

"아, 나는 그것도 모르고!" 내가 탄복했다.

"내가 쇠약해진 것에 대해 자네가 무척이나 안쓰러워하는 모습을 볼 수 있었지." 홈즈가 웃으며 말했다. "자네가 마음 아파할 것을 알면서도 그랬으니 좀 미안하더군. 아무튼 그 후 우리는 다 같이 2층으로 올라갔습니다. 방으로 들어가서 실내복이 문 뒤에 걸려 있는 것을 본 나는, 탁자를 쓰러뜨려서 잠시 그들의 주의를 다른 데로 돌린 다음, 몰래 빠져나가서 주머니를 뒤졌죠. 예상한 대로 실내복 주머니에서 종잇조각을 찾아낸 순간, 커닝엄 부자가 나를 덮쳤습니다. 그때 여러분이 즉각 나를 구해주지 않았다면 난 정말 그들의 손에 죽고 말았을 겁니다. 사실 지금도 그 젊은 친구가 내 목을 조르고 있는 기분입니다. 그 아버지라는 사람은 내 손을 비틀어 손아귀에서 종잇조각을 빼앗아 가려고 했지요. 내가 모든 것을 간파했다는 것을 그들은 알아차렸던 겁니다. 절대적으로 안전할 줄 알았다가 느닷없이 완전한 절망에 빠진 그들은 아주 필사적이었죠.

나는 나중에 범죄 동기에 대해 커닝엄 노인과 얘기를 좀 나누었습니다. 그는 다루기 쉬웠지만, 그의 아들은 완전히 악마더군요. 권총을 갖고 있었다면 자살을 하거나 다른 사람을 다 죽여버릴 기세였어요. 커닝엄 노인은 불리한 증거가 확고하다는 것을 알고 완전히 풀이 죽어서 모든 것을 털어놓았습니다. 두 부자가 밤중에 액턴 씨네 집에 침입했을 때, 윌리엄이 몰래 뒤를 밟은 모양입니다. 그래서 약점을 잡은 윌리엄이 폭로하겠다고 으름장을 놓은 겁니다. 하지만 그런 게임을 하기엔 알렉 씨가 너무 위험한 사람이었죠. 알렉은 도둑 사건으로 시골 마을이 발칵 뒤집힌 그 상황에서 위협적인 인물을 그럴싸하게 제거할 기회를 포착한 겁니다. 주제에 제법 천재적인 발상이었죠. 그들은 윌리엄을 꾀어내서 사살했습니다. 그들이 편지를 전부 회수하고, 부대 상황을 좀 더 치밀하게 꾸며냈다면, 그들은 결코 의심을 받지 않았을지도 모릅니다."

"그럼 그 편지는?" 내가 물었다.

셜록 홈즈가 나머지 부분을 붙인 편지를 우리 앞에 펼쳐놓았다.

If you will only come round at quarter to twelve to the east gate you will learn what will very much surprise you and maybe be of the greatest service to you and also to Annie Morrison. But say nothing to anyone upon the matter

동문으로 12시 15분 전에 나오면 꽤 놀라운 것을 알게 될 걸세. 썩 좋은 일이 아마 있을 거야, 자네와 애니 모리슨에게도. 하지만 이 일은 아무에게도 말하지 말게.

"내용은 내가 예상한 대로입니다." 그가 말했다. "물론 알렉 커닝엄과 윌리엄 커원이 애니 모리슨과 어떤 관계였는지는 아직 모릅니다.[16] 아무튼 교묘히 덫을 놓은 거죠. 'p'자에서, 그리고 'g'자 꼬리 모양에서 여러분도 유전의 흔적을 흔쾌히 간파할 수 있을 거라고 확신합니다. 노인이 쓴 'i'자에 점이 없는 것도 아주 독특하죠. 왓슨, 내가 보기에 우리가 시골에서 조용히 휴식을 취한 것은 대성공이야. 부쩍 기운이 나니까, 내일은 베이커 스트리트로 돌아가야겠어."

등이 굽은 남자[1]

왓슨이 「등이 굽은 남자」 사건이라고 명명한 이번 '잠긴 방의 수수께끼'를 홈즈가 푸는 데에는 성경 지식도 한몫한다. 이 사건은 인도의 세포이 항쟁(영국 동인도회사에 고용된 인도 용병들이 영국의 인도 지배에 맞서 싸운 일)에 뿌리를 두고 있다. 왓슨의 군 복무 경험과 군대 시절의 지인들 때문에 군대 관련 사건이 정전에 여러 차례 나오지만, 이번 사건은 왓슨과 무관하다. 이야기는 왓슨의 아내가 2층으로 자러 간 밤늦은 시간에 시작된다. 그처럼 고즈넉한 집 안 풍경은 곧이어 왓슨이 그린 다른 가정, 곧 제임스 바클레이 대령 부부의 험악한 가정과 사뭇 대조를 이룬다. 대령은 벽난로 가까이 죽어 있고, 문은 안에서 잠겨 있는데, 아내는 정신을 잃고 쓰러져 있다. 홈즈가 면밀한 관찰을 통해 미지의 방문객 두 명이 있었다는 것을 알아낸다. 그는 베이커 스트리트 이레귤러스를 동원해 그들의 뒤를 밟는다. 이야기는 자백으로 끝나는데, 홈즈가 그 자백에 속았다고 보는 사람도 있다.

1. 「등이 굽은 남자」는 1893년 7월 《스트랜드 매거진》에, 1893년 7월 8일 자 《하퍼스 위클리》(뉴욕)에, 1893년 8월 《스트랜드 매거진》(뉴욕)에 실렸다.

2. 연보 연구자들은 이 사건이 일어난 시점을 일반적으로 1888년이나 1889년으로 본다. 그것은 왓슨이 메리 모스턴과의 결혼을 언급한 이 구절을 근거로 한 것이다. 두 사람이 결혼한 것은 『네 사람의 서명』 사건 직후인 1888년이기 때문이다.

어느 여름밤, 내가 결혼한[2] 지 몇 달 되었을 때였다. 나는 벽난로 앞에 앉아 하루의 마지막 담배를 피우며 소설을 읽다가 꾸벅꾸벅 졸고 있었다. 고단한 하루였던 탓이다. 아내는 이미 2층으로 자러 올라갔고, 얼마 전 현관문을 잠그는 소리가 들린 것으로 보아 어느덧 하인들도 잠자리로 돌아간 듯했다. 자리에서 일어나 파이프의 담뱃재를 톡톡 털고 있을 때, 느닷없이 초인종 울리는 소리가 났다.

벽시계를 보니 12시 15분 전이었다. 손님이 오기에는 너무 늦은 시간이었다. 그렇다면 환자라는 소리인데, 밤을 꼬박 새워야 할지도 모르겠다는 생각에 얼굴을 찌푸리며 홀로 나가서 문을 열었다. 놀랍게도, 우리 집 문 앞에 서 있는 사람은 셜록 홈즈였다.

"아, 왓슨." 그가 말했다. "너무 늦게 들른 건 아니겠지?"

"어이구, 어서 들어와."

"놀란 모양이군. 그럴 만하지! 그런데 어째 안심했다는 표정이네? 흠! 아니, 여전히 총각 시절의 아카디아 담배를 피우고 있잖아! 코트에 복슬복슬한 담뱃재가 묻은 걸 보니 틀림없어. 자네는 과거에 군인이었다는 게 너무 표가 나, 왓슨. 그렇게 소매 속에 손수건을 넣고 다녀서야 누가 자네를 온전한 민간인이라고 하겠어? 오늘 밤 묵어가도 되지?"

"아무렴."

"독신자를 위한 손님방을 마련해두었다고 했는데, 지금은 묵

"그럼 내가 빈 모자걸이를 채워볼까?"
시드니 패짓 그림, 《스트랜드 매거진》(1893)

어가는 신사 손님이 없는 것 같군. 모자걸이를 보니 말이야."

"자네가 머물면 나도 좋지."

"고마워. 그럼 내가 빈 모자걸이를 채워볼까? 집에 영국 수리공이 들른 것을 보니 안됐군. 그건 길하기보다 흉하다는 증거지. 배수구에 문제가 있나?"

"아니, 가스에."

"아! 가스등을 켜는 자리의 리놀륨 바닥에 구두 징 자국이 두 개 나 있군. 아니, 됐어, 저녁은 워털루에서 먹었어. 그저 자네와 함께 파이프나 피웠으면 좋겠군."

담배쌈지를 건네주자, 그는 맞은편에 앉아 한동안 말없이 담배를 피웠다. 중요한 일이 아니면 이런 시간에 그가 나를 찾아올 리가 없다는 것을 잘 알고 있었기 때문에, 나는 그가 말문을 열 때까지 참을성 있게 잠자코 기다렸다.

"보아하니 요즘 일이 꽤나 바쁘군." 그가 나를 아주 예리하게 바라보며 말했다.

"그래. 오늘 아주 바빴어." 내가 답하고는 덧붙여 말했다. "자네한테는 아주 멍청하게 보이겠지만, 그걸 어떻게 알아냈는지 정말 모르겠는걸."

홈즈가 나직이 웃었다.

"이봐, 왓슨, 그거야 자네의 버릇을 내가 잘 알고 있으니까 그렇지." 그가 말했다. "근거리 진료는 걸어서 가고, 먼 거리는 핸섬 마차를 타고 가잖아. 그런데 부츠를 보니 계속 신고 있는데도 먼지가 앉지 않았어. 그건 요즘 근거리도 핸섬 마차를 타고 다닐 만큼 바쁘다는 얘기지."

"대단하군!" 내가 외쳤다.

"기본이지 뭐." 그가 말했다. "이건 추리가가 남들을 놀라게 할 수 있는 여러 사례 가운데 하나인데, 남들이 추리의 토대가 되는 사소한 요점 한 가지를 놓쳤기 때문에 가능한 거야. 자네가 몇 가지 사건 이야기를 써서 그런 효과를 거둔 것에 대해서도 같은 말을 할 수 있지.[3] 알고 보면 아무것도 아니지만 그래도 독자가 모르는 사건의 몇 가지 요소를 자네가 움켜쥐고 있느냐 없느냐에 그 효과가 달려 있거든. 그런데 지금 나도 그런 독자와 같은 신세야. 사람을 아연실색케 하는 기기묘묘한 사건을 맡아서 여러 가지 실마리를 잡았지만, 내 가설을 완성하는데 꼭 필요한 한두 가지 요소가 아리송해. 하지만 알아내고야말 거야, 왓슨, 결단코!"

그의 눈에 불이 켜지면서 여윈 두 볼이 살짝 상기되었다. 순간 베일이 걷히면서 그의 예리하고 강렬한 본성이 드러났지만 아주 잠깐뿐이었다. 다시 그의 얼굴을 보자, 그가 그토록 많은 사람들에게 인간이기보다 기계라는 인상을 심어준 레드인디언의 무심한 표정으로 돌아와 있었다.

"이번 사건에는 흥미로운 데가 있어." 그가 말했다. "어쩌면 예외적일 만큼 흥미롭다고 할 수도 있지. 이번 사건은 이미 조사를 해서, 해결을 거의 눈앞에 두고 있다고나 할까. 하지만 마지막 단계가 남았는데, 자네가 동참해주면 내게 큰 도움이 될 거야."

"나야 좋지."

"내일 올더숏[4]에 갈 수 있겠어?"

"진료는 잭슨[5]이 대신 해줄 거야."

"잘됐군. 워털루에서 11시 10분 열차를 탈까 해."

"시간은 넉넉하군."

"그럼, 자네가 너무 졸리지만 않다면, 무슨 일이 일어났고 장차 무슨 일을 해야 할지 간단히 얘기해줄게."

"자네가 오기 전에는 졸렸는데, 이제는 잠이 다 달아났어."

"꼭 필요한 얘기는 빠뜨리지 않겠지만 요점만 들려주지. 이 사건에 대해서는 이미 들어봤을지도 몰라. 내가 조사하고 있는

3. 이 말은 이때 왓슨이 책을 냈다는 것을 암시한다. 따라서 이 사건은 왓슨이 『주홍색 연구』를 낸 1887년 12월 이후에 일어났다는 것을 알 수 있다.

4. 올더숏은 런던에서 40여 킬로미터 떨어진 곳에 있는 도시로, 군사기지가 있는 것으로 유명하다. 올더숏에서 14킬로미터 북쪽에 샌드허스트 왕립 군사대학이 있다—옮긴이.

5. 편리한 이웃 의사의 이름이 「보스콤밸리 사건」에는 앤스트루서로 나오고, 「증권회사 직원」과 「마지막 문제」에는 이름이 나오지 않는다.

6. 미국 판본에는 "로열 먼스터" 연대로 되어 있다.

7. 이번 이야기 말미의 「인도 폭동」 참고.

8. 「레이게이트의 지주들」의 "지주"라는 말에 반감을 가졌던 미국 편집자들이 여기서는 "여왕처럼" 매력적이라고 제멋대로 말을 덧붙였다.

것은 올더숏에 주둔한 로열 맬로[6] 연대의 바클레이 대령 피살 사건이야."

"들어본 적이 없는걸."

"아직 그 지역 밖으로는 소문이 퍼지지 않았군. 하긴 고작 이틀 전의 사건이긴 하지. 간단히 말하면 이런 사건이야.

알다시피, 로열 맬로 연대는 영국 육군에서 가장 유명한 아일랜드 연대 가운데 하나야. 크림 전쟁과 인도 폭동[7] 때 맹활약을 했고, 그 후에도 기회만 있으면 두각을 나타냈지. 용감한 역전의 용사인 제임스 바클레이는 사병으로 출발해 인도 폭동 때 용기를 인정받아 장교로 승진해서, 한때 머스킷 소총을 메고 다녔던 로열 맬로 연대를 지휘하기에 이르렀어. 바로 월요일 밤까지도 말이야.

바클레이 대령은 병장 시절에 결혼했어. 같은 부대의 군기軍旗 호위 하사관이었던 사람의 딸인 낸시 드보이 양과 결혼했지. 젊은 부부는 (아직 젊은 탓에) 새로운 환경에서 사교적인 마찰을 좀 일으켰지만, 재빨리 적응한 듯해. 바클레이 부인은 남편이 동료 사관들에게 인기가 있는 것 못지않게 그 연대의 장교 부인들에게 인기가 있었던 모양이야. 덧붙여 말하면 그녀는 매우 아름다운 여성이었어. 결혼한 지 30년이 넘은 지금도 매력적일 정도지.[8]

바클레이 대령의 가정생활은 한결같이 행복했던 것 같아. 나는 대부분의 정보를 머피 소령에게 전해 들었는데, 소령은 그들이 부부 싸움을 했다는 소리를 들어본 적이 없다더군. 그는 남편 쪽이 아내 쪽보다 더 헌신적이었다고 생각하고 있어. 바클레이 대령은 하루라도 아내가 곁에 없으면 몹시 불안해했다는 거야. 반면에 바클레이 부인은 그렇게 애정 표현이 유난스럽지는 않았어. 헌신적이고 믿음이 깊긴 했지만 말이야. 그들은 연대에서 중년 부부의 귀감으로 여겨졌지. 그런 부부 관계에 비극이 뒤따를 줄이야 누가 알았겠어.

바클레이 대령은 성격이 좀 이상했던 것 같아. 평소에는 활기차고 유쾌한 노병이면서도, 상당히 폭력적이고 복수심이 강할 수 있다는 것을 보여주는 경우도 종종 있었어. 하지만 그런 성격을 아내에게 드러내 보인 적은 결코 없었다더군. 나는 머피 소령 외에도 다른 다섯 명의 장교 가운데 세 명과 얘기를 나누어봤는데, 그들이 언급한 또 다른 성격으로, 대령이 때로 이상한 우울증에 빠졌다는 거야. 그는 회식 자리에 껴서 아주 흥겹게 떠들고 농담을 하다가도, 소령의 표현을 빌리면, 불현듯 보이지 않는 손이 그의 입에서 웃음을 싹 지워버린 듯한 일이 종종 있었다고 해. 일단 우울증에 사로잡히면 며칠 동안 내리 지독하게 침울해했지. 그의 동료 장교들에게 목격된 그의 이상한 성격은 그것 말고 또 어떤 미신을 믿는 듯했다는 게 전부야. 그 별난 미신은 혼자 있기를 싫어했다는 건데, 특히 날이 저문 후 그랬어. 유난히 남성다운 사람한테 그런 유아적인 데가 있다는 게 종종 사람들 입방아에 오르내렸지. 이유에 대한 추측도 무성했고 말이야.

로열 맬로 연대의 제1대대(과거의 117대대)는 몇 년째 올더숏에 주둔 중이야. 결혼한 장교들은 영외 거주를 했기 때문에, 대령은 주둔 기간 내내 노스캠프에서 1킬로미터 가까이 떨어진 '라신'이라는 저택에 살았지. 널따란 땅에 지어진 저택이 큰길에서 서쪽으로 30미터밖에 떨어져 있지 않았어. 하인으로 마부 한 명과 하녀 두 명이 있어서, 라신 저택에는 그들과 주인 부부만 살았어. 바클레이 부부에게는 자녀가 없고, 묵어가는 손님도 없었지.

이제 지난 월요일 저녁 9시에서 10시 사이에 라신 저택에서 일어난 사건을 얘기할 때가 됐군.

바클레이 부인은 가톨릭을 믿은 듯한데, 세인트조지 조합 일에 관심이 많았어. 그 조합은 빈민들에게 헌옷을 마련해주기 위해 와트 스트리트의 예배당과 제휴해서 설립된 곳이야. 조합 모임은 저녁 8시에 열렸어. 바클레이 부인은 모임에 참석하기 위해 저녁 식사를 마치고 부리나케 달려갔지. 집을 나서면서 남편에게 늘 하는 말을 하고, 곧 돌아오겠다고 남편을 안심시켰어. 그건 마부가 듣고 증언한 거야. 그리고 그녀는 이웃 저택에 사는 모리슨 양을 찾아가서, 두 사람이 함께 모임에 참석하러 떠났지. 모임은 40분 만에 끝났고, 바클레이 부인은 9시 15분에 집에 돌아왔어. 모리슨 양은 지나는 길에 집 앞에 내려주었지.

라신에는 낮에 가족이 거실로 쓰는 방이 있어. 이 방은 도로를 향해 있는데, 접었다 펼 수 있는 커다란 유리창이 있지. 창밖으로 잔디밭을 30미터 가까이 지나면 낮은 담이 있고, 그 너머가 바로 도로야. 담 위에는 쇠살대가 꽂혀 있지. 바클레이 부인이 돌아오자마자 들어간 곳이 바로 이 방이야. 저녁에는 이 방을 사용하는 일이 드물어서 커튼을 치지 않은 상태였어. 바클레이 부인은 램프를 밝히고 벨을 울려서 가정부인 제인 스튜어트에게 홍차를 한 잔 가져오라고 했지. 평소에는 그런 적이 없었다더군. 대령은 식당에 앉아 있다가 아내가 돌아온 소리를 듣고 그 방으로 갔어. 그가 홀을 가로질러 그 방으로 들어가는 것을 마부가 봤지. 그러고는 그가 살아 나온 모습을 본 사람이 없어.

가정부가 10분 후에 홍차를 가져갔는데, 문 앞에 이르렀을 때 주인 내외가 심하게 말다툼하는 소리를 듣고 깜짝 놀랐지. 그녀가 노크를 했지만 아무런 응답이 없어서, 문손잡이를 돌렸는데 안에서 잠겨 있었어. 당연히 그녀는 요리사에게 달려갔고, 두 여자가 마부와 함께 가보니 여전히 격렬하게 말다툼하는 소리가 들렸어. 그들은 주인 내외 두 사람의 목소리만 들렸다고 증언했지. 바클레이 씨의 말소리는 약하고 두서가 없어서

"두 여자가 마부와 함께 가보니 여전히 격렬하게 말다툼하는 소리가 들렸어."
W. H. 하이드 그림, 《하퍼스 위클리》(1893)

무슨 말을 하는지 아무도 알아들을 수가 없었다더군. 한편 부인의 목소리는 아주 신랄했고, 그녀가 언성을 높이자 또렷이 들을 수 있었지.

'이 겁쟁이!' 그녀가 몇 번이고 거듭 외쳤어. '난 어쩌면 좋아! 어쩌면 좋냐구! 내 인생을 돌려줘. 당신과 다시는 같은 공기를 마시지도 않겠어! 이 겁쟁이! 겁쟁이!' 이런 그녀의 말이 드문드문 들려오다가 느닷없이 남자의 섬뜩한 비명이 울려 퍼졌어. 한 차례 쿵 하는 소리와 함께 여자의 날카로운 비명이 뒤를 이었지. 뭔가 끔찍한 일이 일어났다고 확신한 마부가 문짝을 밀어붙였어. 문을 부수고 들어가려고 한 거야. 안에서는 계속 비명이 들려왔어. 하지만 문짝은 요지부동이었지. 두 하녀가 겁을 집어먹고 안절부절못하며 어떻게든 마부를 도우려고 했어. 그러다 문득 좋은 생각이 난 마부는 홀에서 나와 잔디밭으로 돌아가서, 긴 프랑스식 창문을 향해 달려갔어. 창문 한쪽

9. 「등이 굽은 남자」는 '잠긴 방의 수수께끼', 곧 '불가능한 범죄'의 모든 고전적 요소를 담고 있다. 살인자가 들어갈 곳이 없는 잠긴 방 안에서 살인이 일어나는 것이다. 에드거 앨런 포는 「모르그 가의 살인」(1841)에서 최초로 이런 형식의 추리소설을 썼다. 1852년에는 윌키 콜린스가 「너무나 이상한 침실」에서 같은 방식을 이용해 큰 인기를 끌었다. 이 방식이 장편소설에 최초로 사용된 것은 이즈리얼 쟁월의 『빅보 미스터리』(1892)에서였다. 『범죄와 추리소설 집필에 관한 옥스퍼드 지침서』에는 홈즈가 잠긴 방 안에서 일어난 사망 사건과 마주친 경우가 「얼룩 띠」(1891)밖에 없다고 나와 있지만, 홈즈는 사실 그런 사건을 여러 차례 다루었다. 『네 사람의 서명』(1889)에서 바솔로뮤 숄토의 시체가 잠긴 방 안에서 발견되지만, 살인자가 어떻게 들어갔는가의 수수께끼는 손쉽게 해결된다. 문을 부수고 들어가보니 천장에 구멍이 나 있었던 것이다. 「빈집」에서 홈즈는 잠긴 방 안에서 시체로 발견된 로널드 아데어 살인 사건을 해결한다. '잠긴 방' 사건은 탐정소설에서 다채롭게 전개되어 계속 인기를 끌었다. 『오페라의 유령』(1910)의 작가 가스통 르루, 사제 겸 탐정인 브라운 신부를 창조한 G. K. 체스터턴, 멜빌 데이비슨 포스트, S. S. 밴 다인 등도 그런 사건을 한 번 이상 다루었다. 1930년대의 존 딕슨 카(나중에 아서 코난 도일의 전기를 쓴 작가)도 마찬가지다. 1935년 그의 장편소설 『투명인간』(미국판 제목은 『세 개의 관』)에서 탐정인 기디언 펠 박사가 다채로운 '잠긴 방' 사건에 관해 한 장章에 걸친 기나긴 강의를 늘어놓는다.

이 열려 있었지. 이런 여름철에는 대개 열려 있었다더군. 마부가 어렵지 않게 실내로 들어가보니, 여주인은 더 이상 비명을 지르지 않고 소파에 쓰러져 의식을 잃은 상태였고, 대령은 두 발을 안락의자 팔걸이에 걸치고 머리는 벽난로 망 모서리 근처 바닥에 누인 채 피를 흥건히 흘리며 죽어 있었다는 거야.[9]

주인을 위해 아무것도 할 일이 없다는 것을 알게 된 마부는 당연히 방문을 열려고 했어. 그런데 뜻밖에도 묘한 난관에 부닥쳤지. 문 안쪽에 열쇠가 없었던 거야. 방 어디에도 없었어. 그래서 그는 다시 창문으로 나가서 경찰과 의사를 부른 후 돌

"마부가 문짝을 밀어붙였어."
시드니 패짓 그림, 《스트랜드 매거진》(1893)

두 발을 안락의자 팔걸이에 걸치고 머리는 바닥에.
작자 미상, 미국 오리건 주 포틀랜드의 일요신문《오리고니언》(1911. 9. 10.)

아왔지. 당연히 살인 혐의가 가장 짙은 바클레이 부인은 여전히 의식을 잃은 상태에서 침실로 옮겨졌어. 그 후 경찰은 대령의 시신을 소파에 올려놓고 비극의 현장을 면밀히 조사했지.

피살자가 입은 상처를 찾아보니, 머리 뒷부분이 5센티미터쯤 지그재그로 찢어져 있었어. 그건 둔기에 맞아서 생긴 상처인 게 분명했지. 무슨 흉기가 사용되었는지를 알아내는 것은 어렵지 않았어. 시체 근처의 방바닥에 딱딱한 나무를 깎아서 뼈 손잡이를 달아 만든 특이한 곤봉이 놓여 있었거든. 대령은 주둔했던 여러 나라에서 수집한 다양한 무기를 갖고 있었는데, 곤봉도 그런 전리품 가운데 하나일 거라고 경찰은 추정했어. 하인들은 전에 본 적이 없다고 증언했지만, 그 집에는 진기한 물건이 하도 많아서 곤봉쯤은 눈여겨보지 않았을 수도 있지. 그 방에서 그것 외에 중요한 것은 발견되지 않았어. 불가사의한 사실은 바클레이 부인의 몸에도, 피살자의 몸에도, 방 어디에도 열쇠가 없었다는 거야. 결국 방문은 올더숏에서 열쇠공을 불러서 열어야 했지.

화요일 아침에 내가 머피 소령의 요청을 받고 경찰을 돕기 위해 올더숏에 갔을 때의 상황이 그러했어. 이게 흥미로운 사건이라는 것은 자네도 인정할 거야. 하지만 직접 가서 보니 처음 생각한 것보다 훨씬 더 기기묘묘하다는 것을 알게 되었지.

그 방을 살펴보기 전에 먼저 하인들을 만나 물어봤지만, 앞서 내가 말한 사실들만 확인했을 뿐이야. 가정부인 제인 스튜어트가 한 가지 흥미로운 것을 기억하고 있더군. 다투는 소리를 듣자마자 그녀가 다른 하인들을 데려왔다고 한 거 기억하지? 그녀는 처음에 혼자 귀를 기울이고 있을 때, 주인 내외의 목소리가 너무 낮아서 무슨 소리를 하는지 알아들을 수가 없었다고 말했어. 그녀는 그들이 내뱉은 말이 아니라 어조로 상황을 판단한 거야. 그런데 내가 계속 다그쳤더니, 안주인이 '데이비드'라고 말한 것을 두 번 들었다는 걸 기억해냈지. 그건 느닷없는 부부 싸움의 이유를 알아내는 데 아주 중요한 정보야. 대령의 이름이 제임스라는 거 알지?

하인들과 경찰 모두에게 무엇보다 깊은 인상을 심어준 게 한 가지 있었어. 그건 대령의 얼굴이 일그러져 있었다는 거야. 그들의 표현을 빌리면, 그건 인간의 얼굴에 떠오를 수 있는 최악의 공포의 표정이었다더군. 그 표정을 보고 기절한 사람이 있을 만큼 끔찍했다는 거야. 그는 죽음을 예견한 게 분명해. 그래서 그토록 극단적인 공포에 사로잡혔겠지. 그건 아내가 자기를 죽이려 하는 것을 보고 그랬는지도 모른다는 경찰의 가설과도 잘 맞아떨어져. 그의 상처가 뒤통수에 나 있긴 하지만, 그것도 가설과 꼭 어긋난다고는 할 수 없어. 그가 피하려고 몸을 틀었을 수도 있으니까. 바클레이 부인 본인한테서는 아무런 증언도 받아내지 못했어. 심한 뇌열병 발작으로 일시적인 정신착란 상태에 빠져 있었거든.

　경찰한테 들었는데, 그날 저녁 바클레이 부인과 함께 외출한 모리슨 양은, 그 부인이 집에 돌아오기 전에 무슨 기분 나쁜 일을 겪었는지 어쨌는지에 대해 아는 바 없다고 증언했어.

　이런 사실들을 곱씹으면서 나는 담배깨나 태웠지. 부수적인 일과 핵심적인 일을 가려내려고 말이야. 이 사건에서 가장 특이하고 의미심장한 것은 방문 열쇠가 사라졌다는 거야. 아주 샅샅이 수색을 했는데도 방 안에서 열쇠를 찾아내지 못했어. 따라서 열쇠는 누군가 빼 간 게 분명해. 하지만 대령이나 그의 아내가 손을 댄 건 아냐. 그건 틀림없어. 따라서 분명 제삼자가 방 안에 들어온 거야. 제삼자는 창문으로만 들어갈 수 있었어. 방과 잔디밭을 면밀하게 조사하면 수수께끼의 인물이 다녀간 흔적을 찾을 수 있을 것 같았지. 자네는 내 방법을 잘 알잖아, 왓슨. 나는 모든 방법을 다 써봤어. 결국 흔적을 발견했는데, 내가 예상한 것과 영 딴판이더군. 방 안에는 제3의 어떤 남자가 있었는데, 그는 도로에서 잔디밭을 가로질러 왔어. 아주 선명한 그의 발자국 다섯 개를 발견할 수 있었지. 하나는 도로에 나 있었는데, 거기서 낮은 담을 넘었어. 두 개는 잔디밭에, 또 아주 희미한 두 개는 그가 넘어 들어간 창문 근처의 더러운 널빤지 위에 찍혀 있었지. 발끝이 뒤꿈치보다 더 깊이 파인 걸로 봐서 그는 분명 잔디밭을 뛰어갔어. 그런데 정작 나를 놀라게 한 것은 그 남자가 아니라, 그의 동행이야."

　"동행!"

　홈즈는 주머니에서 얇고 투명한 종이를 꺼냈다. 그는 널따란 이 종이를 무릎 위에 조심스레 펼쳤다.

　"이걸 어떻게 생각해?" 그가 물었다.

　종이에는 작은 동물 발자국이 잔뜩 찍혀 있었다. 다섯 개의 발가락 자국이 선명했는데, 긴 발톱 자국이 나 있었고, 전체 크

"이걸 어떻게 생각해?"
시드니 패짓 그림, 《스트랜드 매거진》(1893)

기는 디저트 스푼만 했다.

"개 발자국이군." 내가 말했다.

"개가 커튼을 타고 올라간다는 소리를 들은 적 있어? 나는 이 동물이 그렇게 한 뚜렷한 흔적을 발견했어."

"그럼 원숭이인가?"

"하지만 이건 원숭이 발자국이 아냐."

"그럼 뭐지?"

"개도 원숭이도 아니고, 우리가 아는 그 어떤 동물도 아냐. 나는 발자국을 측정해서 그걸 알아내려고 했지. 이 네 개의 자국은 그 동물이 움직이지 않고 서 있을 때 찍힌 자국이야. 앞발부터 뒷발까지의 길이가 고작 38센티미터야. 거기에 목과 머리의 길이를 더하면 이 동물은 길이가 60센티미터 정도야. 꼬리가 있다면 좀 더 길겠지. 그럼 이제 다른 수치를 살펴볼까? 이 동물은 움직이고 있었어. 그래서 보폭을 알 수 있지. 각각의 보폭은 고작 7-8센티미터야. 그러니 이 동물은 몸길이에 비해

다리가 아주 짧다는 얘기가 돼. 털을 찾을 수는 없었지만, 전체 모양은 분명 내가 생각한 대로일 거야. 또 이 동물은 커튼을 타고 올라갔고, 육식성이야."

"그건 또 어떻게 알았지?"

"커튼을 타고 올라갔기 때문이야. 카나리아 새장이 창가에 매달려 있어서, 그 새를 노린 것 같아."

"그럼 대체 무슨 동물이지?"

"아, 그 이름만 알아내면 사건의 해답에 바짝 다가서게 될 거야. 어림짐작해보면, 족제비나 담비 종류가 아닐까 싶어. 하지만 내가 본 족제비나 담비보다는 더 큰 동물이야."

"하지만 그게 범죄와 무슨 상관이 있지?"

"그것 또한 아직은 알 수 없어. 하지만 우리는 이미 많은 것을 알아냈지. 어떤 남자가 길에 서서 바클레이 부부가 다투는 것을 지켜보았다는 걸 우린 알아냈어. 커튼을 치지 않았고, 실내에 불이 켜져 있었으니까. 또 우리는 그가 이상한 동물을 데리고 잔디밭을 달려가서 실내로 들어갔다는 것을 알아냈어. 그가 대령을 후려쳤을 수도 있고, 대령이 그를 본 것만으로도 놀라서 쓰러지는 바람에, 벽난로 망 모서리에 머리를 찧었을 수도 있지. 마지막으로, 침입자가 떠나면서 묘하게도 열쇠를 빼갔다는 것을 우리는 알아냈어."

"그런 걸 알아내기 전보다 오히려 문제만 더 아리송해진 것 아냐?" 내가 말했다.

"그건 그래. 덕분에 처음 생각한 것보다 사건이 훨씬 더 미묘하다는 것을 알게 되었지. 사건을 거듭 곱씹어본 결과, 나는 전혀 다른 각도에서 접근해야 한다는 결론을 내렸지. 그런데 왓슨, 자네를 너무 오래 붙잡고 있었군. 나머지는 내일 올더숏으로 가는 길에 얘기하는 게 좋지 않을까?"

"생각해줘서 고맙지만, 내친김에 계속 듣고 싶어."

"바클레이 부인이 7시 30분에 집을 나섰을 때에는 남편과 화기애애했던 게 분명해. 앞서 말한 것 같은데, 그녀는 여봐란 듯이 애정 표현을 한 적이 없었어. 하지만 대령과 아주 다정하게 얘기를 나누는 소리를 마부가 들었지. 그리고 돌아오자마자 곧장 그 방으로 들어간 것은 남편과 마주치지 않으려고 그런 게 분명해. 흥분한 여자가 으레 그렇듯 그녀는 홍차부터 찾았어. 결국 남편이 다가오자 격렬한 비난을 해댔지. 따라서 7시 30분에서 9시 사이에 무슨 일인가 일어난 거야. 9시에 남편에 대한 그녀의 태도가 돌변했으니까. 그런데 그 한 시간 반 동안 모리슨 양이 줄곧 그녀와 같이 있었어. 따라서 모리슨 양은 뭔가 알고 있으면서도 거짓말을 한 게 분명해.

처음에 나는 노병이 젊은 아가씨와 바람이라도 피운 게 아닐까 하고 생각했어. 젊은 아가씨가 부인한테 고백을 한 게 아닌가 했지. 그러면 부인이 화가 나서 돌아온 거나, 그 아가씨가 모른다고 부인을 한 게 설명이 되잖아. 엿들은 말과도 어느 정도는 맞아떨어지고 말이야. 하지만 데이비드가 언급된 거라든가, 대령이 아내를 각별히 사랑한다고 알려진 것과는 맞아떨어지지 않아. 제3의 인물이 침입한 흔적도 전혀 설명이 안 되고 말이야. 물론 앞서 부부가 다툰 것과 제3의 인물이 침입한 것은 서로 전혀 무관한 일일 수도 있겠지. 결정을 내리기가 쉽지 않았지만, 대령과 모리슨 양 사이에 그렇고 그런 일이 있었을 거라고 보는 건 어쩐지 내키지 않더군. 하지만 바클레이 부인이 돌연 남편을 증오하게 된 이유를 모리슨 양이 알고 있다는 확신은 더욱 강해졌어. 그래서 나는 확실한 길을 택했지. 모리슨 양을 찾아간 거야. 그래서 그녀가 뭔가 숨기고 있는 게 확실하다는 사실을 밝히고, 이 사건이 해결되지 않으면 바클레이 부인이 기소를 당해 피고석에 앉지 않을 수 없다는 것을 납득시켰어.

모리슨 양은 에테르처럼 연약하고, 금발 머리에 겁 많은 눈빛의 아가씨였지만, 결코 미련하거나 상식이 없는 여자는 아니었어. 내 말을 듣고 한참 생각에 잠겨 앉아 있더니, 나를 돌아보며 단호한 태도로 놀라운 얘기를 들려주기 시작했지. 그 이야기를 요약해줄게.

'그 문제에 대해선 발설하지 않기로 그녀와 약속했어요. 약속은 약속이에요.' 그녀가 말했어. '하지만 그렇게 심각한 혐의를 받고 있는 그녀에게 도움이 될 수만 있다면, 게다가 그녀는 지금 아파서 직접 얘기할 수가 없으니, 약속을 고집할 때가 아니라고 봐요. 월요일 저녁에 무슨 일이 있었는지 정확히 말씀드릴게요.

우리는 9시 15분 전쯤 와트 스트리트 교구를 떠났어요. 집에 돌아오려면 허드슨 스트리트를 거쳐야 했는데, 그곳은 인적이 아주 뜸한 거리죠. 거기엔 가로등이 왼쪽에 하나밖에 없어요. 우리가 그 가로등 가까이 가고 있을 때, 어떤 남자가 허리를 잔뜩 구부리고 다가오는 걸 보았죠. 상자 같은 것을 짊어지고 있더군요. 고개를 숙이고 다리도 구부정하게 걷는 걸 보니 불구자 같았어요. 우리가 그의 곁을 지나갈 때 그는 고개를 들어 둥그런 가로등 불빛 속으로 들어선 우리를 바라보았어요. 그러다 걸음을 멈추더니 으스스한 목소리로 외쳤어요.

"아니, 낸시 아냐!"

바클레이 부인은 시체처럼 창백해졌어요. 그리고 휘청하면서 쓰러지려는 것을 끔찍한 용모의 그 인간이 붙잡아주었죠. 나는 경찰을 부르려고 했어요. 그런데 놀랍게도 바클레이 부인이 그 인간에게 아주 공손하게 말하는 거예요.

"헨리, 30년 전에 죽은 줄만 알았어요." 그녀가 떨리는 음성으로 말했죠.

"그랬지." 그가 말했어요. 그 어조가 얼마나 음산했나 몰라

"아니, 낸시 아냐!"
시드니 패짓 그림, 《스트랜드 매거진》(1893)

요. 그는 아주 검고 섬뜩한 얼굴에, 꿈에 볼까 두려운 눈빛을 번득였어요. 머리칼과 수염은 희끗희끗하고, 얼굴은 시든 사과처럼 쪼글쪼글했죠.

"얘, 너는 먼저 좀 가고 있으렴." 바클레이 부인이 말했어요. "나는 이 사람과 할 얘기가 있어. 무서워할 거 없어." 그녀는 당당하게 말하려고 했지만, 여전히 아주 창백했고, 입술이 떨려서 제대로 말을 하지도 못했어요.

나는 부인이 시킨 대로 했죠. 그들은 몇 분 동안 얘기를 나누었어요. 그 후 부인이 걸어왔는데 눈이 이글거리고 있었죠. 등이 굽은 그 불구자를 보니 가로등 기둥 옆에 서서 부르쥔 주먹을 부들부들 떨고 있더군요. 분노에 사로잡힌 사람처럼 말예요. 우리가 이 집 앞에 올 때까지 부인은 한 마디도 하지 않았어요. 작별의 키스를 하기 전에 부인이 내 손을 잡고 부탁했죠. 이 일을 아무에게도 말하지 말아달라고요. "내가 전에 알던 사람인데 집안이 망했대." 부인이 말했어요. 나는 말하지 않겠다고 약속했죠. 그 후 나는 부인을 보지 못했어요. 이제 모든 사실을 다 말씀드렸어요. 경찰한테 얘기하지 않은 것은 부인이 그런 위험에 처해 있는 줄 몰랐기 때문이에요. 모든 것을 밝혀야만 부인에게 도움이 된다는 것을 이젠 알겠어요.'

왓슨, 이게 바로 그녀가 한 말이야. 자네도 짐작하겠지만, 이건 내게 어둠 속의 빛과도 같았어. 전에는 산만하게 흩어져 있던 모든 사실들이 즉시 제자리를 찾기 시작했지. 그러자 전체 사건의 흐름에 대해 어렴풋이 감을 잡을 수 있었어. 이제 다음 단계는 바클레이 부인을 그토록 놀라게 한 남자를 찾는 것이었지. 그가 여전히 올더숏에 있다면 그건 그리 어려운 일이 아닐 거야. 군인들이 많이 사는 고장에서 민간인이, 더구나 불구자라면 사람들의 눈길을 끌었을 테니까. 나는 그를 찾으며 한나절을 보냈어. 그리고 저녁때, 그러니까 바로 오늘 저녁 마침내 그를 찾아냈지. 그 남자의 이름은 헨리 우드야. 두 여자와 마주친 바로 그 거리에서 하숙을 하고 있지. 그가 거기 산 지는 닷새밖에 되지 않았어. 나는 선거인 명부 작성 공무원[10]으로 가장하고 집주인과 아주 흥미로운 대화를 나누었지.

그 남자는 해가 진 후 군부대 술집을 전전하면서 공연하는 마술사이자 곡예사야. 등에 짊어진 상자 안에는 어떤 동물이 들어 있지. 집주인 여자는 그 동물을 자못 무서워하는 것 같았어. 생전 처음 보는 동물이었기 때문이지. 그녀의 말에 따르면, 그 동물로 몇 가지 묘기를 부린다더군. 그녀한테 참 많은 얘기를 들을 수 있었지. 그녀는 그가 몸이 그렇게 구부러졌는데도

10. 'registration agent.' 선거할 자격이 있는 사람들의 명부를 만드는 공무원.〔1789년 프랑스 혁명 때 국민의회에서 인권선언을 채택한 이래 모든 국민이 평등한 참정권을 인정받게 되었다(제6조 모든 시민은 법 앞에 평등하며, 직접 또는 간접으로 입법 활동에 참여할 권리가 있다). 그러나 영국에서 소자산가에게 선거권을 준 것은 1832년(성인 남자 여섯 명 가운데 한 명이 선거권을 갖게 되었다)이며, 도시 노동자에게는 1867년(선거권을 가진 사람이 배 이상 늘었다), 농업 노동자에게는 1885년에 비로소 선거권을 줌으로써 여성을 제외한 보통선거의 길이 열렸다. 여성이 처음으로 선거권을 갖게 된 것은 뉴질랜드가 1893년, 영국과 미국은 1920년부터다—옮긴이〕

11. 플로린 은화는 1849년부터 1971년까지 사용된 2실링 은화―옮긴이.

12. 16세기부터 무굴 제국에서 사용된 화폐단위다. 인도와 파키스탄, 스리랑카에서는 지금도 루피를 쓴다―옮긴이.

13. "베이커 스트리트의 애들Baker Street boys" 혹은 "베이커 스트리트 이레귤러스Baker Street Irregulars"는 오늘날 거의 신화적인 존재가 되었지만 『주홍색 연구』, 『네 사람의 서명』, 그리고 「등이 굽은 남자」에서만 언급된다. 이름이 언급된 것은 위긴스(『주홍색 연구』)와 심프슨(「등이 굽은 남자」)뿐이다. 심프슨은 혹시 "대머리 심프슨"이 아닐까 하는 생각이 강하게 든다. 「피부가 하얘진 병사」를 보면 대머리 심프슨은 1900년 무렵 남아프리카에서 '피부가 하얘진 병사', 곧 고드프리 엠스워스와 함께 전투에 나섰다가 사망한 것으로 나온다.

살아가는 게 참 용하다면서, 그가 가끔 알아들을 수 없는 외국어를 쓴다는 것, 지난 이틀 동안 그가 침실에서 신음하며 우는 소리를 들었다는 것도 얘기해주더군. 하숙비는 잘 냈는데, 보증금 조로 가짜 플로린 은화[11]처럼 생긴 것을 주었다는 거야. 그녀가 그걸 보여주었는데, 왓슨, 그건 인도의 루피[12]였어.

자, 이제 자네는 우리의 현 상황을 정확히 알게 되었어. 내가 왜 자네 도움을 필요로 하는지도 알 거야. 두 여자가 떠난 후 그가 멀리서 뒤를 밟았다는 건 불을 보듯 빤하지. 그는 부부 싸움 하는 것을 창문으로 지켜봤을 거야. 그러다 안으로 뛰어들었고, 상자에 담고 다니는 동물이 뛰쳐나갔겠지. 그게 틀림없어. 하지만 방 안에서 무슨 일이 벌어졌는가를 말해줄 사람은 그 남자뿐이야."

"그럼 그에게 직접 물어볼 거야?"

"물론이지. 그런데 같이 있어줄 증인이 필요해."

"그래서 나더러 증인이 되라고?"

"그래, 자네만 괜찮다면. 그의 증언으로 사건이 깨끗이 해결될 수 있으면 좋겠어. 그가 거절하면 영장을 신청하는 수밖에 없지."

"하지만 우리가 찾아갈 때까지 그가 거기 있을까?"

"그건 내가 미리 조치를 취해두었으니 안심해도 돼. 우리 베이커 스트리트의 애들[13] 가운데 한 명을 붙여놓았거든. 그가 어딜 가든 그림자처럼 따라붙으라고 했지. 내일 허드슨 스트리트에 가면 그 애를 만나게 될 거야, 왓슨. 그런데 잠도 못 자게 자네를 더 붙들고 있다가는 내가 범죄자가 되고 말겠는걸."

이튿날 정오에 우리는 비극의 현장에 도착했다. 홈즈가 앞장서서 우리는 곧바로 허드슨 스트리트로 갔다. 홈즈는 속내를 감추는 데 능숙한데도 나는 그가 흥분을 억누르고 있다는 것을 쉽게 알아볼 수 있었다. 나는 그의 조사에 동참할 때마다 어김

없이 맛보는, 모험적이면서도 지적인 즐거움을 기대하며 가슴
이 설레었다.

"여기가 허드슨 스트리트야." 평범한 2층 벽돌집이 줄지어
선 짧은 길거리에 접어들었을 때 그가 말했다. "아, 저기 심프
슨이 보고하러 오는군."

"그 사람은 이상 없어요, 홈즈 씨." 거리의 꼬마 아랍인[14]이
우리에게 달려오며 외쳤다.

"고생했어, 심프슨!" 홈즈가 머리를 쓰다듬어주며 말했다.
"가자, 왓슨. 바로 이 집이야." 그는 중요한 볼일이 있어서 왔

14. 브루어의 『관용구와 속담 사전』(1894)에는 "아
랍인Arab"이 이렇게 정의되어 있다. "집이 없는 빈
민이나 거리의 아이들. 유목민 아랍인들처럼 정착
지가 없이 떠돌아다닌다고 해서 붙여진 이름."

그는 불가에 웅크리고 앉아 있었고, 방 안은 찜통 같았다.
W. H. 하이드 그림, 《하퍼스 위클리》(1893)

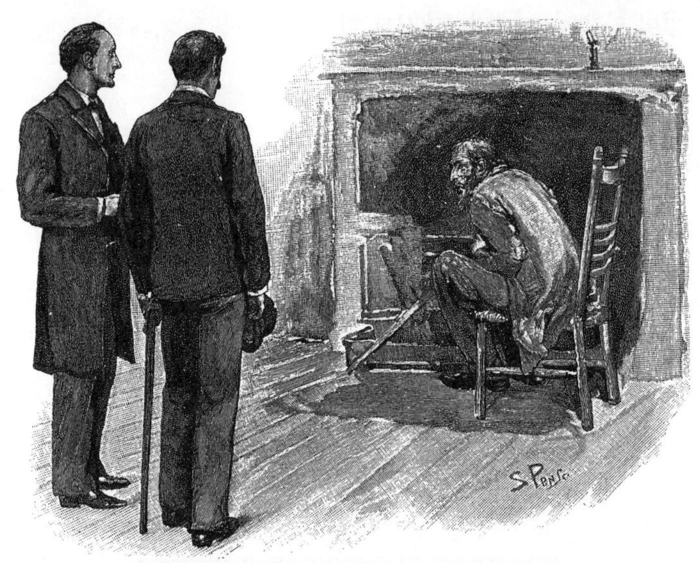

"헨리 우드 씨죠?"
시드니 패짓 그림, 《스트랜드 매거진》(1893)

다는 말과 함께 명함을 전했다. 잠시 후 우리는 만나고자 했던 남자와 얼굴을 마주하게 되었다. 날씨가 포근했는데도 그는 벽난로 불가에 웅크리고 앉아 있었고, 방 안은 찜통 같았다. 그 구부정한 몸으로 의자에 웅크리고 앉아 있는 불구의 모습은 말로 형용할 수 없을 만큼 기괴했다. 그러나 우리를 돌아본 그의 얼굴은 비록 지금은 초췌하고 거무튀튀했지만, 한때는 분명 눈에 띌 만큼 준수했을 것 같았다. 그는 불쾌한 기색이 역력한 충혈된 눈으로 우리를 수상쩍게 바라보았다. 입을 열지도, 일어서지도 않고, 그는 우리에게 의자 두 개를 가리켰다.

"헨리 우드 씨죠? 최근 인도에서 오신 걸로 알고 있습니다." 홈즈가 붙임성 있게 말했다. "제가 찾아온 것은 바클레이 대령의 사망 사건 때문입니다."

"그 일에 대해 난 아는 바 없수다."

"확인하고 싶은 게 바로 그겁니다. 그 사건이 해결되지 않으면, 당신의 옛 지인인 바클레이 부인은 틀림없이 살인죄로 재판을 받을 겁니다. 그건 당신도 아시겠죠.”

그 남자가 벌떡 일어섰다.

“난 댁이 누군지 몰라.” 그가 외쳤다. “당신이 그런 사실들을 어떻게 알게 되었는지도 난 몰라. 그런데 당신은 맹세할 수 있소? 지금 내게 한 말이 사실이라고?”

“경찰은 그녀가 의식만 차리면 바로 체포하려고 기다리는 중입니다.”

“세상에! 댁은 경찰이오?”

“아닙니다.”

“세상에! 댁은 경찰이오?”
작자 미상, 미국 오리건 주 포틀랜드의 일요신문 《오리고니언》(1911. 9. 10.)

15. 이언 매퀸은 버티의 실제 지명이 알라하바드
라고 밝혔다. 1857년 당시 대령이었던 닐 장군(20
번 주석 참고)이 칸푸르로 진격해 들어가다 알라하
바드에서 포위 공격을 당하고 있는 영국군을 구한
적이 있기 때문이다.

16. 하사관 혹은 장교가 되기로 정해져 있었다는
뜻이다.

"그럼 무슨 일로 온 거요?"

"정의가 이루어지도록 하는 것은 모든 사람의 도리죠."

"그녀에겐 죄가 없소. 내 말을 믿어주시오."

"그럼 당신에게 죄가 있겠군요."

"아니요, 나도 죄가 없소."

"그럼 제임스 바클레이 대령을 누가 죽였죠?"

"그는 신의 섭리로 죽은 것뿐이오. 하지만 이건 기억해두시
오. 내가 그의 머리통을 박살 냈다 해도, 사실 그러고 싶었지
만, 그는 내 손에 죽어도 할 말이 없는 인간이오. 그 작자가 죄
책감으로 그렇게 나자빠지지 않았다면, 내 영혼에 그의 피를
묻혔겠지. 지금 그 사연을 나한테 듣고 싶소? 홍, 얼마든지 말
해주리다. 난 떳떳하니까 그걸 말하지 못할 이유가 없지.

그건 이렇게 된 거요, 선생. 지금 보다시피 내 등은 낙타처럼
굽었고, 갈비뼈는 뒤틀렸지만, 이 헨리 우드가 상병이었던 시
절에는 117 보병 대대에서 가장 멋진 놈이었소. 우리는 그때
인도에 주둔하고 있었지. 나중에 우리가 버티[15]라고 부른 곳에
말이오. 일전에 죽은 바클레이는 나와 같은 부대의 병장이었
소. 군기 호위 하사관이었던 사람의 딸인 낸시 드보이는 우리
연대의 꽃이었지. 아, 그녀는 두 입술 사이로 정녕 생명의 숨결
을 불어넣어줄 수 있는 최고의 아가씨였어. 두 명의 병사가 그
녀를 사랑했는데, 그녀가 사랑한 병사는 한 명이었소. 지금 형
편없는 몰골로 이 불가에 웅크린 내가 그때는 워낙 잘생겨서
그녀의 사랑을 독차지했다고 말하면 당신들은 비웃겠지.

아무튼 그녀의 사랑을 받은 것은 나였는데, 그녀의 아버지는
딸을 바클레이와 결혼시키려고 했소. 나는 좀 무모하고 덤벙대
길 잘하는 청년이었는데, 바클레이는 교육깨나 받았고, 이미
허리에 칼을 차기로 정해진 인물이었거든.[16] 하지만 그 아가씨
는 진심으로 나를 사랑했으니까, 나는 그녀가 내 안사람이 될

거라고 생각했지. 그때 인도에서 폭동이 일어나 세상이 온통 아수라장이 되었소.

버티에 있던 우리는 포위되고 말았소. 버티에는 우리 연대 외에 포병 중대 전력 절반,[17] 시크교도 1개 중대,[18] 그 밖에 다수의 민간인과 여자들이 있었지. 1만 명이나 되는 폭도[19]가 우리를 포위했는데, 그들은 마치 우리에 갇힌 쥐를 둘러싸고 으르렁거리는 사냥개들 같았소. 둘째 주가 되자 우리는 물이 떨어졌지. 이때 진격해 올라오고 있던 닐 장군[20]의 부대에 연락해서 지원을 받는 것만이 살길이었소. 그 많은 여자와 아이들을 데리고 탈출한다는 것은 어림도 없었으니까 말이오. 그래서 닐 장군에게 도움을 청하러 가는 임무에 내가 자원을 했지. 자원이 받아들여져서, 나는 그 지역의 지리를 누구보다 잘 알고 있는 바클레이 병장과 의논을 했고, 포위망을 뚫고 갈 수 있는 지도를 그가 그려주었소. 그리고 같은 날 밤 10시에 길을 떠났지. 수많은 목숨을 구하는 일이 내 손에 달려 있었지만, 그날 밤 담을 넘으며 내가 생각한 사람은 오직 한 명뿐이었소.

나는 바클레이가 그려준 지도대로 물이 마른 수로를 따라 달렸지. 거기는 적군 보초의 눈에 띄지 않았으니까. 하지만 자세를 낮춘 채 모퉁이를 돌아가자마자 나는 곧바로 놈들 여섯 명에게 포위되고 말았소. 그들이 어둠 속에 숨어서 나를 기다리고 있었던 거요. 나는 곧바로 머리에 한 방 얻어맞아 정신을 잃고 팔다리가 꽁꽁 묶였지. 하지만 진짜로 얻어맞은 것은 머리가 아니라 가슴이었소. 나중에 정신을 차리고 얘기를 들어보니, 내 동료가 나를 배신했더군. 내가 갈 길을 정해준 바로 그 인간이 토착민 하인을 밀정으로 보내 나를 붙잡히게 한 거요.[21]

이런 얘기를 더 이상 구구하게 늘어놓을 필요는 없겠지. 제임스 바클레이가 그 후 어떤 짓을 했을지는 이제 여러분도 알 거요. 버티는 이튿날 닐 장군에게 구조를 받았지만, 적들은 나

17. 포병 1개 중대는 대체로 대포 여덟 문과 그것을 다루는 병사들로 이루어져 있었다.

18. 인도의 시크교는 이슬람교의 요소와 힌두교의 요소가 결합된 종교로, 15세기 말에 구루(영적 스승)인 나나크가 펀자브 지방에서 창시했다. 영적 경험을 한 나나크는 은둔 생활을 마치고 세상에 나타나 "힌두인이 따로 없고, 이슬람교인이 따로 없다"고 선언했다. 그는 신이 하나이며, 우상이나 신상을 만들지 말고 명상을 하라고 설교했다. 시크교는 우상만이 아니라 조직화된 사제 제도와 불평등한 신분제도를 거부한다. 시크교도들은 나나크를 비롯한 10명의 구루를 스승으로 받드는데, 시크교 전통을 엄격히 지키는 이들(터번을 두르고, 머리털과 수염을 깎지 않고, 단도를 가지고 다니는 이들)은 바로 10대이자 마지막 구루인 고빈드 싱이 1699년에 창설한 결사조직 '할사'에 뿌리를 두고 있다.
1800년대 초 펀자브(인도 북서부)에 란지트 싱이 시크 왕국을 세웠다. 그러나 당시 나머지 인도 전체를 지배하고 있던 영국은 그가 죽은 틈을 타서 시크 전쟁을 일으켜, 1849년에 펀자브를 점령하는 데 성공했다. 이후 시크교 병사들은 영국군에 편입되었고, 1857-1858년 인도 폭동(세포이 항쟁) 때와 제1차 세계대전 때 영국군 편에서 싸웠으며, 그 대가로 넓은 땅을 받았다.

19. 당시 영국인에게는 폭도지만 인도인에게는 독립투사라고 볼 수 있다―옮긴이.

20. 제임스 조지 닐 장군(1810-1857)은 당시 칸푸르에서 러크나우로 진격한 영국군의 우익을 맡았다. 닐 장군은 칸푸르에서 봉기한 인도 저항군이 영국인 여자와 아이들을 대량 학살한 데 대한 보복으로, 저항군 혐의자까지 대량으로 학살했다. 그뿐 아니라, A. N. 윌슨의 말에 따르면 포로를 처형하는 동안 바닥에 떨어진 피를 포로로 하여금 혀로 핥아서 닦게 했다. 또한 닐의 부하 소령이 쓴 글을

보면, 닐은 "카스트 제도를 무너뜨린다"면서 포로를 목매달기 전에 포로의 목구멍에 금기 식품인 소고기와 돼지고기를 쑤셔 넣었다. 닐 장군은 러크나우를 격렬히 공격했고, 마침내 부하들이 시내에 진입했을 때 그는 총을 맞고 사망했다. 그는 사후에 기사 작위를 받았으며 많은 기념비가 세워졌다.

21. 바클레이의 배신은 참으로 몰지각하다. 헨리 우드는 낸시 드보이만이 아니라 바클레이를 비롯한 수많은 사람들의 목숨을 구하기 위해 위험을 무릅쓴 것이 아닌가. 아마도 질투 때문에 판단이 흐려진 것일 텐데, D. 마틴 데이킨은 이렇게 꼬집었다. "바클레이 자신과 낸시 모두 저항군에게 살해당할 판국에 연적을 제거해서 무슨 소용이란 말인가."

22. 악명 높은 나나 사히브(칸푸르에서 대량 학살을 지시한 사람, 이야기 말미의 에세이 참고)를 비롯해 당시 세포이 항쟁을 일으킨 사람들 상당수가 영국과 싸우다 패배한 후 북쪽으로 달아나서 네팔 타라이(인도 북부 및 네팔 남부에 히말라야 산맥과 나란히 뻗어 있는 지역)의 숲과 늪지에 숨었다. 독립 왕국이었던 네팔은 1846년에 독립을 유지하기 위해 외교권을 영국에 이양하고, 세포이 항쟁 때에는 용맹한 구르카 부대를 영국군에 보내 도와주었다. 1859년 네팔의 장 바하두르 경이 이끈 구르카 부대와 콜린 캠벨(훗날 클라이드 경)이 이끈 영국군의 합동 공격으로, 네팔로 피난 갔던 사람들은 국경을 넘어 티베트로 달아났다.

23. 다르질링은 1835년에 영국이 시킴 왕국으로부터 사들인 마을이다. 시킴히말라야 산맥의 2,000미터 고지에 자리 잡은 이 마을은 전략적 요충지였다(네팔, 시킴, 부탄 국경과 접하고 있었다). 또한 혹독하게 무더운 아래쪽 평원보다 기후도 좋아서, 고원의 기지 겸 영국군 요양소로 개발되었다. 사들인지 5년이 되었을 때, 다르질링의 첫 감독관이 자기 집 뒤뜰에 시험 삼아 중국 차와 아삼 차를 재배하

를 데리고 후퇴했고, 내가 다시 백인을 볼 수 있기까지는 참으로 오랜 세월이 걸렸소. 나는 고문을 당했고, 탈출을 시도하다가 붙잡혀서 또 고문을 당했지. 그래서 내가 어떻게 되었는지는 지금 보는 바와 같소이다. 놈들 중 일부가 네팔[22]로 달아나면서 나를 데려갔고, 그 후 다르질링[23]까지 끌려가게 되었지. 그런데 그 고원에 사는 부족이 나를 끌고 간 폭도들을 해치워서, 나는 한동안 그들의 노예로 지내게 되었소. 그러다 탈출을 하긴 했는데, 남쪽이 아니라 북쪽으로 갈 수밖에 없어서 아프가니스탄에 이르게 되었지. 거기서 여러 해 헤매다가, 마침내 펀자브로 돌아가 주로 토착민들과 함께 지내면서, 전에 배워둔 몇 가지 마술로 생계를 꾸려갔소.

이렇게 꼴사나운 병신이 된 내가 잉글랜드로 돌아와 옛 전우들 앞에 나타난다는 게 무슨 소용이 있겠소? 그래서 복수를

"나는 곧바로 놈들 여섯 명에게 포위되고 말았소."
시드니 패짓 그림, 《스트랜드 매거진》(1893)

하고 싶긴 했어도 잉글랜드로 돌아오는 건 내키지 않았지. 낸시와 내 옛 전우들 앞에서 침팬지처럼 어기적거리며 지팡이를 짚고 걷는 것을 보여주느니, 차라리 해리 우드가 등이 꼿꼿한 인간으로 죽었다고 생각해주길 바랐소. 그들은 내가 죽었다는 것을 의심치 않았으니, 그렇게 알도록 내버려둘 작정이었지. 바클레이가 낸시와 결혼했고, 연대에서 그의 계급이 쑥쑥 올라갔다는 소식도 들었지만, 그런 사실도 내 입을 열게 하진 못했소.

하지만 인간이 늙다 보니 고향을 찾게 되더이다. 나는 참 오랫동안 잉글랜드의 밝고 푸른 들과 산울타리를 꿈꾸었지. 마침내 나는 죽기 전에 그들을 만나보기로 결심했소. 그래서 고향에 갈 여비를 마련한 후 군인이 주둔한 이곳으로 왔지. 군인들의 취향을 잘 알고, 즐겁게 해줄 줄도 아니까, 여기서라면 충분히 밥벌이를 할 수 있거든."

"무척 흥미로운 얘기로군요." 셜록 홈즈가 말했다. "당신이 바클레이 부인을 만났고, 서로 알아보았다는 얘기는 이미 전해 들었습니다. 그리고 내가 보기에, 당신은 그녀를 집까지 따라갔고, 그녀가 남편과 다투는 것을 창문으로 보았습니다. 그녀는 분명 당신에 대한 그의 소행을 비난했겠지요. 당신은 감정에 북받쳐 잔디밭을 가로질러 가서, 그들이 있는 실내로 들이닥쳤습니다."

"맞소이다. 나를 본 그는 내가 생전 본 적이 없는 표정을 짓더군. 그러고는 벌렁 뒤집어져서 벽난로 망에 머리를 찧었지. 하지만 그는 쓰러지기 전에 이미 죽은 상태였소. 나는 불빛에 책을 보듯 그의 얼굴에서 죽음을 볼 수 있었지. 적나라한 내 모습이 죄로 얼룩진 그의 심장을 총알처럼 꿰뚫었던 거요."

"그런 다음에는요?"

"그 후 낸시가 기절을 했고, 나는 그녀의 손에 들린 열쇠를

기 시작했고, 결국 이 지역은 유명한 홍차 재배지가 되었다. 우드가 인도에서 네팔을 거쳐 티베트로 끌려갔다면, 다르질링 북쪽으로 넘어갔을 가능성은 적다.

24. 브루스 해리스는 이렇게 꼬집었다. "그렇게 달아났다면 바클레이 대령의 마부 눈에 띄지 않았을 리가 없다."

집어 들었소. 문을 열어서 도움을 청하려고 말이오. 하지만 문을 열려다가 그대로 놓아두고 떠나는 게 낫겠다는 생각이 들더군. 자칫 누명을 쓸 것 같았으니까. 붙잡히면 내 비밀이 드러날 수밖에 없고. 그래서 나는 얼떨결에 열쇠를 주머니에 찔러 넣고, 커튼 위로 올라간 테디를 뒤쫓다가 그만 지팡이를 떨어뜨렸지. 테디를 원래의 상자 안에 담은 나는 부리나케 현장을 떠났소."[24]

"테디는 뭐죠?" 홈즈가 물었다.

남자는 상체를 숙여 동물을 기르는 상자 같은 것을 구석에서 끌어당겼다. 거기서 곧바로 적갈색의 아름다운 동물이 빠져나왔다. 날씬하고 유연한 몸뚱이에 네 다리는 담비와 같고, 코는 길고 뾰족한데, 멋진 빨간 두 눈을 보니 언젠가 본 적이 있는 동물이었다.

"몽구스야!" 내가 외쳤다.

"그렇소. 좀 더 정확히는 이집트몽구스라고 하지." 남자가 말했다. "나는 뱀잡이라고 부릅니다. 테디는 귀신같이 날쌔게 코브라를 잡거든. 독니를 뺀 코브라 한 마리가 여기 있소이다. 테디가 주점 사람들을 즐겁게 해주기 위해 밤마다 놈을 잡지. 그런데 더 할 말이 남았소?"

"바클레이 부인한테 심각한 문제가 있다면 다시 당신을 찾게 될 겁니다."

"그런 경우라면 물론 내가 나서겠소."

"하지만 그런 경우가 아니라면, 고인이 비록 못된 짓을 하긴 했지만 그걸 굳이 폭로할 건 없다고 봅니다. 그가 30년 동안 못된 행위로 인한 양심의 가책을 받아왔다는 것을 알게 된 것으로 위안을 삼으시기 바랍니다. 아, 마침 저 맞은편 거리에 머피 소령이 지나가고 있군. 그럼 안녕히 계십시오, 우드 씨. 어제 이후 무슨 일이 일어났는지 가서 알아봐야겠습니다."

우리는 머피 소령이 길모퉁이를 돌기 전에 제때에 그를 따라 잡았다.

"아, 홈즈." 그가 말했다. "야단법석을 떨었던 게 다 공연한 일이었다는 소식 들었나요?"

"그게 무슨 말씀이죠?"

"조사가 방금 끝났습니다. 뇌졸중으로 사망했다는 의학적 최종 판정이 나왔어요. 알고 보니 아주 간단한 사건이었습니다."[25]

"아, 정말 별것도 아닌 사건이었군요." 홈즈가 웃으며 말했

25. 브루스 해리스는 낸시가 곤봉으로 남편을 죽였다고 주장했다. 그런데 여전히 낸시를 사랑하는 헨리 우드가 흔쾌히 그녀의 죄를 덮어주었다는 것이다. 그러나 홈즈는 속지 않았다고 해리스는 믿는다. "누구나 인정하듯, 홈즈의 관심사는 정의가 이루어지는 것을 보는 것이다. 바클레이 대령은 응분의 벌을 받았다."

"알고 보니 아주 간단한 사건이었습니다."
시드니 패짓 그림, 《스트랜드 매거진》(1893)

26. 『사무엘 하』 11장에서 이스라엘의 왕 다윗은 왕궁 지붕 위를 거닐다가 심히 아름다워 보이는 여인, 곧 우리야의 아내 바쎄바가 목욕하는 것을 보게 된다. 다윗은 바쎄바를 불러 임신시킨다. 다윗은 전쟁터에서 돌아온 우리야를 불러서 먹고 마시고 취하게 한 후 아내와 동침하게 해서 그가 임신시킨 것을 감추려고 한다. 하지만 충성스러운 우리야는 왕의 곁을 떠나려 하지 않는다. 다윗은 다시 그를 전쟁터로 보내는 한편 이런 비밀 지시를 내린다. "우리야를 맹렬한 싸움에 앞장서게 하고, 너희는 뒤로 물러나서 우리야가 맞아 죽게 하라." 우리야는 그렇게 죽고, 바쎄바는 다윗의 아내가 된다. 그러나 바클레이는 다윗만큼 그렇게 적극적으로 우드를 죽음으로 몰아넣은 것은 아니었다.

바클레이 부인과 달리 그리스도교 성경에서 바쎄바는 전남편을 죽음으로 몰아넣은 것과 관련해 새 남편을 비난하지 않는다. 바쎄바가 진실을 알았는가의 여부에 대한 언급도 없다. 홈즈나 왓슨은 혹시 바클레이와 우드의 이야기에 "데이비드(다윗)"에 대한 언급을 제멋대로 덧붙인 게 아닐까? 그래서 한 여성을 사이에 둔 능력 있는 두 남자의 질투와 배신의 이야기를 좀 더 거창한 신화적 규모로 끌어올리려고 한 것은 아닐까? 빅토리아 시대에 다윗 왕의 이야기는 대단히 인기 있는 주제였다('다윗의 별'이 유대교의 공식 상징으로 쓰인 것은 1897년 시온주의 운동가들이 그것을 상징으로 채택한 다음부터다). 그래서 남편의 배신을 알게 된 낸시 바클레이의 입에서 우리야 이야기가 쉽게 튀어나올 수 있었던 것도 그리 이상할 게 없다.

다. "어이, 왓슨, 올더숏에서는 더 이상 우리를 필요로 하지 않을 것 같군."

"한 가지 아리송한 게 있어." 기차역으로 걸어가며 내가 말했다. "남편의 이름이 제임스이고, 다른 남자의 이름이 헨리라면, 데이비드 운운한 건 왜지?"

"이봐, 왓슨, 자네는 이상적인 추리가를 즐겨 묘사하는데, 내가 만일 그런 존재라면 데이비드라는 한마디 말만으로도 모든 사연을 간파했을 거야. 그건 꾸짖는 말인 게 분명해."

"꾸짖는 말이라고?"

"그래. 알다시피 데이비드, 그러니까 그리스도교 성경에 나오는 다윗은, 때로 못된 짓을 하곤 했어. 제임스 바클레이 병장과 같은 유형의 못된 짓을 한 적도 있지. 우리야와 바쎄바의 일은 자네도 알지? 내 성경 지식이 좀 녹슬었지만, 『사무엘 상』이나 『사무엘 하』를 보면 그 이야기가 나올 거야." [26]

인도 폭동[27]

세포이 반란으로도 알려져 있는 1857-1858년의 인도 폭동은 성공하지 못한 봉기로, 영국이 인도를 서구화하는 데 대한 인도인의 분노가 폭발한 것이다. 1857년 초 벵골의 세포이들이 새로 나온 엔필드 총(0.30구경의 라이플)을 지급받은 게 폭력 사태의 직접적인 계기가 되었다. 이 라이플은, 소고기 기름과 돼지 비계를 발랐다고 소문이 난 탄약통 끝을 입으로 물어 뜯어내야만 쓸 수 있었다. 힌두교인이나 이슬람 교인에게는 그것이 막중한 종교적 모독이어서, 그들은 이것이 자신들로 하여금 그리스도교로 개종하게 하려는 영국의 음모라고 의심하기 시작했다.

그러기 전에도 영국 정부에 대한 불만은 많았다. 총독인 댈하우지 경의 지휘 아래, 인도인 군인의 급여를 삭감했고, 상류층의 수입원을 빼앗거나 유리한 지위를 박탈했으며, 군 복무 중인 브라만과 라지푸트(크샤트리아 계급의 자손)의 자리에 하층 카스트의 병사를 뽑아 썼던 것이다. 그것이 카스트 제도를 무너뜨리려는 음모라는 소문이 퍼졌다. 바로 그런 상황에서 동인도회사는 탄약통 기름을 좀 더 좋은 것으로 교체했지만, 폭력 사태를 진정시키기에는 이미 늦은 상태였다. 1857년 5월 9일, 메루트에 주둔하고 있던 세포이 85명이 라이플 사용을 거부했다. 결국 그들은 군인 신분을 박탈당하고 10년 형을 언도받아 족쇄를 찬 채 감옥으로 끌려갔다. 이튿날 다른 세 개 부대의 세포이들이 감옥으로 몰려가서 투옥된 병사를 구출했다. 격투 끝에 영국 병사 약 50명과 여성, 어린이가 살해되었다.

이후 세포이들은 델리로 진격해 들어갔다. 사이먼 샤마는 그의 역작 『브리튼의 역사』 제3권에서 토착민 38 보병대 대위의 아내인 해리엇 티틀러가 본 항쟁 직전의

---

27. '인도 폭동Indian Mutiny', '세포이 반란Sepoy Rebellion'이라는 말은 영국 제국주의 관점의 용어인데, 영한사전에는 대개 이대로 축어역을 해놓고 있다. 백과사전에는 '세포이 항쟁'으로 번역되어 있다. '세포이'는 영국 동인도회사의 인도인 용병을 가리키는 말이다. 이 사건을 민족독립운동으로 규정할 수 있는가에 대해서는 논란이 많아, 인도에서는 대개 '1857년 항쟁' 혹은 '대항쟁'이라고 일컫는다. 이번 이야기에서 등장인물이 이를 '폭동'으로 인식하고 있기 때문에 일단 '폭동'으로 번역하고, 같은 사건에 대한 극명한 관점의 차이를 독자께서 음미하도록 했다. 영어로는 지금도 이 사건을 폭동이나 반란으로 일컫는데, 그것은 어쩔 수 없는 인간의 한계일까? ─옮긴이.

상황을 이렇게 인용했다. "뭔가 아주 잘못되었다는 것을 알 수 있었다. 하인들은 미친 듯이 이리저리 날뛰고, 큰길에서 총소리가 울려 퍼졌다. ……이게 대체 무슨 일일까?" 다수의 유럽 여성과 아이들이 델리를 탈출할 수 있었던 것은 인정 많은 세포이들이 도와주었기 때문이다. 그러나 탈출하지 못한 이들도 많았다. 장교들과 그 가족이 거의 무차별 학살되었다.

끔찍한 학살은 양측에서 똑같이 자행되었다. 칸푸르에서 나나 사히브라는 이 지역 유지는 (아마도 임대 소득원을 빼앗긴 것에 대한 보복으로) 상당한 수의 유럽 여성과 아이들에게 갠지스 강까지의 안전한 탈출을 보장해준 다음, 그들이 일단 배에 올라타자 수많은 사람을 사살하고, 40척의 배 가운데 여러 척에 불을 질렀다. 생존자 200명도 칸푸르의 장교 숙소로 끌려가서 마찬가지로 학살당했다. '깜둥이niggers'라고 불린 그들에 대한 영국의 복수심은 절정에 이르렀다. A. N. 윌슨이 썼듯이, "처음부터 영국은 잔혹한 짓에 대해 두 배로 잔혹하게, 테러에는 테러로, 피에는 피로 대응할 작정이었다." 윌슨의 글에 따르면, 무슬림(이슬람교도) 포로는 몸에 돼지기름을 발라서 살해했다. 인도인들을 대포 주둥이에 묶어놓고 포도탄(한 발이 아홉 개의 쇠알로 된 포탄)을 발사했다. 여성을 겁탈하고 아이들을 산 채로 태워 죽였다. 세포이를 총검에 꽂아 불에 굽기도 했다. 수백 명의 인도인을 한꺼번에 대포로 처형하기도 했다.

결국 오랜 포위 공격 끝에, 영국군은 다시 러크나우를 점령하고 항쟁을 진압했다. 평화가 선언된 것은 1858년 7월 8일이었다. 이 항쟁의 결과 동인도회사를 폐지하고 영국 정부가 직접 인도를 다스렸으며, 효율적으로 다스리기 위해 인도인에게 자문을 구하게 되었다. 이후 인도는 90년 더 영국의 지배를 받았다.

입주 환자[1]

『회고록』 편집자들은 「소포 상자」를 단행본에서 뺐는데, 앞부분만 살려서 이 글에 덧붙여놓았다. 그래서 이번 이야기는 내용이 매우 혼란스러워졌으며, 여기서는 《스트랜드 매거진》에 실렸던 원래의 글을 복원해서 실었다. "입주 환자"(코난 도일이 한때 그랬듯이 의사가 자기 집에 입주시켜서 치료하는 환자) 문제를 해결해달라는 트리빌리언 박사의 부탁을 받은 홈즈는 이 문제가 트리빌리언의 생각보다 훨씬 심각하다는 것을 알아차린다. 그러나 홈즈가 '추리'했다고 할 만한 것은 많지 않고, 대신 과거 범죄에 대한 막대한 지식과 미해결 범죄에 관한 엄청난 기억력에 기대어 이 문제를 해결한다. 이 사건은 또 의사인 존 왓슨과 아서 코난 도일이 공감할 수 있는 문제, 곧 젊은 의사가 개업을 하는 데 따르는 고충을 잘 반영하고 있어서, 그 덕분에 이 사건이 『회고록』에 포함된 게 아닌가 하는 생각을 해보게 된다.

내 친구 셜록 홈즈의 정신적 특성 몇 가지를 보여주기 위해 고심하며 다소 두서없이 늘어놓은 회고담 몇 편을 돌이켜보니, 어떤 이야기를 선택해야 모든 면에서 내 의도에 잘 맞아떨어질 것인가를 두고 참 어지간히 고민을 많이 했다는 생각이 든다. 홈즈가 분석적 추리 솜씨를 절묘하게 발휘해서 그의 특이한 조사 방법이 매우 값지다는 것을 증명한 사건들 가운데는, 그 진상이 너무 진부하거나 시시해서 대중에게 들려주기 민망한 경우가 많았다. 다른 한편으로, 홈즈가 관여한 사건의 진상이 아주 괄목할 만하고 극적인 특성을 지닌 경우도 많았지만, 그럴 경우에는 그가 사건의 원인을 파헤치면서 그의 전기 작가인 내가 바라는 만큼 눈부신 활약상을 보일 여지가 별로 없기 일쑤였다. 『주홍색 연구』라는 제목으로 내가 기록한 작은 사건이나, 그 후의 글로리아스콧호 실종과 관련한 사건은 역사 기록

1. 「입주 환자」는 1893년 8월 《스트랜드 매거진》에, 1893년 8월 12일 자 《하퍼스 위클리》(뉴욕)에 실렸다.

2. 고대 그리스 신화에 나오는 스킬라와 카리브디스는 메시나 해협을 지키는 불멸의 바다 괴물이다. 한때 아름다운 처녀였던 스킬라는 (질투심 많은 키르케 혹은 암피트리테에 의해) 괴물로 변했는데, 키가 3.6미터고 머리가 여섯 개에 목이 뱀처럼 길며, 허리에는 짖어대는 개들의 머리를 두르고 있다. 그녀는 동굴에 살면서 지나가는 뱃사람들을 잡아먹었다. 호메로스의 『오디세이아』에서 그녀는 오디세우스의 여섯 동료를 잡아먹는다. 카리브디스는 스킬라의 건너편 기슭에 살았다. 포세이돈의 딸이었던 그녀는 헤라클레스의 가축을 훔쳤다가 제우스의 분노를 사서 소용돌이 꼴의 괴물로 변하게 되었다. 스킬라와 카리브디스 사이에 끼였다는 것은, 하나의 문제를 피하려다가 다른 문제에 봉착한다는 것을 뜻한다. 여기서 왓슨은 이 말을 다소 부드러운 의미로 사용하고 있다. 즉, 친구를 위할 것인지, 작가로서 본분을 다할 것인지 고민스럽다는 뜻으로.

3. 이후의 둘째 문단과 셋째 문단은 1893년 《스트랜드 매거진》에 실린 「입주 환자」의 원래 내용이다. 그런데 단행본으로 나오면서 이 두 문단이 삭제되고 「소포 상자」의 앞부분 내용이 대신 추가되었다. 자세한 내용은 이야기 말미에 실린 「'입주 환자'의 판본」 에세이 참고.

자를 영원토록 괴롭히는 스킬라와 카리브디스[2]가 뭔가를 잘 보여주는 예라고 할 수 있다. 지금 내가 이야기보따리를 풀고자 하는 사건에서는 내 친구가 썩 눈에 띄는 역할을 하지는 않았더라도, 전체 사건의 정황이 워낙 괄목할 만하기 때문에 이번 회고담 시리즈에서 이 사건을 차마 송두리째 빼버릴 수는 없다.[3]

이 사건에 대한 비망록 일부를 어디 두었는지 찾을 수 없어서 정확한 날짜가 언제인지는 모르겠다. 하지만 홈즈와 내가 베이커 스트리트의 한집에서 산 지 어느덧 한 해가 다 되어가던 무렵인 것만은 분명하다. 바람 드센 10월의 어느 날, 우리는 둘 다 온종일 집 안에 틀어박혀 있었다. 나는 몸이 좀 안 좋아서 드센 가을바람을 맞는 게 내키지 않았고, 홈즈는 일단 시작하면 푹 빠져들고 마는 난해한 화학 실험에 몰두하고 있었다. 그러나 저녁 무렵, 시험관 하나가 깨지자 그의 연구는 일찌감치 막을 내렸다. 그는 버럭 화를 내며 얼굴을 찌푸리고 의자에서 벌떡 일어났다.

"하루 종일 한 일을 망쳐버렸어, 왓슨." 그가 성큼 창가로 걸어가며 말했다. "하! 바람은 잦아들고 별이 나왔군. 런던 거리를 좀 거닐지 않겠어?"

나도 마침 작은 거실이 답답하던 차였다. 나는 싸늘한 밤공기에 대비해서 목도리로 코까지 감싸는 것으로 대답을 대신했다. 세 시간 동안 우리는 함께 이리저리 거닐었다. 늘 변화무쌍한 인생의 편린들이 플리트 스트리트와 스트랜드 대로를 썰물과 밀물처럼 오가는 것을 우리는 구경했다. 홈즈는 잠시 불쾌한 기분을 잊고, 예리한 관찰력과 교묘한 추리력을 동원한 특유의 말솜씨로 나를 즐겁게 해주었다. 10시가 지나서 베이커 스트리트로 다시 돌아와 보니 브루엄 마차가 문간에서 기다리고 있었다.

"흠! 의사, 그것도 일반 진료 의사의 마차로군." 홈즈가 말했다. "진료를 시작한 지 얼마 되지 않았는데도 아주 바쁜가 본데? 우리에게 자문을 구하러 왔다 이거지! 우리가 때맞춰 잘 돌아왔군!"

나는 홈즈의 추리 방법에 충분히 정통해서 이 정도의 추리는 그 과정을 눈치챌 수 있었다.[4] 브루엄 마차 안의 불빛 속에 매달린 고리버들 바구니 안에 각종 의료 도구가 들어 있어서, 그 종류나 상태를 보고 홈즈가 재빨리 추리할 수 있었던 것이다. 머리 위 우리 집 창문으로 불빛이 새어 나오는 것으로 보아, 우리를 찾아온 게 분명했다. 이렇게 늦은 시간에 동료 의사가 우리를 찾아온 이유가 무엇일지 자못 호기심이 동한 나는 홈즈를 따라 우리의 서재로 들어갔다.

우리는 함께 이리저리 거닐었다.
시드니 패짓 그림. 《스트랜드 매거진》(1893)

4. 수많은 영화에서 나이절 브루스가 왓슨을 연기한 것에 적잖이 영향을 받아서, 왓슨이 전혀 혹은 거의 추리 능력이 없고, 그저 멍하니 홈즈의 공명판 노릇이나 하는 의사라고 생각하는 사람이 많다. 여기서 왓슨은 홈즈의 탁월한 재능을 흉내나 낼 수 있을 뿐이라는 듯이, 전형적인 자기 비하의 발언을 하고 있다. 그러나 이처럼 왓슨이 자기 능력을 낮잡아 보는 것은, 정전 전체에서 두루 엿볼 수 있는 그의 날카로운 안목과 사뭇 모순된다. 예를 들어, 「보헤미아 왕실 스캔들」에서 홈즈가 입을 열기 전에 '폰 크람 백작'이 보낸 쪽지를 보고 왓슨은 여러 가지 예리한 추리를 한다. 그리고 「다섯 개의 오렌지 씨앗」에서 왓슨은 세 통의 편지 발송지를 통해 바로 이런 추리를 한다. "편지 발송자는 배를 탔어." 『네 사람의 서명』에서는 홈즈에게 약간의 도움만 받아, 살인자가 지붕으로 들어왔다는 것을 추리해낸다. 『바스커빌 씨네 사냥개』에서 왓슨이 지팡이를 통해 제임스 모티머 박사에 대해 추리한 것은 홈즈의 추리에 비해 전혀 손색이 없다. 「보스콤 밸리 사건」에서는 매카시에 대한 검시 보고서를 살펴보며 정확한 추리를 한다. 「등나무 별장」에서는 스콧 에클스에 대해 일련의 예리한 추리를 한다. 특히 『바스커빌 씨네 사냥개』에서 왓슨이 홈즈에게 보낸 편지는 예리한 관찰과 추리로 가득 차 있다. 거기서 홈즈는 왓슨의 조사를 칭찬하며 이렇게 말한다. "잘했는걸! 같은 방향으로 조사를 하고 있었군. 조사 결과를 합치면 이번 사건에 대해 꽤 많은 정보를 알게 되겠어."

5. 신경 장애란 질병이나 상해로 인해 신경이 비정상적으로 변한 것이다. 신경 장애, 다시 말해서 신경과 질병의 관계는 빅토리아 시대의 의학에는 거의 알려지지 않은 주제였다. "원인 불명의 신경 장애"라는 말은 아마도 '아직 이해할 수 없는 신경 장애'라는 뜻일 것이다.

우리가 들어서자, 창백하고 뾰족한 얼굴에 엷은 갈색의 구레나룻을 기른 남자가 의자에서 일어섰다. 나이는 서른서너 살이 넘지 않은 것 같았지만, 병색을 띤 초췌한 얼굴을 보니 활력과 젊음을 빼앗아 간 삶의 고단함이 엿보였다. 그는 성격이 예민한지, 불안해하면서 낯을 가렸다. 일어서서 벽난로 위에 얹고 있는 가느다란 흰 손은 외과 의사보다 화가의 손에 가까웠다. 검정 프록코트와 검은 바지에 넥타이에만 약간 색깔이 들어간 그의 옷차림은 수수하고 칙칙했다.

"안녕하세요, 의사 선생." 홈즈가 활달하게 말했다. "오신 지 몇 분 만에 이렇게 뵙게 되어 다행입니다."

"마부에게 들으셨나요?"

"아니요, 보조 탁자에 놓인 촛불을 보고 알았지요. 다시 앉으세요. 그리고 내가 어떻게 도와드리면 될지 말씀해주십시오."

"제 이름은 퍼시 트리빌리언입니다. 의사죠." 우리의 방문객이 말했다. "저는 브룩 스트리트 403번지에 삽니다."

"혹시 원인 불명의 신경 장애[5]에 관한 논문을 쓰신 분이 아닌가요?" 내가 물었다.

자기 논문을 내가 안다는 말을 듣고 그의 창백한 볼에 홍조가 떠올랐다.

"그 논문 얘기를 하는 사람을 좀처럼 만날 수가 없어서 다들 잊어버린 줄만 알았습니다." 그가 말했다. "출판업자 얘기로는 전혀 팔리지 않는다고 하더군요. 선생도 의사이신가 보죠?"

"퇴역한 외과 군의관입니다."

"언제나 제 관심사는 신경 질환이었습니다. 오로지 그 분야만 전공하고 싶은데, 물론 차근차근 해나가야죠. 하지만 그건 부차적인 문제입니다. 셜록 홈즈 씨의 귀중한 시간을 그런 얘기로 낭비할 순 없죠. 실은 브룩 스트리트의 우리 집에서 최근 아주 이상한 사건이 잇달아 일어났습니다. 바로 오늘 밤 일어난 사건은 워낙 이상해서 더는 지체하지 말고 홈즈 씨에게 조언과 도움을 요청해야겠다는 생각이 들었죠."

셜록 홈즈는 자리에 앉아 파이프에 불을 댕겼다. "우리는 언제든 환영합니다." 그가 말했다. "무슨 일로 그렇게 불안해하는지 자세한 얘기를 들려주세요."

"한두 가지는 아주 사소한 일입니다." 트리빌리언 박사가 말했다. "그래서 입에 담기도 부끄러울 정도죠. 하지만 그 사건은 아주 불가해하고, 최근에는 양상이 아주 복잡하게 변해서, 아예 모든 것을 낱낱이 말씀드릴 테니, 그중에서 뭐가 중요하고 뭐가 중요하지 않은지는 홈즈 씨가 알아서 판단하세요.

우선 제 대학 시절 얘기부터 말씀드려야겠습니다. 저는 런던 대학[6]을 나왔습니다. 이건 자화자찬하는 소리가 아닌데요, 학창 시절에 교수님들은 제 미래가 아주 촉망된다고들 말씀하셨지요. 졸업 후 저는 킹스칼리지 병원의 말단 연구원으로 계속 연구에 몰두했습니다. 운이 좋아서 강직증[7]이라는 병리에 관

런던 대학.
『퀸스 런던』(1897)

6. 왓슨도 런던 대학을 다녔다. 『주홍색 연구』에 따르면, 학위를 받고 졸업을 한 것은 1878년이다.

7. 강직증을 앓는 사람은 갑자기 근육이 굳는 경험을 하게 된다. 그럴 때면 수족을 옴짝달싹 못하게 된다. 강직증은 간질과 정신분열증 같은 다양한 이상 증후로 나타나는 경향이 있다.
19세기에 글을 쓴 많은 작가들이 극적 효과를 얻기 위해 눈에 확 띄는 강직증을 소설에 이용했다. 앨프리드 테니슨의 1847년의 시 「공주」에서 강직증 진단을 받은 공주는 "이상한 발작"을 경험했다고 고백한다. 그때 "나는 유령들의 세계에서 움직이는 듯했고, / 나 자신이 꿈의 그림자로 느껴졌다." 에드거 앨런 포의 「때 이른 매장」(1850)에서 강직증에 걸린 화자는 걸핏하면 "고통이 없고, 움직일, 아니 엄격히 말해서 사고할 능력도 없지만, 살아 있음을 몽롱히 의식하는" 상태에 빠진다. 그러다가 생매장을 당할지 모른다는 공포에 떨게 된 화자는, 혹시 자기를 가족묘에 묻게 되면, 그 전에 충분한 음식과 물을 가족묘에 넣어주고, 안에서 열 수 있는 문을 달아달라고 신신당부했다. 그리고 용수철 뚜껑이 달리고 "따스하고 포근한 패드를 깐" 관을 직접 설계했다. 그 모든 것에도 불구하고 화자는 집을 떠나 여행하다가 생매장을 당하고 만다. 포의 『어셔가의 몰락』(1893)에서 비슷한 강직증에 걸린 매들린도 그렇게 생매장을 당한다. 조지 엘리엇의 『사일러스 마너』(1861)에서 친구도 없이 고독하게 사는 사일러스 마너는 문간에 서 있다가 "강직증이라는 보이지 않는 요술지팡이"에 맞아 "눈을 부릅떴지만 아무것도 보이지 않은 상태로, 문을 열어둔 채, 그 문으로 선이 들어가든 악이 들어가든 막을 힘도 없이, 조각상처럼 서 있었다."

8. 캐번디시 광장 주변 지역, 그중에서도 특히 할리 스트리트와 웜폴 스트리트는 런던에서 의료비가 가장 비싼 의원이 있는 것으로 유명했다. 로버트 루이스 스티븐슨의 『지킬 박사와 하이드 씨』(1886)에서 지킬 박사의 친구이자 동료인 래니언 박사는 '의학의 성, 캐번디시 광장'에 살면서 환자를 받았다. 플로렌스 나이팅게일은 여성 가정교사 환자 연구소가 1853년 할리 스트리트로 이전한 후 그곳의 소장으로 일했다. 또 왕립의학협회의 본부는 1912년 이후 웜폴 스트리트 1번지에 자리 잡았다. 아서 코난 도일이 1891년 3월부터 5월까지 어퍼웜폴 스트리트 2번지에 안과 전문 의원을 차리기도 했다.

한 제 연구가 상당한 관심을 끌었고, 마침내 친구 되시는 분께서 아까 말씀하신 신경 장애에 관한 논문으로 브루스핑커턴상과 메달을 받았죠. 그때는 누가 보기에도 제 앞날이 창창했다고 말씀드려도 지나친 말은 아닐 겁니다.

하지만 자본이 부족하다는 게 큰 걸림돌이었죠. 아시겠지만, 야심이 있는 전문의라면 캐번디시 광장 거주지[8]의 12개 스트리트 가운데 한 곳에서 시작을 해야 하죠. 그러자면 집세가 엄청나고 비싼 가구도 들여놓아야 합니다. 그런 기본적인 비용 외에도 처음 몇 년 동안은 의원을 끌어갈 자금을 미리 마련해 놓아야 하고, 품위 있는 마차와 말도 필요합니다. 저에게는 당장 그럴 만한 재력이 없어서, 저축을 해 10년 안짝에만 그럴 수 있기를 바랐죠. 그런데 느닷없이 예기치 않은 일이 생겨서 아주 새로운 길이 열렸습니다.

블레싱턴이라는 신사가 저를 찾아왔는데, 생전 처음 보는 사람이었죠. 어느 날 아침 내 방에 찾아온 그는 대뜸 사업 얘기를 꺼냈습니다.

'탁월한 연구 업적을 내서 최근 대단한 상을 받은 그 퍼시 트리빌리언이 바로 자네인가?' 그가 말했습니다.

저는 고개를 꾸벅했죠.

'솔직히 답해주게.' 그가 이어서 말했습니다. '그러는 게 자네에게도 득이 될 테니 말일세. 자네는 성공하는 사람의 조건인 현명함을 지녔지. 그런데 사람을 다룰 줄 아는 요령도 좀 있나?'

저는 갑작스러운 그런 질문에 실소가 나오더군요.

'나름대로 요령이 있다고 봅니다.' 제가 말했습니다.

'나쁜 습관은 없나? 술을 탐한다거나 말이지.'

'천만에요!' 내가 외쳤죠.

'아주 좋아! 좋아요! 하지만 꼭 물어볼 게 있는데, 그렇게 잘난 사람이 어째 개업을 하지 않나?'

저는 어깨를 으쓱해 보였죠.

'알겠소, 알겠어!' 그가 호들갑스레 말했습니다. '그거야 흔히 있는 일이지. 자네는 주머니에 든 것보다 머리에 든 게 많다 이거지? 브룩 스트리트에 내가 의원을 차려주면 어떻겠나?'

나는 놀라서 멍하니 그를 바라보았죠.

'아, 이건 자네를 위해서가 아니라 나를 위해서일세.' 그가 외쳤습니다. '정말 이건 내 진담인데, 그게 자네한테 좋다면 나한테도 썩 좋을 거야. 나는 몇천쯤 투자할 수 있는데, 그걸 자네한테 투자할까 하네.'

'아니 왜요?' 나는 입을 딱 벌렸죠.

'음, 이건 여느 투자나 마찬가지인데, 무엇보다 안전하거든.'

"나는 놀라서 멍하니 그를 바라보았죠."
시드니 패짓 그림, 《스트랜드 매거진》(1893)

9. 3월 25일로, 천사 가브리엘이 성모 마리아에게 그리스도의 수태를 알린 것을 기념하는 날. 성모 영보 대축일이나 주님 탄생 예고 대축일이라고도 한다.

10. 1기니는 21실링이고, 1실링은 12펜스니, 1기 니의 4분의 1은 정확히 "5실링 3펜스"다.

'그럼 저는 뭘 해야 하죠?'

'내가 일러줌세. 집을 구해서 가구를 들이고 하녀들을 고용 하고 관리를 하는 것은 내가 다 알아서 할 걸세. 자네는 진료실 에 앉아 의자만 닳게 하면 되는 걸세. 자네한테 필요한 건 내가 다 대줄 거야. 그러고서 자네가 번 돈의 4분의 3은 내가 갖고, 4분의 1은 자네가 갖는 거지.'

홈즈 씨, 그건 참 이상한 제안이었습니다. 블레싱턴은 그런 제안으로 내게 접근을 했죠. 둘이서 어떻게 협상을 했는가에 대해서는 구구하게 말씀드리지 않겠습니다. 결국 저는 성수태 고지일[9] 이튿날 그 집으로 들어갔고, 그가 제안한 조건대로 개 업을 했죠. 그는 입주 환자라는 신분으로 나와 같이 살게 되었 습니다. 그는 심장이 약한 듯해서, 항상 의사가 곁에서 관찰할 필요가 있었죠. 그는 2층에서 가장 좋은 방 두 개를 자기만의 거실과 침실로 만들었습니다. 성격이 좀 괴팍한 데가 있어서 사람들과 어울리는 것을 꺼리고 좀처럼 외출도 하지 않았죠. 생활은 불규칙했는데, 딱 한 가지만은 아주 규칙적이었어요. 매일 밤 같은 시간에 진료실로 들어와서, 장부를 점검하고, 내 가 번 돈 1기니당 5실링 3펜스[10]를 남겨두고 나머지는 자기 방 의 금고에 넣는 게 그것이었죠.

그는 투자한 것을 결코 후회하지 않았을 거라고 자신 있게 말씀드릴 수 있습니다. 처음부터 성공적이었죠. 킹스칼리지 병 원에서 환자 몇 명을 잘 치료해서 이름이 좀 알려진 덕분에 나 는 바로 두각을 나타내서, 지난 한 2년 만에 그를 부자로 만들 어주었죠.

홈즈 씨, 제 과거 이력과 블레싱턴 씨의 관계에 대해서는 이 쯤 해두죠. 바로 오늘 밤 일어난 일 때문에 제가 여기까지 오게 되었는데, 이제 그 일을 말씀드리는 것만 남았습니다.

몇 주 전, 블레싱턴 씨가 나한테 내려왔을 때, 어쩐지 무척 불안해하고 있는 듯했습니다. 웨스트엔드에서 일어난 강도 사건 얘기를 내게 들려주었는데, 그 일에 공연히 흥분한 것처럼 보이더군요. 그러더니 그날 당장 창문과 방문에 더 튼튼한 걸쇠를 달아야겠다는 것이었어요. 그는 일주일 동안 계속 무척이나 불안해하면서 줄곧 창밖을 내다보더니, 저녁 식사 전에 잠깐 산책을 하던 것도 그만두었습니다. 그런 모습을 보고 있자니 그가 무엇인가, 아니면 누군가를 죽도록 두려워한다는 생각이 들더군요. 하지만 그걸 물어보았더니 발끈 성을 내는 바람에 다시는 그 얘기를 꺼낼 수 없었죠. 차츰 시간이 지나면서 그의 두려움도 가신 듯했습니다. 그가 다시 예전처럼 지내기 시작했을 때, 새로운 사건이 터지는 바람에 딱하게도 그는 아주 쇠약해지고 말았지요.

사연은 이렇습니다. 이틀 전에 편지를 한 통 받았는데, 지금 그걸 읽어드리죠. 편지에는 주소도 날짜도 없습니다.

지금 잉글랜드에 거주하는 러시아 귀족께서 퍼시 트리빌리언 박사의 치료를 받고자 합니다. 그분은 몇 년째 강직증을 앓고 있는데, 그 질환에 대해서는 트리빌리언 박사가 권위자인 것으로 널리 알려져 있더군요. 그분께서 내일 저녁 6시 15분에 방문코자 하오니, 폐가 되지 않는다면 트리빌리언 박사께서 그때 댁에 계셨으면 합니다.

편지를 받고 나는 아주 솔깃했죠. 강직증을 연구할 때 가장 큰 난점은 워낙 희귀병이라서 환자를 찾기가 어렵다는 것이거든요. 그래서 약속 시간에 저는 당연히 진료실에 있었고, 사환이 환자를 모시고 왔습니다.

그는 나이가 지긋하고, 여위고, 점잖고, 평범해 보이더군요. 전혀 러시아 귀족으로 보이지 않았어요. 나는 오히려 그의 동

11. 「보헤미아 왕실 스캔들」에 나오는 보헤미아의 왕도 "거구의 헤라클레스"로 묘사되어 있다.

행을 보고 더 강한 인상을 받았죠. 그는 키가 크고 빼어나게 잘생긴 젊은이였어요. 거무스레하고 강인한 얼굴에, 팔다리와 떡 벌어진 가슴이 헤라클레스[11] 같았죠. 그가 노인을 부축하고 들어왔어요. 그는 그런 외모에는 전혀 어울리지 않는 아주 나긋한 자세로 노인을 도와 의자에 앉혔죠.

'제가 따라 들어온 것을 용서하세요, 의사 선생님.' 그가 다소 혀 짧은 외국인 어투로 말했어요. '이분은 제 아버님이십니다. 아버님의 건강 문제는 저에게 세상 그 무엇보다도 중요합니다.'

아버지를 걱정하는 자식의 모습은 참 감동적이었죠. '진료를 하는 동안 여기 계실 생각인가요?' 내가 물었습니다.

'아니, 천만에요.' 그가 겁에 질린 몸짓으로 외쳤습니다. '그건 저에게 이루 말할 수 없이 고통스러운 일입니다. 이렇게 위

"노인을 도와 의자에 앉혔죠."
시드니 패짓 그림, 《스트랜드 매거진》 (1893)

중한 병에 걸린 아버지를 지켜보다가는 제가 지레 쓰러질 겁니
다. 제 신경이 워낙 민감해서요. 허락해주신다면 진료를 하시
는 동안 대기실에 가 있겠습니다.'

물론 그러라고 했고, 젊은이는 물러났죠. 그 후 환자와 나는
증상에 대한 얘기를 나누었습니다. 나는 그걸 낱낱이 기록으로
남겼죠. 그는 그리 지적이지 못해서 곧잘 모호한 대답을 했습
니다. 나는 그가 우리말을 잘 몰라서 그러려니 했죠. 그런데 내
가 기록을 하며 앉아 있을 때 갑자기 그가 내 질문에 전혀 대답
을 하지 않았어요. 그를 돌아본 나는 그가 의자에 아주 꼿꼿이
앉아, 굳은 얼굴로 멍하니 나를 바라보고 있는 걸 보고 가슴이
철렁했습니다. 불가사의한 그의 병이 다시 발작한 것이었어요.

앞서 말씀드렸듯이, 처음에는 참 딱하고 섬뜩하다는 생각이
들었습니다. 그러다 문득 오히려 직업적인 만족감이 밀려들더

"그가 의자에 아주 꼿꼿이 앉아, 굳은 얼굴로 멍하니 나를 바라보았어요."
작자 미상, 미국 오리건 주 포틀랜드의 일요신문 《오리고니언》(1911. 9. 3.)

12. 트리빌리언 박사의 강직증 환자 치료법은 분명 공인된 방법이 아니었지만, 전적으로 근거 없는 치료법은 아니다. 아밀 아질산염은 일반적으로 증발시켜서 흡입하는 액체인데, 강직증에 무슨 효과가 있다고 보고된 적은 없으며, 주로 가벼운 심장병 치료제로 쓰여왔다. 1867년 스코틀랜드 내과 의사 토머스 로더 브런턴(1844-1916, 약리학을 과학으로 확립하는 데 중요한 역할을 한 의사)은 아밀 아질산염이 혈관을 확장하고 심장 박동수를 늘림으로써 협심증 통증(심장의 산소 결핍으로 인한 흉부 통증)을 줄일 수 있다는 것을 발견했다. 전통적으로 그 약을 처방해온 게 바로 그런 통증을 줄이기 위해서였다. 그런데 1887년 7월 《정신과학 저널》에 발표한 「사례별 강직증에 관하여」라는 기고문에서 알렉산더 로버트슨 박사는 혈관 수축도 강직증의 한 가지 특성이라고 밝혔다. 트리빌리언 박사가 아밀 아질산염을 처방한 것이 바로 그 기고문을 읽었기 때문이 아니라면, 실제로 독자적인 연구 결과에 의한 것이라고 하워드 브로디는 주장했다.(『브리태니커 백과사전』 제9판을 보면, 트리빌리언 박사와 동시대 의사들은 의약품이 아니라 "환자의 의지력을 북돋움"으로써 강직증을 치료하려고 했다. 순전히 정신력으로 강직증 상태에 빠지지 않도록 유도하려고 했던 것이다).

오늘날 아밀 아질산염은 속칭 '포퍼popper'라고 더 잘 알려져 있는데, 의약품으로보다는 게이나 나이트클럽을 자주 찾는 이들에게 일시적인 흥분제 마약으로 쓰이고 있다. 이 약품은 성적 자극을 높이기도 한다. 아밀 아질산염은 현재 미국에서 금지 약품이고, 영국에서는 처방전이 있을 경우에만 허용된다.

군요. 나는 환자의 맥박과 체온을 기록했죠. 근육의 강직도를 측정하고, 반사 행동도 검사했습니다. 그 어떤 상태도 뚜렷하게 비정상적인 데는 없었어요. 그건 과거의 제 임상 경험과 부합하는 것이었죠. 그런 경우 아밀 아질산염[12]을 흡입시켜서 좋은 결과를 얻은 적이 있습니다. 이번에도 그것이 효과가 있는가를 알아볼 좋은 기회였죠. 약병은 아래층 실험실에 있었습니다. 그래서 환자를 의자에 그대로 앉혀둔 채, 그것을 가지러 달려 내려갔죠. 그것을 찾는 데 시간이 좀 걸렸습니다. 한 5분쯤요. 그리고 돌아왔는데, 방은 텅 비고 환자가 사라지고 없었어요! 내가 얼마나 놀랐겠습니까.

물론, 나는 곧바로 대기실로 달려갔죠. 아들도 온데간데없었어요. 홀 문은 닫혀 있었지만, 잠겨 있지는 않았습니다. 환자를 안내하는 내 사환은 새로 온 아이인데 머리가 둔한 편이에요. 그 아이는 아래층에 대기하고 있다가, 내가 진료실의 종을 울리면 달려 올라와서 손님을 배웅하는 게 일이죠. 그 애는 아무 소리도 듣지 못했다더군요. 이 일은 완전히 수수께끼로 남고 말았어요. 그 직후 블레싱턴 씨가 산책을 마치고 돌아왔는데, 나는 그 일에 대해 아무 말도 하지 않았습니다. 사실을 말하자면, 요즘 블레싱턴 씨와는 대화를 나누는 것조차 영 내키지 않거든요.

아무튼 그 러시아인 부자를 또다시 볼 거라고는 생각지 않았습니다. 그런데 바로 오늘 저녁, 어제와 똑같은 시간에 두 사람이 전과 똑같이 내 진료실에 떡하니 들어왔을 때 내가 얼마나 놀랐을지 상상이 가실 겁니다.

'어제 갑자기 떠나서 정말 죄송합니다.' 환자가 말했습니다.

'솔직히 그때 난 정말 놀랐습니다.' 내가 말했어요.

'음, 사실은,' 하고 그가 말했죠. '발작을 일으켰다가 회복하면 언제나 정신이 흐려요. 지난 일은 까맣게 잊어버리는 거지.

깨어나보니 낯선 곳에 있기에, 좀 멍한 상태에서 거리로 나갔지 뭐겠소. 선생이 없을 때 말이오.'

'그리고 저는,' 하고 아들이 말하더군요. '아버지가 대기실 문으로 나가는 것을 보고, 당연히 진료가 끝났나 보다 했지요. 집에 돌아가서야 그게 아니라는 것을 알게 되었습니다.'

'거 참.' 내가 웃으며 말했죠. '내가 무척 놀랐다는 것 말고는 무슨 해가 될 일은 없었으니 됐습니다. 그럼 그쪽은 대기실에 계십시오. 저는 갑자기 끝나버린 진료를 다시 계속하도록 하겠습니다.'

나는 한 30분쯤 노신사와 증상에 대해 얘기를 나누었습니다. 그 후 처방을 내리고, 아들의 부축을 받아 떠나는 것을 배웅했지요.

블레싱턴 씨가 그 시간이면 대개 산책을 나간다고 앞서 말씀드렸죠? 곧이어 그가 돌아와서 2층으로 올라갔습니다. 그 직

"그가 멍하니 나를 바라보고 있는 걸 보고 가슴이 철렁했습니다."
W. H. 하이드 그림, 《하퍼스 위클리》(1893)

후 나는 그가 달려 내려오는 소리를 들었죠. 마치 미친 사람처럼 그가 진료실로 뛰어 들어왔습니다.

'내 방에 누가 들어갔었나?' 그가 외쳤어요.

'아니요.' 내가 말했죠.

'거짓말하지 마!' 그가 외쳤어요. '가서 좀 봐!'

나는 그가 상스럽게 말하는 것을 그냥 참고 넘어갔습니다. 겁에 질려서 반은 넋이 나간 것 같았으니까요. 나는 그와 함께 2층에 올라갔죠. 그가 연한 색깔의 양탄자에 찍힌 여러 개의 발자국을 가리켰습니다.

'자네는 이게 내 발자국으로 보이나?' 그가 외쳤어요.

그 발자국은 분명 블레싱턴 씨의 것보다 훨씬 더 컸습니다. 그리고 분명 얼마 전에 생긴 자국이었죠. 아시다시피 오늘 오후에 비가 많이 와서, 나를 찾아온 환자는 아까 두 사람이 전부였어요. 그렇다면 내가 환자 진료에 여념이 없을 때, 대기실에 있던 남자가 뭔가 알 수 없는 이유로 내 입주 환자의 방에 올라간 게 분명했습니다. 건드리거나 훔쳐 간 것은 없었지만, 침입한 것만큼은 분명하다는 것을 입증하는 발자국이 찍혀 있었죠.

블레싱턴 씨는 그 문제에 지나치게 흥분하는 것 같았습니다. 물론 누구나 심란할 수는 있겠지만 말입니다. 실제로 그는 안락의자에 앉아 울기까지 했습니다. 영문을 물어봐도 조리 있게 말을 못 하는 것이었어요. 내가 홈즈 씨를 찾아온 것도 실은 그가 제안했습니다. 물론 나는 그러는 게 좋겠다는 것을 즉시 알아차렸죠. 그가 이 일의 중요성을 전적으로 과장한 것 같기는 하지만, 확실히 아주 기묘한 데가 있으니까요. 제 브루엄 마차로 함께 가주시면, 적어도 그를 위로해줄 수는 있겠죠. 아주 이상한 이런 일을 홈즈 씨가 설명할 수 있을 거라고는 기대하지도 않지만 말입니다."

셜록 홈즈가 기나긴 이야기를 골똘히 귀담아 듣는 모습을 보

"그가 진료실로 뛰어 들어왔습니다."
시드니 패짓 그림, 《스트랜드 매거진》(1893)

니 호기심이 바짝 동한 게 분명했다. 그의 표정은 여느 때처럼 무덤덤했지만, 눈꺼풀이 축 처져 있었고, 담배 연기가 그의 파이프에서 한층 진하게 굽이쳐 올라가며 의사의 입에서 흘러나오는 기묘한 각각의 일화를 더욱 돋보이게 했다. 우리의 방문객이 이야기를 마치자, 홈즈는 말없이 벌떡 일어나서 모자를 내게 건네주더니, 탁자 위의 자기 모자를 집어 들고 트리빌리언 박사를 따라 나갔다. 15분도 되지 않아서 우리는 브룩 스트리트에 있는 의사의 거처에 도착했다. 그의 거처는 웨스트엔드의 의원을 연상시킬 만큼 수수하고 전면이 밋밋한 건물들 가운데 하나였다. 어린 사환이 문을 열어주자, 곧바로 우리는 멋진 양탄자가 깔린 널따란 계단을 올라갔다.

그러나 난데없이 뭔가 끼어들어 우리의 발길을 붙잡았다. 2층의 불이 갑자기 꺼지더니, 어둠 속에서 파르르 떨리는 새된 목소리가 들려왔다.

"나는 권총을 갖고 있다." 누군가 외쳤다. "더 이상 다가오면 가차 없이 발사하겠다."

"정말 해도 너무하시는군요, 블레싱턴 씨." 트리빌리언 박사가 말했다.

"아, 자네로군." 안도의 한숨을 푹 내쉬며 그가 말했다. "그런데 다른 두 신사는 그분들 맞나?"

어둠 속에서 우리를 한참 뜯어보는 눈길이 느껴졌다.

"그래그래, 맞군요." 마침내 그가 말했다. "올라오세요. 내가 만전을 기한다는 게 폐가 되었다면 용서하시오."

그렇게 말하며 그는 다시 계단의 가스등을 켰다. 우리 앞에 있는 묘한 모습의 남자가 눈에 들어왔다. 그는 목소리뿐 아니라 외모만 보아도 꽤나 신경과민이라는 것을 알 수 있었다. 살이 많이 쪘지만, 과거에는 더욱 뚱뚱했는지, 얼굴 피부가 블러드하운드의 볼처럼 축 늘어져 있었다. 얼굴은 병색이 완연했

그는 권총을 들고 있었다.
시드니 패짓 그림, 《스트랜드 매거진》(1893)

고, 숱이 적은 연한 갈색의 머리카락은 격앙된 감정 탓에 바짝 곤두선 듯했다. 그는 권총을 들고 있었다. 그러나 우리가 다가가자 권총을 주머니에 찔러 넣었다.

"안녕하시오, 홈즈 씨." 그가 말했다. "이렇게 와주셔서 정말 감사합니다. 지금 나보다 더 당신의 도움을 필요로 하는 사람은 없을 겁니다. 내 방에 누가 아주 부당하게 침입했다는 얘기는 트리빌리언 박사에게 들으셨겠지요?"

"그렇습니다." 홈즈가 말했다. "블레싱턴 씨, 그 두 남자는 누굽니까? 왜 당신을 괴롭히려고 하는 거죠?"

"그건, 그건." 입주 환자는 안절부절못하며 말했다. "그러니까 그건 내가 말하기 어려워요. 내가 그걸 답해주길 기대하진 마시오, 홈즈 씨."

"모르신다는 겁니까?"

"자, 이리 좀 들어오세요. 어서 이리 들어와요."

그가 앞장서서 자기 침실로 들어갔다. 침실에는 널찍하고 편안한 가구가 놓여 있었다.

"보다시피 나는 그리 큰 부자가 아니었습니다, 홈즈 씨." 그가 침대 끝의 큼직한 검은 상자를 가리키며 말했다. "트리빌리언 박사가 말씀드렸겠지만, 나는 평생 이것 말고 투자를 해본 적이 없답니다. 나는 은행도 믿지 않아요, 홈즈 씨. 암, 결코 못 믿지. 우리끼리니까 하는 말인데, 내가 가진 것은 다 저 상자 안에 있다오. 그러니 알지도 못하는 사람들이 내 방에 침입했다는 게 내게 무슨 의미일지 잘 아실 거요."

홈즈는 수상쩍은 눈길로 블레싱턴을 바라보다가 고개를 내둘렀다.

"당신이 나를 속이려고 하면 나는 조언을 해드릴 수 없습니다." 그가 말했다.

"나는 숨기는 게 없소."

13. 「레이게이트의 지주들」에서 홈즈는 간단한 "발작"을 일으켜서 악당들만이 아니라 헤이터 대령과 왓슨까지 속인다. 「죽어가는 탐정」에서는 "꾀병"으로 거의 죽어가는 사람 연기를 한다.

홈즈는 혐오스럽다는 듯이 휙 돌아섰다. "안녕히 주무십시오, 트리빌리언 박사." 그가 말했다.

"내게 조언을 해주지 않고요?" 블레싱턴이 갈라진 음성으로 외쳤다.

"당신에 대한 내 조언은 진실을 말하라는 겁니다."

잠시 후 우리는 거리로 나와 집을 향해 걸었다. 우리가 옥스퍼드 스트리트를 가로질러, 할리 스트리트를 반쯤 지나서야 비로소 홈즈가 입을 열었다.

"그런 멍청한 일로 자네를 데려와서 미안해, 왓슨. 역시 아주 흥미로운 사건이긴 한데."

"나는 감을 못 잡겠어." 내가 고백했다.

"음, 무슨 이유에선가 저 블레싱턴이라는 인간을 노리는 사람이 두 명 있는 게 분명해. 두 명 이상일 수도 있는데 아무튼 적어도 두 명이지. 처음에는 두 명 모두 블레싱턴의 방에 침입했고, 두 번째에는 공범이 의사의 관심을 끄는 동안 젊은 남자가 혼자 침입했을 거야."

"그럼 강직증은?"

"그건 사기야, 왓슨. 그 전문의한테는 차마 말을 못했지만. 그건 흉내 내기가 아주 쉬운 병이지. 나도 그래 본 적 있어."[13]

"그다음엔?"

"블레싱턴은 정말 우연히 매번 산책을 나가 있었어. 진료가 끝난 시간을 골라서 온 이유는 대기실에 다른 환자가 없는 것을 노린 게 분명해. 하지만 그게 블레싱턴의 산책 시간과 겹친 것은 우연이었던 것 같아. 그들은 그의 일과를 잘 몰랐던 거지. 물론 그들이 단순히 뭔가를 훔치려고 했다면 적어도 그걸 찾으려는 시도라도 했을 텐데 그러지 않았어. 게다가 블레싱턴이 안색은 변하지 않았지만, 겁을 잔뜩 집어먹었다는 것을 눈만 봐도 알 수 있지. 앙심을 품은 듯한 적을 두 명이나 두었는데도 본인이 그걸 모른다는 건 있을 수 없는 일이야. 그래서 나는 그들이 누군지 그가 빤히 알고 있으면서도, 무슨 이유에선지 그것을 감추려 한다고 확신하게 된 거지. 내일쯤 되면 아마 비밀을 털어놓고 싶어질 거야."

"다르게 볼 수도 있지 않을까?" 내가 제안했다. "아마, 아니 분명 기괴하긴 하지만, 이렇게 생각해볼 수도 있을 것 같아. 그러니까 강직증에 걸린 러시아인과 그 아들의 이야기를 죄다 트리빌리언 박사가 꾸며낸 거라고 말이야. 블레싱턴의 방에 들어간 사람도 트리빌리언이고 말이지."

가스등 불빛 아래 홈즈가 나의 이런 멋진 추리 시도에 대해 씨익 미소를 짓는 모습이 보였다.

"왓슨, 그건 맨 처음 내 머리에 떠오른 생각들 가운데 하나야." 그가 말했다. "하지만 곧 의사의 얘기가 사실이라는 것을 확인할 수 있었어. 그 젊은 남자는 계단 양탄자에 발자국을 남겨놓았지. 그래서 방 안에 찍힌 발자국은 확인해볼 필요도 없었어. 그의 구두코는 블레싱턴의 것처럼 뾰족하지 않고 네모났지. 그리고 의사의 구두보다 3센티미터 이상 커. 그러니 그런 사람이 있었다는 데 대해서는 의심할 여지가 없다는 것을 자네도 인정해야 할 거야. 그런데 이제 그 문제는 잠 좀 자고 나서 생각하자. 보나 마나 내일 아침 브룩 스트리트에서 새로운 소식을 가져올 테니까."

셜록 홈즈의 예언은 얼마 되지 않아 아주 극적으로 이루어졌다. 이튿날 아침, 희미하게 동이 튼 7시 반에 깨어보니 홈즈가 실내복 차림으로 내 침대 옆에 서 있었다.

"브루엄 마차가 대기 중이야, 왓슨." 그가 말했다.

"아니, 무슨 일인데?"

"브룩 스트리트의 일이지 뭐."

"새로운 소식이야?"

"비극적인 소식인 듯한데, 분명치는 않아." 그가 커튼을 걷으며 말했다. "이것 좀 봐. 공책에서 뜯어낸 종이에 연필로 이렇게 휘갈겨 썼어. '부디 바로 와주세요.' 그 의사 친구가 꽤나 곤혹스러워서 이걸 써 보낸 모양이야. 다급하게 찾고 있으니어서 가보자구."

한 15분 만에 우리는 의사 집에 다시 들렀다. 의사가 겁에 질린 얼굴로 달려나와 우리를 맞이했다.

"세상에 이런 일이!" 그가 두 손을 관자놀이에 대고 외쳤다.

"무슨 일인데요?"

"블레싱턴이 자살을 했어요!"

홈즈가 한숨을 푹 내쉬었다.

"그래요, 간밤에 스스로 목을 맸어요."

우리는 안으로 들어섰다. 의사가 앞장서서 들어간 곳은 대기

침실로 들어선 우리는 처참한 광경을 보았다.
작자 미상, 미국 오리건 주 포틀랜드의 일요신문 《오리고니언》 (1911. 9. 3.)

실인 게 분명했다.

　"난 정말 어째야 좋을지 모르겠어요." 그가 외쳤다. "벌써 경찰이 2층에 와 있어요. 나한테 이렇게 끔찍한 일이 일어나다니."

　"시신은 언제 발견했나요?"

　"그는 날마다 아침 일찍 홍차를 마십니다. 하녀가 7시에 홍차를 가지고 들어갔을 때, 그가 방 한가운데 매달려 있었어요. 무거운 램프가 매달려 있던 고리에 밧줄을 맨 다음, 어제 그가 보여준 그 상자에서 뛰어내린 겁니다."

　홈즈는 깊은 생각에 잠겨 잠시 묵묵히 서 있었다.

　"괜찮으시다면 2층에 올라가서 살펴보고 싶습니다." 마침내 그가 말했다. 우리가 올라가자 의사가 뒤따라왔다.

　침실로 들어선 우리는 처참한 광경을 보았다. 앞서 그의 살이 축 늘어졌다는 말을 한 적이 있지만, 고리에 매달린 것을 보니 그런 인상이 더욱 과장되고 강화되어 거의 사람 같아 보이지 않을 정도였다. 털 뽑힌 닭처럼 목이 쭉 늘어져 있어서 나머지 신체가 더욱 뚱뚱하고 기괴해 보였다. 그는 긴 잠옷만 걸치고 있었는데, 부은 발목과 볼꼴 사나운 발이 잠옷 아래로 삐죽 나와 있었다. 그 곁에는 수완 있어 보이는 경위가 서서 수첩에 뭔가를 적고 있었다.

　"아, 홈즈 씨." 내 친구가 들어서자 그가 반갑게 말했다. "이렇게 만나 뵈니 반갑습니다."

　"안녕하세요, 래너[14]." 홈즈가 응답했다. "나를 불청객으로 여기진 않겠죠? 이 일에 앞서 일어난 사건에 대해서는 들었습니까?"

　"네, 그 사람들에 대한 얘기는 들었습니다."

　"그 사건은 어떻게 생각하시죠?"

　"제가 보기에 이 사람은 무서워서 분별력을 잃은 것 같습니다. 보다시피 침대에는 잠을 잔 흔적이 있습니다. 그의 흔적이

14. 래너 경위는 정전에 다시 나오지 않는다.

아주 뚜렷해요. 아시다시피 자살을 가장 많이 하는 시간은 새벽 5시죠. 그가 목을 맨 것도 그 무렵일 겁니다. 충분히 생각하고 실행에 옮긴 것 같습니다."

"근육이 굳은 정도로 볼 때, 사망한 지 세 시간쯤 되었군." 내가 말했다.

"방 안에 특별히 눈에 띄는 건 없었나요?" 홈즈가 물었다.

"드라이버와 나사 몇 개가 세면대 위에 있었습니다. 간밤에 줄담배를 피운 듯합니다. 시가 꽁초 네 개를 벽난로에서 꺼냈죠."

"흠! 그의 시가 물부리를 혹시 갖고 있나요?"

"아니요, 그건 못 봤습니다."

"그럼 시가 케이스는?"

"네, 그건 그의 코트 주머니에 있었습니다."

홈즈가 시가 케이스를 열고 하나 남은 시가의 냄새를 맡았다.

"아, 이건 하바나로군. 그런데 꽁초는 네덜란드에서 수입한 동인도 식민지의 특이한 시가입니다. 그건 대개 밀짚으로 포장하는데, 다른 제품보다 가늘죠." 그는 꽁초 네 개를 집어 들고 자신의 휴대용 돋보기로 살펴보았다.

"이 가운데 두 개는 물부리로 피웠고, 둘은 그냥 피웠군." 그가 말했다. "두 개는 그리 날카롭지 않은 칼로 끝을 따냈고, 두 개는 아주 튼튼한 이로 뜯어냈어. 이건 자살이 아닙니다, 래너씨. 냉혈한이 아주 치밀하게 계획한 살인입니다."

"그럴 리가 없어요!" 경위가 외쳤다.

"왜요?"

"왜 굳이 이런 식으로 목을 매달아서 살인을 한단 말입니까?"

"그건 이제 우리가 알아내야죠."

"그들이 어떻게 들어올 수 있었죠?"

"정문으로."

"아침에 잠겨 있었습니다."

"그럼 그들이 나간 다음 잠잤겠지."

"그걸 어떻게 아시죠?"

"그들의 흔적을 보았습니다. 잠시 기다려주시면, 그것에 대한 정보를 좀 더 드릴 수 있을 겁니다."

방문으로 다가간 그는 특유의 방법으로 문손잡이를 돌려보며 검사했다. 그러고는 꽂혀 있던 열쇠를 뽑아내서 꼼꼼히 살펴보았다. 침대, 양탄자, 의자, 벽난로, 시신, 밧줄도 차례로 검사한 그는 이윽고 다 됐다고 말하고는, 나와 경위의 도움을 받

홈즈가 시가 케이스를 열고 하나 남은 시가의 냄새를 맡았다.
시드니 패짓 그림, 《스트랜드 매거진》(1893)

아 밧줄을 끊고 시신을 내려서 경건하게 시트를 덮어주었다.

"밧줄은 어디서 난 거죠?" 그가 물었다.

"여기서 잘라낸 겁니다." 트리빌리언 박사가 침대 밑에서 밧줄 한 뭉텅이를 꺼내며 말했다. "그는 불이 날까 봐 병적으로 겁을 냈어요. 그래서 항상 밧줄을 곁에 두고, 계단에 불이 나면 창문으로 탈출하려고 했죠."

"그게 놈들의 수고를 덜어주었군." 홈즈가 뭔가 생각하며 말했다. "그래요, 무슨 일이 일어났는지는 아주 명백합니다. 장담컨대, 오후에는 이 사건의 내막을 다 말씀드릴 수 있을 겁니다. 벽난로 위에 있는 블레싱턴의 사진은 내가 가져가겠습니다. 조사를 하는 데 도움이 될 테니까요."

"하지만 아무것도 안 가르쳐주시면 어떡합니까!" 의사가 외쳤다.

"아, 이 사건은 불을 보듯 뻔합니다." 홈즈가 말했다. "범인은 세 사람입니다. 젊은 남자, 노인, 그리고 제삼자. 제삼자가 누군지는 오리무중입니다. 다른 두 사람은 그 러시아인 백작과 아들로 위장한 사람이라는 것은 두말할 나위가 없으니, 그들의 용모는 이미 잘 알고 있는 셈입니다. 그들은 공범의 도움을 받아 집 안으로 들어왔습니다. 경위에게 한마디 조언하자면, 사환을 체포하도록 하세요. 의사 선생이 최근 그 아이를 채용한 걸로 알고 있습니다."

"그 녀석이 보이지 않아요." 트리빌리언 박사가 말했다. "하녀와 요리사가 아까부터 녀석을 찾고 있었는데 말이죠."

홈즈가 어깨를 으쓱해 보였다.

"그 아이는 이 드라마에서 적잖이 중요한 역할을 했습니다." 그가 말했다. "세 사람은 까치발로 살금살금 2층으로 올라갔습니다. 노인이 먼저 가고, 젊은 남자가 다음에, 마지막으로 미지의 제삼자가……."

"그런 것까지!" 나도 모르게 외쳤다.

"아, 그거야 발자국이 겹친 것을 보면 간단히 알 수 있지. 발자국의 임자는 지난밤에 미리 알아두었으니 말이야. 아무튼 그들은 블레싱턴 씨의 방으로 올라갔는데, 문이 잠겨 있었습니다. 하지만 철사를 밀어 넣어 문을 열었지요. 돋보기 없이 맨눈으로도 이 잠금장치가 철사에 긁혀 자국이 난 것을 볼 수 있습니다.

방에 들어가자마자 블레싱턴 씨에게 재갈부터 물렸을 겁니다. 그는 잠들어 있었거나, 겁에 질려서 얼어붙는 바람에 비명도 지르지 못했겠지요. 여긴 벽이 두꺼워서, 새된 비명을 좀 질렀어도 밖으로는 새어 나가지 않았을 겁니다.

재갈을 물린 후에는, 일종의 회의가 열린 게 분명합니다. 아마도 재판 비슷한 것을 했겠지요. 이 담배를 피운 것으로 볼 때 그건 꽤 오래 계속되었습니다. 노인은 고리버들 의자에 앉아 있었고, 시가 파이프를 사용한 게 바로 노인이죠. 젊은 남자는 저쪽에 앉아 있었습니다. 그는 서랍장에 담뱃재를 털었죠. 제3의 인물은 오락가락했습니다. 블레싱턴은 침대에 똑바로 앉아 있었을 겁니다. 하지만 그건 분명치 않습니다.

"블레싱턴은 침대에 똑바로 앉아 있었을 겁니다."
W. H. 하이드 그림, 《하퍼스 위클리》(1893)

아무튼 그건 블레싱턴을 목매다는 것으로 끝났습니다. 일이 아주 용의주도한 점으로 볼 때, 그들은 교수대로 쓸 수 있는 고패나 도르래를 가져왔을 겁니다. 드라이버와 나사는 그걸 고정하기 위한 것이겠죠. 그런데 천장의 고리를 발견하자 수고를 덜게 된 겁니다. 그들은 볼일을 마친 후 떠났고, 그 후 공범이 문을 잠갔죠."

간밤에 일어난 일에 대한 이런 간단한 설명에 우리는 모두 골똘히 귀를 기울였다. 홈즈는 그 모든 것을 아주 미묘하고 사소한 흔적에서 추리해냈다. 그 흔적들을 그가 지적해주었는데도 우리는 그의 추리를 따라가기가 힘들었다. 경위는 사환에 대해 알아보기 위해 서둘러 자리를 떴고, 홈즈와 나는 베이커 스트리트로 돌아와서 아침 식사를 했다.

"3시쯤 돌아올게." 식사를 마친 후 그가 말했다. "경위와 그 의사가 그 시간에 나를 만나러 이리 올 거야. 그때쯤이면 아직 풀리지 않은 사소한 의문점이 해결될 거라고 봐."

손님은 약속 시간에 도착했지만, 내 친구가 모습을 드러낸 것은 4시 15분 전이었다. 그가 들어올 때 표정을 보니, 모든 일이 잘 해결된 듯했다.

"새로운 소식이 있나요, 경위?"

"그 아이를 잡았습니다."

"잘했어요. 나는 그들을 잡았습니다."

"놈들을 잡았다고!" 우리 셋이 일제히 외쳤다.

"아, 정체를 알아냈으니 잡은 거나 마찬가지죠. 블레싱턴이라는 사람은 내가 생각한 대로 정보통들에게 잘 알려진 인물이더군요. 암살자들도 그렇고. 그들의 이름은 비들, 헤이워드, 모팻입니다."

"워딩던 은행 강도!" 경위가 외쳤다.

"그렇습니다." 홈즈가 말했다.

"놈들을 잡았다고!" 우리 셋이 일제히 외쳤다.
시드니 패짓 그림, 《스트랜드 매거진》(1893)

"그럼 블레싱턴의 진짜 이름은 서턴이겠군요."

"맞습니다." 홈즈가 말했다.

"이런, 이제야 어찌 된 일인지 알겠군요." 경위가 말했다.

하지만 트리빌리언과 나는 영문을 몰라서 서로 멀뚱멀뚱 바라보기만 했다.

"워딩던 은행 강도 사건은 다들 기억하고 있을 겁니다." 홈즈가 말했다. "범인은 다섯 명이었죠. 그 네 명과 카트라이트라는 사람이 그들입니다. 토빈이라는 경비원이 살해되었고, 강도들은 7,000파운드를 가지고 달아났습니다. 1875년에 일어난 사건이죠. 다섯 명 모두 체포되었지만, 결정적인 증거가 전혀 없었습니다. 블레싱턴, 아니 서턴은 일당 가운데 가장 악질이었는데, 배신을 하고 동료를 밀고했죠. 그의 증언으로 카트라이트는 교수형을 당했고, 나머지 셋은 각각 15년 형을 선고

15. 영국의 1877년 형법에 의하면 형 선고 기간은 판사가 정했는데, 죄인은 그 기간의 4분의 1까지 사면을 받을 수 있었다(대체로 처음 9개월 독방에 갇혀 지내는 기간은 빼고 계산했다). 사면을 받기 위해서는 열심히 노동해서 점수를 쌓아야 했다. 5년 형을 받았을 경우 최대 사면 기간은 1년 23일이었다. 7년 형의 경우는 1년 273일, 14년 형의 경우 3년 181일, 20년 형의 경우 4년 86일이었다. 종신형인 경우에는 사면을 받을 수 없었지만, 20년 수감된 후 재심을 받을 수 있었다.
「입주 환자」 사건은 1887년에 일어난 것으로 보는 것이 일반적이다. 은행 강도 사건이 1875년에 일어나서 15년 형을 선고받았다면 만기 출소 시점은 1890년쯤이 된다. 15년 형의 경우 최대 사면 기간은 3년 271일이기 때문에, 출소 시점과 「입주 환자」 사건의 시점이 거의 비슷하게 맞아떨어진다. 1875년에 홈즈는 스물한 살이었고, 아직 탐정을 직업으로 삼기 전이다. 하지만 강도 사건 뉴스를 아주 인상 깊게 보았을 것이다.

받았습니다. 그들은 만기를 몇 년 앞두고 석방되었죠.[15] 짐작하시겠지만, 그들은 배신자를 찾아서 동료의 죽음에 대한 복수를 하기로 결심한 겁니다. 그를 처치하려고 두 번 시도했지만 실패했고, 아시다시피 세 번째에 성공했죠. 더 궁금한 게 있나요, 트리빌리언 박사?"

"모든 것을 아주 명백히 설명해주신 듯합니다." 의사가 말했다. "그가 안절부절못하던 날 바로 그들의 석방 소식을 신문에서 본 게 분명합니다."

"그래요. 강도에 대한 그의 얘기는 순전히 눈가림이었죠."

"하지만 그걸 왜 홈즈 씨에게 털어놓지 못했을까요?"

"음, 그거야, 그의 옛 패거리들이 기필코 보복을 할 거라는 걸 알고 있었으니, 가능한 한 아무에게도 자기 신원을 밝히지 않으려고 한 겁니다. 그 비밀이라는 것도 치욕스러운 것이라서, 스스로 까발릴 수가 없었겠죠. 하지만 그가 아무리 형편없는 인간이라고 해도 영국 법의 보호를 받으며 살고 있었습니다. 그런데 경위, 당신이라면 잘 알 겁니다. 영국 법은 그를 지켜주지 못했지만, 정의의 칼은 아직 녹슬지 않았다는 것을."

입주 환자와 브룩 스트리트의 의사와 관련된 독특한 사건의 진상은 그러했다. 그날 밤 이후 세 명의 살인자는 경찰의 눈에 띄지 않았다. 런던 경찰국은 그들이 증기선 노라크레이나호에 승객으로 탔다가 불운한 종말을 맞은 것으로 추정하고 있다. 그 증기선은 몇 년 전 포르투갈의 포르투 북쪽 해안 수십 킬로미터 지점에서 승무원 전원과 함께 실종되었다. 사환에 대한 기소는 증거 부족으로 기각되었다. 브룩 스트리트 미스터리라고 불린 이 사건은 지금까지 어느 신문에서도 제대로 다룬 적이 없다.

「입주 환자」의 판본

이제까지 읽은 「입주 환자」의 내용은 1893년 《스트랜드 매거진》에 처음 실린 그대로다. 특히 둘째와 셋째 문단에 주목하기 바란다. 조지 뉴스가 1894년에 이것을 『회고록』 단행본으로 펴낼 때, 둘째와 셋째 문단을 삭제하고, 아래 글을 끼워 넣었다.

무덥고 비가 내리는 10월의 어느 날이었다. 커튼은 반만 쳐져 있었다. 홈즈는 소파에 웅크리고 누워 아침 우편으로 받은 편지를 읽고 또 읽었다. 나로서는 인도에서 군 복무를 하던 시절, 추위보다는 더위를 더 잘 참도록 훈련이 된 덕분에 섭씨 32도 정도의 더위는 대수롭지 않았다. 그런데 아침 신문이 통 볼 게 없었다. 의회도 휴회를 했다. 모두 런던을 빠져나가서, 나는 뉴포리스트의 숲 속 빈터와 사우스시의 자갈 깔린 해변이 그리웠다. 하지만 은행 잔고가 바닥이 나는 바람에 휴가를 뒤로 미루지 않을 수 없었다. 내 친구로 말하면, 전원도 바다도 그에게는 전혀 구미가 당기지 않았다. 500만 명의 인구 한복판에 떡하니 누워서, 촉수를 쭉 뻗어 사람들 사이를 주야장천 더듬거리며, 미제 범죄 사건에 관한 시시콜콜한 뜬소문이나 의혹에 일일이 반응하는 일이라면 홈즈의 입맛에 딱 맞았다. 그에게는 재능이 많았지만 자연을 음미하는 재능은 약에 쓰려 해도 없었다. 유일하게 기분 전환을 할 때가 있다면 그건 도시 악당들에 대한 관심을 접고 시골 악당을 추적할 때뿐이었다.

홈즈가 편지에 너무 열중해 대화를 나눌 수도 없는 것 같아서, 나는 쭉정이 같은 신문을 내던지고 의자에 등을 기댔다. 나는 갈색 연구에 빠져들었다. 불현듯 친구의 목소리가 내 몽상 속으로 파고들었다.

"자네 생각이 옳아, 왓슨." 그가 말했다. "그건 분쟁을 해결하는 가장 불합리한 방법일 거야."

"암, 불합리하고말고!" 내가 맞장구를 쳤다. 그러고는 문득 그것이 내 영혼의 은밀한 사고에 그가 대꾸한 말이라는 것을 깨닫고, 자세를 바로잡고 앉아서 휘둥그레진 눈으로 그를 바라보았다.

"홈즈, 어떻게 내 생각을 읽은 거야?" 내가 외쳤다. "어떻게 그럴 수가 있지?"

내가 아연실색한 것을 보고 그가 껄껄 웃었다.

"돌이켜 생각해봐." 그가 말했다. "얼마 전에 내가 자네에게 에드거 앨런 포의 스케치 작품 속의 한 구절을 읽어주었잖아. 그러니까 치밀한 추리가는 친구가 말로 표현하지 않은 생각을 읽는다는 구절 말이야. 그것을 자네는 그저 저자의 교묘한 솜씨 정도로 치부했어. 내가 줄곧 버릇처럼 자네 생각을 읽는다고 말해도 자네는 못 믿겠다고 했잖아."

"아냐, 난 그런 말 한 적 없어!"

"이봐, 왓슨, 입으로는 말하지 않았지만, 눈썹으로 분명히 말했어. 그런 식으로 자네가 신문을 내던지고 생각의 열차에 뛰어드는 것을 본 나는, 자네 생각을 읽고 그 속으로 파고들 기회를 잡았지. 난 아주 흐뭇했어. 그건 자네와 내가 마음이 통한다는 증거니까."

하지만 나는 여전히 어리벙벙했다. "자네가 내게 읽어준 예문에서는 추리가가 상대의 행동을 관찰해서 결론을 끌어냈어. 내 기억이 맞는다면, 그 상대는 돌무더기에 걸려 넘어졌거나, 하늘을 쳐다보며 걷는 등등의 행동을 했지. 하지만 나는 의자에 조용히 앉아 있기만 했어. 대체 내가 자네한테 어떤 단서를 준 거야?"

"자신을 제대로 모르는군. 인간의 이목구비란 감정을 표현하는 수단이야. 자네의 이목구비는 충실한 하인 같지."

"내 이목구비를 보고 생각을 읽었단 말이야?"

"응. 특히 눈을 보고. 아마도 자네는 자기 몽상이 어떻게 시작되었는지 기억이 안 날 거야."

"그래."

"그럼 내가 말해주지. 자네는 신문을 내던졌어. 그건 내 주의를 끄는 행동이었지. 그 후 자네는 한 30초 동안 멍한 표정으로 앉아 있었어. 그러다가 고든 장군의 새 액자 사진에 눈길이 멎더군. 나는 자네의 표정이 바뀌는 것을 보고 무슨 생각인가 하기 시작했다는 것을 알았어. 하지만 그건 그리 오래가지 않았어. 액자에 넣지 않고 자네의 책 위에 올려놓은 헨리 워드 비처의 초상화로 옮겨 간 눈이 빛을 발했거든. 그러다 벽을 쳐다보더군. 물론 그 의미는 뻔했어. 초상화를 액자에 넣으면, 저 빈 벽도 좀 가리고, 고든 장군의 액자와도 잘 어울릴 거라는 생각을 한 거야."

"내 생각을 정말 기막히게 읽었군!" 내가 탄복했다.

"여기까지는 내 말이 거의 틀림없을 거야. 그런데 자네의 생각이 다시 비처에게 돌아가더니, 그의 이목구비로 성격이라도 연구하려는 듯이 뚫어지게 바라보더군. 그러다 눈에서 힘은 뺐지만, 눈길을 돌리진 않고, 깊이 생각에 잠긴 얼굴이었지. 그건 비처의 생애를 회상한 거겠지. 나는 자네가 비처 생각만 하면 그가 남북전쟁 당시 북부를 위해 떠맡은 임무를 떠올린다는 것을 알고 있었어. 그가 영국의 과격파에게 당한 수모에 대해 자네가 격렬히 분개한 것을 기억하고 있으니까 말이야. 자네의 분노가 워낙 강렬해서, 비처 생각만 하면 언제나 예외 없이 분개한다는 것도 나는 알고 있었지. 잠시 후 자네가 사진에서 눈을 뗐을 때에는 이제 남북전쟁을 생각하는 듯했지. 입을 굳게 다물고, 눈을 반짝이면서 두 손을 부르쥐었거든. 그것을 본 나는 남북 두 진영에서 필사적으로 싸운 무용을 생각하고 있을 가능성이 높다고 생각했지. 하지만 그 후 자네는 슬픈 얼굴로 바뀌면서 고개를 내둘렀어. 그건 인생의 슬픔과 공포와 덧없음을 생각한 거겠지. 그러다가 옛날에 부상당한 자리를 슬그머니 만지더군. 세계적인 문제를 해결하기 위해 전쟁을 한다는 것이 얼마나 어리석은가를 생각하지 않을 수 없다는 몸짓이었지. 그 시점에서 나는 그런 방법이 불합리하다는 자네의 생각에 동의했고, 그때까지의 내 추리가 맞아떨어졌다는 것을 알게 되자 기분이 좋더군."

"완벽해!" 내가 말했다. "자네의 설명을 듣고 보니, 정말 예전처럼 놀랍기 그지없다는 걸 인정하지 않을 수 없어."

"왓슨, 사실 이런 건 별것 아냐. 자네가 일전에 내 말을 못 믿겠다고 하지만 않았으면 이런 얘기를 불쑥 꺼내지도 않았을 거야. 그런데 저녁이 되니 산들바람이 부는군. 런던 거리를 좀 거닐지 않겠어?"

여기까지다. 이것은 물론 「소포 상자」 앞부분에 나오는 문장들인데, "푹푹 찌는 8월의 어느 날"이 여기서는 "무덥고 비가 내리는 10월의 어느 날"로 바뀌었다. 「소포 상자」에서 "8월의 어느 날이었다"라는 문장 다음에 베이커 스트리트의 여름을 묘사한 두 문장은 빼고, 이후 문장을 송두리째 고스란히 「입주 환자」에 덧붙여놓은 것이다. 꼼꼼히 읽은 독자라면 10월인데 "섭씨 32도"라는 둥, 의회도 휴회를 했다는 둥,

모두 휴가를 내고 런던을 빠져나갔다는 둥 하는 말들이 터무니없음을 간파했을 것
이다. 편집자들은 내용을 제대로 따져보지도 않고 송두리째 이 문장들을 덧붙인 것
이다.

1928년에 존 머리가 편집한 『셜록 홈즈 : 무삭제 단편들』에 실린 「입주 환자」에
서는 「소포 상자」의 내용을 삭제했다. 그러나 원래의 둘째와 셋째 문단을 복원해놓
지 않고, 그 대신 다음 문장을 집어넣었다.

무덥고 비가 내리는 10월의 어느 날이었다. "왓슨, 건강에 좋지 않은 날씨야." 내
친구가 말했다. "그런데 저녁이 되니 산들바람이 부는군. 런던 거리를 좀 거닐지 않
겠어?"

그리스인 통역사[1]

「그리스인 통역사」 사건은 홈즈가 탄복할 만한 솜씨를 발휘한 사건이라고 할 수는 없다. 하마터면 의뢰인이 목숨을 잃을 뻔한 데다가, 무고한 사람이 살해되는 것을 막지 못했기 때문이다. 그러나 이것은 홈즈의 형 마이크로프트가 적극적인 역할을 한 두 사건 가운데 하나로(다른 하나는 물론 「브루스파팅턴호 설계도」다), 셜로키언들에게 없어서는 안 될 소중한 읽을거리다. 셜록보다 일곱 살 위인 마이크로프트는 셜록보다 머리가 뛰어난데 실천력이 떨어진다. 문제를 해결하기 위해 구태여 편안한 자리를 박차고 나가려 하지 않는 것이다. 셜록보다 "더 크고 건장"하며, "뚱뚱"하고, 손이 물개 발 같은 마이크로프트 홈즈는 정부 부서의 회계감사라는 신분으로 나온다. 그러나 「브루스파팅턴호 설계도」에서 셜록 홈즈는 "때로는 형이 곧 영국 정부"라고 왓슨에게 밝힌다. 마이크로프트를 빅토리아 시대의 비밀 요원, 곧 영국의 중앙정보국 국장이라 생각하고 싶어 하는 이들도 많다. 그러나 이번 사건에서 마이크로프트의 행동은 그리 논리적이지 않아서, 그가 모종의 음험한 비밀을 가졌다고 생각하는 학자도 있다.

셜록 홈즈 씨와 오래도록 친하게 지내면서도 나는 그가 자기 피붙이 얘기를 입에 올리는 것을 들어본 적이 없고, 어린 시절 얘기도 거의 들어보지 못했다. 자신에 대해 그처럼 과묵한 탓에 좀 비인간적으로 보이는 인상이 더욱 짙어져서, 때로 나도 모르게 그를 별종의 기인으로 여기곤 했다. 지적으로 걸출한 만큼 인간적으로는 동정심을 결여한, 심장이 없는 두뇌로 여긴 것이다. 그가 여성을 혐오하는 것이나 새 친구 사귀기를 꺼리는 것이 그의 삭막한 성격을 대변하는데, 피붙이에 대해 일절 입을 다무는 데 비하면 그것은 약과였다. 그래서 나는 그가 일가붙이 하나 없는 천애 고아라고 믿기에 이르렀다. 하지만 어느 날, 정말 너무나 놀랍게도 그가 형 이야기를 꺼내기 시작했다.

어느 여름날 저녁, 차를 마신 후였다. 두서없이 산만하게 홀

1. 「그리스인 통역사」는 《스트랜드 매거진》 1893년 9월호에, 《하퍼스 위클리》(뉴욕) 1893년 9월 16일자에 처음 실렸다. 따라서 첫 문장에서 왓슨이 홈즈와 "오래도록 친하게" 지냈다는 기간은 12년 안짝이다.(두 사람은 1881년에 만났다—옮긴이)

2. 홈즈가 골프를 쳤을까? 웹스터 에번스는 「등나무 별장」에서 홈즈가 시골에서 "오랫동안 종종 혼자 산책을 하며 시간을 보냈다"는 사실을 왓슨이 기록한 것을 주목한다. "홈즈는 그 이유가 '산울타리에서 초록 새순이 돋고 개암나무에서 또다시 꽃눈이 터지는 것'을 보면 너무나 즐겁기 때문이라고 둘러댄다. 하지만 그가 정말 걷기만 했는지 의심스럽다." 에번스는 홈즈가 골프를 매우 좋아했다고 결론지었다. 만일 그렇다면 홈즈는 분명 월터 심프슨이 1887년에 펴낸 고전적인 교본 『골프의 예술』을 읽고 영향을 받았을 것이다. 그 책은 스윙을 하는 골퍼의 사진을 곁들인 최초의 책이다. 「블랙 피터」에서 과학적인 수사를 하려는 열정 때문에 돼지를 단숨에 꿰뚫을 수 있는지 알아보기 위해 직접 작살로 찔러보기까지 하는 홈즈로서는 다음과 같은 심프슨의 열광적인 견해에 동의했을 것이다. "골프는 죽은 고기처럼 양철통 속에 보관되길 거부한다. 골프는 살아 있고, 인간적이며, 자유롭고, 잡아 가두려는 눈곱만 한 징조라도 있으면 잽싸게 달아날 준비가 되어 있다."

3. 천구에서의 태양 궤도를 황도라고 한다. 천구天球는 지구를 우주의 중심으로 보고 그린 무한한 상상의 구다. 지구를 움직이지 않는 중심으로 설정했기 때문에 태양이 천구상의 별자리 사이를 움직이는 것처럼 보이고, 그 길이 곧 황도다. 황도는 천구 적도면에 대해 약 23.5도 기울어져 있다.(이 기울기가 조금씩 변하므로 황도도 그에 따라 변한다—옮긴이) "대화"에서 이런 주제를 다루었고, 홈즈가 대화에 참여했다면, 『주홍색 연구』에서 천문학에 대한 홈즈의 지식이 전무하다고 한 왓슨의 주장은 설 자리를 잃는다.

4. 격세유전은 오랜 세월이 지난 후 선조와 같은 특징(유전형질)이 다시 나타나는 것을 뜻한다. 이 말은 이탈리아의 범죄학자 겸 내과 의사 체사레 롬브로소(1835-1909)가 열렬히 지지한 범죄학 용어

러가던 대화는, 골프채[2] 얘기에서 황도의 기울기가 변하는 이유[3]로 넘어갔다가, 이윽고 격세유전[4]과 재능의 유전 문제에 이르렀다. 개인의 독특한 재능은 순전히 조상 덕인가, 아니면 초기 학습에 좌우되는가, 이것이 논의의 핵심이었다.

"자네의 경우," 하고 내가 말했다. "내가 귀동냥한 모든 얘기로 미루어 볼 때, 자네의 관찰력과 비상한 추리력은 체계적인 훈련 덕분인 게 분명하다고 봐."

마이크로프트 홈즈.
시드니 패짓 그림, 《스트랜드 매거진》(1893)

"어느 정도는 그렇겠지." 그가 곰곰이 생각하며 말했다. "우리 조상은 시골 지주였어. 지주 계층이 다 그렇듯이 그리 변화가 없는 삶을 살아온 것으로 보여.[5] 그런데도 나는 관찰과 추리 능력을 타고났어. 그건 프랑스 화가 베르네[6]의 누이였던 우리 할머니한테 물려받았을 거야. 예술적인 기질은 곧잘 아주 낯선 형태로 드러나거든."

"하지만 그게 유전이라는 걸 어떻게 알지?"

"왜냐하면 우리 형 마이크로프트는 나보다 더하거든."

이건 정말 아주 새로운 정보였다.[7] 잉글랜드에 그처럼 독특한 능력을 지닌 사람이 또 있다면, 경찰이나 일반인에게 이미 소문이 났어야 하는 게 아닐까? 형이 자기보다 뛰어나다고 말한 것은 혹시 겸손한 척하는 것 아니냐고 내가 넌지시 물어보았다. 홈즈는 내 물음에 웃음을 터트렸다.

"이봐, 왓슨." 그가 말했다. "나는 겸손을 미덕으로 보지 않아. 논리를 아는 사람이라면 모든 것을 있는 그대로 바라봐야 해. 자신을 저평가한다는 것은 자기 능력을 과장하는 것만큼이나 진실에 등을 돌리는 행위지. 그러니 우리 형이 나보다 관찰력이 뛰어나다고 내가 말했다면, 그걸 말 그대로 받아들여도 좋아."

"몇 살 위지?"

"일곱 살."

"왜 세상에 알려지지 않았지?"

"아, 그래도 그 바닥에서는 아주 유명해."

"아니 어디서?"

"음, 예를 들면 디오게네스 클럽에서."

그런 클럽은 들어본 적이 없었다. 내 표정에 그게 드러났는지, 홈즈가 회중시계를 꺼냈다.

"디오게네스 클럽은 런던에서 가장 기괴한 클럽이고, 형은

이기도 하다. 그는 범죄행위가 개인의 선택이 아니라 "격세유전" 탓이라고 주장했다. 즉, 유전적 특성에 의해 범죄자로 살아가도록 운명 지어졌으므로, 범죄자에게 전적인 책임을 지울 수 없다는 것이다.

『브리태니커 백과사전』 제9판에 보면 그런 개인은 "우리 문명 속에서 야만인으로 사는" 사람인데, "기존 법 체계로는 그들을 범죄자와 분간해서 별도로 다룰 수가 없다. 도덕주의자들은 법학자들이 범죄로 여기는 수많은 행동을 격세유전 탓으로 돌린다." 『브리태니커 백과사전』 편집자는 그런 견해에 동의하지 않는 것으로 보인다. "그러나 그것은 격세유전 탓이 아니라, 단순히 구질서가 지속되고 있는 탓이다. 우리 사회에서 제대로 교육을 받지 못한 계층, 양치기, 농부, 심지어 공장 일꾼들도 거의 개화되지 못했고, 야만인처럼 거의 지적이지 못한 삶을 살고 있다. 작은 마을에든 큰 도시에든 개혁자들이 생각하는 것보다 훨씬 더 많은 야만성이 잠복해 있어서, 문명이라는 얇은 베일을 벗기고 보면 정신과 마음 속에 여전히 해묵은 야만성이 도사리고 있음을 쉽게 알아차릴 수 있다."

롬브로소는 1876년의 저서 『범죄인론』(영어로는 1911년에 일부만 번역되었다)에서, 그런 "타고난 범죄자"에게서는 예컨대 두개골 크기나 얼굴 등 신체 부위의 비대칭 등 신체적·정신적 이상을 발견할 수 있다고 지적했다. 그런 그의 견해는 오늘날 거의 부정되고 있지만, 롬브로소가 범죄 행동 연구의 과학적 기틀을 마련하는 데 중추적인 역할은 한 것만은 널리 인정받고 있다.

「붉은 원」에서 홈즈는 이탈리아어를 알고 있는 것으로 나오고, 「보스콤밸리 사건」에서는 이탈리아의 시인 페트라르카를 읽었다는 말이 나온다. 따라서 아마도 홈즈는 롬브로소의 저술도 알고 있었을 것이다. 「마지막 문제」에서는 격세유전과 비슷한 견해를 피력하고 있다. 그는 모리아티 교수가 "누구보다도 악마적인 유전 성향"을 가졌고, 유전적 범죄 소질이 그의 핏속에 흐르고 있다고 말한다.

5. 홈즈는 부모 얘기를 하지 않는다. 마이클 해리슨은『셜록 홈즈의 발자취를 따라서』에서 홈즈와 그의 형이 혹시 고아로 각각 다른 가정에서 양육된 게 아닌가 하는 의문을 제기한다. "별 애정이 없는 친척이 의무로" 양육한 것 같다는 것이다. 그와 비슷하게 준 톰슨도 홈즈가 불우한 어린 시절을 보냈다고 믿는다. 그녀는 마이크로프트 역시 같은 경험을 했을 거라고 주장했다. 두 형제가 친구도 없고 사교성도 없이 독신으로 살고 있다는 이유에서다.

6. 베르네는 유명한 프랑스 화가 가문의 성씨다. 클로드 조제프 베르네(1714-1789)는 풍경화가로, 루이 15세의 청탁을 받아 〈프랑스 항구〉 시리즈를 그린 것으로 유명하다. 그의 아들 앙투안 샤를 오라스 베르네(1758-1835)는 말과 전투 장면, 사냥 장면 그림과 석판화로 이름을 날렸다. 그의 아들 에밀 장 오라스 베르네(1789-1863)는 프랑스의 군인 화가로는 첫손으로 꼽히는 사람이다. 베르사유의 배틀 갤러리가 그의 그림으로 꾸며져 있다. 바로 이 에밀이 문제의 친척이었을 가능성이 가장 높다.

7. 셜록 비평의 아버지로 여겨지는 로널드 A. 녹스 신부는 「마이크로프트 수수께끼」라는 글에서, 홈즈가 여기서 마이크로프트와 정기적으로 소식을 주고받고 있다는 것을 인정하면서 왜 전에는 형 얘기를 하지 않았는지 의문을 제기한다. "가족의 일원인 데다가, 그렇게 가까이 런던에 사는 형에 대해 홈즈가 언급을 하지 않았다는 것은, 그 침묵 뒤에 뭔가 비밀이 도사리고 있다는 뜻일 수밖에 없다." 녹스는 「마지막 문제」에서 홈즈가 격투를 벌이는 모리아티 교수와 마이크로프트가 한통속이라고 주장한다. 그의 주장에 대한 자세한 논의는 아래 주석 참고.

8. 'queer.'(속어로는 '동성애의', '남성 동성애자'라는 뜻도 있다—옮긴이) 정전에서 왓슨은 성적인 것과 무관한 많은 문맥에서 "queer"라는 말을 쓰고 있

가장 기괴한[8] 사람 축에 들지. 형은 오후 5시 15분 전부터 8시 20분 전까지 항상 거기 있어. 지금 6시니까, 이 아름다운 밤에 좀 거닐고 싶다면, 기괴한 두 존재를 기꺼이 소개해주지."

5분 후 우리는 거리로 나가 리전트 서커스[9]를 향해 걷고 있었다.

"형이 왜 자신의 능력을 탐정 일에 발휘하지 않는지 이상하지?" 내 친구가 말했다. "그건 그럴 수가 없어서야."

"하지만 아까 자네는⋯⋯."

"형의 관찰력과 추리력이 나보다 낫다고 했지. 탐정의 기예가 안락의자에 앉아 추리하는 것으로 시작해서 그걸로 끝난다면 형은 사상 최고의 탐정이 되었겠지. 하지만 형에게는 그럴

홈즈가 회중시계를 꺼냈다.
시드니 패짓 그림, 《스트랜드 매거진》(1893)

야망도 열정도 없어. 심지어는 자신의 해답을 확인하러 나가는 것조차 귀찮아할걸? 자기가 옳다는 것을 애써 입증하느니 차라리 자기가 틀린 것으로 치고 말 거야. 나는 몇 번인가 형에게 문제를 들고 찾아가서 설명을 들었는데, 나중에 형의 말이 모두 맞는 것으로 밝혀졌지. 그런데도 형은 사건을 재판에 넘기기 전에 직접 뛰어들어 증거를 챙기는 실제적인 일들을 결코 해낼 수가 없었어."

"그런 일은 그의 전문이 아니라 이거지?"

"그래. 내게는 생계가 걸린 일이 형에게는 그저 대수롭지 않은 도락일 뿐이야. 형은 수치 계산 능력이 비상해서, 정부 부서의 회계감사를 맡고 있어.[10] 펠맬 거리에서 하숙하고 있는데, 아침마다 걸어서 모퉁이를 돌면 나오는 화이트홀[11]로 출근했다가 저녁에 퇴근해. 1년 내내 달리 운동을 하지도 않고, 다른 곳에 가지도 않고, 다만 하숙집 맞은편에 있는 디오게네스 클럽[12]만 드나들지."

"들어본 적이 없는 클럽인걸?"

"그럴 거야. 알다시피 런던에는 남들과 어울리기 싫어하는 사람이 많아. 더러는 낯을 가려서, 더러는 인간이 싫어서 그러지. 하지만 그런 사람이라도 안락한 의자에 앉아 정기간행물 신간을 읽는 것까지 싫어하지는 않아. 디오게네스 클럽도 그런 사람들을 위해 생겨났고, 이제는 시내에서 가장 사교성이 없는 사람들을 회원으로 두고 있지. 그곳 회원들은 다른 회원에게 말을 붙이는 것도 허용되지 않아. 손님방[13] 외에는 어떤 상황에서도 말을 나누는 것이 허용되지 않지. 세 번 위반을 해서 위원회에 보고되면 제명될 수도 있어. 우리 형이 설립자 가운데 한 명이라서인지, 나도 거기 가면 여간 편안하지 않아."

그런 이야기를 나누며 우리는 세인트제임스 스트리트 끝에서 방향을 꺾어 펠맬 거리로 접어들었다. 셜록 홈즈는 칼턴 클

다. 그런데 그레이엄 로브의 『이방인들 : 19세기의 동성애』에 따르면, 1894년경에 이미 'queer'라는 말에 동성애 의미가 담겨 있었다. 바로 그해에 퀸즈버리 후작(오스카 와일드의 옛 연인의 아버지)이 자기 큰아들과 관계를 맺고 있다는 혐의를 받고 있던 외무부 장관(훗날의 총리) 로즈버리 경을 "속물 동성애자Snob Queer"라고 매도한 일이 있다는 것이다. 왓슨은 홈즈가 여성을 혐오한다고 일찍이 말한 적이 있다. 셜록 홈즈의 성관계에 대해 곧잘 토론을 벌이는 학자들의 견해는 전통적인 견해(홈즈가 아이린 애들러를 사랑했다)부터 기상천외한 견해(홈즈는 여자였다)까지 그 폭이 매우 넓다. 래리 타운센드의 『셜록 홈즈의 성적 모험』(1971)에서는 셜록이 (그리고 마이크로프트와 왓슨까지도!) 성적으로 남성을 선호했을 가능성이 있다는 것을 장편소설 길이로 다루고 있다.

9. 옥스퍼드 서커스일 수도 있고 피커딜리 서커스일 수도 있다.(서커스는 여러 길이 교차하는 원형 광장을 뜻한다—옮긴이) 『베데커』에 따르면 "피커딜리 스트리트의 리전트 서커스는 피커딜리 서커스로, 옥스퍼드 스트리트에 있는 리전트 서커스는 그냥 옥스퍼드 서커스로 알려져 있다."

10. 「브루스파팅턴호 설계도」에서 왓슨은 마이크로프트의 일자리에 대해 비슷한 말을 한다. "영국 정부 산하의 무슨 작은 사무소"라고. 하지만 그건 사실과 사뭇 다르다. 「브루스파팅턴호 설계도」에서 홈즈는 마이크로프트가 하는 일이 매우 중요하다고, "때로는 형이 곧 영국 정부"라고 왓슨에게 밝힌다. 여기서 형에 대해 처음 얘기를 하면서 홈즈는 왜 왓슨에게 형의 신분을 제대로 밝히지 않은 것일까? 로널드 녹스는 「브루스파팅턴호 설계도」에 나오는 홈즈의 석연찮은 변명("그때는 자네를 잘 알지 못했잖아.")을 터무니없는 말이라고 일축하며 이렇게 꼬집었다. "그토록 오래(12년이나) 사귀었으면서도 홈즈가 친구의 성격을 제대로 파악하지

못했다는 것을 우리더러 믿으라는 말인가?" 홈즈가 친구에게 진실을 밝히지 않은 이유에 대해 녹스는 이렇게 결론지었다. "그가 왓슨에게 가급적 형에 대한 얘기를 하지 않으려고 한 것은…… 형의 삶에 죽어도 밝힐 수 없는 무슨 비밀이 있었기 때문이다."

11. 화이트홀은 그레이터런던의 특권 도시인 웨스트민스터 시의 한 거리다. 팰맬 거리 남쪽으로 "모퉁이를 돌면" 나온다. 넓게 보면 이 말은 화이트홀 주변의 정부 청사가 모여 있는 여러 거리와 광장들을 가리키기도 한다('화이트홀'은 영국 정부 자체를 의미하기도 한다). 그러나 홈즈가 마이크로프트의 통근 길을 가볍게 언급한 이 대목에는 좀 문제가 있다. 마이크로프트가 일한 곳으로 추정되는 재무감사실은 화이트홀이 아니라, 스트랜드 가의 서머싯 하우스에 자리 잡고 있었기 때문이다. 그곳으로 출근을 하려면 팰맬에서 화이트홀을 지나 동쪽으로 여러 블록 가야 한다. 홈즈가 "화이트홀"과 "모퉁이를 돌면"이라고 말한 것은 팰맬에서 서머싯 하우스까지 비교적 단거리기 때문에 비유적으로 표현한 것일 수도 있다. 게다가 여러 "정부 부서"를 감사하는 사람이라면 스트랜드 거리의 감사실보다는 화이트홀 '현장'에서 많은 시간을 보낼 것이다.

12. 『베데커』에는 1896년 팰맬 거리에 있던 12개의 클럽 이름이 나온다. 1889년 휘터커 『연감』에는 14개가 나온다. 디오게네스 클럽이 그 14개 가운데 어느 것이었는가를 알아내기 위해 간단한 제거 작업을 해보자. 공무원이 정치 클럽에 가입하지는 않았을 것이다. 따라서 보수당의 칼턴 클럽, 자유당 성향의 리폼 클럽, 통일당 성향의 유니어니스트 클럽은 제외한다. 마이크로프트가 군 복무를 한 것 같지는 않으므로 다섯 개의 군사 클럽에는 가입할 자격이 없다. 여행자 클럽은 런던에서 적어도 800킬로미터는 여행해본 사람만 회원 자격이 있다. 따라서 이제 남은 것은 다음 다섯 개다. 애서니엄 클럽, 뉴애서니엄 클럽, 말버러 클럽, 옥스퍼드와 케임브리지 대학 클럽, 왕립 워터컬러 클럽.

휘터커의 『연감』에 따르면 왕립 워터컬러 클럽은 미술 간담회를 열심히 개최하다가 폐쇄되었다. 옥스퍼드와 케임브리지 대학 클럽에 대해 말하자면, 마이크로프트가 두 대학을 다녔다고 믿을 이유가 없고, 그런 대학을 나온 사람이 "가장 사교성이 없는 사람" 축에 든다고는 보기 어렵다. 애서니엄 클럽은 명성이 워낙 높아서 『브리태니커 백과사전』 제9판에 따르면, 이 클럽에 가입하는 게 여간 어렵지 않았다. "가입하고자 하는 사람은 후보자 명부에 오르기까지 기나긴 시간을 기다려야 할 뿐만 아니라, 아주 어려운 시험을 거쳐야 한다." 따라서 당시 마흔한 살에 지나지 않던 공무원이 그런 클럽에 가입할 수는 없었을 것이다. 게다가 그는 디오게네스 클럽에 가입한 지 오래된 것이 분명하다.

이제 남은 것은 말버러와 뉴애서니엄 클럽뿐이다. 뉴애서니엄은 팰맬 서쪽(번지수 없음)에 있었고, 말버러는 팰맬 52번지에 있었다(동쪽 94번지에 칼턴 클럽이 있었다). 뒤에 나오듯 왓슨과 홈즈는 "세인트 제임스 스트리트 끝에서" 팰맬 거리로 접어들었고,

팰맬 거리.
『퀸스 런던』(1897)

화이트홀.
『퀸스 런던』(1897)

럽[14]에서 조금 떨어진 어느 건물 입구에서 발길을 멈추었다. 그는 내게 말하지 말라고 주의를 주고 앞장서서 홀로 들어갔다. 유리 벽을 통해 크고 화려한 실내를 훔쳐볼 수 있었는데, 그 안

서머싯 하우스.
『퀸스 런던』(1897)

"칼턴 클럽에서 조금 떨어진" 곳에서 멈추었다. 그렇다면 그들은 칼턴 클럽 서쪽에 있는 셈이다. 뉴애서니엄 클럽이나 여행자 클럽은 칼턴 클럽 동쪽에 있었고, '칼턴 클럽에서 조금 떨어진' 곳이 아니라 '칼턴 클럽 지나서' 있었다. 사실 여행자 클럽은 칼턴 클럽에서 두 집 건너, 뉴애서니엄 클럽은 세 집 건너에 있었다. 그러니 왓슨의 애기만으로는 디오게네스 클럽이 어느 클럽인지 알 수가 없다(그가 굳이 정확한 위치를 밝힐 이유가 없긴 하다).

그 클럽이 "하숙집 맞은편"에 있다는 홈즈의 말은 물론 말 그대로 그렇다는 게 아니라 바로 이웃 거리에 있다는 뜻일 것이다.

「셜록 홈즈—그는 '플레이보이'였는가?」라는 제목의 걸작 에세이에서 존 C. 호건은 마이크로프트가 런던 플레이보이 클럽의 공동 설립자였는데, 그것을 '디오게네스' 클럽이라는 가명으로 운영했다고 주장했다.

13. 디오게네스 클럽의 규칙이 괴팍해 보이지만, 실은 대다수 런던 클럽이 그런 식이었다. 로이 포터는 빅토리아 시대의 클럽을 이렇게 묘사했다. "딱딱하고, 엄숙하고, 숨이 막힐 정도였다. ……개인적인 공간부터 공적인 공간까지 다양했는데, 계급과 성적 배타성을 확고히 유지했다." (여성은 물론 허용되지 않았다.) 클럽은 또한 전통적으로 이방인에게 적대적이었다. 『런던 클럽 : 역사와 보물』에서 랠프 네빌은 이렇게 썼다. 이 신성한 공간을 방문한 사람들은 "회원들의 개" 취급을 받았다. "그들은 정식 통제 아래 홀에 남을 수 있었지만, 손님용 식당으로 운영되는 일부 실내를 빼고는 어디에도 발을 들여놓을 수 없었다." 디오게네스 클럽에서 손님방을 따로 두었듯이, 애서니엄 클럽에서는 입구 가까이에 회원들 간의 친목을 위한 작은 사랑방을 두었다.

14. 칼턴 클럽은 1832년 선거법 개정안 지지자들과 맞서 싸우기 위해 설립된 것으로, 과거 50년간

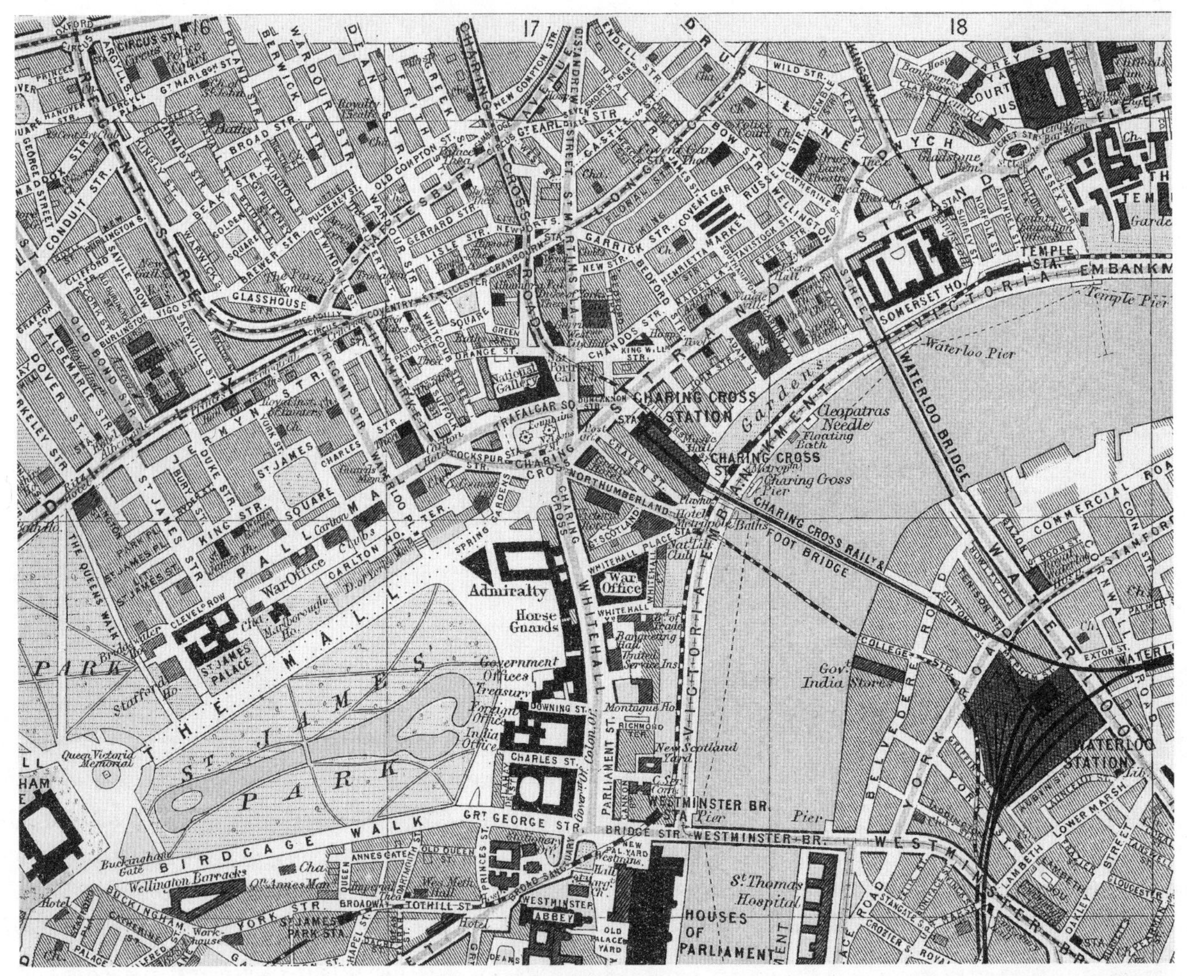

마이크로프트가 살던 곳 주변 지도.

정권을 잡았던 토리당이 선거에서 참패한 후 전환점을 찾기 위한 모임 역할을 했다.(왕권 옹호파였던 토리당은 이후 보수당으로 탈바꿈했다. 「해군 조약문」 5번 주석 참고─옮긴이) 「유명한 의뢰인」의 제임스 데이머리 경이 칼턴 클럽 회원이다.

에 상당히 많은 남자들이 곳곳에 고즈넉이 앉아 신문을 읽고 있었다. 홈즈는 팰맬 거리가 내다보이는 작은 방으로 나를 안내했다. 그리고 잠시 내 곁을 떠난 그는 그의 형인 게 분명한 사람과 함께 돌아왔다.

마이크로프트 홈즈는 셜록보다 몸집이 한결 더 크고 건장했다. 무척이나 뚱뚱했지만, 얼굴이 큼직하면서도, 사람의 눈길을 끄는 동생의 표정만큼이나 날카로운 데가 있었다. 특이한

애서니엄 클럽.
『퀸스 런던』(1897)

15. 존 네빌이 홈즈 역을 맡은 〈공포 연구〉(1965)라는 영화에서 마이크로프트 역은 로버트 몰리가 맡았는데, 시드니 패짓이 그린 마이크로프트와 소름이 끼치도록 닮았다.

담회색의 촉촉한 두 눈은 골똘히 집중하고 있을 때의 셜록에게서나 볼 수 있었던 눈빛을 지녔는데, 언제나 내면을 깊이 꿰뚫어 보는 듯했다.[15]

"만나서 반갑습니다." 그가 물개 발처럼 널따랗고 살찐 손을 내밀며 말했다. "선생이 셜록의 전기 작가가 된 이래 어딜 가나 셜록 얘기를 듣게 되었습니다. 그런데 셜록, 그 매너 하우스 사건에 대해 물어보려고 지난주에 찾아올 줄 알았어. 그 문제에 쩔쩔매고 있을 줄 알았는데."

"그건 벌써 해결했어요." 내 친구가 씨익 웃으며 말했다.

"물론, 범인은 애덤이었겠지."

"그래요, 애덤이었어요."

"처음부터 그럴 줄 알았어." 두 사람은 클럽의 둥근 내닫이 창 가에 앉았다. "인간을 연구하고자 하는 사람에게는 여기가 명당이야." 마이크로프트가 말했다. "대단히 전형적인 인물들을 볼 수 있지! 예를 들어 우리 쪽으로 오고 있는 저 두 남자를 좀 봐."

16. 당구장에서 게임 진행을 돕고 점수를 기록해 주는 사람. 당시 당구는 특히 상류층의 여흥으로 대단한 인기를 끌었다. 빅토리아 여왕은 윈저 궁에 당구대를 설치했고, 교황 비오 9세도 바티칸에 당구대를 들여놓았다. 왓슨은 당구를 즐긴 게 분명하다(「춤추는 사람들」에서 홈즈가 왓슨의 손에 초크가 묻은 것을 지적한다). 애호가들은 주로 영국식 당구를 했는데, 포켓이 여섯 개 있는 당구대에서 공 세 개로 게임을 했다. 안타깝게도, 당구 역사가 로버트 번의 말에 따르면, 이런 여가 활동이 인기를 끌게 됨으로써 해마다 1만 2,000마리의 코끼리가 살해되었다. 상아를 깎아서 당구공을 만든 것이다. 그러다 1868년에 미국 발명가 존 하이엇이 당구공 재료로 쓸 수 있는 셀룰로이드 제조 공정을 개발했고, 이는 나중에 플라스틱의 발명으로 이어졌다.

"당구장 게임 보조원[16]과 또 한 사람?"

"그래. 또 한 명은 어떤 사람일까?"

두 남자가 창밖에서 걸음을 멈추었다. 내가 보기에 조끼 주머니 위쪽에 초크 자국이 약간 묻어 있는 것이 당구를 암시하는 유일한 흔적이었다. 다른 남자는 아주 작고, 검게 탄 피부에, 모자를 뒤로 젖혀 쓰고, 여러 개의 꾸러미를 겨드랑이에 끼고 있었다.

"퇴역 군인인 듯하군요." 셜록이 말했다.

"아주 최근에 퇴역했어." 그의 형이 말했다.

"인도에서 복역했군요."

"하사관이었어."

"왕립 포병대였겠죠." 셜록이 말했다.

"홀아비야."

"하지만 애는 하나 있죠."

"천만에, 애는 여럿이야, 여럿."

"저기요." 내가 웃음을 터트리고 말했다. "저는 통 알아들을 수가 없거든요."

"저런 태도에 권위적인 표정, 피부가 까맣게 탄 사람이라면 군인이게 마련인데, 계급은 일반 병사 이상이고, 인도에서 온 지 얼마 되지 않았다는 것쯤 쉽게 알아볼 수 있지." 홈즈가 대꾸했다.

"퇴역을 한 지 얼마 되지 않았다는 것은, 그가 아직도 군화를 신고 있다는 게 그 증거지." 마이크로프트 홈즈가 말했다.

"걸음걸이를 보면 기병대가 아니었는데, 모자를 비스듬히 썼댔어. 이마 한쪽이 다른 쪽보다 더 하얗거든. 체격이 작은 걸 보면 공병대는 아니었으니, 포병대 출신이라는 얘기가 돼."

"그리고 퍽이나 애도하는 표정을 짓고 있는 것은 최근에 아주 사랑하는 사람을 잃었다는 증거지. 그런데 손수 장을 보고 있으니 집사람을 잃었다고 봐야겠지. 보다시피 아이들을 위한 물건을 샀어. 딸랑이도 산 걸 보면 아주 어린 아이도 있군. 아내는 아마 아이를 낳자마자 죽었겠지. 저 사람이 그림책을 옆구리에 끼고 있다는 사실은 생각할 줄 아는 아이가 또 있다는 증거야."[17]

홈즈가 자기보다 형이 더 예리하다고 한 말을 나는 비로소 이해할 수 있었다. 홈즈가 나를 넌지시 바라보며 빙그레 웃었다. 마이크로프트는 거북 등딱지로 만든 담뱃갑을 꺼내 코담배를 들이켜고는, 큼직한 붉은 비단 손수건으로 코트 앞자락에 흩날리는 담뱃가루를 털어냈다.

"그런데 셜록." 그가 말했다. "네가 아주 좋아할 만한 사건이 있어. 아주 독특한 사건이지. 나더러 판단을 좀 해달라는 사건인데, 불완전하게라면 모를까 그걸 철저히 파헤칠 열정이 나한테는 없어. 하지만 몇 가지 흥미로운 추리를 할 수는 있었지. 네가 그 얘기를 듣고 싶다면……."

"아니, 형, 나야 당연히 좋죠."

그의 형은 수첩 한 장을 찢어서 메모를 한 후, 종을 울려 웨이터를 불러 건네주었다.

"멜라스 씨에게 좀 와달라고 했어." 그가 말했다. "그는 우리 집 위층에 하숙하고 있어서 안면이 좀 있지. 그래서 곤란한 문제가 생기자 날 찾아온 거야. 멜라스 씨는 그리스 출신인 걸로 알고 있는데, 외국어에 아주 능통한 사람이지. 그는 법정에서 통역을 하거나, 노섬벌랜드 애비뉴의 호텔에 묵을 수 있는 부유한 동양인들에게 관광 가이드를 해주는 일로 생계를 꾸려가고 있어. 주목할 만한 그의 경험담은 직접 그의 입으로 들어보는 게 좋을 거야."

몇 분 후 키가 작고 뚱뚱한 남자가 우리와 합석했다. 황갈색 얼굴에 칠흑같이 검은 머리칼을 보면 남부 출신인 게 분명했는

17. 아서 코난 도일은 자서전 『회고와 모험』에서 그의 스승인 조지프 벨이 어떤 환자를 척 보고 이와 비슷한 사실을 알아맞혔다는 말을 하고 있다. "'음, 당신은 퇴역 군인이시군요.' '네, 선생님.' '퇴역한 지 얼마 안 되셨군요.' '네, 선생님.' '하사관이셨죠?' '네, 선생님.' '바베이도스에 주둔했군요?' '네, 선생님.'" 그때 벨은 눈이 휘둥그레진 제자들에게 어떻게 그런 것을 알아냈는지 설명해주었다. "그는 점잖은 사람이었는데도 모자를 벗지 않았어. 지금은 군인이 아니지만, 퇴역한 지 오래되었다면 민간인의 예법을 몸에 익혔겠지. 그는 권위적인 태도를 지녔고, 분명 스코틀랜드 출신이야. 바베이도스로 말하자면, 그는 상피병에 걸렸는데, 그건 영국이 아니라 서인도 제도에서나 걸리는 병이고, 스코틀랜드 출신들이 지금 서인도 제도의 바베이도스 섬에 살고 있지."

노섬벌랜드 애비뉴의 호텔들.
『퀸스 런던』(1897)

데, 교육받은 영국인의 언어를 유창하게 구사했다. 그는 셜록 홈즈와 열렬히 악수를 나누었다. 그는 전문가가 자기 이야기를 듣고 싶어 한다는 것을 알고 반가워서 검은 두 눈을 반짝거렸다.

"경찰은 내 말을 믿지 않는 모양입니다. 안 믿는 게 분명해요." 그가 울부짖듯이 말했다. "생전 처음 들어본 얘기라는 이유만으로, 그런 일이 일어날 리가 없다고 생각하는 겁니다. 하지만 얼굴에 잔뜩 반창고를 붙인 딱한 그 사람이 어떻게 되었는지를 알 때까지 난 결코 마음이 편치 않을 겁니다."

"잘 듣고 있습니다." 셜록 홈즈가 말했다.

"지금은 수요일 밤이죠." 멜라스 씨가 말했다. "음, 그러니까, 그건 월요일 밤의 일이었습니다. 그리고 보니 그 모든 일이 일어난 게 고작 이틀밖에 안 됐군요. 저는 통역사입니다. 그건 저기 우리 이웃 분께서 이미 알려드렸겠죠? 저는 모든 언어를, 아니 거의 모든 언어를 통역합니다. 그런데 저는 그리스에서 태어나 그리스식 이름을 갖고 있으니, 제가 주로 통역하는 건 그리스어죠. 저는 오랫동안 런던에서 최고의 그리스인 통역사로 일해왔고, 호텔 업계에선 제 명성이 아주 짜하죠.

곤경에 처한 외국인들, 아니면 늦게 도착해서 내 도움을 필요로 하는 외국인들이 아주 얄궂은 시간에 나를 찾는 일은 드물지 않답니다. 그러니 아주 멋지게 차려입은 래티머 씨가 월요일 밤에 내 방에 올라와서, 집 앞에 대기 중인 마차를 타고 같이 가달라고 했을 때에도 으레 그러려니 했죠. 잘 아는 그리스인이 사업차 자기를 찾아왔다고 하더군요. 그런데 그가 제 나라 말밖에 할 줄 몰라서, 통역사의 도움이 꼭 필요하다는 겁니다. 그는 자기 집이 좀 멀리 있다고 하더군요. 켄징턴에요. 그는 무척이나 다급한지, 아주 부산하게 나를 재촉해서 집 앞의 마차에 태웠지요.

제가 마차라고 말씀드렸지만, 막상 올라타고 보니 그건 영업용 마차가 아닌 것 같더군요. 런던에 굴러다니는 볼꼴 사나운 사륜마차보다 내부가 훨씬 널찍했어요. 좀 낡기는 했지만 내부가 고급으로 꾸며져 있었고요. 래티머 씨와 나는 마주 보고 앉았습니다. 우리는 채링크로스 광장을 지나 섀프츠버리 애비뉴를 달렸죠. 우리가 옥스퍼드 스트리트로 빠져나왔을 때, 이건 켄징턴까지 빙 돌아가는 길이라고 내가 용기를 내서 한마디 했습니다. 하지만 동행이 아주 뜻밖의 행동을 하는 바람에 바로 입을 다물고 말았죠.

그가 주머니에서 아주 무시무시해 보이는 곤봉을 꺼낸 겁니다. 납을 부어 넣은 곤봉 말입니다. 그리고 무게와 위력을 가늠해보기라도 하듯이 그걸 건들건들 흔들어보는 것이었어요. 그러더니 아무 말 없이 옆자리에 내려놓더군요. 그리고 그는 양쪽 창문을 올려 닫았습니다. 황당하게도 창문은 밖을 내다볼 수 없도록 종이가 발라져 있었어요.

'시야를 가려서 죄송합니다, 멜라스 씨.' 그가 말했어요. '실은 우리가 어디로 가는지 알려드릴 수가 없습니다. 당신이 다시 그곳으로 갈 수 있는 길을 알면 내 마음이 편치 않을 테니까요.'

짐작하시겠지만, 나는 그런 말을 듣고 깜짝 놀랐습니다. 내 동행은 어깨가 떡 벌어진 억센 젊은이여서, 그 곤봉이 없더라도 내가 그 친구와 싸워서 이길 가망은 전혀 없었죠.

'이건 말도 안 되는 짓입니다, 래티머 씨.' 내가 더듬거리며 말했습니다. '당신이 지금 불법행위를 하고 있다는 것을 아십니까?'

'이게 좀 무례한 행동인 것은 분명하죠.' 그가 말했습니다. '하지만 두둑이 보상을 해드리겠습니다. 그런데 멜라스 씨, 미리 경고를 하겠는데, 오늘 밤 혹시라도 소리를 질러 도움을 청하거나 내게 해가 되는 행동을 했다가는 쓴맛을 보게 될 겁니

"그는 창문을 올려 닫았습니다."
시드니 패짓 그림, 《스트랜드 매거진》(1893)

다. 지금 당신이 어디 있는지 아는 사람은 아무도 없다는 것을 잊지 마십시오. 그러니 이 마차에서든 우리 집에서든 내 말을 잘 듣도록 하세요.'

그의 말은 나직했지만, 마치 이를 가는 듯이 말을 해서 아주 위협적이었습니다. 그처럼 이상한 방식으로 나를 납치한 이유가 도대체 무엇인지 궁금했지만 나는 잠자코 앉아 있었죠. 그 이유가 무엇이었든, 내가 저항을 해봐야 아무 소용이 없을 게 분명하니 장차 어떻게 될지 두고 볼 수밖에 없었습니다.

우리는 거의 두 시간 동안 달렸는데, 어디로 가는지 나는 전혀 알 수 없었습니다. 때로 한동안 마차가 덜커덕거린 것으로 보아 돌로 포장한 길을 달렸고, 그 밖에는 조용하고 순탄했던 것으로 보아 아스팔트 길을 달린 듯합니다. 하지만 그런 소음을 빼고는, 대체 어딜 가는지 추리를 해볼 만한 단서가 눈곱만큼도 없었죠. 창문에 발라놓은 종이로는 빛도 투과하지 못했고, 앞쪽 유리창에는 커튼을 쳐놓았거든요. 우리가 팰맬 거리를 떠난 것은 7시 15분이었는데, 마차가 마침내 멈춘 것은 9시 10분 전이었습니다. 동행이 창문을 내렸을 때 아치형의 낮은 현관이 언뜻 보였습니다. 현관 위에는 램프가 켜져 있었죠. 등을 떠밀려 허둥지둥 마차에서 내리자 현관이 활짝 열렸습니다. 집 안으로 들어서며 양쪽에 잔디밭과 숲이 있는 게 어렴풋이 보이더군요. 하지만 그게 사유지 정원인지 진짜 시골인지 살펴볼 겨를은 없었습니다.

실내에는 채색 가스등을 워낙 흐릿하게 켜놓아서, 홀이 큼직하고 그림 몇 점이 걸려 있다는 것 말고는 눈에 띄는 게 없더군요. 흐린 등불 아래서, 문을 열어준 사람이 키가 작고 어깨가 둥글고 천박해 보이는 중년 남자라는 것을 알아볼 수 있었습니다. 우리를 돌아볼 때 빛이 번뜩인 걸 보고 그가 안경을 썼다는 것을 알았지요.

'멜라스 씨인가, 해럴드?' 그가 말했습니다.

'네.'

'잘했군, 잘했어! 나쁜 뜻은 없소이다, 멜라스 씨. 당신 없이 뭔 일을 할 수가 있어야 말이지. 우리에게 잘해주면 후회할 일은 없을 거요. 하지만 무슨 꼼수를 쓰려고 했다가는 하느님을 원망하게 될 거요.' 그가 내뱉듯이 신경질적으로 말하며 가끔 키득거렸는데, 그게 오히려 더 소름이 끼치더군요.

'나한테 뭘 바라는 겁니까?' 내가 물었습니다.

'우리를 찾아온 그리스 신사에게 몇 마디만 물어보고, 뭐라고 하는지 우리에게 답을 알려주면 됩니다. 그런데 당신은 하라는 말만 전해야 해, 안 그랬다가는…….' 그러고는 또 신경질적으로 키득거리다 이어 말했죠. '세상에 태어난 걸 원망하게 될 거요.'

그렇게 말하며 그가 문을 열고 다른 방으로 안내했는데, 그 방은 아주 사치스러운 가구를 들여놓은 듯했어요. 하지만 거기도 가스등 하나를 반쯤만 켜놓아서 실내가 흐릿했습니다. 방이 커다랗고, 실내를 걸어갈 때 양탄자가 아주 푹신한 것으로 보아 사치스럽게 꾸며놓은 게 분명했죠. 벨벳 의자와 높다란 흰 대리석 벽난로가 어렴풋이 보였고, 한쪽에 일본 갑옷인 듯한 게 있었습니다. 등불 바로 아래에 의자 하나가 놓여 있었는데, 그 중년의 남자가 나더러 거기 앉으라더군요. 그때 좀 전에 곁을 떠난 젊은 남자가 다른 문으로 불쑥 나타났습니다. 그는 헐렁한 실내복을 걸친 신사를 데리고 천천히 우리에게 다가왔죠. 그 신사가 희미한 가스등의 동그란 불빛 안으로 들어와서 좀 더 잘 보이자, 그의 모습에 소름이 쭉 끼쳤습니다. 시체처럼 창백하고 비참할 정도로 초췌했거든요. 정신력은 근력보다 강한지 툭 튀어나온 두 눈은 반짝반짝했죠. 하지만 너무나 허약해 보이는 신체보다 더 충격적인 것은 얼굴에 반창고를 기괴하게

일본 갑옷.

열십자로 잔뜩 붙이고 있다는 것이었습니다. 그중 하나는 그의
입에 붙어 있었죠.

'석판 가져왔나, 해럴드?' 기괴한 남자가 의자에 쓰러지듯
주저앉자 중년 남자가 외쳤습니다. '두 손은 풀어줬지? 자, 그
럼, 그에게 연필을 줘. 멜라스 씨, 당신이 이 남자에게 질문을
하시오. 그러면 그가 답을 쓸 거요. 먼저 물어볼 것은, 문서에
서명하겠느냐는 것이오.'

그 남자의 눈이 이글거렸습니다.

'못해!' 그 남자가 석판에 그리스어로 썼습니다.

'조건이 뭔가?' 압제자가 시키는 대로 내가 물었습니다.

"그의 모습에 소름이 쭉 끼쳤습니다."
시드니 패짓 그림, 《스트랜드 매거진》(1893)

'내가 아는 그리스인 사제의 집전으로 그녀가 내 앞에서 결혼할 것.'

중년 남자가 사악하게 킬킬거렸습니다.

'그럼, 당신이 어떻게 될지 알 텐데?'

'난 아무래도 좋아.'

예를 들어 이런 질문과 답을 했습니다. 한쪽은 입으로 말하고, 한쪽은 글로 쓰는 얄궂은 대화를 한 거죠. 나는 그가 그만 포기하고 문서에 서명을 할 건지 되풀이해서 물어봐야 했습니다. 그때마다 분노에 찬 똑같은 대답이 돌아왔죠. 하지만 곧 내게 좋은 생각이 떠올랐습니다. 질문을 할 때마다 짤막한 내 질문을 추가하기 시작한 겁니다. 처음에는 그들이 눈치를 채는지 시험해보기 위해 별 뜻 없는 질문을 하다가, 그들이 정말 까막눈이라는 것을 알고 좀 더 위험한 게임을 했죠. 우리의 대화는 이런 식으로 이어졌습니다.

'이렇게 고집부려봐야 소용없어. 당신은 누구죠?'

'난 아무래도 좋아. 난 런던에 처음 온 사람이오.'

'이래서는 목숨이 온전치 않을 거야. 언제요?'

'죽일 테면 죽여봐. 3주 전이오.'

'그 재산은 당신이 가질 수 없어. 어디 아파요?'

'그렇다고 악당에게 돌아가진 않을 거야. 놈들이 날 굶겼소.'

'서명만 하면 풀어주지. 이건 누구 집이죠?'

'결코 서명하지 않을 거다. 나도 몰라요.'

'그건 그녀에게도 도움이 안 돼. 당신 이름은 뭐죠?'

'정말 그런지 그녀를 불러와봐. 크라티데스.'

'서명만 하면 만나게 해주지. 어디서 왔죠?'

'그럼 그녀를 만나지 않겠어. 아테네.'

홈즈 씨, 시간이 5분만 더 있었으면, 그들의 코앞에서 진상을 다 알아냈을 겁니다. 사건의 진상을 알아내기 위해 막 질문을 하려는 순간, 문이 열리더니 한 여자가 들어왔습니다. 키가 크고 우아한 자태에, 머리가 검고, 헐렁한 흰 가운을 입었다는 것 빼고는 그녀의 모습이 잘 보이지 않았습니다.

'해럴드.' 그녀가 서툰 억양의 영어로 말했습니다. '더 이상 혼자 못 있겠어요. 거긴 너무 썰렁해요. 위층에 있는 거라고는……, 아니, 세상에, 폴 아냐!'

마지막 말은 그리스어였어요. 그 순간 그 남자는 사력을 다해 입에서 반창고를 떼어냈습니다. 그러고는 '소피! 소피!' 하고 외치며 여자에게 달려가 껴안았죠. 그러나 그들의 포옹은 잠깐뿐이었어요. 젊은 남자가 여자를 붙들고 방 바깥으로 밀어냈거든요. 중년 남자는 초췌한 남자를 제압해서 질질 끌고 다른 문으로 사라졌죠. 나는 잠시 방 안에 혼자 남아 있다가, 어쩌면 이 집에 대한 단서를 얻게 될지도 모른다는 막연한 기대감으로 벌떡 일어났습니다. 하지만 섣불리 움직이지 않은 게 천만다행이었어요. 주위를 둘러보니, 중년 남자가 문간에 서서

"그 남자는 사력을 다해 입에서 반창고를 떼어냈습니다."
W. H. 하이드 그림, 《하퍼스 위클리》(1893)

"소피! 소피!"
시드니 패짓 그림, 《스트랜드 매거진》(1893)

나를 노려보고 있었거든요.

'이걸로 됐소, 멜라스 씨.' 그가 말했습니다. '아주 사적인 일로 우리가 당신을 이 일에 끌어들였다는 건 당신도 알 거요. 이 협상을 처음 시작한 우리 그리스 친구가 어쩔 수 없이 고국으로 돌아가지만 않았다면, 당신에게 폐를 끼치지 않았을 거요. 우리로선 그를 대신힐 사람을 찾을 수밖에 없었는데, 다행히 당신의 능력이 뛰어나다는 소리를 들었지.'

나는 고개를 숙여 보였습니다.

'자, 5소버린이오.' 그가 내게 다가오며 말했습니다. '이거면 충분하리라 믿소. 하지만 명심하시오.' 그가 내 가슴을 가볍게 두드리고 킬킬거리며 덧붙였습니다. '이 일을 다른 사람에

게, 어느 한 사람에게라도 입만 뻥긋했다가는 하느님을 원망하게 될 테니 그리 아시오!'

천박해 보이는 그 남자가 자아낸 공포와 혐오감은 이루 말할 수 없을 정도였습니다. 그때 가스등 불빛이 그를 비춰서 자세히 볼 수 있었죠. 얼굴이 야위고 안색도 안 좋았어요. 다소 뾰족한 턱수염은 가늘고 영양 불량으로 보였죠. 그는 말할 때마다 얼굴을 앞으로 내밀었는데, 입술과 눈꺼풀이 마치 무도병에 걸린 사람처럼 끊임없이 씰룩거렸어요. 웃음소리가 이상하게 툭툭 끊기는 것도 무슨 신경 질환 탓이라는 생각이 절로 들더군요. 하지만 푸르스름한 회색의 두 눈이 공포를 자아냈죠. 악의적이고 가차 없는 잔혹성으로 똘똘 뭉쳐 냉혹하게 빛나는 두 눈 말입니다.

'당신이 발설을 하면 바로 우리 귀에 들어올 거요.' 그가 말했습니다. '우리에겐 정보통이 있거든. 이제 나가보시오. 마차가 대기하고 있을 거요. 내 친구가 바래다줄 겁니다.'

나는 서둘러 홀을 빠져나와 마차를 탔습니다. 그때 다시 숲과 정원을 힐끔 돌아보았죠. 래티머 씨가 내 뒤를 바짝 따라와서 한 마디 말도 없이 맞은편에 앉았습니다. 우리는 묵묵히 다시 마차를 타고 창문을 올린 채 지루하게 먼 길을 달렸습니다. 마침내 자정이 지난 직후 마차가 멈추었죠.

'여기서 내리면 됩니다, 멜라스 씨.' 동행이 말했어요. '이렇게 댁에서 먼 곳에 내려드려 미안합니다만, 선택의 여지가 없습니다. 이 마차를 미행하려고 했다가는 다칠 겁니다.'

그렇게 말하며 그가 문을 열었습니다. 내가 뛰어내리자마자 마부가 채찍을 휘둘러 마차를 몰고 사라졌죠. 나는 주위를 둘러보고 깜짝 놀랐습니다. 여기저기 골담초 덤불이 어둠을 머금고 흩어져 있는 황량한 공유지였던 겁니다. 아주 멀리 한 줄로 늘어선 집이 있어서, 2층 불빛이 드문드문 보이더군요. 맞은편

18. 윈즈워스는 템스 강 남쪽의 자치구다. 지금은 많은 공장과 양조장이 있다. 멜라스 씨가 이곳에 내렸을 당시에는, 노랗고 빨간 벽돌로 지은 2층이나 3층의 안락한 별장이 널따란 이 공유지 초원을 에워싸고 있었을 것이다. 유명한 윈즈워스 거주자로는 볼테르, 에드워드 기번, 윌리엄 메이크피스 새커리, 오스카 와일드 등을 꼽을 수 있다. 1895년에 오스카 와일드는 동성애 때문에 유죄판결을 받아 윈즈워스 형무소에서 한동안 형기를 치렀다.

에는 빨간 철도 신호등이 보였습니다.

나를 싣고 온 마차는 이미 보이지 않았습니다. 도대체 내가 있는 곳이 어딘지 몰라서 주위를 두리번거리며 서 있었죠. 그때 어둠 속에서 누군가 다가오고 있는 것을 보았습니다. 가까이 다가오자 철도 짐꾼이라는 것을 알 수 있더군요.

'여기가 어디죠?' 내가 물었습니다.

'윈즈워스 공유지[18]입니다.' 그가 말했어요.

'시내로 가는 기차를 탈 수 있나요?'

'한 2킬로미터 가까이 걸으면 클래펌 환승역이 나옵니다.' 그가 말했죠. '지금 가면 빅토리아행 막차 시간에 딱 맞출 수 있을 거요.'

이것으로 내 모험은 막을 내렸습니다, 홈즈 씨. 내가 간 곳이

"누군가 다가오고 있는 것을 보았습니다."
시드니 패짓 그림, 《스트랜드 매거진》(1893)

어딘지, 말을 나눈 사람들이 누군지도 난 모릅니다. 지금까지 말씀드린 것 말고는 아는 것이 없어요. 하지만 무슨 범죄가 일어나고 있다는 것만은 분명합니다. 힘닿는 데까지 그 불쌍한 남자를 돕고 싶어요. 그래서 이튿날 마이크로프트 홈즈 씨에게 모든 이야기를 말씀드렸고,[19] 곧이어 경찰에도 알렸죠."

우리는 이런 기묘한 이야기를 들은 후 잠시 묵묵히 앉아 있었다. 그러다 셜록이 형을 넌지시 바라보았다.

"어떤 조치를 취했죠?" 그가 물었다.

마이크로프트는 보조 탁자에 놓여 있던 《데일리 뉴스》를 집어 들었다.

폴 크라티데스라는 이름의 그리스 신사에 대한 정보를 알려주시는 분께 후사하겠음. 아테네에서 오신 분으로 영어를 할 줄 모름. 소피라는 이름의 그리스 숙녀에 대한 정보를 알려주시는 분께도 역시 후사하겠음. X 2473

"모든 일간지에 실었는데 소식이 없군."[20]

"그리스 대사관은요?"

"문의를 해봤어. 아무것도 모르더군."

"그럼 아테네 경찰청장에게 전보를 쳤나요?"

"우리 집안에서 셜록은 정말 에너지가 넘쳐요." 마이크로프트가 나를 돌아보며 말했다. "셜록, 부디 네가 이 사건을 맡아서, 잘 해결하거든 내게도 좀 알려줘."

"그러죠." 내 친구가 자리에서 일어나며 말했다. "알려줄게요. 멜라스 씨에게도요. 그런데 멜라스 씨, 내가 당신이라면 몸조심을 하겠어요. 놈들은 이 광고를 보고 당신이 배신했다는 것을 알아차렸을 테니까요."

같이 걸어서 집으로 가는 길에 홈즈는 우체국에 들러 여러

19. 마이크로프트는 왜 바로 셜록에게 알리지 않았을까? 로널드 녹스는 이면의, 아마도 음험한 동기가 있을 거라고 넌지시 주장했다. "이건 분명 시간을 다투는 사건이다. 굶어 죽어가는 사람이 있으니까. 마이크로프트가 아무리 게으르다고 해도, 스스로 악당을 검거할 수 없다면 동생에게라도 알려야 했다."

20. 녹스는 마이크로프트가 셜록에게 자문을 구하지 않고 일간지에 광고를 한 것은 어리석고 위험하기까지 한 조치였다고 꼬집었다. 멜라스 씨가 목격한 것에 대해 비밀을 지키지 않았다는 사실을 범인들에게 즉각 알려준 꼴이기 때문이다. 하지만 녹스는 한발 더 나아가서, 이는 마이크로프트가 악당들과 한통속이라는 증거라고 지적했다. 그는 그런 유치한 실수를 할 만큼 멍청한 사람이 아니기 때문이다. "그는 결국 공범자들에게 신호를 보낸 것이다. 즉 이렇게. '너희의 비밀은 누설되었다. 경찰이 추적 중이다. 숨어라.'"

군데 전보를 쳤다.

"그러니까, 왓슨." 그가 말했다. "저녁 시간을 이렇게 보낸 것은 결코 낭비가 아니었어. 내가 맡은 가장 흥미로운 사건들 가운데 이런 식으로 형을 통해 굴러 들어온 사건이 한두 건이 아냐. 우리가 방금 들은 사건은 제법 독특한 데가 있어. 이 사건을 설명할 수 있는 길은 하나뿐이지만 말이야."

"해결할 수 있겠어?"

"이만큼이나 알고 있는데도 나머지를 밝혀내지 못한다면 그게 외려 이상하지. 우리가 귀담아들은 사실들을 설명할 수 있는 가설을 자네도 세웠겠지?"

"응, 그냥 막연하게."

"그래, 자네 생각은 어떤데?"

"내가 보기엔 그 그리스 숙녀가 해럴드 래티머라는 젊은 영국인 남자에게 유괴를 당한 게 분명해."

"어디서?"

"아테네겠지."

셜록 홈즈는 고개를 내둘렀다. "그 남자는 그리스어를 한 마디도 할 줄 몰라. 그 아가씨는 영어를 제법 하지. 따라서 그녀는 잉글랜드에서 꽤 오래 지냈다고 볼 수 있는데, 그 남자는 그리스에 가본 적이 없어."

"음, 그렇다면, 그녀가 잉글랜드에 왔을 때, 해럴드가 같이 달아나자고 꼬드긴 걸까?"

"그럴 가능성이 더 높지."

"그래서 그녀의 오빠로 보이는 그 남자가 그걸 막기 위해 그리스에서 건너온 거야. 섣불리 나섰다가 젊은 남자와 중년의 공범자 수중에 떨어지고 만 거지. 그를 붙잡은 놈들은 그 아가씨의 재산을 넘기는 문서에 서명을 받기 위해 폭력을 쓰고 있는 거야. 여동생의 재산을 그가 관리하는 모양이지. 그는 서명을 거부하고 있어. 그와 협상을 하자면 통역사가 필요해서, 놈들은 멜라스 씨를 찾아간 거지. 전에는 다른 통역사를 썼을 테고. 오빠가 왔다는 소식을 듣지 못한 그 아가씨는 아주 우연히 그 사실을 알게 된 거야."

"훌륭해, 왓슨!" 홈즈가 외쳤다. "자네 생각이 거의 사실일 거라고 봐. 알다시피 우린 모든 패를 다 가지고 있어. 다 이긴 게임이지. 우린 놈들이 느닷없이 폭력을 쓰지 못하게만 하면 돼. 놈들이 조금만 꾸물거려주면 틀림없이 잡을 수 있어."

"하지만 그 집의 위치를 어떻게 알아내지?"

"음, 우리의 추리가 옳고, 그 아가씨의 이름이 소피 크라티데스인 게 맞는다면, 그녀를 추적하는 건 어렵지 않아. 그게 맞기만 바라야지. 그 오빠라는 사람은 전혀 알 수가 없으니까 말이야. 해럴드라는 남자와 그 아가씨가 관계를 맺은 지는 꽤 됐을 거야. 적어도 몇 주는 됐겠지. 그리스에서 오빠가 소문을 듣고 건너올 정도의 시간 말이야. 그들이 그동안 계속 같은 곳에서 지냈다면, 형이 낸 광고에 누군가 응답을 해올 가능성이 있어."

이런 이야기를 하며 걷다 보니 어느덧 베이커 스트리트의 하숙집에 도착했다. 먼저 계단을 올라간 홈즈는 방문을 열고 화들짝 놀랐다. 어깨 너머로 건너다본 나도 역시 놀랐다. 그의 형 마이크로프트가 안락의자에 앉아 담배를 피우고 있었던 것이다.

"들어와, 셜록! 들어오세요, 왓슨 씨." 놀란 우리 얼굴을 보고 히죽 웃으며 그가 유쾌하게 말했다. "나한테 이런 열성이 있을 줄 몰랐지, 셜록? 웬일인지 이 사건에 마음이 끌려서 말이야."

"여긴 어떻게 왔죠?"

"핸섬 마차를 타고 너를 지나쳐 왔지."

"새로 진전된 일이라도 있나요?"

"광고에 반응이 있었어."

21. 펜촉이 넓적한 펜. 'J'는 펜촉 끝의 크기를 말하는 것 같다. 예를 들어 해러드의 1895년 카탈로그는 여러 제작자들이 만든 'J', 'G', 'R' 펜을 선보이고 있다. 그러나 그것이 펜촉의 모양을 나타내는 것이라는 설도 있다. 대다수 J펜의 펜촉에 'J'자가 양각이나 음각으로 새겨져 있는데, 그 이유도 수수께끼다.

"들어와, 셜록!" 그가 유쾌하게 말했다.
시드니 패짓 그림, 《스트랜드 매거진》(1893)

"아!"

"네가 떠난 지 몇 분 안 됐을 때였어."

"뭘 알게 됐죠?"

마이크로프트 홈즈는 종이 한 장을 꺼냈다.

"이거야." 그가 말했다. "건강 상태가 좋지 못한 중년 남자가 미황색의 고급 종이에 J펜[21]으로 이렇게 썼어.

삼가 아룁니다.

귀하의 오늘 날짜 광고를 보고, 문제의 젊은 아가씨를 내가 잘 알고 있다는 사실을 알려드리고자 합니다. 저를 찾아오시면 그녀의 아픈 과거 얘기를 자세히 들려드리겠습니다. 그녀는 현재 베케넘의 머틀스 저택에 살고 있습니다.

— J. 대븐포트 올림

이건 로어브릭스턴에서 보낸 편지야." 마이크로프트 홈즈가 말했다. "셜록, 지금 그를 찾아가서 과거담을 좀 들어볼까?"

"아니, 형, 아가씨의 이야기보다는 그녀 오빠의 목숨을 구하는 일이 더 시급한 거 아니에요? 런던 경찰국의 그레그슨 경위에게 연락해서 베케넘으로 직행해야 한다고 봐요. 그 남자의 목숨이 위태로워요. 이건 시간을 다투는 일이라고요."

"가는 길에 멜라스 씨를 데려가는 게 좋겠어." 내가 제안했다. "통역사가 필요할 테니까."

"좋은 생각이야." 셜록 홈즈가 말했다. "사환을 보내서 마차를 좀 불러줘. 바로 떠나게 말이야." 그렇게 말하며 그는 탁자 서랍을 열었다. 그가 권총을 주머니에 넣는 모습이 보였다. "그래." 내 눈길을 느낀 그가 해명하듯 말했다. "우리가 들은 얘기로 미루어볼 때, 우린 특히 위험한 악당을 상대하게 될 거야."

우리가 팰맬 거리의 멜라스 씨 하숙집에 도착하기 전에 벌써 날이 어둑신해졌다. 그런데 조금 전에 어떤 신사가 그를 찾아와서 나갔다는 것이었다.

"어디로 갔는지 아시나요?" 마이크로프트 홈즈가 물었다.

"전 몰라요." 문을 열어준 여자가 대답했다. "제가 아는 건, 그가 그 신사와 함께 마차를 타고 갔다는 것뿐이에요."

"그 신사가 이름을 밝혔나요?"

"아니요."

"그는 키가 크고 잘생기고 피부가 좀 검은 젊은이가 아니었나요?"

"아니에요. 그는 키가 작고, 안경을 썼고, 얼굴이 여위었죠. 그런데 아주 유쾌해 보였어요. 얘기를 하는 동안 줄곧 웃더군요."

"어서 갑시다!" 셜록 홈즈가 갑자기 외쳤다. "일이 위험해졌어." 런던 경찰국으로 마차를 타고 가며 그가 말했다. "놈들이 멜라스를 다시 잡아갔어.[22] 그는 겁이 많은 사람이야. 놈들도 일

22. 마이크로프트가 이 모든 사건의 배후 인물이라는 가설을 열렬히 믿는 로널드 녹스는 멜라스가 두 번째로 끌려간 것을 발견하기 전에 마이크로프트가 취한 행동을 따져본다. 그는 하필이면 왜 이 특별한 날 생전 처음 동생을 방문했는가? 오는 길에 왜 멜라스를 데려오지 않았는가? 멜라스가 또다시 납치될 시간이 임박했다는 것을 그는 미리 알고 있었음에 틀림없다. 그래서 디오게네스 클럽 근처에 있다가는 의심을 살 거라고 생각해서 "알리바이를 만들었다"고 녹스는 고발한다. "마차를 타고 베이커 스트리트의 동생을 찾아가는 것보다 더 좋은 알리바이가 어디 있겠는가?"

전의 경험으로 그걸 잘 알고 있어. 그 악당을 보는 순간 멜라스는 겁에 질렸겠지. 그들이 통역을 원하는 건 분명한데, 그를 이용한 다음에는 배신했다고 생각해서 보복을 하려고 할 거야."

우리는 기차를 탐으로써 마차와 비슷한 시간에, 혹은 더 빨리 베케넘에 도착할 수 있기를 바랐다. 그러나 런던 경찰국에 도착해서 그레그슨 경위를 만나, 그 집에 들어갈 수 있는 영장을 받는 데 한 시간이 넘게 걸렸다. 우리가 런던교를 건넌 것은 9시 45분, 우리 네 사람이 베케넘 역에 도착한 것은 10시 30분이 지나서였다. 1킬로미터 가까이 마차를 타고 가자 머틀스 저택이 나왔다. 어둠에 잠긴 커다란 저택이 도로에서 좀 떨어진 정원에 우뚝 서 있었다. 거기서 우리는 마차를 보내고 걸어서 진입로를 올라갔다.

"창문에 불이 다 꺼졌군요." 경위가 말했다. "집 안에 사람이 없는 것 같습니다."

"새들은 뜨고 둥지는 텅 비고 말았군요." 홈즈가 말했다.

"그걸 어떻게 아시죠?"

"짐을 잔뜩 실은 마차가 얼마 전에 집을 빠져나갔으니까요."

경위가 웃음을 터트렸다. "정문의 가스등 불빛에 비친 바퀴 자국은 저도 보았습니다. 하지만 짐이라니 그건 무슨 뚱딴지같은 소리죠?"

"반대 방향에도 똑같은 바퀴자국이 나 있는 것을 보았을 겁니다. 그런데 밖으로 나간 자국이 훨씬 더 깊게 파였어요. 그 마차에 아주 무거운 것을 실은 게 분명하다고 말할 수 있을 만큼 아주 깊게 말입니다."

"그 점은 홈즈 씨가 저보다 좀 낫군요." 경위가 어깨를 으쓱하며 말했다. "억지로 열기엔 만만치 않은 문이군요. 하지만 안에 아무도 없다면 시도를 해봐야지."

그가 우렁차게 문을 쾅쾅 두드리고 초인종 줄을 당겨봤지만 아무런 응답이 없었다. 홈즈가 슬그머니 빠져나갔다가 몇 분만에 돌아왔다.

"창문을 열었습니다." 그가 말했다.

"홈즈 씨가 경찰 편이라는 게 천만다행이군요." 내 친구가 안쪽의 창문 고리를 교묘히 벗겨낸 솜씨를 보고 경위가 말했다. "이런 상황에서는 초대를 받지 않고 들어가는 수밖에 없겠죠."

우리는 차례로 커다란 저택 안으로 들어갔다. 이곳은 멜라스씨가 다녀간 그곳인 게 분명했다. 경위가 가져온 랜턴을 켜자, 그 불빛에 두 개의 문과 커튼, 램프, 멜라스 씨가 말한 일본 갑옷이 보였다. 탁자 위에는 잔 두 개와 비어 있는 브랜디 술병, 식사하고 남은 것이 놓여 있었다.

"이게 무슨 소리지?" 홈즈가 갑자기 물었다.

우리 모두 우두커니 서서 귀를 기울였다. 나직한 신음 소리가 머리 위 어디선가 들려왔다. 홈즈가 문으로 달려가서 홀로 뛰어들었다. 음산한 소리는 2층에서 들려왔다. 그가 2층으로 뛰어갔고, 경위와 내가 그의 뒤를 따랐다. 그의 형 마이크로프트는 체구가 육중한데도 가능한 한 빨리 뒤를 따랐다.

2층에는 세 개의 방문이 있었다. 불길한 소리가 새어 나오는 곳은 그중 가운데 방문이었다. 소리는 때로 웅얼거리듯 잦아들었다가 다시 고음의 섬뜩한 흐느낌으로 바뀌었다. 방문은 잠겨 있었지만, 바깥에 열쇠가 꽂혀 있었다. 홈즈가 문을 열어젖히고 뛰어들었다. 그러나 그는 한 손으로 자기 목을 틀어쥐고 곧바로 다시 나왔다.

"숯이야." 그가 외쳤다. "좀 기다리면 사라질 겁니다."[23]

안을 들여다본 우리는 실내를 밝히고 있는 것이 중앙에 놓인 작은 황동 삼발이 화로에서 가물거리는 흐릿한 불빛뿐이라는 것을 알 수 있었다. 그 불빛은 방바닥에 부자연스러운 납빛의 둥근 그림자를 드리웠다. 한편 그 너머의 어둠 속에 누군가 두

23. 마이크로프트는 로어브릭스턴으로 J. 데번포트를 먼저 찾아가자고 말했다("셜록, 지금 그를 찾아가서 과거담을 좀 들어볼까?"). 녹스는 그것이 일부러 시간을 낭비하기 위한 것이었다며 자신의 주장을 마무리했다. 즉, 도울 사람이 도착하기 전에 숯 가스로 멜라스를 제거할 시간을 벌려고 했다는 것이다. 셜록은 마이크로프트의 행동에 속았을까? 녹스는 그렇지 않다고 믿는다. 셜록은 아무 말도 하지 않았지만, 녹스는 이렇게 주장했다. "셜록은 형이 사악한 범죄에 연루되었음을 충분히 알고 있었지만, 자기가 안다는 것을 감추려고 애를 썼다." 마이크로프트가 악당이라는 녹스의 주장은 「마지막 문제」의 여러 주석에서 좀 더 다루게 될 것이다.

사람이 벽에 기대어 웅크리고 있는 모습이 희미하게 보였다. 열린 문에서 끔찍한 독가스가 새어 나와 우리는 숨을 헐떡이며 기침을 해댔다. 홈즈는 계단 위로 달려가서 신선한 공기를 들이켠 다음, 다시 방 안으로 뛰어들었다. 그는 창문을 열어젖히고 황동 삼발이 화로를 정원으로 내던졌다.

"조금 있으면 들어갈 수 있습니다." 그가 다시 뛰어나와 숨을 헐떡이며 말했다. "초는 어디 있죠? 저런 데서 성냥이나 켜질지 모르겠군. 형은 문간에서 등불을 좀 들고 있어요. 우리가 들어가서 저들을 데리고 나올 테니. 자, 지금!"

우리는 안으로 돌진해서 중독된 두 남자에게 다가가, 불이 켜진 홀로 그들을 끌고 나왔다. 둘 다 입술이 파랗게 질렸고 의

"숯이야." 그가 외쳤다.
시드니 패짓 그림, 《스트랜드 매거진》(1893)

그 불빛은 방바닥에 부자연스러운 납빛의 둥근 그림자를 드리웠다.
W. H. 하이드 그림, 《하퍼스 위클리》(1893)

식이 없었는데, 피가 쏠린 얼굴이 퉁퉁 부었고 눈이 튀어나와 있었다. 얼굴이 워낙 일그러져서, 검은 수염과 뚱뚱하다는 것만 아니었으면 그들 중 한 명이 몇 시간 전에 디오게네스 클럽에서 우리와 헤어진 그리스인 통역사라는 것을 알아보지도 못했을 것이다. 그는 손과 발이 꽁꽁 묶여 있었고, 한쪽 눈에는 한 방 얻어맞은 자국이 나 있었다. 마찬가지로 단단히 묶여 있는 다른 남자는 키가 컸는데 더 이상 수척할 수 없을 정도로 수척했다. 그의 얼굴에는 기괴한 모양으로 여러 개의 반창고가 붙어 있었다. 그는 우리가 눕혀놓자 신음 소리를 멈추었다. 우리의 도움이 너무 늦었다는 것을 한눈에 알아볼 수 있었다. 그

24. 악당들이 기묘하고 거의 영화적인(효율이 떨어진다는 것은 두말할 나위가 없는) 숯 가스를 이용했다는 것은 곤혹스럽다. 그들이 이미 "한 방 얻어맞은 자국"을 내기까지 했다는 사실을 돌이켜보면 더욱 그렇다. 하지만 D. 마틴 데이킨이 다음과 같이 놀라워했듯이, 유독 이 악당들만 어리석었던 것은 아니다. "홈즈의 손에 걸린 악당들 가운데, 희생자를 처리하면서 아주 복잡하고 시간이 많이 걸리는 방법을 씀으로써, 희생자에게 목숨을 구할 기회를 주고 싶은 유혹을 이기지 못한 듯한 악당이 얼마나 많은지 알고 보면 여간 얄궂지 않다……."《스트랜드 매거진》에서 홈즈의 모험 이야기가 자취를 감춘 후에도, 지면이나 영화에 등장한 수많은 악당들이 똑같은 실수를 계속 되풀이했다.

러나 멜라스 씨는 아직 살아 있었다. 암모니아와 브랜디 덕분에 한 시간이 지나지 않아 그가 눈을 뜬 것을 보고 나는 흐뭇한 기분이 들었다. 세상의 모든 길이 만나는 어둠의 골짜기에서 내가 그를 끌어낸 것이다.[24]

그가 들려준 이야기는 간단했다. 그는 우리가 추리한 것을 확인해주었을 뿐이다. 그를 찾아온 손님은 그의 방에 들어오자마자 소매에서 호신용 무기를 꺼냈다. 악당은 그를 당장 죽일 듯이 위협함으로써 또다시 그를 납치할 수 있었다. 실제로 그 킬킬거리는 악당이 통역사에게 가한 위협은 거의 최면을 건 듯한 효과가 있어서, 통역사는 끽소리도 못하고 그저 얼굴이 창백해진 채 손을 덜덜 떨기만 했다. 그는 신속하게 베케넘으로 끌려갔고, 통역사로서 두 번째 면담을 했다. 이번에는 처음보다 훨씬 더 극적이어서, 두 영국인은 자기네 요구에 응하지 않으면 포로를 당장 죽일 것처럼 위협했다. 마침내 아무리 위협해도 소용이 없다는 것을 알게 된 범인들은 다시 포로를 가두고, 신문광고를 통해 드러난 멜라스의 배신을 꾸짖은 후, 지팡이로 멜라스에게 일격을 가해 기절시켰다. 그 후 그는 우리가 그를 굽어보고 있다는 것을 알게 될 때까지 벌어진 일을 아무것도 기억하지 못했다.

이것이 바로 그리스인 통역사가 겪은 독특한 사건인데, 그 전말은 아직 완전히 밝혀지지 않았다. 우리는 광고에 답신을 보낸 신사를 만나 이야기를 나눔으로써, 그 불운한 아가씨가 부유한 그리스 가문 사람이고, 잉글랜드의 몇몇 친구를 만나러 왔다는 것을 알 수 있었다. 그녀는 잉글랜드에 와서 해럴드 래티머라는 젊은 남자를 만났는데, 그 남자는 그녀의 마음을 사로잡아서 같이 달아나자고 설득했다. 그 일로 충격을 받은 그녀의 친구들은 아테네에 있는 오빠에게 소식을 알리는 것으로 만족하고, 그 후 그 문제에서 손을 떼어버렸다. 잉글랜드에 도착한 그녀의 오빠는 무모하게 나섰다가 오히려 래티머와 공범에게 붙잡히고 말았다. 공범의 이름은 윌슨 켐프였는데, 극악한 전과가 있는 남자였다. 두 범인은 그가 영어에 무지해서 남에게 도움을 구할 수도 없다는 것을 알고 그를 감금한 다음, 폭행을 가하고 굶기면서 그와 누이의 재산을 양도하는 문서에 서명하라고 으름장을 놓았다. 그들은 여자 몰래 그를 집 안에 가두어두고 있었다. 얼굴의 반창고는 그녀가 혹시 그를 보게 될 경우 알아보지 못하게 하려고 붙여둔 것이었다. 그러나 통역사가 온 날, 그녀는 여자의 직감으로 오빠를 보자마자 한눈에 알아보았다. 하지만 가련한 그 여자는 포로나 마찬가지였다. 집 안에는 마부로 일하는 남자와 그의 아내밖에 없었는데, 그들도 한통속이었기 때문이다. 비밀이 새어 나갔을 뿐만 아니라, 포로에게 억지로 서명을 받을 수 없다는 것을 알게 된 두 악당은 여자를 데리고 달아났다. 그들은 세를 낸 가구 딸린 그 집에서 몇 시간 만에 짐을 꾸려 달아났는데, 그러기에 앞서 요구를 거부한 남자와 배신한 남자에게 단단히 화풀이를 했다.

몇 달 후 이상한 신문 스크랩이 부다페스트에서 우리에게 도착했다.[25] 거기에는 여자를 데리고 여행하던 두 영국인이 어떻게 비극적인 종말을 맞았는지 적혀 있었다. 두 남자 모두 칼에 찔린 모양인데, 헝가리 경찰은 그들이 다투다가 서로 치명상을 가한 것으로 보았다. 그러나 홈즈의 생각은 달랐다. 지금도 그리스 아가씨를 만날 수만 있다면, 그녀가 자신과 오빠의 원수를 어떻게 갚았는가를 알 수 있을 거라고 그는 생각한다.

25. "이상한 신문 스크랩"을 대체 누가 보냈을까? 이 물음을 파고든 D. 마틴 데이킨은 다음과 같이 가능성을 따져보았다. 소피는 홈즈에 대해 전혀 몰랐고 홈즈가 이 사건에 뛰어들었다는 것도 몰랐다. 마이크로프트의 광고에 응답한 'J. 데븐포트'는 헝가리 부다페스트와는 아무런 관계도 없다. 하지만 신문 스크랩이 부다페스트에서 온 게 아니라, 다만 부다페스트 신문을 스크랩해서 홈즈에게 보낸 것일 수도 있다. 데이킨은 여기에도 교묘한 마이크로프트의 손길이 미치고 있다고 보았다. "왓슨이 알지 못하는 모종의 임무를 띠고 있는 마이크로프트는 외국 언론을 늘 주목하고 있었기 때문에, 헝가리 신문을 스크랩해서 셜록에게 보낸 게 분명하다."

마이크로프트 홈즈

❖

마이크로프트 홈즈는 정전에서 세 이야기에만 언급된다. 「그리스인 통역사」, 「빈 집」, 「브루스파팅턴호 설계도」가 그것이다. 그의 생애에 대해서는 알려진 바가 거의 없다. 이들 이야기에서 언급되는 그의 생애에 관한 정보량은 감질나는 정도에 불과하지만, 그래도 얼마간 추리를 할 수 있는 토대가 된다. 「브루스파팅턴호 설계도」에서 홈즈는 형에 대해 이렇게 말한다. "살아 있는 인간 중에서 누구보다 질서 정연한 두뇌를 지녔고 기억력도 최고야. ……다른 모든 사람들은 특수 분야의 전문가인데, 형은 모든 분야의 전문가지."

이러한 묘사를 토대로 해서 마이크로프트가 정부의 컴퓨터를 최초로 조작한 인간 컴퓨터라거나, 정부를 위해 개발한 '배비지 엔진'[26] 운영자라는 극단적인 결론을 내리는 학자들도 있다. 로버트 A. 하인라인[27]의 걸작 공상과학소설 『달은 무정한 여왕』에서, 달 기지를 감시하는 정부 컴퓨터의 이름이 바로 마이크로프트다.

J. S. 캘러웨이는 좀 더 합리적으로 이런 제안을 한다. 즉, 마이크로프트 홈즈는 영국 정부의 비밀정보국장이었는데, 정부가 그의 신원을 감춰왔다는 것이다. 빌리 월더의 영화 〈셜록 홈즈의 사생활〉(1970)에도 그렇게 나온다(독일 영화 〈치명적인 목걸이〉에서 셜록 역을 한 크리스토퍼 리가 이 영화에서 마이크로프트 역을 맡았다). 또한 제임스 본드의 뛰어난 능력을 'M'이라고 언급한 007의 작가 이언 플레밍의 용어는 마이크로프트의 후임자들을 칭찬하는 영예로운 표현이라고 할 수 있다. 앨런 무어의 걸작 공상과학 만화소설 『괴팍한 신사들의 연맹』에서, 'M', 곧 마이크로

---

26. 곧 '해석 엔진'을 뜻한다. 영국 수학자인 찰스 배비지(1792-1871)는 1830년대 중반에 현대 디지털 컴퓨터의 전신인 이른바 '해석 엔진'을 디자인했다. 천공카드로 명령을 내리면 산술연산을 하고, 기억장치에 수치를 저장하고, 순차 제어를 하는 등 오늘날 컴퓨터의 기틀이 되는 것을 고안한 것이다. 그러나 적절한 내구성을 지닌 금속 부품을 성형하는 정밀 기술이 발달하지 않아 이 해석 엔진은 빛을 보지 못했다—옮긴이.

27. 하인라인(1907-1988)은 가장 문학적이고 세련된 공상과학소설 작가로 평가되는 미국 작가다. 가장 유명한 작품인 『낯선 땅의 이방인』(1961) 외에 『지구의 푸른 언덕』, 『은하의 시민』, 『므두셀라의 아이들』 등의 저서가 있다—옮긴이.

프트가 영국 정보국장으로 나온다. 그리고 킴 뉴먼의 멋진 소설 『드라큘라 이후』(1992)에서 디오게네스 클럽은 최고안보위원회로 설정된다.

마이크로프트가 실은 셜록의 형이 아니라, 실제로 존재한 다른 역사적 인물이라고 주장한 작가도 몇 명 있다. 웨일스 공 앨버트 에드워드라고 말하는 작가도 있고, 오스카 와일드라고 말하는 작가도 있다. 마이크로프트가 셜록의 형인 것은 맞지만, 「그리스인 통역사」에서 마이크로프트가 "직접 뛰어들어 증거를 챙기는 실제적인 일들을 결코 해낼 수" 없다는 홈즈의 평가는 전적으로 잘못된 것이라고 주장하는 작가들도 있다. 사실 마이크로프트는 아서 모리슨이 《스트랜드 매거진》에 발표한 모험담에서 「마틴 휴잇」이라는 별명의 탐정으로 등장해 맹활약을 했다고 그들은 주장한다. 휴잇이 뚱뚱한 인물로 묘사되기는 했다. 하지만 《스트랜드 매거진》에 실린 휴잇의 모험담 삽화 역시 시드니 패짓이 그렸는데, 만일 '마틴 휴잇'과 '마이크로프트'가 동일 인물이라면 패짓이 그들을 전혀 다른 인물로 그리는 실수를 했을 리가 없다.

해군 조약문[1]

왓슨이 쓴 단편 가운데 가장 긴 「해군 조약문」은 예비학교 시절의 동창생이 왓슨에게 부탁한 사건이다. 별명이 "올챙이"였던 퍼시 펠프스는 외무부의 요직에 임명되었는데, 사무실에서 조약문을 도난 당했다. 그 일로 "뇌열병(수막염)"을 앓기까지 한 펠프스는 홈즈와 함께 방문해달라고 왓슨에게 부탁한다. 주로 범죄 현장을 잘 관찰함으로써 조약문을 찾아낸 홈즈는 잔인하면서도 극적인 방법으로 자신의 성공 사실을 밝힌다. 그런데 조약문을 되찾은 것은 의심할 여지가 없지만, 홈즈가 범죄 배후는 캐내지 못했을 수도 있다고 생각하는 학자들이 있다. 어느 외국 정부가 어차피 돌려주려고 한 조약문 원본을 전달하는 과정에 있어 그가 꼭두각시 구실을 했을지도 모른다는 것이다.

1. 「해군 조약문」은 1893년 10월과 11월 《스트랜드 매거진》에, 1893년 10월 14일과 21일 자 《하퍼스 위클리》(뉴욕)에 실렸다.

2. "전문가"가 사립탐정을 뜻한다면, 폰 발트바움은 정전에서 언급된 다음 세 '경쟁자'와 어깨를 나란히 하는 인물인 셈이다. 「은퇴한 물감 제조업자」에 나오는 바커, 「유명한 의뢰인」에 언급된 르브룅, 『네 사람의 서명』에 나오는 프랑수아 르 발라르가 그들이다. 물론 이들은 모두 홈즈보다 능력이 달린다. 홈즈가 서리 해안의 라이벌이라고 소개한 바커는 홈즈와 함께 사건 해결에 나서지만 홈즈가 시킨 일만 한다. 르브룅에 대해 알려진 사실은 그가 「유명한 의뢰인」에서 그뤼너 남작에게 비참하게 당했다는 것뿐이다. 뭔가 "부족한" 인물로 묘사되는 빌라르는 홈즈를 존경한다.

내가 결혼을 한 직후인 그해 7월, 잊지 못할 세 건의 흥미로운 사건이 일어났다. 나는 셜록 홈즈와 함께 사건을 해결하며 그의 방법을 연구하는 특권을 누릴 수 있었다. 이 사건들을 나는 「제2의 얼룩」, 「해군 조약문」, 「지친 선장」이라는 제목으로 기록해두었다. 그러나 그중 첫 번째 사건은 막중한 이해관계가 걸려 있을 뿐만 아니라 왕국 최고 가문들의 인물 다수가 연루되어 있어서, 앞으로도 한동안은 공개하기 불가능할 것이다. 그러나 홈즈가 맡은 사건 가운데, 그의 분석적 방법의 가치가 그보다 더 명쾌히 증명되고, 그와 관련된 사람들에게 그보다 더 깊은 인상을 심어준 사건은 없었다. 그 사건에서 지엽적인 문제에 매달려 헛되이 애만 쓴 파리 경찰국의 무슈 뒤뷔크와, 단치히의 유명한 전문가[2] 프리츠 폰 발트바움에게 홈즈가 설명해준 사건의 진상을 거의 낱낱이 기록한 자료를 나는 아직도 잘 간수하고 있다. 그러나 이 사건을 마음 놓고 말하려면 다음 세기나 되어야 할 것이다.[3] 그러니 우선은 두 번째 사건에 대한 이야기보따리를 풀고자 하는데, 단언컨대 이것 역시 한때는 국가적으로 중차대한 사건이었고, 잇달아 일어난 일들이 여간 독특하지 않다.

학창 시절[4] 나는 퍼시 펠프스라는 친구와 친했다. 그는 나와 동갑이었는데도 나보다 두 학년 위였다. 매우 영리했던 그는 학교에서 내건 모든 상을 싹쓸이하더니, 마침내 장학금을 받고 케임브리지 대학에 진학해서도 계속 두각을 나타냈다. 그는 연줄도 대단했던 것으로 기억한다. 외삼촌이 보수당[5]의 거물 정치가인 홀드허스트 경[6]이라는 것을 꼬맹이였던 우리가 다 알 정도였다. 학창 시절에는 그런 화려한 연줄이 그에게 하등 도

「해군 조약문」.
E. S. 모리스 그림, 시애틀, 《포스트인텔리전서》(1912. 3. 3.)

3. 「제2의 얼룩」이라는 제목이 붙은 이야기를 왓슨은 1904년 12월 《스트랜드 매거진》에, 1905년 1월 28일 자 《콜리어스 위클리》에 발표했다. 그러나 그 이야기에서 프리츠 폰 발트바움이나 무슈 뒤뷔크라는 이름을 찾아보거나, "왕국 최고 가문들의 인물 다수가 연루"된 것을 확인해보려고 하는 것은 헛수고일 뿐이다. 왓슨은 「노란 얼굴」(1893년 2월 발표)에서 '제2의 얼룩' 사건을 운운했는데, 그것 역시 내용이 엇갈려서 혼란을 더욱 가중시킨다.

아나톨 추조이는 언론에 발표된 「제2의 얼룩」이야기는 홈즈가 편집을 해서 여러 가지 내용을 삭제했을지도 모른다고 제안했다. "물론 왓슨은 홈즈가 「제2의 얼룩」을 검열할 줄 몰랐다. 홈즈가 전에 그런 적이 없으니까. 그런데 그 검열 때문에 「해군 조약문」에서 언급한 것과 내용이 확 달라지고 만 것이다." 하지만 「제2의 얼룩」 사건이 정전에서는 가을에 일어났고, 게다가 왓슨이 베이커 스트리트에서 독신으로 살 때 일어났는데, 여기서는 결혼 후인 7월에 일어난 것으로 되어 있다. 추조이는 그 이유를 설명하지 못한다. 왓슨이 진실을 감추려고 했다면 「제2의 얼룩」 사건 일자를 군이 7월이라고 못 박아 말할 필요가 없었다고 베어링굴드는 지적했다. 따라서 홈즈는 제2의 얼룩과 관계된 별개의 두 사건을 해결한 것으로 보인다.

4. 데이비드 R. 매칼리스터는 이 학창 시절의 학교가 윈체스터의 세인트메리 사립 중학교, 곧 윈체스터 칼리지라고 주장했다.(영국의 칼리지는 곧 사립 중학교인데, 통학하지 않는 기숙제 학교다—옮긴이) 이 학교의 위치, 럭비를 하지 않는다는 것, 펠프스와 왓슨의 경우처럼 나이가 같아도 학년을 따로 운용한다는 것 등을 볼 때 윈체스터 칼리지가 역시 가장 유망하다. 매칼리스터는 이 학교 등록생 이름으로 여러 명의 펠프스와 왓슨을 제시한다. 하지만 매칼리스터의 주장 가운데 그보다 더 흥미로운 것은, 홈즈가 왓슨의 입장을 생각해서 '살인마 잭' 사건을 일부러 조사하지 않았다는 것이다. 런

던 경찰국이 지목한 가장 유력한 살인 용의자가 바로 윈체스터 칼리지의 졸업생인 몬터규 존 드루이트였기 때문이다. 윌리엄 S. 베어링굴드는『베이커 스트리트의 셜록 홈즈 : 세계 최초의 자문탐정의 생애』에서 이것이 웰링턴 칼리지라고 주장했고, 이언 매퀸은 윈체스터 칼리지를 지지했다.

5. 당시 보수당은 영국 정계를 장악하고 있었는데, 보수당의 정강이나 당명도 많은 변화를 겪었다. 영국 최초의 정당인 휘그당과 토리당은 1600년대 후반에 로마 가톨릭교도인 요크 공작(훗날의 제임스 2세)이 왕위에 오르지 못하게 하려는 법안을 둘러싸고 대립하다가 생긴 당파들이다. 휘그당은 요크 공작에 반기를 들고 의회의 역할을 확대하자고 부르짖었다. 토리당은 요크 공작의 왕위 계승을 지지하며 왕권신수설에 입각한 절대군주제를 지지했다. 군주의 권력이 제한되면서 휘그당은 중앙 귀족과 부유한 지주 및 상인의 이익을 대변했고, 토리당은 지방 지주(신사) 계급과 영국 국교도의 이익을 대변했다.

토리당은 1830년 이후 보수당으로 탈바꿈했다. 이 당파를 존 윌슨 크로커가《쿼털리 리뷰》에서 보수당이라고 지칭한 뒤부터다. (보수당은 지금도 토리당이라고 일컬을 수 있지만, 휘그당은 존재가 사라졌다. 자유당으로 흡수되었다가 20세기 초 해체되고, 대신 노동당이 등장하며 정체성이 변한 것이다.) 반제국주의 시대에 보수당이 인기를 잃자 자유당이 30년쯤 집권했다. 이후 보수당의 벤저민 디즈레일리가 1868년과 1874-1880년에 총리가 됨으로써 다시 정권을 잡았다. 그는 보수당이 더욱 폭넓은 대중의 지지를 받을 필요가 있다고 보고 적극적으로 사회 개혁을 추진했다. 그는 1867년 개혁법 통과를 주도했는데, 이 법에 따라 지난날 여섯 명의 남자 성인 가운데 한 명뿐이었던 유권자가 두 배 이상으로 늘어났다. 디즈레일리가 중산층과 근로자 계층의 환심을 산 것이 주효해서, 보수당은 멋진 보상을 받았다. A. N. 윌슨은 이렇게 보고했다. "빅토리아 시대 후반부를

지배한 정치 신조는 보수주의였다."

6. O. F. 그레이즈브룩은『셜록 홈즈 연구 II : 정치와 주요 정치가』에서 홀드허스트 경이 보수당의 솔즈베리 경(로버트 아서 탤벗)이라고 주장했다. 그는 「해군 조약문」 사건이 일어났을 무렵인 1888년에 총리였던 사람으로, 모두 세 차례 총리를 역임했고, 네 차례 외무부 장관을 역임했다. 그레이즈브룩은 자신의 주장을 증명하기 위해 정황증거를 수집했다. 솔즈베리는 구두가 지저분한 것으로 악명이 높았다는 사실까지! 학자들은 대부분 「제2의 얼룩」에 나오는 '벨린저 경'과 '홀드허스트 경'이 동일 인물이고, 실명은 솔즈베리가 맞는다고 결론지었다. 그러나 존 렐런버그는 공식 정부 문서를 인용하며, 벨린저 경이 네 차례 총리를 지낸 윌리엄 유어트 글래드스턴이라는 것을 결정적으로 증명했다.

7. 좋은 가문에서 태어난 상류층 학생이 다니는 영국의 명문 사립학교가 학생들을 학대한 것으로 악명이 높았다는 것은 그리 놀랄 일이 아니다. 학교에서는 싸움과 괴롭힘이 만연했다. 채찍질, 매질, 성희롱 같은 지배 계층의 잔혹 행위를 부추기는 권위주의 분위기가 팽배했기 때문이다. 역사가 피터 게이의 글에 따르면 교장들은 학생들을 채찍질하면서 아마도 "가까스로 억압하고 있는 성적 욕구를 만족시켰을 것이다. 학생들이 한눈을 판다거나, 공부 습관이 좋지 않다거나, 수업을 빼먹는다거나, 교사를 노려본다는 것을 빙자해서 말이다. 때로는 전혀 납득할 만한 이유도 없이 매를 들었다." 성적 일탈을 일삼다가 발각된 교장은 흔히 조용히 '은퇴'하라는 권고를 받았다. 사립 중학교는 학생을 교육하는 것보다 개성을 억압하는 데 더 관심을 기울였던 것으로 보인다. A. N. 윌슨이 놀라워했듯이, "1820년부터 오늘날까지 영국인의 삶을 에워싼 수수께끼들 가운데 하나는, 자상한 부모들이 애지중지하는 자녀를 어째서 그토록 혹독한 기숙제 학교에 맡겼는가 하는 것이다." 하지만 학생들이 겪은

움이 되지 않았다.[7] 오히려 그것 때문에 우리는 운동장 이리저리 그를 쫓아다니며 위킷[8]으로 그의 정강이를 치며 고소해했던 것 같다. 그러나 사회에 나가자 상황은 달라졌다. 나는 그가 능력과 영향력을 발휘해서 외무부의 요직을 얻었다는 소식을 어렴풋이 들었다. 그 후 그는 내 기억에서 완전히 지워졌는데, 다음 편지를 받자 그에 대한 기억이 고스란히 되살아났다.

워킹의 브라이어브레이 저택에서

친애하는 왓슨

설마 나를 잊은 건 아니겠지? 네가 3학년일 때 5학년이었던 '올챙이' 펠프스 말이야. 우리 외삼촌 덕분에 내가 외무부의 요직을 차지했다는 것은 아마 들어봤을 거야. 나는 신망받는 영예로운 위치에 있었는데, 참담한 불운이 닥쳐서 갑자기 몰락을 앞둔 신세가 되고 말았어.

끔찍한 그 사건을 편지로 구구하게 얘기해봐야 소용이 없겠지. 자네가 내 부탁을 들어준다면 그때 다 얘기하게 될 거야. 나는 9주 동안이나 뇌열병을 앓다가 방금 회복되었는데, 지금도 몸이 아주 쇠약해. 혹시 자네 친구 홈즈 씨를 데리고 나한테 좀 와주지 않겠어? 경찰 당국에서는 손을 쓸 길이 없다고 단정 지었지만, 그의 소견을 꼭 듣고 싶어. 그를 좀 데려와줘. 그것도 가능한 한 빨리. 이렇게 안절부절못하며 살고 있자니 1분이 한 시간 같아. 내가 곧바로 그의 조언을 구하지 않았던 것은 그의 능력을 인정하지 못해서가 아니라, 내가 충격을 받아 그만 정신을 잃어버렸기 때문이라는 것을 그에게 잘 얘기해줘. 지금은 다시 정신을 차렸지만, 병이 도질까 봐 나는 그 사건을 차마 생각도 못하겠어. 나는 너무 쇠약해서 이 글도 구술해서 써야 했어. 부디 그를 꼭 좀 데려와줘.

— 옛 학교 친구, 퍼시 펠프스

괴로움은 문학의 밑거름이 되었다. 윌슨의 글에 따르면, '학교 이야기'(『톰 브라운의 학창 시절』, 『제인 에어』, 『니컬러스 니클비』 등)는 빅토리아 시대 문학에 크게 기여했다. "엘리자베스 시대(1558-1603)나 제임스 1세 시대(1603-1625)에는 학교 비극이 없었다."

8. 도니골 경은 크리켓 경기를 모르는 "대서양 너머[미국]"의 연구자들을 위해 이 대목을 이렇게 풀이했다. "이것이 무슨 뜻이냐 하면, 왓슨과 악동 친구들이 어린 '올챙이' 펠프스를 운동장 이리저리 쫓아다니며 크리켓 기둥으로 때렸다는 것이다. 그런데도 훗날 문제를 해결해달라고 왓슨에게 부탁을 다 하다니 별일이 아닐 수 없다!" 크리켓은 영국의 국기이자 민족 스포츠라고 할 수 있는 경기로 오늘날 영연방에서 널리 행해지고 있다. 크리켓 경기에 쓰는 '위킷wicket'은 골대 격인 세 개의 나무 막대로, 높이 약 60센티미터에 너비는 2.5센티미터쯤 된다. 이 세 개의 막대를 세운 삼주문 위에 '베일bail'이라고 부르는 가로장을 두 개 얹는다. 베일은 위킷보다 짧은 나무 막대다. 볼러(투수)는 공을 던져 위킷을 맞추어 베일을 떨어뜨린다. 한편 타자는 배트를 휘둘러 위킷을 지키는 것이 크리켓 경기의 기본 내용이다. 악동들이 다른 학생을 괴롭히는 데에 위킷은 안성맞춤이었는지도 모른다.

347

9. 유리나 금속으로 플라스크 모양처럼 만든 것. 가열해서 증류나 건류乾溜를 할 때 쓰는 화학 실험 기구다.

10. 1855년에 이것을 도입한(발명한 것은 아니고) 독일 화학자 로베르트 분젠의 이름을 딴 분젠 버너는 가느다란 금속관으로 가스를 분출시켜 공기와 혼합해 점화함으로써 고열을 얻는 장치다. 아래쪽에 공기 공급을 조절하는 밸브가 달려 있다. 분젠 버너의 원리는 가스 난로와 가스 용광로 발명으로 이어졌다.

11. 소량의 액체를 재거나 옮기는 데 쓰는 가는 유리 대롱─옮긴이.

12. 신발 끝이 뾰족한 부드러운 슬리퍼로, 바닥에 가죽을 댔고 대개 수를 놓아 장식했다. 페르시아(지금의 이란)나 터키에서 수입한 이 페르시아 슬리퍼를 홈즈가 담배 보관 장소로 이용한 것은 전설적인 이야기가 되었다. 그러나 이런 이야기가 나오는 곳은 「빈집」, 「유명한 의뢰인」, 「머스그레이브 씨네 의식문」, 「해군 조약문」이 전부다.

13. 하워드 브로디의 주장에 따르면, 이 "진부한 살인 사건"은 「정체의 문제」 사건(「해군 조약문」 사건이 일어나기 직전에 발생한 사건)에 나오는 불운한 타이피스트 메리 서덜런드 양이 석탄산으로 독살된 사건이다. 한발 더 나아가서 브로디는 이것이 서덜런드 양의 사기꾼 계부 제임스 윈디뱅크의 짓이라고 못 박는다. 홈즈가 예견한 대로 아주 못된 짓을 저질렀다는 것이다("저런 인간은 범죄 행각을 일삼다가 언젠가는 아주 못된 짓을 저질러 교수대에서 종말을 맞을 거야."). 그러나 그런 가설이 옳다면, 윈디뱅크가 서덜런드 양에게 더욱 못된 짓을 할 가능성이 있음을 그녀에게 알려주지 않은 것을 자책하거나 후회해야 마땅한데, 여기서 그런 기색을 전혀 드러내지 않고 있다.

이 편지를 읽고 있자니 뭔가 마음이 울컥했다. 홈즈를 데려와달라는 거듭된 호소가 딱하게 여겨지기도 했다. 나는 그가 워낙 딱해서 설령 어려운 부탁이라도 기꺼이 들어주었을 것이다. 그런데 홈즈는 자신의 기예를 사랑해서, 의뢰인이 도움을 받고자 하는 것만큼이나 기꺼이 도움을 줄 준비가 되어 있으니 무엇이 문제겠는가. 홈즈는 자기 앞에 문제가 제기되면 단 한 순간이라도 지체하지 않으려고 한다는 내 생각에 아내도 맞장구를 쳐서, 나는 아침 식사를 한 지 한 시간도 되지 않아 베이커 스트리트의 옛 하숙집에 들이닥쳤다.

홈즈는 실내복을 입고 보조 탁자 앞에 앉아, 화학 실험에 몰두하고 있었다. 큼직한 레토르트[9]가 분젠 버너[10]의 푸르스름한 불꽃에 가열되어 맹렬히 끓고 있었다. 증류된 것은 2리터들이 용기 안으로 방울방울 떨어졌다. 내가 들어섰는데도 친구는 나를 쳐다보지도 않았다. 그것이 중요한 실험이라는 것을 알고 나는 안락의자에 앉아 잠자코 기다렸다. 그는 유리 피펫[11]을 이 병 저 병에 찔러 넣고 액체를 몇 방울씩 빨아들였다. 마침내 용액을 담은 시험관을 탁자로 가져온 그는 오른손에 리트머스 시험지를 한 장 들고 있었다.

"왓슨, 때마침 결정적인 순간에 왔군." 그가 말했다. "이 시험지가 푸른색 그대로면 다행인데, 빨갛게 변하면 인명人命과 관계가 있다는 뜻이 되지." 그가 시험지를 시험관 속에 담그자, 시험지가 곧바로 탁한 진홍색으로 바뀌었다. "흥! 이럴 줄 알았어!" 그가 외쳤다. "왓슨, 자네는 잠시 후에 보도록 하지. 페르시아 슬리퍼[12] 속에 담배가 있을 거야." 그는 책상에 가서 전보로 보낼 글을 몇 자 적어 사환에게 건네주었다. 그리고 맞은편 의자에 몸을 던지더니 무릎을 끌어 올리고, 길고 여윈 정강이를 깍지 낀 손으로 감쌌다.

"아주 진부한 살인 사건이야."[13] 그가 말했다. "보아하니 자

14. 「레이게이트의 지주들」에서는 홈즈가 자신을 "바다제비 같은 사람"이라고 일컬었다.

홈즈는 화학 실험에 몰두하고 있었다.
시드니 패짓 그림, 《스트랜드 매거진》(1893)

네는 좀 더 나은 사건을 물어 온 모양이군. 자네는 범죄 사건을 물어 오는 바다제비[14]야, 왓슨. 그래, 무슨 사건이지?"

내가 편지를 건네주자, 그는 아주 골똘히 읽었다.

"여기엔 별 내용이 없군그래." 그는 다시 편지를 돌려주며 말했다.

"응, 아무것도."

"하지만 필적이 흥미로운걸."

"그 친구의 필적이 아니잖아."

"그야 그렇지. 여자의 필적이야."

15. 서리 주 교외의 전원주택지인 워킹에 가는 동안, 홈즈와 왓슨은 1855년에 정식으로 문을 연 잉글랜드 최초의 화장터를 지났을 뿐만 아니라, 훗날 명성을 날리게 되는 모스크(이슬람교 사원) 건물을 보았을 것이다. 그 사원은 원래 동양문화연구소용으로 1889년에 지은 것이다. 그러나 당초의 계획은 무산되고, 이 건물은 1913년에 숭배 장소로 바뀌어, 영국 도처의 이슬람교도들을 워킹으로 불러들이게 되었다.

"남자의 필적인 게 분명해." 내가 외쳤다.

"아니, 여자야. 희귀한 성격의 여자지. 자네도 알다시피, 조사에 착수하게 되면, 선하든 악하든 간에 성격이 별난 사람과 의뢰인이 가까이 지내고 있지 않는가를 파악하는 게 중요해. 이 사건은 벌써부터 흥미가 동하는군. 자네가 준비됐다면 바로 워킹으로 가서, 사악한 사건에 휘말린 그 외교관과 그의 편지를 받아 적은 아가씨를 만나볼까?"

우리는 운 좋게도 워털루에서 오전 기차를 타고, 한 시간도 되지 않아 전나무 숲과 히스가 우거진 워킹[15]에 도착할 수 있었다. 브라이어브레이 저택은 역에서 도보로 몇 분 거리에 있는 드넓은 부지에 호젓하게 자리 잡은 커다란 저택이었다. 우리는 명함을 건네주자마자 바로 안내를 받아 우아하게 단장된 거실로 들어섰다. 몇 분 후 꽤 뚱뚱한 남자가 거실로 들어와 우리를 무척이나 반가이 맞이했다. 그의 나이는 서른 살보다는 마흔 살 쪽에 더 가까운 듯했는데, 두 볼이 아주 볼그레하고 눈은 서글서글해서 아직도 토실토실한 악동 같은 인상을 풍겼다.

"이렇게 와주시다니 정말 반갑습니다." 그가 열정적으로 악수를 하며 말했다. "퍼시가 아침 내내 여러분을 애타게 기다렸습니다. 아, 딱한 녀석, 지푸라기라도 잡으려고 하다니! 그의 아버지와 어머니가 나더러 대신 여러분을 맞이하라고 하셨습니다. 그 얘기를 입에 담는 것만으로도 그들에겐 여간 고통스럽지 않아서요."

"우리는 아직 자세한 얘기를 듣지 못했습니다." 홈즈가 말했다. "당신은 이 집안의 가족이 아닌 것으로 보입니다만."

그는 깜짝 놀란 표정을 짓더니, 아래를 굽어보고 껄껄 웃었다.

"내 로켓에 새겨진 JH라는 모노그램을 보신 모양이군요." 그가 말했다. "난 또 엄청 현명한 추리나 한 줄 알고 잠시 놀랐습니다. 조지프 해리슨이 제 이름입니다. 퍼시가 내 누이인 애니와 결혼할 예정이라서, 난 인척인 셈이죠. 그의 방에 가면 내 누이를 보게 되실 겁니다. 그 애가 지난 두 달 동안 정성스레 간호를 하고 있죠. 곧바로 가보는 게 좋겠군요. 그가 안절부절 못하고 있으니 말입니다."

우리가 안내를 받고 들어선 방은 거실과 같은 층에 있었다. 실내에는 침실 가구와 거실 가구가 모두 갖추어져 있었고, 방 구석구석마다 섬세하게 꽃을 장식해놓았다. 몹시 창백하고 수척한 젊은 남자가 열린 창문가의 소파에 누워 있었고, 창문을 통해 정원의 짙은 향기와 상쾌한 여름 공기가 흘러들고 있었다. 그의 곁에는 어떤 여자가 앉아 있다가 우리가 들어서자 자리에서 일어났다.

"저는 나갈까요, 퍼시?" 그녀가 물었다.

그는 그녀가 떠나지 못하게 손을 붙들었다. "잘 있었나, 왓슨?" 그가 따스하게 말했다. "그렇게 콧수염[16]을 기르니 못 알아보겠군. 자네도 나를 금세 알아봤다고 장담은 못 할 거야. 저

16. 왓슨의 콧수염이 다시 언급되는 것은 「찰스 오거스터스 밀버턴」과 「붉은 원」에서다. 패짓은 콧수염을 대체로 두툼하게 그린 다음, 끄트머리를 가늘게 살짝 삐친다. 그라나다 텔레비전에서 방영한 홈즈 시리즈에서 왓슨 역을 한 데이비드 버크와 에드워드 하드윅도 그런 콧수염을 달았다. 1930년대와 1940년대에 폭스 영화사와 유니버설 영화사에서 만든 장편 시리즈 영화에서 홈즈 역의 배질 래스본과 호흡을 맞춘 왓슨 역의 나이절 브루스도 똑같은 콧수염 스타일을 채택했다.

몹시 창백하고 수척한 젊은 남자.
W. H. 하이드 그림, 《하퍼스 위클리》(1893)

"시간 낭비 하지 않겠습니다." 그가 말했다.
시드니 패짓 그림, 《스트랜드 매거진》(1893)

분은 자네의 그 유명한 친구인 셜록 홈즈 씨겠지?"

내가 짤막하게 홈즈를 소개하고 우리는 같이 자리에 앉았다. 뚱뚱한 남자는 곁을 떠났지만, 그의 누이는 계속 남아서 환자의 손을 잡고 있었다. 그녀는 용모가 아름다운 여성이었다. 키가 작고 몸이 좀 통통해 보였지만, 피부색은 아름다운 황갈색이었고, 이탈리아 사람과도 같은 크고 검은 두 눈에, 칠흑 같은 머리카락이 풍성했다. 그녀가 워낙 화사해서 곁에 있는 남자의 창백한 얼굴이 대조를 이루어 더욱 수척하고 초췌해 보였다.

"시간 낭비 하지 않겠습니다." 그가 소파에서 몸을 일으키며 말했다. "뜸들이지 않고 바로 문제를 말씀드리죠. 저는 입신출세한 행복한 남자였습니다, 홈즈 씨. 그런데 결혼 전야에, 느닷없이 끔찍한 불운이 닥쳐서 창창하던 내 인생을 결딴내버렸습니다.

왓슨이 말씀드렸겠지만 저는 외무부에서 일하는데, 외삼촌인 홀드허스트 경의 영향력 덕분에 고속 승진을 해서 요직에 올랐죠. 외삼촌이 이번 정부의 외무부 장관이 되신 후에 저를 믿고 여러 가지 임무를 맡기셨는데, 늘 성공적으로 일을 마치자 마침내 제 능력과 솜씨를 완전히 믿게 되셨습니다.

한 10주 전에, 정확히 말하면 5월 23일에, 외삼촌이 저를 집무실로 부르시더니, 제가 잘 해낸 일들을 칭찬한 후, 책임이 막중한 새 임무가 있다고 하시더군요.

외삼촌이 책상 서랍에서 회색 두루마리 문서를 꺼내며 말했습니다. '이건 잉글랜드와 이탈리아 사이의 비밀조약문 원본이야.[17] 그런데 안타깝게도 이미 언론기관에 소문이 좀 퍼졌어. 더 이상 기밀이 누설되면 절대 안 돼. 프랑스나 러시아 대사관에서 이 문서의 내용을 알아낼 수만 있다면 막대한 돈이라도 낼 거야. 이 문서의 사본을 꼭 만들 필요가 없었다면 계속 내 책상에 고이 모셔놓았겠지. 사무실에 네 책상이 있지?'

'네, 장관님.'

'그럼 이 조약문을 가져가라. 네 책상 서랍에 넣고 잠가두도록 해. 다른 직원들이 퇴근할 때 너는 남아 있으라고 지시할 테니, 누가 훔쳐볼 염려가 없을 때 차분히 베껴 쓰도록 해라.[18] 그 일을 마치면, 원본과 사본을 모두 책상 서랍 안에 넣고 잠가둔 다음, 내일 아침 내게 직접 가져오렴.'

나는 그 문서를 가져가서⋯⋯."

"잠깐만." 홈즈가 말했다. "그런 대화를 나눌 때 단둘이 있었나요?"

"물론이죠."

"커다란 방에서?"

"사방 9미터는 됩니다."

"방 한가운데서?"

---

17. 플레처 프랫의 말에 따르면, 1887년 잉글랜드와 이탈리아 사이에 비밀조약이 있었다.

18. 영국 외무부에 복사기 한 대 없었다는 것은 놀라운 일이다. 사진 복사 방법은 아직 개발되지 않았지만, 1780년에 제임스 와트가 압착식 복사기를 특허받은 이래, 문자 압착식 복사, 롤러 복사, 문자 복사조 등 다양한 방법이 개발되었다. 1823년 파리를 무대로 한, 오노레 드 발자크의 단편소설 「관료」(1830년경)에서 정부 관료가 손으로 쓴 메모를 "친필 인쇄소"로 가져가, "거기서 두 부를 압착 복사했다"는 말이 나온다. 또 다른 관료는 "자필 압착 복사기가 필사 직원을 대신할 수 있을지" 따져본다.

"그럼 이 조약문을 가져가라."
시드니 패짓 그림, 《스트랜드 매거진》(1893)

"네, 대충."

"나지막이 얘기했나요?"

"외삼촌의 음성은 언제나 아주 나직합니다. 나는 거의 입을 열지 않았고요."

"고맙습니다." 홈즈가 두 눈을 감으며 말했다. "계속하세요."

"나는 정확히 외삼촌이 시킨 대로 했습니다. 다른 직원들이 퇴근하길 기다린 거죠. 내 사무실 직원 가운데 한 명인 찰스 고로가 밀린 일이 있다기에, 나는 그를 사무실에 남겨두고 저녁 식사를 하러 나갔죠. 돌아와보니 그는 퇴근했더군요. 나는 어서 일을 끝내려고 서둘렀습니다. 조지프가, 그러니까 여러분이 아까 보신 해리슨 씨가 런던 시내에 나왔는데, 11시 기차로 워킹에 가겠다고 해서, 그 시간에 맞추어 같이 가려고 한 겁니다.

조약문을 살펴보니 그게 정말 얼마나 중요한지 바로 알겠더군요. 외삼촌 말씀은 과장이 아니었어요. 자세한 내용을 밝힐 수는 없지만, 그 조약문이 삼국동맹[19]에 대한 영국의 입장을 규정하고, 지중해에서 프랑스 함대가 이탈리아 함대를 완전히 압도할 경우 영국이 어떻게 할지를 미리 밝힌 문서라는 것만은 말씀드릴 수 있습니다. 그 문서는 순전히 해군의 문제만을 다루고 있죠. 문서 끝에는 3국 고위 인사들이 서명을 했어요. 나는 내용을 훑어본 후 베껴 쓰기 시작했습니다.

그것은 프랑스어[20]로 쓰인 장문의 문서였습니다. 26개 조항으로 이루어진 이 문서를 최대한 빨리 베꼈지만, 9시에 겨우 제9조까지 마칠 수 있었죠. 11시 기차를 타기는 어려울 것 같더군요. 나는 졸리고 머리도 띵했습니다. 하루 종일 일을 해서 피곤한 데다가 저녁 식사 후의 식곤증까지 몰려온 탓이었죠. 그래서 커피 한잔 하면 머리가 맑아질 것 같았습니다. 계단 밑에 있는 작은 수위실에서 수위가 밤을 새우는데, 수위는 야근하는 직원들을 위해 알코올램프로 늘 커피를 끓여주죠. 그래서 나는 초인종을 울려 그를 불렀습니다.

그런데 놀랍게도 찾아온 사람은 여자였습니다. 체격이 크고 얼굴이 험상궂은 나이 든 여자가 앞치마를 두르고 올라온 겁니다. 그녀는 수위의 아내라면서, 잡일[21]을 하고 있다더군요. 나는 그녀에게 커피를 시켰습니다.

두 개 조항을 더 쓰자 더욱 졸음이 쏟아지더군요. 나는 자리에서 일어나 이리저리 서성이며 다리 근육을 풀었습니다. 커피가 아직 오질 않아서, 왜 그렇게 늦는지 의아했죠. 그걸 알아보

19. 1879년에 독일과 오스트리아-헝가리 제국이 러시아에 대한 방어 전술로 비밀조약을 체결했다. 1882년 5월에는 프랑스가 튀니지를 침공한 데 반발한 이탈리아가 여기에 가세해 삼국동맹이 이루어졌다. 발칸 반도에서 오스트리아-헝가리 제국과 경쟁 관계에 있었던 이탈리아는 이 미묘한 동맹에서 얼마간은 발을 빼고 있었다. 그런데도 이 비밀조약은 1914년까지 주기적으로 갱신되었다. 그러나 제1차 세계대전이 일어나자, 1915년 5월 이탈리아는 독일과 오스트리아-헝가리 제국에 등을 돌리고 반대 진영에서 참전했다.

20. 외교에서는 전통적으로 프랑스어를 썼다. 그러나 프랑스를 적대하는 영국과 이탈리아 사이의 조약문까지 프랑스어로 썼다는 것은 얄궂은 일이다.

21. 'charing'. (잡일 혹은 잡일하는 여자를 뜻하는 말-옮긴이) 여기서 잡일을 한다는 것은 청소부라는 뜻이다. 'char'라는 낱말은 고대 영어에서 '업무 교대'를 뜻하는 'cierr'에서 파생한 말인데, 미국으로 건너가서 'chore(잡일)'로 바뀌었다.

당시의 복사기.

려고, 문을 열고 복도로 나가봤습니다. 직선 통로에는 희미하게 불이 밝혀져 있었죠. 내가 일하는 사무실로 통하는 길은 그 통로밖에 없어요. 직선 통로가 끝나는 곳에는 휘어진 계단이 있고, 계단 아래 수위실이 있습니다. 계단을 반쯤 내려가면 작은 층계참이 나오는데, 거기서 직각으로 또 하나의 통로가 나 있죠. 이 두 번째 통로에는 또 다른 작은 계단이 있고, 그 끝에 하인들이 이용하는 옆문이 나 있습니다. 찰스 스트리트에서 오는 직원들은 지름길로 이 옆문을 이용하죠. 여기 약도가 있습니다."

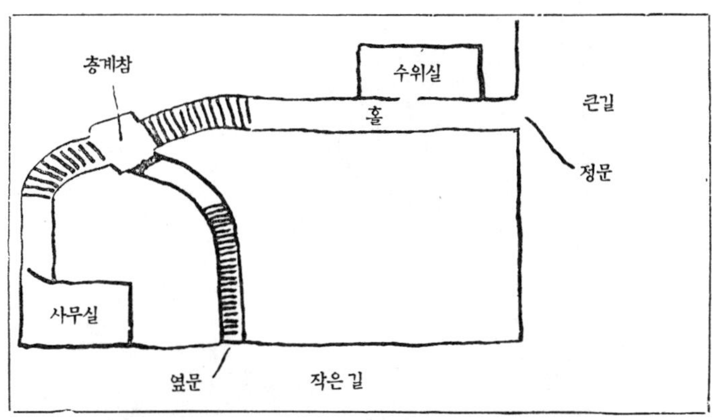

"고맙습니다. 무슨 말인지 잘 알겠습니다." 셜록 홈즈가 말했다.

"이 대목이 아주 중요하니 잘 들으세요. 나는 계단을 내려가 홀로 들어갔습니다. 수위는 수위실에서 곤히 잠들어 있더군요. 알코올램프 위에서는 주전자 물이 펄펄 끓고 있었습니다. 물이 넘치고 있기에 주전자를 내려놓고 램프의 불을 껐죠. 그러고서 아직도 곯아떨어져 있는 수위를 막 흔들어 깨우려는데, 그의 머리 위에 있는 초인종이 요란하게 울려서 그가 화들짝 놀라 깨어났습니다.

'펠프스 씨!' 그가 나를 보고는 당황해서 말했습니다.

'내 커피가 어떻게 됐나 알아보려고 왔습니다.'

'물을 끓이다가 그만 깜박 잠이 들었습니다.' 그는 나를 바라보다가, 아직도 요란하게 흔들리고 있는 초인종을 쳐다보며 어쩔 줄 몰라 하는 기색이 역력했죠.

'펠프스 씨는 여기 계시는데, 누가 초인종을 울리고 있는 거죠?' 그가 물었습니다.

'초인종!' 내가 외쳤습니다. '이건 무슨 초인종이죠?'

수위는 수위실에서 곤히 잠들어.
시드니 패짓 그림, 《스트랜드 매거진》(1893)

'그야 펠프스 씨의 사무실 초인종인데요.'

나는 가슴이 철렁했습니다. 그렇다면 그 소중한 조약문을 책상에 놓아둔 사무실에 누가 들어온 겁니다. 나는 미친 듯이 계단을 뛰어 올라가서 통로로 들어섰습니다. 복도에는 아무도 없었어요. 사무실에도 아무도 없었습니다. 모든 게 내가 떠났을 때와 같았어요. 나한테 맡겨진 문서가 책상에서 감쪽같이 사라졌다는 것만 빼고요. 베껴 쓴 것은 남아 있었는데, 원본이 온데간데없었어요."

문서가 책상에서 감쪽같이 사라졌다.
W. H. 하이드 그림, 《하퍼스 위클리》(1893)

홈즈가 의자에서 일어나 두 손을 비볐다. 그는 이 사건에 완전히 심취한 게 분명했다. "그런 다음 어떻게 했습니까?" 그가 중얼거렸다.

"도둑이 옆문을 통해 계단으로 올라온 게 틀림없다는 것을 곧바로 알아차렸습니다. 그가 다른 길로 왔다면 나와 마주쳤을 테니까요."

"도둑이 사무실에 계속 숨어 있었거나, 아까 희미하게 불이 밝혀져 있었다고 한 복도에 숨어 있었을 수는 없나요?"

"절대 그럴 순 없어요. 사무실이나 복도에는 쥐 한 마리도 숨어 있을 수 없습니다. 몸을 가릴 데가 전혀 없어요."

22. 미국 판본에는 "교회"가 아니라 "시계"라고 되어 있다.

23. 마이클 해리슨의 『셜록 홈즈의 발자취를 따라서』에 의하면, 찰스 스트리트에는 시간을 알리는 종이 두 개 있다. 세인트마거릿 교회의 종과 웨스트민스터 대사원의 종이 그것이다. 그러나 거기서 불과 몇 미터 떨어진 곳에 빅벤(영국 국회의사당의 시계탑)이 있어서, 이웃의 종소리는 빅벤의 종소리에 묻혀버린다. 해리슨은 이렇게 썼다. "펠프스가 들은 것은 사실상 빅벤의 종소리일 텐데, '이웃 교회'의 종소리를 들었다고 하다니 참 별일이다. 펠프스의 말에 홈즈가 아무런 토를 달지 않았다는 것도 별일이고."

24. 빅토리아 시대의 셔츠 소매는 일반적으로 빳빳했다. 홈즈는 수첩을 갖고 다니지 않았을까? 그렇지는 않은 것 같다.(『네 사람의 서명』 참고) 『바스커빌 씨네 사냥개』에서도 모티머 박사가 소매에 메모를 한다는 말이 나오는데, 왓슨은 그게 단정치 못한 버릇을 가진 사람이 뭔가에 몰입해 있는 증거라고 여긴 듯하다.

"고맙습니다. 계속 말씀하세요."

"겁을 집어먹고 창백해진 게 분명한 내 얼굴을 보고 수위가 뒤따라왔습니다. 우리 두 사람은 복도로 달려가서, 찰스 스트리트로 이어진 가파른 계단을 달려 내려갔죠. 계단 아래 있는 문은 닫혀 있었지만 잠겨 있지는 않았어요. 우리는 문을 열어젖히고 밖으로 뛰어나갔습니다. 그때 이웃 교회[22]에서 세 번 종이 울린 게 생생히 기억납니다. 그러니까 9시 45분이었던 거죠."

"아주 중요한 사실이군요."[23] 홈즈가 셔츠 소매에 메모를 하며 말했다.[24]

"그날 밤은 무척 어두웠는데, 미지근한 이슬비가 내렸습니다. 찰스 스트리트에는 아무도 없더군요. 하지만 화이트홀에는 평소처럼 마차가 아주 많이 다녔어요. 우리는 모자도 쓰지 않고 인도로 뛰어나갔죠. 길모퉁이에 경찰이 한 명 서 있었습니다.

'도둑이 들었습니다.' 내가 헐떡이며 말했죠. '외무부에서

하이드 파크 코너의 교통 상황.
《패스트 포지티브》

아주 중요한 문서를 도난 당했습니다. 누가 이 길로 지나가지 않았나요?'

'저는 이곳에 15분 동안 서 있었습니다.' 그가 말했어요. '그 동안 지나간 사람은 한 명뿐입니다. 여자였죠. 키가 크고, 나이가 지긋하고, 페이즐리 숄[25]을 걸쳤더군요.'

'아, 그건 제 집사람인데요.' 수위가 외쳤다. '다른 사람은 지나가지 않았나요?'

'네.'

'그렇다면 도둑은 다른 길로 간 게 분명해요.' 수위가 외치며 내 소매를 당겼습니다.

그렇지 않아도 수상쩍었는데, 수위가 나를 다른 데로 잡아끌자 더욱 의심이 들더군요.

'그 여자는 어디로 갔습니까?' 내가 외쳤죠.

'그건 모르겠습니다. 그녀가 지나가는 것은 보았지만, 특별히 눈여겨볼 만한 이유가 없어서요. 그녀는 길을 서두르는 것 같았습니다.'

'그게 언제였나요?'

'아, 몇 분 전이었죠.'

'5분이 넘었나요?'

'음, 그렇지는 않을 겁니다.'

'펠프스 씨, 이건 시간 낭비입니다. 지금 한시가 급해요.' 수위가 외쳤습니다. '제 말씀을 믿으세요. 우리 마누라는 이 일과 아무 관계가 없어요.[26] 그러니 반대쪽 길로 가보자고요. 안 가시겠다면 저라도 가보겠습니다.' 그런 말과 함께 그는 반대쪽으로 달려갔습니다.

하지만 나는 바로 그를 뒤쫓아가서 그의 소매를 붙잡았죠.

'당신은 집이 어딥니까?' 내가 물었어요.

'브릭스턴의 아이비 레인 16번지입니다.' 그가 대답했습니

25. 스코틀랜드의 페이즐리 시에서 생산된 숄. 그 지명을 딴 '페이즐리'라는 양모 직물은 화려한 색상에 추상적인 곡선 도안을 넣은 것이 특징이다. 곡선 도안은 쉼표(,)를 확대한 것과 비슷한 디자인이 주를 이룬다―옮긴이.

26. 그렇지만 길을 서두른 수위의 아내가 한 행동은 역시 수상쩍다. 그 문제를 고민한 D. 마틴 데이킨은 이렇게 말했다. "그녀의 행동은 수수께끼에 싸여 있다. 퍼시의 사무실에 들렀다가 건물을 벗어날 때까지 그녀는 무엇을 했을까? 분명 커피를 끓인 것은 아니다."

다. '하지만 제발 헛다리 짚지 마세요, 펠프스 씨. 저쪽 길로 가서 알아보자니까요.'

그의 말대로 한다고 해서 잃을 건 없었죠. 일단 거기로 경찰과 함께 달려가보니, 거리에는 마차가 붐비고, 많은 사람이 오가고 있었습니다. 하지만 밤비가 내려서 다들 종종걸음을 치고 있었죠. 그러니 지나간 사람을 보았느냐고 누굴 붙잡고 물어볼 수가 없더군요.

그 후 우리는 사무실로 돌아와서 계단과 통로를 수색해보았지만 아무 성과가 없었습니다. 사무실로 이어진 복도는 말랑말랑한 리놀륨이 깔려 있어서 자국이 쉽게 납니다. 우리는 아주 꼼꼼히 살펴보았지만, 아무런 발자국도 찾을 수 없었어요."

"밤에 계속 비가 왔나요?"

"네, 7시쯤부터."

"그렇다면 9시쯤 사무실에 들어온 그 여자는 어째서 흙 묻은 발자국을 남기지 않았을까요?"

"그걸 지적해주시니 반갑군요. 그때 저도 그런 생각을 했습니다. 그런데 청소부들은 신고 온 신발을 수위실에 벗어두고 천 슬리퍼를 신는 게 관례랍니다."

"그게 그렇군요. 그렇다면 그날 밤에 비가 왔는데도 발자국이 없었다 이건가요? 이 사건은 정말 흥미롭군요. 다음에는 어떻게 하셨나요?"

"우리는 사무실을 살펴보았습니다. 비밀 문 같은 건 있을 리가 없고, 창문은 지상 9미터 높이에 있는 데다가 모두 안에서 잠겨 있었어요. 바닥에는 양탄자가 깔려 있어서 그 밑에 무슨 문이 있을 리가 없고, 천장은 여느 천장처럼 하얗게 회칠이 되어 있죠. 문서를 훔친 사람이 들어올 만한 곳은 문밖에 없다고 장담할 수 있어요."

"벽난로는 어떻습니까?"

"거긴 벽난로가 없어요. 그냥 난로가 하나 있을 뿐이죠. 초인종 줄은 내 책상 바로 오른쪽에 늘어져 있습니다. 누구든 초인종을 울리려면 내 책상으로 바짝 다가와야만 하죠. 그런데 범인은 왜 종을 울린 걸까요? 그게 가장 납득이 가지 않아요."

"분명 이 사건은 아주 특이합니다. 다음에는 뭘 하셨나요? 침입자가 흔적을 남긴 게 있는지 실내를 살펴보았겠죠? 담배 꽁초나 장갑, 아니면 머리핀이라도 흘렸는지 말입니다."

"그런 흔적은 전혀 없었습니다."

"냄새도?"

"음, 그건 미처 생각지 못했습니다."

"아, 그런 조사를 하면서 담배 냄새라도 맡았다면 우리에게 큰 도움이 되었을 텐데."

"저는 담배를 피우지 않습니다. 그러니 담배 냄새가 났다면 알아차렸을 겁니다. 그런데 어떤 단서도 포착할 수 없었어요. 유일하게 확실한 사실은, 수위의 아내, 그러니까 탠지 부인이라는 여자가 다급히 밖으로 나갔다는 것뿐입니다. 수위는 자기 아내가 언제나 그 시간쯤 집에 돌아간다고 했지만 그녀가 서두른 이유는 대지 못했죠. 경찰과 나는 그 여자가 문서를 훔쳐 갔다고 보고, 그걸 처분하기 전에 체포해야 한다고 생각했습니다.

그 무렵 런던 경찰국에 신고가 들어가서, 포브스 형사가 바로 찾아와 아주 열정적으로 사건을 접수했습니다. 우리는 핸섬마차를 불러서, 30분 뒤 수위의 집에 도착했죠. 젊은 여자가 문을 열어주었습니다. 그녀는 탠지 부인의 장녀였죠. 그녀는 어머니가 아직 돌아오지 않았다면서, 우리가 기다릴 수 있도록 거실로 안내했습니다.

10분쯤 지났을 때 노크하는 소리가 들렸습니다. 이때 우리는 아주 심각한 실수를 했습니다. 모두 저 때문이죠. 우리가 직

27. 'broker.' 오늘날의 영어 속어 '리포맨repo man'과 같은 뜻이다.〔'repo man'은 'repossession man'의 약자로, 차량 할부금 등 대금을 내지 않은 상품을 회수하는 직업을 가진 사람을 가리키는 말이다. 알렉스 콕스 감독의 〈리포맨〉(1984)이라는 장편 컬트영화가 있다―옮긴이〕

접 문을 열어주지 않고 그 아가씨에게 열어주라고 한 겁니다. 이런 소리가 들려왔죠. '어머니, 두 남자가 찾아와서 어머니를 기다리고 있어요.' 그 순간 통로로 후닥닥 뛰어가는 발소리가 들렸습니다. 포브스가 문을 열어젖혔고, 우리 둘이 뒷방으로, 그러니까 부엌으로 뛰어들었죠. 그 여자가 먼저 그곳에 가 있었습니다. 그녀는 우리를 노려보다가, 갑자기 나를 알아보고는 아주 깜짝 놀란 표정을 짓더군요.

'아니, 펠프스 씨 아니세요! 그 사무실의!' 그녀가 외쳤습니다.

'이봐요, 그럼 우리가 누군 줄 알았소? 우리한테서 달아나려고 했으면서 말이지.' 내 동행이 물었습니다.

'난 브로커27가 찾아온 줄 알았어요.' 그녀가 말했죠. '상인과 문제가 좀 있었거든요.'

'궁색한 변명이로군.' 포브스가 응수했죠. '당신은 외무부

"아니, 펠프스 씨 아니세요!"
시드니 패짓 그림, 《스트랜드 매거진》(1893)

에서 중요한 문서를 훔쳐 간 혐의를 받고 있소. 당신은 그것을 없애려고 이리 달려온 거요. 조사를 해야겠으니 런던 경찰국으로 같이 갑시다.'

그녀가 저항을 했지만 그건 헛수고였죠. 사륜마차를 불러서 우리 셋이 경찰국으로 갔죠. 하지만 그 전에 부엌을 조사했습니다. 그녀가 혼자 있던 잠깐 동안 문서를 태워버리지는 않았나 하고 특히 부뚜막을 잘 살펴보았죠. 하지만 재나 종잇조각의 흔적은 없더군요. 런던 경찰국에 도착하자마자 그녀를 여자 조사관에게 넘겼습니다. 그녀가 보고서를 가지고 돌아올 때까지 초조하게 기다렸는데, 문서는 나오지 않았습니다.

그러자 처음으로 내가 처한 상황에 대한 공포가 한꺼번에 밀려들었습니다. 그때까지 나는 쉴 새 없이 움직였고, 움직임은 사고를 마비시켰던 거예요. 조약문을 즉시 되찾을 수 있다고 확신한 나머지, 그러지 못할 경우 어떻게 될지는 생각지도 않았죠. 그런데 이제 어떻게 해볼 도리가 없게 되자, 내 처지를 돌아볼 겨를이 생긴 겁니다. 그건 정말 끔찍했어요. 내가 학창 시절에 소심하고 민감했다는 건 여기 있는 왓슨에게 들었을 겁니다. 그게 내 천성이죠. 나는 외삼촌이 떠올랐고, 내각의 다른 각료도 떠올랐습니다. 외삼촌과 나 자신은 물론이고 나와 관련된 모든 사람에게 치욕을 안겨주었다는 생각이 들었습니다. 나도 이 기묘한 사건의 희생자지만, 그렇다 한들 달라질 건 없죠. 국익이 걸린 문제니, 사고였다고 해서 용서받을 수 있는 건 아니니까요. 나는 망했습니다. 치욕스럽게, 절망적으로 몰락하고만 거예요. 그 후 내가 무슨 짓을 했는지 기억도 안 나요. 아마 난동을 부린 모양입니다. 경찰들이 나를 둘러싸고, 달래려고 애를 쓰던 모습이 희미하게 기억납니다. 그 가운데 한 명이 마차로 나를 워털루까지 데려가서, 워킹행 기차[28]를 태워주었습니다. 마침 우리 이웃에 사는 페리어 박사[29]가 그 기차를 타지

28. 이 기차는 물론 펠프스가 타려고 했던 11시 기차가 아니었을 것이다. 문서를 도난 당한 것은 9시 45분(펠프스가 종소리를 들은 시각) 직전이다. 그 후 펠프스와 수위가 건물을 수색하는 데 15분에서 30분 정도 시간이 걸렸을 것이다. "그 무렵 런던 경찰국에 신고가" 들어갔다. 포브스 형사가 나타난 후 펠프스와 포브스는 핸섬 마차를 타고 "30분 뒤" 탠지 씨네 집에 도착했고, "10분쯤 지났을 때" 청소부 탠지 부인이 나타났다. 그녀의 집 안을 수색하고 경찰국으로 돌아가는 데까지 45분은 걸렸을 것이다. 탠지 부인의 몸수색을 하는 데에도 10분은 걸렸을 것이다. 그 후 마차로 워털루까지 가서 기차를 탔다. 따라서 펠프스가 종소리를 들은 후 기차를 타기까지는 최소한 110분이 걸렸다. 즉, 기차를 탄 시간은 11시 30분 이후다.

29. 이 사람이 『주홍색 연구』에 나오는 페리어 씨네와 무슨 관계가 있는가를 제시한 사람이 아무도 없다는 게 좀 뜻밖이다.

않았다면 아마 그 경찰이 워킹까지 나를 바래다주었을 겁니다.
박사가 친절하게 나를 바래다주는 일을 떠맡았는데, 그건 참
다행스러운 일이었죠. 내가 이미 발작을 일으킨 데다, 집에 도
착하기 전에 사실상 미쳐 날뛰고 있었거든요.

의사가 초인종을 울리자, 자다 일어난 사람들이 내 꼴을 보
고 무슨 소동을 벌였을지 상상하실 수 있을 겁니다. 여기 있는
애니와 어머니는 가슴이 미어졌죠. 페리어 박사는 기차역에서
형사에게 이야기를 다 들은 터라, 무슨 일이 일어났는지 전해
줄 수 있었죠. 하지만 그런 얘기가 무슨 소용이 있겠습니까. 내
가 오래 몸져누울 게 분명해서, 조지프가 안락한 이 침실에서
느닷없이 쫓겨나고, 이 방은 병실로 바뀌었지요. 제가 여기 몸
져누운 지도 9주가 넘었습니다, 홈즈 씨. 의식을 잃고 뇌열병
에 시달리면서 말입니다. 여기 해리슨 양이 없었다면, 그리고
의사의 보살핌이 없었다면 지금 이렇게 말을 할 수도 없었겠지
요. 낮에는 그녀가 보살펴주고, 밤에는 고용한 간호사가 나를
돌봤습니다. 내가 발작을 일으켜서 무슨 짓을 할지 모르니까
요. 나는 서서히 정신이 맑아졌지만, 기억이 온전히 돌아온 것
은 불과 사흘 전입니다. 가끔은 차라리 아무것도 기억하지 못
했으면 좋겠어요. 기억을 되찾은 나는 이 사건을 맡은 포브스
씨에게 전보부터 쳤습니다. 그가 찾아와서 단언하더군요. 모든
조치를 취해봤지만, 실오라기 같은 단서도 찾아내지 못했다고
말입니다. 수위 내외를 다방면으로 조사해봤지만 역시 아무런
실마리도 얻지 못했다더군요. 그 후 경찰은 그날 밤 야근을 한
고로에게 혐의를 두었죠. 그를 의심할 만한 근거라고는 늦게까
지 남아 있었다는 것, 그리고 프랑스 성씨를 가졌다는 것뿐이
었습니다. 그런데 실은 내가 일을 시작한 것은 그가 퇴근한 뒤
였죠. 그리고 그의 조상이 위그노교도[30]이긴 하지만, 그는 여러
분이나 나와 같은 전통, 같은 공감대를 지닌 영국인이죠. 그가

관련되었다는 혐의가 전혀 드러나지 않자, 사건 수사는 중단되고 말았습니다. 그래서 마지막 희망으로 홈즈 씨를 찾게 된 것입니다. 홈즈 씨가 실패하면 저는 명예만이 아니라 지위까지 영영 잃게 됩니다."

이런 긴 이야기에 지친 환자는 쿠션에 몸을 파묻었다. 간병인은 기운을 북돋우는 약을 한 잔 그에게 따라주었다. 홈즈는 말없이 앉아 머리를 뒤로 젖힌 채 두 눈을 감고 있었다. 모르는 사람이 보면 맥이 쭉 빠진 것 같은 자세지만, 그건 그가 가장 골똘히 몰두하고 있다는 증거라는 것을 나는 알고 있었다.

"정말 설명을 아주 잘해주셨습니다." 마침내 그가 말했다. "사실 물어볼 게 별로 없을 정도입니다. 하지만 아주 중요한 질문이 있습니다. 당신이 그런 특별 임무를 수행한다는 얘기를 누구한테 한 적이 있나요?"

"없습니다."

"예를 들어, 여기 계신 해리슨 양에게도 말입니까?"

"네. 임무를 받고 수행할 때까지 워킹에는 돌아오지 않았습니다."

"그럼 아는 사람 가운데 우연히 당신을 만나러 온 사람은 없나요?"

"없습니다."

"가족 가운데 사무실 지리를 잘 아는 사람은 있겠죠?"

"아, 네, 모두에게 구경을 시켜준 적이 있습니다."

"물론 당신이 조약문에 대해 다른 사람에게 아무 얘기도 하지 않았다면 이건 무의미한 질문이 되겠죠."

"아무 얘기도 하지 않았습니다."

"수위라는 사람에 대해서는 뭘 알고 있나요?"

"그가 퇴역한 군인이라는 것밖에는 모릅니다."

"어느 연대라던가요?"

31. "콜드스트림Coldstream"은 '콜리Coaly'라고도 알려진 연대로. 조지 멍크 장군의 지휘 아래, 1660년 2월 2일 리처드 크롬웰 정부가 붕괴한 후 다시 왕을 옹립하기 위해 런던에 입성한 부대다. 크라이턴 셀라스 부인의 에세이 「왓슨 박사와 영국 군대」에 따르면, 콜드스트림 근위대는 "전체 영국 육군 중에서 가장 유명한 연대로 손꼽혔다. ……군인들의 근무 기간이 길었고 언제나 영예롭게 은퇴했다." 사실 수위가 콜드스트림 연대 출신이라는 것만으로도 불명예스러운 의심을 할 여지가 없는 인물이라는 것을 왓슨이 밝힐 수도 있었을 텐데 왜 그러지 않았는지 셀라스는 의아해했다.

32. 향기가 아주 짙은 장미다. 꽃송이가 크고 꽃잎이 많이 달렸다. 이름에 모스moss(이끼)라는 말이 붙은 것은 꽃받침과 줄기가 초록빛과 붉은빛의 이끼로 덮인 것처럼 보이기 때문이다. 다마스크로즈와 캐비지로즈의 돌연변이종인데, 특히 빅토리아 시대에 모스로즈가 인기를 끌어서, 정원 조경과 부케, 장식미술용으로 많이 쓰였다.

"아, 들은 적이 있습니다. 콜드스트림 근위대.[31]"

"고맙습니다. 다른 얘기는 포브스에게 들을 수 있을 겁니다. 경찰이라면 사실을 수집하는 데 아주 뛰어나죠. 그걸 잘 이용하지 못해서 탈이지만 말입니다. 장미가 참 아름답군요!"

그는 열린 창가로 다가가서 축 늘어진 모스로즈[32]를 집어 들고 진홍색과 초록색이 아름답게 어우러진 그 꽃을 굽어보았다. 홈즈에게 저런 취향이 다 있었나 싶었다. 전에 그가 그처럼 자연 사물에 관심을 나타내는 것을 본 적이 없었다.

"장미가 참 아름답군요!"
시드니 패짓 그림, 《스트랜드 매거진》(1893)

"종교의 경우처럼 추리가 필요한 분야도 없습니다." 그가 덧문에 등을 기대며 말했다. "종교는 추리를 통해 정밀과학으로까지 정립될 수 있습니다. 내가 보기에 신이 선하다는 최고의 증거는 바로 꽃입니다. 다른 모든 것들, 그러니까 우리의 능력, 욕망, 우리의 먹을거리 따위는 모두 우리가 존재하기 위해 당장 필요한 것들이죠. 그러나 장미는 덤입니다. 장미의 향기와 빛깔은 삶을 가능케 하는 전제 조건이 아니라 삶을 아름답게 꾸며주는 것이죠. 신이 선하기에 이러한 덤을 주신 겁니다.[33] 그래서 나는 되뇌곤 합니다. 우리는 꽃을 통해 많은 희망을 얻는다고."

퍼시 펠프스와 간병인은 홈즈의 이런 모습을 보고 놀라면서도 역력히 실망한 표정을 드러냈다. 홈즈는 모스로즈를 쥐고 회상에 빠져들었다. 한동안 그런 상태가 이어진 후 젊은 숙녀가 침묵을 깼다.

"이 사건을 해결할 가망이 있다고 보시나요, 홈즈 씨?" 그녀가 다소 쌀쌀맞게 물었다.

"아, 그 사건!" 그가 화들짝 놀라 현실로 돌아오며 말했다. "음, 그 사건이 아주 난해하고 복잡하다는 것을 부정할 순 없을 겁니다. 하지만 약속드리죠. 이 사건을 조사해보고 생각나는 게 있으면 꼭 알려드리겠습니다."

"무슨 단서가 보이나요?"

"당신은 내게 일곱 가지[34] 단서를 제공했습니다. 하지만 물론 그 가치를 운운하기 전에 먼저 확인을 해봐야겠지요."

"누구를 의심하시죠?"

"나 자신을 의심합니다."

"네?"

"너무 성급하게 결론을 내린 게 아닌가 해서요."

"그럼 런던으로 가서 어서 결론을 확인해보시죠."

"훌륭한 조언입니다, 해리슨 양." 홈즈가 일어서며 말했다.

33. 버넌 렌델은 이렇게 주장했다. 홈즈는 "향기와 빛깔이 꽃 자신에게는 '덤'이 아니라는 기초적인 사실을 무시하고 있다. 그건 꽃을 번성케 하는 곤충들을 끌어들여 씨앗을 생산하기 위한 생존의 필수 조건이다."(이 고지식한 주석은 너무 썰렁하다. 태양과 지구를 비롯한 태양계의 나이가 약 46억 살이라는데, 꽃의 나이는 몇 살일까? 줄잡아 1억 3,000만 살이다. 이 무렵에 지구는 파충류인 공룡이 지배했고, 곤충도 번성해서 길이 60센티미터가 넘는 잠자리가 유유히 날아다녔다. 조류와 포유류는 이제 갓 진화를 시작한 때였다. 그때 권태롭게 푸르죽죽하기만 하던 세상을 찬란하게 수놓은 꽃은 지상의 충격이었을 것이다. 눈부시게 꽃을 피운 속씨식물은 곤충에게 꿀을 주기만 한 것이 아니라, 조류와 신생 포유류인 설치류에게 푸짐한 열매를 안겨주었다. 그들에게 꽃은 낙원의 상징으로 여겨졌을 것이다. 꽃이 속씨식물 자신에게는 물론 생존의 필수 조건이지만, 그 곁에 있는 동물들에게는 꽃이 '희망'이고 '희망의 상징'이고 '기적'이었다고 해도 그리 틀린 말은 아닐 것이다—옮긴이)

34. 이런 말이 우연인지 의도인지 몰라도, 홈즈는 이 숫자를 선호하는 것 같다. 홈즈는 「너도밤나무 저택」에서 "일곱 가지 가능성을 생각"해봤다고 말한다. 「실종된 스리쿼터백」에서는 "그 전문을 훔쳐볼 일곱 가지 계략을 미리 짜두었"다고 왓슨에게 말한다.

"그러는 게 좋겠어, 왓슨. 너무 크게 기대하진 마십시오, 펠프스 씨, 사건이 워낙 뒤얽혀 있으니까요."

"다시 보기만 손꼽아 기다리겠습니다." 외교관이 외쳤다.

"음, 같은 열차 편으로 내일 다시 들르겠습니다. 긍정적인 보고를 드릴 것 같지는 않지만 말입니다."

"다시 와주시겠다니 감사합니다." 의뢰인이 외쳤다. "무슨 일인가 이뤄지고 있다는 것을 아는 것만으로도 숨통이 트입니다. 그런데 홀드허스트 경께서 편지를 보낸 적이 있습니다."

"하! 그래 뭐라고 하시던가요?"

"그분 말씀은 차가웠지만 가혹하지는 않으셨죠. 내 병이 위중해서 차마 가혹하게 대하지 못하셨을 겁니다. 그분은 이 사건이 극히 중요하다고 되풀이해서 말씀하셨습니다. 그리고 내 미래에 대해서는 아직 조치를 취하지 않았다고 덧붙였죠. 그 말씀은 그러니까, 아직 해고를 하지 않았다는 뜻입니다. 내 건강이 회복되어 불운한 사건을 해결할 기회를 갖도록 말이죠."

"음, 합리적이고 사려가 깊으시군요." 홈즈가 말했다. "가자, 왓슨, 우린 시내에 가서 할 일이 많으니까."

조지프 해리슨 씨가 우리를 기차역까지 마차로 배웅해주었다. 우리는 곧 포츠머스발 기차를 타고 달렸다. 홈즈는 깊이 생각에 잠겨 거의 아무런 말도 하지 않더니, 우리가 클래펌 환승역에 도착해서야 입을 열었다.

"이 노선의 열차를 타고 런던에 들어서는 것은 아주 유쾌한 일이야. 고속으로 달리면서 저런 집들을 굽어볼 수 있으니 말이야." 풍경이 황량했기 때문에 나는 그가 농담을 하는 줄 알았다. 그러나 그가 곧 해명했다.

"저기 외따로 우뚝 서 있는 한 무더기의 커다란 건물들 좀 봐. 슬레이트 색의 대지 위에 치솟아 있는 게 마치 납빛 바다에 벽돌로 된 섬이 떠 있는 듯하잖아."

풍경이 황량했다.
시드니 패짓 그림, 《스트랜드 매거진》(1893)

"공립 초등학교[35]로군."

"저건 등대야! 미래의 등대! 각기 수많은 찬란한 씨앗을 품은 캡슐들이야. 저기서 더욱 현명하고 더 나은 미래의 잉글랜드가 싹터 나올 거야. 그런데 펠프스라는 친구는 술을 마시지 않지?"

"그럴 거야."

"내가 보기에도 그렇긴 한데, 우린 모든 가능성을 따져보아야 해. 불쌍한 그 친구가 수렁에 빠진 건 분명한데, 우리가 그를 건져낼 수 있을지는 의문이야. 자넨 해리슨 양을 어떻게 생각해?"

"아주 억센 아가씨더군."

"그래. 하지만 그녀는 착할 거야. 내가 잘못 본 게 아니라면 말이야. 그녀와 오빠라는 사람은 저 위쪽 노섬벌랜드[36] 어딘가

35. 공립 초등학교 건물은 붉은 벽돌로 지은 퀸 앤 양식의 3층 건물로, 담을 두른 아스팔트 운동장 한복판에 서 있는 게 보통이었다. 그런 초등학교는 잉글랜드 최초로 국민의 세금으로 운영되었다(이튼, 해로, 윈체스터 칼리지 같은 명문 사립 중학교와는 다르다. 사립 중학교는 원래 빈민층을 교육하기 위해 설립되었지만, 수 세기를 거치면서 부자들의 성역으로 탈바꿈하고 말았다. 부자들이 갖은 수를 다 써서 학교에서 빈민을 받아들이지 못하게 한 것이다). 1870년에 런던 학교위원회가 창설될 때까지, 런던의 가난한 계층 자녀를 교육하는 일에 헌신한 기구로는 1808년에 설립된 '영국과 외국 학교협회'와 1811년에 설립된 '국립협회'가 전부였다. 두 기구는 영국 국교회와 비국교도 교회와 각각 제휴하고 있었으며, 다양한 다른 종파와 힘을 합쳐서 가난한 아이들을 교육하는 일을 맡았다. 일을 해야 하는 아이들을 위해서는 일요학교를 많이 열었다. 하지만 인구가 급증하자 힘이 부치게 되었다. 1871년에 학령에 이른 아이들 가운데 39퍼센트인 26만 2,259명만이 공립학교나 협회의 학교를 다닐 수 있었다. 1881년 10월 무렵, 런던 학교위원회는 20만 명 이상의 아이들을 추가로 수용할 수 있는 시설을 갖추어, 줄잡아 총 50만 명에 이르는 어린이를 학교에서 가르칠 수 있게 되었다. 국립교육위원회를 설립하고 부모의 학비 부담을 없앰으로써 잉글랜드에서 모든 어린이가 학교에 다닐 수 있는 의무교육이 이루어진 것은 1899년 이후였다. 1870년의 학교위원회 선거는 또 다른 면에서 새로운 지평을 열었다. 즉, 재산을 가진 사람이면 여성에게도 투표권이 부여되었을 뿐만 아니라 공직에 입후보할 수도 있게 된 것이다. 잉글랜드 최초의 여성 의사인 엘리자베스 개릿 박사가 압도적인 표를 받고 학교위원에 선출되었다.

36. 잉글랜드 최북단에 있는 노섬벌랜드 주는 황량하고, 날씨가 쌀쌀하고, 동떨어진 지역이어서, 『브리태니커 백과사전』 제9판에서는 그곳 토박이를 이렇게 묘사하고 있다. "건장하고 억세며, 뚱뚱

한 사람이 거의 없다. 눈동자는 주로 회색이고, 머리카락은 갈색에, 얼굴 피부가 곱다." 해리슨 남매는 전형적인 노섬벌랜드 토박이의 특성을 지니고 있지 않다. 해리슨 남매는 조약문을 빼내려고 파견된 스파이였을까?

1900년 공립초등학교의 하교 시간.
『빅토리아 시대와 에드워드 시대의 런던』

에서 철기 제조업을 하는 사람의 단둘뿐인 자식이야. 펠프스는 지난겨울 여행을 하다가 그녀와 결혼을 약속했고, 그녀가 오빠를 대동하고 내려와서 펠프스 집안 사람들에게 인사를 했지. 그 후 사건이 터졌고, 그녀가 눌러앉아서 연인을 간호하게 된 거야. 오빠인 조지프는 그곳이 꽤나 편안해서 같이 눌러앉았지. 그러니까, 이건 나름대로 몇 가지를 조사해서 알아낸 건데, 오늘이야말로 본격적인 조사의 날이 되겠군."

"내 일은……." 내가 막 입을 열었다.

"아, 자네 일이 내 일보다 더 재미있다면야……." 홈즈가 뚱하니 말했다.

"내 일은 하루 이틀 자리를 비워도 잘 돌아갈 거라고 말하려던 참이었어. 요즘은 1년 중 가장 한가할 때거든."

"잘됐군." 그가 얼굴을 펴며 말했다. "그럼 이 사건을 함께 조사하도록 하지. 먼저 포브스부터 만나봐야겠어. 포브스라면 우리가 원하는 것들을 시시콜콜 말해줄 수 있을 거야. 그러면 이 사건을 어디서 접근해 들어가야 할지 알게 되겠지."

"단서를 잡았다면서?"

"음, 그야 여러 가지 단서를 잡았지만, 그 가치를 확인하려면 좀 더 조사를 해봐야지. 가장 추적하기 어려운 범죄는 목적이 없는 범죄야. 그런데 지금 이 사건은 목적이 없는 게 아냐. 이 범죄로 득을 보는 건 누굴까? 프랑스 대사일 수도 있고, 러시아 대사일 수도 있고, 그들에게 그걸 팔려는 사람일 수도 있고, 홀드허스트 경일 수도 있어."

"홀드허스트 경이라니!"

"음, 그것도 생각해볼 순 있잖아. 정치가란 사고를 가장해서 그런 문서를 파기해도 안타까울 게 없는 처지에 놓여 있을지도 모르거든."

"홀드허스트 경은 존경할 만한 이력을 가진 정치가잖아?"

"그냥 가능성을 두루 짚어본 것뿐이야. 우린 어떤 가능성이라도 간과하면 안 돼. 오늘 고상한 그 귀족을 만나서, 그가 우리에게 무슨 언질을 줄지 알아볼 거야. 나는 이미 조사에 착수했어."

"아니 벌써?"

"그래. 워킹 역에서 런던의 모든 석간신문사에 전보를 쳤지. 그 모든 신문에 이 광고가 날 거야."

그가 공책에서 찢어낸 종이 한 장을 건네주었다. 거기에는 연필로 이렇게 쓰여 있었다.

현상금 10파운드. 5월 23일 저녁 9시 45분에 찰스 스트리트의 외무부 출입구 부근에서 승객을 내려준 마차 번호. 연락처는 베이커 스트리트 221B.

"도둑이 마차를 타고 왔다고 믿는 거야?"

"그게 아니라도 밑질 건 없어. 하지만 외무부 사무실이나 복도 어디에도 숨을 곳이 없다는 펠프스 씨의 말이 옳다면, 범인은 밖에서 들어간 게 분명해. 비가 내리는 밤에 밖에서 들어갔는데, 그 후 몇 분 만에 검사한 리놀륨 바닥에 축축한 발자국이 남아 있지 않았다면, 그건 마차를 타고 왔을 가능성이 매우 높지. 그래, 마차를 타고 왔다는 추리가 맞을 거야."

"그렇겠군."

"그게 내가 말한 단서 가운데 하나야. 그거라면 뭔가 실마리를 풀어갈 수 있겠지. 물론 그다음 단서는 초인종 소리야. 그 사건에서 가장 눈에 띄는 게 그거지. 왜 종을 울려야 했을까? 도둑이 허세를 부리려고 그랬을까? 아니면 누군가 도둑과 함께 있었던 사람이 범죄를 막기 위해 그랬을까? 아니면 우연이었을까? 아니면……?" 그는 다시 마음을 가라앉히고 말없이 골똘한 사색에 접어들었다. 그가 어느 때 어떤 분위기를 자아내는지 두루 꿰고 있는 내가 보기에, 뭔가 새로운 가능성이 그의 뇌리를 스친 듯했다.

우리가 목적지에 도착한 것은 3시 20분이었다. 기차역의 간이식당에서 간단히 점심을 때운 우리는 예정대로 곧장 런던 경찰국으로 향했다. 홈즈가 미리 전보를 쳐둔 덕분에 포브스가 대기하고 있었다. 키가 작고, 결코 부드럽지 않은 예리한 표정을 지닌 여우 같은 인상의 남자였다. 그의 태도는 꽤나 냉담했는데, 우리가 찾아간 목적을 듣고는 더욱 그랬다.

"일전에 당신의 방법론에 대해 들어본 적이 있습니다, 홈즈 씨. 당신의 처분만 바라며 경찰이 온갖 정보를 제공해주면, 그걸 이용해서 사건을 마무리 지어 경찰의 명예를 실추시키려는, 그런 만반의 준비가 되셨나 보군요." 그가 신랄하게 말했다.

"그 반대올시다." 홈즈가 말했다. "최근 내가 해결한 사건 53건 가운데, 내 이름이 드러난 것은 네 건뿐입니다. 49건은 모두 경찰에 공을 돌렸소이다. 당신은 젊고 경험이 없으니, 그

"일전에 당신의 방법론에 대해 들어본 적이 있습니다, 홈즈 씨."
시드니 패짓 그림, 《스트랜드 매거진》(1893)

걸 모른다고 탓할 생각은 없습니다만, 당신이 새 임무를 성공
적으로 해결하고 싶다면 나를 홀대하지 말고 함께 일하는 게
좋을 겁니다."

"한두 가지 힌트 좀 주시면 고맙겠습니다." 형사가 바로 태
도를 바꾸고 말했다. "수사 결과가 여태 영 신통치 않아서 말
입니다."

"어떤 조치를 취했나요?"

"수위인 탠지를 미행해왔습니다. 그는 영예롭게 근위대를
떠난 인물입니다. 그는 의심할 만한 데가 없더군요. 하지만 그

37. 'bus(omnibus).' 탠지 부인이 집에 타고 간 승합마차는 말 두 필이 끄는, 지붕이 있는 마차였을 것이다. 이런 승합마차는 안에만이 아니라 지붕 위에도 승객이 탔다. 1895년 독일에서 1기통 엔진의 8인승 승합차가 제작되었지만, 그보다 더 큰 엔진을 장착한 차량은 20세기 초에 나왔다.

의 아내는 형편없는 인물이죠. 그녀는 이번 사건에 대해 뭔가 알고 있는 것 같습니다."

"그녀도 미행해봤나요?"

"여자 경관을 한 명 붙여놓았죠. 탠지 부인은 술꾼인데, 그녀가 거나할 때 우리 여경관이 두 차례 그녀와 어울렸지만, 아무것도 알아내지 못했습니다."

"그 집에 브로커가 찾아간 걸로 아는데요?"

"네, 하지만 빚은 갚았습니다."

"그 돈은 어디서 난 거죠?"

"그건 문제가 없었어요. 마침 그가 연금을 받았거든요. 수상쩍은 돈을 가지고 있는 것 같지는 않았습니다."

"펠프스 씨가 커피를 시키려고 종을 울렸을 때 그녀가 종소리에 응답한 것에 대해서는 뭐라고 해명하던가요?"

"남편이 워낙 피곤해서 좀 거들어주고 싶었다고 하더군요."

"음, 그가 잠시 후 의자에 앉아 졸고 있는 모습이 발견된 것과 맞아떨어지는군요. 그럼 여자의 성격 말고 문제 되는 것은 없군. 그녀가 왜 그날 저녁 길을 서둘렀는지 물어봤나요? 서두르는 모습이 경관의 눈길을 끌었다는데."

"평소보다 늦어서 어서 집에 가려고 했답니다."

"당신과 펠프스 씨가 그녀보다 적어도 20분은 늦게 출발했지만 그녀보다 더 빨리 집에 도착했다는 사실을 그녀에게 지적했나요?"

"그건 승합마차[37]와 핸섬 마차의 속도 차이라고 그녀가 해명했습니다."

"그녀가 집에 도착하자마자 뒤쪽 부엌으로 달려간 이유에 대해서도 해명을 했나요?"

"그건 브로커에게 줄 돈이 거기 있었기 때문이었답니다."

"그녀는 모든 의문에 척척 답했군요. 그녀가 찰스 스트리트

승합마차.
《패스트 포지티브》

를 떠나면서 누군가와 마주쳤다거나, 배회하는 사람을 보지는
못했느냐고 물어봤나요?"

"경관 말고는 아무도 보지 못했답니다."

"음, 그녀를 제대로 신문한 듯하군요. 그 밖에 또 무슨 조사
를 했나요?"

"외무부 직원인 고로를 9주 동안 줄곧 미행했지만 성과가
없었습니다. 그에게서는 혐의점을 찾을 수 없더군요."

"그 밖에는?"

"그게, 그 밖에는 아무런 진척이 없습니다. 아무런 증거도
없고요."

"초인종이 어떻게 울렸는지에 대해서는 가설을 세웠나요?"

"그건, 솔직히 전혀 감을 못 잡겠습니다. 그게 누구였든, 그
처럼 경보를 울렸다는 것은 참 대담한 짓이었습니다."

"그래요, 그건 참 기괴한 짓이었죠. 두루 얘기해준 데 대해
크게 감사드립니다. 범인을 알아내면 연락해서 당신의 수중에
넘겨드리겠습니다. 가자, 왓슨."

"이제 어디로 가지?" 경찰국을 나선 후 내가 물었다.

"외무 장관이자 미래의 잉글랜드 총리인 홀드허스트 경을 만나봐야지."

다행히 홀드허스트 경은 아직 다우닝 스트리트의 집무실에 있었다. 홈즈가 명함을 보내자마자 우리는 바로 안내를 받았다. 그 정치가는 퍽이나 눈에 띄는 고풍의 예법으로 우리를 맞이해서, 벽난로 양쪽의 화려한 소파에 우리를 앉혔다. 체격이 호리호리하고 늘씬한데, 곱슬머리는 때 이르게 희끗희끗하고, 날카로운 이목구비에 사려 깊어 보이는 얼굴로, 우리 사이의 깔개 위에 서 있는 모습을 보니 그리 흔치 않은 유형의 진짜 귀족다운 귀족의 전형을 보는 듯했다.

"이름이 낯설지 않군요, 홈즈 씨." 그가 미소를 머금고 말했다. "나로서는 당연히 여러분의 방문 목적을 모른 척할 수 없습니다. 홈즈 씨의 주목을 끌 만한 사건이 이 외무부에서 한 건

우리 사이의 깔개 위에 서 있는 모습.
W. H. 하이드 그림, 《하퍼스 위클리》(1893)

귀족.
시드니 패짓 그림, 《스트랜드 매거진》(1893)

일어났지요. 누구를 위해 나선 것인지 물어봐도 될까요?"

"퍼시 펠프스 씨를 위해서입니다." 홈즈가 대답했다.

"아, 불쌍한 내 조카! 어느 면에서는 우리가 친인척이라서 내가 그 아이를 비호해주기가 더욱 어렵다는 것을 아실 겁니다. 그 사건 때문에 그의 경력에 금이 크게 가고 말았습니다."

"하지만 문서를 찾는다면요?"

"아, 그렇다면 물론 얘기가 다르지요."

"한두 가지 여쭤보고 싶은 게 있습니다, 홀드허스트 경."

"내 힘닿는 데까지 기꺼이 정보를 제공하리다."

"그 문서를 베껴 쓰라고 지시한 것이 이 방에서였나요?"

"그렇습니다."

"그럼 엿들은 사람은 없겠군요."

"그야 물론이오."

"조약문을 베껴 쓰게 할 거라는 말을 누군가에게 한 적이 있나요?"

"없습니다."

"확실한가요?"

"확실합니다."

"음, 장관께서 발설한 적이 없고, 펠프스 씨도 발설을 한 적이 없으니, 그 일은 아무도 몰랐겠군요. 그럼 그 방에 도둑이 든 것은 순전히 우연이었겠습니다. 도둑이 뜻밖의 행운을 발견하고 그것을 훔쳐 갔다는 얘기가 되는군요."

정치가가 빙그레 웃었다. "그건 내가 답할 수 있는 분야가 아니로군요." 그가 말했다.

홈즈는 잠깐 생각에 잠겼다. "제가 장관님과 논의하고 싶은 아주 중요한 점이 또 하나 있습니다." 그가 말했다. "그 조약문 내용이 알려지면 심각한 일이 벌어질 거라고 보시죠?"

표정이 풍부한 정치가의 얼굴에 그늘이 스쳐 지나갔다. "참으로 심각한 일이 벌어질 거요."

"그럼 그런 일이 벌어졌나요?"

"아직 아니요."

"이를테면, 조약문이 프랑스나 러시아 외무부 손에 들어갔을 경우, 장관님은 그 소식을 전해 듣겠죠?"

"그럴 겁니다." 홀드허스트 경이 얼굴을 찌푸리며 말했다.

"거의 10주 가까이 지났는데 아무런 소식이 없습니다. 그렇다면 무슨 영문인지 몰라도 그들이 조약문을 손에 넣지 못했다고 보는 게 옳겠군요."

홀드허스트 경은 어깨를 으쓱해 보였다.

"도둑이 조약문을 액자에 끼워서 걸어두려고 훔쳤다고 볼 수는 없지 않겠소, 홈즈 씨."

"어쩌면 가격이 올라가길 기다리고 있는지도 모르죠."

"좀 더 기다렸다가는 조약문이 값을 잃게 될 겁니다. 몇 달 후 공개할 예정이니까요."

"그건 아주 중요한 말씀이군요." 홈즈가 말했다. "물론, 도둑이 갑자기 병이 들었을 가능성도 있고……"

"예컨대 뇌열병 말이오?" 정치가가 일순간 그를 노려보며 물었다.

"그런 말씀을 드린 게 아닙니다." 홈즈가 태연히 말했다. "홀드허스트 경, 저희가 귀중한 시간을 너무 많이 빼앗은 것 같군요. 저희는 이만 물러가는 게 좋겠습니다."

"범인이 누가 되었든 기필코 잡아주시기 바랍니다." 문간에서 고개 숙여 배웅하며 귀족이 말했다.

"멋진 분이군." 홈즈가 화이트홀을 나서며 말했다. "하지만 품위 유지를 하기 위해 고민이 많으시겠어. 그는 결코 부자가 아닌데, 돈 쓸 일은 많아서 말이야. 그가 구두창을 갈았다는 것을 자네도 눈여겨봤겠지? 그런데 왓슨, 이제 더 이상 자네가 마땅히 해야 할 일을 못 하게 붙들지 않을게. 오늘은 더 이상 할 일이 없거든. 내 마차 광고가 성과를 거두기 전까지는 말이야. 하지만 내일도 오늘[38]과 같은 시간에 열차 편으로 같이 워킹에 가주면 정말 고맙겠어."

나는 그의 말대로 이튿날 그를 만나 함께 워킹으로 내려갔다. 광고는 아무런 반응이 없었다고 그가 말했다. 사건에 새로운 서광이 비치지 않았다는 것이다. 마음만 먹으면 늘 그랬듯이, 그는 지극히 무심한 레드인디언[39]의 표정을 짓고 있어서, 그가 현 상황에 만족하고 있는지 어떤지를 가늠할 수가 없었다. 그가 베르티용[40] 감식법에 대해 말한 기억이 난다. 그는 그 프랑스 학자를 열정적으로 찬미했다.

우리 의뢰인은 아직도 헌신적인 간병인의 보살핌을 받고 있

38. 미국 판본에는 "오늘"이 아니라 "어제"라고 되어 있다.

39. 왓슨은 여기서 홈즈를 '담배 가게 인디언'과 비교하고 있는 것인지도 모른다. 담배 가게 바깥에 세워둔 실물 크기의 목각 인형이 그것인데, 잉글랜드에서 그런 목각을 만들어 전시하는 관습은 18세기에 시작해서 19세기까지 이어졌다. 영국 탐험가들과 정착민들에게 담배를 소개해준 아메리카 원주민 조각상은 영국인들에게 담배의 즐거움과 우애를 낭만적으로 아련히 떠올리게 했다. 물론 왓슨은 런던에 곧잘 찾아온 버펄로 빌의 와일드웨스트 쇼에 출연한 수십 명의 "레드인디언"을 실제로 보았을 수도 있다.

40. 신체 특징으로 범인을 분류하기 위해 지문 감식법을 쓰기 전에 베르티용 감식법이라는 게 있었다. 이 감식법의 창시자가 바로 알퐁스 베르티용(1853-1914)이다. 그는 1879년 프랑스 경찰에 몸담은 후 범죄 감식 책임자가 되었다. 인류학자인 아버지에게 영감을 받은 베르티용은 범인이 가발을 써서 변장하거나 가명으로 신분을 속일 수는 있지만, 신체의 크기와 주요 특징은 거의 바꿀 수 없다는 데 착안했다. 베르티용 감식법에 따라, 경찰은 각 용의자의 정면 사진과 측면 사진을 찍었다(베르티용은 상반신 사진과 범죄 현장 사진을 유행시킨 인물로 평가되기도 한다). 그리고 경찰은 색인 카드에 용의자의 정확한 머리 둘레, 수족의 길이 등 신체의 특징을 꼼꼼히 기록했는데, 특히 귀의 모양에 주목했다. 신체 측정 항목은 모두 11가지였다. 베르티용 감식법은 1888년 프랑스에서 정식으로 채용된 이후, 전 세계 경찰에 신속히 전파되었다. 그러나 1903년에 이 감식법은 불완전하다는 것이 증명되었다. 두 명의 용의자, 윌 웨스트와 윌리엄 웨스트(유전적으로는 친척이 아닌 사람)가 거의 동일한 신체 크기를 가지고 있어서 동일 인물로 분류해야 했던 것이다. 그러나 두 명의 웨스트는 지문이 달랐다(이 문제에 대

해 약간의 논란이 있지만, 사실상 두 명의 웨스트는 쌍둥이였던 것 같다). 베르티용은 자신의 감식법에 마지못해 지문 항목을 보완해 넣었고, 결국은 지문이 베르티용 감식법을 대체하게 되었다. 「노우드 건축업자」(『돌아온 셜록 홈즈』)의 부록 「셜록 홈즈와 지문」을 참고하라.

었지만, 전날보다 상당히 나아 보였다. 우리가 들어서자 그는 가뿐하게 소파에서 일어나 우리를 맞이했다.

"무슨 소식이 있나요?" 그가 열정적으로 물었다.

"예상한 대로, 긍정적인 보고를 드릴 수는 없군요." 홈즈가 말했다. "포브스를 만났고, 당신의 외삼촌도 만났고, 뭔가 실마리를 풀 수 있는 한두 가지 조사에 들어갔습니다."

"그럼 포기를 한 건 아니죠?"

"물론입니다."

"그렇게 말씀해주시니 다행이네요!" 해리슨 양이 외쳤다. "우리가 용기와 인내심을 잃지만 않으면 진실은 반드시 밝혀질 거예요."

"그렇다면 당신보다는 우리가 해줄 말이 더 많겠군요." 펠프스가 다시 소파에 자리 잡으며 말했다.

"그렇길 바랐습니다."

"무슨 소식이 있나요?" 그가 물었다.
시드니 패짓 그림, 《스트랜드 매거진》(1893)

"네, 여기서 간밤에 한 가지 사건이 일어났습니다. 어쩌면 심각한 사건인지도 몰라요." 그렇게 말하며 그는 아주 진지한 표정을 지었다. 그때 뭔가 두려운 듯한 눈빛이 잠시 번뜩였다. "그거 아세요? 나도 모르는 사이에 내가 어떤 끔찍한 음모의 중심이 되어, 누군가 내 명예만이 아니라 목숨까지 노리고 있다는 생각이 들기 시작했어요."

"아!" 홈즈가 외쳤다.

"그건 참 믿기지 않는 일입니다. 내가 아는 한, 나는 이 세상에 한 명도 적을 두지 않았으니까요. 하지만 간밤에 겪은 일을 돌아볼 때, 달리 해석할 길이 없어요."

"어서 말씀해주세요."

"이 방에서 내가 간호사 없이 잠을 잔 건 어제가 처음이었습니다. 워낙 호전돼서 간호사 없이 잘 수 있을 거라고 생각했죠. 하지만 불은 켜놓았습니다. 그러니까 새벽 2시 무렵, 선잠이 들었다가 가벼운 소음에 갑자기 잠이 깼죠. 그건 쥐가 널빤지를 갉아대는 소리 같았습니다. 나는 그러려니 하고 자리에 누운 채 한동안 귀를 기울였지요. 그런데 소리가 점점 커지더니, 갑자기 창문에서 찰칵[41]하는 날카로운 금속성 소리가 났습니다. 나는 깜짝 놀라서 일어나 앉았어요. 그게 무슨 소리인지는 이제 의심할 여지가 없었죠. 처음에 난 소리는 창틀 사이로 뭔가를 억지로 밀어 넣는 소리였고, 그다음 소리는 문고리를 벗기는 소리였던 겁니다.

그러다 10분쯤 잠잠했습니다. 소음 때문에 내가 잠이 깼는지 알아보려고 기다리는 것 같았죠. 그 후 창문이 아주 서서히 열리면서 나직이 삐걱거리는 소리가 들렸습니다. 나는 신경이 평소 같지 않아서 더 이상 가만히 참고 기다릴 수가 없었죠. 침대에서 뛰쳐나간 나는 덧문을 와락 열어젖혔습니다. 어떤 남자가 창가에 웅크리고 있었어요. 하지만 번개처럼 사라지는 바람

41. 'snick.' 『옥스퍼드 영어사전』에 의하면 이 영어 낱말이 의성어로 쓰인 것은 바로 이 대목에서가 처음이다.

42. 불행은 또 다른 불행을 불러온다. 즉, 엎친 데
덮친 격이라는 뜻—옮긴이.

에 제대로 보지는 못했습니다. 그는 망토를 걸치고 있었는데,
얼굴 아랫부분을 망토로 가리고 있었어요. 내가 확신하는 것
한 가지는, 그가 손에 무슨 무기를 들고 있었다는 것입니다. 그
건 긴 칼 같았어요. 그가 돌아서서 달아날 때 칼이 번뜩이는 것
을 분명히 보았거든요."

"그것 참 흥미롭군요." 홈즈가 말했다. "그런 다음 어떻게
했나요?"

"내가 좀 더 건강했다면 열린 창문으로 그를 뒤쫓아갔겠죠.
하지만 저는 종을 울려서 집 안 사람들을 깨웠습니다. 그건 좀
시간이 걸렸어요. 종이 부엌에서 울렸는데, 하인들은 모두 2층
에서 자니까요. 하지만 내가 소리를 질렀고, 그 소리를 들은 조
지프가 내려와서 다른 사람들을 깨웠죠. 조지프와 마부는 창밖
화단에서 발자국을 발견했어요. 하지만 최근 날이 워낙 건조해
서 잔디밭 위로 지나간 발자국을 추적할 수는 없었습니다. 하
지만 도로변의 나무 울타리에, 누군가 넘어간 흔적이 있는 곳
을 찾았다고 하더군요. 넘어가다가 난간 꼭대기를 부러뜨린 거
죠. 하지만 이 고장 경찰한테는 아무 말도 하지 않았습니다. 먼
저 홈즈 씨의 의견을 듣는 게 좋겠다고 생각했거든요."

우리 의뢰인의 이번 이야기는 셜록 홈즈에게 각별한 의미를
지닌 듯했다. 홈즈가 의자에서 일어나 걷잡을 수 없이 흥분해
서 방 안을 이리저리 오락가락했다.

"불행은 홀로 오지 않는다더니."[42] 펠프스는 간밤의 사건에
퍽이나 놀란 게 분명한데도 애써 웃으며 말했다.

"욕보셨군요." 홈즈가 말했다. "나와 함께 집 안을 좀 둘러
볼 수 있을까요?"

"아, 네, 그렇지 않아도 잠깐 별을 쬐고 싶었어요. 조지프도
같이 갈까요?"

"저도요." 해리슨 양이 말했다.

"아니요." 홈즈가 고개를 내두르며 말했다. "해리슨 양은 이곳에 그대로 앉아 계셨으면 합니다."

젊은 숙녀는 불쾌한 표정으로 다시 자리에 앉았다. 그러나 그의 오빠는 우리와 합류해서, 우리 넷이 함께 밖으로 나갔다. 우리는 잔디밭을 돌아 젊은 외교관의 침실 창가로 갔다. 그가 말한 대로 화단에 발자국이 나 있었지만, 실망스럽게도 너무 흐릿했다. 홈즈는 잠시 발자국 위로 허리를 숙이고 있다가, 다시 일어서서 어깨를 으쓱해 보였다.

"이것은 별 도움이 안 되겠군요." 그가 말했다. "집을 돌아가서, 도둑이 왜 하필이면 이 방을 노렸는지 알아봅시다. 도둑이라면 거실이나 식당의 큰 창문 쪽이 마음에 더 들었을 텐데."

"그곳은 길에서 눈에 더 잘 띕니다." 조지프 해리슨이 한마디 했다.

"아, 예, 그렇겠군요. 도둑이 들어오려고 했을지도 모르는 문이 여기 있군요. 이건 무슨 문이죠?"

"그건 물건 배달인이 쓰는 옆문입니다. 물론 밤에는 잠겨 있죠."

"전에도 이번처럼 도둑이 든 적 있나요?"

"없습니다." 우리의 의뢰인이 말했다.

"집 안에 도둑을 불러들일 만한 금은 식기 같은 게 있나요?"

"값나가는 건 없어요."

홈즈는 두 손을 주머니에 찔러 넣고 건성으로 집을 한 바퀴 둘러보았다. 그건 평소의 그에게서 찾아보기 힘든 부주의한 태도였다.

"그런데," 하고 그가 조지프 해리슨에게 말했다. "도둑이 울타리를 넘어간 곳을 발견했다면서요? 그곳을 한번 봅시다!"

뚱뚱한 남자는 나무 난간 꼭대기가 부러진 곳으로 우리를 안내했다. 작은 나뭇조각이 대롱거리고 있었다. 홈즈가 그것을

홈즈가 그것을 꼼꼼히 뜯어보았다.
시드니 패짓 그림, 《스트랜드 매거진》(1893)

떼어내서 꼼꼼히 뜯어보았다.

"이게 간밤에 부러진 거라고 생각하십니까? 부러진 지 좀 오래된 것 같지 않아요?"

"글쎄요, 그럴 수도 있겠죠."

"건너편에 누가 뛰어내린 흔적이 없습니다. 그래요, 이곳에는 도움이 될 만한 게 없는 것 같군요. 다시 침실로 돌아가서 상의를 해봅시다."

퍼시 펠프스는 미래의 처남 팔에 기대 아주 천천히 걷고 있었다. 홈즈는 민첩하게 잔디밭을 가로질러 갔다. 우리는 두 사람이 가까이 다가올 때까지 꽤 오랫동안 침실의 열린 창문가에서 있었다.

"해리슨 양." 홈즈가 아주 진지하게 말했다. "지금 계신 방에서 절대 떠나지 마세요. 어떤 일이 있어도 종일 이 방을 지키고 있어야 합니다. 이건 너무나 중요한 일입니다."

"그러길 바라신다면, 꼭 그러겠어요, 홈즈 씨." 그녀가 놀란 표정으로 말했다.

"주무시러 갈 때에는 이 방 문을 밖에서 잠그고 열쇠를 잘 간수하세요. 꼭 그러겠다고 약속해주세요."

"하지만 퍼시는요?"

"그는 우리와 함께 런던으로 갈 겁니다."

"그럼 나는 여기 남아 있어야 하나요?"

"그를 위해서입니다. 그게 그를 위하는 길이에요. 어서! 약속하세요!"

그녀가 재빨리 고개를 끄덕이는 순간 두 사람이 다가왔다.

"애니, 왜 그렇게 침울하게 앉아 있는 거야?" 그녀의 오빠가 외쳤다. "나와서 볕을 좀 쐬렴!"

"아니, 됐어요, 오빠. 두통이 좀 있어서 이 방에 있는 게 편하고 좋아요."

"이제 또 무슨 제안을 할 겁니까, 홈즈 씨?" 우리의 의뢰인이 물었다.

"음, 간밤의 사소한 사건을 조사하더라도, 우리의 큰 사건에서 눈을 떼면 안 되죠. 당신이 우리와 함께 런던에 올라가주면 내게 아주 큰 도움이 될 겁니다."

"당장 말입니까?"

"될 수 있는 대로 빨리요. 말하자면 한 시간쯤 후에."

"내가 조금이라도 도움이 될 수 있다니, 힘이 불끈 솟는 듯합니다."

43. 홈즈가 옥스퍼드 대학을 나왔다는 것을 가장 강력히 지칠 줄 모르고 주장하는 S. C. 로버츠는, 홈즈가 "케임브리지 대학에 진학해서도 계속 두각을" 나타낸 펠프스와 여러 차례 허물없는 대화를 나누면서도 서로 대학에 대해 한 마디도 언급하지 않았다는 사실을 지적한다. "만일 홈즈가 케임브리지 대학을 나온 게 사실이라면, 동창인 두 사람 중 누구도 대학 얘기를 입에 올리지 않았다는 건 이해가 안 되는 일이다." 따라서 홈즈와 펠프스는 다른 대학을 나왔다는 게 로버츠의 주장이다.

44. 아마 왓슨이 전에 쓰던 침실을 말하는 것으로 보인다. 왓슨은 더 이상 베이커 스트리트에 살지 않으니까.

"더없이 큰 도움이 될 겁니다."

"오늘 밤 거기서 묵어야겠군요."

"그 말씀을 드리려던 참이었습니다."

"그럼, 밤손님이 또 나를 찾아왔다가는 닭 쫓던 개 지붕 쳐다보는 격이 되겠군요. 우린 홈즈 씨만 믿을 테니, 우리가 어떡하길 바라시는지 말씀만 하세요. 나를 돌봐주기 위해 조지프도 함께 가는 게 좋겠지요?"

"아, 그건 아닙니다. 아시다시피 내 친구 왓슨이 의사니까, 왓슨이 잘 돌봐줄 겁니다. 괜찮으시다면 여기서 점심을 든 후에 우리 셋이 함께 시내로 갑시다."

그의 말대로 하기로 결정되었다. 해리슨 양은 홈즈와 약속한 대로, 핑계를 대고 침실을 떠나지 않았다. 내 친구가 왜 그러는지 나는 감을 잡을 수도 없었다. 그 숙녀를 펠프스에게서 떼어놓으려고 한다는 생각만 들 뿐이었다. 건강이 회복되어가면서 이제 뭔가 행동에 나선다는 생각에 사뭇 들뜬 펠프스는 우리와 함께 식당에서 점심 식사를 했다. 그러나 곧이어 홈즈는 우리를 더욱 깜짝 놀라게 했다. 그는 역까지 함께 가서 우리를 열차에 태우더니, 워킹을 떠날 생각이 없다고 태연하게 선언한 것이다.

"떠나기 전에 한두 가지 해결하고 싶은 사소한 일이 있어서요." 그가 말했다. "어느 면에서 펠프스 씨가 이곳에 없는 편이 오히려 내게 도움이 될 겁니다. 왓슨, 런던에 도착하거든 친구 되시는 분과 함께 곧장 베이커 스트리트로 간 후, 내가 갈 때까지 펠프스 씨와 함께 그곳에 남아 있도록 해. 두 사람이 동창이라니 참 다행이야. 서로 할 얘기가 많을 테니까.[43] 오늘 밤 펠프스 씨는 그곳의 빈 침실[44]을 쓰도록 하세요. 나는 아침 8시에 워털루에 도착하는 기차를 타고 갈 테니, 내일 아침 식사 시간에 거기서 뵙도록 하죠."

"하지만 런던에서 우리가 조사할 일은 어떡하고요?" 펠프스가 애처로운 얼굴로 물었다.

"내일 하면 됩니다. 지금은 여기서 급히 볼일이 있거든요."

"브라이어브레이에 있는 사람들에게는 내가 내일 밤 돌아올 거라고 전해주세요." 기차가 움직이기 시작하자 펠프스가 외쳤다.

"나는 브라이어브레이로 돌아가지 않을 겁니다." 홈즈가 대답하며 우리에게 유쾌하게 손을 흔드는 사이, 우리는 쏜살같이 역을 벗어났다.

"나는 브라이어브레이로 돌아가지 않을 겁니다."
시드니 패짓 그림, 《스트랜드 매거진》(1893)

펠프스와 나는 기차를 타고 가며 머리를 맞대고 이야기를 나누었지만, 이런 새로운 사태가 펼쳐진 이유를 가늠할 수가 없었다.

"간밤의 도둑에 관한 단서를 잡으려고 하는 것 같군. 그게 정말 도둑이 맞는다면 말이야. 내가 보기에 그건 보통의 도둑이 아니었어."

"그럼 뭐라고 생각하는데?"

"자네는 내가 신경쇠약에 걸려서 그런다고 생각하겠지만, 나를 둘러싸고 뭔가 음험한 정치적 음모가 진행되고 있는 것 같아. 내가 이해할 수 없는 모종의 이유로, 공모자들이 내 목숨을 노리는 거야. 이게 터무니없이 과장된 소리로 들리겠지만, 전에 일어난 일들을 생각해봐! 도둑이 왜 침실 창문으로 침입하려고 했겠어? 훔쳐 갈 게 없는 곳으로 말이야. 그리고 또 손에는 왜 그렇게 긴 칼을 들고 있었겠어?"

"혹시 가택 침입용 쇠지렛대 아니었어?"

"아냐, 그건 분명 칼이었어. 나는 칼이 번뜩이는 것을 아주 또렷이 보았어."

"하지만 대체 그렇게 앙심을 품고 자네를 죽이려고 하는 이유가 뭐지?"

"아, 그게 의문이야."

"음, 홈즈도 그렇게 생각한다면, 그의 행동이 이해가 가는군. 자네의 가설이 옳다면, 간밤에 자네를 노린 사람을 붙잡는 것은 해군 조약문을 훔쳐 간 사람을 붙잡는 셈이 될 거야. 조약문을 훔친 사람과 자네 목숨을 노린 사람, 이렇게 서로 다른 두 명의 적이 있다고 볼 수는 없으니까."

"하지만 홈즈는 브라이어브레이로 가지 않을 거라고 했어."

"나는 그를 알게 된 지 꽤 오래됐어." 내가 말했다. "그런데 아무 까닭 없이 무슨 일을 벌이는 걸 본 적이 없어." 그리고 우리의 대화는 다른 화제로 넘어갔다.

이날은 피곤한 하루였다. 펠프스는 오래 몸져누웠던 터라 아직도 쇠약했고, 불행한 일을 겪으면서 불평과 짜증이 늘었다. 그의 흥미를 끌어보려고 아프가니스탄과 인도, 사회문제, 그의 기분을 풀어줄 만한 그 밖의 어떤 이야기를 해봐도 헛일이었다. 그는 노상 잃어버린 조약문 이야기로 돌아가서, 홈즈가 뭘 하려는 것인지, 홀드허스트 경이 어떤 조치를 취할 것인지, 아침에 우리가 무슨 소식을 듣게 될 것인지 궁금해하며 추리하고 지레짐작을 해댔다. 밤이 깊어가자 그의 흥분은 아주 고통스러울 지경이 되었다.

"자네는 홈즈를 맹목적으로 믿지?" 그가 물었다.

"그가 꽤 괄목할 만한 일들을 해내는 걸 봤지."

"하지만 이번처럼 암담한 사건을 해결한 적은 없겠지?"

"아니, 천만에. 더 단서가 적은 사건들도 해결했어."

"하지만 이번처럼 큰 이해관계가 걸린 사건은 아니었겠지?"

"그건 모르겠군. 그가 유럽의 세 지배 가문[45]을 위해 아주 중대한 사건을 해결한 적이 있다는 것만은 확실히 알고 있지."

"하지만 자네는 그를 잘 알잖아, 왓슨. 그는 워낙 불가해한 인물이라서 나는 그를 어떻게 생각해야 좋을지 잘 모르겠어. 그는 이 사건을 낙관적으로 보고 있을까? 해결할 수 있다고 생각하는 것 같아?"

"그는 아무 말도 하지 않았어."

"불길한 조짐이구나."

"그 반대야. 그는 종잡을 수 없을 때면 종잡을 수 없다고 말하는 게 보통이야. 그가 말이 없을 때는 실마리를 잡았을 때야. 다만 아직 절대적으로 확실치는 않아서 말을 하지 않는 거지. 이봐, 펠프스, 우리끼리 고민을 해봐야 아무 소용이 없으니, 자네는 이제 제발 잠자리에 들도록 해. 그래서 기운을 차려야 내

45. 보헤미아의 왕(「보헤미아 왕실 스캔들」), 네덜란드의 지배 가문(「보헤미아 왕실 스캔들」), 스칸디나비아의 왕(「독신 귀족」과 「마지막 문제」)을 위해 홈즈가 활약을 했다는 말이 정전에 나온다.

일 우리 앞에 놓인 일들을 잘 해낼 수 있지 않겠어?"

나는 마침내 친구를 설득해서 내 말대로 하게 했다. 하지만 흥분해 있는 것으로 미루어볼 때 그가 잠을 이룰 가망은 별로 없어 보였다. 사실 그의 기분은 전염성이 있어서, 나도 잠을 이루지 못하고 몸을 뒤척이며, 기묘한 이번 사건을 생각하면서 가설을 100가지는 짜냈지만, 생각할수록 더 황당한 가설만 떠올랐다. 홈즈는 왜 워킹에 남은 것일까? 왜 해리슨 양에게 종일 병실을 지키라고 했을까? 그가 브라이어브레이 가까이 있을 거라는 사실을 왜 그곳 사람들에게 알리지 않으려고 한 것일까? 나는 그 모든 사실을 제대로 설명할 수 있는 가설을 찾으려고 끙끙거리다가 결국 곯아떨어지고 말았다.

내가 깨어난 것은 7시였다. 곧바로 펠프스의 방에 가보니, 그는 꼬박 밤을 지새웠는지 얼굴이 아주 핼쑥했다. 그는 대뜸 홈즈가 아직 오지 않았느냐고 물었다.

"약속한 시간이 되면 올 거야." 내가 말했다. "늦지도 빠르지도 않게 말이야."

내 말은 어긋나지 않았다. 8시 직후 핸섬 마차가 문 앞에 들이닥치더니 우리 친구가 내렸다. 우리는 창가에 서서 그의 왼손에 붕대가 감긴 것을 보았다. 얼굴은 아주 험악하고 창백했다. 그는 집 안에 들어섰으면서도 바로 2층으로 올라오지 않고 잠시 뜸을 들였다.

"어째 실망한 사람 같잖아." 펠프스가 외쳤다.

그의 말이 옳다는 것을 인정하지 않을 수 없었다. "결국 이번 사건의 단서는 이 시내에 있는 모양이군." 내가 말했다.

펠프스가 신음 소리를 냈다.

"어떻게 됐는지는 모르겠지만, 이번에 큰 기대를 했댔는데." 그가 말했다. "하지만 분명 어제는 그의 손에 붕대가 감겨 있지 않았어. 무슨 일이 있었던 거야."

"다친 거야, 홈즈?" 내 친구가 방에 들어서자 내가 물었다.

"쯧, 내가 굼떠서 좀 긁힌 것뿐이야." 그가 대답하며 고개를 끄덕여 아침 인사를 대신했다. "펠프스 씨, 이번 사건은 분명 내가 조사해본 것 가운데 가장 아리송한 사건입니다."

"당신의 능력으로도 어렵긴 어려울 것 같았어요."

"정말 특별한 경험을 했습니다."

"붕대를 보니 무슨 일이 있었군." 내가 말했다. "어찌 된 일인지 말해봐."

"아침 식사부터 하고. 난 오늘 아침 서리 주에서 50킬로미터나 숨차게 달려왔다는 걸 생각해줘. 내 광고는 여전히 반응이 없나 보군. 음, 언제나 기대한 대로 될 수만은 없지."

식탁을 준비하고 내가 초인종을 울리려는 순간 허드슨 부인이 홍차와 커피를 가져왔다. 몇 분 후 허드슨 부인이 덮개를 씌운 접시 세 개를 차려놓자, 우리는 모두 식탁으로 다가갔다. 홈즈는 입맛을 다셨고, 나는 어리둥절했고, 펠프스는 의기소침했다.

"허드슨 부인이 손님을 맞아 솜씨를 발휘했어." 홈즈가 말하며 접시 덮개를 들어 올리니 닭고기 카레가 담겨 있었다. "허드슨 부인의 요리가 다양하진 않지만, 스코틀랜드 여자 못지않게 아침 식사를 참 잘 차려주거든. 왓슨, 자네 요리는 뭐지?"

"햄과 달걀이군." 내가 대답했다.

"괜찮군! 펠프스 씨, 당신은 뭘 드시겠습니까? 닭고기 카레나 달걀? 아니면 앞에 놓인 요리?"

"고맙습니다만, 아무것도 먹을 수가 없습니다." 펠프스가 말했다.

"아, 이런! 그래도 앞에 놓인 요리를 좀 들어보세요."

"아니요, 난 정말 먹지 않는 게 낫겠습니다."

"음, 그렇다면." 홈즈는 짓궂게 눈을 반짝이며 말했다. "그건 제가 먹어도 괜찮겠군요?"

펠프스가 덮개를 들어 올렸다. 그 순간 그는 외마디 탄성을 내뱉더니, 그가 바라보고 있는 접시만큼이나 하얀 얼굴로 접시를 응시하며 앉아 있었다. 접시 위에는 푸르스름한 회색의 작은 두루마리 종이가 놓여 있었다. 그는 그것을 집어 들고 허겁지겁 읽어보고는 미친 듯이 춤을 추며 방 안을 돌아다녔다. 그는 두루마리를 가슴에 꼭 그러안기도 하며 기쁨의 탄성을 내지르더니, 털썩 쓰러지듯 안락의자에 주저앉았다. 그가 감정을 주체하지 못해 탈진하는 바람에 우리는 그가 기절하지 않도록 브랜디를 입에 흘려 넣어주었다.

"자! 자!" 홈즈가 그의 어깨를 토닥이며 달래듯 말했다. "이렇게 놀라게 해드려서 안됐습니다. 여기 있는 왓슨에게 들어보시면 알겠지만, 내가 극적인 거라면 사족을 못 쓰거든요."

펠프스는 홈즈의 손을 잡고 입을 맞추었다. "감사합니다!" 그가 외쳤다. "홈즈 씨가 내 명예를 되찾아주었어요."

"이거야 내 명예가 걸린 문제이기도 했습니다." 홈즈가 말했

펠프스가 덮개를 들어 올렸다.
시드니 패짓 그림, 《스트랜드 매거진》(1893)

다. "내가 사건을 해결하지 못하는 것은 당신이 실수로 임무를 그르치는 것 못지않게 혐오스러운 일이죠."

펠프스는 소중한 문서를 코트 안쪽의 가장 깊숙한 주머니에 찔러 넣었다.

"더 이상 홈즈 씨의 아침 식사를 방해하고 싶지는 않습니다만, 이것을 어떻게 찾았는지, 이게 어디 있었는지 궁금해 죽을 지경입니다."

셜록 홈즈는 커피를 마시고 햄과 달걀을 해치우더니, 일어나서 파이프에 불을 댕기고, 의자에 편안히 자리를 잡았다.

"먼저 내가 한 일을 말씀드리고, 어째서 그랬는지는 나중에 말씀드리죠." 그가 말했다. "기차를 타고 두 사람이 떠난 후, 나는 서리 주의 멋진 경치를 감상하며 리플리라는 아담한 마을까지 즐겁게 거닐었습니다. 그곳 객점에서 차를 마신 후, 휴대용 물병을 채우고 샌드위치를 싸서 주머니에 챙겼습니다. 거기서 머물러 있다가 저녁때 워킹으로 향했죠. 해가 떨어진 직후 나는 브라이어브레이 바깥 대로에 도착했습니다.

나는 도로에 아무도 없을 때까지 기다렸습니다. 평소에도 붐비는 도로는 아니었지만 말이죠. 그리고 울타리를 넘어 정원으로 들어갔습니다."

"대문이 열려 있었을 텐데요!" 펠프스가 불쑥 끼어들었다.

"그래요. 하지만 이런 사건을 다루는 내 취향이 좀 독특해서요. 나는 전나무 세 그루가 서 있는 곳을 택해서, 집 안에 있는 사람들의 눈에 띄지 않게 담을 넘었죠. 덤불 사이에 웅크리고 있다가 다른 덤불까지 기어서 나아갔습니다. 바지 무릎이 더러워진 것 좀 보세요. 그래서 나는 당신의 침실 창 바로 맞은편의 진달래 덤불까지 접근했습니다. 거기서 웅크리고 일이 진전되길 기다렸죠.

침실 커튼이 쳐져 있지 않아서, 해리슨 양이 탁자 앞에 앉아

책을 읽고 있는 모습을 볼 수 있었습니다. 10시 15분이 되자 그녀는 책을 덮고 덧문을 닫은 후 물러갔죠. 그녀가 문을 닫는 소리가 들렸습니다. 열쇠를 돌려 방문을 잠그는 소리도 확실히 들을 수 있었죠.”

“잠갔다고!” 펠프스가 불쑥 끼어들었다.

“그래요. 내가 해리슨 양에게 부탁을 했습니다. 잠자러 갈 때 밖에서 방문을 잠그고, 열쇠를 잘 간수하라고요. 그녀는 내가 말한 그대로 했습니다. 분명 그녀가 돕지 않았다면 문서를 되찾지 못했을 겁니다. 그런 다음 그녀가 떠났고 불이 꺼졌습니다. 나는 진달래 덤불 속에 계속 웅크리고 있었죠.

날씨는 맑았지만, 밤에 불침번을 서는 것은 아주 고역이었죠. 물론 사냥꾼이 물가에 엎드려서 커다란 사냥감을 기다릴 때와 같은 흥분을 느낄 순 있었습니다. 하지만 정말 지루하더군요. 왓슨, 자네와 내가 얼룩 띠 사건을 조사하면서 그 죽음의 방에서 기다리고 있을 때만큼이나 시간이 가질 않는 거야. 워킹의 교회 종소리가 15분마다 시간을 알렸는데, 몇 번인가 나는 그 시계가 망가진 줄만 알았지. 하지만 마침내 새벽 2시 무렵, 돌연 문고리를 젖히고 열쇠를 돌리는 나직한 소리가 들려왔습니다. 잠시 후 하인들이 쓰는 문이 열리고, 조지프 해리슨 씨가 달빛 속으로 걸어 나왔죠.”

“조지프가!” 펠프스가 불쑥 끼어들었다.

“그는 모자를 쓰지 않았지만, 여차하면 바로 얼굴을 가릴 수 있도록 검은 망토를 어깨에 걸치고 있었습니다. 그는 벽 그늘 아래로 살금살금 까치발로 걸어 창가로 다가가서는 긴 칼을 창 틈으로 밀어 넣어 창문 고리를 벗겨냈습니다. 그러고는 창문을 활짝 열어젖히고, 덧문 틈으로 칼을 찔러 넣어 빗장을 걷어내고 덧문도 열었습니다.

나는 엎드려 있던 곳에서 침실 내부와 그의 동태를 환히 바

"조지프 해리슨 씨가 달빛 속으로 걸어 나왔죠."
시드니 패짓 그림, 《스트랜드 매거진》(1893)

46. 조지프 해리슨은 이런 비밀 공간이 있는 것을 어떻게 알았을까? 그가 "안락한 이 침실"에 머물렀다고는 하지만, 빈둥빈둥 방 안이나 조사하며 양탄자까지 들추어보았다니 참 성격도 별난 사람인 게 분명하다.

라볼 수 있었지요. 그는 벽난로 위에 세워진 촛불 두 개를 밝힌 다음, 문 옆에 있는 양탄자 모퉁이를 젖혔어요. 곧이어 허리를 숙이고 네모난 널빤지 한 장을 들어 올렸습니다. 배관공들이 가스 파이프 연결 부위를 확인할 수 있도록 해놓은 그 널빤지죠. 실제로 그건 부엌 밑으로 지나가는 가스 파이프와 연결된 T자형 접합부를 덮고 있는 널빤지였어요. 이 은닉처[46]에서 그는 작은 두루마리 종이를 꺼내더니, 널빤지를 다시 내려놓고 양탄자를 덮고 촛불도 끈 후, 곧장 내 품으로 들어왔죠. 내가

47. 홈즈가 왜 "두 차례"나 때려눕혔는가에 대해 제임스 홀로이드는, 해리슨이 건장해서만이 아니었다는 주장을 폈다. 처음 만났을 때 해리슨이 한 말에 대해 홈즈가 내심 꽤씸하게 생각했다는 것이다. "퍼시가 아침 내내 여러분을 애타게 기다렸습니다. 아, 딱한 녀석, 지푸라기라도 잡으려고 하다니!" 발칙하게도 홈즈를 '지푸라기' 취급했을 뿐만 아니라, 홈즈가 그의 모노그램을 보고 한 말에 대해 "난 또 엄청 현명한 추리나 한 줄 알고 잠시 놀랐습니다" 하고 천연덕스레 비아냥거리기까지 했다. 그래서 내심 발끈한 홈즈가 두 차례 아니라 그 이상 때려눕혔다고 해도 하등 이상할 게 없다는 것이다.

창밖에서 그를 기다리고 있었거든요.

음, 그는 내가 생각한 것보다 더 악독한 데가 있더군요. 그는 내게 대뜸 칼을 날렸습니다. 나는 그를 두 차례 때려눕혔죠.[47] 하지만 그를 제압하기 전에 손가락을 좀 베였습니다. 결투가 끝났을 때 그는 하나 남은 눈으로 나를 죽일 듯이 노려보았지만, 이성에 귀를 기울여서 순순히 문서를 포기하더군요. 문서를 되찾은 후 그를 놓아주었죠. 하지만 오늘 아침 포브스에게 전보를 쳐서 자세히 알려주었습니다. 포브스가 민첩하다면 무난히 새를 잡아들이겠죠. 하지만 내가 우려한 대로 그가 도착했을 때 이미 둥지가 비어 있다면, 정부로서는 아마 그게 더 나을 겁니다. 홀드허스트 경만이 아니라 퍼시 펠프스 씨의 경우에도 이 문제가 재판까지 가지 않는 게 차라리 낫지 않겠어요?"

"세상에!" 우리의 의뢰인이 입을 딱 벌렸다. "나는 10주 동안이나 끙끙 앓았는데, 알고 보니 도둑맞은 문서가 줄곧 내 방 안에 있었단 말입니까?"

"그렇습니다."

"그리고 조지프! 조지프가 몹쓸 인간이었다니!"

"흥! 조지프의 성격은 보기보다 훨씬 더 음험하고 위험합니다. 내가 오늘 그에게서 들은 얘기로 미뤄볼 때, 그는 증권투자로 거액을 날리는 바람에, 한몫 거머쥐기 위해서라면 무슨 짓이든 할 태세였던 듯합니다. 자기밖에 모르는 이기적인 인간이라서, 기회가 다가오자 누이의 행복이나 당신의 명예 따위는 아랑곳하지 않은 겁니다."

퍼시 펠프스는 의자에 등을 기댔다.

"어지럽군요." 그가 말했다. "그런 말을 들으니 머리가 핑 돕니다."

"이 사건에서 가장 큰 난점은 증거가 너무 많다는 사실이었습니다." 홈즈가 강의하듯 말했다. "가장 중요한 증거는 아무 관계가 없어 보이는 것들 사이에 감춰져 있었죠. 우리 앞에 드러난 모든 사실 가운데, 핵심으로 보이는 것만 추려내야 했습니다. 그래서 그걸 순서대로 짜 맞춰 이 사건을 재구성해야 했습니다. 나는 그날 밤 당신이 조지프와 함께 집에 갈 생각이었다는 말을 듣고 일찌감치 그를 의심하기 시작했습니다. 그는 외무부를 잘 알고 있어서, 가는 길에 당신에게 들렀을 가능성이 높았습니다.[48] 또 누군가 침실로 들어가려고 했다는 말을 들었는데, 그 침실에 뭘 감출 사람은 조지프밖에 없었습니다. 당신이 의사와 함께 집에 왔을 때 조지프가 그 방에서 쫓겨났다는 얘기를 이미 들은 뒤였죠. 그래서 내 의심은 확신으로 바뀌었습니다. 더구나 간호사가 자리를 비운 첫날 침입을 시도했다는 것은, 침입자가 집 안 사정을 환히 꿰고 있다는 증거였습니다."

"그걸 몰랐다니!"[49]

"내가 알아낸 이 사건의 진상은 이렇습니다. 조지프 해리슨이라는 사람이 찰스 스트리트의 옆문을 통해 사무실에 들어갔습니다. 길을 알고 있었던 그는 곧바로 당신의 사무실로 향했는데 때마침 당신이 자리를 비웠습니다. 그는 아무도 없다는 것을 알고 곧바로 종을 울렸습니다. 그 순간 책상에 놓인 문서가 눈에 띄었습니다. 척 보기에 무한한 가치를 지닌 국가 기밀 문서였죠. 그는 그것을 즉시 주머니에 찔러 넣고 잽싸게 떠났습니다. 아시다시피, 졸고 있던 수위가 당신에게 종소리 얘기를 한 것은 몇 분 지나서였고, 도둑이 빠져나가기엔 충분한 시간이었습니다.

그는 바로 기차를 타고 워킹으로 가서, 훔친 물건을 살펴본 후 그게 정말 무한한 가치를 지녔다는 것을 확신했죠. 그래서 그가 가장 안전하다고 생각하는 곳에 감춰두었습니다. 하루 이

48. 해리슨이 9시 45분에 문서를 훔쳤다면 물론 여유 있게 11시 기차를 탈 수 있었다. 그는 역에서 퍼시를 기다렸는데, 그가 나타나지 않자 늦게까지 일하는 줄 알았다고 변명했을 것이다.

49. 이 책 편집자는 「프로이센에서 사랑으로 : '해군 조약문'을 생각함」이라는 에세이에서 다음 내용을 지적한 적이 있다. "펠프스가 좀 더 관찰력이 있었다면, 조지프와 애니 해리슨이 그들의 선조인 노섬벌랜드 사람과 전혀 닮지 않았을 뿐만 아니라, 실은 남매가 서로 닮지도 않았다는 것을 알아차렸을 것이다. 홈즈는 독일 정부가 조약문을 탈취하기 위해 보낸 스파이가 바로 해리슨이었다는 사실을 밝힐 기회를 잃은 것일 수도 있다. 조지프 해리슨이 펠프스의 침실에 침투한 것은 조약문을 훔치려고 한 것이 아니라, 진짜를 돌려주려고 한 것일 수도 있다. 조약문 내용을 이미 알아낸 독일 정부는 그것을 영국 정부가 눈치채지 못하기를 바랐을 수도 있다."

틀 후에 꺼내서 프랑스 대사관이나, 후한 값을 치러줄 만한 곳
으로 가져갈 생각이었죠. 그런데 당신이 갑자기 돌아왔습니다.
그리고 그는 예고 없이 방에서 쫓겨났죠. 그때부터 항상 적어
도 두 사람이 그 방에 머물러 있는 바람에 보물을 꺼내 갈 수가
없었습니다. 그에게는 환장할 노릇이었겠죠. 하지만 마침내 그
는 기회가 왔다고 생각했습니다. 그래서 몰래 침입하려고 했는
데, 당신이 깨어나는 바람에 산통이 깨지고 말았지요. 평소에
드시던 약을 혹시 그날 밤 먹지 않은 건 아닌가요?"

"그랬어요."

"그는 특별한 효과를 발휘하도록 그 약에 손을 써놓았을 겁
니다. 그래서 당신이 곯아떨어졌을 거라고 철석같이 믿었겠지
요. 물론 나는 그가 안전하다는 보장만 있으면 언제든 다시 침
입할 거라고 생각했습니다. 그래서 당신이 그 방을 떠나게 해
서 그에게 기회를 주었지요. 해리슨 양에게는 종일 그 방에 있
으라고 했습니다. 내가 없을 때 그가 선수를 치지 못하게 한 거
죠. 그런 다음, 이제 거치적거리는 사람이 없다고 생각하게 한
후, 앞서 말한 대로 내가 숨어 들어가서 망을 보았습니다. 나는

"혹시 또 궁금한 게 있나요?"
시드니 패짓 그림, 《스트랜드 매거진》(1893)

문서가 그 방에 있을 거라고 생각했지만, 그걸 찾기 위해 바닥 널빤지와 굽도리 널을 죄다 뜯어내고 싶지는 않았어요. 그가 숨겨놓은 곳에서 그걸 찾아가라고 놓아두면 막대한 수고를 덜 수 있었죠. 혹시 또 궁금한 게 있나요?"

"처음에 그는 왜 창문으로 들어오려고 했지?" 내가 물었다. "방문으로 들어가도 되는데 말이야."

"방문으로 들어가려면 다른 침실 일곱 군데를 거쳐야 해. 창문을 이용하면 잔디밭으로 빠져나가기도 쉽지. 또 궁금한 건?"

"그가 나를 죽일 생각은 없었다고 보시나요?" 펠프스가 물었다. "칼은 그저 침입 도구였을까요?"

"그랬을지도 모르죠." 홈즈가 어깨를 으쓱하며 대답했다. "내가 확실히 말할 수 있는 것은, 조지프 해리슨 씨가 자비로운 신사라고는 결단코 믿을 수 없다는 겁니다."

마지막 문제[1]

왓슨의 표현을 빌려 쓰면, 《스트랜드 매거진》 독자들은 "무거운 마음으로" 이번 이야기를 읽기 시작했다. 이번 이야기가 셜록 홈즈에 대한 왓슨의 "마지막 기록"이라니 말이다. 이걸 읽은 영국인들은 경악했고, 2만 명이나 되는 사람이 《스트랜드 매거진》 정기 구독을 중단해버렸으며, 거리에는 팔뚝에 검은 완장을 찬 사람이 즐비했다. 왓슨은 「마지막 문제」를 발표한 후 무려 8년이나 침묵했다. 그러다 마침내 1901년에 또 다른 홈즈 회고록인 『바스커빌 씨네 사냥개』를 발표했다. 오늘날 독자들은 홈즈가 그때 죽은 게 아니고, 1894년에 런던으로 돌아왔다는 것을 알고 있다. 그러나 왓슨은 이번 이야기를 마치며 그가 죽었다고 믿은 게 확실하다. 1894년에 왓슨은 돌아온 홈즈를 만났지만, 홈즈는 왓슨에게 사실을 알리지 못하게 했다. 그 이유는 알 수 없다. 그러다 이윽고 1903년에 왓슨은 「마지막 문제」 사건의 진짜 결말을 밝혀도 좋다는 허락을 받고 『돌아온 셜록 홈즈』의 첫 번째 이야기인 「빈집」을 발표하며 10년 만에 《스트랜드 매거진》에 새로 연재를 시작했다. 그러나 「마지막 문제」는 그 자체만으로도 한 편의 멋진 드라마다. 윌리엄 질렛은 여기 나오는 홈즈와 모리아티 교수의 팽팽하고 짜릿한 대결을 〈셜록 홈즈〉라는 연극으로 각색해 대성공을 거두었고, 그 후 속속 수많은 영화로도 제작되었다. 홈즈의 최대 숙적으로서 거의 전설적인 지위를 확보한 모리아티 교수는 「마지막 문제」와 「빈집」, 『공포의 계곡』에만 등장한다. 그래서 학자들은 특히 이번 이야기에 나오는 그에 대한 정보를 철저히 파고들었다.

1. 「마지막 문제」는 1893년 12월 《스트랜드 매거진》에, 1893년 12월 25일 미국 뉴욕판 《스트랜드 매거진》에, 그리고 1893년 11월 말과 12월 초 미국의 수많은 신문에 실렸다.

2. 최초의 주석 달린 셜록 홈즈 이야기인 『셜록 홈즈와 왓슨 박사 : 우정의 교본』에서 크리스토퍼 몰리는 이렇게 썼다. "열렬한 독자들에게 이번 이야기의 서두만큼 크나큰 충격을 안겨준 것은 없었다……."

참으로 무거운 마음으로, 내 친구 셜록 홈즈가 지닌 남다른 재능에 대한 마지막 기록을 하기 위해 이렇게 펜을 든다.[2] 우리가 처음 우연히 만난 『주홍색 연구』의 시기부터, 「해군 조약문」 문제에 그가 개입을—심각한 국제분쟁을 예방한 것이 확실한 개입을—한 시기까지, 내가 그와 함께한 기묘한 경험을 잘 이야기하려고 애를 썼지만 그게 도무지 두서가 없었고, 지금 뼈아프게 느끼듯 부실하기 짝이 없었다. 나는 그쯤에서 이야기를 멈추고자 했다. 지난 2년 동안 그 무엇으로도 메울 수 없는 인생의 허무를 안겨준 그 사건에 대해서는 결코 입을 열지 않으려고 한 것이다. 그러나 최근 제임스 모리아티 대령이 자기

형[3]을 변호하는 글을 발표한 걸 보고 나는 펜을 들지 않을 수 없었다. 사실을 있는 그대로 대중에게 발표하는 길밖에는 선택의 여지가 없게 된 것이다. 사건의 전모를 알고 있는 것은 나뿐인데, 어느덧 그것을 감추는 것이 득이 될 수가 없는 시점이 된 듯하다. 이 사건에 대해서는 신문에 세 차례 보도된 것으로 알고 있다. 1891년 5월 6일 자《주르날 드 주네브》의 기사, 이튿날 영국의 각 신문에 실린 로이터 통신[4] 기사, 마지막으로 앞서 언급한 대령의 글이 그것이다. 그 가운데 첫 번째와 두 번째는 지

셜록 홈즈의 죽음.
H. T. 웹스터 그림, 출전 불명(1921. 4. 21.)

3. 이번 이야기에서 모리아티 교수는 성씨로만 나오는데, 「빈집」에서는 홈즈가 그를 제임스 모리아티라고 말한다. 이상하게도 대령이라는 동생과 이름이 똑같다.

4. 로이터 통신사는 파울 율리우스 폰 로이터라는 젊은 독일인 은행원이 1851년 10월 런던에서 창립했다. 그 2년 전에 로이터는 이미 전신과 전서구를 동시에 이용해 벨기에 브뤼셀과 독일 아헨 사이에서 증권 시세표를 전달해본 경험이 있었다. 로이터 통신사는 비둘기를 포기하고, 영국 런던과 프랑스 칼레 사이의 해저 케이블을 이용해 런던과 파리의 증권 시세를 주고받았다. 로이터 통신사는 곧 비약적으로 신장해서, 잉글랜드와 유럽 전역의 뉴스를 중계했다. 창립 14년 만인 1865년, 로이터 통신사는 유럽 최초로 링컨 대통령의 암살 소식을 전할 정도로 명성과 능력이 급신장했다. 그러니 1891년 홈즈와 모리아티에 관해 신속한 보도를 한 것도 이상할 게 없는 일이다.

5. 가장 최근에 영국 BBC의 셜록 홈즈 라디오 드
라마 대본을 쓴 버트 콜스가 지적했듯이, 그게 아
무리 "지극히 간결한 기사"였다 해도 홈즈 같은
유명 인물의 사망 기사는 엄청난 대중의 반향을
불러일으켰을 것이다. 하지만 실은 오늘날까지도
홈즈의 사망 기사는 어디에도 나오지 않았다. 그
것은 홈즈가 아직 살아 있다는 주장을 펴는 근거
가 되고 있다. 콜스는 왓슨이 홈즈의 사망 관련
사실을 은폐해서 언론이 발표를 할 수 없게 했다
고 믿는다. 잘 따져보면, "이번 이야기 서두와 말
미의 어조로 미루어볼 때, 이건 언론을 통해 이미
알려진 사실을 부연 설명하는 것이 아니라, 끔찍
한 소식을 최초로 전달하고 있는 게 분명하다."

6. 세 건으로는 「빨강머리연맹」과 「너도밤나무
저택」, 「죽어가는 탐정」을 꼽을 수 있는데, 아주
확실한 것은 아니다.

「마지막 문제」.
E. S. 모리스 그림, 시애틀, 《포스트인텔리전서》(1912. 3. 10.)

극히 간결한 기사[5]였고, 내가 이제 입증해 보이겠지만, 마지막
것은 완전히 사실을 왜곡한 것이다. 모리아티 교수와 셜록 홈즈
씨 사이에 실제로 무슨 일이 일어났는가를 처음으로 밝히는 것
은 이제 내 의무가 아닐 수 없다.

내가 결혼한 후 곧이어 개업을 하자, 아주 가까웠던 홈즈와
나의 관계는 다소 달라지게 된 듯하다. 그는 내가 조사에 동참
하기를 바랄 때면 여전히 이따금 나를 찾아왔지만, 그런 일이
점점 뜸해지더니, 이윽고 1890년에 이르러서는 내가 기록한
사건이 고작 세 건[6]밖에 되지 않았다. 그해 겨울과 이듬해 초

봄에 나는 프랑스 정부가 극히 중요한 일로 그를 고용했다는 기사를 읽었다. 그때 홈즈에게 두 통의 편지를 받았다. 프랑스 남부 랑그도크루시용 주의 두 도시인 나르본과 님에서 보낸 것이었다. 그 편지를 보니 그는 프랑스에 오래 머물 것 같았다. 그러니 4월 24일 저녁 내 진료실에 들어선 그를 본 나는 깜짝 놀라지 않을 수 없었다. 그는 평소보다 훨씬 더 창백하고 여위어 보였다.

"그래, 한동안 너무 자유분방하게 몸을 굴렸지." 내가 입을 열기도 전에 그가 내 표정을 보고 대답했다. "요즘 일에 좀 쫓겼어. 덧문을 닫아도 되겠지?"

실내조명이라고는 내가 책을 읽고 있던 책상 위에 켜놓은 램프밖에 없었다. 홈즈는 벽에 붙어서 슬그머니 창가로 다가가 덧문을 와락 닫고 고리까지 채웠다.

"걱정되는 게 있나 보지?" 내가 물었다.

"응."

내 진료실에 들어선 그를 본 나는 깜짝 놀라지 않을 수 없었다.
해리 C. 에드워즈 그림, 《매클루어스 매거진》(1893)

7. 압축 공기를 이용해서 납 총알을 발사하는 최초의 공기총으로 알려진 것은, 1530년경 뉘른베르크의 귀터가 만든 단발형 공기총이다. 화약을 쓰는 총에 비하면 훨씬 청결하고 조용했던 공기총은 주로 사냥에 이용되었다. 빅토리아 시대의 상류층 신사들은 특별하게 디자인된 보행용 지팡이로 위장한 0.40-0.50구경의 공기총을 가지고 다닌 것으로 알려져 있다. 홈즈의 숙적이 그런 공기총을 이용했다고 상상해볼 수 있지만, 홈즈는 공기총의 종류에 대한 얘기를 하지 않았고, 두 번 다시 공기총 얘기를 하지도 않았다. "왓슨에게 말했듯이 홈즈가 정말 공기총을 두려워했다면, 이번 이야기 뒷부분에서라도 그런 총이 등장함 직한데 왜 전혀 나오지 않을까?" 버트 콜스가 제기한 의문이다. 결국 우리는 「빈집」에 이르러, 모리아티 교수의 부관인 세바스찬 모런 대령이 공기총을 썼다는 것을 알게 된다.

8. 단테이 M. 토레스는 「'마지막 문제'에 관한 몇 가지 생각」에서 이렇게 토를 달았다. "이러한 행동은 모리아티 일당에게 홈즈가 왓슨의 집에서 밤을 지새웠다는 인상을 줌으로써 왓슨을 위험에 빠뜨릴 수도 있는 행동이었다."

"뭐가?"

"공기총."[7]

"맙소사, 그게 무슨 말이야."

"왓슨, 자네는 나를 잘 알잖아. 내가 결코 겁이 많은 인간은 아니라는 걸 말이야. 그뿐 아니라, 닥쳐올 위험을 인정하지 않는 것은 용감한 게 아니라 미련한 거야. 성냥 좀 주겠어?" 그는 담배의 진정 효과에 감사하기라도 하듯이 담배 연기를 빨았다.

"이렇게 늦은 시간에 찾아와서 미안해." 그가 말했다. "그리고 좀 엉뚱해 보이겠지만, 잠시 후 이 집 뒤뜰 담을 넘어서 떠날 테니 이해해줘."[8]

"그런데 대체 무슨 영문이야." 내가 물었다.

그가 한 손을 내밀었다. 램프 불빛에 비춰보니 두 손가락 관절 부위가 찢어져서 피를 흘리고 있었다.

"이건 그저 생긴 게 아니야." 그가 씨익 웃으며 말했다. "반대로, 사나이가 손을 다쳤을 때에는 그만한 이유가 있지. 왓슨

두 손가락 관절 부위가 찢어져서 피를 흘리고 있었다.
시드니 패짓 그림, 《스트랜드 매거진》(1893)

부인은 계시나?"

"집사람은 어디 좀 다니러 갔어."

"저런! 그럼 혼자 있어?"

"응."

"그럼 한 일주일 나와 함께 유럽 대륙에 다녀올 수 있겠어?"

"유럽 어디?"

"아, 어디든. 내게는 어디든 마찬가지니까."

이 모든 게 어쩐지 범상치 않았다. 홈즈는 아무 목적 없이 휴가를 떠날 사람이 아니었다. 창백하고 초췌한 얼굴에 깃든 알 수 없는 표정은 그의 신경이 최고조의 긴장 상태에 있다는 것을 대변했다. 그는 내 눈빛에 의문이 떠오른 것을 보고, 양손 손끝을 맞대고 팔꿈치를 무릎에 얹고는 사정을 털어놓았다.

"혹시 모리아티 교수에 대해 들어본 적 있어?"

"전혀."[9]

"아, 그에게는 천재적이고 불가사의한 데가 있어!" 그가 힘주어 말했다. "그 인간은 런던을 주름잡고 있는데, 아무도 그에 대해 들어본 적이 없지. 범죄사상 최고의 인물로 꼽히는 것도 그래서야. 왓슨, 정말 진지하게 하는 말인데, 내가 그 인간을 잡을 수만 있다면, 내가 그를 이 사회에서 제거할 수만 있다면, 비로소 내 경력은 절정에 이르렀다고 할 수 있을 테고, 그러면 나는 좀 더 평온한 삶을 살 작정이야. 우리끼리니까 하는 말인데, 나는 최근 스칸디나비아 왕실과 프랑스 공화국을 도와 몇몇 사건을 해결한 덕분에 제법 여유가 생겼어. 덕분에 마음에 맞는 조용한 생활을 하면서,[10] 내가 좋아하는 화학 연구에 집중할 수 있었지.[11] 하지만 편히 쉴 수는 없었어, 왓슨. 모리아티 교수 같은 인간이 제집 안마당처럼 런던 거리를 활보하고 다닌다는 생각만 하면 바늘방석에 앉아 있는 것 같았거든."

"그가 무슨 짓을 했는데?"

9. 모리아티 교수는 1891년에 일어난 「마지막 문제」보다 먼저 일어난 사건으로 여겨지는 『공포의 계곡』에도 나온다.(연보 참고) 왓슨이 『공포의 계곡』을 1915년에 발표하기는 했지만 그것이 1888년에 일어난 사건이라는 게 일반적인 견해다. 그렇다면 왓슨은 여기서 모리아티를 알면서도 모른 척하고 있다는 이야기가 된다. 그러나 존 다디스의 견해에 따르면 왓슨의 이 말은 "단지 문학적 파격 어법이다. 모리아티를 대중에게 극적으로 소개하기 위한……."

10. 이언 매퀸은 이렇게 지적했다. "홈즈는 왓슨을 만난 지 10년도 되지 않아서, 생활비를 아끼려고 하숙집을 함께 써야 했던 신세에서, 전혀 돈 걱정을 하지 않고 여유 있게 지낼 수 있는 재산을 갖게 되었다." 「경주마 은점박이」 말미의 부록 「다음 경주에서 내가 좀 딸 것……」을 보면, 재산을 갖게 된 이유 하나를 짐작해볼 수 있다.

11. 이 말과 달리, 1917년에 쓴 『그의 마지막 인사』 서문에서 왓슨은 홈즈가 철학과 농사에 몰두하고 있다고 보고한다. 물론 홈즈가 화학 연구만이 아니라 농사도 지었을 수 있고, 왓슨이 '자연현상의 연구'라는 옛 의미에서 "철학"이라는 말을 쓴 것일 수도 있다.

12. 양의 정수 n에 대해, 두 수 a, b의 합에 대한 n 제곱은 각 항이 (n+1)개 항의 합으로 표현된다는 정리. 예를 들어 $(a+b)^n$에서 n=2일 때, $(a+b)^n = a^2 + 2ab + b^2$이 된다. 이항정리는 1676년에 아이작 뉴턴이 증명 없이 제시한 것으로, 그 후 J. 베르누이(1654-1705)가 증명했는데, 증명 논문이 출판된 것은 사후인 1713년이다.

13. 'coach.' 여기서는 장교 임관 시험이나 승진 시험을 준비시켜주는 개인 지도교사를 뜻한다.

"그의 전력은 범상치 않아. 좋은 가문에서 태어난 데다가 대단한 교육을 받았고, 경이적인 수학적 재능을 타고났지. 나이 스물한 살 때 이항정리[12]에 관한 논문을 썼는데, 유럽에서 호평을 받았어. 덕분에 영국 어느 작은 대학의 수학 교수가 되었고, 어느 모로 보나 더없이 미래가 촉망되었지. 그런데 그는 누구보다도 악마적인 유전 성향을 지니고 있었어. 유전적 범죄 소질이 그의 핏속에 흐르고 있었던 거야. 그것이 개선되기는커녕 더욱 가중되어, 그의 비상한 정신적 능력 때문에 그지없이 위험한 인물이 되고 말았어. 대학가에 그를 둘러싸고 험악한 소문이 퍼졌고, 결국 그는 쫓겨나다시피 교수직을 사임한 후 런던으로 내려와서 육군 코치[13]로 자리 잡았지. 세상에 알려진 것은 이 정도야. 하지만 이제부터 내가 직접 알아낸 사실들을 얘기해줄게.

왓슨, 자네도 알다시피 런던의 고등 범죄계를 나만큼 꿰고 있는 사람도 없어. 지난 수년 동안 나는 범죄자들의 배후에 모종의 세력이 도사리고 있다는 것을 끊임없이 의식하고 있었지. 아주 뿌리 깊게 조직화된 이 세력은 줄기차게 법을 위반하면서 범법자를 감싸주고 있었던 거야. 사기, 절도, 살인 등 온갖 사건에서 나는 그 세력의 존재를 느낄 수 있었어. 그래서 내가 개인적으로 자문을 해주지 않은 수많은 미해결 범죄에 그 세력이 연루되어 있다는 것을 추리해낼 수 있었지. 여러 해 동안 나는 그 베일을 벗기려고 애면글면한 끝에, 이윽고 실마리를 붙잡아 추적하기에 이르렀지. 교활하게 쳐놓은 숱한 연막을 헤치고 추적을 계속한 끝에, 마침내 캐낸 배후 인물이 바로 그 유명한 수학자인 모리아티 전 교수였던 거야.

왓슨, 그는 범죄계의 나폴레옹이야. 이 대도시에서 자행된 악행의 절반은 그가 꾸몄고, 검거되지 않은 악행은 거의 전부 그가 꾸민 거야. 그는 천재이고 철학자에다, 추상적인 사색을

하는 자이지. 그는 일급 두뇌를 가졌어. 거미처럼 거미줄 한가
운데 꼼짝하지 않고 앉아 있지만, 그 거미줄은 천 갈래로 뻗어
있어서 그 가운데 하나라도 떨리면 재깍 알아차리지. 그는 직
접 나서진 않아. 그저 계획만 짜지. 하지만 하수인이 수없이 많
고, 놀랍도록 잘 조직되어 있어. 저지르고자 하는 범죄, 빼내려
고 하는 문서, 털고자 하는 집, 제거하고자 하는 사람이 있으
면, 그 말이 그 교수에게 전달되고, 사건이 조직화되어 바로 행
동에 옮겨지는 거야. 하수인이 붙잡힐 수도 있어. 그럴 경우 보
석이나 변호를 위한 돈을 조직이 대주지. 하수인을 부린 핵심
인물은 붙잡히지 않아. 아예 용의 선상에 오르지도 않지. 내가
추적해온 조직, 내가 까발려서 분쇄하려고 온 힘을 다 쏟았던
조직이 바로 그런 조직이야.

하지만 그 교수는 아주 교활하게 안전장치를 마련해두고 있
어서, 무슨 수를 써도 그를 법정에 세울 증거를 확보하는 게 불
가능해 보였어. 왓슨, 내 능력이야 자네가 잘 알겠지만, 최근
석 달 동안 별의별 수를 다 써본 끝에, 나는 마침내 지적으로
나와 필적할 만한 호적수를 만났다는 것을 인정할 수밖에 없더
군. 찬탄을 금할 수 없는 그의 솜씨에 그의 죄질에 대한 혐오감
조차 잊을 정도야. 그런데 마침내 그가 실수를 했어. 작은, 아
주 자그마한 실수였을 뿐이지만, 그를 바짝 뒤쫓고 있는 상황
에서 그건 그에게 치명적이었지. 나는 기회를 잡았고, 그것을
발판으로 삼아 그를 옭아매서, 이윽고 이제 그물을 걷어 올릴
때가 된 거야. 그러니까 사흘 후인 다음 월요일이면 때가 무르
익어서, 그 교수와 핵심 일당을 일망타진하게 될 거야. 그러면
금세기 최대의 형사재판이 열리고, 미궁에 빠졌던 40건 이상
의 사건이 해결되고, 일당 모두가 목을 매달게 되겠지. 하지만
우리가 혹시라도 때 이르게 움직였다가는, 놈들이 최후의 순간
에 그물을 빠져나갈 수도 있어.

……모리아티 교수가 나타났다.
해리 C. 에드워즈 그림, 《매클루어스 매거진》(1893)

이런 일을 내가 모리아티 교수 모르게 할 수만 있었다면 모든 일이 술술 풀렸겠지. 하지만 그러기엔 그가 너무 교활해. 그의 주변에 그물을 치기 위해 내가 취한 모든 조치를 꿰뚫어 보는 거야. 그래서 그물을 벗어나려고 여러 차례 발버둥을 쳤어. 하지만 번번이 내가 길목을 가로막았지. 장담컨대 그 침묵의 대결 이야기를 책으로 쓰면, 탐정 역사상 가장 치열한 공방전을 기록한 멋진 작품으로 자리매김될 거야. 나는 한 명의 적 때문에 그토록 격앙되고, 그토록 압박을 받은 적이 없었어. 그가 통렬하게 치고 들어오면, 나는 한술 더 떴지. 오늘 아침 최후의 소치가 취해졌고, 이제 일이 완결되는 데에는 딱 사흘이 남았어. 그런데 오늘 내가 방에 앉아 이 문제를 곱씹고 있을 때, 문이 열리면서 모리아티 교수가 내 앞에 떡하니 나타난 거야.

왓슨, 나도 강단깨나 있는 사람인데, 늘 뇌리에서만 맴돌던 바로 그 인간이 문지방을 밟고 앞에 서 있는 것을 보자 그만 가슴이 덜컥 내려앉더군. 그의 모습은 어쩐지 낯설지가 않았어.

늘씬하니 키가 크고 여위었는데, 하얗게 벗어진 이마는 둥근 돔처럼 돌출했고, 두 눈은 푹 꺼져 있었지. 깨끗이 면도한 창백한 이목구비에는 그 교수 특유의 고행자 같은 표정이 깃들어 있었어. 공부를 많이 한 인간답게 구부정한 어깨에 얼굴을 앞으로 내밀고 있었는데, 두리번거리는 파충류처럼 언제나 아주 천천히 고개를 좌우로 내두르는 버릇이 있더군. 그는 지그시 뜬 두 눈에 강렬한 호기심을 담고 나를 응시했지.

"모리아티 교수가 내 앞에 떡하니 나타난 거야."
시드니 패짓 그림, 《스트랜드 매거진》(1893)

14. 빅토리아 시대의 골상학에 대한 모리아티의 이 말은 홈즈를 모욕하기 위해 던진 말이다. 토머스 M. 맥데이드는 이렇게 썼다. "골상학자들은 피살자나 광인의 뇌를 항상 저울에 달아보려고 했다. 그래서 정치가나 작가의 뇌와 무게를 비교했는데, 언제나 후자가 무거운 것으로 나왔다." 골상학의 '아버지' 프란츠 요제프 갈(1758-1828)과 그의 후계자들은 뇌의 크기가 반드시 정신 능력의 크기를 나타낸다고 믿은 것은 아니고, 자부심이나 재치, 음악이나 수학 능력과 같은 개인의 소질이 뇌를 구성하는 35개 "기관organs"에 의해 결정된다고 믿었다. 그래서 두개골 각 부위 기관의 상대적 크기를 관찰함으로써 개인적 특성을 판별할 수 있다는 것이다. 미국의 로렌조 파울러와 오슨 파울러 형제가 없었다면 골상학은 지금도 과학 분야로 남아 있을지도 모른다. 두 형제는 1838년에 《미국 골상학 저널》을 창간하고, 뉴욕과 잉글랜드에서 '두뇌 읽기'를 하면서 골상학 순회 강연을 했다(로렌조는 1863년에 런던에 파울러 연구소를 세웠다). 원로 골상학자들은 파울러 형제를 골상학 행상인 취급했다. 하지만 대중은 새로운 이 '과학'을 좋아했다. 존경받는 영국 저술가이자 노예제 폐지론자였던 해리엇 마티노는 1877년 『자서전』에서 그런 현상에 대해 의문을 표시했다. 그녀의 글에 의하면, 어느 골상학자가 시드니 스미스라는 사람의 뇌를 읽고, 그를 타고난 자연주의자라고 선언했는데, 정작 스미스 본인은 화들짝 놀라며 "나는 물고기와 새도 구별 못한다"고 말했다는 것이다. 또 그녀는 자기 골상을 스스로 진단해보면 "이루 말할 수 없이 신체가 허약하고 용기도 없어서 아무것도 해낼 수 없다"는 결론이 나올 뿐이라고 썼다. 앰브로즈 비어스는 풍자적인 저서 『악마의 사전』(1911년. 1906년 초판 제목은 『냉소가의 단어장』)에서 "머리가죽을 꿰뚫어 주머니를 털어 가는 과학"이라는 정의로 골상학을 야유했다. 매들린 스턴은 『게임의 두뇌』에서 홈즈가 로렌조와 함께 런던에서 골상학을 연구했을 수도 있다며, 두 사람에게는 공통된 관심 분

'자네 전두골이 그리 발달하지 않았다니 뜻밖이군.'[14] 그가 마침내 말했어. '실내복 주머니에 장전된 화기를 집어넣고 만지작거리는 건 위험한 버릇이야.'

실은 그가 들어서자마자 나는 신변에 막대한 위험이 닥친 것을 즉각 알아차렸어. 그로서는 유일한 탈출로가 살인 멸구뿐이라고 생각했을 테니까. 즉각 나는 서랍 속의 권총을 주머니에 찔러 넣은 채 그를 겨누었지.[15] 하지만 그의 말을 듣고 나는 무기를 꺼내, 공이치기를 당겨둔 채 탁자에 올려놓았어. 그는 여전히 히죽 웃으며 눈을 깜빡이고 있었지. 하지만 그의 두 눈이 어찌나 흉흉한지, 거기 총을 놓아두고 있다는 게 여간 다행으로 여겨지지 않았어.

'자네는 나를 잘 모르나 보군.' 그가 말했어.

'천만에.' 내가 응수했지. '나는 아주 잘 안다고 생각합니다. 거기 의자에 앉으시죠. 할 말이 있는 모양인데 5분을 드리겠습니다.'

'내가 할 말은 이미 자네의 뇌리를 스쳐 가지 않았나?' 그가 말했지.

'그렇다면 아마 내 대답도 당신의 뇌리를 스쳐 갔겠군요.' 내가 대꾸했어.

'자네 입장은 요지부동인가?'

'물론.'

그가 돌연 한 손을 주머니에 집어넣기에, 나는 잽싸게 탁자의 권총을 집어 들었지. 하지만 그가 꺼낸 것은 몇 가지 날짜를 기록한 수첩이었어.

'자네는 1월 4일 내 계획에 차질을 주었네.' 그가 말했지. '23일에는 나한테 폐를 끼쳤고. 2월 중순에는 자네 때문에 내가 심히 불편했어. 3월 말에는 내 계획이 완전 박살이 났고. 4월이 저물어가는 지금, 자네한테 쉴 새 없이 박해를 당해서 나는

바야흐로 자유를 잃을 위험에 처해 있다네. 있을 수 없는 상황이 되어가고 있지.'

'나한테 제안할 거라도 있나요?' 내가 물었어.

'홈즈 씨, 이만 손을 떼도록 하게.' 그가 고개를 내두르며 말했어. '반드시 그래야만 해.'

'월요일 이후 손을 떼지요.'[16] 내가 말했어.

'쯧쯧! 자네 같은 지성인이라면 이런 일의 결말은 하나뿐이라는 것을 잘 알 걸세. 자네는 물러설 필요가 있어. 자네가 이런 식으로 일을 밀어붙이는 바람에 우리에게 남은 대책은 오직 하나뿐일세. 그동안 자네가 이번 일을 어떻게 처리하는가를 바라보는 것이 나로선 크나큰 지적 즐거움이었지. 그런데 솔직히 말해서, 이제 극단적인 조치를 취하지 않을 수 없다는 게 나로선 서글픈 일일세. 자네가 지금은 웃지만, 장담컨대 정말 서글픈 일이 될 거야.'

J. ISAACS,
Registered Phrenologist and Character Reader.

May be engaged for Bazaars, Parties, Schools, &c., write for terms.

—o—

Instructive, Amusing and Scientific Lecturer.

—o—

PRIVATE CONSULTING ROOMS
Open Daily from 2 to 8 p.m.

—o—

HEAD Examined and Written Out from 2/6.
PHOTOS. Read and Written out from 2/6.

Address all Communications to

PROF. ISAACS,
EXPERT PHRENOLOGIST and CHARACTER READER,
18, Crossley Street, HALIFAX.

당시의 골상학자 광고.
『빅토리아 시대의 광고』

야가 많다고 지적했다.

모리아티가 홈즈의 전두골 발달 부족을 들먹인 게 계산된 모욕인 이유는, 전두골의 주요 기관 두 개가 '비교'(추상적 사고력)와 '인과'(인과관계 파악 능력) 기관을 나타내는 것으로 여겨졌기 때문이다. 조지 쿰의 인기 저서였던 『골상학 체계』(1853년, 제5판)에 나오는 '인과' 기관에 대한 다음 말을 참고하면 이 모독은 더 심각해진다. "이건 오랫동안 관찰되어온 사실인데, 소크라테스와 베이컨, 갈릴레오 등과 같이 심오하고 방대한 지성을 지닌 사람들은 앞머리 위쪽이 대단히 발달했다."

15. 데이비드 메릴은 기발한 주장을 했다. 실은 홈즈가 방아쇠를 당겨서 바로 모리아티를 사살했고, 나머지 이야기는 진실을 "은폐"하기 위해 꾸며냈다는 것이다.

16. D. 마틴 데이킨이 말했듯이, 홈즈가 이렇게 노골적으로 비밀을 누설한 것은 전혀 홈즈답지 않은 대실수다. 이것은 "믿을 수 없을 만큼 어리석은 발언이다. ……이건 모리아티에게, 그리고 일당 모두에게 달아나라고 귀띔해준 거나 다름없다." 그래서 데이킨은 홈즈가 실은 "당신을 체포한 후"라고 말했는데, 왓슨이 기록을 하며 날짜를 써 넣는다는 게 이렇게 와전되었다고 믿는다.

'위험은 내 일의 일부입니다.' 내가 말했어.

'이건 위험이 아닐세.' 그가 말했어. '불가피한 파괴지. 자네는 단지 개인과 맞서고 있는 게 아니라, 막강한 조직과 맞서고 있어. 자네가 그렇게 영특한 머리로도 결코 그 전모를 파악할 수 없었던 조직과 맞서고 있는 걸세. 자네는 물러서야 해. 안 그러면 무참히 짓밟히게 될 거야.'

'이렇게 대화를 즐기다 보니 다른 곳에서 중요한 볼일이 나를 기다리고 있다는 걸 깜빡했군요.' 내가 일어서며 말했지.

그 교수 역시 일어서서, 슬프게 고개를 내두르며 묵묵히 나를 바라보더군.

'그것 참, 딱하군.' 그가 마침내 말했어. '아무튼 나로선 이제 할 만큼 했네. 나는 자네의 수를 모두 읽고 있지. 자네는 월요일까지 아무것도 할 수 없어. 그동안 우리는 둘이 대결을 해왔는데, 자네는 나를 피고석에 세우고 싶겠지. 장담컨대 나는 결코 피고석에 서지 않을 걸세. 자네는 나를 이기고 싶겠지. 장담컨대 자네는 나를 결코 이기지 못할 걸세. 자네가 나를 파멸시킬 만큼 영리하다면, 나 또한 자네 못지않다는 것을 알아두게.'

'모리아티 씨, 당신이 내게 여러 가지 칭찬을 해주었으니, 나도 답례로 한마디 하겠습니다.' 내가 말했어. '내가 당신을 파멸시킬 수만 있다면, 나는 대중의 이익을 위해 나 자신의 파멸을 기꺼이 받아들일 겁니다.'

'자네의 파멸을 약속하지, 그 반대가 아니라.' 으르렁거리듯 말한 그는 구부정하니 등을 보이며 돌아섰어. 그리고 바깥을 응시하고 눈을 깜빡거리며 떠났지.

모리아티 교수와의 한 번뿐인 면담은 그렇게 끝났어. 솔직히 말해서 영 떨떠름했지. 나직하고 간결한 그의 말투는 여느 악당과 달리 그가 빈말을 하는 게 아니라는 확신을 심어주었거

"그는 구부정하니 등을 보이며 돌아섰어."
시드니 패짓 그림, 《스트랜드 매거진》(1893)

든. 물론 자네는 이렇게 말하겠지. '아니 왜 경찰은 그를 감시하지 않았지?' 하고 말이야. 그 이유는 그가 아니라 그의 하수인들이 나를 공격할 거라고 내가 확신했기 때문이야. 그럴 거라는 확실한 증거도 있었고."

"그럼 이미 공격을 당한 거야?"

"왓슨, 모리아티 교수는 우물쭈물하다가 때를 놓치는 사람이 결코 아니야. 나는 옥스퍼드 스트리트에 볼일이 좀 있어서 정오 무렵 외출을 했지. 벤팅크 스트리트에서 웰벡 스트리트로 이어지는 사거리를 지날 때, 말 두 필이 끄는 짐마차가 길모퉁이에서 튀어나와 나를 향해 사납게 달려오더군. 나는 재빨리 보도로 뛰어올라 가까스로 목숨을 건졌지. 짐마차는 매럴러번 레인으로 꺾어져서 질풍같이 달리더니 순식간에 사라졌어. 나는 그 후 계속 보도로 걸었는데, 비어 스트리트를 걸을 때, 어느 집 지붕에서 벽돌 한 장이 떨어져 내 발치에서 부서졌지. 나는 경찰을 불러서 그 장소를 조사하게 했어. 수리를 하려고 지붕에 슬레이트와 벽돌을 쌓아놓았더군. 사람들은 그중 한 장이 바람에 넘어진 것 같다고 말했지만, 난 그게 아니라는 것을 알고 있었어. 하지만 그걸 증명할 수는 없었지. 그 후 마차를 타고 팰맬에 있는 형의 하숙집에 가서 하루를 보냈어. 그리고 이제 자네에게 온 건데, 오는 길에 몽둥이를 든 괴한의 공격을 받았지. 놈을 때려눕혀서 경찰에 넘기긴 했지만, 분명 장담컨대, 내 손가락 살갗을 찢어놓은 그 앞니의 주인과 은퇴한 수학 코치의 관계는 결코 밝혀지지 않을 거야. 수학 코치는 아마도 10여 킬로미터 밖에서 칠판에 무슨 수학 문제를 풀고 있겠지. 내가 여기 들어와서 먼저 덧문부터 닫고, 앞문이 아니라 눈에

옥스퍼드 스트리트.
『퀸스 런던』(1897)

······잇단 사건을 하나하나 털어놓으며 태연히 앉아 있다니.
해리 C. 에드워즈 그림, 《매클루어스 매거진》(1893)

덜 띠는 출구로 이 집을 빠져나가겠다고 자네의 허락을 받은 것도 이상할 게 없어, 왓슨."

나는 전에도 흔히 그랬지만, 이번엔 정말 내 친구의 용기에 탄복하지 않을 수 없었다. 종일 공포 분위기를 자아냈을 게 분명한 잇단 사건을 하나하나 털어놓으며 태연히 앉아 있다니.

"여기서 밤을 보낼 거지?" 내가 물었다.

"아니야. 여기서 묵었다가는 위험을 불러들일걸? 계획은 다 세워두었으니 모든 게 잘될 거야. 이제는 일이 충분히 진행되었으니, 체포에 관한 한 경찰은 내 도움 없이도 잘 해낼 수 있어. 유죄판결을 얻어내려면 내가 있어야 하겠지만. 그러니 경찰이 움직이기까지 남은 며칠 동안 나는 피신해 있는 게 상책이야. 그래서 자네가 유럽 대륙으로 나와 같이 가줄 수 있다면 정말 좋겠어."

"의원 일은 한가해." 내가 말했다. "게다가 부탁을 잘 들어주는 이웃도 있으니, 나도 같이 가고 싶어."

"그럼 내일 아침에 출발할까?"

"필요하다면."

"아, 그럼, 필요하다마다. 그럼 이제 자네가 해야 할 일이 있어, 왓슨. 부탁인데, 부디 내 말 그대로 해주었으면 좋겠어. 유럽 범죄계에서 가장 머리가 좋은 악당과 가장 막강한 조직을 상대로 이제 2인조 게임을 해야 하거든. 이제 잘 듣도록 해! 자네가 가져갈 짐은 믿을 만한 심부름꾼을 시켜서 수신인 이름이나 주소 없이 오늘 밤 빅토리아 역에 갖다 놓으라고 해. 아침에 사람을 보내 핸섬 마차를 잡을 때에는, 알아서 나타난 첫 번째 마차도, 두 번째 마차도 잡지 말라고 해. 그 후 핸섬 마차에 재빨리 올라타서, 스트랜드 가의 로더 아케이드[17] 끝까지 달려가도록 해. 마부에게는 주소를 종이에 써주고, 마부에게 그 종이를 내버리지 말라고 해. 요금은 미리 준비하고 있다가, 마차가 멈추자마자 아케이드 안으로 냅다 달려, 9시 15분에 시간 맞춰 아케이드 반대편으로 나가도록 해. 그러면 길가에 바짝 붙어서 작은 브루엄 마차가 대기하고 있을 거야. 마부는 목깃에 빨간 천을 댄 무거운 검정 망토를 두르고 있을 거야. 그 마차에 올라타면, 대륙행 특급열차 시간에 맞춰 빅토리아 역에 도착할 수 있어."

"우린 어디서 만나지?"

"역에서. 앞에서 두 번째 칸 1등석 자리를 예약해둘게."

"그럼 열차 안에서 만나겠군?"

"그래."

홈즈에게 자고 가라고 했지만 소용이 없었다. 그가 묵어가면 집 안에 화를 불러들일 거라고 생각하는 게 분명했다. 그래서 마지못해 떠나려고 한 것이다. 내일 계획에 대해 서둘러 이야기한 후, 그는 자리에서 일어나 나와 함께 뒤뜰로 나가서, 모티머 스트리트[18]로 이어진 담을 넘었다. 곧이어 마차를 부르는 휘파람소리가 들리더니 그가 마차를 타고 떠나는 소리가 들렸다.

아침에 나는 홈즈가 시킨 대로 했다. 우리를 추적하려고 대기해놓았을지도 모르는 마차를 피해 아주 조심스레 핸섬 마차를 확보한 나는, 아침 식사를 한 직후 로더 아케이드로 달렸다. 그리고 아케이드 내부를 전속력으로 가로질렀다. 과연 검정 망토를 두른 거구의 마부가 브루엄 마차를 길가에 대놓고 있었다. 마부는 내가 올라타자마자 채찍을 휘둘러 빅토리아 역을 향해 달렸다. 내가 역에서 내리자 마부는 마차를 돌리더니, 나를 한 번도 돌아보지 않고 급히 멀어져갔다.

여기까지는 모든 일이 탄복할 만큼 잘 진행되었다. 내 짐은 이미 와 있었고, 홈즈가 말한 객실을 찾는 것은 어렵지 않았다. '예약'이라고 표시된 객차는 그것밖에 없었기 때문에 더욱 그랬다. 이제 내가 걱정할 일은 홈즈가 아직 나타나지 않았다는

18. 옥스퍼드 스트리트와 나란히 뻗은 모티머 스트리트라는 길이 있는데, 이상하게도 왓슨이 개업을 한 곳으로 알려진 켄징턴이나 패딩턴 지역에는 그런 길이 없다.

검정 망토를 두른 거구의 마부가 브루엄 마차를 길가에 대놓고 있었다.
해리 C. 에드워즈 그림, 《매클루어스 매거진》(1893)

것뿐이었다. 역사의 시계는 출발하기까지 7분밖에 남지 않았음을 가리키고 있었다. 탑승객과 배웅하는 사람들 무리를 둘러보며 늘씬한 내 친구를 찾아보았지만 헛일이었다. 그는 어디에도 보이지 않았다. 나는 나이 지긋한 이탈리아 성직자를 도와주며 몇 분을 보냈다. 신부가 파리로 짐을 부쳐야 한다는 말을 서툰 영어로 짐꾼에게 전달하느라 진땀을 흘리고 있었던 것이다. 그 후 한 번 더 둘러보고 객실로 돌아갔더니, 짐꾼이 노쇠한 이탈리아 성직자를 우리 객실에 데려다 놓은 뒤였다. 이 객실은 예약한 거라고 말해도 소용이 없었다. 사실 내 이탈리아어 실력이 그의 영어 실력보다 못했기 때문이다. 그래서 어깨를 으쓱하고 체념한 나는 밖을 내다보며 계속 내 친구를 찾았

노쇠한 이탈리아 성직자.
시드니 패짓 그림, 《스트랜드 매거진》(1893)

"아, 모리아티다."
해리 C. 에드워즈 그림, 《매클루어스 매거진》(1893)

다. 그가 오지 않았다는 것은 간밤에 당했다는 의미일 수도 있다는 생각이 들자, 섬뜩한 두려움이 엄습해왔다. 이미 기차 문은 닫혔고, 기적이 울렸다. 그때였다.

"이봐, 왓슨." 누군가 말했다. "자네는 어째 아침 인사도 하지 않는 거야?"

나는 화들짝 놀라서 돌아보았다. 늙은 성직자가 나를 바라보고 있었다. 순간 주름살이 펴지면서 코끝이 턱에서 멀어지고 아랫입술은 들어가고 입은 우물거리기를 멈추고 흐리멍덩하던 눈이 반짝거리면서 축 처졌던 몸이 쭉 펴졌다. 다음 순간 그 모든 체형이 다시 쪼그라들면서 홈즈는 방금 나타난 것만큼 빠르게 사라졌다.

"이런 세상에!" 내가 외쳤다. "정말 놀랐잖아!"

"아직은 각별히 조심해야 해." 그가 소곤거렸다. "놈들이 바짝 우리 뒤를 쫓고 있는 것 같아. 아, 모리아티다."

홈즈가 그 말을 할 때 기차는 이미 움직이고 있었다. 재빨리

19. 유스터스 포추걸은 모리아티가 일부러 기차를 놓쳤다고 주장했다. 홈즈가 안전하다고 착각하도록 속이기 위해서 말이다.

20. 'cassock.' 가톨릭 사제와 영국 국교회 목사가 몸에 꼭 맞게 입는 평상복으로, 소매가 길고 발목까지 내려오는 원피스다. 나들이할 때에도 입고 예식복 속옷으로도 입는다(요즘에는 대체로 후자의 용도로 쓰인다). 홈즈가 입은 검은 수단은 일반 성직자가 입는 것이고, 추기경의 수단은 진홍색(때로 자주색)이다. 교황은 흰색 수단을 입는다. 물론 남의 눈길을 끌지 않는 변장을 하는 데에는 검은색이 제격이었을 것이다.

21. 마이크로프트 홈즈의 도움이 순전히 셜록과 왓슨을 위한 것 같지만, 로널드 A. 녹스는 그가 이중 첩자라고 생각한다. 동생에게 정보를 제공하면서 모리아티를 위해 일했다는 것이다. 녹스의 주장에 따르면, 누군가 홈즈 진영의 정보를 모리아티에게 흘린 게 분명하다. 그는 그 "두더지"가 마이크로프트라고 주장한다. 홈즈의 생김새도 그 정보에 포함되었을 것이다(모리아티가 "두 눈에 강렬한 호기심을 담고" 셜록을 응시했지만, 그의 일당들은 홈즈를 이미 익히 알고 공격을 가했다). 또 빅토리아 역에서의 출발 시간도 그 정보에 포함되어 있었기 때문에, 그토록 바짝 뒤를 쫓아올 수 있었을 것이다. 녹스는 「그리스인 통역사」에서 마이크로프트를 모리아티의 하수인으로 보았다. 『공포의 계곡』에 나오는 모리아티 측 밀고자인 폴록도 실은 마이크로프트였다는 것이다. 하지만 녹스는 마이크로프트가 "한편으로는 동생과, 다른 한편으로는 고등 범죄자 사이의 중재 불가능한 대결에서 미묘한 역할을 한 사람"으로서 까다로운 역할을 했다고 생각한다. 셜록 홈즈는 형이 속이고 있다는 것을 알면서도 대담하게 형에게 의지하면서, 왓슨에게는 형이 수상쩍은 역할을 하고 있다는 걸 숨겼다는 것이다.

돌아보니, 키가 큰 남자가 사람들을 거칠게 헤치며 다가오는 것이 보였다. 그는 기차를 멈추게 하려는 듯이 손을 흔들었다. 하지만 너무 늦어서, 이미 속도를 올리고 있던 기차는 곧 총알처럼 역을 벗어났다.[19]

"아주 조심한 덕분에 잘 따돌린 듯하군." 홈즈가 웃으며 말했다. 그는 자리에서 일어나더니, 변장하는 데 쓴 검은 수단[20]과 모자를 벗어부쳐서 손가방에 꾸려 넣었다.

"조간신문 봤나, 왓슨?"

"아니."

"그럼 베이커 스트리트에 대해 모르겠군?"

"베이커 스트리트?"

"놈들이 간밤에 우리 하숙집에 불을 질렀어. 큰 피해는 없었지만."

"맙소사. 정말 참을 수 없군!"

"놈들은 몽둥이 괴한이 체포된 후 내 종적을 완전히 놓친 게 틀림없어. 그렇지 않다면 내가 집에 돌아갔을 거라는 생각을 했을 리가 없으니까. 하지만 놈들은 만일을 생각해서 자네를 감시한 게 분명해. 그래서 모리아티가 빅토리아 역으로 나온 거지. 오는 길에 뭔가 실수하지 않았어?"

"자네가 말한 대로 했어."

"브루엄 마차를 발견했지?"

"그래, 대기 중이더군."

"마부가 누군지 알아봤어?"

"아니."

"우리 형 마이크로프트였어.[21] 이런 경우에는 사람을 고용하지 않는 게 좋아. 비밀이 새어 나갈 수도 있으니까. 그런데 이제 모리아티를 어떡할 것인지 계획을 세워야겠군."

"이건 특급열차이고 바로 배편으로 연결되니까, 이제 그를 깨끗이 따돌린 거 아냐?"

"왓슨, 자네는 내 말을 이해하지 못한 모양이군. 그는 지적 수준이 나 못지않다고 말했잖아. 내가 만일 추적자라면, 이런 사소한 걸림돌 때문에 좌절할 거라고 보진 않겠지? 그를 낮잡아 봐선 안 돼."

"그는 어떻게 나올까?"

"나처럼 하겠지."

"그럼 자네라면 어떡할 건데?"

"특별열차를 굴릴 거야."[22]

"그러긴 늦었잖아."

"천만에. 이 열차는 캔터베리에서 멈추지. 그리고 배로 갈아타는 시간이 적어도 15분은 걸려. 그사이에 우리를 따라잡을 거야."

"사정을 모르는 사람은 우리가 범죄자인 줄 알겠어. 그가 도착하자마자 체포하는 게 어때."

"그랬다가는 석 달 동안의 작업이 물거품이 되고 말걸. 대어를 한 마리는 잡겠지만, 그보다 작은 것들은 다 그물에서 빠져나갈 거야. 월요일에는 몽땅 잡아들일 거니까, 그를 지금 체포해선 안 돼."

"그럼 어쩌지?"

"캔터베리에서 내려야지."

"그다음엔?"

"음, 다음엔 다른 기차로 뉴헤이번까지 가서, 프랑스 디에프 항으로 바다를 건너지 뭐.[23] 모리아티는 다시 나처럼 하겠지. 그러니까 우리가 짐을 부친 파리로 갈 거야.[24] 기차역에서 이틀 동안 우릴 기다리겠지.[25] 하지만 우리는 여행 가방을 몇 개 장만해서 우리가 여행하는 그 지역 경제를 좀 도와주고, 느긋하게 룩셈부르크를 경유해서 스위스 바젤로 들어가자구."

22. 이 말은 재산가인 모리아티가 목적지까지 혼자 타고 가는 작은 규모의 열차를 세낼 수도 있다는 뜻이다. 버나드 데이비스는 「정전의 차편」에서 이렇게 썼다. "특별열차는 지금도 파티용으로 쓰이지만, 1인용 기차는 렌트카에 밀려서 제1차 세계대전 이후 사라졌다. 당시 막대한 요금—보통 1마일에 5실링—을 낼 재력만 있다면 1등석 객차를 타고 느린 열차를 제치고 달릴 수 있었다."(이 요금은 요즘 돈으로 1.6킬로미터에 약 3만 원으로, 서울에서 부산까지라면 800만 원쯤 든다—옮긴이)

23. 어떤 노선의 어떤 기차를 타고 런던에서 프랑스로 가려고 했는가는 영국과 미국, 프랑스 학자들 사이에 뜨거운 논쟁거리가 되었다. 최초로 주석을 단 홈즈 이야기를 펴낸 크리스토퍼 몰리의 말에 따르면, 영국에서 프랑스로 가는 정기 배편으로는 다음 세 가지 노선이 있었다. 잉글랜드 켄트 주 도버 항에서 프랑스 칼레 항까지, 역시 켄트 주의 포크스턴 항에서 볼로뉴 항까지, 그리고 잉글랜드 이스트서식스 주 뉴헤이번 항에서 디에프 항까지. 홈즈의 원래 계획은 도버-칼레 배편을 타는 것이었을 텐데, 이것이 세 노선 가운데 가장 단거리로 약 35킬로미터쯤 된다. 런던에서 도버로 가지 않고 포크스턴으로 갈 수도 있는데, 이 경우에는 캔터베리에서 정차하지 않는다. 홈즈와 왓슨이 런던에서 탔다는 "대륙행 특급열차"가 어떤 열차인지, 빅토리아 역을 몇 시에 출발해서 몇 시에 캔터베리에, 그리고 도버에 도착하는지에 대해서는 논란이 분분하다.
뉴헤이번에서 프랑스로 가는 바닷길은 107킬로미터나 된다. 게다가 캔터베리에서 뉴헤이번까지 가는 기찻길은 꽤나 멀다. 몰리의 말에 따르면, 정말 "지루한" 여행을 해야 한다. "아마도 켄트 주 애슈퍼드와 이스트서식스 주 루이스에서 기차를 갈아타야 했을 것이다. 하지만 홈즈가 훗날 은퇴해서 살게 되는 사우스다운스의 아름다운 풍광을 구경할 수는 있다." 캔터베리에서 뉴헤이번으로 가는 기차 편 또한 열띤 논란을 불러일으켰는데, 이 책에서 더 자세한 이야기를 하기는 마땅치 않다.

24. 준 톰슨은 홈즈가 모리아티를 낮잡아 보고 있다며 다음과 같이 주장했다. 모리아티는 홈즈와 왓슨이 짐을 따라 파리로 가지 않았다는 것을 알아차렸다. 벨기에 브뤼셀로 갔을 거라고 추리한 모리아티는 그곳의 하수인에게 전보를 친 후 도버에서 답이 오기를 기다렸다. 홈즈와 왓슨이 가명으로 여행하지는 않았을 테니, 그들을 추적하기는 어렵지 않았을 것이다.

25. D. 마틴 데이킨의 지적에 따르면, 홈즈의 이런 시나리오대로라면 모리아티는 홈즈가 미리 안배한 대로 월요일 런던 경찰에 체포될 수 없다. 모리아티가 일부러 체포되려고 허겁지겁 시간에 맞춰 런던으로 돌아오지 않는 한 말이다. 나중 사건으로 미뤄볼 때, 홈즈는 경찰이 "대어"를 잡을 거라고는 기대하지 않은 게 분명하다.

26. 앞의 두 문장은 영국판 단행본에만 나오고, 미국판 「마지막 문제」에는 나오지 않는다.

나는 짐을 다 잃어버리고 아주 불편한 것을 참고 맨몸으로 여행할 만큼 젊지도 않았지만, 이루 말할 수 없이 불명예스러운 기록으로 얼룩진 사람을 피해 숨어 다녀야 한다는 생각을 하니 솔직히 부아가 났다. 그러나 홈즈는 내가 모르는 어떤 상황을 명확하게 인식하고 있는 게 분명했다.[26] 결국 우리는 캔터베리에 내렸는데, 알고 보니 뉴헤이번으로 가는 기차를 타려면 한 시간은 기다려야 했다.

옷가지가 담긴 짐가방이 빠르게 사라지는 모습을 내가 계속 처량하게 바라보고 있을 때, 홈즈가 내 소매를 당기더니 철로를 가리켰다.

"봐, 벌써 따라왔어." 그가 말했다.

멀리 켄트 주의 숲 사이로 가느다란 연기가 솟아오르고 있었다. 1분 후 객차 하나에 기관이 연결된 기차가 캔터베리 역으로 이어지는 곡선 철로를 따라 날아가듯 달려오는 게 보였다.

우리가 허둥지둥 짐 더미 뒤로 숨자
기차가 기적을 울리고 덜컹거리며 지나갔다.
해리 C. 에드워즈 그림, 《매클루어스 매거진》(1893)

27. 'point(미국 영어로는 switch).' 철도 차량을 다른 선로로 옮기기 위해 철로가 갈리는 곳에 장치한 고동(고동은 기계 따위를 움직여 작동시키는 장치를 뜻하는 순우리말). 포인트를 한자말로는 전철기轉轍機라고 한다—옮긴이.

기차가 기적을 울리고 덜컹거리며 지나갔다.
시드니 패짓 그림, 《스트랜드 매거진》(1893)

우리가 허둥지둥 짐 더미 뒤로 숨자 기차가 기적을 울리고 덜컹거리며 지나갔다. 일진광풍 같은 뜨거운 공기가 우리 얼굴을 때렸다.

"저럴 줄 알았지." 객차가 포인트[27] 위를 건들거리며 지나갈 때 홈즈가 말했다. "보다시피 우리 친구의 지능에도 한계가 있군. 내가 추리한 대로 추리를 해서 그대로 행동했다면 내가 아주 기함을 했겠지."

"그는 우리를 따라잡아서 어쩌려는 속셈일까?"

"보나 마나 나를 죽이려고 하겠지. 하지만 그가 그렇게 나온다면 나한테도 다 수가 있어. 이제 문제는 여기서 일찌감치 점

28. 홈즈가 왓슨을 찾아온 것은 분명 1891년 4월 24일 금요일이었다. 두 사람은 이튿날(4월 25일 토요일) 런던에서 벨기에의 수도 브뤼셀까지 갔다. (하지만 마이클 케이저는 그들이 26일 아침 일찍 브뤼셀에 도착했을 거라고 주장했다.) 그들은 브뤼셀에서 26일 일요일을 보내고, "사흘째 되는 날"인 27일 월요일에 스트라스부르로 갔을 것이다. (하지만 케이저는 그들이 27일 월요일을 브뤼셀에서 보내고 사흘째인 28일 화요일에 스트라스부르로 갔다고 주장했다.)

29. 「빈집」에서 홈즈는 이 말이 사실이 아니라는 것을 밝힌다. 모리아티의 오른팔이자 "런던에서 두 번째로 위험한 인물"인 세바스찬 모런 대령을 잡아들이지 못했고, 교살 강도 파커도 잡지 못했다. 대령이 도망친 것에 대해 홈즈는 왓슨에게 이렇게 말한다. "어찌나 영악하게 사실을 은폐했던지, 모리아티 일당을 모조리 잡아들였을 때에도 그의 유죄를 입증할 순 없었지." 파커가 어떻게 빠져나갔는지는 알 수 없는데, 홈즈가 그에 대해 이런 말을 했다. "그는 해로울 게 없는 인간이야." 그래서 그는 체포되지 않은 것 같다.

30. 그렇다면 홈즈와 왓슨이 제네바로 출발한 것은 27일 월요일 저녁이다. (하지만 마이클 케이저의 주장에 따르면, 그들은 28일 화요일 저녁에 스트라스부르에 도착했고, 1890-1891년 스위스 연방 철도의 겨울 열차 시각표를 볼 때, 사실상 29일 수요일 오전 3시 55분에 출발해서 이튿날 30일 오후 3시 18분에 제네바에 도착했다.) 케이저의 열차 시각표가 맞다면(하루 차이는 나지만), 두 사람이 제네바에 도착한 것은 1891년 4월 29일 수요일 오후다.

31. 유럽의 가장 중요한 수로 가운데 하나이며 유럽 대륙에서 유일하게 지중해로 직접 흘러 들어가는 큰 강이다. 길이는 812킬로미터로, 스위스 중남부에 있는 알프스 산맥 빙하에서 발원해, 서쪽으로 흘러 제네바를 지나서 프랑스로 들어가 남쪽으로

심을 먹어둘 것인가, 아니면 뉴헤이번 역의 구내식당까지 쫄쫄 굶고 갈 것인가 하는 거야."

우리는 그날 밤 브뤼셀까지 가서 이틀을 묵은 뒤, 사흘째 되는 날 프랑스 동부 스트라스부르로 갔다.[28] 월요일 아침에 홈즈는 런던 경찰국에 전보를 쳤다. 저녁때 우리가 호텔로 돌아오니 답신이 와 있었다. 전보를 개봉한 홈즈는 저주를 퍼부으며 그것을 벽난로 속에 내동댕이쳤다.

"이럴 줄 알았어!" 그가 신음했다. "그가 달아났어!"

"모리아티 말이야?"

"경찰은 모리아티만 빼고 일당을 모두 잡아 가두었다는군.[29] 하지만 모리아티는 경찰을 따돌렸어. 물론 내가 잉글랜드를 떠났으니 그를 상대할 사람이 없었겠지. 하지만 그 사냥감을 경찰 수중에 넘겨준 줄만 알았는데. 왓슨, 자네는 잉글랜드로 돌아가는 게 낫겠어."

"왜?"

"이제 나와 함께 다니는 것은 위험해. 그 인간은 할 일을 잃었어. 런던으로 돌아가면 황당하겠지. 그의 성격이 내 생각대로라면, 그는 나에게 복수하려고 전력을 다할 거야. 전에 잠깐 면담을 할 때에도 그런 말을 했지. 그건 진담이었을 거야. 그러니 자네는 의원으로 돌아가라고 권하지 않을 수 없어."

노련한 참전 용사이자 그의 오랜 친구인 나를 그런 말로는 설득할 수 없었다. 우리는 스트라스부르의 호텔 식당에 앉아 30분 동안 그 문제를 두고 티격태격했지만, 결국 그날 밤 우리는 다시 여행을 떠나 스위스 제네바로 갔다.[30]

우리는 론 강[31] 골짜기를 배회하며 멋진 한 주일을 보내고, 로이크 시로 빠져서 아직 눈에 파묻힌 겜미파스[32]를 넘은 다음, 인터라켄을 경유해 마이링겐으로 갔다.[33] 그것은 멋진 여행이었다. 산 아래는 가냘픈 신록의 봄인데, 산 위에는 처녀처럼

순결한 백색의 겨울이었다. 하지만 홈즈는 앞에 놓인 어둠을 한순간도 잊지 않고 있는 게 분명했다. 포근한 알프스의 마을에서나 호젓한 산속 고갯길에서, 홈즈는 우리를 스쳐 지나가는 모든 사람들의 얼굴을 예리하게 주시하며 눈을 번뜩였다. 그런 모습으로 미루어볼 때, 그는 우리가 어딜 가든 끝없이 따라다니는 위험에서 벗어날 수는 없다고 확신하는 모양이었다.

한번은 이런 일이 있었다. 우리가 겜미파스를 넘기 위해 애수 어린 다우벤 호숫가를 지나갈 때, 오른쪽 산등성이 벼랑에서 떨어져 나온 거대한 바위가 요란한 소리를 내며 굴러떨어져 우리 뒤의 호수에 빠졌다. 순간 홈즈는 산등성이로 재빨리 달려 올라가더니, 높은 바위 꼭대기에서 목을 길게 뽑고 사방을 두리번거렸다. 그 지점에서는 봄에 곧잘 바위가 굴러떨어진다고 우리의 가이드가 그를 안심시켜도 소용이 없었다. 그는 아

방향을 바꾼 후 알프스 산맥을 지나 지중해로 들어간다—옮긴이.

32. 겜미파스는 스위스 베른 주와 발레 주로 이어지는 베른 알프스(중앙 알프스)를 넘어가는 고개다. 홈즈와 왓슨은 이 고개를 넘기 위해 한참 동안 등산했을 것이다. 빙하로 된 다우벤 호수를 지나 정상에 오르면 론 계곡과 알프스를 굽어볼 수 있다. 『베데커』는 그 길을 이렇게 묘사했다. "절묘하게 바위를 깎아낸 길이 구불구불 이어지고, 윗부분이 아래보다 더 돌출한 나선계단하고 비슷한 길이 곧잘 나타난다. 가장 가파른 부분과 갑자기 나타나는 길모퉁이에는 난간을 설치했다." 그 책에 따르면 고개까지 올라가는 데 두 시간 반이 걸린다.

33. 인터라켄은 남쪽으로 융프라우 봉의 멋진 경치가 바라다보이는 베른 주의 소도시다. 거기서 동쪽에 있는 마이링겐은 셜록 홈즈로 먹고산다는 소리까지 듣는 조용하고 작은 마을이다. 셜록 홈즈 박물관이 있고, 박물관 뜰에는 사냥 모자를 쓰고 파이프를 물고 있는 셜록 동상이 바위에 걸터앉아 있다. 이 마을에는 홈즈 스트리트, 베이커 스트리트, 왓슨 스트리트도 있다—옮긴이.

……거대한 바위가 요란한 소리를 내며 굴러떨어져
우리 뒤의 호수에 빠졌다.
해리 C. 에드워즈 그림, 《매클루어스 매거진》(1893)

34. 마이클 케이저의 계산에 따르면, 4월 29일 수요일 꼭두새벽에 스트라스부르를 떠난 두 사람은 이튿날인 30일 목요일 제네바에 도착했다(물론 이건 하루가 틀렸다). 그런데 그 후 "론 강 골짜기를 배회하며 멋진 한 주일을 보내고" 로이크와 젬미파스를 지나 마이링겐으로 갔다는데, 도착한 날짜가 5월 3일이라는 것은 말이 되지 않는다고 그는 지적했다. 제네바에서 마이링겐까지 가는 데 드는 기차 시간을 생각해볼 때, 그들이 론 강 골짜기를 배회할 시간 여유는 하루(5월 1일)밖에 없다는 것이다. 하지만 제대로 계산하면 그들은 29일 제네바에 도착했다. 제네바에서 잠을 잤다는 증거는 없다. 따라서 마이링겐에 도착한 5월 3일까지는 나흘의 여유가 있다. 그래도 일주일은 되지 않지만, "멋진" 시간을 보낼 여유는 있었을 것이다.

고든 스펙의 주장에 따르면, 이렇게 느긋한 여행을 한 것은 홈즈가 모리아티와 마주치기 위해 일부러 그런 것이다. "홈즈가 느긋하게 여행을 한 이유는 첫째, 모리아티가 자기 위치와 여행 방향을 알아낼 시간적 여유를 주기 위해서다. 그래서 세 사람은 거의 동시에 마이링겐에 도착한 게 분명하다. 둘째, 홈즈는 모리아티와 싸우기 위해, 그리고 그 후 종적을 감추기 위해, 고산지대에 몸을 적응시킬 시간이 필요했다. 셋째, 홈즈는 스위스 산악 지대를 여행하는 요령을 익힐 시간이 필요했다. 지름길과 우회로에 대해 토착민들에게 미리 물어볼 시간도 필요했다."

35. 'Englischer Hof.' '영어를 쓰는 호텔'이라는 뜻이다. 많은 주석자들은 이 호텔이 '호텔 두 자우바거'라고 장담했다. 이 호텔에는 영어를 쓰는 교회가 있었다.(페터 슈타일러가 '장로'인 것은 이 교회와 관계가 있을 것이다—옮긴이)

36. 런던의 그로브너 호텔은 1861년 빅토리아 역 앞에 세워진 것으로, 런던 시와 항구도시 채텀 시, 도버 레일웨이가 소유주였다. 재력이 든든한 소유

무런 말도 하지 않고, 그럴 줄 알았다는 듯이 나를 보며 씩 웃었다.

하지만 그는 그렇게 조심하면서도 결코 우울해하지 않았다. 반대로 나는 이제껏 그가 그렇게 즐거워하는 것을 본 적이 없었다. 그는 이 사회에서 모리아티 교수를 확실히 제거할 수만 있다면 탐정 일은 흔쾌히 그만두겠다고 몇 번이나 되뇌었다.

"왓슨, 그렇게만 된다면 내가 완전히 헛산 것만은 아니라고 말할 수 있을 거야." 그가 말했다. "내 기록이 오늘 밤으로 끝을 맺는다 해도, 나는 태연히 과거를 돌아볼 수 있을 거야. 나 같은 사람에게는 런던의 탁한 공기가 더 달콤해. 1,000건 이상의 사건을 다루면서 나는 내 능력을 허투루 쓴 적이 없어. 요즘 들어 나는 우리의 인위적인 사회에서 발생하는 피상적인 문제들보다, 대자연이 마련해준 심오한 문제들을 조사하고 싶다는 생각을 죽 해왔어. 유럽에서 가장 위험하고 가장 유능한 범죄자를 체포하거나 제거함으로써 내 경력에 화룡점정을 하는 날, 자네 회고록은 대단원의 막을 내릴 거야, 왓슨."

이제 내가 할 이야기는 얼마 남지 않았는데, 그것을 간단하면서도 있는 그대로 들려드리고자 한다. 그것은 차마 입에 담고 싶지 않은 이야기다. 하지만 어느 것 하나도 빠뜨리지 않고 이야기하는 것이 어느덧 내 의무가 되었다는 생각이 든다.

우리가 마이링겐이라는 작은 마을에 도착한 것은 5월 3일이었다.[34] 거기서 우리는 페터 슈타일러 장로라는 사람이 운영하는 '엥글리셔 호프'[35]에 묵었다. 이 호텔 주인은 런던의 그로브너 호텔[36]에서 웨이터로 3년 동안 일했다는 유식한 사람으로 영어를 유창하게 구사했다. 그의 조언대로 5월 4일 오후에 우리는 산에 올라가, 저녁에는 로젠라우이라는 작은 마을에서 밤을 보내기로 했다. 호텔 주인은 산 중턱에 있는 라이헨바흐 폭포 쪽으로 갈 생각은 하지 말라고 단단히 당부를 했다. 폭포를

구경하려면 길을 좀 돌아가라는 것이었다.[37]

그곳은 정말 섬뜩한 곳이다. 녹아내린 눈으로 물이 불어, 억수 같은 폭포수가 거대한 심연으로 곤두박질치면서, 불난 집에서 솟구치는 연기와도 같은 물보라를 일으킨다. 물줄기는 자신을 내동댕이치듯 거대한 바위틈으로 낙하한다. 번들거리는 검은 바위에 둘러싸여 점점 좁아진 물줄기는 크림 빛으로 부글거리는, 깊이를 헤아릴 수 없는 용소龍沼로 흘러들어, 들쭉날쭉한 언저리 너머로 넘쳐나며 앞으로 세차게 흘러간다. 영원토록 노호하며 흘러내리는 긴 초록 물줄기와, 영원토록 쏴 하니 솟구치며 두꺼운 휘장처럼 펄럭이는 물보라는 쉼 없이 소용돌이치며 울부짖는 소리로 인간을 아뜩하게 한다. 우리는 가장자리에 서서 아득한 발아래 검은 바위에 부딪쳐 부서지는 물줄기를 굽어보며, 물보라와 더불어 심연에서 우렁차게 들려오는 거의 인간의 부르짖음 같은 소리에 귀를 기울였다.

폭포 둘레에는 폭포 중간을 가로지르는 길이 있었지만,[38] 갑자기 길이 끊겨서 여행객들은 왔던 길로 돌아가야 했다. 우리도 다가갔다가 돌아섰을 때였다. 스위스 소년이 편지를 들고 길을 달려오는 것이 보였다. 우리가 아까 떠난 호텔의 마크가 찍힌 그 편지는 호텔 주인이 내게 보낸 것이었다. 우리가 떠난 지 몇 분 되지 않았을 때, 폐결핵[39] 말기인 어떤 영국 숙녀가 도착한 모양이었다. 그녀는 다보스 플라츠에서 겨울을 나고, 이제 친구들을 만나러 루체른에 가는 길이었는데 느닷없이 심한 각혈을 했다. 그녀는 몇 시간 못 살 것 같지만, 영국인 의사를 만나면 그녀에게 큰 위로가 될 테니, 내가 돌아와주기만 바란다는 내용이 쓰여 있었다. 선량한 슈타일러 씨는 내가 어서 와주면 큰 은혜로 알겠다는 추신을 달아놓았다. 그 숙녀가 스위스 의사를 만나는 것은 단호히 거절하는 바람에, 자기가 큰 책임을 느끼지 않을 수 없다는 것이었다.

주를 둔 덕분에 이 호텔은 화려함의 극치를 보여주었다.

37. 『베데커』에 따르면, 알프스에서 가장 긴 폭포에 속하는 이 라이헨바흐 폭포로 가는 데 로젠라우이에서 한 시간이 걸리는데 "소리가 요란한 라이헨바흐의 좁은 협곡에는 나무다리가 놓여 있다." 5분 거리에 있는 다른 길로 접어들면 폭포 아래로 내려갈 수 있다.

38. 브라이스 크로퍼드 주니어와 R. C. 무어의 지적에 따르면, 1891년에 폭포 오른쪽에는 길이 없었다고 한다(지금도 없다). 다만 왼쪽에만 길이 있었다(지금도 있다). 그들은 이렇게 썼다. 그 지역 주민들은 "폭포 왼쪽으로는 선반처럼 바위가 돌출해서 거기로 길이 나게 되었다고 알려주었다. 하지만 1944년 3월, 중간 부분이 붕괴해서 바위가 떨어져 나갔다고 한다."

39. 1900년대 초까지 이 '하얀 역병'은 서구 사회에서 사망률 1위의 전염병이었다. 오늘날에도 많은 개발도상국에 이 병이 널리 퍼져 있다. 전염성이 높은 폐결핵은 에드워드 시대와 빅토리아 시대 영국의 인구가 밀집한 도시지역에서 막대한 희생자를 냈다. 위생 상태가 불량한 빈민 지역에서는 특히 폐결핵에 감염되기 쉬웠다. 증상으로는 보통 열이 나고, 몸무게가 줄면서 기운이 없고, 곧잘 기침을 하는데 심해지면 기침에 피가 묻어 나온다. 치료를 받지 않으면 결핵균이 폐뿐 아니라 다른 장기까지 파괴한다. 1882년 독일 의사 로베르트 코흐가 결핵균 박테리아를 발견한 후 질병 검사가 가능해졌는데, 그는 이 공로로 1905년 노벨 의학상을 받았다. 백신은 1908년 프랑스에서 개발되었는데, 제대로 치료 효과가 있는 약이 나온 것은 1950년대다. 아서 코난 도일은 자서전 『회고와 모험』에서, 1892년 아내 루이스와 함께 라이헨바흐 폭포에 왔을 때 아내가 결핵 진단을 받았다고 썼다.

에브 커티스 호프는 여기서 "영국 숙녀"가 폐병에 걸려 각혈을 한다는 사실이 결코 우연한 일이 아니라고 지적했다. 왓슨의 아내 메리가 어떻게 사망했는지는 알려져 있지 않지만, 호프는 그녀가 1893년 겨울 어느 시점에 폐결핵으로 사망했다고 주장했다. 그래서 아직 슬픔을 떨쳐버리지 못한 왓슨은 메리와 같은 고통을 겪는 낯선 이 숙녀에게 각별한 동정심을 느꼈다는 것이다. 호프는 찬탄하듯 이렇게 썼다. "모리아티의 천재성이 여기서 고스란히 드러난다. 그는 가장 확실한 방법으로 홈즈에게서 왓슨을 떼어놓았다. 그는 왓슨 부인이 그 병에 걸렸던 사실을 알고 있었던 것이다."

······스위스 소년이 편지를 들고.
해리 C. 에드워즈 그림, 《매클루어스 매거진》(1893)

이런 부탁은 무시할 수가 없었다. 같은 나라의 여성이 낯선 땅에서 죽어가고 있다는데 그런 부탁을 어떻게 거절할 수 있겠는가. 그런데 홈즈 곁을 떠나는 건 내키지 않았다. 하지만 홈즈가 편지를 가져온 스위스 소년을 가이드로 데리고 있겠으니 나는 마이링겐으로 돌아가라는 말에 결국 동의하고 말았다. 그는 폭포에 좀 더 머물러 있겠다고 말했다. 그런 다음 천천히 산을 넘어 로젠라우이로 갈 테니, 나더러 저녁에 그곳으로 오라는 것이었다. 내가 떠나며 돌아보니, 홈즈는 바위에 등을 기댄 채 팔짱을 끼고 세찬 물살을 굽어보고 있었다. 그것이 이 세상에서 내가 본 그의 마지막 모습이다.

내리막길을 거의 다 내려온 나는 뒤를 돌아보았다. 거기서는 폭포가 보이지 않았지만, 산등성이 너머 폭포로 구불구불 이어진 길을 볼 수는 있었다. 그 길을 따라 어떤 남자가 아주 빠르게 걸어가고 있는 것을 본 기억이 난다.

나는 초록빛 산을 배경으로 한 검은 인영을 분명히 볼 수 있었다. 그를 바라보며 그가 힘차게 걷고 있는 것을 주목했지만, 나는 급한 볼일이 있었기 때문에 이내 그를 잊고 말았다.

마이링겐까지 한 시간 남짓 걸린 것 같다. 슈타일러 씨가 호텔 현관에 서 있었다.

"그래, 그녀가 더 악화된 건 아니겠죠?" 내가 급히 다가가며 말했다.

홈즈는 바위에 등을 기댄 채 팔짱을 끼고 세찬 물살을 굽어보고 있었다.
해리 C. 에드워즈 그림, 《매클루어스 매거진》(1893)

홈즈는 세찬 물살을 굽어보고 있었다.
시드니 패짓 그림, 《스트랜드 매거진》(1893)

놀라는 표정이 그의 얼굴을 스쳐 지나갔다. 그가 파르르 눈썹을 떠는 것을 척 보는 순간 나는 가슴이 덜컥 내려앉았다.

"당신이 이 편지를 쓴 게 아니군요?" 내가 주머니에서 편지를 꺼내며 말했다. "아프다는 영국 여성이 호텔에 없는 거죠?"

"물론이죠!" 그가 외쳤다. "그런데 거기에 호텔 마크가 찍혀 있군요! 하, 당신이 떠난 후에 들어온 그 키가 큰 영국인이 쓴 게 분명합니다. 그가 말하길……"

나는 호텔 주인이 해명하기를 기다리지 않았다. 나는 가슴을 조이며 이미 마을 길을 치닫고 있었다. 나는 방금 내려온 길을 향해 달렸다. 내려오는 데 한 시간이 걸렸는데, 젖 먹던 힘을 다해 다시 라이헨바흐 폭포까지 올라가는 데에는 두 시간이 걸렸다.[40] 내가 떠날 때 홈즈가 서 있던 자리에 여전히 홈즈의 지팡이가 바위에 기대 세워져 있었다. 그러나 그는 보이지 않았다. 내가 외쳐 불러봤지만 소용이 없었다. 내가 외치는 소리에 응답하는 것은 나를 에워싼 벼랑에 부딪혀 돌아오는 메아리뿐이었다.

지팡이를 보았을 때 나는 가슴이 철렁하면서 속이 울렁거렸다. 그렇다면 그는 로젠라우이로 가지 않은 것이다. 그는 폭이 1미터도 되지 않는 길에 남아 있었다. 한쪽은 깎아지른 바위벽이고, 다른 쪽은 낭떠러지다. 여기서 적이 그를 덮친 것이다. 스위스 소년도 사라지고 없었다. 그 아이는 아마도 모리아티의 사주를 받아 두 사람만 남겨두고 떠났을 것이다. 그렇다면 여기서 무슨 일이 벌어졌을까? 무슨 일이 일어났는지 말해줄 사람이 누가 있을까?

공포로 넋이 나가 있던 나는 1-2분 동안 우두커니 서서 마음을 가다듬었다. 그러다 홈즈의 방법을 생각하기 시작했다. 그의 방법을 써서 이 비극의 추이를 읽어내려고 한 것이다. 맙소사, 그건 너무나 쉬웠다. 우리는 대화를 하느라 길 끝까지 가보지 않았다. 지팡이는 우리가 서 있던 곳을 가리키고 있었다. 끊임없이 물보라가 날리고 있어서 거무스레한 흙은 늘 눅눅했다. 새라도 땅에 내려앉으면 발자국을 남길 정도였다. 길 끝 쪽으로 두 줄기의 발자국이 선명하게 찍혀 있었는데, 발자국은 내게서 멀어져갔을 뿐, 돌아온 발자국이 없었다. 길 끝에서 몇 미터 떨어진 곳 일대의 흙이 질펙하게 마구 파헤쳐져 있었다. 절벽 언저리의 나무딸기와 양치류는 쥐어뜯기고 진흙이 묻어 있었다. 나는 길바닥에 엎드려 사방에서 튀어 오르는 물보라를

40. 『베데커』에 따르면 마이링겐의 라이헨바흐 호텔에서 아래쪽 폭포까지 올라가는 데에는 15분이 걸리고, 위쪽 폭포까지는 45분이 걸린다. 왓슨은 가이드 없이 오가다가 길을 잃었는데, 그걸 밝히기가 멋쩍었던 게 분명하다.

작은 사각 종이가 팔랑거리며 땅에 떨어졌다.
시드니 패짓 그림, 《스트랜드 매거진》(1893)

맞으며 아래를 굽어보았다. 내가 떠난 후 날이 어두워져서, 이제는 여기저기 검은 바위가 습기로 번들거리는 것과, 아득한 아래쪽의 수직 물기둥 끝에서 치솟는 포말의 어슴푸레한 빛만 보였다. 나는 소리쳐 불러보았다. 그러나 내 귀에는 인간의 울부짖음을 닮은 폭포 소리만 들려왔다.

그러나 끝내 나는 내 친구이자 동지가 남긴 마지막 인사말을 손에 넣게 되었다. 홈즈의 지팡이가 길 쪽으로 돌출한 바위에 기대 세워져 있었다고 아까 말했는데, 그 바위 위에 뭔가 하얀 것이 번뜩이는 게 보였다. 손을 들어 올리며 보니 홈즈가 가지고 다니던 은제 담배 케이스가 번뜩인 것이었다. 케이스를 집어 들자 그 밑에 눌려 있던 작은 사각 종이가 팔랑거리며 땅에 떨어졌다. 종이를 펴보니 그의 수첩에서 찢어낸 세 장의 종이였는데, 거기에 내 이름이 쓰여 있었다. 수취인 이름을 정확히 기재한 데다가, 서재에서 쓰기라도 한 것처럼 글자가 반듯하고 또렷한 게 평소의 홈즈다웠다.

친애하는 왓슨

모리아티 씨의 배려로 이렇게 몇 줄 남기게 되었어. 우리 사이의 문제점들을 최종 결판 짓기 위해 그는 내가 편한 시간이 되기를 기다려주고 있지. 그가 어떻게 영국 경찰을 따돌렸고, 우리의 동태는 어떻게 파악했는지 내게 간단히 설명해주었어. 듣고 보니 과연 내가 그의 능력을 높이 평가할 만했다는 것을 알겠더군. 내가 나서서 더 이상 그의 존재가 우리 사회에 악영향을 미치지 못하게 할 수 있다는 생각을 하니 아주 흐뭇해. 그 대가로 내 친구들[41]을, 특히 왓슨 자네를 마음 아프게 할 것 같지만 말이야. 하지만 이미 자네에게 말했다시피, 어쨌든 내 경력은 중대 국면에 이르렀고, 이보다 더 내게 마음에 드는 결말은 있을 수 없어. 정말이지 툭 터놓고 말하자면, 마이링겐에서 편지를 보낸 게 속임수라는 것을 빤히 알고 있으면서도 나는 자네를 떠나게 했어. 장차 이런 일이 일어날 거라고 확신했거든. 패터슨 경위[42]에게 이 말을 전해줘. 그 일당이 유죄판결을 받는 데 필요한 문서는 내 책상 서류함 M칸에 있다고 말이야. '모리아티'라고 쓰인 파란 봉투 속에 들어 있지. 나는 잉글랜드를 떠나기 전에 내 재산[43]을 모두 처분해서 마이크로프트 형에게 건네주었어. 왓슨 부인에게 내 안부 전해줘. 그리고 이 친구야, 내가 자네의 진실한 친구

41. 어떤 친구들? 「다섯 개의 오렌지 씨앗」에서 홈즈는 왓슨에게 이렇게 말한 적이 있다. "내게 친구는 자네밖에 없어."

42. 모리아티와 모런 대령, 그리고 다른 두 명의 일당을 도망치게 하고서, 홈즈에게는 "모리아티만 빼고 일당을 모두" 잡았다고 말한 이 패터슨 경위는 어떤 인물이었을까? 준 톰슨은 그가 모리아티에게 매수되었다고 추리했다. "안타깝게도 부패한 경찰이 있었던 것으로 알려져 있다. 그가 매수되었다는 가설에 따르면, 모리아티가 홈즈의 모든 동태를 파악하고 있었다는 것이 설명되고, 몇몇 일당이 어째서 체포되지 않았는가도 설명된다. 홈즈가 그렇게 중요한 문서를 자기 책상에 보관했다는 것도 그런 가설이 아니면 설명하기 어렵다." 물론 홈즈는 어쨌거나 사건 담당 형사인 패터슨에게 문서를 넘겨주지 않을 수는 없었다고 톰슨은 결론지었다.

43. 《런던 미스터리 매거진》(1955년 6월호)에 셜록 홈즈의 유언장이라는 문서가 실렸다. 저명한 셜로키언인 네이선 L. 벤지스가 발견했다는 서문과 함께 실린 이 유언장에서, 홈즈는 5,000파운드를 왓슨에게 주었고, 홈즈의 책이나 문서 가운데 원하는 것은 뭐든 갖게 했다(M칸의 파란 봉투만 빼고).

44. 「빈집」을 보면, 홈즈의 시신이 물속에 있지 않다는 것을 알게 된다. 그것은 물론 그가 추락하지 않았기 때문이다. A. 카슨 심프슨은 모리아티의 시신도 발견하지 못한 것에 의문을 제기한다. 라이헨바흐 폭포 자체는 물살이 사납지만, 폭포 아래는 물이 아주 잔잔하다. 폭포의 물은 브라엔츠 호수로 흘러든다. "모리아티의 시신은 호수나 물줄기 어디에서든 떠올라 발견되었어야 마땅한데, 발견되지 않았다. 그건 수색을 하지 않아서일 리가 없다." 다른 사람과 마찬가지로 심프슨도 이렇게 결론지었다. 모리아티는 라이헨바흐 폭포에서 삶을 마감하지 않았다고. 이어지는 부록을 보라.

임을 잊지 말아줘.

— 셜록 홈즈가

이제 남은 이야기는 몇 마디 말이면 될 것이다. 전문가들이 살펴본 결과 두 남자가 몸싸움 끝에, 그런 상황에서는 결국 그렇게 끝장날 수밖에 없듯이, 서로 상대를 거머쥔 채 비틀거리다가 추락한 게 분명했다. 시신을 찾을 가망은 전혀 없었다.[44]

"우리 사이의 문제점들을 최종 결판 짓기 위해
그는 내가 편한 시간이 되기를 기다려주고 있지."
해리 C. 에드워즈 그림, 《매클루어스 매거진》(1893)

셜록 홈즈의 죽음.
시드니 패짓 그림, 《스트랜드 매거진》(1893)

섬뜩한 용소의 소용돌이치는 물과 비등하는 물거품 아래 깊은
곳에, 가장 위험한 범죄자와 이 시대 최고의 탐정이 영원토록
잠겨 있을 것이다. 스위스 소년은 결코 찾아낼 수 없었다. 그가
모리아티가 거느린 수많은 하수인들 가운데 하나였으리라는
것은 의심할 여지가 없다. 그의 일당에 대해 말하자면, 홈즈가

45. 1891년 10월, 마이링겐 마을에 큰불이 나서 수많은 집이 불탔다. 알려진 것과 달리 요리를 하다가 불이 난 게 아니라고 필립 헨치는 주장했다. "마이링겐에는 그때 (폭포에서 일어난) 한 건의 폭력이 뒤이은 폭력을 낳았다고 선언한 사람이 있었다—지금도 그렇게 소곤거리는 사람들이 진짜로 있다. 마이링겐의 그 이교도 화형이 실은 불의 복수였다는 것이다. 이 복수는 5월 4일 사건의 목격자인 세바스찬 모런 대령의 지시에 따라, 익명의 부하인 그 스위스 소년이 직접 혹은 남을 시켜 교묘히 실행했을 것이다."

46. 왓슨의 마지막 말은 아주 적절한 종지부다. 이 말은 역사상 아주 유명한 다른 한 쌍의 인물, 곧 플라톤과 소크라테스의 관계를 떠올리게 한다. 소크라테스의 가르침은 플라톤의 저술을 통해 널리 소개되었는데, 소크라테스의 생애 마지막 몇 시간의 이야기인 『파이돈』에서 플라톤은 정신적 스승이자 연상의 친구인 소크라테스를 이렇게 묘사한다. "가장 선하고 가장 현명하며 가장 정의로운 사람."

모아들인 증거가 얼마나 완벽하게 그들의 조직을 만천하에 폭로했는지, 망자의 솜씨가 그들에게 얼마나 큰 타격을 주었는지 아직도 사람들의 기억에 생생할 것이다.[45] 재판을 하는 동안 그들의 소름 끼치는 두목에 대해서는 거의 언급이 되지 않았다. 이렇게 내가 그의 정체를 밝히지 않을 수 없었던 것은, 홈즈를 공격함으로써 모리아티의 사후 명성을 미화하려는 저 몰지각하기 그지없는 사람들 때문이다. 홈즈는 내가 아는 사람 가운데 가장 선하고 가장 현명한 사람으로 내 마음에 영원토록 기억될 것이다.[46]

「마지막 문제」에 관한 숱한 논란

❖

니컬러스 유테친은 「'마지막 문제'의 중요성」에서 이렇게 말했다. "마지막 문

This is the last Will and Testament

of me *Sherlock Holmes*

of *221B, Baker Street in the parish of St. Marylebone*

in the County of *London* made this *Sixteenth*

day of *April, 1891* in the year of our Lord

I hereby revoke all former testamentary dispositions made by me and declare this to be my last Will. I appoint *my brother*

Mycroft Holmes

to be my Executor , and direct that all my just Debts and Funeral and Testamentary Expenses shall be paid as soon as conveniently may be after my decease.

I give and bequeath unto

my devoted friend and associate, Dr. John H. Watson, often tried, sometimes trying, but never found wanting in loyalty; my well-intentioned though unavailing mentor against the blandishments of vice; my indispensable foil and whetstone; the perfect sop to my wounded vanity and too tactful to whisper "Norbury" in my ear when necessary; the ideal listener and the audience par excellence for those little tricks which others more discerning might well have deemed meretricious; the faithful Boswell to whose literary efforts – despite my occasional unkindly gibes – I owe whatever little fame I have enjoyed: in short, to the one true friend I have ever had, the sum of £5,000; also the choice of any books in my personal library (with such reservations as are mentioned below), including my commonplace books and the complete file of my cases, published and unpublished, with the sole exception of the papers in pigeonhole "M," contained in a blue envelope and marked "Moriarty," which the proper authorities will take over in the event my demise should make it impossible for me to hand them over in person.

셜록 홈즈의 유언장47 (네이선 벤지스 발견).

《런던 미스터리 매거진》

제」는 정전의 어느 이야기보다 더 격렬한 홈지언들의 논란을 불러일으켰다." 누구나 예상할 수 있듯이, 이야기 속의 사건들이 논리적이지 않고 일관성이 없는 것을 설명하기 위해 아주 기발한 가설이 무수히 제시되었다.

모리아티는 가상 인물이다. 첫 번째로 '모리아티는 가상 인물'이라고 생각하는 유파가 있다. 벤저민 S. 클라크는 「마지막 문제」라는 에세이에서 홈즈가 3년 동안 마약 중독을 치료할 시간을 벌기 위해 모든 일을 꾸며냈다고 제안했다. 어빙 L. 재피는 그의 저서 『초짜, 친애하는 왓슨』 속의 에세이 「마지막 문제」에서 홈즈가 모리아티라는 가상 인물을 꾸며내 폭포로 여행을 떠난 것은 자살을 하기 위해서였다고 주장했다. A. G. 맥도널은 「모리아티 씨」에서, 모리아티는 홈즈가 해결하지 못한 수많은 사건을 설명하기 위해 만들어낸 인물이라고 결론지었다. 평범한 범죄자에게 당했다는 것을 인정하기엔 홈즈의 자존심이 허락지 않아서, 범죄의 달인을 만들어냈다는 것이다. T. S. 블레이크니는 "이름을 밝힐 수 없는 유명 작가"가 내놓은 가설, 곧 홈즈와 모리아티가 동일 인물이라는 가설을 꽤 긴 글로 반박했다.

브루스 케네디는 두 가지 가설을 내세웠다. 「'마지막 문제'의 문제」에서 그는 홈즈가 3년 동안 푹 쉬려고 전체 이야기를 꾸며냈다고 주장했다. 또 「범죄의 나폴레옹에게 바치는 그리 빛나지 않는 찬사」라는 에세이에서는 왓슨이 모든 이야기를 꾸며냈다고 주장했다. 제임스 모리아티의 요청에 따라, 홈즈의 목숨을 구하기 위해 사망한 그의 형을 기리기 위해!

47. 유언 내용 : 헌신적인 내 친구이자 동료, 자주 시험당하고 가끔 시험했으나 충성스럽지 않은 적이 없었던 존 H. 왓슨 박사, 악의 수단에 맞서는 데 썩 도움은 안 됐지만 의도는 좋았던 내 조언자, 나를 돋보이게 하는 데 없어서는 안 되었던 내 후광이자 숫돌, 자만심이 상처를 입을 때마다 완벽하게 나를 띄워주고 워낙 눈치가 빨라서 필요할 때 내 귀에 "노버리"라고 차마 속삭이지 못한 내 기쁨조, 좀 더 분별 있는 사람이라면 천박하다고 코웃음쳤을 만한 잔재주에도 탄복을 금치 않았던 이상적인 청취자이자 훌륭한 관객, 이따금 내가 몰인정하게 놀려먹어도 애써 글솜씨를 발휘해서 나로 하여금 자그마한 명성이나마 만끽하게 해준 믿음직한 보즈웰, 한마디로, 내게 하나뿐이었던 참된 친구에게 5,000파운드를 준다. 또한 내 비망록과 내 사건 서류철 전부를 비롯해서 내 서재의 모든 도서를 (아래와 같은 조건부로) 마음대로 가져도 좋은데, 내 책상 서류함 M칸에 있는 '모리아티'라고 표시한 파란 봉투 속의 서류만은 예외이니, 그 서류는 내가 사망해서 직접 제출할 수 없게 될 경우 관계 당국이 넘겨받도록 하라.

두 남자가 몸싸움 끝에…… 서로 상대를 거머쥔 채 비틀거리다가.
해리 C. 에드워즈 그림, 《매클루어스 매거진》(1893)

제리 닐 윌리엄슨은 제임스 "모리아티" 교수가 실은 셜록의 형이자 마이크로프트의 동생인 제임스 홈즈 교수라고 결론지었다.(「"뭔가 이상한 게 있었다"」에서) "잉글랜드에서 도피한 것은 제임스가 달아날 기회를 주기 위해서였던 게 분명하다. …… 셜록 홈즈는 미끼처럼 행동하며 '달아나서', 결국 사라졌고, 일당이 달아나고 제임스가 자유를 얻을 때까지 정직한 형(마이크로프트)에게 신세를 지며 살았다. 그는 제임스 라이더에게 연민을 느낀 것처럼, 범죄자인 형에게도 연민을 느꼈다."

아마 좀 더 그럴 듯한 가설로, 프레드릭 J. 크로슨은 「지정학과 라이헨바흐 폭포」에서 홈즈는 자기가 맡은 비밀 외교 임무를 은폐하기 위해 모리아티 이야기를 날조

했다고 주장했다. T. F. 포스 또한 「'호'라고도, 도살자라고도 불린 남자」에서 모리아티 교수가 가상 인물이라고 결론지었다. 홈즈 씨네 형제와 왓슨이 홈즈의 후광을 살리기 위해 이야기를 꾸며냈다는 것이다.

모리아티는 결백하다. '모리아티는 결백하다' 유파는 '모리아티는 가상 인물'이라는 견해와 조금은 비슷한 주장을 한다. 대니얼 모리아티(!)는 「모리아티 교수에 대한 각별한 박해」에서 이렇게 주장했다. 모리아티의 딸에게 구애하는 것을 금지당한 홈즈가 앙심을 품고 모리아티를 박해했다는 것이다. 니컬러스 마이어는 모든 홈지언의 모방 작품 가운데 가장 유명하다고 할 수 있는 『7퍼센트 용액』에서 모리아티를 홈즈의 어린 시절 가정교사로 설정했다. 그런데 모리아티가 홈즈의 어머니를 유혹한 것 때문에 홈즈는 그를 악질 범죄자로 여기게 되었다는 것이다. 메리 재피는 「그래, 사랑하는 메데이아, 모리아티 교수라는 사람이 있었고 지금도 있단다」에서 모리아티는 전적으로 결백한 구경꾼이었을 뿐이라고 주장했다. 라이헨바흐 폭포에서 "코카인에 완전히 취한" 홈즈에게 살해되었는데, 홈즈의 명성을 보호하기 위해 모리아티의 이름에 먹칠을 했다는 것이다.

모리아티는 살아 있다. 다음으로, '모리아티는 살아 있다'는 유파가 있다. 「홈즈-모리아티 결투」에서 유스터스 포추걸은 홈즈가 폭포에서 죽었고 모리아티가 그의 역을 대신하게 되었다는 고심 어린 주장을 폈다. 케네스 클라크 릴러는 「자, 그럼, 그 바위틈에 대하여……」에서 모리아티가 폭포에 추락한 게 아니라 계속 살아 있다가 나중에 『공포의 계곡』에서 홈즈와 격돌하게 된다고 주장했다. 「둘이서 할 만한 게임 : 라이헨바흐 되새김」에서 오버런 레드펀은 모리아티가 죽음을 면했다고 결론지었다. 그의 검정 망토(왓슨이 "검은 인영"으로만 보았지만 검정 망토는 악당의 표준 의상이다)가 낙하산 구실을 하다가 나뭇가지에 걸리는 바람에 모런의 손에 구조되었다는 것이다. 로저 모티모어는 「죽어가는 탐정」에서, 홈즈가 라이헨바흐 폭포에서 애먼 사람을 죽였고, 모리아티는 세바스찬 모런 대령으로 신분을 바꾸었다고 주장했다. 제이슨 루비는 「비밀 정보」에서 홈즈가 모리아티를 풀어주었고, 그 후 모리아티는 대오각성을 해 미국에서 존 에드거 후버라는 이름으로 FBI 국장이 되었다고 밝혔다. C. 아널드 존슨은 「동풍」에서 모리아티가 박사 악마 '푸 맨추'가 되어 런던에 돌아왔다고 결론지었다. 한편 윌리엄 레너드는 모리아티가 실은 드라큘라 백작이어서 폭포에서도 죽으려야 죽을 수가 없었다고 주장했다.(「뱀파이어에 대하여」에서) 로버트 패슬리는 「돌아온 모리아티」에서, 웨인 윌 목사는 「모리아티의 악마적 동기」에서, 모리아티는 악마의 화신이기 때문에 죽을 수가 없다고 주장했다.

홈즈는 유죄다. '홈즈가 그 모든 것을 계획했다'는 유파가 폭넓게 존재한다. 이를 처음 주장한 것은 월터 P. 암스트롱 주니어다.(「셜록 홈즈에 대한 진실」에서) 그는 홈즈도 왓슨도 모리아티가 호텔에서 보낸 편지에 속지 않았다고 주장했다. 홈즈는 곧 대결하게 될 것을 알았고, 일본 무술 바리츠를 잘 이용했다. 이와 비슷한 견해는 W. S. 브리스토의 「모리아티에 대한 진실」, 고든 R. 스펙의 「홈즈, 영웅적 행동, 공백기 : 스위스 산맥과 어울리는 남자」에도 나타난다.

앨버트 실버스타인과 머나 실버스타인은 「라이헨바흐 폭포에서의 범상치 않은 사건에 관하여」에서 좀 더 어두운 견해를 밝혔다. 모리아티의 유죄를 입증할 증거가 충분치 않았던 홈즈는 모리아티를 살해할 목적으로 폭포까지 뒤따라오게 했다는 것이다. 니컬러스 유테친은 「최고의 싸움」에서 이렇게 썼다. "쉰세 살의 전 교수이자 육군 코치이고 몰락한 우두머리 범죄자인 모리아티는 공격자(셜록 홈즈)를 미처 발견하기도 전에 바로 등을 떠밀려서 협곡으로 떨어져 즉사했을 것이다."

홈즈가 애먼 사람을 죽였다. 「미지의 인물 모리아티」에서 래리 왜거너는 이렇게 주장했다. 그 용소에 빠져 죽은 것은 모리아티의 친척, 그러니까 형제이거나 사촌이었을 뿐이라고. 마빈 그래스는 「누가 홈즈를 죽였는가?」에서 왓슨과 마이크로프트가 홈즈를 라이헨바흐 폭포에 버렸다고 주장했다. 토니 메더위는 「최후의 해결책」에서 모리아티가 실패한 후 왓슨 혼자 홈즈를 폭포에 떨어뜨렸다고 주장했다. 페이지 헬든브랜드는 아주 이색적인 「셜록 홈즈의 이중성」에서 이렇게 결론지었다. 홈즈는 그 폭포에서 아이린 애들러와 밀회를 즐겼는데, 그녀가 폭포로 떨어졌다. 그런데 아마 그건 자살이었을 것이다!

근본주의자들의 믿음. 마지막으로, 뭐든 말 그대로 믿기를 좋아하는 근본주의자 유파가 있다. 그들은 홈즈가 정말 폭포에서 죽었다고 믿는다. 앤서니 바우처는「홈즈는 사기꾼?」에서, 홈즈가 죽은 후 마이크로프트가 그의 사촌 '셰린퍼드'와 함께 셜록 행세를 했다고 주장했다. 이 문제와 관련해서 가장 최초로 발표된 가설로는 고위 성직자인 로널드 A. 녹스의 가설을 꼽을 수 있다. 그는 독창적인 에세이「셜록 홈즈 문헌 연구」에서, 라이헨바흐 이후의 모든 정전은 왓슨이 허전한 주머니를 채우기 위해 꾸며낸 이야기라고 주장했다.

주석 달린 시리즈

1 주석 달린 **허클베리 핀** *The Annotated Huckleberry Finn*
마크 트웨인 원작 / 마이클 패트릭 히언 주석 / 박중서 옮김

2 주석 달린 **버드나무에 부는 바람** *The Annotated Wind in the Willows*
케네스 그레이엄 원작 / 애니 고거 주석 / 안미란 옮김

3 주석 달린 **월든** *Walden: A Fully Annotated Edition*
헨리 데이비드 소로 원작 / 제프리 S. 크래머 주석 / 강주헌 옮김

4 주석 달린 **안데르센 동화집** *The Annotated Hans Christian Andersen*
한스 크리스티안 안데르센 원작 / 마리아 타타르 주석 / 이나경 옮김

5 주석 달린 **고전동화집** *The Annotated Classic Fairy Tales*
샤를 페로 외 원작 / 마리아 타타르 주석 / 원유경 · 설태수 옮김

6 주석 달린 **크리스마스 캐럴** *The Annotated Christmas Carol*
찰스 디킨스 원작 / 마이클 패트릭 히언 주석 / 윤혜준 옮김

7 주석 달린 **셜록 홈즈 1-6** *The Annotated Sherlock Holmes*
아서 코난 도일 원작 / 레슬리 S. 클링거 주석 / 승영조 · 인트랜스 번역원 옮김

8 주석 달린 **앨리스** *The Annotated Alice* (근간)

9 주석 달린 **오즈의 마법사** *The Annotated Wizard of OZ* (근간)

주석 달린
셜록 홈즈 2

원작 아서 코난 도일
주석 레슬리 S. 클링거
옮긴이 승영조
펴낸이 김영정

초판 1쇄 펴낸날 2013년 3월 22일
초판 5쇄 펴낸날 2019년 4월 12일

펴낸곳 (주)현대문학
등록번호 제1-452호
주소 06532 서울시 서초구 신반포로 321(잠원동, 미래엔)
전화 02-2017-0280
팩스 02-516-5433
홈페이지 www.hdmh.co.kr

© 2013, 현대문학

ISBN 978-89-7275-650-7 04840
     978-89-7275-648-4 04840 (세트)

* 책값은 뒤표지에 있습니다.